KB131169

소돔과 고모라 외

소돔과 고모라 외

니코스 카잔차키스 희곡집 | 송무 옮김

열린책들

일러두기

1. 번역은 모두 영어판을 대본으로 했다. 번역 대본의 서지 사항은 각 권의 〈옮긴이의 말〉에 밝혀 두었다.

2. 그리스 여성의 성(姓)은 남성과 어미가 다르다. 엘레니가 결혼 후 취득한 성 〈카잔차키〉는 〈카잔차키스〉 집안의 여인임을 뜻한다. 〈알렉시우〉나 〈사미우〉도 마찬가지로, 〈알렉시오스〉와 〈사미오스〉 집안에 속함을 뜻하는 것이다. 외국 독자들을 배려하여 여성의 성을 남성과 일치시키는 관례는 영어판에서 흔히 찾아볼 수 있으나 여기서는 그리스식에 따랐다.

3. 그리스어의 로마자 표기와 우리말 표기는 그리스어 발음대로 적되 관용적으로 굳어진 일부 용어는 예외를 두었다. 고대 그리스, 신화상의 인명 및 지명 표기는 열린책들의 『그리스·로마 신화 사전』을 따랐다.

이 책은 실로 꿰매어 제본하는 전통적인 사철 방식으로 만들어졌습니다. 사철 양장본은 오래 보관해도 손상되지 않습니다.

희극: 단막 비극

작가 노트

　이 희극은 인간이 죽는 순간, 영혼이 삶의 정점에 올라 지난 삶을 정리할 때 마음속에서 일어나는 극이다. 살아 있을 때는 밤 시간에 그저 희미하게 스쳐 갔을 뿐 마음을 거의 건드리지 않았던 두려움과 희망들이 — 그때는 잊히거나 잠재워졌다가 — 이제 죽음의 순간을 맞아 갑자기 눈을 뜨고 일어나, 공포에 휩싸인 채 신음을 토하며 격렬하게 소리 지른다.

　이제 신앙과 불신, 긍지와 굴욕, 기쁨과 고통의 목소리가 죽어가는 사람의 마음 안에서 형제처럼 뒤엉겨 불꽃처럼 타오른다. 그것들은 의식의 문턱에 미친 듯 모여들어 소리치고 울어 대며 빛을 찾는다. 천의 얼굴을 하고 모순으로 가득 차 절망에 빠져 있는 사람의 영혼은, 이 희극에서, 죽음의 벼랑에 매달려 미지의 심연을 굽어보며 〈영혼은 영원한 새 삶을 얻을 것인가, 아니면 영영 소멸해 버릴 것인가〉를 필사적으로 알아내려고 한다.

등장인물

첫째 노인, 둘째 노인, 어린 소녀, 수도사, 젊은 여자, 젊은 남자,
노동자, 어머니, 늙은 여자, 당당한 청년, 수녀, 광대

붉은색의 묵직한 커튼이 드리워져 있고, 붉은 벨벳 쿠션을 깐 소파들이 놓인 응접실. 무대 중앙 뒤쪽에서 커다랗고 육중한 문이 신비롭게 소리 없이 열리고 닫힌다. 중앙에 검은 원탁이 하나 있고 그 위에 나뭇가지 모양의 은 촛대가 놓여 있는데, 죽은 사람들을 위해 켜놓은 듯 일곱 개의 커다란 촛불이 진홍빛 일색의 거실을 흐릿하게 밝히고 있다. 시계의 초침 소리가 둔중하게 들려온다.

두 노인이 소파에 앉아 깊은 생각에 잠겨 있다. 그들은 시계를 바라보기도 하고, 이따금 문을 바라보기도 하며, 이따금 몸을 구부리고 깊은 한숨을 내쉬기도 한다. 두 사람의 머리는 다 긴 백발이고, 두 사람 다 잘생겼다.

첫째 노인 (내키지 않아 하면서도 일어나 걸어 보려고 하다가 다시 소파에 주저앉아 허리를 구부리고 한숨을 내쉰다. 하지만 더 이상 침묵을 견딜 수 없다는 듯 불안한 태도로 옆 노인에게 몸을 돌려 말한다. 목소리는 낮고 기이하다. 응접실에 있는 누군가가 자기 말을 들을까 봐 겁을 내는 듯이.)

　　당신은 어떤 사람이었소?

둘째 노인 (슬프게 고개를 가로저으며) 난 금욕적으로 사느라 청춘을 헛되이 보내 버리고 책들에 파묻혀 젊음을 망치고 말았소. 나는 술의 즐거움이나 키스의 달콤함에 입술을 적셔 본 적이 한 번도 없다오. 내 침침한 창문으로도 햇빛이 뛰어들긴 했소만 그것조차 내 손과 머리카락 위에 떨어지면 금세 흐릿하고 해쓱해지고 말았소. 4월의 봄이 되면 아이들이 새벽까지 밤새도록 문밖에서 소리를 질러 댔소. 그럴 때마다 나는 여인의 몸이 그리워 발작을 일으키곤 하였지요. 마침내 더는 참을 수가 없게 되었소. 그래서 땅속 깊은 곳에 꿈쩍도 하지 않는 지하실을 하나 파서 그곳으로 내려갔지요. 사이프러스 나무로 뚜껑문을 만들어 단단히 걸어 잠갔소. 4월의 봄과 여자들이 다시는 나에게 접근하지 못하도록 말이오.

그 지하실 문 위로 얼마나 많은 세월이 흘러갔을까? 누가 알겠소? 알 길이 없지……. 우울한 심정 속에서도 나는 참을성 있게 내 두꺼운 책들에게 말을 걸었소. 그리고 그것들에게 삶의 신비를 가르쳐 달라고 했소.

눈이 아파 왔소. 그리고 점점 침침해지더니 결국 보이지 않게 됩디다. 이제 건강한 혈색이라곤 조금도 남아 있지 않소. 나는 얽힌 실타래처럼 되어 버렸고 밤새 구부정하게 있어야 하는 물음표 모양이 되어 버렸소. 머리카락은 하얗게 세어 하릴없이 빠져만 가오. 보시오. 힘이 없어 손마저 떨리오. 무릎도 후들거리고…….

첫째 노인 (괴로운 듯 말을 막으며) 그래 무얼 발견했소?

둘째 노인 아무것도…….

무겁고 절망적인 침묵. 두 사람은 함께 한숨을 내쉬고 허리를 구부린다. 잠시 뒤 둘째 노인이 머리를 들어 올리고 자신의 동행자가 된 사람을 쳐다보더니 슬픈 어조로 느릿느릿 입을 연다.

둘째 노인 당신은 어떻소? 당신은 어떤 사람이었소?

첫째 노인 난 책이란 책은 다 찢어 버리고 인생의 책으로 뛰쳐나가 진리를 발견하려고 했지요. 생명 가진 모든 식물들에게 몸을 굽혀 삶의 신비를 가르쳐 달라고 간청했소. 하지만 그것들은 움을 틔우고 꽃을 피운 뒤에는 말 한 마디 없이 죽어 버렸소.

　나는 밤하늘의 별들에게 물었소. 달아나는 그들을 쫓는 자들은 누구이며, 그들을 그토록 떨게 만든 것은 무엇이냐고. 하지만 별들은 아무 말 없이 나를 바라보며 눈물만 글썽일 뿐이었소. 아주 어쩌다 한 번씩 동정심 많은 별들이 밤하늘의 볼을 따라 굴러 떨어지기도 했지요.

　어디로 떨어졌느냐고요? 누가 알겠소?

　……나는 병든 사람들의 침상을 굽어 들여다보았소. 죽어 가는 아이들의 눈을 들여다보고 그들 앞에 누가 서 있고 그들이 누구를 보고 울어 대는지 알아내려고 했소. 하지만 그들은 눈을 꼭 감고 두 번 다시는 뜨지 않았소.

　나는 달과 물과 자작나무 잎사귀들에게도 물어보았소. 입술을 떨듯 움직여 말하는 그것들에게 말이오. 유령들이 춤추는 한밤의 갈림길들에게도 물어보았소. 어머니들의 젖에게도, 연인의 입술에도 물어보았소…….

둘째 노인 (고통스럽게 말을 막으며) 그래 뭘 발견했소?

첫째 노인 아무것도…….

무거운 침묵. 그들은 다시 한 번 한숨을 내쉬더니 몸을 굽힌다.

둘째 노인 (겁을 내며) 그래서 이제는?

첫째 노인 이제는…… 기다려야죠.

둘째 노인 그분이 오시리라 생각하오?

첫째 노인 누가 알겠소…… 누가? ……아무도 모르오.

둘째 노인 (가벼운 한숨을 내쉬면서 소파 가장자리를 움켜쥐고 몸을 떤다. 그러고는 문 쪽으로 몸을 내밀며 괴로운 표정으로 귀를 기울인다.)

첫째 노인 떨지 마시오…… 앉아요…….

　(그를 도와 앉힌다.)

　시간이 아직 안 됐소. 보시오!

　(시계를 가리킨다. 문자판에 곧추선 시곗바늘이 흔들흔들 떨리고 있다.)

　아직 자정을 치지 않았소.

둘째 노인 그래요…… 그래……. 아직 시간이 있지……. 시간은 납으로 만들어졌어. 그래서 무거워 움직이지 않아.

다시 침묵. 째깍거리는 시계 소리가 들린다. 별안간 둘째 노인이 절망적이라는 듯 머리를 두 손으로 움켜쥔다.

둘째 노인 나는 무섭소! 무서워! 보면 아시겠지만, 그분은 오지 않소!

바로 그때 가벼운 소음과 나직한 발소리가 문밖에서 들려온다. 두 노인은 놀라 벌떡 일어선다. 그런 다음 쓰러지지 않으려고 서로에게 몸을 의지한다. 그들은 숨을 멈추고 뚫어지게 문을 바라본다.

문이 소리 없이 열리고 흰옷을 입은 조그만 여자 아이가 팔짝거리며 들어온다. 소녀는 밀랍으로 만든 레몬꽃 화환을 머리에 쓰고 팔에는 커다란 장미꽃 다발을 안고 있다. 소녀가 두 노인을 보더니 소파에 털썩 주저앉으며 울음을 터뜨린다. 장미꽃들이 두 노인의 발치에 떨어진다.

어린 소녀 (소파에 엎드려 얼굴을 두 손에 파묻은 채 흐느껴 운다.) 엄마! 엄마!

둘째 노인 (다가가 소녀의 머리를 어루만지며 부드럽게 말한다.) 울지 마라, 얘야, 울지 마. 엄마는 곧 오실 게다…… 곧 오실 게야……. 그러니 울지 마라.

어린 소녀 (소파 한구석에 몸을 일으켜 앉더니 더욱 크게 울어 댄다.) 엄마!

첫째 노인 (몸을 굽혀 장미꽃을 주워 모으다가 그것들을 골똘히 바라본다.) 꽃이라…… 보시오. 이것들은 꽃이오. 정원에서 키운 것들인데…… 정원에서. 생각나시오?

둘째 노인 그건 장미꽃이오……. 장미라고 합니다.

   (그가 장미꽃에 손을 대자 꽃잎들이 시들어 흐늘흐늘 떨어져 버린다.)

첫째 노인 (생각해 내려고 안간힘을 쓰며) 장미……? 그래…… 생각나오. 희미하게…… 희미하게…… 안개 속에서 해와 바다를 보는 것처럼…….

둘째 노인 쉬! ……누가 와요! 누가 오고 있소!

   (그들은 넘어지지 않으려고 서로를 붙든다.)

첫째 노인 (흥분하여 목소리가 떨린다.) 그분이 아닐까요?

둘째 노인 (가슴을 움켜쥐며) 이런! 가슴이! 너무 기뻐 가슴이 터질 것 같소.

   (두 사람은 귀를 기울인다. 문밖에서 행복감에 도취된 명랑

한 기도 소리가 들려온다.)

수도사 (문밖에서) 오 빛이여! 오 하늘이여! 오 낙원의 문이 열려 천사가 오르내리는구나! 케루빔과 세라핌이!

문이 살그머니 열리고 수도사가 들어선다. 푸르죽죽한 안색에 초췌하지만 도취해 있는 표정이다.

첫째 노인 (둘째 노인에게만 들리도록) 저 사람은 수도사요, 고행자. 두 손을 들어 성호를 긋고 기도하면서 입술을 움직이는 모습이 얼마나 경건한지 보시오. 봐요…… 보라고요!

둘째 노인 (일어나서 희망과 고통이 뒤섞인 표정으로 떨리는 두 손을 수도사를 향해 뻗으며) 아, 눈이 뜨겁게 빛나는군요. 신부님! 가까이 앉아 우리를 위로해 주시오. 희망을 가져도 될까요?

(그는 말을 멈추고 두려움 속에서 잠시 대답을 기다린다.)

말해 주시오! 우리는 여기 앉아 아주 오랫동안 그분을 기다리고 있소이다! 그분이 오실까요?

수도사 (분개한 듯, 엄격한 목소리로) 아, 용기가 부족한 인간들이여! 쉬지 말고 기도하시오! 당신네들의 영혼은 어리석은 처녀들처럼 신랑이 늦게 온다 하여 졸고 있을 건가요? 아아, 안타깝습니다!

첫째 노인과 둘째 노인 (형언할 수 없는 기쁨으로 둘 다 벌떡 일어서며) 그분이 오신단 말이지요?

수도사 그래요, 그래! 그분은 오십니다! 그러니 용기를 잃지 마시오. 자정이 울리면 일곱 개의 나팔 소리가 들리고 이 청동 문이 무너지면서 신랑이 나타나실 겁니다. 신랑이 나타나시는 걸 볼 수 있을 것입니다!

(수도사의 두 눈과 목소리가 신앙심과 황홀감으로 달아올라 있다.)

그분의 얼굴은 아침 태양처럼 번쩍일 것입니다. 그분은 빛과 영광으로 짠 옷을 입고, 오른손에 일곱 개의 별을 쥐고 계실 것입니다. 그러면 우리는 모두 일어나 영혼의 촛불을 켜 들고 그분을 맞이하러 나갈 것입니다.

첫째 노인 아이고 하느님, 언제 자정이 오지요? 언제 자정이 와요?

알아들을 수 없는 소음과 웅얼거리는 소리가 문밖에서 들려온다. 모두 입을 다물고 귀를 기울인다. 여인의 애탄 목소리가 또렷하게 들려온다.

여자의 목소리 이봐요! 내 사랑! 겁낼 거 없어요. 아무도 아니에요. 우리뿐이에요. 침대에 휘장을 치고 문은 이중으로 걸어 잠갔고, 제 몸은 벌써 달아올랐어요. 당신을 사랑해요. 사랑해!

남자의 목소리 (힘이 없고 두려움에 차 있다.) 가만! 옆방에서 발걸음 소리가 나. 누구지? 당신 남편인가 봐.

여자의 목소리 아니에요! 아냐! 아무도 아니에요. 그이는 멀리 여행 갔는걸요. 오세요! 아무도 아니라니까요, 내 사랑!

수도사 (그들의 대화를 들으며 몸을 부르르 떤다.) 너희에게 저주가 내리리라! 저주가!

여자의 목소리 (애가 타는 어렴풋한 목소리로) 아무도 아니에요! 어서 와요! 입술을 주세요. 당신 입술이 필요해. 아, 까무러칠 것 같아.

별안간 문이 부서지는 요란한 소리가 난다. 총소리가 여러 발 들린다. 여자의 비명 소리가 허공을 찢는다.

여자의 목소리 오오오오오!

문이 살그머니 열리고 보이지 않는 손이 아름다운 여자를 안으로 밀어 넣는다. 여자는 흰 레이스가 달린 장밋빛 속치마를 입고 있다. 여자의 심장에 커다란 진홍빛 상처가 나 있다. 그녀는 소파 위에 쓰러지며 가슴을 움켜쥔다.

둘째 노인 (첫째 노인에게) 참으로 아름다운 여인이오! 참으로 아름다운 여인이야!
　　(그들은 경탄하는 눈으로 여자를 물끄러미 바라본다.)

수도사 (격분하여 소리 지른다.) 저 여자를 보지 마시오! 보지 말아요! 저 여자는 지옥 불에 떨어지게 되어 있소! 불에 탈 것이오! 저 여자는 구원받을 길이 없소. 오, 죄악의 딸이여, 당신은 구원받을 길이 없소! ……여자를 보지 마시오!

젊은 여자 (두 손을 머리로 올려 헝클어진 머리를 매만지더니 몸을 구부리고 울음을 터뜨린다. 손가락에 끼고 있는 반지들이 반짝인다.) 아, 그이의 입술을 건드릴 시간도 없었어……!

수도사 (격노하며) 오, 이렇게 제멋대로일 수 있단 말인가! 당신은 대심판관의 문 앞에서도 당신의 더러운 육체를 잊지 못한단 말이오! 머리에 재를 뿌리고, 몸에 삼베 포를 걸친 다음, 가슴을 치고 자비를 비시오. 아니, 아냐! 아냐! 당신에게 베풀 자비는 없어! 그런 자비는 없어!

젊은 여자 신부님! 그게 어디 제 탓인가요! 제 탓이 아니에요! 하느님은 왜 그처럼 죄를 달콤하게 만들어 놓았지요?
　　(여자가 맨살이 드러난 두 팔을 수도사 쪽으로 뻗는다. 팔찌들이 장례용 촛불의 빛을 받아 반짝인다.)

수도사 (움찔 놀라 물러나며 그녀의 팔을 응시한다.) 물러서요.

18

나를 건드리지 마시오! 주님의 은총이 가득한 나라에 들어설 때 내 손은 깨끗하고 내 옷은 더럽지 않아야 하오.

첫째 노인 (생각에 잠겨 혼잣말하듯이) 이런, 참으로 아름다운 여인이야! 정말 아름다워!

젊은 여자 (다시 소파 위로 쓰러지며 절망적으로 허리를 구부린다.) 아, 그이의 입술에 키스할 시간도 없었어……!

문밖에서 누가 싸우는 듯, 시끄러운 소리가 들려온다. 누군가 문 쪽으로 끌려오는데 끌려오지 않으려고 저항하는 것 같다.

젊은 남자 아냐! 아냐! 들어가지 않을래! 난 빛이 좋아, 햇빛이! 여긴 너무 어둡단 말이야. 운명이라고 했어? 운명이라고? 내가 겁낼 거 같아? 난 젊어. 난 강해. 난 겁나지 않아! 밀지 말라고. 들어가지 않을 거야! 난 아직 태양과 산과 바다와 여자를 충분히 즐기지 못했어. 밀지 마! 왜 아무 말 없는 거야! 당신 누구야? 밀지 말라니까! 난 안 들어가!

문이 살그머니 열리고 보이지 않는 손에 의해 젊은 남자 한 사람이 안으로 밀려 들어온다. 그는 들어오자마자 조용해지더니 자리에 앉아 고분고분 몸을 굽히고 기다린다.

첫째 노인 (둘째 노인에게) 저 친구 참 건장하게 생겼구려. 게다가 젊고.

둘째 노인 아, 내가 저 친구만큼만 젊다면 대항하겠어. 문을 부수고 달아나겠어.
　　(한숨을 내쉬고, 몸을 구부린다.)

수도사 (젊은 남자에게) 주님은 사람의 영혼을 손안의 나비처럼 주무르고 짓이길 수 있으시오. 아, 젊은 양반, 이 지각없는 사람아, 왜 저항하는 것이오? 어찌 감히 신에 대항하여 손을 들어 올린단 말이오?

젊은 남자 (뉘우치며 간청하는 조로) 용서해 주십시오. 신부님, 용서하세요. 제가 왜 그처럼 화를 냈는지 모르겠습니다.

(생각에 잠겨, 하지만 불만 섞인 목소리로)

아, 제가 저 푸른 풀밭과, 햇빛과, 저 위 세상의 모든 것을 얼마나 사랑했는지 모릅니다.

수도사 눈물과 죄악뿐이오 — 저 위 세상의 것들이란! 두 눈은 아무리 해도 제 욕심을 채우지 못하고, 입술은 제 갈증을 충족시키지 못하오. 당신의 가슴은 어찌 그런 덧없는 소유에 매여 있었단 말이오? 이제 무릎을 꿇고 울면서 가슴을 치고 소리치시오. 〈나는 죄인이로소이다, 죄인이로소이다〉 하고 말이오. 그러면 하느님께서 혹시 당신에게 자비를 베푸실지도 모르오.

젊은 남자 (불안한 듯 소파 위에서 몸부림치며) 오, 여기 있으려니 힘들어 죽겠습니다. 숨을 쉴 수가 없어요! 왜 창문을 열지 않는 거지요?

(그는 무릎을 후들거리며 일어나 엉기적거리며 창문을 찾는다.)

여기엔 창문이 하나도 없나요? 하나도?

젊은 여자 아, 창문은 하나도 없어요. 희망도 없고요. 젊은 남자 분, 운명이 당신의 젊음과 나의 젊음을 빨리 거둬들인 겁니다.

젊은 남자가 갑자기 다른 소파 위로 몸을 내던지더니 목을 움켜쥐고 숨을 헐떡인다.

수도사 (촛대가 놓인 검은 테이블에 몸을 기댄 채 계속 무대 중앙에 서서) 조용히 하시오! 누군가 오고 있습니다!

다시 문이 소리 없이 열린다. 지쳐 빠진 모습의 후줄근한 노동자 한 사람이 간신히 몸을 이끌고 걸어 들어와 젊은 남자 곁의 소파 위에 털썩 주저앉는다. 그는 기분 좋은 듯 손발을 쭉 뻗고 나서 입을 연다.

노동자 아, 마침내 왔구나! 여긴 참 근사하군! 소파도 푹신하고! 아, 이제야 내 지친 뼈들도 쉴 수 있게 되었어. 이제야!

수도사 당신은 어떤 사람이었소?

노동자 나 말이오? 아무것도 아니었소…… 아무것도. 50년 동안 뼈 빠지게 일하고, 울고 배곯고 두들겨 맞은 물건이었지. 그런데 이제야 처음으로 쉬고 있소. 아, 이거 참 푹신하다! 소파에 앉아 본 게 처음이오.

젊은 남자 (화를 내며 경멸하듯) 그래 당신은 다시는 일어나지 못할 거야, 이 쓸모없는 것, 이 노예 나부랭이!

노동자 아, 정말 그렇다면 좋겠구려! 정말 그렇다면!

수도사 쉿!

한동안 문밖에서 웃음소리, 사람들의 목소리, 음악, 흥청거리는 소리가 들려온다. 갑자기 의기양양한 목소리 하나가 다른 소리보다 더 높다랗게 울린다.

광대 내 영혼이여, 넌 참 많은 것을 가졌구나! 먹고, 마시고, 게다가…….

갑자기 목소리가 칼로 잘린 듯 뚝 끊긴다. 문이 열리고 통통하게 살찐, 지주의 광대가 쓰러질 듯 들어온다. 한 손에 아직도 술이 가득 든 잔을 들고 있다. 그는 깜짝 놀라 사방을 둘러본다.

광대 어떻게 된 거지? 무슨 일이야? 여기가 어디야? 내 친구들은 어디 갔어? 파티는 어찌 되고? 노래는 어디 갔어? 아냐, 아니 지! 아냐, 꿈이 아니었어. 이거 봐, 술잔이 있잖아. 술이 아직 가득 차 있잖아.

  (그는 비틀거린다. 술잔이 떨어져 부서진다. 그는 어리벙벙 한 표정을 지으며 천천히 소파 쪽으로 간다.)
수도사 (분노와 이죽거림을 섞어서) 이 광대! 이 바보!

밖에서 소란스러운 소리, 여자의 간청하는 소리가 들려온다.

목소리 자비를 베푸세요! 자비를! 저를 놓아줘요! 들어가서 제 아 이를 찾고 싶어요. 놓아줘요! 놓아줘!
어린 소녀 (목소리를 듣고 문 쪽으로 달려간다.) 엄마! 엄마!
  (문이 열리면서, 목소리가 들린다.) 오, 고맙습니다, 고맙습 니다……

검은 옷을 입은 여자가 들어오더니 달려와 소녀를 껴안고 미친 듯이 입을 맞춘다. 그러고 나서는 둘이 소파로 간다.

어머니 아이고, 내 자식아!
어린 소녀 엄마, 오셨군요! 오셨어요!
어머니 얘야.

어머니와 딸은 다시 만난 기쁨에 겨워 주위 시선은 아랑곳없이 입을 맞춘다. 바깥에서 울음소리, 애원하는 소리, 욕하는 소리가 들려온다. 늙은 여자가 울부짖는다.

늙은 여자 아니에요! 안 돼요! 당신 앞에 무릎 꿇을게요! 당신이 걸어간 땅바닥을 기어 다니며 입을 맞추겠습니다! 아니에요! 안 돼요!

한바탕 싸우는 소리, 울부짖는 소리가 들려온다.

늙은 여자 성모 마리아 님, 얼른 와서 저를 도와주십시오! 당신의 성상 앞에 제 키만 한 촛불을 켜드리겠습니다. 제 몸뚱이 모양으로 황금 기념물을 만들어 당신께 바치겠습니다. 성모 마리아 님! 하늘에 계신 성자님들! 도와주세요! 제가 죽어 갑니다!

문이 열리고 늙은 여자가 들어와 쓰러진다. 그녀는 얼른 소파로 기어가 조용히 몸을 구부린다.
바로 그 순간, 건장한 청년 하나가 스스로 문을 연다. 그의 당당한 태도는 위엄을 갖추었으나 억제되어 있다. 그는 문을 닫고 안으로 들어온다. 사방을 둘러보고 소파 위에 앉아 있는 노인들과 불구의 인간들을 발견하고 뒤로 물러나 팔짱을 낀 채 문설주 곁에 선다. 청년은 그 뒤 장면이 이어지는 동안 내내 그 자리에서 움직이지 않는다. 마지막 장면에서도 그는 벽에 기댄 채로 눈을 감고 꼿꼿이 서서 침묵을 지킬 뿐이다.

첫째 노인 (감탄하며) 저 젊은이, 정말 당당해! 보시오!
둘째 노인 스스로 문을 열었소.

첫째 노인 그리고 스스로 닫았소.

수도사 (청년을 쳐다보더니 반감을 품고 화를 내며 고개를 내젓는다.) 아, 당당한 젊은이, 당신도 고개를 숙이게 될 것이오. 당신도 고분고분해지고, 당신도 땅바닥을 기며 그분에게 자비를 빌 것이오. 하지만 소용없지! 아, 눈썹을 잔뜩 치켜뜨는군, 젊은이!

젊은 여자 (청년을 빤히 바라보더니 감탄과 욕정을 이기지 못해 소리 지른다.) 정말 잘생기셨어요. 건장하시고.

한동안의 깊은 침묵. 모두 고개를 숙이고 기다린다. 다시 째깍거리며 시계 소리가 들려온다. 갑자기 젊은 남자가 공포에 사로잡혀 벌떡 일어선다.

젊은 남자 신부님, 무서워요! 머릿속이 빙빙 돕니다. 머리가 천 근이나 되는 것 같습니다.

둘째 노인 신부님, 나도 눈을 뜨고 있을 수가 없소…… 점점 졸리는 구려…….

늙은 여자 나도 잠이 와요. 잠이 와! 피곤해 죽겠어요, 신부님.

젊은 여자 (두 손으로 가슴을 움켜쥐고 괴로워하며) 아, 가슴이, 가슴이!

수도사 조용히 하시오! 조용히! 그런 식으로 굴지 마시오. 이제 그분이 오십니다. 그분이 오세요…….

바로 그 순간, 바람이 일지 않았는데도 촛불 하나가 꺼진다. 모두 벌떡 일어나 몸을 부들부들 떨면서 촛불을 노려보며 울어 댄다.

여러 사람 오오오오……!

늙은 여자 아이고. 촛불이 하나 꺼졌으니 희망도 하나 사라졌어.

첫째 노인 신의 오른손에서 별이 하나 떨어졌소.

여러 사람 오오오오! ……우린 이제 어떻게 되지? 우린 이제 어떻게 되는 거지?

젊은 여자 무서워요! 무서운 기분이 들기 시작해요! 촛불이 꺼지기 시작해요!

여러 사람 (공포에 사로잡혀 절망적으로) 오, 우린 이제 어떻게 되지? 우린 이제 어떻게 되지?

어떤 사람은 몸을 구부리고, 어떤 사람은 소파에, 어떤 사람은 바닥에 눕고, 어떤 사람은 잠을 청할 수 있는 편안한 자리를 찾는다.

수도사 (한 사람 한 사람에게 가서 그들을 흔들어 깨운다.) 자면 안 돼요! 자면 안 돼! 유혹에 져서는 안 됩니다! 안 돼요! 안 돼! (그는 사람들을 일으켜 똑바로 앉아 고개를 들고 있게 하려 하지만 사람들은 곧 시든 할미꽃처럼 축 늘어지고 만다.) 주님께서 당신들의 구원을 내 손에 맡기셨소……. 정신 차리시오! 유혹에 지지 말아요! 이제 곧 12시가 되면 잠들지 않고 깨어 준비하고 있는 자가 복을 받을 것이오. 주님의 은총을 받을 준비 말이오. 잠들지 마시오! 정신 차려요!

노동자 하지만 그분이 오실까요?

수도사 오신다고 하셨소. 그러니 오실 것입니다. 약속하셨습니다. 걱정할 것 없습니다. 그분이 약속하셨으니까요!

여러 사람 오시는 데 오래 걸리잖아요…… 오래 걸려요.

모두 몸을 구부리고 기다린다. 침묵. 시계 소리만 들린다.

둘째 노인 당신들은 하고 싶은 대로 하시오, 난 자야겠소⋯⋯.
 (소파 곁에 머리를 기댄다.)
 나는 노인이라 오래 견뎌 내지 못해요⋯⋯. 그분이 오시면 깨
 워 주시오.

수도사 (그를 깨우러 달려간다.) 그땐 너무 늦어요, 너무 늦어! 잠
 들지 마시오! 그분이 오시기 전에 잠이 든 사람은 다 죽고 말 것
 이오! 그때 가서는 구원이 없어요. 영혼의 촛불은 꺼져 버리고,
 그때 가서 신랑네 집의 문을 두드려 보았자 아무 소용 없습니
 다. 아무도 여러분을 들여보내 주지 않아요⋯⋯.

둘째 노인 (탈진하여) 알아요⋯⋯ 알아. 나도 알아. 하지만 이제
 더는 못 견디겠어⋯⋯. 나는 죽어 가고 있어.

수도사 용기를 내요! 용기를! 조금만 더 있으면 그분이 오십니다!
 조금만 있으면 나팔 소리가 들릴 것이오⋯⋯. 일곱 개의 나팔과
 일곱 천사가⋯⋯.

문이 열리면서 젊고 아름다운 수녀 한 사람이 들어온다. 그녀는 매우 조용
하다. 황금 십자가가 가슴에 걸려 있다. 그녀는 무릎을 꿇고 수도사의 손에
입 맞추고 나서 말한다.

수녀 신부님, 그분은 언제 오시나요?

수도사 자정에 오시오, 자매님.

수녀 (파리한 두 손을 문 쪽으로 내뻗으며 욕망을 억제하지 못하
 고 울음을 터뜨린다.) 오, 신랑이시여! 신랑이시여!

젊은 여자 (일어나고 싶지만 무릎에 힘이 없어 후들거린다. 여자
 는 다시 소파에 주저앉아 목이 멘 목소리로 울어 댄다.) 아, 나
 에게 무슨 일이 난 거지? 숨을 쉴 수가 없어! 목이 막혀!

늙은 여자 추워요. 이가 덜덜 떨려…… 추워요…….

첫째 노인과 둘째 노인 조용히 해요! 소리 지르지 마시오!

　　(목이 메어 그 소리가 마치 먼 데서 들려오는 듯하다.)

　　조용히 잠 좀 잡시다. 잠 좀…… 잠 좀…….

　모두 몸을 구부리고 숨을 헐떡인다. 죽음의 마지막 고통이 시작되고 있다.
　그때 두 번째 촛불이 꺼진다. 응접실은 더 어두워진다.

늙은 여자 아! 촛불이 또 하나 꺼졌어!

여러 사람 오, 우린 어떻게 될까? ……우린 어떻게 되지?

　　(모두가 경련을 일으키듯 숨차 헐떡인다.)

젊은 남자 (미친 듯 벌떡 일어서더니 가슴을 움켜쥔다. 숨을 쉬기
위해 웃옷과 조끼를 쥐어뜯어 버리고 싶은 듯하다.) 일어나요!
우리는 끝장났어요! 이상한 잠을 자다 숨 막혀 죽어요!

젊은 여자 여러분 이리 오세요, 어서요. 다들 함께 모여요……. 다
들 옆 사람 곁에 웅크려 앉아요. 다들 무릎을 서로 갖다 대고 함
께 버텨 봐요. 우린 죽어 가고 있어요! 죽어 가고 있어요!

　다들 웅크려 있다가 기다시피 한자리에 모여 서로 무릎을 맞대고 서로 떨고
있는 상대방의 손과 어깨를 잡는다.

수도사 이러지들 마시오! 겁내지 말아요! 그분은 오십니다. 우리
에게 약속하셨어요.

늙은 여자 난 추워.

광대 난 손이 부어올라 퍼레지고 있어.

노동자 추워요…… 추워…….

첫째 노인 뭐라고 했소? 뭐라고 했어? 이제 귀가 잘 안 들려.

둘째 노인 눈이 흐릿해지고 있소…… 앞이 보이질 않아.

젊은 남자 여러분, 모두 이리 오세요!

(그는 사람들을 가까이로 모은다.)

이렇게요. 이제 다 같이 모입시다. 다 같이. 서로 따뜻하게 합시다. 손들을 서로 단단히 얽읍시다.

광대 그래요, 그래…… 이렇게……. 하지만 무슨 말 좀 해봐요……. 왜 아무도 말이 없어요? ……말 좀 해봐요. 이야기를 하든가 노래를 부르든가…… 잠들지 않게…… 버틸 수 있게.

늙은 여자 (젊은 여자에게) 그래요, 그래……. 노래를 불러 봐요, 아가씨…… 할 줄 알잖아…… 할 줄 알잖아…….

젊은 여자 할 줄 몰라요…… 못해요……. 목소리가 변했어요! 연기가 가득 차 마음까지 답답해요! 숨이 막혀요!

젊은 남자 (그녀의 손을 붙잡고 애원하듯 어루만진다. 여자의 반지들이 손가락에서 빠져나와 떨어진다.) 어서요…… 노래 좀 불러 줘요. 기억해 봐요……. 우리가 다 함께 조용히 따라 부를게요……. 잠들지 않게요…….

젊은 여자 (안간힘을 쓰며 기억해 내려고 애쓴다.) 잠깐만 기다려요…… 잠깐만……. 그래요…… 됐어요. 이제 생각나요……. 아, 가사를 입에 떠올리기가 참 힘들어요…….

(그녀는 몸을 구부리고 가느다란 목소리로 노래 부른다.)

용감한 청년들 그림자 뒤에서 춤을 추다가
어여쁜 처녀들 더불어 뽐내며 노래 부르다
조그만 아이들 더불어 엄마 찾아 아장거리다
모두들 보았네, 죽음이 말 타고 오는 모습을.

모두 천천히 소리 죽여 울기 시작한다. 젊은 여자는 가슴을 움켜쥐고 계속 노래를 부른다.

젊은 여자 죽음은 머리 위에 나무를 세워 그늘 만들고
　　　용감한 청년들 팔을 잘라 천막 기둥 세우고
　　　어여쁜 처녀들 머리카락 잘라 천막 밧줄 만들고
　　　안장엔 아이들 시체 주렁주렁 매어 놓았네…….

모두들 (손을 뻗어 그녀의 입을 막으며) 조용히 해요! 가만 있어!

젊은 남자 왜 하필 그런 슬픈 노래를 골랐소? 왜 하필 그런 슬픈 노래를 골랐소?

젊은 여자 몰라요…… 모르겠어요. 다른 노래는 생각나지 않아요. 사랑 노래를, 어떤 사랑 노래를 찾고 싶은데 생각이 나지 않아요……. 내 머릿속에, 영혼 속에, 눈 속에 안개 같은 것이 어지럽게 떠돌고 있어요…….

　　　(그녀는 흥분하여 몸을 일으키지만 다음 순간 다시 절망적으로 쓰러지고 만다.)

　　　신부님, 저는 죽어 가요. 웬 손이 제 목을 조르고 있어요! 살려 줘요!

　　　(그녀가 느닷없이 블라우스를 찢어 대고 그 바람에 단추가 사방으로 흩어진다. 이제 그녀는 물에 빠진 사람처럼 두 손을 뻗고 허우적거린다.)

　　　숨이 막혀요…….

첫째 노인 (사람들 목소리에 반쯤 정신이 들어 머리를 들어 올리고 더듬더듬 중얼거린다.)

　　　그분 왔소?

수도사 아직 안 오셨소.

둘째 노인 (반쯤 깨어) 오지 않을 거야.

수도사 (질겁하고 달려가 노인의 입을 틀어막는다.) 조용히 해요, 그렇지 않으면 지옥에 떨어질 거요. 조용히 해요!

    (누가 그 불경스러운 말을 듣지나 않았나 싶어 겁에 질린 듯 사방을 둘러본다.)

둘째 노인 (슬픈 표정으로 머리를 가로저으며) 오지 않아.

수도사 하지만 오신다는 말씀을 주셨소!

광대 (웃으며) 주께서 주신 것은 주께서 거두어 가시니라⋯⋯.

젊은 남자 (다시 벌떡 일어나 테이블에 기댄다.) 숨이 막혀요!

    (눈물도 없이 흐느끼느라 온몸이 흔들린다. 그는 응접실 한 가운데 서서 부들부들 떨며 울기 시작한다.)

수도사 (노기와 경멸감을 띠며) 당신은 용기를 잃었소? 부끄럽지도 않소?

젊은 남자 (마음속 깊은 데서 우러나오는 불만을 터뜨리며) 그래요⋯⋯ 그래⋯⋯. 부끄럽지 않아요⋯⋯. 난 울고 있습니다. 가슴이 찢어집니다. 더 이상 견딜 수 없어, 해가 보고 싶어 울고 있습니다. 나무가 보고 싶어 울고 있어요⋯⋯. 꽃이 보고 싶어⋯⋯ 바다가 보고 싶어서 말입니다. 나한테 소리 지르지 마세요. 난 깨어나지 않을 겁니다. 절대 깨어나지 않아요. 오, 절대로, 다시는 말이에요. 난 울고 있어요. 부끄럽지 않습니다. 여자처럼, 어린아이처럼 울고 있어요⋯⋯. 아, 바다를 보았으면, 산을, 빛을, 생명을!

    (신음하며 털썩 쓰러진다.)

젊은 여자 (그에게 기어가 머리카락을 어루만진다.) 그만 해요⋯⋯. 그치세요⋯⋯. 울지 말아요.

첫째 노인 (조용히, 크게 낙심하여) 신부님, 우리는 죽어 가고 있습니다…… 죽어 가고 있어요. 신부님은 산더미 같은 적막이 가슴을 짓누르는 걸 못 느끼겠소?

수도사 아니! 아니요! 내 가슴속에서는 일곱 천사들의 나팔 소리가 들려오고 있어요!

첫째 노인 신부님, 촛불이 하나씩 꺼지고 있어요……. 내겐 이제 아무것도 보이지 않소이다…… 희망조차…….

수도사 내겐 저 문 위에 샛별만큼 커다란 별이 보입니다. 해가 떠오르고 있어요! 해가 떠오르고 있습니다!

늙은 여자 아이고! 아이고! 아무것도 들리지 않아. 아무것도 보이지 않아.

광대 (분개하여) 아직도 우리를 속이려 하다니, 괘씸하오! 주저앉아, 몸을 굽히고, 잠자코 있어요! 이제 곧 12시가 되겠지만 아무도 오지 않아요. 올 자가 없으니까!

수도사 저 빌어먹을 주둥이! 천년만년 썩지 마라!

광대 썩을 겁니다, 염려 마세요…… 썩을 테니……. 내 영혼도 썩을 거고.

첫째 노인 오! 그러면 우리의 위대한 사상도 양 떼가 뜯어 먹을 풀이 될까?

바로 그때 시계가 12시를 치기 시작한다. 그 소리가 마치 장례를 위한 조종 소리처럼 육중하고 비통하다. 다들 소파에서 벌떡 일어난다. 존재의 마지막 반사 작용으로 생기를 띠고. 다들 고통스러운 표정으로 문을 바라보며 서로서로 붙들고 있다. 수도사가 그들 앞으로 달려 나가 두 팔을 활짝 벌린다.

수도사 호산나! 호산나! 그분이 오십니다!

　　(그는 사람들을 이끌고 문 쪽으로 가서 그곳에 정렬시킨다.)

자, 준비들 하십시오! 시계가 12시를 쳤습니다! 보십시오, 신랑께서는 자정에 오십니다……. 준비하십시오!

모두 부들부들 떨기 시작한다. 서로 의지하고 있다. 비참한 죽음 직전의 장면. 침묵. 모두 갈대처럼 떤다.

젊은 여자 (겁을 먹고 더듬더듬) 신부님, 아무 소리도 들리지 않아요.

모두 쉬!

(그들은 귀를 기울인다. 고통이 점점 심해진다.)

젊은 여자 (다시 입을 연다. 겁을 먹고 더듬더듬) 신부님, 아무 소리도 들리지 않아요.

수도사가 꼼짝 않고 문을 응시하며 침묵을 지킨다. 그러더니 크게 놀라며 불안한 모습으로 한 걸음 앞으로 나선다. 걸음을 멈춘다. 그의 안에서는 지진이 일어나고 있지만 그는 침묵을 지킨다. 그는 귀를 기울인다. 그때, 바람이 일지도 않았는데 소리 없이 촛불들이 꺼지고 한 개만 남는다. 이제 모두 진홍빛 어둠 속에서 움직인다. 그들은 수도사를 둘러싸고 공포에 사로잡혀 더듬더듬 그에게 말한다.

첫째 노인 (자포자기하여) 신부님, 우리는 죽어 가고 있습니다.

둘째 노인 (마찬가지로 자포자기하여) 신부님, 우리는 죽어 가고 있습니다.

늙은 여자 살려 주세요! 자비를 베푸세요! 아직 촛불 하나가 남았어요! 아직 한 가닥 희망이 있어요! 신부님, 무릎을 꿇고 그분에게 자비를 청하세요!

젊은 남자 아, 살 수만 있다면! 땅속에서, 발도 없이, 손도 없이, 벌레처럼 기어 다닌다고 해도! 해를 볼 수만 있다면, 해를!

노동자 신부님, 무릎을 꿇고 그분께 자비를 청하세요!

수도사 (문턱에 엎드려 낮은 목소리로 간절히 기도한다.) 주여, 주님이시여! 저는 비열한 죄인입니다. 저는 종입니다. 저는 당신의 발밑을 깁니다. 보십시오, 당신을 찬미하기 위해 당신 앞을 기어 다니고 굽실거리느라 무릎이 퍼렇게 멍들고 손가락 마디는 돌처럼 단단해졌습니다. 주인님이시여! 저희를 불쌍히 여기소서! 저희를 구해 주소서! 저희를 무서운 죽음으로부터 구하소서! 저는 아무것도 아닙니다. 당신의 문턱을 기어 다니며 울고 한탄하는 한낱 미물입니다. 열어 주십시오, 주인님! 자비를 베푸십시오, 자비를!

침묵. 모두 고통스럽게 몸을 떨며 귀를 기울인다.

젊은 여자 아무것도…… 아무것도……. 잎사귀 하나 움직이지 않아!

젊은 남자 쉬! 누군가 말하고 있어요.

모두 숨을 죽이고 다시 귀를 기울인다. 적막. 이제 시계의 째깍거림이 들리지 않는다.

광대 하하하!

　(그의 웃음소리가 공포에 사로잡힌 일행에게 장송곡처럼 되울린다.)

　우리는 덫에 걸린 쥐야! 하하하!

젊은 남자 (질겁하여 광대의 입을 막으며) 웃지 마시오. 웃지 마.

어린 소녀 엄마! 숨이 막혀요!

어머니 애야, 애야, 왜 그러니?

어린 소녀 (숨 막힌 소리로 울어 대며) 숨을 못 쉬겠어요, 엄마.

어머니 애야, 울지 마라. 자, 단추를 끌러 주마. 그럼 좀 나을 게 다. 조용히 해라. 착하지.

　　(단추를 끌러 준다.)

어린 소녀 엄마, 왜 문을 열지 않아요? 숨이 막혀요. 제가 무슨 잘 못을 했다고 숨을 못 쉬게 하는 거예요?

어머니 (더 이상 고통을 견디지 못하고 울음을 터뜨리면서 절망 적으로 수도사를 향해 소리 지른다.) 그분께 자비를 비세요! 그 분께 자비를 빌어요!

수도사 (무릎을 꿇은 채 몸을 일으켜 세운다. 이제 그는 더 강렬하 게, 더 대담하게 말한다.) 오, 주님, 저의 창조주시여! 문을 여 십시오! 접니다. 인간입니다! 당신의 손이 빚으신 최고의 창조 물입니다! 저는 흙덩이만이 아닙니다. 제 안에는 당신의 신성 한 숨결이 들어 있습니다. 저는 노예만이 아닙니다. 당신의 발 자국을 따르니 저도 역시 주인입니다. 문을 여십시오! 제가 이 렇게 무릎 꿇고 당신을 향해 두 팔을 뻗습니다! 저는 자비를 바 라지 않습니다. 정의를 바랍니다! 정의를 구합니다! 당신이 저 를 구원하기를 원합니다. 저에게는 눈물만 있는 것이 아닙니다. 보는 눈도 있습니다. 당신은 저를 구원해야 합니다. 누군가 저 희에게 와서 약속을 하고 그것을 지키지 못한다면 우리는 그자 의 얼굴에 침을 뱉으면서 〈이 사기꾼아!〉 하고 소리칠 것입니 다. 그런데 저희에게 오는 자가 하느님이라면 어찌합니까?

고통. 견딜 수 없는 무서운 적막. 무릎 꿇고 있던 수도사는 함부로 지껄인 자신의 말 때문에 두려워 몸을 떤다. 그는 기다린다. 갑자기 단말마와 같은, 어린 소녀의 절망적인 목소리가 적막을 깬다.

어린 소녀 엄마, 문을 열어 주지 않으면 저는 죽어요!
어머니 (수도사 뒤에서 무릎을 꿇고 가슴을 친다.) 하느님! 저를 불쌍히 여기시지 마시고 제 아이를 불쌍히 여기소서. 저 아이가 밝은 데로 나가는 걸 허락하여 주소서! 잠시라도 숨을 쉴 수 있게 말입니다! 당신은 선하십니다. 주님, 당신은 선하십니다……. 그러니 당신은 문을 열어 주실 것입니다. 저는 그것을 압니다. 조그만 아이가 당신에게 무슨 잘못을 했기에 죽여야 한단 말입니까? 저 아이가 당신에게 무슨 잘못을 했습니까? 자비를 베푸소서!
어린 소녀 (마지막 숨을 헐떡이며, 절망적으로) 엄마, 나 죽어요.

소녀는 소파에서 굴러 떨어져 고통으로 몸부림치며 숨을 쉬려고 안간힘 쓰지만 숨을 쉬지 못한다. 어머니가 달려들어 소녀를 팔에 안고 입을 맞춘다. 그러더니 무슨 말을 하려고, 아마도 무슨 욕설을 퍼부으려고, 몸을 일으키려 하지만 일어서지 못한다.

젊은 남자 우린 죽어 가고 있어요! 죽어 가고 있어! 자, 우리 다 함께 문을 깨부수고 밝은 데로 뛰쳐나갑시다! 다들 어서 와요! 우린 죽어 가고 있어요!

모두 네 발로 기어 문 쪽으로 가서 손톱으로, 팔꿈치로, 무릎으로 문을 열려고 안간힘을 쓴다. 문은 꿈쩍도 하지 않는다. 소리 하나 들리지 않는다. 그들은 마치 유령과 싸우는 듯하다.

노동자 안 되겠어! 팔이 마비되었어.

젊은 여자 열리지 않아요. 손톱이 다 떨어져 나갔어.

젊은 남자 조금만 더…… 조금만 더 하면 열릴 거요. 그러면 다시
한 번 밝은 데로 나갈 수 있어요. 도와줘요!

젊은 여자 안 돼요. 눈꺼풀조차 뜰 수 없어…….

둘째 노인 한기가 뼛속까지, 영혼에까지 사무쳤어. 난 죽소.

젊은 남자 (의기양양하게 고함을 지르며) 이거 봐요. 틈이 있어요.
문에 틈이 있어! 흰 명주실같이 가느다란, 작은, 작은 틈이 있
어요!

늙은 여자 좀 봅시다! 좀 봐!

여러 사람 나도 좀! 나도 좀!

　　(문틈을 보려고 서로 기어오른다.)

첫째 노인 뭐가 보이오?

젊은 남자 검은 나무들…… 검은 나무들이 보입니다. 사이프러스
같은.

젊은 여자 그리고 흰 대리석, 시체처럼 하얀 석판들이 달을 향해
젖가슴처럼 솟아 있어요.

첫째 노인 나에게는 아무것도 안 보여.

둘째 노인 나에게도. 눈이 흐릿해졌어.

첫째 노인 서늘한, 서늘한 산들바람뿐이야. 레몬꽃 향기가 가득
한 바람이 문을 부수려 하나 봐.

둘째 노인 밖에 정원이 있나 보오…….

젊은 남자 그리고 달이 보입니다……. 보세요. 달이 어쩌면 저렇
게 하늘에서 조용히, 저처럼 조용히 흘러가고 있죠?

노동자 어쩌면 저렇게 살아 있는 거 같아!

젊은 여자 그런데 예전엔 어떻게 그처럼 죽어 있는 것 같았을까!

젊은 남자 예전엔…… 예전엔 그랬죠! 영락없는 옛날이야기 투로군. 조용히 해요!

젊은 여자 (젊은 남자 발치에 쓰러져 가슴을 쥐어뜯는다. 가슴에서 생명이 서서히 빠져나가고 있다.)

수도사 (두 주먹을 들어 올려 미친 듯 문을 두드려 댄다. 하지만 아무 소리도 들리지 않는다. 그 자리에 아무것도 없는 것처럼, 마치 밤을 두드려 대고 있는 것처럼) 오시지 않는 겁니까? 저희는 당신의 일꾼들입니다! 우리의 하루 일이 끝났습니다. 품삯을 받고 싶습니다. 당신은 오시겠다고 약속하셨습니다. 우리는 품삯을 받기를 원합니다!

다른 사람들은 탈진하여 쓰러져 사지를 축 늘어뜨리고 눈을 감는다.

첫째 노인 조용히 하세요! 신부님, 소리 지르지 말아요……. 잠이 달콤합니다.

수도사 오시지 않는 겁니까? 저는 사람들의 영혼을 짐으로 겼습니다. 오, 주님, 잘 생각해 보십시오. 수도원의 대리석 석판들은 당신의 경배자들이 눈물을 흘리고 무릎으로 기어 다니는 바람에 닳아 얄팍해졌습니다. 오 주님, 저희는 저희의 일을 다 끝냈습니다. 저희는 뙤약볕이 쬐거나 장대비가 내리거나 당신의 포도원에서 힘들게 일했습니다. 그리고 이제 지치고 탈진한 몸으로 보수를 받으려고 이 밤에 당신의 저택을 찾아왔습니다. 저는 당신의 집사입니다. 그리고 제 뒤에는 — 저들을 보십시오! — 당신의 일꾼들이 있습니다. 주인님, 문을 여십시오! 열어요! 우리는 보수를 받고 싶습니다!

수녀 (겁을 집어먹고 두 손을 꼭 쥔 채) 주님! 오, 주님! 저희에게
자비를 베푸소서……. 저희에게 내려오소서.

여러 사람 (마지막 몸부림을 치며 멀리서 말하는 듯한 목소리로)
신부님…… 신부님…… 뭐라고 소리 지르시는 겁니까? 왜 잠을
방해하는 거예요?

젊은 남자 신부님…… 몸을 굽히고, 엎드리세요. 복종하세요.

수도사 (벌떡 일어나, 견디지 못하고 분노를 터뜨린다.) 복종하라
고? 아, 그렇게 말하는 건 쉽소, 젊은 양반. 당신은 당신의 육체
가 원하는 온갖 즐거움을 누렸소. 하지만 난 어떻소? 난 내 몸
뚱이를 망가뜨리고 채찍질하여, 피범벅이 되고 상처투성이가
된 몸뚱이를 그분에게 던졌소. 그런데 복종하라고? 여자의 육
체가 그리워지면 살을 쥐어뜯고 허리를 쥐어틀었던 내가? 나는
짐승처럼, 밤새 동굴에서 으르렁거렸소!

몇 사람이 반쯤 깨어나 고개를 들어 올린다.

첫째 노인 지금 누가 말하는 거요? 누가 말하는 거야?

둘째 노인 무슨 소리가 들려. 그분이 오시는가 봐.

노동자 그분이 오실까?

젊은 여자 무겁디무거운 대리석 판이 가슴을 짓누르고 있는 거
같아.

젊은 남자 난 살아 있는 사람들이 몸 위를 걸어 다니는 것 같아요.

늙은 여자 추워…….

수도사 아, 당신이 잔인한 분인 줄 알고 있었습니다. 당신 목의 신
경이 쇠줄로 되어 있다는 거, 당신의 이마가 청동으로 되어 있

다는 거 다 압니다. 그런데 저는 당신을 기쁘게 하기 위해 가슴에 일곱 개의 칼을 꽂았지요. 그리고 당신 앞에서 저를 낮추어 뻘뻘 기고 힘들게 절하면서 가슴을 치고 당신에게 〈고맙습니다! 고맙습니다!〉 하고 끊임없이 되뇌었습니다. 그러나 당신, 십자가에 못 박힌 당신은 제 앞에 서서 한 마디도 하지 않았습니다. 아, 그건 당신이 말할 수 없었기 때문이었습니다! 당신은 거짓말쟁이니까!

(문설주에 기대어 온몸을 부들부들 떨며 두 손으로 머리를 감싸 쥐고 벼락이 내리치기를 기다린다.)

광대 앞으로!

(빈정거리듯)

두려워 마시오! 무얼 두려워하시오? 벼락? 하하하!

수도사 당신은 거짓말쟁이야! 당신은 나무로 깎은 것에 지나지 않아!

(그는 그래도 뭔가 희망을 품고 무슨 대답을, 무슨 지진이나 벼락 같은 것을, 누군가 거기에 존재해서 그의 말을 듣고 벌을 준다는 것을 보여 줄 뭔가를 기다려 본다. 그는 기다린다. 아무것도, 아무것도 움직이지 않는다. 절망에 빠진 불분명한 외침이 죽어 가는 짐승의 마지막 신음처럼 터져 나온다.)

아아…….

(털썩 쓰러진다. 그런 다음 절망적으로 천천히 말한다.)

차라리 벼락이 나를 내리쳤으면 좋겠다. 차라리 땅이 입을 벌리고 나를 통째로 집어삼켜 버렸으면 좋겠다. 이 침묵보다는, 이 견딜 수 없는 침묵보다는!

모두 마지막 신음 소리를 내고 있다. 문간에 서 있던 당당한 청년이 눈을 내리감고 문설주에 몸을 기댄다.

젊은 남자 조용히 해요, 신부님. 제발, 이제 좀 조용했으면 좋겠어
요…….

첫째 노인과 둘째 노인 제발, 좀 조용했으면…….

늙은 여자 오! 저것들이 내 위에 돌을 던지고 흙을 던져! 추워!

노동자 오, 가슴이! 가슴이!

　　(가슴을 움켜쥐고 쓰러진다. 마지막 촛불이 꺼진다. 완전한
암흑.)

수녀 (눈을 들어 수도사를 쳐다본 다음, 몸을 굽히고 더없이 절망
적인 목소리로 말한다.)

　　아, 신부님. 그분은 오지 않으십니다.

수도사 (죽어 가는 목소리로) 당신은 누가 오리라 생각했소, 자매
님? (웃는다)

다들 팔을 모으고 다시는 움직이지 않는다.

막이 내린다.

멜리사

등장인물

리코프론 왕자(18세, 페리안드로스의 큰아들), 킵셀로스(페리안드로스의 작은아들), 페리안드로스(코린토스의 왕), 알카(리코프론의 약혼녀, 페리안드로스의 조카딸), 유모, 외할아버지(에피다우로스의 왕), 첫째 귀족, 둘째 귀족, 셋째 귀족, 원로 귀족, 카릴라오스(군인), 카펠라스(페리안드로스의 신하), 안드로클레스(페리안드로스의 신하), 레니오(술집 여종업원), 두 명의 궁전 호위병, 궁의 첫째 귀부인, 궁의 둘째 귀부인, 궁의 셋째 귀부인, 노예 소녀들, 하인, 늙은 음유 시인, 전령들, 여인들

제1막

제1장

고대 그리스. 아크로코린토스[1]의 꼭대기에 있는 성. 궁전 안.
천장에 난 사각형의 열린 채광창으로 달빛이 흘러든다. 바로 아래에 있는 난로에서 불이 나지막이 타오르고 있다. 네댓 개의 문, 탁자 하나, 두 개의 옥좌가 있고, 벽에는 사냥하는 장면들이 묘사된 벽화가 보인다. 리코프론과 킵셀로스가 등장한다. 걸음걸이가 조심스럽다.

리코프론 뭘 그렇게 놀라는 거야, 킵셀로스. 그냥 달빛이야.
킵셀로스 깜짝 놀랐어! 사람을 본 것 같아서. 형은 그 유령 봤어?
리코프론 못 봤어. 소란 좀 피우지 마. 그만 좀 떨고. 오밤중에 자는 사람 깨워 죽은 사람 보라고 이리로 데려오다니. 네 말을 곧이들은 내가 바보다! 뭐가 어디 있단 말이냐? 뭐가 보이고, 뭐가 들린다고 그래. 죄다 그대로잖아. 벽화도 그대로, 벽난로의 불도 그대로, 꼬챙이에 꽂혀 있는 고기도 그대로, 옥좌도, 탁자

---

1 코린토스에 있는 아크로폴리스. 여기서 아크로폴리스란 시 중심에 있는 높은 언덕을 뜻한다.

도, 두 개 있던 술잔도 다 그대로야. 흘러드는 달빛도 그렇고.

킵셀로스 여기 들어왔을 때 궁 안을 돌아다니고 있던 유령을 못 봤단 말이야?

리코프론 아무것도 못 봤다고 했잖아. 자, 이제 자러 가자. 곧 아침이 될 거다. 우리가 타고 갈 전차가 준비되어 있을 거야. 종마 두 마리에 마구를 매어 놓도록 했다. 네가 보고 싶은 게 사신(死神)이라면, 멀리 갈 것도 없다.

킵셀로스 가만, 들어 봐! 피리 소리 안 들려? 저기, 묘지 쪽에서!

리코프론 애, 네가 꿈을 꾸고 있는가 보다. 눈을 뜬 채로 꿈을 꾸고 있어. 피리 소리 같은 건 들리지 않아.

킵셀로스 형은 고집이 세. 형이 왜 듣지 못하는 줄 알아? 듣고 싶지 않아서 그래. 마음을 열어 봐. 마음이 바람 소리를 듣도록 해 봐. 바람 속에 사람 목소리, 눈물 흘리는 소리가 가득 차 있어. 난 무서워!

리코프론 그만 좀 떨라고! 좀 당당해 봐. 네가 누구의 아들인지 잊지 마!

킵셀로스 어머니, 멜리사의 아들이지…… 돌아가신 어머니의.

리코프론 멜리사의 아들이기도 하지만, 넌 위대한 전사 페리안드 로스의 아들이기도 해.

킵셀로스 난 돌아가신 어머니의 아들이야. 이제 형도 어머니를 보게 될 거야.

리코프론 난 보고 싶지 않아! 어머니를 생각하면 화가 치민다. 자, 돌아가자!

킵셀로스 난 밤마다 어머니에게 빌어. 꿈에 나타나 달라고. 달빛이 들도록 창문을 열어 두는 것처럼 어머니에게 마음을 열어 두지. 그럼, 형, 어머니가 조용히 들어와서 머리맡에 앉아. 어머니는 말없이 나를 바라봐. 어떨 때는 내 이마를 만져 주거나 머리를 쓰다듬어 주기도 하고.

리코프론 귀신 얘기 따윈 싫다! 킵셀로스, 너 정신이 이상해졌나봐. 술집이나 떠돌아다니는 주정뱅이 신(神)이 널 그렇게 만든거야. 넌 사람이 보아서는 안 될 유령을 보고 있어. 사람이 들어서는 안 될 죽은 사람의 소리를 듣고 말이다.

킵셀로스 그만둬, 형. 형도 곧 보게 될 거야. 그리고 듣게 될 거고! 그럼 형도 믿게 되겠지.

날마다 밤이 되면 나는 잠이 오지 않아……. 유령이 궁전을 떠돌고 있는 것 같아. 궁 안에 들어오려고 애쓰다가 돌아서고, 그러다 어느새 다시 문간에 스르륵 나타나지. 그러고 나면 피리 소리가 들려. 아름다우면서도 구슬프고…… 우는 것 같기도 한, 마음을 호리는 가락이야.

양을 잃고 슬퍼하던 양치기 아이, 그 애 봤던 거 생각나? 피리를 불면서 울었잖아. 목 놓아 양을 부르면서 말이야. 기억나, 형? 이 피리 소리 말이야, 내가 매일 밤 자정에 듣는 거, 꼭 그 양치기 아이의 피리 소리 같아.

리코프론 사람이 술로만 취하는 게 아니다, 킵셀로스. 달도 사람을 취하게 만들지. 넌 달빛에 취한 거야. 그게 네 머릴 돌게 만들었어. 네 머리가 어지러우니까 세상이 온통 어지러운 거지.

나는 밤도 싫고 달도 싫다. 맘에 안 들어. 난 해가 더 좋아. 나는 해가 지면 잠을 자고 해가 뜨면 일어나지. 해가 뜨면 친구들을 불러 모아, 달리고, 싸우고, 창을 던지고, 숲 속의 짐승들을 사냥해!

킵셀로스 형, 신을 모독하지 마. 밤의 여신은 위대해. 낮의 신보다 더 위대하고 강해. 밤의 여신은 모든 걸 다 아니까! 어젯밤 자정에 형을 깨우지 않고 몰래 일어나 피리 소리를 따라갔었어. 달빛이 안마당에 흥건했어. 움푹한 곳들까지 가득 채우고, 벽을 허옇게 칠해 놓고 있었어. 나는 살그머니 복도를 지나, 계단으로 내려가서 마당을 지나갔어. 어디서 그런 용기가 났는지 모르겠어! 아무도 없었어! 그런데 그러는 동안 피리 소리가 점점 커지고 뚜렷해졌어. 아름다우면서도 쓰라린, 애절한 노래였어. 피리 소리라기보다 사람의 심장이 부르짖는 소리랄까. 그런데 갑자기…….

리코프론 갑자기 뭐? 제발 떨지 좀 마!

킵셀로스 사람이 보였어.

리코프론 누가 말이야?

킵셀로스 아버지가…… 벼랑 끝에 튀어나온 바위 위에 서서, 사람 뼈로 만든 피리를 불고 계셨어. 아버지는 마법사야. 뱀과 전갈을 잡아 독을 뽑아서 그걸 커다란 금 고리가 달린 돌 밑에 넣어 두지. 밤이 되어 아버지가 난롯가에 앉아 있으면, 도롱뇽과 유령들이 불 속에서 뛰쳐나와 아버지에게 말을 걸어. 아버지는 달 아래 서서 주문을 외워 죽은 사람들을 무덤에서 꾀어내고.

리코프론 아버지는 마법사가 아냐. 아버지는 훌륭한 분이셔. 살아 있는 사람들의 마음을 훨씬 잘 움직이시는 분이야!

킵셀로스 형은 아버지를 사랑해?

리코프론 사랑하면서도 두려워…… 존경지만 싫기도 해……. 난 아버지를 닮고 싶어. (무뚝뚝하게) 이유는 묻지 마……. 얘기나 계속해 봐!

킵셀로스 난 문 있는 데까지 기어가서 납작 엎드렸어. 들키지 않고 지켜보고 싶었어. 아버지는 계속 피리를 부셨어. 무슨 왕이라도 만나려는 것처럼 금관을 쓴 채 꼼짝 않고 서서.

달이 나지막하던 때였는데, 아버지가 줄곧 묘지 쪽을 바라보면서 피리를 끊임없이 부시는 거야. 그런데 그때 갑자기 — 형, 웃지 마. 화내지도 말고…… 참고 들어줘 — 내 귀로 똑똑히 들었어…… 이 두 눈으로 똑똑히 봤단 말이야. 형도 나처럼 보고 들을 수 있을 거야.

리코프론 계속해 봐, 킵셀로스. 웃지도 않고, 화내지도 않을 테니까. 자, 어서.

킵셀로스 별안간 묘지 저편에서, 힘없는, 어떤 절망에 빠진 듯한 목소리가 아버지 피리 소리에 대답하는 걸 들었어. 처음에는 나직하고 겁먹은 목소리였는데, 점점 힘이 들어가고 높아졌어…… 그러더니 두 소리가 벼랑 끝에서 달빛 속에 한데 섞여 버리는 거야. 한데 섞이더니 둘 다 울부짖으며 애원하는 투가 되었어. 그때 궁 안의 개와 계곡의 개들이 겁을 먹고 짖어 대기 시작하더라고. 하지만 난 귀를 땅바닥에 바짝 붙이고 귀를 기울였어. 듣다 보니 몸이 떨려 왔어. 귀고리와 팔찌, 목걸이가 잘랑거리는 소리가 들리고…… 여자에게서 나는 냄새도 났어…… 그런데 얼굴을 들고 쳐다볼 엄두가 나야지. 유령이 다가오는 느낌이었어.

그러고 나서 아버지의 목소리가 들려왔어. 다정한 목소리였어. 다정하면서도 위엄 있는…… 속마음 깊은 곳에서 우러나오는 목소리 같았어.

리코프론 뭐라고 하셨는데?

킵셀로스 탄식조로 〈멜리사! 멜리사!〉 하셨어.

리코프론 어머니였단 말이냐?

킵셀로스 응! 두 눈을 똑바로 뜨고 보았어. 어머니였어. 어머니는 얇은 녹색 베일을 쓰고 계셨어…… 모습이 환했어! 그리고 땅에 묻히신 날처럼, 머리에서 발끝까지 잔뜩 보석 치장을 하고 계셨지. 가슴엔 제비꽃이 덮여 있고, 머리칼에는 잡초와 흙이 묻어 있고.

그리고 심장에는…… 황금 단검이 박혀 있었어!

리코프론 (흠칫하며, 킵셀로스의 팔을 움켜쥔다.) 뭐라고! 단검이…… 어머니의 심장에?

킵셀로스 왜, 형? 왜 그래?

리코프론 아니다…… 아니야! 넌 기억하지 못하는구나, 킵셀로스. 하기야 넌 그때 외할아버지 댁에 가 있었으니까. 어머니 심장에 황금 단검이 박혀 있었다고 했지! 난 어머니를 보고 싶지 않다. 정말, 보고 싶지 않아!

킵셀로스 조용히 해봐. 저기, 벼랑 가!

리코프론 아, 그래. 들린다. 그래, 피리 소리!

킵셀로스 아버지야. 묘지 쪽을 보고 있어. 이제 움직이고 계셔……. 들키면 안 돼! (그러고는 바닥에 엎드린다.) 형, 들키기 전에 어서 엎드려!

리코프론 숨지 않겠어. 언제까지 아버지를 무서워해야 한단 말이야? 나도 이제 다 컸어. 이제 무서워하지 않을 거야.

킵셀로스 들려? 저 멀리, 묘지에서 나는 소리?

리코프론 지금 대답하는 건 딴 목소리 같다. 들개 소리 같기도 하고, 강아지가 낑낑대는 것 같기도 하고.

킵셀로스 어머니야. 아버지가 어머니를 무덤에서 또 불러냈어. 저 것 봐, 구름이 달을 덮었어……. 이제 어머니가 나타날 거야. 어머니 한숨 소리, 들려?

리코프론 어머니를 보고 싶지 않아!

킵셀로스 저기 어머니다!

리코프론 어디? 난 안 보이는데…….

킵셀로스 벼랑을 내려오고 있잖아. 천천히, 아주 천천히 말이야. 심장에 단검도 박혀 있고…… 팔찌 절렁거리는 소리 안 들려?

리코프론 아무 소리도 안 들려…… 보이지도 않고……. 아버지만 보여. 천천히 걸어가고 계셔. 이쪽으로 오시는군. 술 취한 사람처럼 비틀거려.

킵셀로스 빨리, 문 뒤로 숨어. 두 분이 이리로 오셔. 형, 손을 줘 봐. 아, 형도 떨고 있구나!

리코프론 떠는 게 아니야. 네겐 보이는 게 나한텐 안 보여 화가 나서 그래!

킵셀로스 이리 와, 빨리! 바닥에 엎드려 조용히 해!

페리안드로스 멜리사! 멜리사! 멜리사!

킵셀로스 들려?

리코프론 그래, 그래……. 조용!

킵셀로스 두 분이 이제 앉아 계시네. 어머니는 달처럼 창백해. 손을 들어 머리에서 흙을 털어 내고 계셔.

리코프론 아버지가 금 술잔에 포도주를 따르시는구나. 아버지 눈이 번쩍거려. 달빛을 받아 눈이 녹색으로 보인다.

킵셀로스 쉬! 아버지 입이 움직이고 있어. 무슨 말을 하신다.

페리안드로스 멜리사, 당신, 또 늦었구려. 매일 밤 자정에 나는 당신을 불러 대오. 왜 항상 오는 데 이렇게 오래 걸리는 거요? 응? 당신, 살아생전에는 내가 집에 늦게 돌아올 때면 달려와서 날 끌어안고 입을 맞추면서 울던 당신이, 이제 날 기다리게 만드는 거요?

멜리사, 여보, 당신은 언제나 내 곁에 와야 하오. 내 인생에 다른 즐거움은 없어. 다른 생각도 없소. 내 군대가 아르고스에서 싸우는 것도, 내 함대가 케르키라를 노략질하는 것도 관심이 없소. 낮이나 밤이나 그저 당신 생각뿐이오.

나를 노려보는 당신의 눈에 분노와 불이 꽉 찼구려. 아직도 용서하지 않았소? 하데스에 가서 레테 강의 물을 아직 마시지 않았소? 기억이 아직 지워지지 않아, 당신의 마음이 기억과 고통에서 아직 벗어나지 못한 거요? 당신은 아직도, 거기 땅 밑에 살아 있구려. 그래 땅에서 나와 모든 걸 둘러보고 죄다 잊지 않고 있는 것이오? 아직도 날 용서하지 못하는 거요?

리코프론 뭐라고 하시는 거야? 뭐라고 하시지? 들리질 않아.

킵셀로스 어머니 눈에 분노가 서려 있어. 제비꽃이 떨어져 어머니 가슴이 그대로 보여.

페리안드로스 용서해 주오. 제발 용서해 줘, 멜리사. 당신 생전에 내가 기쁘게 해주었던 일들을 기억하지 못한단 말이오? ……당신 부탁을 내가 들어주지 않은 게 한 가지라도 있었소? 당신이 미소 지을 때, 내가 무릎 꿇고 당신 발에 입 맞추지 않은 적이 한 번이라도 있었소? 당신이 원한 건 사람들을 시켜 다 들어주지 않았소. 기억하오? 내가 백성들에게 분통을 터뜨릴 때마다 당신이 내 마음을 달래려고 내 무릎에 손을 얹었던 거 말이오. 그러면 나도 마음이 누그러져 인정을 베풀곤 하지 않았소.

난, 사람이 오를 수 없는 높은 벼랑 위에 자리 잡은, 피어린 무서운 성(城)이었소. 그리고 당신은, 멜리사, 당신은 그 성의 감옥, 내 심장 말이오, 그곳으로 곧장 나 있던 부드럽고 푸른 풀밭 길이었지. 그런데 내가 어떤 끔찍한 순간, 당신에게 해를 끼쳤다면, 날 용서해 주시오. 내가 그랬던 건 당신을 미칠 만큼 사랑했기 때문이었소.

나를 그렇게 쳐다보지 말아요, 멜리사.

킵셀로스 어머니가 화가 많이 나셨어. 가고 싶으신가 봐! 그런데 아버지가 붙잡고 못 가게 하셔.

리코프론 아, 내겐 왜 어머니가 안 보이지! 어머니! 어머니!

페리안드로스 어딜 가려 하오? 당신을 보내지 않겠소! 여보, 이제 날 용서해 줄 때가 되었소. 오늘 밤 당신에게 굉장한 소식을 가져왔거든. 들어 봐요, 멜리사. 우리 아들, 똑똑한 녀석 말이오, 리코프론이 날이 새면 결혼할 것이오. 당신 웃는구려, 기쁘오? 나는 그 녀석을 사자처럼 키웠소. 녀석이 자랑스럽소. 이 아일 당할 자는 아무도 없다오. 달음질이고, 수영이고, 씨름이고 할 것 없이 이 애를 따를 자가 없소. 녀석이 사냥을 하면, 숲이 괴로워할 지경이라오. 이번 여름에는 우리 산속에 사자가 한 마리밖에 남지 않았는데, 글쎄 어느 날 밤에 리코프론 이 녀석이 그 놈마저 죽여 집으로 끌고 오지 않았겠소. 전차 뒤에 달고 말이오. 난 마당으로 달려 나갔다가 녀석이 피 칠갑을 한 걸 보고 질겁했지. 그때 난 생각했소. 녀석이 결혼할 때가 되었다고, 우리에게 손자를 안겨 줄 때가 되었다고 말이오. 그래야 우리가 살아남지 않겠소, 멜리사. 그래야 우리 두 사람이 손자 안에서 하나가 되지 않겠소.

여보, 멜리사. 당신 기뻐하는군! 그럼 오늘 밤 나에게 좋은 일 하나만 하시오. 단검을 돌려줘! 또 화내지 말고. 그걸 내일 우리 아들에게 결혼식 선물로 주고 싶소. 당신 심장에 계속 박아 둘 수는 없지 않소…… 그래야 당신도 완전히 잊을 수 있지 않겠소. 그게 당신 심장에 계속 박혀 있는 한, 멜리사, 당신은 용서해 주지 않을 것이오.

거절하겠단 말이오? 안 돼, 가지 마! 단검을 돌려줘!

리코프론 무슨 한숨 소리가 들렸어! 들었니?

킵셀로스 응, 들었어……. 어머니 한숨 소리야.

리코프론 어머니라고? 그리고 저 늙은이는? 저 사람 왜 펄쩍 뛰
지? 누구랑 싸우는 거야?

킵셀로스 쉿, 조용! 어머니랑 싸우고 있어. 어머니에게서 단검을
빼내려고 해. (리코프론, 벌떡 일어난다.) 형, 어디 가? 안 돼!
안 돼! 가지 마!

리코프론 가게 둬!

킵셀로스 아버지가 무섭지 않아?

리코프론 그래, 맞아, 무서워……. 하지만 가봐야 해. 울지 마, 킵
셀로스. 난 가봐야겠어!

킵셀로스 어머니는 가버렸어. 문밖으로 살짝 나가 사라져 버렸어.
한줄기 달빛처럼. 어머니가 가버렸어!

페리안드로스 (절망적으로 문을 향해 달려가며) 멜리사!
(주먹을 부르쥔 채 격분하여 돌아서, 술잔들을 바닥에 내동
댕이치고, 의자를 쓰러뜨리고, 커다란 테이블을 뒤집어엎으면
서 황소처럼 울부짖는다.)

킵셀로스 무서워, 형. 난 갈래. 아버지는 미쳤어!

리코프론 가거라!
(킵셀로스는 떠난다. 리코프론, 천천히 페리안드로스를 향해
몸을 돌린다.)

페리안드로스 (돌아보며 놀란다.) 여기서 뭐 하는 게냐?

리코프론 누구랑 얘기하고 계셨죠?

페리안드로스 누가 나에게 질문한단 말이냐! 네가 대답해라, 이 시
간에 여기서 뭐 하는 게냐? 돌아가 자거라!

리코프론 누구랑 얘기하고 계셨어요?

페리안드로스 눈을 낮춰라, 건방진 녀석. 입 닥쳐! 네가 어찌 감히

나를 노려보느냐?

리코프론 (같은 말을 되풀이하여) 누구랑 얘기하고 계셨냐고요?

페리안드로스 이마에 흐르는 땀을 닦아라, 내 젊은 용사야. 턱을 떨고 있구나. 가서 자도록 해라. 동이 트고 있는데 넌 오늘 할 일이 많지 않느냐. 넌 오늘 결혼하기로 되어 있다.

앞마당에서 말과 전차에 마구 매는 소리가 들려온다.

페리안드로스 왜 전차에 말을 매는 거지?

리코프론 제가 타고 갈 겁니다.

페리안드로스 어디로 간단 말이냐?

리코프론 에피다우로스로 갑니다.

페리안드로스 에피다우로스라고? 무슨 일로 그 망할 놈의 동네에 가겠다는 거냐?

리코프론 외할아버지가 죽어 가고 계십니다. 외할아버지가 전갈을 보내셨습니다. 킵셀로스와 저더러 급히 와달라고. 돌아가시기 전에 곁에 있어 주기를 부탁하셨습니다……

페리안드로스 아! 그 주정뱅이 노인이 죽어 간단 말이지. 가지 마라!

리코프론 어머니의 부친이십니다. 가겠습니다.

페리안드로스 넌 못 간다! 오늘 내 조카딸 알카와 결혼식을 올려야 하지 않느냐!

리코프론 결혼식이야 늦출 수 있습니다! 죽음은 안 됩니다! 가겠습니다!

페리안드로스 네 아우를 보내도록 해라! 녀석을 보내 다신 돌아오지 못하게 해!

리코프론 함께 가겠습니다! 킵셀로스는 혼자 갈 수 없어요, 아시 잖아요!

페리안드로스 허락할 수 없다.

　　(마음을 정한 리코프론, 문 쪽으로 걸어간다. 페리안드로스, 격한 목소리로 하소연한다.)

　　리코프론!

　　(리코프론, 문까지 간다. 그는 걸음을 멈추지만 돌아보지 않는다. 페리안드로스가 다가가 리코프론의 어깨에 손을 얹는다.)

　　리코프론, 내 아들아, 가지 마라!

리코프론 아버지, 그런 식으로 말씀하지 마세요! 화를 내십시오. 소리치세요. 욕하고, 때리세요……. 애원조로 말씀하시지는 마세요!

페리안드로스 리코프론, 내가 사랑하는 사람은 이 세상에 너밖에 없다. 내 아들아, 널 잃을 수는 없어. 자존심이나 권위 같은 건 집어치우고 너에게 부탁한다. 리코프론, 가지 마라!

리코프론 왜 가면 안 된다는 거죠?

페리안드로스 별자리를 살펴보았단다. 애야, 가면 후회하게 될 거야! 내 말을 들어 보아라. 난 사람들을 상대로 싸우면서 늙었다. 신들과도 싸웠다. 그러면서 난 좋고 나쁜 걸 미리 내다보는 법을 배웠어. 가지 마라!

리코프론 (그의 눈을 응시하며) 아버지는 저에게 숨기시는 게 있습니다. 왜 고개를 돌리십니까? 아버지는 아주 무서운 비밀을 감추고 계세요. 왜 제가 가는 걸 꺼리시죠? 제가 왔을 때 누구랑 얘기하고 계셨습니까? 누구랑 싸우고 계셨죠? 언제까지 숨기실 순 없습니다. 전 가겠습니다!

페리안드로스 갈 테면 가거라! 그게 운명이라면 어쩔 수 없는 노릇이지. 하지만 조심해라. 그렇지 않으면, 명을 다할 것이니.

리코프론 무슨 말씀입니까? 수수께끼 같은 말씀을 하시는군요. 간교하고 모호해요. 신탁의 말처럼.

페리안드로스 사람 안에 들어 있는 악마가 그런 식으로 말한단다, 애야. 기다려라, 서두르지 마. 네 힘이 얼마나 되는지 잘 재어 보고, 인간의 힘이 어느 정도인지도 잘 재어 보거라. 그리고 갈림길에 섰을 때 앞을 내다봐.

리코프론 제 갈 길을 정했습니다. 갈 겁니다! 그게 제 의무라고 가슴이 말합니다!

페리안드로스 가슴은 엄혹하다. 빛깔 고운 새처럼 우리를 벼랑으로 꾀지.

리코프론 저에게 다른 길은 없습니다.

페리안드로스 나도 마찬가지다! 가거라! 하지만 네 외할아버지는 늙어 노망난 사람이라는 걸 잊지 마라. 그 양반이 하는 말은 종잡을 수가 없다. 낮이고 밤이고 유령을 본다. 늘 술에 취해 있고, 정신이 나갔다. 하는 얘기라고는 허구한 날 단검이니 살인자들이니 하는 것들이고.

리코프론 저에게 더 하실 말씀이 있으신가요?

페리안드로스 이 말만 하겠다. 인생에는 세 개의 문이 있다. 첫 번째 문에는, 〈담대하라〉고 쓰여 있다. 두 번째 문에도 〈담대하라〉고 쓰여 있다. 세 번째 문에는 〈지나친 담대함을 삼가라〉고 쓰여 있다. 리코프론, 넌 세 번째 문 앞에 서 있다! (그러고는 떠난다.)

리코프론 (홀로 남아) 아니, 아닙니다. 아버지 말씀을 납득하지 못하겠습니다! 세 번째 문에도 〈담대하라〉고 쓰여 있습니다. 저는 그 문 앞에 서 있고, 이제 들어설 것입니다. (사이) 무시무시한 비밀이 바람 속에서 웅얼거리고 있어. 아버지는 왜 내 팔을 붙들고 그처럼 무서워하며 〈가지 마라〉라고 소리 지르셨을까? 뭘 무서워하시지? 누굴 무서워하시는 거야? 나는 갈 거야! 외할아버지가 날 부르셔. 운명이 날 부르고 있어.

두 길이 내 앞에 있다. 하나는 평탄한 길이다. 평안과, 안락과, 여자를 품에 안는 길, 그리고 외할아버지가 무서운 비밀을 털어놓을지 모르니 외할아버지에게 가지 않기로 하는 길. 그래서 운명의 여신을 깨우지 않고 조용히 잠들게 내버려 두는 길이다!

또 하나의 길은 오르막길이다. 비밀의 목소리를 듣고, 보고, 빛깔 고운 잔인한 새, 나의 가슴을 따르는 길이다. 그리고 외할아버지에게 가서…… 운명의 여신을 깨우는 길이다.

나는 자유롭게 내가 원하는 길을 선택할 수 있다. 난 오르막길을 택한다.

오, 알카구나! (그는 팔을 벌린다. 알카가 멈춰 서서, 겁에 질린 채 그의 머리 위쪽을 보다가, 갑자기 소리를 내지른다.) 알카, 왜 그렇게 떨지? 뭘 그렇게 보고 있소?

알카 (정신을 차리고, 리코프론을 힘껏 껴안는다.) 잠시 깜짝 놀랐어요. 그게 마치……. 하지만 이제, 당신을 안았으니 보내 주지 않을 거예요! (휘파람 소리가 들리고 알카는 겁에 질린다.) 무슨 소리죠? 누가 휘파람을 부는 거죠?

리코프론 하인이오, 알카. 말이 준비되었소. 가봐야 하오!

알카 가다니요? 오늘? 어디를요?

리코프론 외할아버지 댁에. 위독하시오.

알카 (그에게 매달린다.) 가지 마요! 가지 마, 리코프론.

리코프론 당신도 별자리를 본 거요? 당신도 유령을 봤소?

알카 내 마음에 물어보았어요, 리코프론. 한 번도 틀린 적이 없어요. 가지 마요! 무서워요!

리코프론 당신처럼 용감한 여자도 무서워하오? 아버지가 아르테미스의 신전에서 며느리 삼으려고 뺏어 온 당신이, 제정신이 바로 박힌 당신이 무서워 떨린다고?

알카 난 여자예요, 무서워요. 나도 데려가 줘요!

리코프론 금방 돌아올 거요! 외할아버지가 돌아가시면 두 손을 모아 드리고 내가 마지막 할 일을 해야 하오. 그러고 나서 돌아오겠소. 번갯불처럼 빨리 계곡을 건너겠소. 당신에게 줄 귀중한 선물을 가지고 올 거요. 곧 보게 될 거요. 외할아버지 금고엔 보석이 꽉 찼다오. 금팔찌에 보석에…… 그게 다 우리 거요. 모두 당신 거고. 알카. 울지 마요!

알카 나도 데려가 줘요! (누가 들을까 봐 목소리를 낮춘다.) 이 으스스한 궁 안에 혼자 있으려니 무서워요, 리코프론. 숨이 막혀요.

리코프론 나도 숨이 막히오. 더 이상 아버지 그림자 밑에서 살 순 없소! (묘지 쪽을 내다본다.) 어머니는 어떻게 아버지를 사랑할 수 있었을까?

멀리서 닭 우는 소리가 들린다.

리코프론 날이 밝았소. 닭이 울고 있소. 잘 있어요, 알카. 당신 울고 있는 거요?

알카 리코프론, 당신에게 말할 게 있어요. 그런데 무서워요.

리코프론 난 겁쟁이 아내는 싫소. 말해 봐요, 알카!

알카 난 귀신 같은 거 믿지 않아요, 리코프론. 당신도 알 거예요.

그런데 아까, 내가 들어왔을 때 당신이 달빛 속에서 무덤 쪽을 향해 서 있는 걸 보니…….

리코프론 말해 봐요, 그렇게 떨지 말고, 계속해요!

알카 ……당신 머리 위에 황금 단검이 있었어요!

리코프론 황금 단검이라! 운명이여, 어서 와라. 내가 여기 있다!

알카 뭐라고 했어요, 당신? 누구에게 말한 거죠? (휘파람 소리가 다시 들려온다. 리코프론은 가려 한다.)

리코프론 내 사랑, 알카, 잘 있어요! 가봐야겠소.

알카 (바닥에 쓰러지며 리코프론의 무릎을 껴안는다.) 여자의 마음은 왜 이리 작은 거죠. 아무것도 아닌가 봐요. 한 줄기 가냘픈 한숨, 그 이상이 아니에요. 새의 숨결 같아요. 어떻게 당신을 여기에 붙잡아 두죠? 오, 내 마음이 순식간에 철문이 달리고 널따란 정원이 있는 크나큰 요새로 변해, 당신을 거기에 가두어 둘 수만 있다면! 당신이 도망칠 수 없게 말이에요!

그러나 지금은, 안녕. 조심해요!

리코프론 잘 있어요, 알카, 내 사랑!

제2장

에피다우로스에 있는 궁전. 죽어 가는 외할아버지가 귀족들에게 둘러싸인 채 옥좌에 앉아 있다.

외할아버지 귀공들, 왜 그렇게들 침통한 얼굴로 날 바라보는 것이오? 고개들을 드시오! 난, 내 인생이 이처럼 끝나는 게 만족스럽소. 정말 만족하오. 죽음의 신더러 오라고 해요. 반갑게 맞을 테니.

누구 한 사람 말을 태워 보내 내 손자들이 오고 있나 알아보시오. 애들더러 빨리 오라 하시오. 너무 늦지 않게!

그리고 귀공들, 그대들은 내 숫양들 가운데 제일 힘세고 검은 놈 하나를 골라 디오니소스께 바치시오. 신의 은총 크소서! 이 새로운 신이 생사의 주관자이시오. 이분이 웃으시면 신들이 태어나고, 이 신이 우시면 인간이 태어나오. 난 어느 날, 이 신의 미소로 태어났소. 나는 신처럼 웃고, 인간처럼 운다오.

인생은 아름다웠소. 난 모든 걸 즐겼지. 우리는 먹고, 마시고, 놀았소. 하지만 이제 축제는 끝났소. 다 끝났어. 난 여인네들 젖가슴에…… 그리고 산들에 작별을 고했소. 난 죽은 자들의 무덤을, 문 두드리듯, 두드렸소. 그러면서 이렇게 외쳤지. 「이제 제가 갑니다, 제가 가요! 오, 조상님들, 지금 가는 중입니다! 양도 잡고, 돼지도 잡고, 말도 잡아 그놈들의 피로 제 무덤을 가득 채우겠습니다. 지금 가는 중이라니까요! 하데스에 있는 제 딸 멜리사와 아내더러 황금 신발을 신고 뛰어나와 절 마중하라 일러 주십시오. 제가 갑니다!」

내 음유 시인을 부르시오! 내 아기는 검은 말을 무덤에서 죽여 내가 말을 타고 땅속으로 들어갈 수 있게 해주시오. (음유 시인이 들어온다.) 어서 오게, 나의 시인, 잘 왔네! 그대의 노래는 늘 내 마음을 즐겁게 해주었고, 나에게 커다란 기쁨을 주었지. 슬플 때 내가 찾은 사람은 그대였고, 기쁠 때도 나는 그대를 찾았어. 그대의 노래는 내 기쁨과 슬픔을 모두 달래 주었네. 가까이 오게. 겁내지 말고……. 그대, 그 사랑스러운 목소리에도 작별을 고하겠네! 자 이제, 내 아내들을 내 앞에 불러 주시오. 이 대목이, 귀공들, 제일 어려운 대목 가운데 하나요.

원로 오, 고귀하신 분, 에피다우로스의 왕이시여, 지금 울고 계십니까?

외할아버지 그럼 내가 어찌할 줄 알았단 말이오? 이 늙다리 바보양반. (원로 귀족의 목소리를 흉내 내며)「오, 고귀하신 분, 에피다우로스의 왕이시여, 지금 울고 계십니까?」당신은 내가 어찌하면 좋겠소, 멍청한 사람. 이런 멋진 걸 두고 떠나기가 얼마나 속상한지 아나. 염병할 이 미녀들 말이야! 흑단 같은 머리, 커다란 눈, 탱탱한 가슴…… 오, 사나이의 즐거움들이여, 이제 잘 있어라. 아, 여자의 몸뚱이는 정말 근사한 것이야. 겨울에는 따뜻하고, 여름에는 서늘하고 보드랍고 향기롭지. 남자에겐 참으로 큰 위안이야!

여인들이 들어온다.

외할아버지 이리들 오시오, 부인들. 떨지 말고. 더 가까이 오오. 좀 만져 보게. 난 아직도 양이 안 찼거든……. 안녕히들 있으시오. 내 미녀들!

시인, 그대는 내 금 술잔을 가지고 와서 잠시 여기 있게나! 그리고 너, 어리고 눈이 순한 미르툴라, 이리 내 옆으로 오너라! 무서워하지 말고. 우린 헤어지지 않을 것이야…….

잘 있거라, 내 멋진 술잔이여. 기쁨을 주는 내 충실한 벗, 마르지 않는 샘이여. 술, 여자, 노래 — 인생에 이것들보다 더 매력적인 기쁨이 있을까. 남자에게 이것들보다 더 큰 위안이 있을까! 전쟁을 마치고 돌아오면, 싸우고 죽이는, 그 첫 번째 책무를 다하고 나면, 말에서 내려, 씻고, 옷을 갈아입고, 향수를 뿌리지. 그러는 동안 정원에서는 상들이 차려지고. 아, 세상에 이

보다 더 성스러운 기쁨이 있을까! 나랑 같이 가자꾸나, 내 사랑스러운 벗. 하데스로 가서 나랑 같이 술을 마시자.

그리고 그대, 음유 시인, 나랑 같이 가세나. (음유 시인이 비명을 지르며 머리를 쥐어뜯기 시작한다.) 이자를 데리고 가라! 이 바보들은 죽음을 대면하지 못해. 이자를 데려가 손에 수금(竪琴)을 쥐여 주고, 머리엔 아스포델로스꽃[2]으로 관을 만들어 씌우고, 목에는 빨간 띠를 둘러, 죽음을 맞이할 준비를 시키라.

떨 것 없다. 내 귀여운 아가씨, 미르툴라. 너도 나와 함께 가야 하느니라. 난 너와 도저히 헤어질 수가 없다. 이 애를 데리고 가라. 가서 씻기고, 입히고, 온몸을 금으로 치장하라. 목에도 빨간 띠를 둘러 이 애도 제물로 준비시키라.

날 일으켜 주시오. 이제 내 계곡과, 내 들과, 내 포도원과, 내 양들에게 작별 인사를 하고 싶소. 좀 더 일으켜 주시오. 바다를 볼 수 있게끔, 내 함대에도 작별할 수 있도록 말이오. 잘 있거라, 내 전함과 바다여! 다들 잘 있거라. 난 아무런 불만이 없다. 너희는 모두 나를 잘 섬겼느니라.

땅에서 상큼한 비 냄새가 나는군.

원로 오늘 새벽에 비가 내렸습니다, 왕이시여, 이 계절 들어 처음 내린 비입니다.

외할아버지 이 계절 들어 처음 내린 비라! 흙냄새가 달콤하구려! 향기가 나의 내장을 뚫고 들어가 물어뜯는구나. 심장아, 뛰지 말고 가만히 있으렴. 울지 마라. 죽기 위해 태어났음을 너는 알고 있지 않느냐.

---

2 아스포델로스의 들판에 피는 불사(不死)의 꽃.

리코프론과 킵셀로스가 나타난다. 그들은 문가에 선다.

외할아버지 날이 어두워지고 있구려. 거기 누구냐? 문가에 서 있
　는 게 누구냐? 응? 대답을 하여라!

리코프론 외할아버지의 손자 리코프론과 킵셀로스입니다!

외할아버지 아, 어서 오너라, 나의 후계자들! 가까이 오너라. 잘 보
　이지 않는구나. 가까이…… 더 가까이. 어서 와라. 잘 왔다. 그
　잔인무도한 놈이 어찌 너희를 보내 주었지? 고마우신 신들이
　모든 일을 다 내 뜻대로 해주시는구나. 너는 누구지?

킵셀로스 킵셀로스예요. 외할아버지! 킵셀로스, 둘째요.

외할아버지 넌 네 어미를 꼭 닮았구나. 입이며, 눈이며, 눈썹이며,
　목소리까지 말이다. 네 어미도 너처럼 손으로 머리를 쓸어 귀
　뒤로 넘기곤 했지. 너는 내 피에 새 생명을 주었다, 킵셀로스.
　너에게 내 축복을 내리마!

　　그리고 넌?

리코프론 리코프론입니다.

외할아버지 앞으로 와서 무릎을 꿇어라! 무릎 꿇을 줄 모르느냐?
　무릎을 꿇으라니까! (그는 두 손으로 리코프론의 얼굴을 더듬
　는다……. 그러고는 리코프론을 조심스럽게 바라보다가, 자신
　도 모르게 소리를 지르며 두려움에 손을 뗀다.)

리코프론 왜 그러세요, 외할아버지? 왜 그렇게 떠십니까?

외할아버지 춥다. 뭘 좀 덮어 다오! 그놈을 너무도 닮았구나! 잠시
　네가 그놈인 줄 알았다. 빌어먹을 놈! 그놈이 내 궁에 쳐들어왔
　던 때가 생각났어.

　　너는 지금 몇 살이냐?

리코프론 열여덟입니다!

62

외할아버지 네 아버지가 바로 그 나이 때였지. 미친놈처럼 말을 달려 내 궁 문턱을 넘어온 게 말이야. 전쟁에서 이기고 돌아오는 길이었다. 피와 진흙으로 범벅이 된 몸으로 말이다. 말에 올라탄 채 내 안마당으로 뛰어들어 말에서 내리지도 않고서, 고함을 질러 댔다. 「프로클레스, 따님과 결혼하고 싶습니다. 전쟁에서 돌아오는 길에 따님을 보았는데, 맘에 들었습니다. 따님과 함께 애를 낳고 싶습니다.」「말에서 내려오게나.」내가 대답했지. 「이리 와서 씻고 뭘 좀 함께 먹으면서 얘기해 보세!」「저는 급합니다.」그놈이 얼굴을 찡그리며 대답했어.「따님을 당장 주십시오. 제 말에 태우고 가겠습니다!」바로 그렇게 그놈이 네 어머니를 데리고 갔지……. (그는 눈물을 닦고, 고개를 내젓더니, 귀족들을 향한다.) 귀공들, 이제 가시오! 우리끼리 있고 싶소. 잘 가시오. 그리고 명심하시오. 내가 죽은 뒤에 사람들을 괴롭히지 말고, 당신들 잘 먹으려고 그네들이 뽑은 식량을 다 빼앗지 말도록 하시오. 가난한 사람들도 좀 먹을 수 있도록 하시오! 먹어야 다시 씨 뿌릴 힘이 나지 않겠소. 이것이 당신들에게 하는 내 마지막 충고요. 이제 나가시오!

귀족들이 차례로 한 사람씩 왕에게 경의를 표하고 나간다.

킵셀로스 외할아버지, 왜 그렇게 소리를 지르세요? 기운 빠지시겠어요.

외할아버지 문을 닫아라, 얘들아……. 빗장을 걸어라. 그리고 이리 오너라. 너희, 비밀을 지킬 수 있겠느냐? 너희 그만큼 어른이 되었느냐?

리코프론 킵셀로스는 안 됩니다. 저 아이는 아직 어리고 순해요.

애한테는 아무 말씀도 하지 마십시오. 겁만 낼 겁니다!

외할아버지 그럼 너는?

리코프론 저는 무슨 얘기든 들을 수 있습니다. 저는 사냥도 하고, 격투도 하고, 창도 던집니다. 무섭지 않습니다. 심각한 말씀을 하실 거라면, 저에게만 하세요.

키셀로스, 나가 있어라. 형이랑 외할아버지가 할 얘기가 있어.

외할아버지 (키셀로스에게) 애야, 열쇠 꾸러미를 가져가도록 해라. 지하실에 가서 궤짝들을 열어 보아라. 황금과 보석이 꽉 차 있을 것이다. 가지고 싶은 건 얼마든지 가져도 좋다. 그게 다 너와 네 형 것이니까.

키셀로스가 나간다.

리코프론 이제 말씀하십시오.

외할아버지 리코프론, 네 어미를 기억하니? 그렇게 두 손으로 머리를 감싸고 있지 마라. 그놈도 항상 그러지. 넌 네 아버지 자식이기도 하지만, 멜리사의 자식이기도 하다. 자, 말해 보아라. 어머니가 생각나니?

리코프론 네, 생각납니다. 그런데 왜 물어보시는 거죠? 어머니의 얼굴이 생각나요. 어두운 곳에서도 환했죠. 어머니의 손도 생각나요. 아버지 손 위에 당신 손을 얹으시고 아버지의 화를 진정시키곤 하셨어요. 어머니는 온화하셨고, 정숙하셨고, 늘 부드럽게 말하셨죠. 진흙 속에서 바둥거리는 나비만 보아도 눈물을 흘리셨어요.

외할아버지 그리고 무엇이 생각나느냐? 더 말하기가 겁나느냐? 그렇다면 네가 어른이 되었다고 자랑할 게 무엇이겠느냐?

리코프론 전 어른입니다. 다 터놓고 말씀드리겠습니다. 그럼 외할
아버지께서도 제가 무슨 일이든 견뎌 낼 수 있다는 걸 아실 겁
니다. 어느 날 밤, 어머니는 침대에서 심장에 황금 단검이 박힌
채 발견되었죠. 아버지의 슬픔은 궁을 온통 뒤흔들어 놓았습니
다……. 저는 그때 아주 어렸지만, 기억이 납니다. 안마당으로
뛰어나갔다가 아버지가 거기 있는 걸 봤지요. 아버지는 상처를
입고 있었습니다. 상처에서 피가 줄줄 흐르고 있었는데도 아버
지는 말에 올라탔습니다……. 울음은 그쳤지만 눈에는 핏발이
서 있었습니다. 아버지는 미친 듯이 마을로 뛰쳐나가 길거리의
사람들을 쳐 죽이기 시작했습니다. 사람들을 죽이며 괴로운 소
리를 냈습니다. 사람들이 아버지를 피해 문을 죄다 걸어 잠가
버리자 아버지는 아폴론 신전에 불을 지르고, 하늘을 향해 창을
마구 내던졌습니다.

외할아버지 얘기하는 동안 네 눈이 기쁨으로 빨갛게 달아올랐구
나! 슬픈 일이다! 모르긴 몰라도 너 역시 네 아버지와 똑같이
했을 것이다! 어쨌든 얘기해 보아라. 또 무엇을 기억하느냐?

리코프론 아버지는 사흘 밤낮을 괴로워했습니다. 그리고 궁 안에
서 문을 걸어 잠그고 울었습니다. 나직하고, 조용히, 아무도 가
까이 오지 못하게 하고 말입니다. 바로 그 무렵에 그 늙은 음유
시인이 바닷가에 흘러들었습니다. 사람들은 그가 돌고래를 타
고 왔다고 하지만, 전 믿지 않아요. 그 사람이 와서 리라와 노래
로 아버지의 고통을 달래 주었습니다. 그 사람은 여러 날 밤낮
을 아버지의 발치에 앉아 슬픈 가락을 연주했습니다. 아버지는
울면서 아픔을 덜었습니다.

외할아버지 누가 네 어머니를 죽였지, 리코프론? 누가 네 어머니
를 죽였어?

리코프론 외할아버지가 알고 계시다면, 저에게 말씀해 주세요. 그것 때문에 저를 부르신 거 아닌가요?

외할아버지 문 뒤를 확인해 보아라, 아무도 숨어 있지 않은지 확인하고 빗장을 걸어라. 됐으면 이리 오너라!

리코프론이 외할아버지 쪽으로 몸을 기울인다. 늙은이는 그의 귀에 대고 낮은 목소리로 이름 하나를 말해 준다. 리코프론, 벌떡 일어나 주먹을 부르쥐며 입을 앙다문다. 그리고 앞을 노려본다.

외할아버지 나에게 물어볼 것이 있느냐? 더 알고 싶은 것은 없느냐? 〈어떻게〉라든가 〈왜〉라든가?

리코프론 그게 저에게 무슨 소용이 있겠습니까. 제가 들은 것만으로 충분합니다. 전 이만 가보겠습니다.

외할아버지 가보겠다고? 어디로 간단 말이냐? 그리 서두르지 마라, 리코프론. 얘기를 마저 들어야지. 그놈은 전쟁에서 돌아오는 길이었다……

리코프론 그만 좀 잠자코 계시면 안 돼요? 제 가슴으론 더 이상 감당할 수가 없습니다. 이미 한계를 넘었어요. 전 그만 가겠습니다!

외할아버지 가선 안 된다! 알 건 모두 알아야 해! 나는 이 비밀을 무덤까지 가져가서 썩게 내버려 둘 수는 없다! 그럴 순 없다! 네가 가져가야 된다. 네 것이니까. (비꼬듯이) 잘 처리하기를 빌겠다! 네 아버지는 전쟁에서 돌아왔다. 부상을 심하게 당해 죽을지도 모른다고 생각하고 있었지. 그놈은 네 어머니를 광적으로 사랑했다. 그러다 보니 비정상적인 질투심도 있었어. 다른 사내가 네 어미를 안는다는 걸 상상조차 못했다. 그래서 네 아

66

버지는 멜리사를 침대 곁으로 불렀단다. 〈이리 오시오, 당신에게 작별을 고해야겠소〉 하고 그놈이 네 어미에게 말했지. 「난 죽어 가고 있소. 나에게 오시오.」 네 어미는 네 아버지에게 입을 맞추려고 몸을 굽혔다. 그런데 그때 별안간…… 황금 단검으로……. (그는 울음을 터뜨린다.)

리코프론 견딜 수 없으시면, 울음을 참을 수 없으시면, 왜 말씀을 하시는 건가요? (그는 문을 열고, 계곡을 바라본다. 그리고 중얼거리듯 말한다.) 비가 내리는구나. 두루미들이 날아가고 있어. 오, 말을 타고 멧돼지 사냥이나 갔으면!

외할아버지 애야, 넌 참 매정하고, 무덤덤하고, 인정머리도 애정도 없는 아이로구나. 나는 너를 믿고 중대한 비밀을 — 네 어미의 피가 흥건한 비밀을 — 말해 주고 있거늘, 너는 고작 멧돼지 사냥을 생각하고 있단 말이냐! 너는 눈물도 없느냐? 소리 지를 줄도 모르느냐?

리코프론 전 그렇게 마음을 달래고 싶지 않습니다!

외할아버지 그래 넌 무엇을 할 게냐? 어미의 죽음에 어떻게 복수할 거지?

리코프론 전 제가 무엇을 해야 할지 알고 있습니다.

외할아버지 (리코프론은 침묵을 지킨다.) 그놈을 죽일 것이냐?

리코프론 (빈정거리듯 웃으며) 죽일 거냐고요? 그렇게 쉽게 놓아 줘요?

외할아버지 웃지 마라! 그놈을 죽여라! 네 어미는 세상의 어떤 아내보다도 제 남편 하나만을 곰살궂게 사랑했다. 그놈을 죽여라, 리코프론, 내가 축복해 주겠다!

리코프론 외할아버지는 금방 돌아가시지 않을 겁니다. 이제 전 가도 될 것 같습니다! 킵셀로스가 남아 있다가 나중에 때가 되면 외할아버지 눈을 감겨 드리고, 팔을 모아 드릴 것입니다. 제 일은 여기서 끝났습니다.

외할아버지 남아 있다가 유산을 요구하지 않을 것이냐?

리코프론 이미 해두었습니다. 가져갑니다.

외할아버지 네 약혼녀가 보고 싶어 그렇게 급한 게냐?

리코프론 (쓴웃음을 지으며) 그래요…… 맞아요.

외할아버지 이름이 뭐였지?

리코프론 (마치 잊어버린 것처럼) 이름이 뭐냐고요? 누구요? 아…… 알카라고 합니다. 안녕히 계십시오, 외할아버지……. 곧…… 다시 만나겠죠! 저 아래 있는 이들 모두에게 안부 전해 주세요…… 어머니한테도.

외할아버지 잠깐, 아직 가지 마라! 난 아직 끝나지 않았다. 여기, 이걸 가져가거라! (옷 안에서 황금 단검 한 자루를 꺼낸다.)

리코프론 황금 단검입니까!

외할아버지 네 아버지가 이걸 찾으려고 몇 년 동안이나 네 어머니의 무덤을 뒤졌다. 하지만 어떤 충직한 하인 하나가 이걸 나에게 가져다주었지. 네 어머니의 유언과 함께 말이다. 그때부터, 그러니까 10년 전부터, 이게 내 몸을 떠난 적이 없다. 난 이것을 밤이고 낮이고 품 안에 감추어 두었다. 보아라, 내 살에 칼자국이 생긴 것을. 그 세월 내내 난 이것에 내 속마음을 털어놓았다. 그래서 내 영혼이 이 단검에 들러붙어 있지. 자세히 보아라, 애야. 검은 딱지가 보이느냐? 여기 칼자루 옆에 말이다. 네 어머니의 피다!

리코프론 (질겁하여 뒷걸음질하다가, 공포에 질린 채 천천히 단검을 받아 들어, 밝은 쪽으로 칼을 들어 올리고 입을 맞춘다.) 오늘에야 나는 태어났다! (그는 감격한 태도로 계곡과 산들과 바다 너머를 바라본다.) 그래 이것이 세상이고, 들판이고, 바다고, 바위들이다! 그래, 나는 오늘 세상에 태어났다!

외할아버지 리코프론, 네가 내 유일한 희망이다. 단검을 옷 안에, 네 품 안에 숨기도록 해라. 그리고 내 축복을 받고 가거라. 하지만 조심해라, 리코프론. 그놈이 아무것도 알아채지 못하도록 해야 한다. 내가 이 얘기를 발설했다는 걸 알게 되면, 나는 끝장이다. 그놈이 와서 나를 아주 잿가루로 만들어 버릴 것이다.

리코프론 난 오늘 태어났다!

외할아버지 리코프론, 애야. 내 말을 귀담아들어라. 돌아가서, 단검을 그놈 발밑에 놓고 이렇게 말하거라. 「아버지, 하데스에서 보낸 안부 인사를 가져왔습니다!」 더는 필요 없다. 그냥 〈하데스에서 보낸 안부 인사〉면 된다!

제3장

아크로코린토스의 궁전 기둥들이 늘어서 있는 테라스. 아래로 도시와 계곡과 바다가 펼쳐져 있다. 기둥에 걸려 있는 새장 안에서 새가 지저귀고 있다.

알카 (한동안 새소리에 귀를 기울이고 있다가, 손을 이마에 갖다 대고 도시 너머 계곡 쪽을 바라본다.) 그이가 왜 이리 늦지? ……너무 늦네. 저놈의 새소리가 애간장만 더 태우는구나. (새에게) 쉿! 조용히 해!

유모 (웃으며 등장한다.) 참아요, 아가씨. 포도가 덩굴에서 익으려 해도 참고 기다리는 시간이 있어야죠.

알카 그이가 늦어요, 유모, 너무 늦어……. 밤새 비가 내렸어요.

젖었을 거야. 감기에 걸려 고생하면 어떻게 해.

유모 걱정하지 말아요. 아가씨. 별일 없을 거예요. 안마당에 청동 상들이 번쩍거리는 거 보이죠? 그분이 비를 맞아도 그럴 거예요. 오, 정말 부러워요. 아가씨가 그처럼 멋진 몸을 안는다고 생각하니!

알카 쉿! 이른 아침부터 누가 저렇게 노래를 부르죠?

유모 지하실에서 일하는 노예들이에요. 아가씨 결혼식에 쓸 빵을 구우면서 노래를 하는 거예요.

알카 꼭 장송곡 같아요.

유모 장송곡이라니요? 아가씨 결혼식에 쓸 빵을 굽고 있다니까요. 어찌 장송곡이란 말이 나옵니까? 밀과 깨와 꿀 냄새가 온 궁 안에 꽉 차 있는걸요. 다들 한숨도 못 잤어요. 주군께서는 밤새 꼬박 불 옆에 앉아 술을 드시며 불꽃을 바라보셨고요. 그리고 우리 늙은 꼽추, 음유 시인은, 주군의 발 앞에 쭈그리고 앉아 그분을 위로하느라 밤새 노래를 불렀지요. 그 불쌍한 사람은 가슴이 터져라 노래 불렀어요. 여기 이 새장의 작은 새처럼 말이에요. 주군을 위로하려고 고통을 쏟아 냈답니다.

　그 불쌍한 시인은 떠나고 싶어 해요. 날개를 틔워 날아가고 싶어 하지만 그 괴물 같은 양반이 허락하질 않지요. 바로 요 며칠 전 해 질 녘에, 두루미들이 남쪽으로 날아가는 것을 보고 그 사람이 새들을 가리키며 한숨을 푹 내쉬더군요. 〈나에게도 날개만 있다면, 유모, 나에게 날개만 있다면, 저 새들이랑 남쪽으로 날아가고 싶소이다!〉 하면서요. 하지만 왕은 시인을 무덤까지 데려가고 싶어 해요. 시인이 하데스에서 자기를 위해 노래를 불러 줄 수 있게 말이에요.

알카 저기 저거, 계곡에 보이는 거, 그이의 전차 아닌가요? 봐요,

저기, 올리브나무들 뒤에…….

유모 아, 저게 전차였으면 좋겠다는 거죠, 아가씨! 저건 전차가 아니라, 물이 반짝이는 거랍니다. 밤새 비가 내렸잖아요. 봐요, 나무에서 아직도 물이 떨어지고 있는 걸.

알카 그이가 늦어요, 유모. 도둑을 만난 건 아닐까요? 세상이 험하고, 우리 신들은 질투가 많아서 말이에요. 한 쌍의 인간이 아주 행복해한다 싶으면, 신들은 벼락을 내리쳐 죽이려 할지도 몰라요! 아니에요, 불멸의 신들이여, 아니야, 우리는 행복하지 않아요…… 아니라고요!

유모 (웃으며) 됐어요, 됐어. 신들도 아가씨를 믿어요. 아가씨가 신들을 속였네요!

알카 유모, 행복이 나쁜 건가요?

유모 행복은 사람을 부끄럽게 만들지요. 세상의 질서를 어지럽히니까.

첫 번째 노예 소녀 (기둥 뒤에서 나타나며) 주군께서 왕자님이 오고 계시는지 알아보려고 또 사람을 보내셨습니다. 파수병들이 에피다우로스 방향 계곡을 살펴보고 있고요! (퇴장한다)

유모 흥, 전하께서 웬일이시지! 첫날밤 새색시처럼 안달이 나 있으니! (그녀는 웃는다.)

둘째 노예 소녀 (기둥들 사이에서 나타나며) 주군께서 맨 꼭대기 테라스로 올라가셨습니다. 뭐라 혼잣말을 중얼거리면서 왔다 갔다 하고 계십니다……. (퇴장한다)

유모 나쁜 징조예요, 아가씨. 저 괴물이 노했나 봐요. 저것 봐. 조그만 새조차 겁을 먹었어. 노래를 멈췄잖아요.

알카 아무 일도 아닌데 그래요. 나까지 겁주지 말아요, 유모. 그냥 조그만 구름 하나가 지나가다 해를 가린 것뿐이에요. 내 작은 새는 그 때문에 겁을 먹은 거라고요! 저 새는 아직 날개도 나지 않았을 때 그이가 푸른 나뭇잎에 싸 갖다 주었어요. 그이가 저 새를 나에게 건네주면서 뭐라 그랬는지 알아요. 「꼬마 아가씨 알카야. 이 새에 날개가 나고, 노래도 부를 수 있게 먹이를 잘 주렴!」 그렇게 말했어요. 봐요. 내가 뭐라고 했어요. 노래를 다시 시작하잖아요. 쉿, 우리, 노래 들어 봐요! (그녀는 즐겁게 새의 노래를 듣는다.)

불멸의 신들이시여, 불멸의 신들이시여. 이 땅을 정말 아름답게 만드셨나이다!

고함 소리가 들려온다. 뒤이어 북소리.

유모 보초들이 소리를 지르네! 저기, 저기, 계곡에 흙탕물이 튀어 오르고 있어! 말 두 마리가 끄는 전차야!

알카 그이가 와요! 어서 와요, 내 사랑!

유모 번갯불처럼 빠르네. 봐요. 벌써 올리브 숲을 지났어……. 이제 포도원으로 들어서고 있어요.

알카 멈췄어요. 움직이질 않아. 아니, 왜 멈춘 거지?

유모 멈추지 않았어요, 아가씨. 봐요. 언덕을 오르고 있어요. 성 쪽으로 오르고 있어요.

알카 사이프러스나무들 뒤로 사라졌나 봐요. 그이가 보이질 않아.

유모 갑옷이 나뭇가지들 사이에서 번쩍이지 않아요. 저기 보이네. 저기 다시 보여요…….

알카 어디? 난 안 보여요! 눈이 어른어른해.

유모 안마당으로 들어서고 있어요. 말들이 우는 소리가 들리잖아요!

알카 (기뻐서 달려가며) 리코프론, 리코프론. 유모, 이제 가세요. 우리 둘만 있고 싶어!

유모, 퇴장한다. 알카, 기둥 사이에 몸을 기댄 채 초조하게 안마당을 내려다본다. 새가 다시 지저귀기 시작한다. 리코프론, 창백하고 지친 모습으로 반대편에서 등장한다. 그는 알카가 자신을 부르고 있는 것을 바라본다.

리코프론 알카…… 아, 내 사랑, 불쌍한 아가씨. 잘 있어라! (한숨 짓는다) 사내 가슴에서 행복을 떨쳐 내는 것이 쉬운 일이 아니구나. (기둥에 기대려다가 별안간 공포에 사로잡힌 듯 움찔한다.) 이 기둥…… 왜 이것이 갑자기 마음을 건드리지? 어머니가 여기 기대서서 바다를 내려다보곤 하셨지……. 어머니!

알카 (돌아서 그를 본다. 그러곤 외친다.) 어서 와요, 어서 와, 내 사랑! 늦었잖아요! (리코프론은 고개를 돌리고, 마음의 동요를 숨기려 한다.) 리코프론, 왜 그래요? (리코프론이 돌아서 그녀를 본다.) 얼굴이 헬쑥하잖아요! 눈도 퀭하고 말이에요. 어디 아팠어요?

리코프론 (나직이) 모든 게 끝났어…… 모든 게……. (그러다가 울어 대는 새를 보고 깜짝 놀란다.) 저건 뭐야?

알카 (웃으려 애쓰며) 새예요. 무슨 노래를 하는지 잘 들어 봐요. 리코프론, 당신이 온 걸 환영하고 있는 거예요. 당신을 알아보나 봐요! 무슨 생각을 그리 깊이 하고 있죠? 당신, 저 새를 처음 보는 것처럼 보고 있잖아요. 리코프론, 이건 우리의 황금방울새예요……. 당신이 저한테 선물로 준 거 말이에요.
(리코프론, 어리둥절해한다.)
당신이 저에게 준 황금방울새예요. 기억 안 나는 거예요?

리코프론 어떻게 기억하겠소? 난 겨우 어제 태어났는데.

알카 (놀라서) 어제라고요?

리코프론 그래 어제. 난 태어난 지 이틀밖에 되지 않았소. 난 아직
도 어머니 가슴에 매달려 있소……

알카 어머니! 그게 무슨 소리죠?

리코프론 알카, 귀뚜라미가 태어나는 걸 본 적 있소? 고개 숙이지
말고 나를 봐요. 나도 같아요, 알카, 새로 태어난 귀뚜라미 같
소. 흙에서 막 빠져나와 세상을 처음으로 둘러보고 있어요.

알카 (그를 밀며) 그만 해요! 그만!

리코프론 여기 나에게도 붉은 루비가 있소. 내 두 눈 사이에. 모든
것을 보는 붉은 눈이오……. 그리고 아무것도 용서하지 않는!
(울고 있는 알카를 껴안는다.) 알카, 내 사랑!

알카 (미소 짓는다. 그러다 갑자기 차분해진다.) 아, 이제 당신을
알겠어요. 당신의 진짜 목소리가 들려요! 제가 사랑하게 된 목
소리! 저에게 너무 잔인하게 장난치지 마세요! 웃어 봐요, 당신
얼굴 좀 보게!

(리코프론은 웃어 보이려 애쓴다.)

거봐요. 이제, 알아볼 수 있겠어요. 리코프론, 당신은 저를 괴
롭히고 있는 거예요. 다른 데 보지 말고 저를 보세요! 당신을
기다리느라 온 궁이 밤새 자지 못했어요. 노예 소녀들이 지하실
에서 우리 결혼식에 내놓을 빵을 굽고, 빵을 구우면서 노래를
부르고 있어요. 문들이랑 안마당에 장식하려고 도금양이랑 월
계수도 다 준비해 놓았고요. 그리고 킵셀로스가 저한테 줄 결혼
선물을 가지고 돌아왔고. 당신 아버지는……

리코프론 (느닷없이 그녀의 입을 틀어막는다.) 됐소!

알카 (그를 껴안는다.) 당신 저고리 안에 뭐가 든 거죠. 가슴을 눌

러 아파요. 안에 숨긴 거 있어요? 제 결혼 선물? 꺼내서 보여
줘요. 저에게 줄 팔찌랑 귀고리를 가지고 있다는 걸 다 알고 있
어요…….

리코프론 잊어버렸소.

알카 당신이? 잊어버렸다고요? 거짓말 마세요. 품 안에 금이 번
쩍이는 게 보이는데요, 뭘. 보여 줘요, 어서요!

리코프론 이건 당신에게 줄 게 아니오, 알카. 당신에게 줄 게 아냐.

알카 보고 싶어요……. 보여 줘요!

리코프론 (천천히 튜닉³ 안에서 황금 단검을 꺼낸다.) 좋소, 보시
오!

알카 칼이네!

리코프론 안 돼! 만지지 마오! (팔찌와 장신구들 쩔렁거리는 소리
가 들려온다.) 킵셀로스야! (단검을 다시 튜닉 안에 감춘다.)
그 애가 이것을 보면 안 되오. 그 애는 이걸 알아볼 거야!

알카 킵셀로스는 벌써 씻고 차려입었어요. 정령처럼 기둥 사이를
나왔다 들어갔다 날렵하게 뛰어다니는 걸 좀 봐요! 소리를 지
르네요. 겁을 먹었나 봐!

킵셀로스가 나타난다.

리코프론 킵셀로스, 누가 널 쫓아오니? 왜 소리를 지르는 거야?
뭘 그렇게 겁을 먹었어, 몸을 떨게.

킵셀로스 겁나지 않아. 기쁜걸. 그분이 돌아왔어!

리코프론 누가?

3 고대 그리스 로마인이 입었던 가운 같은 겉옷.

킵셀로스 안 보여? 저기, 안마당에, 대문 옆에 서 있잖아.

리코프론 (엄한 태도로) 조용히 해! 난 아무도 안 보여!

킵셀로스 그분이 고개를 들어 올리고, 공기의 냄새를 맡고 있어! 그리고 이제 미소를 짓네…….

리코프론 누구? 헛소리하지 말고 대답해!

알카 누굴 말하는 거죠, 킵셀로스?

킵셀로스 이렇게 궁 가까이에서 저분을 본 건 처음이야. 처음에는 항구 근처를 떠돌면서 선술집 같은 데만 들락거렸거든. 그런 다음엔 포도원을 떠돌다가, 궁으로 올라오더니, 이제 처음으로, 대문간에 서서 공기의 냄새를 맡고 있는 거야.

알카 누구인지 말해 봐요, 누구예요?

킵셀로스 신이에요, 알카, 새로 오신 신! 그분이 궁 주변을 배회하고 있어, 형. 사자처럼 말이야. 배고픈 사자처럼…….

알카 그만 해요, 그런 소리 마세요, 킵셀로스. 무섭잖아요!

킵셀로스 그분은 들어오고 싶어 하지만 사람들이 들여보내지 않아. 하지만 그분은 신이니까. 들어올 맘만 있다면, 문에 난 조그만 틈으로라도 들어올 거야.

리코프론 슬픔에 빠진 네 비렁뱅이 신이 우리네 이 험한 굴에서 뭘 원한단 말이냐? 우리가 그런 신에게 바치려고 차린 상은 없어. 우린 여자들이랑 술을 마시거나, 놀아나지도 않아. 돌아가서 선창의 술집들이나 돌아다니라고 해!

킵셀로스 불경스러운 말은 하지 마, 형. 그분은 술과 축제의 신만이 아니야…….

리코프론 달과 밤의 신이겠지. 정신을 흐릿하게 하여, 사람의 마음이 길을 잘못 들게 만들어. 킵셀로스, 난 그 신이 싫어. 너에게 상처를 입혀서 말이야.

킵셀로스 아무도 벗어날 수 없어. 그 신은 이미 형에게도 상처를 입혔어. 형이 알아채지 못하고 있을 뿐이야. 그분은 알카에게도 상처를 입혔고, 아버지 어머니에게도 상처를 입혔어. 어머니가 살아 계셨을 때 말이야. 그분은 술과 축제의 신만이 아니야. 난 지금 피곤해. 급하게 에피다우로스에 갔다가 도망치듯 돌아왔잖아!

리코프론 왜 외할아버지 곁에 남아 있지 않았지? 누가 외할아버지의 눈을 감겨 드릴 거야?

킵셀로스 왜 남아 있지 않았냐고? 형은 알잖아! 들어 봐요, 알카. 내가 외할아버지의 보물 상자 속에 손을 넣었을 때, 무슨 소리가 들렸어요…… 사람의 소리가 아니고, 불이 하는 말 같았어요. 하지만 내 가슴은 그게 무슨 말인지 알아들었죠. 난 겁이 나서 그곳을 떠난 거예요…….

리코프론 이 애 말은 듣지 말아요, 알카. 겁낼 것 없어요. (킵셀로스에게) 가만히 있어!

알카 그 소리가 뭐라고 했는데요, 킵셀로스?

킵셀로스 〈아무도 네 외할아버지를 영면하게 할 수 없느니라. 오직 나, 불만이 할 수 있다! 오직 나, 불만이!〉라고 했어요. 그러면서 커다란 불꽃이 보물 상자에서 솟구쳐 올랐어요. 하지만 난, 알카, 당신에게 주려고 보물 속에 손을 쑤셔 넣어 이걸 가져왔어요. 결혼 선물이에요.

알카, 겁을 먹고 몇 걸음 물러선다.

킵셀로스 겁먹지 말아요, 알카. 착한 사자가 당신에게 보낸 것들이니까. 손을 내밀어요, 받으란 말이에요! 이건 황금 덩굴 잎

화환이에요. 이건 티르소스,[4] 그리고 이건 표범 가죽. 이것들이
당신에게 행운을 가져다주길 바라요.

알카 이것들은 모두 당신이 말하는 그 신의 여자 친구들, 부끄러
움을 모르는 디오니소스의 무녀(巫女)들이나 좋아할 장신구들
아녜요. 난 필요 없어요! 난 언젠가 밤에 그 여자들이 가슴을
드러내 놓고 바람결에 머리칼을 날리면서 벼랑 위를 헤매는 것
을 달빛으로 본 적이 있어요. (겁에 질려 리코프론을 꼭 부여잡
는다.) 이 선물들, 받고 싶지 않아요!

킵셀로스 아무도 벗어날 수 없어요, 알카, 아무도! 외할아버지의
궁에서 나무에 새겨진 그 얼굴을 보고 무서워서 혼났어요. 그것
이 무섭다는 걸 그때 처음으로 알았어요. 오른쪽에서 보니 웃고
있었어요. 왼쪽에서 보면 울고 있고. 그런데 앞에서 보면 평온
하고 무감동해 보였죠. 기쁨이나 고통 같은 건 넘어선 듯 말이
에요. 외할아버지에게 부탁했어요. 〈외할아버지, 저거 제가 가
지면 안 될까요. 집에 가져가고 싶어요〉 하고요. 외할아버지가
반색하시더군요. 그러면서 〈가져가려무나, 이제 네 것이다. 내
가 그 물건에 복을 빌어 주겠다. 성안으로 몰래 가지고 들어가
렴〉 하고는 웃으셨어요. 그러곤 뭐라고 웅얼거리셨는데 무슨
말인지 못 알아들었어요. 그래서 난 조각상을 가져다가 어머니
가 예전에 쓰시던 베일로 싸 두었어요.

리코프론 넌 지금 우리 궁전에 악귀를 들여오고 있는 거야, 킵셀
로스.

킵셀로스 (무서워하며 벌떡 일어서더니) 길에서 아버지 발소리가
들려. 지금, 한숨을 내쉬고 계셔. 저기 계시잖아! 저기! 한숨을

---

4 꼭대기에 솔방울을 달고 때로 담쟁이덩굴이나 포도 잎을 감은, 주신(酒神) 디오니
소스와 숲의 신 사티로스 등이 가지고 다니는 지팡이 — 원주.

78

푹 내쉬면서 그 자리에 서셨어!

알카 (테라스 끝으로 가서 내다본다.) 아버님이세요! 기둥에 기대서서 묘지 쪽을 바라보고 계시네요.

킵셀로스 난 가야겠어! (기둥 뒤로 사라진다.)

알카 당신 아버님은 왜 저 애를 싫어하시죠? 왜 저 애의 눈을 똑바로 바라보지 못하세요?

리코프론 (천천히) 저 앤 어머니를 닮았어요. 저 앨 보면 어머니가 생각나시나 봐요.

알카 이해가 안 돼요.

리코프론 (갑자기) 지금은 그 정도만 하죠. (싸울 준비를 하듯 숨을 깊이 들이마신다. 한 걸음 내딛는다.) 저기 있군!

킵셀로스 (갑자기 눈앞에 나타난 페리안드로스 왕을 본다.) 아!

페리안드로스 나를 보지 마라. 고개를 돌려.

킵셀로스 아버지를 보고 있는 게 아닙니다. 지나가게 해주십시오!

페리안드로스 조용히 해라! 어딜 가든 너는 내 앞에서 얼쩡거리고 있구나. 네가 유령이더냐! 썩 꺼져라! (킵셀로스를 때리려는 듯 손을 들어 올린다.)

리코프론 (화가 나 동생을 막기 위해 뛰쳐 나간다.) 멈추세요! 그 애를 때리지 마세요.

페리안드로스 누가 말하는 게냐?

리코프론 접니다!

페리안드로스 네가 말한 게 아니다, 리코프론. 넌 아무 말도 하지 않았어.

리코프론 제가 말했습니다. 킵셀로스를 때리면 안 된다고 말씀드렸죠!

페리안드로스 밝은 곳으로 나오너라. 겁 없는 녀석. 기둥 뒤에 숨지 말고. 내가 너를 볼 수 있는 데로 나오너라.

리코프론 저 여기 있습니다!

페리안드로스 (깜짝 놀라 리코프론에게 다가선다.) 무슨 일이 있었던 게냐? 사흘 만에 알아볼 수 없게 변했으니. (그의 팔을 잡으려다 얼른 손을 뗀다.) 무슨 일이 있었냐고 묻지 않느냐? 이리 오너라! 그 늙은이가 너에게 무슨 말을 했느냐? (알카와 킵셀로스에게) 너희는 가라, 우리 남자들만 있게 해다오! (두 사람, 나간다.) 그 늙은이가 너에게 무슨 말을 했느냐? 왜 대답이 없어? 가까이 오라니까. 무서운 게 있느냐?

리코프론 (다가선다. 페리안드로스 앞에서 무언가를 훌쩍 뛰어넘는 듯한 동작을 한다.) 무서운 거 없습니다. 저 여기 있습니다.

페리안드로스 왜 그러느냐? (바닥을 본다.) 바닥에 무엇이 있었느냐?

리코프론 아뇨. 바닥에 갈라진 데가 있어서.

페리안드로스 네 눈에 불이 가득하구나. 열병 걸린 사람 같다. 왜 그렇게 핼쑥하고 말랐지? 그 늙은이가 너에게 뭐라고 하더냐?

리코프론 아무 말씀도 않으셨습니다.

페리안드로스 아무 말도? 말도 할 수 없는 상태더냐?

리코프론 그저 노래만 부르셨습니다.

페리안드로스 또 단검이나 살인에 관한 노래더냐?

리코프론 아뇨. 정원에서 즐기는 술과 여자에 관한 노래였습니다. 남자에게 어울리지 않는 작은 즐거움에 관한 것들이었습니다.

페리안드로스 리코프론, 난 네 그 눈빛이 싫다. 넌 진실을 말하고 있지 않아.

리코프론 (빈정대듯 웃는다.) 진실이라고요?

페리안드로스 오, 그 멍청한 늙은이가 우리 사이를 갈라놓으려 하면…… 엉뚱한 말을 한마디라도 잘못 흘리면, 난 그 늙은이를 산 채로 불에 태워 바람 속에 재를 뿌리고 말 것이다! 리코프론, 솔직히 말해 보아라!

리코프론 솔직히요? 정말 그러길 원하십니까?

페리안드로스 리코프론, 내 아들아. 너와 나는 아주 닮았다. 너는 이 세상에서 내가 가진 전부다. 날 떠나지 말아 다오. 다른 사람을 편드느라 날 배신해선 안 된다. 나에게는 너 말고 다른 구원이 없다. 네가 구원받으면 내가 구원받는다. 네가 파멸하면, 내가 파멸하고 말아.

리코프론 저도 압니다! (갑자기 격렬한 기쁨에 사로잡혀) 알아요! 제가 파멸하면, 아버지도 파멸하지요! 아버지는 파멸해요…… 파멸한다고요…….

페리안드로스 왜 소리를 지르느냐? 창피하지도 않느냐?

리코프론 소리를 지르다니요. 제 가슴에 조용히 말하고 있을 따름입니다.

페리안드로스 너와 나는 남자다. 단호하고 엄격하고 당당한 사내들이야. 여자들처럼 뭘 숨기고 장난하는 것은 우리에게 어울리지 않는다. 너에게 내 마음을 열어 보일 테니, 리코프론, 가지 마라. 넌 내가 지금 하려는 말을 들을 만한 자격이 있다. 난 지금까지 고결한 삶을 살아왔다. 남자다운 삶이었지. 전쟁과 승리, 약탈과 방화, 크나큰 환희와 크나큰 슬픔이 가득 찬 삶이었다! 난 이 두 손으로 많은 것을 이루었다. 내 머리는 이제 슬기로 넘치고, 내 금고와 배는 보물로 넘친다. 내 한평생은 거칠고도 끊임없는 투쟁의 오르막길이었지. 힘겨운 덕행들, 그리고 그에 못지않게 힘겨웠던 악행들로 괴롭지 않은 순간이 없었다. 나는 다정하고 너그러운 사람은 아니었지. 잡아 잡수라 하고 다소

곳이 죽어 가는 순진한 양 새끼는 아니었단 말이다. 난 늑대였다. 그리고 양을 잡아 삼키는 것이 내 본분이라는 걸 알고 있었다. 그보다 더 맛있는 고기가 있겠느냐. 얘야, 바람 드는 그쪽에서 있지 마라. 산에 눈이 내려 날이 춥다. 이걸 어깨에 걸쳐라. 감기 들겠다. (그는 자신의 망토를 벗어 리코프론의 어깨에 걸쳐 준다.)

리코프론 (망토가 바닥에 떨어지게 내버려 둔다.) 전 춥지 않습니다!

페리안드로스 네 녀석은 고집도 세고 자존심도 세구나. 다정한 말에도 격분하고, 거친 말에도 격분하니. 넌 칼자루 없는 양날 검과 같아. 널 비난하려고 하는 얘기가 아니다. 얘야, 난 네가 자랑스럽다. 나도 너와 비슷했고 내 아버지도 그랬지. 하지만 외할아버지는 훨씬 더 거칠었다. 외할아버지는 사람이 아니었어. 밭을 개간하신다며 커다란 바윗돌들을 어깨에 지고 옮기셨지. 한번은 커다란 지진이 났을 때인데, 집의 벽들을 떠받치는 들보를 들어 올리고 모두를 피신시키기도 하셨다. 할머니, 애들, 하인들, 개와 가축들까지 말이다. 나는 당신의 힘과 당신의 완고한 성격을 물려받았다. 하지만 더 나아갔지. 그것들을 한결 드높였어. 난 바다에서 해적들을 쓸어버렸고, 뭍에서는 도적들을 쓸어버렸다. 많은 나라를 약탈하고, 많은 왕들을 죽였다. 내 수하의 귀족이 감히 나에게 도전하면, 누구든 그의 목을 자르고 질서를 회복했다. 나는 야수이면서도 신이었다! 이제 너의 차례다, 리코프론. 네 외할아버지는 하데스에 가 계시고, 나도 곧 그분 곁으로 가게 될 것이야. 이제 네 차례가 되었다.

리코프론 (생각에 빠져 있다…… 동의하며) 이제 저의 차례입니다. ……저도 알고 있습니다!

페리안드로스 지난 일은 잊자, 리코프론. 그리고 새 삶을 시작하자. 이제 넌 결혼할 터이니 우리 가문의 새 땅이 되는 알카에게 네 씨앗을 심게 될 것이다. 왕조가 끝나게 해서는 안 된다. 우리 대가 이어지도록 해다오. 내 아들아, 우리 대를 해방시켜 다오. 범죄로부터, 피로부터, 어둠으로부터 말이다. 나 자신은 반은 밝음이고, 반은 어둠이다. 하지만 너는 밝음뿐이어야 한다. 네 전부가 말이다, 아들아.

무슨 생각을 하고 있느냐?

리코프론 아무 생각도 하고 있지 않습니다. 그냥 듣고 있습니다.

페리안드로스 어젯밤 난 잠을 이룰 수가 없었다. 음유 시인더러 밤새도록 내 발치에서 노래 부르게 하고, 노예들더러는 내 금잔에 술을 채우고 또 채우라 했다. 그런데 새벽까지 마셨건만 좀처럼 취하지 않았다. 무슨 말인지 알겠느냐. 내 마음은 오만 가지 생각으로 가득 차 있었단 말이다. 난 중요한 결정을 내리려고 했다. 리코프론, 무슨 생각을 하고 있느냐? 지금 내 말을 듣고 있는 거냐?

리코프론 예, 듣고 있습니다.

페리안드로스 난 중대한 결심을 했다.

리코프론 들었습니다. 왜 했던 말을 또 하십니까? 들었습니다.

페리안드로스 너와 관계된 중요한 결정이다.

리코프론 (갑자기 돌아보며) 저와 관계된 거라고요?

페리안드로스 난 왕의 자리를 너와 함께 나누려고 한다. (리코프론은 경멸하는 태도로 어깨를 으쓱한다. 페리안드로스는 기둥 아래의 대리석 왕좌에 앉는다.) 관심 없는 척하지도, 기쁨을 감추려 하지도 마라. 네 아버지의 손에 입을 맞추거나, 듣기 좋은 말을 해준다 해서 부끄러운 일이 아니다! 들어 보아라.

난 귀족들과 백성들을 궁으로 불러 네 머리에 금관을 씌워 줄 작정이다.

날 도와 다오, 아들아. 시민과 귀족을 공평하고도 가차 없이 통치할 수 있도록 날 도와 다오. 우리에겐 아직 적들이 있다. 놈들을 정복할 수 있도록 도와 다오. 우리에겐 아직 친구들이 있다. 그들 역시 정복할 수 있도록 도와 다오. 넌 타고난 지도자다. 넌 잘 알 것이다. 네가 호령하여 온 도시를 벌벌 떨게 하는 것보다 더 크고 남자다운 즐거움이 없다는 걸 말이다. 계곡의 농사꾼들과 바다의 배들이 자기네의 지도자를 알아보고 공포와 기쁨 속에서 그의 힘을 느끼게 하는 것은 또 어떠냐! 그리고 밤이 되어 운명의 신과 단둘이, 평화와 전쟁의 두 대가들이, 불가에 마주 앉는 것은 또 어떻고!

기둥을 그만 긁어 대라. 네가 무슨 호랑이냐. 왜 말을 하지 않는 거지? 왜 듣기 좋은 말을 하지 않으려는 거냐? 기쁘지 않단 말이냐?

리코프론 기쁘지요, 기쁘고말고요! 너무 기뻐서 이 궁을 부숴 버리고 싶을 지경입니다.

페리안드로스 이 녀석이 이를 악문 채 웃고 있구나. 말로는 기쁘다면서 뭔가를 숨기고 있어. 뭐가 잘못되었느냐? 그 멍청한 늙은이가 너에게 뭐라고 했지? 왜 자꾸 계곡 쪽을 바라보는 거냐?

리코프론 저는 지금, 피가 흥건한 땅과 썩어 가는 뼈를 생각하고 있습니다! 기쁩니다! 배고픈 새처럼 꽥꽥 소리 지르고 싶습니다. 목구멍이 갈기갈기 찢어질 때까지 말이에요. 그래서 사람 소리를 내지 못하고 그저 까마귀처럼 기쁜 마음을 깍깍댈 수 있게요. (까마귀 소리를 낸다.)

페리안드로스 그따위 돼먹지 않은 천한 울음소리는 치워라! 그건 우리네 소리가 아니다. 네가 지금 무슨 악귀에 씌었는가 보다!

리코프론 악귀가 제 가슴에 매달려 떨어지지 않고 있나 봅니다!
(품에서 단검을 꺼낸다. 지나면서 망토를 밟고 걷어차 버린다.
그러고는 페리안드로스의 발밑에 황금 단검을 내려놓는다.)
여기 있습니다. (큰 소리로) 하데스에서 안부 인사 올립니다!

페리안드로스 (벌떡 일어선다.) 아아아아!

제2막

제1장

에피다우로스, 왕궁의 어느 방. 리코프론과 킵셀로스의 외할아버지가 왕좌에 고개를 꼿꼿이 세우고 앉아 바깥의 소란스러운 전투 소리에 귀를 기울이고 있다. 그는 열린 문 쪽에서 불꽃이 어른거리는 모양을 물끄러미 바라본다.

외할아버지 심장아, 이것이 네 마지막, 비극적인 시간이다. 창피해하지 말자.

첫째 귀족 (헐레벌떡 등장한다.) 전하, 성문이 무너졌습니다. 놈들이 성안에 들어와 궁전으로 밀어닥치고 있습니다……. 저흰 패했습니다!

둘째 귀족 (등장한다) 놈들이 성에 불을 지르고 있습니다! 기름을 뿌리고 횃불을 던지고 있습니다.

셋째 귀족 (등장한다) 저흰 패했습니다! 페리안드로스가 붉은 말을 타고 돌격해 오고 있습니다……. 악마 같습니다. 달아나십시오, 전하! 놈이 문을 부수고 궁 안으로 들어왔습니다!

외할아버지 도망치라고? 나는 괜찮소. 소리 지르지 마시오!

세 명의 귀족 모두 저희도 전하와 함께 죽겠습니다! (그들은 문에 빗장을 건다.)

외할아버지 갑옷 입는 것을 도와주시오. 내 장창(長槍)을 가져다 주고, 내 머리 위에 왕관을 씌워 주시오……. 어서, 빨리 그놈이 오기 전에!

세 명의 귀족 (급하게 옷을 입힌다.)
　　저흰 패했습니다!

외할아버지 조용히 하라!

페리안드로스의 목소리 불을 질러라! 불을! 다 태워 버려!

외할아버지 날 일으켜 주시오. 벽에 기대 두 발로 설 수 있게 해주 시오!

세 명의 귀족 (그를 일으켜 벽에 기대 세운다.) 우린 떠나야 합니 다, 전하!

외할아버지 가시오!

바깥에서 요란한 소음과 동요. 도끼들이 문을 찍어 댄다. 귀족들은 숨는다.

외할아버지 침착해라, 심장아, 약해지지 말고!

문이 무너진다. 소음, 불꽃, 이윽고 페리안드로스가 문지방에 나타난다.

페리안드로스 안녕하시오!
　　(외할아버지가 조용히 그를 바라본다.)
　　안녕하시냐고 하지 않았소! 손을 내밀고 자비를 구해야 하지 않소?

외할아버지 어서 오게! 빨리 끝내 주게!

페리안드로스 난 경고했소……. 한데 당신은 참지 못하고 말해 버렸어!

외할아버지 그래, 말했다. 네놈은 끝났어! 이제 죽음이 내 눈을 감겨 주게 해다오.

페리안드로스 (군인들을 향해) 죄다 안마당에 내다 쌓아라. 문이고, 창문이고, 왕좌고 다 쌓아 올려! 기름을 뿌리고 불을 질러라. 그리고 이 늙은이를 — 이 독종을 — 처넣어 버려. 장작더미 위에 놓고 구워 버려! 내가 이 늙은일 산 채로 태워 버리겠다고 맹세했으니, 그 말을 지킬 것이다!

외할아버지 좋을 대로 해라. 내 독(毒)을 네놈 아들에게 전할 수 있어 다행이다. 난 이제 기쁘게 죽겠다!

카릴라오스 동정을 베푸시지요, 전하. 보십시오, 저 노인네 얼굴이 일그러지고 있습니다. 곧 죽을 것입니다. 그저 기다리시기만 하면 됩니다!

페리안드로스 그럼 서둘러야겠구나! 저놈의 숨이 붙어 있을 때 불을 준비해라.

군인들이 떠난다. 페리안드로스는 노인을 노려보며 비웃듯 웃어 댄다. 노인은 비명을 지르며 앞으로 고꾸라진다.

제2장

페리안드로스의 궁전 알현실. 쿠로스 상이 있고 벽은 프레스코화로 장식되어 있다. 새벽이다. 귀족들이 겁에 질린 채 들어온다. 그들은 천천히 한데 모여 수군댄다.

첫째 귀족 왕은 자정이 되어서야 돌아왔네. 자다가 소리가 나서 놀라 깨어 보니 그 시간이었어. 창문을 열고 보니 왕이 오고 있더군.

둘째 귀족 내 아들이 왕과 같이 있어서 죄다 봤다네. 페리안드로스 왕이 늙은이를 산 채로 태우고, 그 재를 바람에 날려 보냈다더군.

셋째 귀족 왜 이런 꼭두새벽에 우릴 부른 거지? 우리에게 무슨 볼 일이 있을까? 나쁜 징조야, 이 사람들아!

원로 귀족 조용! 내가 제일 연장자이니 — 내 말을 듣게! 왕에겐 굽히고 나가야 해. 왕이 뭐라고 하든, 〈예, 예〉라고 대답하게. 그저 〈예〉라고만 말일세! 노예에겐 다른 수가 없어. 이 두 눈으로 본 게 한두 가지 아니고, 이 등으로 진 짐들이 한두 가지 아니니, 내가 하는 말 귀담아들어야 하네. 목숨을 부지하고 싶으면 조심들 하란 말이야! 왕을 보면 두려워해. 왕이 보이지 않을 때는 더 두려워해야 하고, 왕은 어딘가에서, 당신들의 일거수일투족을 지켜보면서 마음속에 다 새겨 두고 있어. 왕은 다 알고 있네. 당신들이 무슨 말을 하고, 어떻게 말하는지, 웃는지, 기침을 하는지, 심지어는 눈을 깜빡이는 것까지도 알고 있어. 그리고 누구도 용서하는 법이 없네…… 사람들이 몰려왔구먼, 이것봐, 이 사람들 무장을 했네!

군중 전쟁은 지긋지긋하다! 더 이상 싸움은 원하지 않는다!

카릴라오스 (군중을 이끌고 있다.) 형제들이여, 일어섭시다! 봉기합시다!

군중 우리를 왜 이 시간에 궁으로 소집한 것이오? 또 무슨 재앙이 우리를 기다리고 있는 거요?

귀족들 조용히 해, 어리석은 사람들아. 큰 소리 내지 마! 그리고 자네, 카릴라오스, 어찌 감히 봉기란 말을 입에 올린단 말이냐 — 부끄럽지도 않느냐?

카릴라오스 더 이상 참을 수 없습니다. 저는 고통과 불의 때문에 숨이 막힐 지경입니다. 귀족님들, 어젯밤 우리는 전투를 치른 뒤에 에피다우로스를 약탈하고 돌아왔습니다. 싸움으로 온통 난장판이 된 곳에서 페리안드로스 왕은 자기 장인을 불 속에 내던지고 포도주와 기름을 쏟아 부어 그 사람을 문어처럼 구워 버렸어요. 더 이상 견딜 수 없습니다. 소리치고 싶어요. 하늘에는 신이 없단 말입니까?

원로 귀족 소리쳐선 안 돼. 페리안드로스 왕이 듣네. 그렇게 되면 우리는 모두 신에게 자비를 빌어야 돼!

카릴라오스 들으라죠! 귀족님들, 당신들에겐 재물이 넘쳐 나는 저택과 금고가 있어요. 그것들을 잃을까 봐 떨고 있는 겁니다. 하지만 제겐 아무것도 없습니다. 그러니 무서울 게 없죠. 저는 자유롭습니다! (군중에게) 용기를 내시오, 친구들! 맹세를 잊지 맙시다!

군중 전쟁을 끝내길 원한다! 지긋지긋하다!

카릴라오스 우리는 노략질에서 돌아와 집에 들어가 아이들을 만나 보고 아내를 껴안을 틈도 없었습니다. 새벽에 전령들이 문을 두드리며 소리치더군요. 「궁으로 나오시오! 궁으로! 전하께서 당신들을 기다리시오!」 왜? 왕은 도대체 우리에게서 뭘 바란단 말입니까?

갑자기, 기별도 없이, 페리안드로스가 나타난다. 험상궂게 생긴 호위병 두 명이 뒤를 따르고 있다. 왕은 귀족들에게 다가가며 그들을 매섭게 노려본다.

귀족들 왕이 오셨다.

원로 귀족 전하, 저는 아무 말도 하지 않았습니다. 제가 아니라, 여기 있는 사람들이 소리를 질렀습니다!

페리안드로스 (군중에게) 나에게 불만이 있느냐?

카릴라오스 있습니다!

페리안드로스 (노여움에 손을 치켜들며) 허!

카릴라오스 전쟁을 중단하길 원합니다!

페리안드로스 너에게 묻지 않았다!

카릴라오스 저희는 지긋지긋합니다!

페리안드로스 (군중을 향해) 조용하라! 왜 무장을 하고 궁에 왔느냐? 무기를 내려놓아라!

카릴라오스 우리는 항복하지도, 명령에 따르지도 않을 것입니다. 전하는 한 사람이지만 우리는 수천 명입니다.

페리안드로스 그렇다. 난 한 사람이다. 그러나 나 하나가 너희들 모두보다 강하다. 위대한 사람은 수로 따질 수 없는 법, 크기로 따진다. 무기를 내려놓아라!

카릴라오스 왕의 말 한 마디 한 마디에 떨던 때는 지났습니다! 우리는 깨어났습니다, 전하. 그리고 우리의 힘을 알고 있습니다. 조심하십시오!

군중이 페리안드로스를 향해 달려든다. 호위병이 황급히 도우려 나서자, 왕이 물러서게 한다.

페리안드로스 물러나라! 무기를 버려라! (그는 천천히 한 사람 한 사람에게 다가선다.) 내려놓아라! 무기를 버려라! (한 사람씩 한 사람씩 무기를 내려놓는다. 왕은 카릴라오스에게 돌아선다.) 이제 말해 보아라! 용기를 내어 겁내지 말고 말해 보아라. 네가 원하는 게 뭐냐?

카릴라오스 없습니다, 전하.

페리안드로스 (웃으며) 없다? 그래, 내가 널 얼마나 좋아하는지 보여 주마. 자, 원하는 건 뭐든 말해 보아라. 다 들어주겠노라.

귀족들이 웃는다.

페리안드로스 웃지 마시오, 귀공들. 저 사람들에게 신경 쓰지 말고, 그냥 소리치게 두시오. 사나운 짐승 같지 않소. 난 그런 모습이 좋아. 존경스럽지. 열심히 일하고, 끈기 있고, 또 머릿수가 많지 않은가. 한데 당신네 귀족들은 교활한 여우 같고 숨어 있는 종기 같아. 당신들은 한시도 방심하지 말아야 할 것이오. 증오심을 입 밖에 내지도, 마음속에 품지도 마시오. 밤이고 낮이고 내 칼이 당신들 머리 위에 걸려 있다는 걸 잊지 말아야 해.

방금 전 당신네가 여기 들어섰을 때 난 분위기가 심상치 않다는 걸 느꼈소. 당신들은 화를 입을 것이오! 자, 내 아들이 들어오도록 길을 트시오! 내 아들을 맞으시오!

리코프론이 등장한다. 뒤이어 알카와 킵셀로스가 들어온다.

원로 귀족 어서 오시오, 떠오르는 태양! 우리 머리 위에 걸린 새로운 검, 억센 이빨을 가진 젊은 사자, 어서 오시오!

카릴라오스 폭풍우 뒤에 오는 무지개, 우리에게 밀과 기름과 포도주를 주시는 왕자님을 환영합니다! 평화를 원합니다! 평화를!

페리안드로스 그만 됐소! 귀공들은 앉으시오. (군중을 향해) 그리고 여러분, 나의 백성들이여, 그대들은 그대로 서 있으라. 여러분은 강하고 젊으니 앉을 필요가 없다. 내 왕국의 귀족들과 일꾼들이여, 내 말을 들으라. 선포할 말이 있다.

원로 귀족 전하, 우리를 불쌍히 여기셔서 가혹한 말씀은 하지 말아 주소서.

페리안드로스 두려워 마라, 백성들이여. 난 지금 벌을 내리려는 것도 아니고 전쟁을 선언하는 것도 아니다. 내 욕망은 에피다우로스에서 충족되었고, 내 가슴도 채워졌다. 난 피를 좋아하지 않는다. 하지만 피를 두려워하지도 않는다. 필요할 때 즐겁게 흘릴 뿐이다.

조용하시오! 원로 귀족들, 난 지금 당신들에게 말하고 있소! 내가 코린토스를 정복하던 때를 기억하시오? 그때를 생각해 보시오.

원로 귀족 오두막과 판잣집밖에 없던 진흙탕 마을이었지요. 망가진 외돛배 열 척, 맨발에 누더기를 걸친 한 줌밖에 안 되던 엉성한 군인들뿐이었고요.

첫째 귀족 돼지들이 진창 거리를 어기적거렸습니다. 어딜 보아도 가난과 비참함뿐이었죠. 적들은 마음대로 국경을 넘어 우리 땅을 습격하고, 우리의 곡식과, 우리의 양과, 우리의 여자를 빼앗아 도망쳤습니다.

둘째 귀족 우리 도시의 수호자였던 우리의 신(神)조차 정이 떨어졌는지 우리를 버렸습니다. 어느 날 밤, 청동 신상이 움직였죠. 신은 다리를 뻗어 조용히 사원의 계단을 내려가 달아나 버렸습니다…….

페리안드로스 귀공들, 처음에 형편이 좋았을 때는 당신들은 당신네끼리 서로 싸우는 데만 정신이 팔렸었소. 서로를 배신하는

데 여념이 없었어. 그래서 당신네들은 흡사 대머리 독수리처럼 잔악해 보였소. 당신네들은 불쌍한 소작농들이 살해당하거나 노예가 되어도 그냥 두었고, 굶주려도 그냥 두었소. 그때 내가 나서서 그 혼란에 질서를 세우고 부자들의 것을 빼앗아 가난한 사람들에게 나누어 주어 정의의 저울을 바로잡아 놓았던 것을 기억하시오?

이제, 궁금한 게 있소이다. 여러분, 귀공들 중에 누가 나에게 불만이 있소? 일어나 자유롭게 말해 보시오. 당신이오? 아니면 당신인가? 아니면 당신?

귀족들 전 아닙니다, 전하!

저도 아닙니다!

저도 아닙니다!

원로 귀족 신들이 전하의 방식을 축복하시길 빕니다! 전하께서는 공정하게 벌하시고 공정하게 상을 주십니다. 전 아무 불만이 없습니다! 전하께서는 우리의 신이 제 발로 우리에게 돌아와서 신전의 기둥 사이에 다시 서 있을 수 있도록 하셨습니다.

페리안드로스 거짓말! 신은 제 발로 돌아온 게 아니오. 내가 데리고 온 거지! 내가 전쟁을 시작해서 이겼기 때문에, 내가 말과 양과 노예를 끌고 돌아왔기 때문에 신이 온 것이야. 내가 배들을 무장시켜 바다로 내보내 쇠와 밀과 아름다운 노예들을 약탈해서 배에 가득 싣고 고향에 돌아왔기 때문에 신이 온 거지! 한시도 굶주림에서 벗어나지 못하고 있던 당신네 신이 내 안마당에서 제물로 올린 구수한 고기 냄새가 나자 그 냄새를 맡고 달려왔던 거요. 당신은 틀렸어. 신은 자기 발로 돌아온 게 아니라 내가 데리고 온 것이오!

(군중을 향해 돌아서서) 뭘 이렇게 웅성거리는가? (카릴라오

스에게) 두려워 말고 말해 보라, 카릴라오스. 무슨 일인가?

카릴라오스 전하, 겨울이면 귀족들은 난롯가에 앉아 몸을 따뜻하게 녹입니다. 여름이면 그늘에 앉아 시원하게 보내지요. 술 마시고, 고기를 먹고, 노예 소녀들을 애무하면서 〈인생은 좋구나, 우리의 왕도 좋은 분이고, 전쟁에 나가는 건 다른 사람들이야! 여자여, 이리 와서 가슴을 보여 다오. 그리고 노예 소년은 이리 와 나의 잔에 술을 채워라!〉 하고 말하지요.

그렇지만 전 난롯가에 앉을 수도 없고, 그늘에 누울 수도 없고, 여자를 안을 수도 없습니다! 눈을 맞고, 비에 젖고, 햇볕에 타느라 다른 시간이 없습니다. 아이들은 굶주리고, 아내는 바가지를 긁어 댑니다. 술은 한 모금씩 아껴 마셔야 하고, 고기는 언제 먹어 봤는지 생각해 보면 한숨이 절로 납니다. 하지만 전 아직은 참을 수 있습니다. 〈참아라, 가슴아〉 하고 저는 말합니다. 「가만있어, 가슴아, 반쪽뿐인 삶이지만, 살아 있는 것만도 행운이다!」

그런데 갑자기 성에서 고함 소리가 들려옵니다. 「전투 준비!」 그러고는 무쇠 같은 손이 저를 낚아채 세상의 끄트머리에 내던져 닥치는 대로 죽이고 죽게 합니다. 왜 그래야 합니까? 왜? 전하께서는 에피다우로스의 늙은 왕을 산 채로 태우셨는데, 그게 저와 무슨 상관이 있는 일입니까? 그 사람이 저에게 무슨 해를 끼쳤단 말입니까? 제가 아르고스와 케르키라의 사람들과 싸웠던 건 무슨 싸움이었습니까? 저에게 빵이나 술이나 인생의 위안거리가 하나도 없다면 영광이 무슨 소용이겠습니까?

전하, 숨을 좀 쉬게 해주십시오! 숨을 좀 쉬게요! 지금 이 시기는, 첫 비가 내리는 시절입니다. 곰팡내가 사라지고 주막집들에서는 새 포도주 냄새가 향기롭습니다. 잠시 친구들과 앉아서 술 한 잔을 마시면서 고통을 씻어 내릴 수 있게 해주십시오. 다시는 전쟁으로 내보내지 말아 주십시오, 전하. (침묵)

이제 제 속이 한결 풀렸습니다.

페리안드로스 그럼 나도 속이 좀 풀리게 한마디 하겠다. 난 전쟁과 평화를 모두 내 손에 쥐고 있다. 하나는 오른손에, 하나는 왼손에. 어떤 것이 옳은 것이고, 어떤 것이 인간과 신을 이롭게 하는지, 나만이 알고 있고, 나만이 결정한다. 너희는 먹고 자고 그늘에 눕고 싶어 한다. 너희는 너희 안에 있는 신성한 불똥을 덮어 꺼버리고 싶어 안달이 나 있다. 하지만 난 그렇게 하도록 내버려 두지 않을 것이다. 난 너희를 전쟁터에 내던진다! 그러면 그 불똥은 성난 불꽃이 되어 타오른다. 그것이 내가 원하는 것이고, 내가 태어난 이유이고, 너희가 농민이고 내가 왕인 이유이다!

군중 평화를 원합니다! 평화를! 평화를!

페리안드로스 평화도 올 것이오. 하지만 난 여러분이 다시 진흙탕에 빠져 돼지처럼 뒹굴도록 내버려 두지는 않을 것이오. 여러분이 원하든 원하지 않든, 난 평화 시의 기쁨에 존엄과 고결성이 깃들게 할 것이오! 나는 경기를 열어 여러분이 달리고, 뛰고, 원반을 던지고, 투창을 던지고, 바다로 배를 저어 나갈 수 있도록 하겠소. 이 모든 걸 할 것이고, 더 할 것이오.

오늘 나는 여러분에게 아주 기쁜 소식을 전하겠소. 포도밭을 떠돌고 선술집을 들락거리는 유랑자, 그 새로운 신에게 문을 열어 주겠소. 마을 광장에 이 신의 상을 세워 그가 여러분을 위해 노래하고 춤추고 그의 열정과 모험에 대해 얘기해 줄 수 있도록 할 것이오. 여러분이 그를 보고 그의 얘기를 듣게 되면 여러분 자신의 열정도 고결해질 수 있을 것이오.

킵셀로스 (기뻐 뛰어오른다.) 오 디오니소스, 사랑하는 디오니소스 신이여, 들었나요? 오세요! 사람의 가슴에 빛이 들었어요. 문이 열렸습니다. 들어 오세요!

페리안드로스 저놈을 데리고 나가라! 데리고 나가! 난 뻔뻔하게 취한 건 싫다!

킵셀로스 귀족님들, 아크로코린토스 시민 여러분, 맹세코 전 한 번도 술을 입에 댄 적이 없습니다. 전 술이 필요 없어요……. 맹세해요…… 마음으로 충분합니다…….

페리안드로스 그놈 데리고 나가!

호위병들이 킵셀로스를 잡아서 데리고 나간다.

페리안드로스 저놈 목소리가 들리지 않게 문을 닫아라!

원로 귀족 전하, 저를 그렇게 노려보지 마십시오. 저희는 아무것도 보지 못하고 듣지 못했습니다.

페리안드로스 당신들은 모두 보고 들었소. 당신들 마음속에 죄다 박혀 있겠지. 내 가문의 이 망신스러운 꼴을 말이오! 그렇다고 뭐 우쭐해할 것 없소. 내겐 아들 하나가 더 있으니까. 사자 같은 놈이지. 당신들에게는 재앙이겠지만, 난 이놈을 당신들 사이에 풀어 놓을 것이오.

아크로코린토스 시민들이여, 그리고 나의 귀족들이여. 내가 여러분에게 가르쳐 주겠소. 여러분은 왜 전쟁을 하고 있으며, 왜 전쟁을 좋아하게 될 것인지 말이오. 난 여러분이 왜 일하는 것을 좋아하고, 노예 상태를 좋아하게 될 것인지 가르쳐 주겠소. 여러분이 내가 명령하는 것을 기꺼이 하고자 하는 날이 올 것이오.

그건 오랜 세월이 걸려야 달성할 수 있는 길고도 어려운 과제요. 그런데 난 이제 늙었소. 아니, 늙었다기보다 딴 걱정들에 시달리고 있소. 정복해야 할 왕국들이 또 있는데, 이 왕국들은 어둡고 좁아 한 번에 한 사람만 들어갈 수 있고, 그래서 아무도 나를 따라올 수 없소. (침묵. 그가 한숨을 쉰다.)

카릴라오스 전하, 사람들 말로는 전하께서 요즘 잠을 주무시지 않는다고 합니다. 전하께서 하늘의 달을 끌어내려 달의 젖을 짜고, 기다란 뼈다귀로 무덤을 연다고 합니다.

첫째 귀족 사람들 말이, 전하께서는 삶을 속이시고, 이제는 죽음도 속이시려 한다고 합니다. 위대한 왕이시여, 아직도 무엇이 부족하십니까? 아직 만족스럽지 않으신지요?

페리안드로스 당신들이 죽음에게 줄 수 있는 건 기껏 유령이나 뼈다귀나 벌레 같은 것들이지. 그래서 당신들이 죽음으로부터 돌려받는 건 그런 것들뿐이오! 난 죽음에게 내 영혼을 주었소! (그는 한숨을 푹 내쉰다.) 그래서 내가 요구하는 것도 바로 그것이오! (그러고는 성을 낸다.) 누가 떠드는가? 문을 열어라. 숨이 막힌다. 잔에 술을 따라라, 목이 탄다.

　리코프론, 가까이 오너라, 내 아들아. 내가 생각하는 건 너뿐이다. 내 옆에 앉아라.

리코프론은 돌아서 분노에 찬 표정으로 페리안드로스를 바라본다. 그는 움직이지 않는다. 알카가 그를 껴안은 채 겁에 질려 자신과 함께 있어 달라고 간청한다.

페리안드로스 귀족들, 그리고 농민 여러분, 이게 내 아들이오! 이 녀석 때문에 오늘 여러분을 궁으로 불렀소. 이놈을 보시오. 이놈의 몸과, 이놈의 영혼과, 이놈의 정신을 보시오. 무시무시한 세

갈래 무기요. 이것을 휘두르면 무엇에나 재앙이 내릴 것이오!

이놈의 이름에 멋진 찬가를 불러 주고 싶소. 하지만 거북살스러운 기분이 드오. 이 녀석은 머리부터 발끝까지 젊었을 때의 나를 닮았으니까. 막 피어나려는 세계를 두 손에 쥐고 있는 억센 열여덟 살 소년 말이오.

이 녀석을 보시오. 훤칠한 몸뚱이, 굳게 다문 입, 꽉 쥔 주먹을 말이오! 이놈은 정열이란 정열은 다 가지고 있지만, 그것들을 잘 다스리고 있소. 자신의 제일 큰 욕망을 좇아 그걸 붙잡기를 좋아하면서도, 막상 그걸 손안에 넣게 되면 주먹을 꽉 쥐고서 꼼짝하지 않는다오. 자신이 과연 자유로운가를 알아보기위해 감정을 억제하는 것이오. 여자들은 녀석을 정복할 수 없소. 술도, 찬양도, 승리도, 행복도 마찬가지요. 이 애는 그것들이 죄다 겁쟁이들이나 좋아하는 저급한 즐거움이라는 걸 알고 있소. 녀석은 신 앞에 섰을 때 신성에 위축되지도 않지만, 그렇다고 어리석게 신을 모독하지도 않소. 녀석은 자존심과 존경심을 조절해 가며 신들이 동지나 되는 것처럼 그들과 대화를 나눈다오.

녀석은 황금 샌들과 묵직한 반지를 좋아하오. 지금은 가난한 귀족의 아들처럼 입고 있지만 말이오. 녀석은 좋은 음식과 오래묵힌 포도주와 노래를 좋아하오. 지금은 밀 알갱이를 먹고, 물을 마시며, 만족하고 있지만 말이오.

이놈이 내 아들이고, 내 가문의 꽃이오. 나의 선친은 술고래여서, 술에 취하면 이유도 없이 사람들을 죽였소. 난 술을 마시지만 취한 적은 없소. 내가 사람을 죽인다면 그건 오로지 질서를 유지하기 위해서요. 내 아들은 술을 마시지도 않고 취하지도 않소. 사람을 죽이지도 않소. 연민을 느껴서가 아니오. 당치도 않지! 혼란을 싫어하기 때문이오.

페리안드로스가 말하고 있는 동안 리코프론은 가만히 있지 못한다. 그는 일어나서 항변하려고 하지만 알카가 그를 쓰다듬으며 제지한다.

페리안드로스 이놈이 내 아들이오. 우리의 땅은 국경을 넘어서까지 확장되었소. 책임이 늘어났고, 질서를 지키기 위해 왕좌에 두 사람이 필요해졌소. 그래서 난 중대한 결정을 내리게 되었소. 일어나시오! (리코프론을 제외한 모두가 일어난다.) 이제부터, 두 개의 태양이 코린토스의 밭과 포도밭, 해안과 배에 빛을 비출 것이다. 두 개의 태양 — 하나는 지는 태양이고, 또 하나는 힘과 분노에 가득 찬 떠오르는 태양이다. 그들을 맞이하라!

원로 귀족 젊은 사자이자 주인이시여. 머리 숙여 당신의 힘을 경배합니다! 이제 우리 나라의 꿀과 포도주와 기름은 두 개의 샘에서 흘러넘칠 것입니다.

카릴라오스 꿀과 포도주와 기름이 저희의 입술에도 조금은 떨어지기를 기원합니다! 리코프론, 우리의 희망은 당신에게 있습니다!

페리안드로스 됐소! 리코프론, 하나뿐인 내 아들아, 일어나라! 너의 검은 머리 위에 금관을 씌워 주겠다!

페리안드로스가 천천히 다가선다. 리코프론, 자리에서 벌떡 일어나, 왕관을 움켜쥐고 바닥에 내동댕이친다. 군중이 웅성거린다. 놀라 소리를 지르는 사람도 있다.

알카 (리코프론을 말리러 달려간다.) 오, 리코프론, 안 돼요……안 돼!

리코프론은 갑자기 뒤로 물러나 귀족들을 향해 돌아서더니, 그들에게 다가가 그들과 군중 사이에 선다. 그가 천천히 왕실 예복을 벗자 그 아래 입고 있던 누더기 차림이 된다. 그는 벗은 옷을 둘둘 말아 페리안드로스의 발치에 내던진다.

리코프론 가져가요! 당신 것은 아무것도 필요 없어!

페리안드로스 리코프론!

(그의 손이 품 안의 황금 단검이 있는 곳으로 옮아간다. 그는 리코프론에게 다가간다. 그러다 다시 뒷걸음친다. 그는 단검을 숨겼다가, 다시 꺼내 든다. 그가 입을 열어 말하려 하지만, 목이 막힌 듯 말이 나오지 않는다.)

리코프론 (반항적으로 가슴을 드러내며) 죽이세요! 절 죽여요!

카릴라오스 왕자님을 죽이지 마십시오! 전하는 다른 아들이 없습니다. 저희에게도 다른 희망이 없습니다!

리코프론 (빈정대며) 절 죽이세요!

알카 안 돼! 안 돼요! 코린토스의 시민들, 귀족들, 도와줘요!

페리안드로스 (그녀의 머리카락을 움켜쥐고) 참견하지 마라!

귀족들 죽이십시오, 전하! 죽여요. 놈은 전하를 부정하고 있습니다! 놈은 반역자입니다! 죽이십시오!

페리안드로스 (호위병들에게) 채찍!

호위병들이 채찍을 가져온다. 페리안드로스는 귀족들을 향해 돌아서서 으르렁거리며 채찍을 내리친다.

페리안드로스 더러운 늙은이들! 왜 떠들어? 어딜 감히 끼어드는 거야? (그는 채찍을 바닥에 내던지고, 리코프론을 향한다.) 이

자들을 보았느냐? 이자들은 위대한 두 사람이 싸우는 걸 보면 좋아서 어쩔 줄 모른다. 아들아, 왜 우리가 둘만 남을 때까지 참고 기다리지 못했느냐?

리코프론 이게 제가 원한 겁니다!

페리안드로스 얘야, 지금은 위대한 순간이다. 망치지 말아 다오! 말 한 마디 지나치거나, 사소한 어리석은 표현 하나로 우리 인생은 재가 되어 버릴 수도 있다. 지난 오랜 세월 내가 모았던 재산들은 모조리 — 힘과 미덕, 영광, 부가 모조리 — 혼돈으로 되돌아가 버릴 것이다. 리코프론, 아픔을 다스려라. 넌 어른이야. 나중에 후회할 말은 하지 마라!

리코프론 전 자제하고 있습니다. 모르시겠어요? 제 입을 봉하고 있습니다. 전 아무 말도 하지 않습니다. 이 말만 빼고 말입니다. 절 죽이세요!

페리안드로스 (왕좌 위에 단검을 내던지며) 넌 잔인하고 몰인정하구나. 하지만 네가 나를 화나게 한다는 이유만으로 네 인생에 관여하지는 않겠다. 내 모든 희망과 꿈은 너에게 있다. 우리 가문 대대, 우리 선조와 후세의 희망이 말이다……. 너는 이미 신성 불가침한 존재가 되었다. 너에게 무슨 일이 일어나면, 네가 만약 후사(後嗣) 없이 죽는다면, 횃불은 꺼지고, 내 대는 끊기고 말 것이다. 우리 선조들은 땅속에서 썩어 버릴 것이다. (리코프론, 웃는다.) 왜 웃느냐?

리코프론 저에게 그런 힘이 있다니 기쁘기 한량없습니다.

페리안드로스 네 주위를 돌아봐라. 백성들, 귀족들 말이다. 다들 하나같이 너를 지켜보고 있다. 나를 난처하게 만들지 마라! 말을 해라!

리코프론 전 왕관을 짓밟겠습니다. 아버지의 재산을 경멸하고, 아버지의 힘 따위는 신경 쓰지 않습니다. 아버지에게는 아무것도 원하지 않습니다! 제가 입고 있는 이 누더기도 아버지 것이 아니고, 어머니의 혼수품을 넣어 둔 옛날 궤짝에서 찾은 것입니다.

페리안드로스 네 핏줄에 흐르고 있는 피는 내 것이다……. 너의 영혼, 너의 육체, 그것들은 내 것이야! 네 어머니를 안고 잠자리를 같이한 것은 바람이 아니야!

리코프론 걱정하지 마세요. 그것들도 돌려 드리겠습니다. 그것들이 아버지 것이라 정말 싫습니다. 나의 얼굴이 아버질 닮아서 정말 싫습니다. 아, 물고기의 내장을 뜯어내듯 내 영혼을 뜯어낼 수만 있다면, 그걸 뜯어내어 당신의 얼굴에 내던져 버릴 텐데!

페리안드로스 너를 낳은 사람에게 그 말밖에 할 말이 없느냐? 멀거니 너를 바라보고 있는 이 쓸모없는 자들에게 해줄 다른 말은 없단 말이냐? 아무리 해도 다른 할 말이 없느냐?

리코프론 없습니다!

페리안드로스 알카, 빨리 이리 와라! 얼른 이 단검을 가져가서 감춰 버려라. 단검이 살아났다! 악마가 단검에 들어가서 날 부르고 있다. 못 들은 척하려 해도 이게 나를 그냥 두지 않는구나!

알카가 단검을 집어 들어 자신의 품속에 숨기려고 한다.

페리안드로스 아니다. 기다려라! 내 힘을 내가 믿지 못하다니 부끄럽구나. 단검을 돌려 다오! 자, 거센 심장이여, 꺾이지 마라!

알카 아버님…….

페리안드로스 걱정 마라, 알카. 내 체면을 손상시킬 일은 하지 않겠다. 귀족들이여, 그리고 여러분 백성들이여, 나는 손을 들어 맹세하겠소. 내 아들 리코프론을 돕는 사람이 있다면 손을 잘라 버리고, 그놈과 말을 하는 사람은 입을 찢어 버릴 것을 선언하오! 누가 그놈에게 거처를 제공하면 그 집을 가차 없이 박살 내버리겠소! 누구도 그놈에게 먹을 것, 마실 것을 주지 말고, 불도 피워 주지 마시오! 아무도 그놈을 위로하지 마시오!

웃지 마시오, 귀공들, 기뻐할 것 없소! 우리 핏줄은 그렇게 쉽게 끊기지 않을 것이오! 입들을 다물고 이제 나가시오! (그들은 한 사람씩 줄지어 나간다. 나가면서 고개를 숙여 절한다.) 그리고 여러분, 나의 백성들이여, 고개를 숙이고, 눈을 감으시오! 여기서 본 모든 것, 여기서 들은 모든 것을 여러분의 마음에서 지워 버리시오. 그리고 돌아가시오! 리코프론에게 접근하지 마시오. 말을 건네서도 안 되오! 내가 맹세한 것을 기억하시오.

농민들이 떠난다. 리코프론이 빈정대듯 가만히 웃는다.

페리안드로스 매정하고 쓸모없는 놈, 박정하고 인정머리 없는 이 반역자 놈아! 네 인생의 가장 위대한 순간에 네놈은 고통과 복수심을 억누르지 못하고 어른스럽게 굴지 못했다! 뻔뻔한 녀석, 왜 웃는 게냐?

리코프론 전 기쁩니다! 마침내 제 차례가 와서요!

페리안드로스 (다시 단검을 꺼낸다.) 반역자!

리코프론 (아버지에게 대들어, 가슴을 내민다. 그는 두 사람 사이로 뛰어드는 알카를 밀어낸다.) 죽이세요!

페리안드로스 (비켜나며, 호위병들에게 말한다.) 말에 안장을 올리고 안마당에 노예들을 모아라. 그리고 내 장검을 가져와라. 그것들을 죽여 분을 풀어야겠다.

페리안드로스는 떠난다. 리코프론과 알카만 남는다. 리코프론이 황급히 문 쪽으로 돌아서 떠나려 한다. 알카가 절망적으로 그의 품에 안긴다.

알카 내 사랑, 어디로 가려는 거예요?

리코프론 묻지 마오.

알카 물어야겠어요, 리코프론. 당신이 날 떠나는 이유를 알 권리 가 내겐 없나요?

리코프론 날 불쌍히 여겨, 내가 자유로워질 수 있도록 도와줘요!

알카 나도 같이 갈게요. 길에서 당신과 함께 굶주리고, 당신과 함 께 뛸게요. 당신이 낙담할 때, 당신이 슬프거나 화가 날 때 당신 곁에서 위로해 줄게요.

리코프론 혼자 있게 내버려 두시오!

알카 리코프론, 나를 사랑하지 않나요? 날 사랑한다고 했잖아요!

리코프론 몇천 년 전의 일이오…….

알카 (그의 발밑에 쓰러져 그의 무릎을 안으며) 내 사랑…… 내 사랑…….

리코프론 행복이여, 잘 있으라. 사랑과 미인이여, 내가 원했던 아 들이여, 안녕. 모두 잘 있으라! 세상은 참으로 평온하고, 아름 답구나. (그는 펄쩍 문을 뛰어나가 사라진다.)

알카가 창문으로 뛰어가서 그를 소리쳐 부르며 눈물을 훔친다. 리코프론은 돌아보지 않는다.

페리안드로스 (창백하게 지친 모습으로 등장하며) 녀석은 갔느냐? (알카가 끄덕인다.)
　　알카, 아가야, 그 애를 쫓아가 봐라. 돌아오라고 간청해 봐…….

넌 할 수 있다. 난 거칠고 자존심이 세 그럴 수 없어. 부드럽게 말하고 싶어도 내 입에서는 거친 명령만 나오는구나. (그는 한숨을 내쉰다.) 부드럽게 말하는 방법을 잊어버렸다. 하지만 넌 그놈이 사랑하는 여자다. 달려가 녀석을 데려와라! 녀석에게 말해…… 날 더 이상 보기 싫다면, 내가 떠나겠다고…… 난 바람이 부는 대로 어디든 가겠다……. 그리고 절대, 절대 다시 돌아오지 않겠다! 녀석은 혼자 남을 수 있다. 이곳의 유일한 왕으로 말이다!

알카 그는 돌아오지 않을 거예요, 아버님. 전 알아요! 그이도 아버님 같아요. 거칠고 자존심이 세죠. 자기가 한 말을 절대 취소하지 않아요. (왕은 그녀의 손을 잡으려 한다.) 아버님, 그러지 마세요! 그렇게 쳐다보지 마세요…….

페리안드로스 아가야, 난 널 딸처럼 사랑하게 되었다. 넌 우리 가문의 유일한 여자야……. 가서, 예쁘게 차려입고 그 애를 나에게 데리고 와다오. 어둠 속에서는 여자의 말이 전능하단다. 밤에 그 애를 찾아가서, 녀석에게 말해 보아라……. 세상이 무너지고 내 가슴도 함께 무너져 버렸다.

알카 우시는 거예요, 아버님?

페리안드로스 내 아가, 알카야, 난 잔혹한 폭군이 아니야……. 나도 사랑을 하고 괴로워할 줄 아는 사내야. 내 인생은 온통 격렬하고 열정적인 사랑의 인생이었다. 멜리사가 죽고 난 뒤로 나는 뿌리를 잃어버린 것 같다. 사람을 땅에 붙들어 주는 달콤하고 부드러운 뿌리를, 사랑을 잃어버린 거야! 아들 녀석만이 나에게 유일하게 남은 기쁨이자 희망이 되었다. 운명은 그 날씬하고 고집 센 놈의 몸뚱이에 달려 있어. 가서 녀석을 데리고 와다오, 알카.

알카 제 마음은 아버님의 눈물을 이해할 수 있어요. 저에게도 다른 기쁨과 희망이 없거든요. 여자로서 할 수 있는 일은 다 해볼게요. 그이의 발밑에 쓰러져 울면서 간청할게요. 그 이상은 할 게 없어요. 하지만 남자의 마음은 잔인하잖아요. 너무 잔인해요. 그이의 자존심이 사랑을 눌러 버릴 거예요.

페리안드로스 녀석이 어디로 간다더냐? 어느 길로 갔느냐? 녀석을 보았느냐?

알카 예, 봤어요. 바다 쪽으로 내려갔어요. 창문에서 내다보고 그이를 불렀지요.

페리안드로스 녀석이 네 목소리를 들었느냐?

알카 들었어요. 분명해요. 고개를 들어 올리더니 걸음을 더 빨리 했으니까요. 하지만 돌아보지는 않았어요!

페리안드로스 그럼…… 가지 마라! 마음대로 하라고 해라! 우리에게도 고집이 있다! 사람이 수치스럽게 타락하지 않고 체신을 지키려면 무엇이 필요하겠느냐? 한 가지뿐이다.

알카 아버님, 소리 지르지 마세요. 하인들이 듣겠어요.

페리안드로스 한 가지뿐이다! 희망을 무찔러 버려야 하는 거야! (결연하게) 그래, 난 사람을 유혹하는 그 거세고 뻔뻔한 것을 무찔러 버리겠다. 그러고선…… (빈정거리듯 웃어 댄다.)

알카 진정하세요, 아버님! 눈물을 흘리셨을 때가 더 부드러우셨어요.

페리안드로스 리코프론! 리코프론!

　　(그가 바닥에 쓰러져 갑자기 흐느끼기 시작한다. 알카, 달려가서 하인들이 듣지 못하도록 문을 닫는다.)

제3장

항구의 선술집 안. 밤이다. 등불들이 타오르고 있다. 카릴라오스와 그의 친구들이 긴 탁자에 둘러앉아 술을 마시고 있다.

카펠라스 이 사람들아, 조용히 해보게. 그에게 말할 기회를 주자고. 말해 봐, 카릴라오스! 얼마 전에 궁에서 무슨 일이 있었지? 왕이 너에게 뭘 물어봤다고……?

카릴라오스 자네들이 다 거기 있었어야 하는데. 믿기 어려울걸. 내가 왕한테 따졌거든!

남자들 중 한 명 여보게, 겁나지 않았나? 정말 대단한 용기야!

카릴라오스 겁날 게 뭐가 있나? 난 전능한 짐승, 백성이잖나! 머리를 자르면 열 개가 새로 돋아나지!

다른 남자 (술심부름을 하느라 바쁜 술집 아가씨를 가리키며) 봐, 레니오도 웃고 있어…… 누가 저 애를 간질이는 줄 알겠네. 이리 와, 아가씨, 술을 더 주면 아가씨 결혼식에 가서 춤을 춰줄게.

안드로클레스 (들어와서 탈진한 듯 의자에 털썩 주저앉는다.) 오, 이건 사는 게 아니야!

카펠라스 왜 그래, 안드로클레스? 저 위에 또 무슨 일이 있나? 어?

다른 남자 자넨 알고 있겠지. 궁에 물을 배달하잖아. 무슨 일이야?

안드로클레스 무슨 일이 또 있을 수 있겠나? 늘 같은 일이지. 왕이 황소처럼 끙끙대며 궁 안을 왔다 갔다 하고 있어. 하인들을 두들겨 패고, 보이는 대로 때려 부숴. 어떨 때는 웃다가, 어떨 때는 한숨을 쉰다네. 왕은 아무도 만나려 하지 않아. 그런데 오늘 아침에야…… 아, 생각만 해도 머리끝이 곤두서는구먼.

카릴라오스 오늘 아침 무슨 일이 있었는데? 말해 봐, 겁내지 말고,

우리가 함께 있잖은가!

안드로클레스 오늘 아침…… 왕이 왕자를 거의 죽일 뻔했어!

카릴라오스 어떤 왕자? 크게 말해 봐. 리코프론 말인가?

안드로클레스 아니, 아니…… 불쌍한 킵셀로스.

카릴라오스 오, 하느님 감사합니다!

카펠라스 순진한 애, 불쌍하기도 하지! 왜? 그 애가 늙은 왕한테 무슨 짓을 했는데?

안드로클레스 내가 어찌 알겠나? 늙은 왕이 갑자기 정신이 나갔는 지…… 단검을 들고 이 방에서 저 방으로 그 애를 쫓아다녔다 네. 그렇지만 킵셀로스는 잘 도망쳤어.

카릴라오스 문을 닫게, 카펠라스! 자네들에게 조용히 할 얘기가 있어. 하지만 형제들, 먼저 맹세를 해야 해…….

그 순간, 궁에서 온 전령이 등장한다. 그는 지팡이로 바닥을 두드리며 소리 친다.

전령 조용히 하라! 칙명이다! (다들 두려워하며 행동을 멈춘다.) 국왕 페리안드로스의 명령이다! (모두 벌떡 일어선다.) 내일 은 멜리사 여왕의 기일이다. 이 땅의 모든 곳에 내일을 애도일 로 선포한다! 선술집과 가게들은 문을 닫고, 배는 계류시켜 출 항하지 않는다. 아무도 일하지 않는다. 음주 가무와 웃음을 금 한다! 모든 남녀는 지붕에 올라가 애도가를 불러야 한다! 국왕 의 말씀이시다!

전령은 떠난다. 몇 분이 지나는 동안에도 사람들은 겁에 질려 입을 열지 않 는다.

카펠라스 여보게들, 나쁜 징조일세! 왕이 또 흑마를 타고 항구의 거리를 달려 댈 거야⋯⋯. 그가 지나는 길에 있는 자들에게 화 있을진저! 내 말 잘 듣게. 왕비가 죽었을 때도 왕이 저러지 않았나? 그때도 비탄과 슬픔으로 마음이 상해 여러 날 동안 날뛰며 사람들을 죽여 댔지!

카릴라오스 (겁에 질려 조용히 잔을 채우며) 리코프론을 위해 건배.

모든 남자들 왕자를 위해! 왕자를 위해!

카릴라오스 여보게들, 리코프론이 우리의 유일한 희망일세! 왕자는 가난한 사람들을 사랑하는 사람이야. 자기 부친을 경멸하고 귀족들을 싫어하지. 왕자를 위해! 오래 사시기를!

카펠라스 그 청년에게 뭘 기대할 수 있단 말인가? 그가 어떻게 그 괴물 같은 왕에게 맞설 수 있겠나? 맨발에 누더기 차림으로 거지처럼 거리를 헤매고 있는 게 벌써 나흘째 되었네. 아무도 무서워서 빵 한 조각, 물 한 모금 주지 못하고 있어. 사람들 말로는 밤에는 묘지에 가서 무덤 위에서 잔다고 하더군.

　　오늘 아침에야 봤는데 귀신처럼 헬쑥해져서, 쓰러지지 않으려고 간신히 벽에 기대어 버티고 있더라고. 가슴이 아팠지만, 내가 뭘 어찌할 수 있겠나? 완전 무장한 험악한 두 놈이 왕자를 따라다니고 있는데 누군들 속수무책일 수밖에. 가까이 가기만 해도 끝장일 텐데!

카릴라오스 (재빨리 탁자 위의 빵, 음식과 포도주 병을 모은다.) 왕자를 어디서 보았나? 응, 어디서? 내가 가겠네. 용감한 친구들, 내가 가서 뭘 좀 먹이고 마실 것도 좀 주겠네. 뒷짐 지고 앉아서 죽어 가는 걸 구경만 할 수는 없어! 내가 살아 있는 동안은, 안 돼, 안 되고말고! 비켜 봐, 지나가게!

안드로클레스 자네가 음식을 주면 놈들은 자네 손을 잘라 버릴 걸

세. 이 딱한 친구야. 자네가 왕자에게 말을 걸면 놈들이 자네 입을 구워 버린다고! 그냥 내버려 둬. 자넬 위해서 말이야. 그냥 내버려 두라고!

카릴라오스 자넨 날 잘 모르는군! (턱수염을 꼰다.) 자넨 날 몰라!

리코프론이 문지방에 나타난다. 모두 겁에 질려 물러선다. 빵과 포도주 병이 카릴라오스의 손에서 떨어진다.

리코프론 안녕하시오, 친구들! (아무도 입을 열지 않는다. 리코프론은 쓴웃음을 짓는다.) 동지들, 다들 별고 없기 바라오! (여전히 조용하다. 리코프론, 기진맥진하여 문틀에 기댄다. 사람들이 카펠라스의 옆구리를 찌르자 그는 결국 머뭇거리며 문 쪽으로 다가가더니 리코프론을 밖에 둔 채 문을 닫아 버린다.)
이 불쌍하고 불운한 사람들!

문이 살짝 열린다. 레니오가 몸을 밖으로 내민다. 포도주 한 잔과 빵 한 조각을 들고 있다. 그녀가 음식을 리코프론에게 건네자, 그는 받으려다가 멈칫한다.

리코프론 아가씨, 당신의 예쁜 손이 불쌍하지 않소? 손이 잘릴 것이오.

레니오 받으세요, ……드세요!

리코프론 난 이제 배고프지 않소. 목마르지도 않고…… 배가 부르오. 이름이 뭐요?

레니오 레니오라고 합니다.

카펠라스 (그녀를 억지로 끌고 들어오며) 안으로 들어와! (문을 요란하게 닫는다.)

리코프론 자유가 참으로 연약한 가슴을 피난처로 골랐구나! (그는 기진맥진한 채 문간의 층계에 앉아 항구에 정박된 배들이 있는 곳을 멀거니 바라본다.)

　인간 영혼의 열정이란 참으로 만족할 줄 모르는 것! 불꽃이 몸 안에서 끓어올라 나를 집어삼킬 것만 같다! 삼켜라, 이 기쁨을 억제할 수 없구나!

　배고픔, 갈증, 굴욕. 사랑하는 여인이 눈앞에서 우는 것을 보고, 이 모든 걸 보면서 즐긴다! 덧없는 숨결 같은 삶을 낭비하지 않았다는 것에 기뻐한다! 삶을 운명의 저울에 놓고선 그 저울을 치워 버린다! (일어난다)

　그래, 난 견딜 수 있어. 난 굶어 죽지 않아……. 내 손으로 목숨을 끊지도 않겠다. 어머니를 죽인 자, 그 인간이 날 죽이게 만들겠다! 내가 원하는 건 그거야. 그게 내 영혼, 내 가슴이 바라는 유일한 것이야! 그래야 그 인간의 씨가 사라지고, 그래야 그 인간이 하데스에서도 평안치 못할 테니까. (그는 누군가 초롱을 들고 사방을 두리번거리며 다가오는 것을 본다.)

　킵셀로스구나! 젖 먹던 힘까지 다 내야겠어. 녀석이 놀라지 않게……. 킵셀로스! 여기야! 킵셀로스!

킵셀로스 (형의 품에 안기며) 형!

리코프론 이 시간에 선창에서 뭐 하는 거야? 감기 들겠다!

킵셀로스 너무 조용한 게 이상해. 나뭇잎도 움직이질 않아. 난 무서워, 형. 지진이 나려나 봐!

리코프론 나쁜 일은 생각하지 마, 아우야……. 이리 와, 내 옆에 앉아. 몸을 감싸렴. 손에 뭘 들고 있는 거지?

킵셀로스 음식을 가져왔어, 형. 알카가 보냈어. 알카는 밤낮으로 울어, 아버지가 들을까 봐 몰래 말이야. 오늘 밤엔 나한테 이렇게 말했어. 〈가봐요. 형이 굶어 죽기 전에 어서 찾아보세요!〉 하고 말이야.

리코프론 난 필요한 게 아무것도 없다. 먹을 것 먹고 마실 것 마셨어. 전보다 더 잘 먹고 많이 마셨다. 왜 한숨을 쉬니, 킵셀로스?

킵셀로스 궁으로 돌아와, 형…… 혼자 자는 게 무서워. 며칠 전 새벽에는 느닷없이 문이 열리기에 보니 아버지가 씩씩거리며 아무 말 없이 들어왔어. 손에 번쩍거리는 황금 단검을 들고 말이야. 난 눈을 감고 〈이제 죽었구나〉 하고 생각했지. 아버지가 내 위로 몸을 구부렸어. 입김이 훅 끼치는데 독한 유황 냄새가 나더라고.

리코프론 내 잘못이야. 내가 한마디만 하면 아버지는 누그러질 텐데.

킵셀로스 이제 잠을 잘 수가 없어. 아버지가 안마당을 지나 묘지로 가는 소리가 밤새 들려와…… 피리 소리도 들려. 애원하는 것 같기도 하고 우는 것 같기도 한 피리 소리가…… 어둠 속에서 아버지가 〈멜리사! 멜리사! 멜리사!〉 하고 부르짖는 소리도 들리고. 하지만 어머니가 이제 아버지에게 오시지 않나 봐. 동이 트고, 닭이 울지. 그러면 아버지가 분노와 슬픔에 잠겨 돌아오셔. 며칠 전에는 아버지가 델포이[5] 신탁소에 달려가셨어. 어머니가 왜 나타나지 않는지 물어보려고……. 난 무서워, 무서워, 형. 그리고 어제는 동틀 녘에…….

리코프론 침착해, 킵셀로스! 어제 동틀 녘에 뭐?

킵셀로스 잠시 잠이 들었는데 꿈에서…… 어머니를 봤어.

---

5 고대 그리스의 도시 국가로 아폴로 신전이 있다.

리코프론 어머니? 오, 난 꿈에서 어머니를 뵌 적이 없는데!

킵셀로스 아주 창백한 얼굴로 떨고 계셨어. 반은 벗은 채로, 낡아 빠진 누더기를 걸치고 계셨는데, 형이 지금 입고 있는 그런 거였어. 똑같은 거야…… 마치 같은 궤짝에서 꺼낸 것처럼 말이야. 〈킵셀로스, 내 아들아〉하고 어머니가 낮은 목소리로 부르셨어. 난 팔을 벌리고 소리쳤지. 「어머니, 웬일이세요?」그러니까 어머니가 다시 〈킵셀로스〉하고 속삭이셨어. 「킵셀로스, 엄마는 춥구나! 가서 아버지한테 내가 추워한다고 말해라!」

난 자다가 벌떡 일어나, 마음을 단단히 먹고, 지하실로 내려갔어. 아버지는 난롯가에서 술을 마시고 계셨지. 난 가지 않을 수가 없었어. 어머니 말씀을 전하지 않을 수 없었어……. 내가 간 게 옳았지, 형?

리코프론 그래, 동생아, 잘했다.

킵셀로스 문을 천천히 아주 조심조심 열었지. 아버지는 난로 앞에 몸을 구부리고 불꽃을 노려보고 계셨어. 문 열리는 소리를 듣고 고개를 돌려 나를 보더니 무서운 소리를 내면서 벌떡 일어나시더라고. 난 간신히 도망쳐 나왔어. 아버지가 방에서 방으로, 안마당에서 안마당으로 나를 쫓아왔어. 노예들이 깨어났지만 누구도 나서서 나를 구해 줄 엄두를 못 냈지. 그러던 중에 갑자기 알카가 뛰어들어 우리 사이를 막아섰어. 아버지는 당황하셨는지, 돌아서시더군. 겨우 살았지.

리코프론 지켜 줄 사람도 없는, 불쌍하고 순진한 녀석! 네가 어찌하여 이 사자 굴에 떨어지게 되었단 말이냐?

킵셀로스 오늘은 살았지만, 얼마나 더 가겠어? 형, 아버지가 날 죽일 거야! (겁에 질려 소리친다.) 난 알아! 내 맘속에서 알 수 없는 소리가 그렇게 말하고 있어…… 아버지가 날 죽일 거라고!

리코프론 내 말 들어라, 킵셀로스. 용기를 내야 해. 그래야 한다!

킵셀로스 무슨 말이야, 그래야 한다니, 형? 내가 할 수 없는 일은 시키지 마.

리코프론 어머니가 시키신 대로 해야 해, 킵셀로스. 그 말에 무슨 뜻이 숨겨 있는지 아무도 몰라! 하지만 죽은 사람은 아무 이유 없이 무덤에서 깨어나지 않는 법이다. 힘내야 한다!

킵셀로스 무서워. 내가 어떻게 아버지 앞에 나설 수 있겠어, 형? 아버진 날 죽일 거야.

리코프론 내 말 듣고 시키는 대로 해라. 여자처럼 옷을 입어. 어머니처럼 말이야. 너에겐 불행한 일이지만, 넌 어머니랑 아주 많이 닮았어! 어머니처럼 옷을 입고 오늘 밤 아버지가 또 피리를 불면서 소리치기 시작하면, 묘지 쪽에서 기다리고 있다가 아버지에게 천천히 걸어가…… 무서워할 것 없어. 아버지는 너한테 아무 짓도 못 할 거야. 아버지에게 가까이 가게 되면 단 한 마디만 해. 〈추워요!〉라고 말이야. 그러곤 즉시 그 자리를 떠나 묘지 쪽으로 걸어가.

　듣고 있니, 킵셀로스, 알아들었어? 그럼 가봐. 자정이 다 되어 간다.

킵셀로스 잘 있어, 형! (그들은 포옹한다. 킵셀로스는 떨어지길 꺼린다.) 다시는 형을 못 볼 거야…… 그런 느낌이 들어!

리코프론 울지 마라, 킵셀로스…… 잘 가라. (그를 어루만진다.) 일이 어떻게 되는지 두고 보자꾸나. 그래야 우리도 편안해질 수 있지. 잘 가라, 동생아.

　(킵셀로스가 어둠 속으로 사라지는 것을 바라본다.)

　킵셀로스…… 킵셀로스……

카펠라스가 조심스럽게 문을 연다. 안에서 카릴라오스의 목소리가 들려온다.

카릴라오스 문을 닫아! 왕자가 아직도 있어, 문을 닫아! (다시 문이 닫힌다.)

리코프론 오 가슴아, 굳세어 다오! 이 마지막 순간까지도 내겐 선택의 자유가 있다. 내가 조금이라도 굽히고 들어간다면, 모든 것을, 모두를 — 아버지와 내 신부 될 사람과 동생 모두를 살릴 수 있다. 아무도 나락으로 떨어지지 않을 수 있다. 그런데 나는 왜 그렇게 하지 않으려 하는가? 어찌하여 난 입술을 깨물며 침묵을 지키고 있단 말인가? 내 안에서 치솟아 모든 걸 재로 바꿔 버리는 저 불꽃은 뭐지? 오, 사람의 영혼이란, 우리의 정신 안에서 미친 듯 타오르는 무서운 불꽃이란 말인가!

(선술집 문이 다시 열리고 사람들이 하나씩 빠져나간다. 리코프론은 조용히 그들을 바라본다.)

불행한 사람들. 저들에겐 자식과 아내, 그리고 고작 한 뙈기의 땅과, 한 척의 고깃배, 한두 개의 연장이 있지. 저들이 어찌 겁쟁이로 살지 않을 수 있겠는가? 저들이 어찌 제 목소리를 높일 수 있겠는가? 딱하고 불쌍한 사람들…….

피곤하구나. 오늘은 괜찮은 날이었어. 배고픔과 갈증을 잘 참았어. 굽히지 않고 고통을 견뎌 냈다. 그러나 피곤하다. 몸뚱이가 명령하는 걸 죄다 참아 내려면 어떤 영혼에겐, 살과 털과 뼈가 아니라 무쇠 같은 몸뚱이가 필요할 거야. 나도 보통의 노동자들처럼 배고픔에 굴하고 있지만 결코 항복하지는 않겠다! 내 영혼아, 너는 살과 털과 뼈로 이루어진 게 아니다. 기다려라! 너는 불꽃이다! 일어나 바람을 삼켜라!

피곤하다. 어머니 무덤에 돌아가 누워야 할 시간이 되었어.

나도 쉬어야 영혼이 다 타서 바람에 흩어지지 않을 테니!

누가 불렀나…… 누가 내 이름을 부른 것 같았는데……. 누가 한숨을 쉬는 소리지? 바다 소리였나 보군. 가야지!

그가 떠나려고 돌아설 때, 궁에서 온 두 명의 노예 소녀가 초롱을 들고 나타난다. 그들 뒤에 한 처녀가 따르고 있다. 그들은 초롱으로 리코프론의 얼굴을 비추어 보더니 물러서고, 처녀가 두 팔을 뻗으며 다가선다.

알카 리코프론!

리코프론 (방백) 용기를 내어라, 가슴아. 이건 알카 아닌가!

알카 (달려가 껴안는다.) 리코프론, 오, 내 사랑!

리코프론 (움직이지 않고, 간청하듯) 날 건드리지 마오, 알카……. 나에게 다정하게 말하지 말아요. 이젠 날 사랑하지 않는다고 말해 주오. 하루 종일 궁전에서 웃고 춤추며 보냈다고 말해…….

알카 그럴 순 없어요, 리코프론, 난 그렇게 못해요!

리코프론 울지 말고, 날 그렇게 보지도 말아요! 난 끝까지 견뎌야 하오!

알카 난 그렇게 못해요, 내 사랑…….

리코프론 왜 왔소? 내가 보고 싶었던 거요? 그렇지 않다고 말해요! 날 생각해서, 알카, 〈아니〉라고 해주시오!

알카 (흐느끼며) 아니에요! 아니에요! 당신 아버지가 가보라고 하셨어요. 난 오고 싶지 않았는데, 자정이 되자 아버님이 날 보내셨어요. 이 시간에 여자의 한숨을 이겨 낼 남자는 없다고 하시면서…….

리코프론 (빈정대며) 아! 그 인간이 뭘 원한답니까?

알카 당신이 궁으로 돌아오길 원하세요, 리코프론. 나랑 함께 가

멜리사 117

요. (리코프론은 그녀를 무뚝뚝하게 밀어낸다.)

　나를 사랑하는 마음도, 동정하는 마음도 없는 건가요? 난 어떻게 해야 하죠? 세상에 당신 말고는 아무도 없는데…….

리코프론 알카, 날 동정해 주오. 날 미워해요. 나에게 모질게 얘기해요. 그래서 날 좀 풀어 주오! 알카, 당신에게서 벗어나도록 해줘요. 내가 끝까지 견딜 수 있게 말이오!

알카 (절망하며) 그럴 수 없어요!

리코프론 할 수 있어요, 사랑한다면…… 도와줘요, 알카!

알카 (떨며 흐느긴다.) 그래요, 알았어요……. 난 하루 종일 웃고 노래하면서 보내요. 내 생각은 하지 말아요, 리코프론……. 그저 돌아오기만 해요. 아버지를 위해서 말이에요. 아버님은 슬픔 때문에 돌아가시려고 해요.

리코프론 죽어 간다고! 안 돼, 그럴 수 없어! 죽는 건 내가 바라는 게 아냐!

알카 (놀라면서, 그러나 기뻐하며) 아, 아버질 사랑하는군요!

리코프론 (빈정대듯) 그래, 그래요…… 알카, 아버지를 돌봐 줘요……. 필요하다면 억지로라도 좀 먹이고, 다정하게 얘기해 줘요. 그 인간이 죽으면 안 돼……. 그 인간은 봐야 하고, 들어야 하고, 영원히 기억해야 해!

알카 그럼 나랑 같이 가요, 리코프론, 당신만이 아버지를 달랠 수 있어요. 당신만이 아버님을 구할 힘을 가지고 있어요.

리코프론 그래, 힘을 가진다는 건 좋은 일이지.

알카 따뜻한 벽난로, 사랑하는 아내, 다정한 대화, 침대 속의 아들 역시 좋겠지요…….

리코프론 그래, 그렇소……. 알카, 잘 가요. 이제 가시오.

알카 당신의 고통을 함께 나누지도 못한 채로 날 보내지 마세요.

날 데려가 줘요!

리코프론 고통을 함께 나누겠다고? 내 고통의 절반을 당신이 가져가겠단 말이오? 이 불쌍한 아기 방울새! 당신은 상처를 입어 고통스러워하는 사자를 보고, 〈사자님, 당신의 고통을 함께 나누고 싶어요. 당신의 고통의 절반은 내가 가져가겠습니다〉라고 말하는군! 잘 가요, 알카!

알카 어디 가는 거예요? 어디서 자려고? 밥은 먹었어요?

리코프론 (빈정대듯 웃으며) 당신은 마치 나에게 인내심 따위는 없다는 듯이 〈밥은 먹었어요?〉 하고 묻고 있어. 그래요, 밥은 먹었소. 배가 불러 기분이 좋소! 나에게 또 뭐가 필요할까?

　당신은 나에게 〈복수는 했어요? 궁은 부숴 버렸나요? 한을 푸셨어요?〉 하고 물어야 할 때 내 식욕만을 염려하고 있소.

알카 그분이 당신에게 무슨 짓을 했기에 궁을 부숴 버리고 싶다는 거죠?

리코프론 가만있어요!

알카 왜 아버지를 미워하세요?

리코프론 조용히 있으라 하잖소!

알카 내가 어떻게 하면 되나요? 당신에게 어떤 식으로 말해야 해요? 어떻게 하면 당신 마음을 움직일 수 있죠?

리코프론 (돌아서서 알카 쪽으로 한 걸음 다가서며) 내 마지막 부탁을 들어주오, 알카. 울지 말고 들어 봐요!

알카 듣고 있어요…… 듣고 있어요.

리코프론 킵셀로스를 돌봐 주시오, 알카!

알카 그래요, 그래요, 나도 알아요…….

리코프론 킵셀로스를 돌봐 주시오, 알카! 그 애 곁에 있어 줘. 낮에 그 애를 혼자 내버려 두지 마시오. 밤에는 그 애 방의 문을 잠그고……. (알카는 고개를 끄덕인다.)

　그 애를 부탁하오, 알카!

제4장

창백하고 초췌해진 페리안드로스가 물끄러미 묘지 쪽을 바라보고 있다. 붉은 초승달이 떠오르고 있다. 그는 피리를 불다가 멈추고 귀를 기울인다. 조용하다. 다시 피리를 분다. 청승맞게 울어 대는 개의 울부짖음이 멀리서 들려온다.

페리안드로스　멜리사! 멜리사! 멜리사! 이 사람이 이제는 나에게 오지 않으려는가? (조용하다. 별안간 팔찌 절렁거리는 소리가 들린다.) 멜리사, 이제 오는구려! (그는 기분 좋게 피리를 불고는 더 크게 소리친다.) 멜리사, 여보!

보석으로 치장한 여자의 그림자가 달빛 속에 나타난다. 그림자는 천천히, 두려워하며 다가온다. 페리안드로스는 두 팔을 벌린다.

페리안드로스　어서 오시오! 어서 와, 여보! 아, 가슴에 황금 단검이 없어졌군……. 이 사람이 날 용서했어!

돌멩이 하나가 떼구루루 굴러간다. 페리안드로스가 깜짝 놀라 물러선다. 그림자가 소스라치며 움직임을 멈춘다.

페리안드로스　멜리사, 멜리사, 당신이오? 이것 봐, 땅바닥에서 발

120

소리가 나는구나……. 이젠 유령이 아니야! 멜리사야, 살아 있어! 살아서 나타났어……. 멜리사! 멜리사!

킵셀로스는 우뚝 멈춘다. 그는 페리안드로스에게 더 이상 가까이 오지 말라는 손짓을 한다.

페리안드로스 내가 가까이 가는 걸 원치 않소? 왜 그러는 거요, 멜리사? 당신 입술이 움직였소. 당신이 말을 했어……. 뭐라고 했소? (그는 귀를 기울인다.) 참으로 오래되었소. 정말 여러 해가 지났어. 당신 입에서 나오는 말을 들어 본 지가. 그런데 오늘 밤……. 뭐라고 했소, 여보.

킵셀로스 추워요!

페리안드로스 춥다고? 여보! (그녀를 안기 위해 달려간다.)

킵셀로스 (공포에 질려 뒷걸음친다.) 안 돼요!

페리안드로스 아, 이리 와서 몸을 녹이시오. ……우리, 집으로 갑시다. 벽난로에 불이 잘 타고 있소……. 갑시다!

킵셀로스 (돌아서 가려 한다.) 아니에요! 아니에요!

페리안드로스 당신을 보내지 않겠소! 가선 안 되오! 당신은 벌써 여러 날 밤을 오지 않았어, 멜리사……. 당신을 보내지 않겠소!

킵셀로스 날 건드리지 말아요!

페리안드로스 (킵셀로스를 붙잡고 껴안는다. 그는 살아 있는 몸뚱이를 느끼고 움찔한다. 가슴을 찢는 듯한 기쁨의 외침 소리가 그의 입에서 절로 터져 나온다.) 멜리사!

　　(몸을 구부리고 상대의 고개를 돌려 보더니, 아들 킵셀로스임을 알아본다. 화들짝 놀라며 미치광이처럼 분노한다.)

　　이놈이!

킵셀로스 아버지! (아버지의 무릎을 붙잡으려 하며) 아버지, 제 말을 들어 보세요…… 제발, 아버지. 어머니가…… 꿈에 나타나…….

페리안드로스가 울부짖으며 소년의 가슴에 황금 단검을 쑤셔 박는다.

제5장

궁의 테라스. 기둥들에 햇불이 켜져 있다. 가운데에 킵셀로스의 시신이 놓여 있고, 여자들이 둘러서서 애도하고 있다. 새장 안에서 새가 깨어나 지저귄다. 리코프론이 등장하고, 알카가 뒤따라 들어온다. 여자들이 애도를 멈추고 뒤로 물러선다. 리코프론이 킵셀로스의 시신 위로 쓰러져 시신의 가슴을 벌리고 상처를 찾는다.

리코프론 킵셀로스! 킵셀로스! 내게 남은 인간의 감정은 이제 다 죽어 버렸다. 다 사라져 버렸어!

(몸을 구부려 킵셀로스의 귀에 속삭인다.) 그분들께 내 안부를 전해라. 들리니? 하데스에 있는 사람들한테 내 인사를 전해 줘…….

(일어나 결연하게 고개를 들어 올린다.) 내 영혼아, 절대 잊지 마라! 날 건드리지 마시오, 알카. 행복은 부끄럽고 수치스럽소…….

페리안드로스가 기둥들 사이에서 등장한다. 리코프론은 두세 걸음으로 그에게 다가선다. 그러고는 따지듯 아버지의 눈을 노려본다.

페리안드로스 (무언의 질문에 대답한다.) 그래, 내가 그랬다!

리코프론 나도 압니다!

페리안드로스 내가 살아 있는 동안은, 내가 우리 가계의 어른이고, 그래서 책임이 있다! 나무에 가지 하나가 썩기 시작하면, 다른 곳에 옮지 않도록 난 그걸 잘라 버린다. 측은하지도, 두렵지도 않다. 난 봐주지 않는다. 그게 내 의무다.

리코프론 나 역시 두렵지도, 측은하지도 않습니다. 봐주는 것도 없습니다. 나에게도 역시, 의무가 있고요.

페리안드로스 이제 우리 혈통에 미친놈이나 경솔하고 병약한 애들은 없어졌다. 그놈은 피를 더럽히고, 우리 집안을 위험에 빠뜨렸다. 녀석이 다시 흙으로 돌아가 다른 사람이 되도록 하자. 그런 다음 다시 흙에서 진정한 사내로 일어서도록 하자!

날 그렇게 쳐다보지 마라. 넌 어려, 리코프론. 넌 아직 미숙하다. 네가 인생에 대해 무얼 안단 말이냐? 내 말을 들어라. 너와 나, 킵셀로스, 그리고 돌아가신 선조들은 모두 위대한 왕실 가계의 일원들이다. 우리는 우리의 씨앗이 썩도록 두어선 안 돼.

리코프론 킵셀로스, 킵셀로스, 내 말이 들리니? 들려? 더 이상 이 사람을 두려워하지 마! 고개를 돌려 이 사람을 봐라! (그는 죽은 소년의 머리를 페리안드로스 쪽으로 돌린다.)

페리안드로스 덮어라! 난 그놈을 보고 싶지 않다!

리코프론 애를 보고 싶지 않다고요? 두려우십니까?

페리안드로스 리코프론, 이제 너와 나만 남았다. 둘 다 세고 강한 사람들이다. 우리는 조상을 부끄럽게 해서는 안 된다. 네 고통을 이겨 내라. 네가 우리 가문의 나무에 남아 있는 유일한 열매임을 명심해. 너밖에 없다! 넌 익어서 씨를 뿌려야 해. 집안이 망하지 않게 말이다! 리코프론, 네 기억을 깨끗이 씻어 버려라.

마음을 열고, 네 주위를 둘러봐. 기름진 골짜기들이, 도시들이, 성들이, 배들이, 그리스의 모든 것이 지금 제대로 통치받지 못한 채 무질서 속에 있다. 이것들은 지금 해방자를 기다리고 있다. 네가 그리스를 해방시켜라! 해방시키란 말이다! 이 땅에 질서와 정의를 가져다주고, 목적과 목표를 가져다주어라! 리코프론, 이런 일들은 다 고결하고 힘든 과업들이다. 이 과업들을 이루고자 하면 너는 우리 집안의 숨 막힐 것 같은 문턱에서 벗어날 수 있다! 나와서 숨을 쉬어라! 그리스는 네가 들어가 싸워야 하는 위대한 투기장이다. 도전을 받아들여라!

내가 너에게 더할 수 없는 잘못을 저질렀을지 모르겠다. 그러나 네 고통을 이겨 내고, 복수심을 넘어서도록 해라. 너 자신을 자유롭게 만들어라! 뒤돌아보지 마라. 나든 누구든 돌아보지 말고, 앞으로 나가! 너에게서 나를 떨쳐내 버려! 네가 나를 생각하는 한, 그리고 날 증오까지 하는 한, 넌 나의 노예에 지나지 않는다!

할 말이 없느냐? 지금 무슨 생각을 하는 거냐? (그는 화가 나서, 지저귀고 있는 새를 향해 돌아서더니, 새장을 향해 손을 뻗다가 그만둔다.)

리코프론 전 지금 제 가슴을 생각하며 탄복하고 있습니다. 제 가슴은 어리석은 말을 내뱉지도, 경박한 날개를 달지도 않고, 소박하고 조용하게 상복 차림으로 있습니다. 사실 제 가슴이 그냥 말하고 있는 것만은 아닙니다. 외치고 있습니다. 전 그 외침에 귀를 기울이고 있습니다.

페리안드로스 네 가슴이 뭐라고 하느냐?

리코프론 복수하라!

페리안드로스 아! (지저귀고 있는 새를 향해 다시 획 돌아서더니,

새장을 열고, 안으로 손을 넣어 새의 목을 조른다.)

더 이상은 못 들어 주겠다!

알카 (절망적으로 돌아서며) 안 돼요, 아버님……. 오, 새를 죽이
셨어!

(그녀는 두 손에 작은 새를 올려놓고 입을 맞춘 다음, 킵셀로
스의 가슴 위에 올려놓는다.) 가거라, 킵셀로스랑 함께 가.

페리안드로스 (빈정대며) 이 위대한 가문이 이렇게 몰락하고 말았
다니! 사자 굴이 방울새의 둥지가 되고 말았어! 여자들, 참견쟁
이, 울어 대는 새……. 나가라! 한 놈도 보고 싶지 않다! (뒤에
서 있는 두 명의 호위병에게 말하면서 킵셀로스를 가리킨다.)
이놈도 데리고 나가! 나가라! (리코프론을 가리키며) 이놈하고
처리해야 할 마지막 일이 한 가지 있다! 저 불행한 놈의 몸뚱이
는 사슬로 묶어 바다에 던져 버려라!

호위병 (달려 들어온다.) 전하, 전령이 왔습니다!

페리안드로스 그자가 월계관을 쓰고 있다냐? 우리가 이겼느냐?

호위병 전령은 델포이에서 왔습니다.

페리안드로스 델포이에서? (그가 놀라 리코프론과 알카 사이에 들
어선다.) 너희 둘은, 나가거라!

전령이 헐떡거리며 도착한다.

페리안드로스 개처럼 헐떡대지 마라! 신들이 얘길 했느냐? 사자
(死者)들은? 나에게 보내는 전언이 무엇이냐?

전령 〈추워요〉입니다.

리코프론 어머니의 말씀이야! (그는 알카의 팔을 움켜쥔다.) 조용
히 해요, 무슨 말인지 들어 보게…….

페리안드로스 뭐라고? 똑똑히 말하라. 겁낼 것 없다. 너에게 아무
  짓도 하지 않겠다! 나에게 보내는 신탁의 말이 무엇이냐?
전령 〈추워요〉입니다.

페리안드로스가 두 손으로 머리를 부여잡고 공포에 질려 비명을 지른다.

제3막

같은 날 아침 멜리사의 무덤. 무덤 안은 궤짝들, 물레들, 긴 의자들, 옷들이 가득하다. 뒤에는 나지막한 청동 문이 하나 있다. 리코프론이 등장해 작은 문 쪽으로 걸어간다. 그는 두 손을 들어 올린다.

리코프론 안녕하세요, 어머니. 오, 이곳 땅의 품은 평화롭군요! 지금부터 즐거운 시간이에요. 저는 이제 어른이 되었답니다! 어머니도 옷을 입고 좀 꾸미세요. 금빛 머리카락에서 흙도 좀 털어 내고, 일어나 앉아 어둠 속 어머니 묘비 위에서 잠시 기다리세요. 오늘 메마른 어머니 입술에 다시 미소가 돌아오게 해드릴게요…… 맹세해요. (바닥에 귀를 갖다 댄다.)

오고 있어요! 복수의 여신이 와요. 네 마리 말을 몰고 은방울을 울리며 검은 머리카락에 기다란 붉은 깃털을 달고서 말이에요. 치장 갖추고 비웃음을 흘리며 옵니다. (둘러보며) 오, 어머니, 어머니 무덤엔 선물과 제물이 넘치네요. 궤짝들, 베틀, 향이며 몰약, 향수며 거울, 없는 게 없군요. 어머니를 죽인 사람이 겁을 먹었어요. 죄를 보상하고 싶은가 봐요. 그래서 이것들을 다 어머니께 보내, 이것들로 어머니의 몸을 녹이고, 춥지 않도록 하려는 겁니다.

　(그가 작은 문을 두드린다.) 쉿, 어머니, 조용히 하세요. 이게 어머니가 원하는 게 아니라는 거 알고 있어요. 하지만 조금만 참아요, 참아요, 어머니!

　저기 누가 가는 거지? 누가 돌 위를 조심스레 걸어가는 소리가 들리는데. (몸을 돌려 뒤를 돌아본다.) 알카로군! 오, 가슴아, 진정해라, 저 여자를 불쌍하게 생각지 말자. 기억해, 남자는 행복하게 살기 위해 태어난 게 아니야……

무덤 밖에서 그를 부르는 알카의 목소리가 들려온다.

리코프론 빨리 숨어야겠다. (작은 문을 통해 지하 납골당으로 들어간다.)

알카 (등장하며) 리코프론, 도와줘요. 무서워요……. 여긴 공기에 죽음의 냄새가 가득해요. (그녀는 궤짝들이며 베틀에 부딪혀 넘어질 뻔한다.) 오, 내 사랑, 날 괴롭히지 말아요. 정말, 어디 있는 거예요? (작은 문 쪽으로 돌아선다.) 어디 있어요? 무서운 소식이 있단 말이에요!

리코프론 (등장하며) 무슨 소식이오?

알카 (그를 껴안으려 하며) 내 사랑!

리코프론 됐소, 이런 건 그만둬요. 무슨 일인지 말해 봐요!

알카 무서운 일이에요, 리코프론!

리코프론 무서운 일이라고? 우리 어머니가 주무시다가 갑자기 돌아가시기라도 했단 말이오? 황금 단검이, 아마, 가슴에 박혔겠지? 말해요, 알카, 빨리! 난 알아야겠소!

알카 조심해요, 리코프론, 조심해요! 당신 아버지 눈에 살기가 가득 찼어요! 오늘 아침 아버님이 당신 어머니 친구 분들을 모두 불러 모으셨어요. 궁에 사는 귀부인들을 죄다 말이에요. 그리고 어머니의 하인들이랑 하녀들도 죄다 안마당에 모으셨어요. 눈에 핏발이 선 채로 나오셔서는, 다들 목욕을 하고 옷이랑 장식이랑 제일 좋은 것으로 단장하고, 보석도 있는 대로 다 달고 무덤으로 나오라고 명령하셨어요.

리코프론, 무서워요. 아버님이 뭔가 무서운 일을 꾸미시고 계세요.

리코프론 죽이려고 하나?

알카 모르겠어요. 아버님이 궁으로 들어가실 때 내가 따라가 보았어요. 벽에서 벽으로 살금살금 몰래 뒤쫓아 가보았지요. 여자들 거처를 지나 지하실의 커다란 철문 앞에 멈추시더군요. 보물들을 보관해 두는 지하실 말이에요. 아버님은 벽에 걸린 횃불을 떼어 불을 붙였어요……. 그런데…… 오, 하느님!

리코프론 왜 그렇게 떨어요? 그런데 어쨌단 말이오?

알카 횃불에 비친 아버님 얼굴을 봤어요, 리코프론. 난 사람의 얼굴에서 그처럼 괴롭고 우울한 표정을, 그처럼 어두운 죽음의 표정을 본 적이 없어요. 이건 분명해요, 리코프론. 바로 그 순간에, 당신 아버지는 중요한 결심을 하신 게 틀림없어요.

리코프론 (깜짝 놀라서) 자살을 결심했단 말이오, 알카?

알카 모르겠어요. 난 당신을 찾아 나갔어요. 당신 곁을 다신 떠나지 않았으면 하면서요. 오, 당신, 당신 주위에 살기가 느껴져요. (그녀는 리코프론을 껴안는다.)

리코프론 그만둬요! (그녀를 밀어낸다.)

알카 말을 다 전한 게 아니에요. 당신이 막 나가고 나서, 아버님은 킵셀로스의 시신을 사슬에 묶어 바다에 던지라고 명령했어요.

리코프론 울지 마시오! 킵셀로스의 영혼이 바다 깊은 곳에서 솟아 오를 것이오. 죽은 아우의 힘을 보시오! 생전에 녀석은 지저귈 줄만 아는 연약한 새와 같았소. 그런데 지금은…… 지금은 내 안에서 울부짖는 독수리가 되었소!

알카 리코프론, 우리 달아나요. 이봐요, 우리 도망쳐요……. 이젠 우리 차례예요. 우물쭈물할 시간이 없어요!

리코프론 시간은 충분하오, 알카. 이리 와서, 내 옆에 누워요. 이 궤짝에 기대 보오. 우리에겐 행복하게 살 수 있는 시간이 있소.

알카 그래요, 그래, 우린 시간이 있어요……. 봐요, 나 이제 울지 않잖아요.

리코프론 알카, 우리에겐 원하는 삶을 선택할 자유가 있소. 짧게 즐기며 살다가 싫증 나면 내던져 버리는 것이 그 하나요. 혹은 다른 삶을 선택하여 — 어느 쪽을 원하든 — 운명의 바퀴를 우리 구미에 맞게 돌릴 수 있소. 당신은 참을성이 있소? 내겐 없소! 내 말을 들어 봐요, 알카. 난 어찌해야 할지 결정했소!

알카 말해 줘요, 내 사랑, 어떻게 결정했죠?

리코프론 알카, 당신은 일그러진 입술을 펴고 다시 웃어야 하오. 행복을 가질 수 없다고 생각해선 안 되오. 난 지쳤소. 반항하며 길거리를 헤매는 데, 배고프고 목마르고 추위에 떠는 데 지쳤소……. 나도 사람이오. 아버지가 오면 난 아버지 발밑에 쓰러져 〈용서해 주십시오〉 하고 소리 지를 것이오. 그러면 아버지는 기뻐 펄쩍 뛰며 날 껴안겠지요. 나에게 왕의 옷을 입히고 머리에 금관을 씌워 줄 것이오. 그러고서 우린 궁으로 돌아가겠지. 행복이란 좋은 것이오, 사랑하는 알카. 당신의 품은 따뜻하고 포근하오. 우리 오늘 밤에 결혼식을 올립시다. 미룰 이유가 어디 있소? 새벽까지 사랑을 나눕시다. 그러면 아홉 달 뒤에 우리는 아들을 가지게 될 것이오. 당신의 가슴에선 젖이 줄줄 흘러내리겠지……. 당신 울고 있소?

알카 기쁨을 주체할 수 없어요. 리코프론…….

리코프론 (침묵. 알카의 훌쩍거리는 소리만 들린다.) 알카, 이제 다 됐소?

알카 다 됐느냐고요?

리코프론 자, 이제 끝났소. 알카, 그 삶은 지나갔소. 우린 그 인생을 살아본 거요. 이 삶이 우리에게 더 줄 건 없소. 그렇다면 이제 다른 삶을 선택하지 못할 이유가 있겠소?

알카 (두려워하며) 다른 삶이라니요?

리코프론 난 아버지와 여러 가지 청산해야 할 게 있소. 난 아버지를 죽여야 하오. 내 앞길을 막고 있거든. 그래, 그래, 울지 말아요, 알카. 문 뒤에 숨어서, 들어오는 순간…… 그래, 이렇게 말이오. (그는 문지방으로 뛰어오르며 죽이는 시늉을 한다.)

알카 (막으려고 달려간다.) 리코프론, 안 돼요!

리코프론 말리지 마오. 난 아버질 죽이고 그 자리에 올라야 해요. 난 칼을 뽑고 전쟁을 일으킬 것이오. 군대를 모으고, 함대를 준비시키고, 검은 해적선 깃발을 휘날리며 공격할 것이오. 내 깃발은 그리스 땅 끝까지 펄럭일 것이오. 남자란 비둘기처럼 구구거리는 존재가 아니라, 알카, 전쟁을 일으키고 죽이게끔 되어 있는 존재요!

알카 당신은 정말 강해요, 리코프론, 정말 냉혹해요. 난 그런 당신이 좋아요! 그래요, 그래, 난 궁에 남아 당신 아들에게 젖을 먹이면서 당신이 돌아오길 참고 기다릴게요. 당신의 배가 보인다는 걸 알리는 나팔이 울리고, 산꼭대기마다 봉화가 오르면, 테라스로 달려 나가 외칠게요. 「어서 와요, 내 남편, 돌아온 걸

환영해요!」

리코프론 알카, 이제 만족하오? 이제 행복해?

알카 예, 그럼요, 행복해요……. 당신은 남자니까 당신이 원하는
삶을 마음대로 선택해요. 난 기다릴게요. 한구석에 앉아 아들에
게 젖을 물리고 자랑스럽게 지켜보며 기다릴게요. 리코프론, 이
보다 더 큰 기쁨이 있겠어요?

리코프론 (다시 침묵. 잠시 후) 알카……

알카 예?

리코프론 다 됐소? 행복하오?

알카 예, 그럼요, 여보.

리코프론 좋소! 그런 삶도 있지. 우리는 그 삶을 살았소. 짧긴 했
지만, 무슨 상관이오? 우린 그 삶을 즐겼소. 번갯불 같은 순간
이었지만 누릴 건 다 누렸소……. 이제 다른 삶이 있소. 우리는
운명의 여신을 지배하고, 우리의 행로를 바꿀 것이오. 우린 자
유롭소……. 울지 마오, 알카, 용기를 내오! 우리에게 행복이나
영광 따위 필요 없소. 우리 영혼은 맹렬하고 당당하오. 우리 영
혼은 그런 시시한 즐거움을 받아들이려고 자기 가치를 낮추지
않소. 우린 아무것도 원하지 않소! 우린 짝을 짓지도, 누굴 죽
이지도, 궁으로 돌아가지도 않을 것이오. 사랑의 포옹도, 당신
가슴에 안길 아들도 없을 것이오. 이국땅의 전쟁도 없을 것이
고, 나팔 소리도 환영도 없을 것이오. 아무것도 없어요! 오직
황량함과, 적막과 불길이 있을 뿐! 용기를 내오, 알카!

알아요, 알아, 여전히 난 다른 길을 선택할 수 있소. 내 앞의
길은 여러 갈래로 뻗어 있소. 둘, 셋, 넷……. 난 내가 원하는 길
을, 가장 어려운 길을 선택했소. 난 행복하오!

쉿, 울지 말아요, 알카. (그는 급히 일어난다.) 누군가 오고

있소. 유모야. 강아지처럼 땀을 뻘뻘 흘리며 헐레벌떡 오고 있소. 유모 뒤로 궁의 귀부인들이 보이오. 마침내 결말이 다가오고 있어! 유모, 아, 유모!

유모 아, 숨차다. (헐떡거린다) 아, 내 자식들, 이제 나이 들어 이런 심부름도 힘들어 못하겠구나. 아, 젊었을 때가 그립다. 나도 한때는 새끼 사슴처럼 펄쩍거리며 뛰어다녔는데!

　　여기 우리 알카 아가씨 있나요?

알카 안녕, 유모. 나 여기 있어요. 어머, 희색이 만면하네요!

유모 기쁘지 않을 이유가 있나요, 아기씨! 해가 떠서 온 세상이 환해요! 감옥 문이 열려 노예들이 풀려났답니다! 이 순간에, 아, 아가씨가 저기 밖에서 무슨 일이 일어나고 있는지 볼 수만 있다면! 성의 창고들이 열려, 농부들이 곡식과 기름과 포도주를 자루에 듬뿍듬뿍 채우고 있다고요…… 딴 세상이 시작된 거예요, 아가씨!

리코프론 무슨 얘길 하고 있는 거요, 유모? 새로 나타난 그 바보신을 만나 취하기라도 한 거요?

유모 저처럼 어리석은 영혼이 어찌 다른 말로 표현할 수 있겠어요? 취하면 안 될 까닭이라도 있나요? 제 주위에 무슨 일이 일어나고 있는지 모르겠어요. 전하가 저한테 뭐라고 하셨는지 아세요? 〈유모〉 하고 저를 불러 세우더니, 〈오늘은 대단한 날이네…… 중요한 날이지. 보게나, 나 이 커다란 반지를 꼈네!〉 그러고는 웃으셨어요! 전하께서 웃으시는 걸 본 게 몇 년 만인지! 전하께서 저한테 말을 건네신 게 몇 년 만인지 모르겠어요! 그런데 바로 오늘, 전하께서 저에게 말씀하셨어요. 「이걸 보게, 나 이 커다란 반지를 꼈네. 가서 하인들에게 내 흑마에 안장을 얹으라 하게.」

리코프론 (혼란스러워하며) 커다란 반지라고…….

유모 그래요, 제 이 두 눈으로 직접 봤다니까요. 왕들이 무덤에 갈 때 끼는 반지지요. 그걸 뭐라고 할까? 하여간 오늘 아침 일찍 전하께서 등불을 들고 지하실 금고로 가셨어요. 그러고는 지하실에서 나오시는데……. 오, 두 분도 전하의 얼굴을 봤으면 좋았으련만! 얼굴이 휜했어요! 그리고 그 입술에서는…… 꿀이 뚝뚝 듣고요!

리코프론 거짓말!

유모 저도 그렇게 생각했지요. 눈을 비비면서 이건 있을 수 없는 일이라고 생각했어요! 꿈을 꾸고 있는 게 아닌지 꼬집어 보기까지 했다니까. 봐요, 여기, 아직도 꼬집은 자국이 있어요. 하지만 꿈은 아니었어요. 기다려요, 끝까지 들어야 해요! 전하는 횃불을 끄고, 돌아서 우리를 봤어요. 〈감옥에 말꾼을 보내라!〉고 소리치셨어요. 「내가 전쟁에서 데려온 노예들을 다 고향으로 돌려보내라. 그자들은 이제 자유다! 그리고 궁의 금고들을 열게 하고 우마차에 포도주와 기름과 밀을 실어 농민들에게 나누어 주어라. 오늘은 위대한 날이다. 내가 자유로워졌으니, 온 세상이 자유로워지도록 하라. 내가 해방되었으니, 온 세상이 해방되도록 하라.」 그러곤 저에게 돌아서 말하셨어요. 「이봐, 유모, 나 이 커다란 반지를 꼈네…….」

리코프론 됐어요, 더 이상 듣고 싶지 않아요!

알카 하지만 유모는 좋은 소식을 가지고 왔어요, 유모를 나무라지 말아요. 이제 모든 일이 잘 풀릴 거예요. 리코프론, 당신도 알게 될 거예요. 운명의 바퀴가 방향을 바꿨어요.

리코프론 아냐, 안 돼! 난 바퀴를 꽉 붙들겠어. 방향이 바뀌어선 안 돼!

알카 전하는 어디 계시죠, 유모? 오고 계신가요?

유모 궁 바깥문에서 왕의 관복 차림에, 황금 단검을 들고, 커다란 반지를 끼고, 붉은 샌들을 신고 계신 걸 보고 이리로 왔어요…….

리코프론 아, 아버지가 떠나려고 하는군. 두려워하지 말아요, 어머니. 내가 여기서 그 인간을 붙들고 있으니까. 잘 붙들고 있을게요! 죽으러 가는 가축처럼…… 여기 어머니의 친구 분들, 궁의 귀부인들이 오셨어요. 일어나 저분들을 맞읍시다. 난 필요 없을 때도 예의를 차리는 게 좋아.

화려하게 차려입은 귀부인들이 도착한다.

리코프론 궁의 귀부인들, 어서 오십시오. 당당한 머리와 고상한 가슴을 가지신 분들, 어서 오십시오.

첫째 귀부인 오, 백성의 희망, 리코프론 왕자님. 하데스로 가는 어두운 문턱에 왕자님을 보내 주시다니, 신들께 감사드립니다. 무서운 시간에 왕자님을 뵙게 되어 기쁩니다.

왜 전하께서 우리를 소집하셨지요? 우리 목에 붉은 띠를 두르게 하셨는데 왜 그러셨지요? 리코프론 왕자님, 무릎 꿇고 빌게요. 저희를 도와주세요. 우리는 아직 하데스로 내려가고 싶지 않아요!

귀부인들이 무덤 안에서 흩어진다. 그들 뒤로 노예 소녀들과 하인들이 따른다. 그들은 궤짝들과 베틀을 보고 두려움에 떤다.

한 노예 소녀 물건이란 물건은 다 가져다 놓으셨어. 베틀과 궤짝들, 거울에다 빗까지. 한데…… 어머나, 양이나 염소는 보이지 않네……. 전하께선 하데스에 무슨 제물을 바치실 거지?

리코프론 소리치지 말아요! 여긴 내 어머니의 집이오.

다른 노예 소녀 오, 심장에 칼이 박히는 거 같아. 우리가 제물인가 봐! 저흴 도와주세요, 리코프론 왕자님!

다른 노예 소녀 가만있어! 야수가 언덕을 올라오고 있어……. 봐!

유모 조용히 해. 주군께서 꼽추 시인과 같이 오고 계시다. (알카에게) 전 궁에 돌아가야겠어요, 아가씨! 전하를 보기만 해도 무서워 죽을 것 같아요! 잘 있어요, 아가씨! (유모가 떠난다.)

첫째 귀부인 (하인에게) 이것 봐, 거기 까만 눈의 애야, 전하 뒤에 제물로 바칠 짐승들이 따라오고 있니? 양이나 말이나 소 말이야. 난 눈이 침침해서 아무것도 안 보이는구나.

하인 아니요! 아무것도 없어요! 아무것도 보이지 않습니다, 마님!

여자들 다 함께 우린 죽었구나!

첫째 귀부인 금방 끔찍한 생각이 스쳐 갔소. 하지만 말하지 않을 수 없어요. 리코프론 왕자, 왕을 죽여요! 왕을 죽여 궁과 도시를 구해요. 세상이 다시 자유롭게 숨 쉴 수 있도록 해줘요!

리코프론 안 돼요, 안 돼! 아버지는 까마귀처럼 백 살까지 살아야 해요, ……2백 살, 3백 살까지 살아야 해. 올리브나무들처럼! 누구도 그 잘난 인간의 골통에 손을 대서는 안 돼!

첫째 귀부인 리코프론, 킵셀로스를 잊지 말아요!

리코프론 걱정 마시오, 부인. 내 어찌 잊겠소! (제 가슴을 가리키며) 사람들이 내 아우를 던져 버린 바다가 바로 이 가슴이오!

둘째 귀부인 왕자님은 반란의 깃발을 들어 올렸어요. 왕은 왕자님을 죽일 거예요, 리코프론!

리코프론 그렇게만 된다면야!

셋째 귀부인 사는 데 애착이 없다는 말인가요?

리코프론 그야 있지요…… 아주 강렬하게. 하지만 전 다른 걸 더 사랑합니다. 사는 것보다 더 중한 걸 말입니다!

넷째 귀부인 더 중한 건 없어요! 보고, 듣고, 말하고…… 사는 것, 그보다 중요한 건 없어요!

리코프론 여자들과는 도대체 말이 안 통해. 여자들은 피를 젖으로 바꾸어 놓아 자기네 유산을 부끄럽게 만든단 말이야.

첫째 귀부인 당신도 아버지처럼 짐승 같군요. 이제 누구에게 하소연하지? 누구 앞에 무릎을 꿇지?

리코프론 제 어머니 앞에 꿇으세요. 들어주실 겁니다!

하인 저기 주군께서 오십니다. 그만 소리 질러요!

리코프론 내 말 잘 들어요. 난 어머니의 지하 묘실에 숨겠소. 절대 말하지 말아요. 모든 걸 나에게 맡겨요. 운명이 눈멀어 내가 손을 끌고 인도해야 해요……

알카 나도 같이 가겠어요, 리코프론. 당신을 떠나지 않겠어요!

리코프론 두 명이 들어가기엔 너무 좁아, 알카. 살아 있는 사람들 틈에 숨으시오. (그러고는 바깥의 태양과 골짜기와 바다를 바라본다.) 잘 있어라!

알카 오, 왜 그런 인사를 하는 거죠? 누구한테 작별 인사를 하는 거예요?

리코프론 알카, 슬퍼하지 말아요. 그저 흉내만 내는 거니까…… 잘 있어요! (그는 작은 문을 열고 들어간다.)

한 노예 소녀 전하의 말이 우는 소리가 들려요, 전하께서 도착했어요!

페리안드로스가 나타난다. 그는 침착하다. 그의 뒤에 두 명의 호위병이 따르고 있다. 여자들은 무서워 뿔뿔이 흩어진다. 페리안드로스의 얼굴이 이글거린다. 그는 닫힌 문으로 다가가 거기에 입 맞춘다.

페리안드로스 멜리사, 내가 왔소! 여기 왔소! 오, 무섭고도 사랑스러운 유령, 안녕하오! 난 자유를 찾았고, 이렇게 당신에게 왔소!

첫째 귀부인 (나직이) 말하는 것 좀 봐! 완전히 변했네! 세상이 다시 좋아졌어.

페리안드로스 부인들, 왜 그렇게 벽에 기대어 있소? 두려워하지 말고 가까이 오시오. 여기 닫힌 문 앞에 와서 무릎 꿇고, 문을 두드리시오, 문이 열리게 말이오!

멜리사, 멜리사, 당신 친구들과 당신 하인들이 여기 와서 문을 두드리고 있소. 문을 열어요!

첫째 귀부인 아, 왕의 얼굴이 다시 어두워졌어. 우린 끝장이야!

페리안드로스 왜 고개들을 숙이는 거요? 누가 말했소? 훌쩍대지 마시오! (그는 어둠 속을 두리번거리다 비틀거린다.) 갑자기 어두워졌군……. 누가 날 건드렸나? 호위병, 횃불을 가져와 벽에 걸어라. 불이 있어야겠다! 잠시 숨이 막힐 것 같았다! (호위병들에게) 밖에서 기다려! 때가 되면, 너희를 부르겠다. 내 지시를 잊지 마라!

호위병들은 떠나고, 문이 큰 소리를 내며 닫힌다. 여자들은 겁에 질려 비명을 지르며 벽으로 몰려간다.

페리안드로스 춥구나! 따뜻해지게 불을 좀 피워라. 발이 시리다……. 불을 피워!

노예 소녀들이 불을 피운다.

페리안드로스 다들 모였는가? 친구들, 하인들, 가인(歌人)들, 직조
공들?

여자들 다 모였습니다, 전하…….

페리안드로스 왜 우시오? 오늘은 눈물을 보고 싶지 않소. 내 가슴
은 새가 되어, 날개를 펼치고 날기를 기다리고 있어. 일어서시
오! 손을 잡고 노래를 부르고 춤을 추시오!

여자들 저희 무릎은 약합니다, 전하, 춤을 출 수 없습니다! 못 춥
니다!

　　(그들은 춤을 추려 하다가 바닥에 쓰러져 탄식하기 시작한다.)

페리안드로스 용기를 내시오! 울지 말고! 당당하고 비통한 자유의
노래를 부르시오!

여자들 저희가 어찌 노래를 부를 수 있겠습니까, 전하? 빨간 띠가
목을 조르고 있는데 말입니다.

첫째 귀부인 전하, 왜 저희를 이리로 불러 무덤 안에 몰아넣으셨습
니까?

페리안드로스 멜리사를 위해서요, 부인. 멜리사를 위해서! 죽은 자
들은 강대하지만, 그들에겐 산 자들이 필요하오! 음식을 가져
다주지 않으면 배고파하오. 불을 피워 주지 않으면 추워하오.
당신네가 그들을 잊어버리면, 그들은 그것으로 끝장이오. 죽은
귀족들에겐 하데스에서 싸울 적(敵)과, 말과, 무기가 있어야 하
고, 죽은 여인들에겐 금줄 은줄이 새겨진 커다란 빗들과, 옆에
서 노래를 불러 줄 예쁜 노예들, 그리고 잡담을 나눌 친구들이
있어야 하오.

　　(작은 문 쪽으로 몸을 돌리고) 멜리사, 여기 불을 피웠소. 그

리고 여기 친구들, 노예들, 예쁜 빗들도 있소. 우린 당신 집에 와서, 문을 두드리고 있소. 문을 열어요. 나오시오, 멜리사. 이리 나와서 우리에게 우정의 두 가지 큰 선물을 주시오. 물과 흙 말이오!

여자들 (공포에 질려 닫혀 있는 바깥 큰 문으로 뛰어가 세차게 두드려 댄다.) 열어요! 문을 열어. 내보내 줘요! 전하, 저흴 불쌍히 여기소서!

페리안드로스 어딜 가는 거요? (작은 문을 가리키며) 저게 해방의 문이오!

첫째 귀부인 (페리안드로스 앞에 무릎을 꿇고) 사랑하시는 멜리사의 이름으로, 전하, 저희를 불쌍히 여기소서. 왕비님도 저희의 울음을 듣고, 땅속에서 저흴 위해 울고 계십니다. 왕비님께서 얼마나 친절하고 다정하셨는지 기억하시지요? 왕비님이 꿀처럼 달콤하다 하여 전하께서 왕비님을 멜리사[6]라고 부르지 않으셨습니까?

페리안드로스 조용히 하시오! 내 무릎을 건드리지 마시오. 아프오!

첫째 귀부인 전하께서 자신의 무덤에서 비둘기 한 마리라도 죽이신다면 멜리사 님이 우실 것입니다. 전하께서 원하시는 건…… 아니 되옵니다, 안 돼요! 저흴 불쌍히 여기소서, 왕비님을 위해서, 저흴 불쌍히 여기소서, 전하!

페리안드로스 아, 법도란 냉엄하오. 산 자에겐 죽은 자가 소중해. 내 생각엔……

첫째 귀부인 계속 말씀하십시오, 전하. 한 마디도 빠뜨리지 않고 듣고 있습니다……

---

6 〈멜리사〉라는 말은 그리스어로 꿀벌이라는 뜻을 가진다.

페리안드로스 내 생각엔 아내가 대화를 나눌 친구 하나 없이 홀로 되어 정신이 이상해진 것 같소. 불을 피워 줄 노예가 없어 추워 하는 것 같소. 아내가 저 땅 밑에서 신세를 한탄하며 나에게 울부짖는 것 같았소……

첫째 귀부인 아닙니다, 아닙니다. 전하, 그건 왕비님의 목소리가 아닙니다. 소리 지른 건 바로 전하의 목소리였습니다……!

침묵. 페리안드로스는 고개를 숙이고 깊이 생각한다. 그러더니 다시 고개를 들고, 부드러운 목소리로 천천히 말한다.

페리안드로스 부인 말이 맞소. 그건 내 목소리였소. 하지만 아내의 무덤에서 당신들을 죽이는 것이 이 나라의 법도요. (여자들이 소리 지른다.) 그러나 지금은……

첫째 귀부인 그러나 지금은 어떻단 말씀입니까, 전하?

페리안드로스 법을 바꾸겠소. 내가 죽기까지 아직 시간이 있을 때 그걸 좀 고치겠소. 이 무덤의 벽에 사람 형상을 그리도록 명령 하겠소. 보석으로 치장한 여자들을 말이오. 그 밑에는 가인들과 무희들을 그리고, 그 밑에는 백 명의 노예 소녀들이 불을 피우고 멜리사를 목욕시킬 준비를 하고 있는 모습을 그리겠소. 내 사랑하는 유령은 그림자 동무들을 가지게 될 것이오. 함께 목욕 할 푸르고 상쾌한 그림자랑. 무덤 위로 시체들을 쏟아지게 하여 아내를 놀라게 할 필요가 없겠소.

목에 두른 띠를 다들 푸시오!

여자들 (띠를 풀어 던져 버리고, 페리안드로스에게 달려가 손과 발에 입 맞춘다.) 감사합니다, 전하. 저흰 구원받았습니다!

페리안드로스 됐소! 됐어! 눈앞이 침침해지기 시작하는군. 노래 부르는 애들은 어디 있나? 불가에 둘러앉아 피리를 불러 내 아픈 가슴을 달래 다오.

가인들이 불가에 둘러앉아 구슬픈 가락을 연주한다.

페리안드로스 아니, 아니, 슬픈 가락 말고! 명랑한 사랑의 가락, 연인이 신부에게 달려가고, 새들과 나무들이 그에게 말을 거는 노래를 불러 봐…….

가인들은 빠르고 신나는 곡을 연주한다. 그들이 1절을 노래 부르기 시작한다.

가인들 젊은 총각이 어여쁜 처녀

　　　　만나러 갈 때…….

페리안드로스 그만! 가슴이 찢어진다! (음유 시인에게) 시인 양반, 당신 차례가 왔소. 재주를 동원하고 마법을 엮어 보시오…… 이제 당신에겐 웃고 떠들고 술 마시면서 사람의 마음을 행복으로 채워 주는 새로운 신이 있잖소. 그 신을 이 무덤으로 데려와 날 웃겨 달라고 하시오!

가인들이 늙은 음유 시인에게 월계관을 씌운다. 시인은 노래를 부르고 춤을 추기 시작한다. 그러자 갑자기 페리안드로스가 격한 비명을 내지른다.

페리안드로스 그만! 아, 새로운 신 양반, 당신 너무 늦게 왔어! 나에게 유일한 신은 마음속의 외로움뿐이다! 가버려, 보이지 않게! (그는 일어나려 하지만, 일어나지 못한다.)

알카 (여자들 사이에서 뛰쳐나와) 아버님, 왜 그러세요?

페리안드로스 너도 여기 있었느냐, 알카? 가까이 와서 고개를 숙여라. (알카의 머리에 손을 얹는다.) 내 아들을 사랑해 주어라, 알카. 그 녀석은 매정하고 과묵하지만, 정직하고 당당한 놈이다. 나에게 야무지고 튼튼한 손자들을 낳아 다오. 사는 걸 제대로 견딜 활달한 놈들로 말이다. 해쓱하고, 예민하고, 어리석은 몽상이나 하는 놈들 말고…… 너에게 축복을 내려 주마!

알카 (훌쩍이며) 아버님, 저에게 작별 인사 하시는 건가요?

페리안드로스 자, 다들 일어나시오. 내가 멜리사의 문으로 들어갈 수 있도록 도와주시오. 나는 내가 태어난 시간이 고맙소. 그동안 많은 고통을 겪고, 많은 사람을 죽였지만, 사는 동안 내겐 크나큰 기쁨이 있었소. 멜리사, 그건 당신이었소! 난 거칠고, 투박하고, 말이 없었지. 하지만 당신은 날 사랑해 주었소. 당신은 내가 곁에 있을 때 나를 무서워했고, 내가 곁에 없을 때도 무서워했지…… 하지만 당신은 날 사랑했소.

멜리사, 멜리사, 당신 옆에 누울 자리를 주오. 내가 가오!

모든 일을 다 제대로 해놓고 왔소. 만족하오? 아들놈은 왕위를 요구할 거고, 녀석은 아내와 함께하여 우리에게 손자를 낳아 줄 것이오. 우리 대는 영원할 거요. 멜리사, 기쁘오? 그럼 날 위해 웃어 주시오. 당신의 커다란, 아몬드 모양의 눈을 떠요. 나를 보시오. 당신 몸에 다시 한 번 살을 붙이고 살아나 문지방에서 나를 맞아 주시오!

빈정대는 웃음이 작은 문 뒤에서 터져 나온다. 문이 열리고 리코프론이 나타난다. 페리안드로스는 흠칫 놀라 뒷걸음친다. 그리고 나서, 간신히, 두 발로 버티고 선다.

페리안드로스 너! 네놈이!

리코프론 예, 접니다! 만사를 잘 챙기셨지만 우리에겐 물어보지 않으셨죠.

페리안드로스 〈우리〉라니? 무슨 말이냐?

리코프론 어머니와 저 말입니다! 우리 둘은 다른 계획을 세웠습니다.

페리안드로스 다른 계획이라고? 이봐, 여자들, 그만 소리 질러 대! 다른 계획이라고?

리코프론 예, 다른 계획이지요. 우리가 결정한 걸 들어 보시죠. 아버지 아들은 왕위에 오르지 않을 것이고, 아버지를 위해 손자를 낳지도 않을 것이며, 아버지는 하데스에서 평온을 찾지 못하실 겁니다!

페리안드로스 너에겐 인정머리라는 것도 없느냐?

리코프론 제겐 이빨과 손톱과 영혼이 있지요. 저에게 왜 인정머리가 필요합니까?

페리안드로스 (여자들에게) 벽으로 돌아서 있어. 듣지도 보지도 마라! 리코프론, 마지막으로 부탁한다, 잊어라!

리코프론 싫습니다!

페리안드로스 네 어머니도 잊었다. 어머닌 날 용서했어.

리코프론 전 용서할 수 없습니다.

페리안드로스 리코프론, 아직 시간이 있다. 다정한 말 한마디만 해 보렴.

리코프론 거절하겠습니다!

페리안드로스 모두가 날 버렸다. 내가 어딜 가든 사람들은 달아난다. 하지만 네가 내 곁에 있기만 하면 나는 그걸로 족하다. 난 네 숨소리를, 네 야성을, 네 완고함을 느끼고 싶다. 리코프론,

144

내 말을 들어 보아라. 네 마음을 달래 줄 말이 있다.

리코프론 (빈정대듯) 제 마음을요?

페리안드로스 그렇다, 네 마음. 잘 들어. 오늘 아침 네 어머니 무덤으로 오기 전에 성의 지하 창고로 내려가 궤짝에서 이 반지를 꺼내 왔다. 속에 독이 들어 있는 죽음의 반지 말이다.

리코프론 (당황해하며) 안 돼요, 안 돼, 아버지가 죽어서는 안 됩니다!

페리안드로스 (기뻐하며) 내가 죽어서는 안 된다고? 정말이냐, 정말이냐, 내 아들아?

리코프론 독을 마셨나요?

페리안드로스 바로 지금, 리코프론, 죽음이 내 몸 안에서 움직이기 시작하고 있구나.

리코프론 안 돼, 안 돼요! 거짓말이라고 하세요!

페리안드로스 하지만 사실이다. 얘야, 신들께 감사드린다! 죽음이 발바닥에서 발목까지 기어올랐다. 이제 다리로 기어오르고 있다…… 곧 무릎까지 오겠지. 그러곤 허벅다리로…… 그리고 그게 심장에 닿으면…….

리코프론 그만 해요!

페리안드로스 네 자리를 만들어 주기 위해 난 떠난다! 네가 살도록 내가 죽는다. 이 세상엔 너와 나 같은 사람이 함께 있을 공간이 없다.

리코프론 (나직하게) 아! 죽어선 안 돼. 내가 기회를 잡지도 못했는데 죽어선 안 돼…….

페리안드로스 리코프론, 한 가지 부탁이 있다. 헤어지는 이 마지막 순간, 나에게 다정한 말 한마디만 해다오.

리코프론 아, 무슨 잔인한 말 한마디 없을까. 저 인간의 심장을 갈

가리 찢어 버릴 말이…… 시간이 조금만 있으면!

(갑자기) 다정한 말 한마디라고요?

페리안드로스 웃지 마라!

리코프론 하고 싶은 말 한마디가 있습니다. ……하지만 그 말을 견뎌 내실 수 없을 겁니다.

페리안드로스 해보아라!

리코프론 가슴이 찢어질 겁니다. 아버지 인생 전체가 깡그리 무너져 내릴 겁니다. 아버지는 생전에 딱 하나 커다란 기쁨을 가지고 있었습니다. 그런데 이제 그것마저 잃게 될 겁니다! 아니지, 그 말은 하지 않겠습니다!

페리안드로스 (그의 팔을 움켜쥐고) 말해라!

리코프론 외할아버지께서 저에게만 해준 말이에요. 아버지한테 절대 말하지 말라고 하셨죠. 외할아버지조차 아버질 불쌍히 여기셨어요, 불쌍한 인간.

페리안드로스 목을 졸라 버리겠다! 말해!

리코프론 모두 앞에서 말입니까?

페리안드로스 모두 앞이라도 상관없다. 말하란 말이다!

리코프론 어머니 멜리사…… 아, 불쌍하신 분!

페리안드로스 멜리사……?

리코프론 어머니는 한평생…… 듣고 있나요? 한평생 말입니다. 어머니는 죽어 가면서 이 말을 외할아버지께 전했답니다. 어머닌 한평생…….

페리안드로스 어서! 어서! 말하라고!

리코프론 ……어머니는 아버지를 싫어했어요!

페리안드로스 (단검을 꺼내며) 입 닥쳐라!

리코프론 아버질 경멸했어요!

페리안드로스가 리코프론에게 달려들어 가슴에 단검을 쑤셔 박는다. 리코프론이 바닥에 쓰러진다. 페리안드로스는 제정신이 들어 아들의 몸 위에 쓰러져 비통하게 운다.

페리안드로스 내 아들아! 내 아들아!

리코프론 바라던 걸 해냈어. 시간이 있었지! 난 해냈어!

알카 리코프론!

페리안드로스 하나밖에 없는 내 자식……. (소리 지른다.) 난 이제 끝났어!

리코프론 (가슴에서 단검을 뽑는다.) 알카, 용서해 주시오……. 난 해냈어…… 원하는 걸!

리코프론이 죽는다. 알카가 그의 몸 위에 엎드려 운다. 큰 문이 열린다. 여자들이 그쪽으로 뛰쳐나가려 하지만 두 명의 호위병이 창으로 그들을 못 나가게 막는다.

호위병들 들어가시오! (페리안드로스에게) 전하, 전하의 육해군 부대에서 방금 전령들이 도착했습니다. 월계관을 쓰고 전하에게 경의를 드릴 수 있기를 고대하고 있습니다.

전령, 들어온다.

첫째 전령 인사드립니다, 영예롭기 그지없으신 불굴의 지도자시여! 희소식을 전해 드리기 위해 먼 길을 달려왔습니다. 전하의 군대가 아르고스에 입성했습니다. 군대가 성을 습격하고 궁을 불질렀습니다. 들판에는 전하의 전리품을 실은 수레들이 빽빽합니다. 양과 소와 말과 노예 떼도 엄청나게 뒤를 따르고 있고요!

둘째 전령 영예로우신 바다의 통치자시여, 인사드립니다! 반란군
은 와해되었고 전하의 배들이 케르키라를 포위하였습니다. 선
창에는 남녀 노예가 가득합니다…… 만수무강하소서.

페리안드로스 (그들이 누구에게 얘기하는지 알 수 없다는 듯 뒤를
돌아보며) 누구에게 말하는 게냐?

첫째 전령 전하께 말씀드리는 것입니다. 코린토스의 명성 높은 영
도자, 위대한 페리안드로스 님이시여!

둘째 전령 전하께 말씀드리는 것입니다. 지혜로우시며, 비견할 자
없는 입법자, 무적의 페리안드로스 님이시여!

페리안드로스 (혐오감으로 자신의 몸과 옷을 만지며) 이게 페리안
드로스냐? 난 번개로 가득 찬 구름이었다. 작은 바람이 한차례
불어오니…….

　　(그러다가 느닷없이 두 전령에게 소리를 지른다.) 나가라! 나
가!

전령들이 놀라 나간다.

알카 (리코프론의 시체 위에서 슬프게 흐느껴 울며) 리코프론, 내
사랑.

페리안드로스 (두 명의 호위병에게) 서둘러라! 나에게 옷을 입히
고 치장을 해라. 내 상처를 씻어 닦아 내고 거기에 칠을 하라.
어서!

호위병들이 궤짝을 열고 갖가지 색의 염료를 꺼낸다. 그들은 무릎을 꿇고
페리안드로스의 얼굴에 흰 석면과 같은 죽음의 탈을 그린다. 그들은 그의

입술과 볼에 붉은 선을 두껍게 그리고, 이마와 목에 있는 옛 상처들 위에는 자주색 선을 그린다. 눈 위에는 까만 동그라미를 그린다. 여자들은 그 얼굴을 보고 공포에 질려 뒤로 물러난다.

여자들 (비명을 지르며) 저게 진짜 얼굴이야. 우린 죽었어! 살이 없어지고 말았어. 저것 봐, 이제 왕의 혼이 보여!

페리안드로스는 얼굴을 천천히 돌리고 여자들을 본다.

첫째 귀부인 전하, 전하, 저희가 떠나도록 명령을 내려 주십시오! 저흴 자유롭게 풀어 주십시오!
페리안드로스 자유롭게 풀어 달라고? 당신들은 이미 자유의 집에 와 있잖소. (작은 문을 가리키며) 저게 문이오!
음유 시인 저는 어떻게 합니까, 전하?
페리안드로스 저라니, 누구 말이냐?
음유 시인 늙어 빠진 음유 시인입니다, 전하.
페리안드로스 가라! (음유 시인은 비틀거리며 문 쪽으로 뛰쳐나간다.) 기다려! (음유 시인이 공포에 질려 멈춘다.)
　　내 말을 타고 빨리 궁으로 가라! 성문에 도착하면 나팔을 불어 노예들을 모아! 이것이 내 마지막 명령이다. 술통을 열고, 궤짝을 부숴 열고, 포도주와 기름을 쏟아 버려라. 궁에 불을 질러라!

음유 시인은 공포에 질린 채 머뭇거리며 페리안드로스를 본다.

페리안드로스　나, 페리안드로스가 명령한다. 궁에 불을 질러라!

내 말을 타고 어서 가란 말이다. 내가 죽기 전에 불길을 볼 수 있도록!

음유 시인이 뛰쳐나간다. 말 울음소리가 들린다. 페리안드로스는 호위병들에게 돌아선다.

페리안드로스 문을 열어라. 여자들이 못 나가게 해. 목에 띠들을 묶어! 횃불을 꺼라!

호위병들은 문을 열고 울고 있는 여자들을 벽 쪽으로 밀어붙인다. 횃불이 꺼진다. 페리안드로스의 얼굴이 어둠 속에 빛난다. 조용하다. 페리안드로스는 일어나기 위해 안간힘을 쓰며 문 쪽을 바라본다. 요란한 나팔 소리가 들려온다. 여자들이 페리안드로스의 발밑에 쓰러져 자비를 호소한다. 그러나 왕은 꼼짝하지 않고 문 쪽을 뚫어지게 바라본다. 갑자기 불꽃의 그림자가 어른거린다. 페리안드로스는 기쁨의 외침을 내지른다.

여자들 궁이 타고 있다! 문이 열렸어. 어서. 도망칠 수 있을지도 몰라!
호위병들 물러서! 여자들을 둘러싸 무덤에서 나오지 못하게 해!
페리안드로스 (있는 힘을 다 모아, 일어선다. 그는 작은 문 쪽을 향해, 팔을 벌리고 쉰 목소리로 숨 가쁘게 외친다.) 멜리사, 멜리사! 멜리사!
　(그는 리코프론의 시체 위에 쓰러져 죽는다. 두 명의 호위병이 그를 굽어본다.)
첫째 호위병 죽었어, 왕도 죽었어!
여인들 우릴 내보내 줘요!

호위병들 물러서! 물러서! 물러서!

알카 나만 죽여요! 다른 사람들은 보내 주고요! 제발, 나만 죽여
주요!

호위병들 우린 명령을 받았소.

알카 맹세해요. 아버님은 이 사람들에게 자유를 줬어요!

첫째 호위병 (둘째 호위병에게) 이봐, 자네 어떻게 생각해?

둘째 호위병 우린 지시를 받았잖나. 그걸 어찌 바꾸나. 명령이었어.

알카 나만 죽여요, 제발!

첫째 호위병 어떻게 생각해? 다 죽여? 아니면 그냥 풀어 줘?

둘째 호위병 운명의 결정에 맡기세. 앞면이 나오면 살려 주고, 뒷
면이 나오면 죽이는 거야.

첫째 호위병 좋아!

(그는 동전을 꺼내 공중으로 던진다. 여인들은 광란 상태에
서 뒷걸음치며 동전이 바닥에 떨어지는 걸 본다.)

둘째 호위병 뒷면이야! 시작하자고!

그들은 천천히 칼을 뽑아 든다.

막이 내린다.

소돔과 고모라

등장인물

하느님의 목소리, 아브라함, 롯, 룻, 라헬, 불꽃 머리 천사, 왕비, 왕, 검둥이 종

프롤로그

참나무, 검은 화강암 더미, 제물용 뿔.

하느님의 목소리 아브라함아!

아브라함 주님, 분부하십시오.

하느님의 목소리 아브라함아, 네 양과, 낙타와, 개와, 노예와, 아내와, 아들을 데리고 달아나거라! 어서. 나는 마음을 정했다.

아브라함 오. 주님. 당신의 입으로 〈마음을 정했다〉 하시는 건 〈죽이겠다〉는 뜻 아니십니까.

하느님의 목소리 저들의 마음이 너무 들떠 있고, 저들의 정신이 너무 방자하고, 저들의 뱃살이 너무 튀어나왔구나. 더 이상 참을 수가 없다! 저들은 돌과 쇠로 집을 짓고 있다. 영원히 살기라도 할 것처럼 말이다. 화덕을 만들어 불을 피우고 쇠를 녹인다. 나는 땅 위에, 황야에 문둥병을 퍼뜨려 놓았다. 그건 내 뜻이 그렇기 때문이다! 한데 저 아래 소돔과 고모라의 인간들을 보니 물을 대고 비료를 주어, 사막을 정원으로 바꾸어 놓고 있구나! 내가 땅속 깊은 곳에 물을 감추어 두었건만, 저들은 바위를 뚫고 물을 찾아내어, 그걸 억지로 밝은 데로 끌어올리고선, 땅을 파고 물길을 내어 마구 노예처럼 부리고 있단 말이다. 하여 물이며, 쇠며, 돌이며 불, 이 불멸의 원소들이 죄다 저들의 부림을 받는 노예가 되고 말았다. 인간이란 족속을 참을 수 없구나. 저들은 지식의 나무 열매를 따먹지 않았느냐. 저들은 죽게 되어 있다!

아브라함 모두 말입니까, 주님?

하느님의 목소리 물론이다! 나는 전능하지 않더냐.

아브라함 주님, 용서해 주십시오. 저는 흙과 물에 지나지 않습니다. 하지만 주님께서 저에게 숨을 불어넣어 주셔서, 그 흙과 물이 영혼으로 피어났습니다. 그러니 말씀드리겠습니다! 아닙니다, 주님. 주님께서는 전능하지 않으십니다. 주님께서는 공정하시므로 전능하지 않으십니다. 공정하지 않거나, 사악하거나, 비논리적인 것은 어떤 일도 하실 수 없습니다. 주님의 공정심이 주님의 전능함을 꽉 붙들고 그것이 제멋대로 부당한 일을 하지 못하도록 하고 있습니다. 주님, 얼굴을 찌푸리지 마십시오. 주님께서 저에게 두뇌를 주셔서 저는 판단합니다. 주님께서 저에게 목소리를 주셔서 저는 소리칩니다.

하느님의 목소리 이 간교한 겁쟁이 인간 종자, 네가 나의 면전에서 나에게 대들겠다는 것인가. 그럴 용기야 없겠지. 너는 지금 내가 가진 덕목들을 서로 대항하게 만들어 그것들의 힘이 줄어들도록 하고 있다. 무엇이 공정하고 부당하며, 무엇이 사악하고 사악하지 않으며, 무엇이 논리적이고 비논리적이란 말이냐? 너희가 무엇을 아느냐? 흙으로 만들어져, 흙을 먹고 자라, 흙으로 돌아갈 버러지들이. 내 뜻은 어두운 심연과 같다. 너희가 그것을 들여다본다면 공포에 질려 죽고 말 것이다.

아브라함 오, 주님. 저는 벌써부터 무서워 어찌할 바를 모르겠습니

156

다. 어찌 감히 심연과 같은 당신의 뜻을 들여다볼 엄두가 나겠습니까. 저는 아무것도 모릅니다. 아무것도요. 하지만 딱 한 가지는 압니다, 주님. 당신은 공정하십니다. 그렇지 않다면 주님, 당신과 지진이나 불이나 역병 사이에 무슨 차이가 있겠습니까? 당신은 공정하십니다. 그래서 당신은 제 말을 들으시려 합니다.

하느님의 목소리 말하라, 버러지야.

아브라함 오늘 당신은 소돔과 고모라를, 인간의 정원과, 집들과, 즐거움과 웃음들을 내려다보셨습니다. 당신의 눈은 불을 내뿜습니다. 소돔과 고모라를 태워 버리고 싶어 하십니다.

하느님의 목소리 그렇다. 그렇게 하고 싶다.

아브라함 당신은 땅과 하늘의 주인이십니다. 당신은 생명과 죽음을 한 손바닥 위에 놓으시고 둘 가운데 하나를 고르십니다. 저는 한낱 버러지입니다. 하지만 어느 날 밤, 당신은 저를 불렀습니다. 저는 다시 이 참나무 밑에 앉아 있었고, 하늘에는 별들이 가득했으며, 아들이 없어 슬피 울고 있었습니다. 〈아브라함아!〉하고 당신은 부르셨습니다. 「왜 울고 있느냐? 일어나서 네 아내에게 가거라. 하늘의 별을 보아라. 너의 손자와 증손자가 그처럼, 들판의 양 떼처럼 늘어나리라. 가거라. 나는 너를 사람의 목자(牧者)로 만드노라.」 주님, 당신은 저를 사람의 목자로 만드셨습니다. 그러하니 저는 이제 한 사람만이 아니고, 수천의 사람입니다. 저에게는 커다란 책임이 있습니다. 저는 제 양 떼가 가엾습니다. 그래서 그들을 변호합니다. 전능하신 판관님이시여, 한 가지 여쭙도록 허락해 주십시오.

하느님의 목소리 묻거라, 버러지야.

아브라함 소돔과 고모라에는 지금 먹고 마시고 웃고 흥보고 분 바르고 어슬렁거리는 사람들이 수천을 헤아립니다. 저 아래 소돔과 고모라에서는 지금 머리를 가진 수천의 사람들이 뱀처럼 건방을 떨며 목구멍에 독을 가득 담고 하늘을 향해 뻔뻔스럽게 혀를 날름거리며 싯 소리를 내고 있습니다. 그러나 저들 가운데 죄 없는 이가 마흔 명이 있다면요? 주님, 당신을 충실하게 섬기는 마흔 명의 종이 있다면 그들을 불로 멸하시겠습니까?

하느님의 목소리 이름을 대어라! 그 마흔 명이 누구냐? 그자들이 어디 있었단 말이냐? 내가 지붕을 뜯어내고 안을 샅샅이 들여다보았다. 하지만 아무도 찾을 수 없었다! 심장이란 심장은 다 열어 보았다. 거기엔 거미줄만 가득했다. 머리란 머리는 다 열어 보았다. 거기엔 꼬리를 하늘로 치켜든 전갈들만 꽉 차 있었다. 허리께도 만져 보았다. 거기엔 술과 음식과 여자들로만 꽉 차 있었다. 난 그놈들을 더 이상 참을 수 없다. 다 태워 버리고 말겠다!

아브라함 스무 명이 있다면, 죄 없는 이가 스무 명이 있다면요, 주님?

하느님의 목소리 이름을 대어라! 누구냐? 누구의 아들이지? 어떤 사내냐? 어떤 여자냐? 어느 종족 출신이란 말이냐? 이름을 대 보아라! 내 손가락으로 직접 헤아려 보겠다.

아브라함 열 명이 있다면, 죄 없는 이가 열 명이 있다면요, 주님?

하느님의 목소리 내가 수를 헤아리려고 손가락을 펴고 있다. 네가 한 말을 바람에 흘려보내지 마라. 말해!

아브라함 다섯 명이 있다면, 죄 없는 이가 다섯 명이 있다면요, 주님?

하느님의 목소리 아브라함아, 그 뻔뻔스러운 입 닥치거라. 너는 지금 신과 이야기하고 있다. 그런데 너는 흥정을 벌여, 나를, 이 전지(全知)한 나를 속이려 드는구나. 네가 영리한 흥정을 하는 것 같다만 결국은 멍청한 장사치로다. 아브라함아, 이 공기가 더럽다. 내 말을 듣거라. 어서 네 양과, 낙타와, 개와, 사내종과 계집종, 그리고 네 아내와 아들을 데리고 동쪽으로 방향을 잡아 달아나거라! 자만에 빠진 너는 고개를 쳐들고 다니게 되었다. 네 두 눈은 흐릿해졌다. 그런데 네 속눈썹 사이에 웬 커다란 눈물방울이 맺혀 있느냐. 보아하니 거기에 소돔과 고모라가 비치는구나.

아브라함 주님, 불쌍히 여기소서! 주님은 공정하실 뿐 아니라, 선하십니다. 당신의 선하심이 당신의 공정심을 품에 안고 있습니다. 당신의 선하심은 당신의 공정심이 손을 들어 올리면 그 손을 붙들고 간청하면서 그것이 내려치지 못하도록 말리고 있습니다. 당신의 위대한 두 덕목은 서로 합쳐져, 당신의 헤아릴 수 없는 전능함 속에서 하나가 됩니다. 주님께서 그냥 무한한 힘만 가지고 계시다면 얼마나 무섭겠습니까. 주님께서 그냥 공정하시기만 하시다면 얼마나 무섭겠습니까. 그랬다면 이 세상은 끝장나고 말 것입니다. 하지만 주님, 당신은 선하시기도 합니다. 그래서 이 땅덩이가 아직 허공에 떠 있는 것 아니겠습니까.

하느님의 목소리 이제 인간의 간교함이 세 곱절이 되었구나! 신까지 깎아내리다니. 너는 나를 인간의 크기로 줄이고 있다. 너는 신을 착한 아버지, 동정하는 마음, 손익에 밝은 장사치의 두뇌 같은 것으로 만들고 있다. 넌 두려움에 떨면서, 그 두려움 때문에 나의 공정심을 억제할 더 유용한 덕목을 찾고 있다. 내가 선하단 말이냐? 내가 온화하단 말이냐? 내가 흙으로 만들어졌느냐? 누가 너에게 그러더냐? 죄악이나 불의, 잔혹함이 나를 위해 일하지 않는다고, 그것들이 내가 신임하는 천사들이 아니라고 말이다. 무릎 꿇지 마라. 두 손을 벌리고 내 무릎 아래서 빌지 마라. 내겐 무릎이 없다! 네가 슬프게 애걸하면 내 마음이 움직일 거라고 생각지 마라. 내겐 마음이 없다! 나는 시커먼, 화강암 더미다. 어떤 것도 날 자를 수 없다. 나는 마음을 정했다. 소돔과 고모라를 태우리라.

아브라함 주님, 그렇게 서두르지 마십시오. 죽이는 일을 왜 그렇게 서두르려 하십니까? 잠시 노여움을 참으십시오. 저는 찾았습니다…….

하느님의 목소리 뭘 찾았다는 것이냐? 그래, 땅속에 사는 버러지야, 뭘 찾았다는 말이냐?

아브라함 죄 없는 한 사람입니다.

하느님의 목소리 이름을 대라!

아브라함 제 아우 하란의 아들, 롯입니다. 주님, 왜 웃으십니까? 그가 올바르지 않고, 정직하지 않고, 당신을 기쁘게 하지 않는단 말입니까?

하느님의 목소리 나를 기쁘게 하고말고! 땅을 굽어보면서 네 아우 하란의 아들을 보고 경탄해 마지않는다. 어찌나 허덕거리고, 어찌나 부산스럽고, 천당에서 지옥까지 어찌나 이리저리 숨차게 뛰어다니고, 어찌나 비명을 지르는지! 녀석은 낮이면 하루 종일 내 문을 두드리며 열어 달라고 소리 지르다가, 밤이 되면 어디론가 살그머니 사라져 밤새 찾을 수가 없어. 그랬다가 아침이 되면, 어디선가 다시 나타나지. 잠을 자지 못하고, 흙탕물을 뒤집어쓴 채로, 울부짖으며 내 문을 두드린단 말이다.

아브라함 왜 그에게 문을 열어 주지 않으십니까, 주님?

하느님의 목소리 아무도 나에게 질문할 수 없다. 내가 묻고, 대답은 저들이 한다. 대답해라! 내가 네 아우 하란의 아들을 구해야 하는 이유가 뭐냐. 그놈이 어떤 의로운 행동을 했지? 죽음을 이겨낼 만한 무슨 훌륭한 생각이라도 했단 말이냐?

아브라함 그의 덕은 부와 재물의 혼례 행진과 같고, 그의 영혼은 주님 당신을 만나러 나선 신부와 같습니다. 굽어 살피시어, 참을성 있게 제 말을 들어 주십시오.

하느님의 목소리 듣고 있다.

아브라함 그는 일곱 번이나, 주님, 뜨거운 인두로 당신의 이름을 자기 몸에 새겼습니다. 배에, 콩팥에, 심장에, 목에, 그리고 넓적다리에 말입니다. 그는 노한 예언자의 밧줄을 몸에 두르고, 쇠 지팡이를 거머쥐고, 문이란 문은 모조리 두드리며 소리를 지릅니다. 〈문을 열어라, 문을 열어, 주님이 오신다!〉고 말입니다. 귀족과 귀부인들이 둘러앉아 잔치를 벌이고 있는 왕의 잔칫상을 뒤집어엎고, 술과 음식을 뒤집어엎고 소리칩니다. 〈일어나라! 너희의 목을 내밀어라. 너무 많이 마시고 너무 많이 먹어 미어터지겠다. 주님께서 불 칼을 가지고 오신다!〉고.

하느님의 목소리 인간의 고함과 기도를 듣는 것이 지겹다. 소리를 내지른다고 다 되는 것이 아니고, 뜨거운 인두로 살에 내 이름을 찍는다고 다 되는 것이 아니다. 피와 눈물과 두려움은 어디 있느냐? 그것들만이 내 마음을 움직인다.

아브라함 굽어 살피십시오, 주님. 조금만 더 들어 주십시오. 피와, 눈물과, 두려움에 관한 말씀도 곧 나올 것입니다. 롯은 자기 두 딸을 집 안에 가두어 놓고 있습니다. 딸들의 가슴은 탱탱해졌습니다. 이 아이들은 젊음을 주체하지 못해 푸념하면서 울어 대고, 밤이 되면 잠을 이루지 못합니다. 하지만 롯은 딸들이 사내라고는 단 한 명도 만나지 못하게 합니다. 당신은 소돔과 고모라 어디에서도 이런 처녀들은 만나실 수 없을 것입니다. 롯에게는 양이 수두룩하지만, 고기에는 손대지 않습니다. 그에게는 남녀 종이 수두룩하지만 혼자 잡니다. 그는 늙은 왕을 내쫓고 왕좌에 앉을 힘이 있지만, 주님, 그는 땅바닥에, 거름 위에 앉아 제 몸을 밧줄로 때리면서 당신의 이름을 부릅니다. 롯이 당신의 이름을 부르면, 그의 몸은 불길로 꽉 찹니다. 하지만 추워서 개처럼 덜덜 떱니다. 제 아우 하란의 아들이 바로 그렇습니다. 롯이 바로 그렇습니다. 주님, 저울을 꺼내 한쪽에는 소돔과 고모라를, 다른 쪽에는 그의 영혼을 놓으시고, 무게를 잘 재어 보십시오...... 왜 아무 말씀 없으십니까, 주님?

하느님의 목소리 나는 지금 세상을 내려다보고 있다. 롯의 집을 찾으려고 소돔과 고모라를 뒤지고 있단 말이다. 이자가 밤중에 어디를 돌아다니는 게냐?

아브라함 사람들 말로는 밤새도록 조상이 물려준 집의 망루에 올라가 무릎을 꿇고, 하늘을 향해 두 팔을 들어 올린 채, 당신을 찾으려고 사방을 두리번거린답니다. 오늘처럼 보름달이 뜬 밤이면, 무릎을 꿇지도 않고, 앉지도 않고, 자지도 않고 지붕에 올라가 꼿꼿이 선 채로 당신을 부릅니다, 주님.

하느님의 목소리 조용! 그만 해라! 저 인간의 함부로 벌린 아가리를 틀어막을 수 있는 건 흙밖에 없는 것 같구나.

아브라함 주님......

하느님의 목소리 그래 저기 있구나. 저게 그자의 안마당이고, 정원이고, 마구간이고, 테라스이고, 망루렷다...... 다들 잠들어 있군...... 그래 뭐가 있나...... 망루에는 아무도 없다...... 나에게는 망루의 널찍한 옥상에 있는 빨간 천막만 보인다...... 다들 잠들었어...... 천막만 깨어 있구나...... 아하! 천막 안에서 낄낄대고 소리 지르고 웃는 소리가 들린다......

아브라함 웃음소리가 아닙니다, 주님. 저건 웃음소리가 아니에요. 들리시지 않습니까? 롯은 울고 있습니다. 기도를 드리고 있는 중입니다.

하느님의 목소리 나의 눈길로 망루의 지붕을 가로 베고, 붉은 천막을 위아래로 잘라 무엇이 들어 있는지 보겠노라.

아브라함 아니, 주님, 왜 소리를 지르십니까? 땅이 흔들리고, 하늘에서 불꽃이 터지고, 산이 연기를 내뿜습니다!

하느님의 목소리 불꽃 머리 천사는 이리 오라!

아브라함 안 됩니다, 안 돼요. 불쌍히 여기소서! 불의 천사는 아니 되옵니다, 주님!

하느님의 목소리 불꽃 머리 천사! 더 가까이 오라. 떨지 말고, 허리를 굽혀라! 내가 너의 머리카락을 만지면 너의 머리카락은 불길로 바뀔 것이다. 내가 너의 심장을 만지면 네 심장은 뜨거운 숯으로 변할 것이다. 일어나라! 네 두 날개를 활짝 펼쳐라! 두 개의 불 날개를 펼치고 떨어지는 별처럼 왕의 궁을 덮쳐라! 소돔과 고모라에 불을 붙여라!

아브라함 불쌍히 여기소서, 주님! 인간의 씨앗이 불쌍하지도 않으십니까?

하느님의 목소리 불꽃 머리 천사여! 술을 마시거나, 여자를 건드려서는 안 된다. 한눈을 팔지 말도록 하라. 세상은 덫으로 꽉 차 있느니라. 오른쪽도 왼쪽도 보지 마라. 곧장 목적지로 달려가 태워라! 자정이다. 보름달이 떴다. 내 도둑놈의 등불이, 소돔과 고모라 위에 떠 있구나. 동이 트기 전에 뜨거운 재 한 줌을 나에게 가져오도록 해라. 소돔과 고모라의 재를 말이다! 가거라!

아브라함 (홀로) 날개가 날아오르면서 내 목을 베고 말았구나. 별하나 땅에 떨어지고, 사방은 유황으로 가득 찼다. 주님, 오 주님, 제 관자놀이는 이제 뛰지도 않습니다. 당신은 떠나셨습니다. 바람은 자고, 제 가슴은 텅 비어 이제 부풀어 오르지도 않습니다. 저는 이제 하느님의 깊은 바다 위에서 항해하지 않습니다 ─ 저는 버티어 냈습니다. 제 눈과, 귀와, 입술은 긴 여행에서 돌아와 다시 제 얼굴에 달라붙었습니다. 번개에 놀라고 그을린 제 뇌도 다시 제 눈과, 귀와, 입술 뒤로 비틀거리며 돌아왔습니다. 하느님이 저를 덮쳐 저는 타버렸습니다. 이제 하느님께서는 저를 떠났고 전 타버린 잿더미로 남았습니다. 하지만 주님, 저는 당신의 목소리를 들었습니다. 당신의 숨결이 불꽃 혀를 날름거리며 날카로운 혀끝으로 저를 겨누는 것을 느꼈습니다. 저는 당신의 힘으로부터 힘을 얻었습니다. 당신이 허락하신 만큼, 제가 할 수 있는 한 힘껏 저항했습니다. 당신은 가셨지만, 아직도 저에겐 당신의 힘이 조금 남아 있습니다. 몸이 떨리고 당신이 두렵나이다. 당신은 전능하시고, 거룩하시고, 의로움으로 충만하시기 때문입니다. 하지만 저는 두 발로 땅에 단단히 버티고 서서, 용기를 내어 소리칩니다.「당신은 저에게 영혼을 주셨습니다. 제가 조그만 탈곡장만이라도 가질 수 있게 해주십시오. 이 돌투성이 땅 위에서 제 밀을 타작할 수 있도록 말입니다. 저 같은 버러지는 당신의 식탁 아래에서 당신이 경멸하며 던져 주는 부스러기들을 주워 모을 것입니다 ─ 작은 의로움, 작은 사랑, 주님, 그리고 작은 희망의 부스러기들을 말입니다. 당신은 저를 인간의 목자로 만드시고, 저의 목에 인간들의 영혼을 걸어 주셨습니다. 막중한 책임에 저는 허리가 휠 지경입니다. 불꽃 머리 천사는 독수리처럼 날아갑니다. 그리고 버러지인 저 역시, 날 것입니다. 저는 제 아우 하란의 아들 롯을 찾으러 갈 것입니다. 주님, 제가 당신의 뜻을 어길 수 있는 힘을 갖도록 도와주소서!」

제1막

한동안 밤꾀꼬리의 노랫소리가 들려온다. 막이 열리면 무대 뒤로 보름달, 망루 지붕, 붉은 천막 등이 보인다. 그 아래 도시가 있다. 불빛이 반짝이고, 희미한 노랫소리, 흥겨운 북소리가 들려온다. 막이 열리자마자 천막이 돌연 칼에 잘리듯 위에서 아래로 찢어진다. 롯이 놀라 침대에서 벌떡 일어난다. 반쯤 벗은 채로 흰 턱수염을 길게 날리고 있다.

롯 오! 오! 머리 위에서 칼이 휘돌다가 침대를 두 쪽 내고, 내 잠과 영혼을 갈라놓고 말았어! 밤공기가 유황 냄새로 진동하는구나. 주님, 공기 중에 당신의 무서운 숨 냄새를 느끼겠습니다. 어서 오십시오, 주님! 벌써 여러 해째 당신을 불러 댔습니다. 하지만 제 목소리는 심연으로 사라져 버렸습니다. 한데 오늘은 오셨군요! 당신께서 오셨습니다! 주님, 어서 오십시오! 제 머리 위에 당신의 칼날이 번쩍인다 해도 상관없습니다. 주님께서 와주신 것만으로 충분합니다. 제 울부짖음이 헛된 것이 아니었음을 아는 걸로 충분합니다.

그의 두 딸이 이불 아래에서 나온다. 그들은 손가락을 입술에 갖다 대고, 귀를 기울이며 자기들끼리 웃는다.

롯 뭐라 하시는 거야? 누가 왔다고? 주님? 제발 덕분에 그러기라
도 하지! 바람이 세어 천막이 찢어진 거지. 그게 아니고 뭐겠
어. 잘됐지 뭐. 그런데 아버지 좀 봐, 떨고 계셔.

라헬 색골 양반 같으니! 오늘 밤 우리한테 웬일로 한턱 쓴 거지!
솜씨가 좋았으니 불만은 없고. 하지만 내 머리를 엉망으로 만들
어 놓았잖아.

　　　(베개 밑에서 조그만 거울을 하나 꺼내 들고 요염하게 머리
　　　를 매만지기 시작한다.)

롯 당신이 오셔서 밤의 악령들로부터 저를 구해 주셨습니다. 감
사합니다. 주님. 아, 저는 무서워 몸이 떨립니다. 지금 잠들면,
저는 지옥으로 떨어지고 말 테니까요. 주님, 왜 저에게 이런 꿈
을 보내시는 겁니까? 왜 제가 당신께 다가가지 못하게 하시는
거죠? 저를 원치 않으십니까? 왜 그러시죠? 저 또한 당신의 피
조물입니다. 전 죄 많은 지난날을 잊고, 저를 깨끗이 씻어 당신
과 하나가 되고 싶습니다. ……그런데 주님, 비웃고 계시군요.
낮이면 당신을 만날 수 있는 길을 겨우 찾았다 싶어도 밤이면
당신은 저에게 이런 꿈을 보내시어 저로 하여금 길을 잃고 다시
제자리로 돌아오게 하십니다. 주님, 왜 저를 가지고 장난치시는
겁니까? 저는 그저 인간, 한 줌의 흙덩이에 불과합니다. 오래
견디기는 힘듭니다.

롯 들었니, 라헬? 아버지 말하는 거 들었어? 글쎄, 주님과 하나가
되고 싶다고 그러시네. 내내 우리와 하나가 되어 있었으면서.

라헬 (웃는다) 저 불쌍한 양반이 지금 헷갈리고 있는 거야. 우리
를 주님으로 착각하는 거야!

166

롯 당신이 오늘 저에게 다시 보내신 악령은 무엇입니까? 기억이
    나질 않습니다……. 생각이 나질 않아요……. 하지만 제 입술은
    아직도 달착지근합니다. 입술이며, 팔이며, 허리가!

    아! 제가 또 꿈꾸었던 것은 여자들이었던 것 같습니다.

    (그는 턱수염과 가슴과 겨드랑이의 냄새를 맡아 보고 질겁하
    여 소리를 지른다.)

    오! 오! 내 살에서 하느님의 냄새가 나질 않아. 술 냄새가 나
    는구나. 여자들이 쓰는 독하고 끔찍한 향수 냄새가 난다! 아,
    더러운 이 살이 또다시 나에게 창피를 주는구나.

    (그는 부리나케 옥상 한구석으로 뛰어가, 청동 못에 걸린 붉
    은 밧줄을 내려 움켜쥐고, 분노에 찬 신음 소리를 내며 자신의
    넓적다리와 옆구리를 채찍질한다.)

    이놈, 이놈아, 색골, 죄인, 거짓말쟁이! 색골, 죄인, 거짓말쟁
    이! 색골, 죄인, 거짓말쟁이!

롯 도대체 왜 저러는 거지, 언니? 왜 자기 몸을 때리는 거야? 어
    째서 저래?

    (웃는다)

    사실을 말하자면, 꽤 좋았어. 맛이 괜찮던걸.

라헬 너무 좋아 정신이 나갔나 봐. 저 양반이 밤새 얼마나 버둥거
    리면서 소리를 지르고 끙끙댔는지 생각나니? 여자를 처음 건드
    려 보는 사람처럼 말이야.

롯 그러고서 우리가 꿈이었다고 말하고 있다니!

라헬 무슨 소릴 쫑알쫑알 지껄이고 있는 것 좀 봐. 제정신이 아니
    야!

롯은 기진맥진한 채 피를 흘리며 바닥에 털썩 쓰러진다.

롯 아니, 아니야, 그 애들은 진짜가 아냐. 그냥 꿈이었어……. 자면서 일어난 일이야. 오랜 욕망과 기억들이 만들어 낸 거야……. 아냐, 아닙니다. 그 애들은 진짜가 아니었습니다. 당신만이, 주님만이 진실합니다. 당신만이 존재합니다. 당신께 두 손을 뻗습니다. 오, 주님, 손을 내밀어 도와주세요. 저는 물에 빠졌습니다. 살려 주세요! 오, 주님, 제가 언제까지 제 살과 싸워야 합니까? 제 살이 언제까지 저와 싸워야 합니까? 저는 길거리를 헤매면서, 문을 두드리고, 소리를 지릅니다. 〈회개하라! 회개하라!〉 하고 말입니다. 그러고서는 살 속에서 뒹굽니다! 저는 하루 종일 먹지 않고, 주인 잃은 개처럼 뛰어다니면서, 허공을 킁킁거리고 주님을 부릅니다. 그러고 나면 밤새도록 꿈들이 제 잠자리를 덮치는데, 그 꿈들은 여자들로 변합니다. 뻔뻔스럽게 발가벗은 여자들로 말입니다. 머리카락에서는 사향 냄새가 진동합니다. 그리고 저는 살 속에서 뒹굴게 됩니다. 오, 주님, 어느 쪽에 진실이 있는 것입니까? 낮입니까? 밤입니까? 주님, 어느 것이 제 영혼입니까? 흰 것입니까, 검은 것입니까? 오늘 밤 제 침상에 찾아들어 저와 잠자리를 함께한 두 여자는 누구입니까? 하느님, 경애하는 하느님, 저는 지금까지 그처럼 달콤한 경험을 한 적이 없습니다!

(그는 갑자기 두려움에 떤다.)

오! 그 여자들이 진짜일 수도 있습니까, 주님? 진짜였습니까?

딸들이 킬킬거리며 귓속말을 한다. 롯이 웃음소리를 듣고 돌아보자 딸들은 얼른 이불 아래 숨는다.

롯 아냐, 아냐. 꿈이 그처럼 달콤할 수는 없어……. 그 여자들이

168

진짜 여자들일 수 있습니까, 주님? 저를 놀리려고 그 여자들을 제 잠자리에 보내신 겁니까? 아냐, 그럴 리 없지. 당신이 저에게 그런 당치 않은 일을 하실 리 없습니다, 주님. 당신은 선하십니다. 당신은 사람의 고통과 노력을 존중하여 주십니다. 하지만 그러면서도, 하지만 그러면서도, 당신은 절대자이십니다. 당신에겐 당신 자신의 법이 있으십니다. 당신의 잔인한 놀이도 있으시겠지…… 두렵습니다!

딸들이 커다랗게 웃음을 터뜨린다. 롯은 돌아서서 두 여자가 자신의 침대 위에 모습을 드러내며 낄낄거리는 것을 본다. 여자들은 침대에 앉아 거울과 화장품들과 빗을 꺼내 매무새를 고치기 시작한다. 롯은 소리를 지르며 비틀비틀 침대 쪽으로 다가가 마치 유령이라도 보듯 공포에 휩싸여 그들을 바라본다. 딸들은 웃으며 두 손으로 얼굴을 가린다.

롯 너희는 누구냐? 내가 누구랑 죄를 지었지? 꿈이 아니었단 말이냐?

(그는 더듬듯이 두 손을 내민다.)

이것이 살이냐? 이것이 머리카락이고? 눈앞이 흐릿하구나. 땅이 빙빙 돌고 있어……. 너희를 알아볼 수가 없다……. 너희는 누구야? 대답을 해라! 왜 말이 없어? 왜 얼굴을 가리고 있느냐?

(그는 억지로 딸들의 손을 끌어 내리고는 깜짝 놀라 외마디 소리를 내지른다.)

너희! 너희!

롯 예, 저희예요…… 저희, 아버지의 두 딸, 롯과 라헬이에요.

라헬 맞아요. 이거 진짜 살이에요. 만져 보세요. 그리고 이 머리카락. 냄새 맡아 보세요. 그리고 이 빗…… 그리고 이 빨간 제 입술도. 보세요. 깨물린 자국이 있잖아요. 생각나지 않으세요, 아버지, 오늘 밤 누가 제 입술을 깨물었는지?

롯 너희 지금 내 침대에서 무얼 하고 있는 게냐? 부끄러운 줄 모르는 계집들 같으니라고. 내 침대에 어찌 들어왔느냐? 문이 잠겨 있지 않았더냐? 누가 들여보냈지?

롯과 라헬 아버지가 열어 줬잖아요!

롯 내가?

롯 (뻔뻔하게 웃어 대며) 생각나지 않으세요?

라헬 생각나지 않는 척하는 거야…….

(거울을 보고, 머리를 매만진다.)

언니, 아버지 말 들을 거 없어. 내 눈썹이나 좀 그려 줄래? 향수 좀 건네줘. 겨드랑이에 바르게.

롯 생각나지 않아…… 생각나지 않아……. 세상이 거꾸로 뒤집혔어. 진실이 술에 취하고, 덕은 갈보가 되었어. 내 정신은 산산조각 나버렸고……. 이 달은 무슨 달이지? 독물이 떨어지는구나.

(그는 침을 뱉는다.)

롯 이봐요, 아버지. 그건 독이 아니에요. 독물이 아니라니까. 뱉지 마세요! 그건 꿀이에요.

라헬 내버려 둬 언니. 말 걸지 말고. 저 색골 양반, 다 기억하고, 다 알고 있어. 하느님이랑 자기 육신을 둘 다 속이고 싶은 거야. 입술 바르게 연지 좀 줘.

롯 주님, 이게 진실입니까? 왜 대답해 주시지 않지요? 울면서 간청하는 일도 이제 지쳤습니다. 할 만큼 했습니다. 당신을 부르는 데 이제 지쳤습니다. 들어 보세요. 전 지금 조용히 말씀드리고 있습니다. 천천히, 그리고 절절히 말입니다. 혹시라도 주님께서 저를 가지고 놀다가 벼랑 밑으로 떨어뜨리려 하시는 거라면, 아, 전능하신 하느님, 전 당신을 용서하지 않을 것입니다! 저 비록 땅바닥을 기는 개미 같은 존재이오나, 결코 용서하지 않을 것입니다! 우리 사이에 이 밤을 두고, 화해라는 것은 없습니다!

룻 왜 바람과 말싸움하고 계세요, 아버지? 자, 여기 술 한 잔 더 하시고 정신을 차리세요……. 어서요!

라헬 내가 따라 드릴게.

(바닥에서 술 단지를 집어 든다.)

롯 그 검은 단지가 왜 내 베개 옆에 있는 거냐? 왕의 빨간 옥새가 찍힌 단지가? 이걸 누가 가져왔어? 무엇이 들어 있었지? 아, 도무지 생각이 나질 않아!

룻 술요. 왕이 검둥이 내시를 시켜 아버지에게 이것을 보냈어요. 유령이 나오는 포도밭에서 나온 포도주를 채워서요.

롯 유령이 나오는 포도밭에서? 아냐! 그 포도밭에서는 포도주가 나오지 않아. 피가 나올 뿐이지. 포도밭이 아이를 하나 집어삼킨 뒤로 유령이 나오기 시작하더니, 포도에서도 핏물이 나와. 왕은 그걸 마시고 마음이 사나워져서, 가는 곳마다 유령을 보고 하느님은 잊어버렸어……. 난 마시고 싶지 않아. 하느님을 잊고 싶지 않아. 그러기 싫다!

라헬 왕의 말씀은, 오늘 밤에 아버지 드시라고 이 술을 보낸다 했어요. 이 술을 드시고 기운을 내고 마음을 강하게 하여, 두려움 때문에 정절을 지키겠다는 생각 따위 버리시라고요.

롯 (고통스러워하며) 그래, 내가 마셨느냐? 마셨어? 어찌했는지 말해 다오, 롯!

룻 마셨어요, 아버지. 마시고는 입술을 핥기까지 했는걸요.

라헬 첫 모금을 마실 때는 마치 꿀을 드시는 것처럼 입술을 핥으셨어요. 두 번째 들이켜실 때는 눈에 불이 번쩍였고요. 세 번째에는, 두 손을 떨면서 허공을 더듬다가 우리 가슴을 덮치셨어요.

롯 맙소사! 맙소사! 난 이제 틀렸구나!

롯 맞아요, 맞아. 아버진 밤새 그렇게 소리쳤어요. 〈난 이제 틀렸구나!〉라고요. 그러곤 웃어 댔죠. 그래서 우리도 따라 웃었어요.

롯 갈보 같은 년들! 너희는 하느님이 무섭지도 않느냐?

롯 아뇨.

롯 불의 심판이 두렵지도 않고?

라헬 아뇨. 우리 셋이서 재밌게 놀았잖아요. 소리 지르지 마세요!
　　(입술을 칠한다.)

롯 주님, 전능하신 주님. 무슨 일이 일어나든 그것은 당신의 뜻에 따라 일어납니다. 좋은 일이든 나쁜 일이든 다 당신이 관장하십니다. 왜 오늘 밤 저에게 손을 뻗어 주시지 않으셨나요? 왜 제가 타락하도록 그냥 두셨습니까? 주님, 이 최후의 순간, 바닥 모를 죄악의 구렁 속에서, 저는 당신의 발아래 쓰러져 경배합니다. 저로 하여금 고개를 쳐들고 주님께 대들지 못하도록 해주십시오! 악령 들린 반역자가 제 안에서 날뛰고 있습니다. 그자를 죽여 주십시오! 저를 그냥 두지 마십시오. 주님, 제가 고개를 쳐들고 주님께 대들지 못하도록 해주십시오!

롯 (반쯤 벗은 채 침대 밖으로 뛰어나가, 춤추는 동작으로 미끄러지듯 움직이며, 욕정을 주체하지 못하겠다는 듯 숨을 깊이 들이쉰다.) 바람이 뜨겁기도 하다! 나무들이 달아올랐고, 우리 가슴도 달아올랐어. 이리 와, 일어나, 춤추자! 오늘 같은 밤 누가 걷기만 할 수 있겠니? 춤추자!
　　(라헬을 침대 밖으로 끌어당긴다. 그들은 펄쩍펄쩍 춤을 추

며 바람에 가슴을 드러내 놓고 격정적으로 온몸을 내뻗는다.)

라헬 아, 남자들 겨드랑이에서 나는 향긋한 냄새가 나, 언니. 사방에 남자들한테서 나는 수컷 냄새가 진동해. 어제 생각나? 염소 떼 찾아갔을 때 숫염소에서 풍기던 그 냄새? 오늘 밤 바람 냄새가 꼭 그 냄새 같아. 이게 바로 하느님 냄새가 아닐까.

롯 (망루의 벽에 몸을 기대고 귀를 기울인다.) 얘, 무슨 목소리가 들린다. 개 짖는 소리도 들리고.

라헬 오늘 밤 보름달 뜬 거 잊었어? 왕비가 달에 주문을 걸려고 그 하얀 개들을 끌고 나갔을 거야. 죽은 아들을 살려 내려고 유령이 나오는 포도밭으로 갔겠지.

롯 지치지도 않나? 아직도 아들을 불러내려고 해? 죽어서 세상 떠난 사람 아냐.

롯 주님, 당신께 불만이 있습니다. 왜 죄짓는 일을 그처럼 달콤하게 만들어 놓으셨습니까? 그리고 육신이란 건 왜 그처럼 약합니까? 봄과 술과 여자는 왜 만들어 놓으셨습니까? 그리고 기왕에 만들어 놓으셨다면 왜 그것들을 즐기지 못하도록 하신단 말입니까? 제 안에서 일곱 마리의 뱀들이 몸을 일으켜 일곱 개의 목구멍으로 당신에게 묻고 있습니다. 대답해 주십시오!

라헬 지치지도 않나 봐? 아직도 하느님을 찾고 있는 거야? 제발 좀 그만 하지!

롯 대답을 원한다잖아!

(웃는다)

롯 당신은 무서운 배고픔으로, 그리고 무서운 갈증으로 저희의 피를 한껏 달궈 놓으시고는 저희를 달콤한 과일이 주렁주렁 열린 정원에 놓아두십니다. 그러고는 〈아무것도 손대지 마라. 말을 어기면 너희는 끝장이다!〉라고 소리치십니다. 왜 그러시는 겁니까, 주님. 애초에 저희에게 그런 배고픔과 갈증을 주지 마셨어야 합니다. 아니면, 이왕 그런 것들을 주셨다면, 저희를 정원에 살지 말게 하시든가요. 차라리 저희를 모래와 돌만 있는 곳으로 던지셨어야 합니다. 저희가 죽어 버리게요. 그러면 죽더라도 고결하게 죽을 수 있지 않겠습니까.

밤꾀꼬리의 노랫소리가 다시 한 번 들려온다.

라헬 조용히 해요, 노인 양반, 조용히 하라니까요! 밤꾀꼬리 소리를 들을 수 없잖아요.

롯 당신을 부르고 또 부릅니다. 왜 듣지 못하시는 겁니까? 듣고 계시어도 대답하지 않으시는 거지요. 저는 당신의 도움을 청하는데, 당신은 저를 계속해서 죄 속에 밀어 넣고 계십니다. 저는 더러운 수렁에 빠지고 말았습니다. 그러고 싶지 않았습니다, 맹세컨대, 빠지고 싶지 않았습니다. 설마 당신이 절 밀어 넣으신 건 아니겠지요, 주님? 빠져나오려고 발버둥을 치면 칠수록 저는 진흙 구렁 속에 더 깊이 빠져 듭니다……. 아, 제가 빠져나올 수만 있다면, 빠져나올 수만……. 하지만 제가 어디 숨을 곳이나 있겠습니까?

롯 (웃으며) 저희 품 안에 숨으세요, 아버지. 하느님도 아마 못 찾으실걸요. 사람이 여자 품 안에 숨는 법은 없으니까요.

라헬 찾아낸다고 해도, 끌어내 갈 수는 없을 거고요!

롯 숨이 막힌다! 어디를 돌아보든, 하느님이 계셔……. 동쪽을 돌아보면 거기에 하느님이 계시지. 그래서 나는 곤두박이로 떨어지고 말아. 서쪽을 돌아봐도 역시 하느님이 계셔, 나는 곤두박이로 떨어지고 말아. 북쪽을 보아도, 남쪽을 보아도 역시 하느님이 계셔, 난 곤두박이로 떨어지고 마는 거야! 아, 아, 어디 빠져나갈 문이 없을까!

롯 어휴! 저 색골 노인, 머리가 어지러운가 봐. 잔뜩 퍼마시고, 정신없이 입을 맞춰 대더니. 어딘가로 떨어지고 있는 것 같은가 봐!

라헬 저 불쌍한 양반 말이 맞아, 언니. 참 대단한 밤 아냐? 꿀이 똑똑 떨어지는 것 같아. 여자들은 마음이 몽롱해지고, 남자들은 정신을 잃어. 달은 휘영청 밝지, 장미 향내는 코를 찔러 대지, 밤꾀꼬리는 하염없이 울어 대지.

(퍼뜩 놀란다.)

아, 누가 내 가슴을 간질이고 있어!

롯 나도 그래…… 내 가슴도……. 어서 옷을 마저 입자, 애. 그리고 우리 강둑에 내려가서 산책이나 하자. 이제 문을 잠가 놓은 집들은 없을 거야. 오늘 밤 우리는 여자가 되었으니까.

라헬 내 아랫도린 그대로 말짱해, 언니. 아버진 너무 늙었나 봐. 이제 저 양반 정력으로 자식 낳기는 틀렸어. 가슴을 열어젖혀, 언니. 나도 가슴을 열어젖혀야겠어. 우리 나가서 수염이 새까만 진짜 사내들이나 찾아보자.

롯 천사들은 모두 당신의 종입니다, 주님. 복음의 천사, 희망의 천사, 사랑의 천사, 분노의 천사, 침묵의 천사, 그리고 지혜의 천사가 모두 말입니다. 붉은 머리의 불의 천사 역시 당신의 종입니다. 불의 천사를 붙잡아, 팔매질하는 것에 넣고, 소돔과 고모라로 내쏘십시오. 다 불태워 잿더미로 만들어 버리십시오!

별 하나가 떨어진다.

롯 아, 저게 대답인 게로구나! 별 하나 떨어졌으니 영혼도 하나 갔다. 나의 영혼이겠지. 주님, 저를 태워 주십시오. 이제 불만이 저를 정화할 수 있습니다. 당신이 만약 사람들 말처럼 전능하시다면, 당신이 만약 사람들 말처럼 거룩하시다면, 내려오셔서 저를 불태워 재로 만들어 주십시오!

롯 거참! 더는 못 들어 주겠네. 너는 불타는 게 느껴지니? 난 전혀 모르겠는데. 자, 어서 가자.

라헬 잠깐, 잠깐만, 언니······. 종소리가 들려. 무슨 낙타 행렬이 오고 있는가 봐. 개들이 짖고 있어.

롯 방금 집이 흔들렸어. 무슨 괴물이 문을 두드리고 있는가 봐!

라헬 저 양반 겁먹었어. 아버질 봐. 눈알이 튀어나왔어!

롯 하늘이 사자처럼 으르렁거렸어. 위대한 영(靈)이 바람을 타고 오고 있어. 천사가 틀림없어. 내가 신을 모독하는 소리를 듣고, 칼을 빼 들고 이 집에 들어선 거야······. 환영해야지. 아무렴, 대환영이고말고! 이왕 벼랑의 밑바닥까지 다 내려간 마당에 이제 와서 내가 두려워할 게 뭐 있겠나? 대환영이지!

（롯은 피가 묻은 밧줄을 둘러메고 벽에 등을 기댄다.）

아브라함 롯!

롯 （기쁨에 몸을 떨며） 누가 나를 불렀지? 바람결에 내 이름을 부르는 소리가 들렸어. 당신이십니까, 주님? 당신의 목소리를 들은 지가 열두 해나 되었습니다. 주님, 어서 오십시오. 누추하지만 제 집에 드십시오. 드릴 말씀이 있습니다.

롯 （옥상으로 향하는 계단 너머로 몸을 내밀었다가 바로 세운다. 그리고 웃어 댄다.） 픗! 저걸 하느님이라 생각하고 있군!

라헬 누구야, 애? 계단으로 올라오는 게 누구야? 집 안이 온통 흔들리잖아!

롯 아브라함 할아범이야. 울보 겁쟁이가 또 하나 늘었군! 이제 두 사람이 한꺼번에 법석을 떨어 댈 거야.

라헬 실은 말이야, 난 저 양반이 마음에 들어. 백 살 넘은 사람치고 는 괴짜에다가, 아직도 정정해서 아이 씨앗도 뿌릴 수 있거든.

롯 네 생각엔 그게 정말 같니? 사람들이 그러던데, 지난봄 양이 랑 낙타들이 새끼를 낳을 때, 저 양반 마누라 그 할망구도 아들 을 낳았다더라만.

라헬 대단해, 색골 노인! 언니, 우리 자식들을 위하여 축배!

롯 사람들 말로는 저 노인이 우리네 종족의 족장이래. 저녁때 저 사람이 참나무 아래에 앉아 있으면, 하느님이 찾아오신대. 그래 서 둘은 서로 가까운 동네 사람처럼 얘기를 나눈다나. 같이 양 젖을 마시면서, 수염도 훑고, 우물가에 물 뜨러 가는 처녀들도 곁눈질해 보면서 인류에 대해 담소를 나눈다는 거야.

라헬 무슨 동화 같은 얘길 하는 거야! 하느님이 어디 있어! 애들 겁주는 도깨비라면 몰라도. 무서워? 난 다 커서 무섭지 않아.

롯 들어 봐. 지팡이로 계단을 내리치고 있어. 소리를 빽빽 지르면 서!

커다란 목소리가 점점 가까이 들려온다.

아브라함 롯, 내 아우 하란의 자식아. 내 말이 들리지 않느냐? 자 고 있느냐? 지금 세상이 무너지고 있는데, 넌 어찌하여 자고 있 단 말이냐? 일어나라!

롯 (슬퍼하면서) 아, 내가 기다리는 그분이 아니구나. 하느님은 언제쯤에나 몸을 굽히시어 은총을 보여 주실까? 이 사람은 하 느님이 아니야.

(빈정거리듯)

이 사람은 하느님의 친구지. 난 이 양반을 보는 게 괴로워! 부 끄럽지도 않나? 그에게는 만사가 순조롭게 돌아가. 도무지 부 족한 게 없지. 그런데 지금 나한테 바라는 게 뭐야? 난 줄 게 하 나도 없는데. 그는 아주 차분하고, 자신만만하고, 덕이 높지. 이 양반은 양이고, 하느님은 푸른 풀밭이라, 목을 내밀고 쫓아가는 수밖에……. 여기 나타나셨군!

아브라함 (다가오며) 롯, 세 번이나 불렀는데 못 들었느냐? 왜 말 을 하지 않지? 어디 있느냐? 불빛 아래로 나오너라.

롯 아버지의 형님 되시는 아브라함 족장님, 주님의 양을 지키는 충실한 파수꾼, 복 받으신 덕망의 종이시여. 저의 집이 누추하오 나 어서 오십시오. 허리를 굽혀 우리 종족의 으뜸 목자에게 경배 를 드리나이다. 이 누거(陋居)는 무슨 연유로 찾으셨습니까?

아브라함 하느님께서 보내셨다.

롯 하느님이라니요? 무슨 하느님 말입니까?

아브라함 하느님은 한 분뿐이다. 우리 하느님 말이다. 아무도 그 분의 이름을 입에 담을 수 없다. 입에 담으면 혀가 타버릴 것 이다.

롯 (웃으며) 저 사람을 보내는 것은 언제나 하느님이지. 소젖을 짜러 가도 그건 하느님이 보내시는 거야. 아내와 잠자리는 같이 하나? 그것도 하느님 뜻이겠지! 여기 와서도 또 그 하느님 타 령이야. 왜 혼자서는 제대로 못 사는 거지? 우리는 하느님 없이 도 잘만 사는데.

라헬 저 사람도 미친 거지.

(둘은 웃는다.)

롯 하느님이라고 하셨습니까? 하느님이 어쩌다 제 생각까지 하게 되셨죠? 사나운 불꽃 바람이 어르신을 둘러싸고, 어르신의 눈썹에서는 불꽃이 튀어나오고 있군요. 저에게 대체 어떤 무서운 소식을 가져오신 겁니까?

딸들이 웃는다. 아브라함이 그들을 향해 몸을 돌린다.

아브라함 이 꼬꼬댁거리는 암탉들은 누구냐?

롯 저에게 묻지 마시고 저 아이들에게 저주를 내리십시오! 저 아이들의 손톱과 가슴과 엉덩이가 보이지 않으십니까? 하와의 딸들입니다!

룻과 라헬 할아버지, 저희를 축복해 주세요. 저희는 저 양반의 딸입니다.

롯 너희를 저주한다!

아브라함 우리만 따로 할 얘기가 있다. 하느님이 나에게 전하신 말은 여자들이 들을 말이 아니다. 나가라!

롯 (상냥하게) 우린 완전히 망가졌군. 재미들 보세요!

라헬 가자, 언니, 턱수염이 새까만 진짜 사내를 찾아보자! 잘 계세요, 집안의 어르신들!

그들은 낄낄거리며 소란스럽게 계단을 내려간다.

롯 말씀하십시오.

아브라함 내가 참나무 아래 앉아 내 종들이며 낙타며 양들이 지나가는 걸 흐뭇하게 바라보고 있을 때 하느님께서 찾아오셨다……. 오시는 모습이 멀리서 보여 나는 벌떡 일어나 집사람에게 소리질렀지. 「여보, 밀가루를 꺼내서 빵을 좀 구워요. 가서 양젖도 좀 짜 오고. 우리 숫양 가운데 제일 살찐 놈을 한 마리 잡으시오. 주님이 오고 계시오.」한데 그분은 무서울 정도로 급하게 오셨어. 그러고선 말씀하셨지. 「난 여기서 지체할 수 없다. 시간이 급하다.」난 그분의 발 앞에 몸을 던졌다. 그러고는 소리쳤어. 「주님의 발이 불붙은 숯처럼 뜨겁나이다. 주님, 어딜 가시는 길입니까?」주님이 〈소돔과 고모라에서 오는 길이다〉라고 말씀하셨지. 〈나는 내가 본 것을 보았느니라. 나는 지금 불꽃 머리 천사를 부르러 하늘에 가는 길이다!〉라고 하시더군. 「불의 천사 말입니까, 주님?」「그에게 불타는 숯을 주어 세상으로 내던져 보낼 것이다. 날이 밝기 전에 소돔과 고모라의 재를 가져오게 하겠다.」「그 가운데 죄 없는 이가 한 명 있습니다.」내가 소리쳤지. 「롯이라는 사람입니다! 그자도 태우실 작정입니까?」주님은 대답하지 않으셨어. 주님은 벼락처럼 우르릉 소리를 내며 사라지셨다. 난 너에게 알리려고 낙타를 제일 빨리 달리는 놈으로 골라 타고 이렇게 헐레벌떡 달려왔다. 빨리 도망가거라!

롯 저 말입니까? 저더러 도망가라고요? 어르신의 하느님은 어디 계십니까? 발에 입이라도 맞추게요. 제가 그분에게 제발 좀 내려와 주십사 하고 이처럼 애타게 불러 본 적이 없습니다. 그런데 보십시오. 이제 그분이 내려오십니다!

아브라함 넌 하느님의 훌륭한 씨앗이 이 땅에서 사라지기를 바란단 말이냐? 너 역시 우리 종족의 원로 가운데 한 사람이고, 그에 따른 막중한 책임을 지니고 있느니라. 너의 덕을 챙겨 어서 도망가라! 사막 가운데 그 덕의 천막을 세우도록 해라.

롯 무슨 덕 말입니까? 제 상처를 헤집지 마십시오. 아브라함 어르신. 상처가 아직도 아립니다.

아브라함 강변에 몸을 뻗고 누운 두 갈보들처럼 소돔과 고모라는 풀밭에 누워 서로 입을 맞추고 있다. 사내가 사내와 자고, 계집이 계집과 자고, 총각이 암말과, 처녀가 황소와 자고 있어. 모두가 생명나무 열매를 먹어도 너무 많이 먹었다. 죄다 죽을 것이다! 모두가 지식 나무 열매를 먹어도 너무 많이 먹었다. 죄다 죽고 말 것이다! 저들은 우상을 깨부수어 열었지만 나뭇조각과 돌덩이밖에 찾지 못했다. 저들은 이념을 깨부수어 열었지만 텅 빈 바람밖에 찾지 못해. 저들은 하느님에게 덤벼들며 말했다. 「신은 공포의 아들이지 공포의 아버지가 아니다.」 그러고는 공포라는 것을 다 잃고 말았다. 저들은 도시의 네 성문에 굵은 금 글자로 이렇게 새겨 넣었다. 〈이곳에는 신이 존재하지 않는다.〉 천사들과 대천사들이 불같이 노했고, 땅의 밑바닥이 덜덜 흔들렸지. 그렇지만 나는 네가 무사하기를 빈다. 롯, 너는 두 손을 들어 올려 기도를 했고, 소돔과 고모라가 나락으로 떨어지는 것을 막았으니까. 하지만 이제, 오늘 밤은……

롯 하지만 이제, 오늘 밤은…… 뭡니까? 말씀하십시오. 듣고 있습니다. 오늘 밤은 뭡니까……?

아브라함 왜 한숨을 쉬느냐? 왜 웃는 게야? 네 심장이 두 개로 쪼개지고, 네 입술이 독을 흘리고 있구나.

롯 제 입술은 신경 쓰지 마십시오. 제 심장도 신경 쓰지 마시고요. 말씀하십시오. 오늘 밤이 어떻다는 겁니까…….

아브라함 네 눈에 핏발이 서고, 눈물이 가득하구나. 롯, 하느님은 좋은 분이시다. 왜 그분을 두려워하지? 너는 죄 없는 사람인데, 왜 우느냐? 하느님께서는 높은 데서 널 내려다보시고 기뻐하신다.

롯 (갑자기 소리친다.) 제가 죄 없는 사람이라고요? 하느님이 높은 데서 저를 내려다보시고 기뻐하신다고요? 그렇다면 왜 밤에 저희 집을 굽어보시고 저를 살피지 않으시지요? 왜 제 잠을 둘로 갈라 그 속을 들여다보지 않으시지요? 왜 제 심장과, 허리와, 꿈을 샅샅이 살펴보지 않으시는 겁니까? 오늘 밤 저를 보지 못하셨다면 눈길을 어디로 던지고 계셨단 말입니까? 사람들 말로는, 그분은 모든 걸 아시고, 모든 걸 보시고, 모든 걸 들으신다 합니다. 글쎄요, 그렇다면 아무것도 모르시고, 아무것도 못 보시고, 아무것도 듣지 못하시는 겁니다! 제가 죄 없는 사람이라고요, 제가?

아브라함 무슨 일이 있는 거냐, 롯? 입에 거품을 물고 있구나. 왜 하느님을 모독하느냐? 오늘 밤 나는 무서운 소식을 가지고 왔지만, 하느님의 은총도 가지고 왔다. 그런데 넌 화를 내며 머리를 내젓고 그걸 부정하겠다는 것이냐? 널 이해할 수 없구나.

롯 어떻게 절 이해하시겠습니까, 아브라함 어르신. 어르신께서는 순수하고, 순종적이셔서 〈예!〉라고 말한 다음엔 언제나 입을 꼭 다물어 버리지 않으십니까. 어르신의 심장은 사납지 않아 상대하여 싸울 수가 없습니다. 심장과 영혼이 함께 묶인 순한 두 마리의 낙타와 같습니다. 그것들이 어르신을 곧장 하느님께 데려다 줍니다. 어르신은 별들을 바라보며 〈내 손자와 증손자들이 많기도 하구나〉 하고 말씀하십니다. 하지만 저는 별들을 바라보며 이렇게 말합니다. 〈내 지은 죄가 많기도 하구나〉라고요. 저의 덕은 저녁에 산책하다 하느님과 담소를 나누는 정원과 같은 것이 아닙니다. 그것은 제가 한없이 깊이 추락하는 벼랑입니다. 낮이면 온종일 저는 제 영혼과 도박을 합니다. 그리고 이깁니다. 밤에도 저는 영혼과 도박을 하지요. 그리고 항상 지고 맙니다. 오, 불의 천사님, 불의 천사님. 하늘에서 내려와 저를 태워 잿더미로 만들어 버리시오! 재 한 줌 하느님께 갖다 드리고 하느님을 진정시켜 주시오…… 불의 천사여, 나의 수호천사여, 내려오시오!

아브라함 불의 천사를 부르지 마라, 롯. 반항하는 마음이 지나치구나. 천사가 정말 내려올지 모른다! 구원의 천사를 불러라.

롯 제가 부르고 있는 천사가 바로 그 천사입니다. 구원자이지요. 모르시겠습니까, 아브라함 어르신? 불의 천사와 구원의 천사는 하나입니다.

(아브라함이 손으로 롯의 입을 막으려 한다.)

제 입을 막으려 하지 마십시오, 아브라함 어르신. 죄를 짓고 싶어도 짓지 못하는 덕 많은 사람들이 전 싫습니다. 어르신께서는 그저 〈내 종족의 신이시여〉 하고 중얼거리기만 해도 하느님께서 참나무 아래로 오셔 어르신과 대화를 나누십니다. 한데 저는 열두 해 동안이나 하느님을 불렀습니다. 그런데도 하늘은 기척이 없고, 텅 빈 채로 아무 대답이 없습니다. 어르신과 하느님은 계약을 맺고, 만사를 서로에게 이익이 되도록 정해 두었습니다. 〈나에게 달라, 그러면 나도 너에게 줄 것이다〉는 계약이죠. 합의가 이루어지자 두 분은 석판에 계약 내용을 새기고 두 분의 도장을 찍었습니다. 어르신은 손으로, 하느님은 발로 말입니다. 두 분은 동업자가 되셨습니다. 두 분의 사업이 번창하길 바랍니다! 저 또한 하느님과 계약을 맺었습니다. 저는 지난날의 삶을 청산하였습니다. 저는 거짓말쟁이, 도둑놈, 살인자, 술꾼, 뚜쟁이였습니다. 더 이상은 그런 사람이 되지 않겠다 하였습니다! 저는 덕 있는 사람이 되기로 했습니다. 하느님이 계시는 산을 맨발에 누더기를 걸치고, 가슴 쥐어뜯으며, 엉엉 울면서 오르기로 하였습니다. 단 한 명의 여자에게도 손대지 않고, 고기와 술에도 입을 대지 않기로 했습니다. 오직 거리를 돌아다니며 집집마다 문을 두드리고 〈그분이 오신다! 주님이 오신다!〉 하고 외치기로 했습니다. 그것이 우리의 계약이었습니다. 하느님은 제가 가는 길에 장애물들을 두지 않기로 하셨습니다. 그리고 산꼭대기에서 두 팔을 벌리고 저를 기다리시기로 했습니다. 저는 충실하게 제 말을 지켰습니다. 한데 그분은 — 밤마다 저에게 꿈을 보내시고, 여자들을 보내시고, 제 마음을 음탕한 생각으로 채우시고, 제가 가는 길에 깊은 구렁과 함정을 파놓고 제가 그곳에 빠지도록 하고 계십니다. 그럼 전 빠지고 맙니다! 그래서 제가 이렇게 소리를 질러 대고 있는 겁니다!

아브라함 네가 아무리 소리를 질러도 하느님은 대답하지 않으신다. 그분은 오직 침묵과 눈물에만 응답하시니까.

롯 침묵과 눈물에 말입니까? 여러 해 동안 저는 울며 침묵을 지켰습니다. 하지만 그분은 한 번도 몸을 낮추어 제 얘기를 들어주려 하시지 않았습니다. 여러 해 동안 저는 덕의 길을 쫓아왔습니다. 그런데 그 길은 막다른 골목이었고, 저를 구원으로 인도해 주지 않았습니다. 하지만 오늘 밤 그 길이 열렸습니다. 공기 중에 유황 냄새가 납니다. 구원이 찾아온 것입니다!

아브라함 무슨 구원 말이냐?

롯 불의 구원 말입니다!

아브라함 불이 너의 구원이란 말이냐, 이 저주받을 녀석아? 불이라고? 하느님이 아니고? 아아, 슬프다! 네가 올바른 인간이었더냐? 너 이 반역자 놈, 내가 처음으로 언성을 높이고 화를 내며 하느님과 얘기했던 게 너를 위해서였더란 말이냐? 주여, 제가 죄를 지었나이다! 죄를 지었나이다! 이놈 위에 있던 제 손을 거둡니다. 제 말도 취소합니다.

롯 저는 올바른 사람이 아닙니다. 순결하지도 않습니다. 제가 양인가요! 저를 옹호해 줄 사람 따위 원치 않습니다! 전 하느님과 맺은 거래를 청산할 것입니다. 정면으로 맞서서 말입니다! 오늘 밤부터, 알고 계십시오, 어르신, 저는 기도를 믿지 않겠습니다. 선행이라든가 하느님의 자비라든가 하는 것도 믿지 않겠습니다. 한때는 믿었지만, 더 이상은 아닙니다! 오늘 저는 자유로워졌습니다! 저는 공정한 지불을 믿습니다. 제가 금을 받으면, 저도 금으로 갚아야 합니다. 그분이 저에게 생명을 주셨나요? 그럼 저는 죽음으로 갚겠습니다. 우리는 서로 공평합니다. 저는 제가 진 빚을 다 갚고, 자유로워질 것입니다. 계약서 따위는 찢어 버리겠습니다!

아브라함 하느님의 이름으로, 조용히 말해라. 그분이 들으시겠다!

롯 들으시라지요! 아무리 기도해도 듣지 못하시던데요. 그러니까 들으시라고 저주를 퍼부어 봐야겠습니다. 제 내장이라도 꺼내 보이겠습니다. 보고 화를 내시게요. 심장이라도 꺼내겠습니다. 심장을 꺼내면 거기에서 살인자들, 도적놈들, 거짓말쟁이들, 동성애자들, 뚜쟁이들 한 무리가 뛰쳐나와 강변을 어슬렁거리겠지요! 감옥이란 감옥은 다 열어 버리겠습니다. 뚜껑 문도 죄다 열어 버리겠습니다! 밤거리로 뛰쳐나가 도적질하고, 죽이고, 딸년들과 자겠습니다! 오, 제 안에 종처럼 살고 있는 수천의 제가 말입니다! 고매하신 멍청이 영감님, 귀를 막지 마십시오. 오늘까지 저는 헛구역질을 하면서도 저의 타락한 욕망들을 숨겨 왔습니다. 잠자코 입 다문 채 부끄러워했습니다. 하지만 오늘 밤 저는 끝장냈습니다. 견딜 만큼 견뎠습니다! 저는 목까지 차는 죄의 구렁으로 뛰어들었습니다! 저는 숨이 막힙니다. 아브라함 어르신. 하늘에 닿도록 외쳐 대겠습니다! 모든 걸 죄다 까발리겠습니다. 듣고 치를 떠십시오, 고매하신 멍청이 영감님.

저에게서 달아나세요. 당신에게서도 해방되고 싶소이다.

아브라함 이건 네가 아니다, 롯. 이건 네가 아냐. 마귀가 오늘 네 안에 들어갔구나. 마귀가 네 목구멍에 들어앉아 소리를 지르고 있어……. 입을 닫아라, 닫아. 아직 시간은 있다.

롯 입을 닫지 않겠소이다. 고매하신 멍청이 영감님! 소리 지르겠습니다! 이리 가까이 오세요. 용기를 내봐요. 순한 노인 양반, 들어 보세요. 제 망루의 벽에 묻은 저 붉은 얼룩이 보이시지요? 달이 커지면 저것도 같이 커집니다. 보름달이 뜰 때면 그때마다 저 얼룩도 크게 번져서 둥그렇게 됩니다. 그래서 어린애 머리처럼 되지요. 저건 피입니다.

아브라함 피라고!

(놀라 뒤로 물러선다.)

사람을 죽였느냐?

롯 죽였습니다.

아브라함 저주받을 놈, 누굴 죽였냐? 내 아우의 아들이 살인자라니!

롯 아니, 소리치지 마십시오. 왕의 아들을 죽였습니다. 이제 열두 해나 되었죠. 그 아이는 태어날 때 머리가 불꽃처럼 붉은 곱슬머리였습니다. 마법사들이며 해몽가들이 그 아이를 보더니 소리를 질렀답니다. 〈흉조다! 이 아이는 아버지를 죽이고 궁에 불을 질러 나라를 망하게 할 것이다〉라고 말입니다. 아이가 자라서 다섯 살이 되었죠. 아이는 다달이 사자 새끼처럼 힘이 세졌습니다. 오늘 같은 어느 보름날 밤이었습니다. 아이는 궁의 정원에서 놀고 있었고, 왕과 저는 함께 기둥 뒤에 앉아 아이를 지켜보며 감탄하고 있었습니다. 아이는 줄넘기를 하면서 마치 불의 악령처럼 공중으로 뛰어올랐죠. 머리카락이 불꽃처럼 바람에 거세게 휘날리고 나무들이 그 빛을 반사하여 벌겋게 타올랐습니다. 왕이 벌떡 일어났습니다. 궁에 불이 난 줄 알았나 봅니다. 왕은 기겁을 했고 저도 같이 놀랐습니다. 왕이 말했습니다. 「롯, 자넨 내 충실한 친구 아닌가. 이 괴물을 데려가게. 이 아일 자네 손에 맡기겠네. 이놈이 세상을 졸라 죽이기 전에 그놈을 먼저 졸라 죽이게.」 나는 일어나 아이에게 다가갔습니다. 다정하게 말을 걸면서 손을 잡고 이끌었습니다. 「애, 이리 오너라. 네 친구들이랑 같이 놀려무나. 내 딸 롯과 라헬이랑 말이다.」 그러곤 아이를 망루로 데려갔습니다. 전 아이의 겨드랑이를 들어 올렸습니다. 아이가 간지러운지 웃어 대기 시작했죠. 저는 아이가 가지고 놀던 끈을 아이의 목에 감았습니다. 바로 이겁니다. 바로 그때부터 저는 이걸 제 허리에 감고 다닙니다. 그리고 소리 지릅니다. 그리고, 보십시오, 그걸 여기 벽에 걸어 둡니다. 반짝이는 커다란 못에다……

아브라함 살인자! 살인자! 살인자! 하늘이 불을 내려 너를 태워버려야 해!

롯 좋아요, 좋습니다. 고매하신 영감님, 그렇게 옷을 쥐어뜯지 마십시오. 아직 이야기가 다 끝나지 않았습니다……. 다음 날 저는 아이를 서늘한 바나나 잎에 싸서 왕에게 선물로 가져갔습니다. 잡아 죽인 새끼 돼지처럼 말입니다. 왕은 밤에 몰래 무덤을 파고 아이를 묻은 다음 그 위에 포도나무를 심었습니다……. 몇 달이 지나 우리는 아이를 다시 파내려 했죠. 하지만 아무것도 없었습니다. 뼈다귀조차 발견되지 않았습니다. 포도나무가 뼈고 뭐고 다 썩혀 버리고, 아이를 빨아들여 포도로 만들어 버린 겁니다.

아브라함 왜 땅이 쩍 갈라져 너 같은 살인자 놈을 집어삼키지 않았을까? 조용히 해라, 입을 닥쳐! 네 말을 듣고 있다간 사람의 종자가 죄다 싫어지겠다! 그래 하느님께서 보신 게 바로 이것이로구나!

롯 아직 안 끝났습니다. 아직 안 끝났어요. 하느님의 순한 양 같은 양반. 그렇게 서두르지 마십시오……. 그날 밤부터 제 인생은 바뀌었습니다. 제 영혼은 죄악의 끝없는 구렁텅이로 굴러 떨어지고 말았습니다. 저는 마음을 다져 먹고 하느님이 계신 산꼭대기로 제 영혼을 다시 끌어올리기 시작했습니다. 괴롭고 두려운 마음으로 하루 종일 저는 영혼을 산으로 끌어올렸습니다. 하지만 밤이 되어 잠에 떨어지면 제 영혼은 곧장 다시 굴러 떨어지곤 하였습니다. 스무 해 동안 저는 구원받기 위해 산에 오르려고 버둥거렸고, 스무 해 동안 저는 계속 굴러 떨어졌습니다…….

(빈정거리듯 웃어 댄다.)

하지만 마침내 오늘 밤, 고매하신 영감님, 마침내 오늘 밤 저는 구원을 받았습니다!

아브라함 네놈의 웃음소리가 무섭다. 네 목구멍에서 마귀가 웃어 대고 있구나. 입을 닥쳐라!

롯 이제 너무 늦었습니다. 이왕 시작했으니 끝을 봐야죠. 제 가슴을 열어젖히겠습니다. 전갈들이 죄다 쏟아져 나와 이 달밤을 기어 다닐 것입니다. 오늘 밤에는, 문들의 빗장이 죄다 열려 있었습니다. 제가 빗장을 열었나요? 아니면 전능하신 하느님이 열었나요? 모르겠습니다. 정신이 빙글빙글 돕니다……. 저의 집 망루의 문들도 빗장이 열려 있었습니다. 제 딸년들이 들어와 유령이 나오는 포도밭에서 나온 포도주를 저에게 마시게 하자 저는 정신이 몽롱해지고 몸이 뜨겁게 달아올랐습니다 — 그러자 딸년들은 정절을 지키는 걸 더 이상 참을 수 없었는지 — 제 이 부자리로 기어들었습니다. 그래서 저는 제 딸년들과 잤습니다! 아하! 말씀이 안 나오시죠. 말문이 막히셨을 것입니다! 이제 아시겠습니까, 아브라함 어르신? 어르신께서는 이제 더 이상 저에게 기쁨이나 두려움, 그리고 하느님에 관한 말씀 따윈 꺼내실 수 없다는 걸? 이 고매하신 멍청이 양반, 노인네가 알 수 있는 게 도대체 무엇이란 말이오? 이제 이 롯에 비하면 노인네가 무엇인지 아시겠소? 한 마리 순한 양일 뿐이오.

아브라함 제 딸년과 잔 네놈에게 이제 구원은 없다.

롯 있지요, 있어! 불이 있잖습니까! 사람을 죽인 그날 밤 이후, 저는 거리를 돌아다니며 〈그분이 오신다! 그분이 오신다!〉 하고 소리쳤습니다. 누가 오냐고요? 몰랐습니다. 저 멀리서 다가오는 발소리를 들었습니다. 공중에서 퍼덕이는 날개 소리가 점점 가까이 다가오고, 제 발밑의 땅이 심하게 흔들리는 것을 느꼈습니다……. 그래서 소리쳤죠. 〈그분이 오신다! 그분이 오신다!〉 하고요. 저는 그게 주님이라고 생각했습니다. 마음 좋은 이처럼 우리의 고통을 느끼시고, 오셔서 두 손을 내밀어 우리를 치료해 주실 것이라고 믿었습니다. 저와 소돔과 고모라를, 우리 모두를 말입니다! 그런데 이제는, 하느님의 노새를 부리는 노인 양반, 부디 잘 사십시오. 저에게 좋은 소식을 가져오셨으니 말입니다. 이제 누가 오는지를 알게 되었습니다. 주님이 오시는 게 아니고 불의 천사가 오고 있습니다. 불의 천사가 오고 있어요! 전능하신 분이 보낸 게 아니라 제가 불의 천사를 이 땅에 끌어내린 겁니다. 제 살인과 제 타락이 끌어내렸습니다. 우리가, 소돔과 고모라가, 우리의 반항심과 순종하지 않는 마음이 말입니다! 정말 환영합니다, 오 하느님의 혓바닥이시여! 문들도 다 열어 놓고 마음도 다 열어 놓았습니다. 들어오셔서, 마음껏 먹고 마시십시오, 거룩하신 분이시여!

아브라함 나는 너를 모른다. 나는 네가 필요 없다. 넌 내 종족이
아니다! 얼굴을 가리고 네 얼굴을 보지 않겠다! 내 발에서 흙을
털고 가슴 위로 침을 세 번 뱉어 네 악귀를 몰아내야겠다. 너에
게 내 저주를 내린다!

롯 무법(無法)의 집에서 흙을 털어 내십시오, 아브라함 어르신. 저
역시 덕행(德行)의 집에서 흙을 털어 내고 자유를 얻었으니까.

아브라함 난 가겠다!

　(그는 겁을 집어먹고 떠난다.)

롯 잘 가시오, 하느님의 순한 양. 뛰어가세요. 당신의 백정을 따
라 어서 뛰어가세요. 당신이 먹을, 당신을 살찌우고 당신을 먹
일 싱싱한 풀을 당신의 백정이 한 아름 안고 가네요! 그이는 나
도 먹여 주려 하겠지만 그 싱싱한 풀로 나를 속일 수는 없어요.
나는 먹지 않을 테고, 살찌지도 않을 테니까. 그이가 나를 잡아
먹다간 이빨을 부러뜨릴 겁니다! 안녕히 가시오, 고매한 양반.
나야 당신을 잘 아니까, 당신은 이제 나를 더 이상 속여 먹을 수
없을 겁니다. 당신도 다른 사람들처럼 색골이에요.

　(그는 도시들을 내려다보며 작별을 고한다.)

　잘 가라, 죄악이여. 목구멍을 상쾌하게 하고 마음을 살찌우는
붉은 사과여. 너에게 건배하노라! 오, 죄악이여. 소돔과 고모라
여, 사랑스러운 쌍둥이 도시여. 번들거리는 포만한 배와, 분칠
한 젖가슴과, 기쁨에 넘친 허벅지, 깨물린 입술의 도시, 머리에
자유와 지식의 책략이 흘러넘치는 자매 도시여! 잘 가거라! 너
희는 죄의 꼭대기에 이르렀다. 구원은 거기에서 시작되리라. 너
희는 정신을 결여한 야만의 힘을 정신으로 정복했다. 너희는 덕
과 공포와 신을 넘어섰다. 너희는 벼랑 끄트머리에 이르렀다.

이제 떨어져 멸망하라! 너희에게 이것을 말하면서 나는 눈물이 쏟아진다. 금욕자였던 나, 나는 밤이면 남몰래 너희를 깊이 사랑했었노라. 저 방탕한 자들이 너희의 단맛을 어찌 알겠느냐? 너희의 과일을 따먹고, 너희의 일부를 먹고 배가 부풀어 올라 너희를 토해 낸 자들이 말이다. 낮 동안 나는 너희의 과일을 그리워하였지만 따지는 않았다. 그런데 밤에는 그것을 입 가까이에 가져갔다. 하지만 몸이 떨려 차마 깨물지는 못하였다……. 잘 가거라, 매혹적인 인간의 왕국이여! 이제 너희가 사라지리라고 생각하니, 내 가슴이 찢어지는구나. 잘 가거라, 욕탕이여, 정원이여, 사상들이여! 하느님은 〈사막이 생겨나라!〉 하셨고, 사람은 〈열매를 맺는 나무들이 생겨나라. 그리고 집과 여자의 화장품과, 팔찌와 귀고리와 위대한 사상이 생겨나라!〉 하였다. 누가 더 위대할까? 죽음을 모르는 신과, 바다와 공중을 헤집고 다니며, 물의 흐름을 바꾸고, 거친 짐승을 길들이고, 신이 해놓은 일을 뒤집어 놓고 죽어 버리는 이 벌레 중에서? 제가 그 벌레입니다, 주님! 나를 죽이시오! 내가 소돔과 고모라입니다! 나를 태워 재로 만드십시오!

두 딸이 기겁을 한 표정으로 숨이 차서 들어온다.

롯과 라헬 아버지!
롯 갈보 같은 년들! 아버지라 부르지 마라! 창피해서 몸이 떨린다. 그냥 롯이라 불러라.
롯 롯, 왕비의 개들이 짖는 소리 들리세요? 왕비가 귀신 나오는 포도밭으로 가 달빛 아래서 주문을 외우고, 발뒤꿈치로 땅바닥을 탁탁 치며 마치 젖이라도 주려는 사람처럼 젖가슴을 내놓고 죽은 아들을 불러냈대요. 개들이 코를 킁킁거리더니 무덤가의 흙을 긁어 댔답니다. 그러더니 꼬리를 다리 사이에 내리고 부들부들 떨더래요……

라헬 개들은 부들부들 떨고, 왕비가 북을 더 빨리 두들겨 대면서 째진 소리를 지르니까……

롯 갑자기 달이 움직이지 않고, 바람이 소용돌이치더니 뿌옇게 되더랍니다……

라헬 그러다 갑자기……

롯 가슴이 벌렁거린다. 땅이 벌어지면서, 죽은 자들이 올라오고 있구나!

라헬 갑자기 바람이 몸의 형상이 되었어요. 먼저 안개 속의 커다란 별처럼 번쩍이며 두 눈이 나타나고, 그다음에는 티 하나 없이 매끈한 하얀 목이, 그다음엔 가슴, 허벅지, 발이……

롯 그리고 맨 나중엔 머리카락이 치솟아 달빛 속에서 휘날리며 혓바닥처럼 날름거리고 불꽃처럼 부풀어 올랐어요.

라헬 귀신 나오는 포도밭에서 머리카락이 붉은 청년 하나가 솟아오르자 개들이 뒷발로 뛰어오르며 길게 짖어 대기 시작했답니다……

롯 개 짖는 소리 들어 보세요. 롯. 아직도 울면서 짖어 대고 있어요……

롯 그분이 오셨다! 이게 그분이야! 어서 오시오! 사람의 영혼, 허무의 왕, 위대한 귀족이여, 당신의 권세 앞에 허리 굽혀 인사드리나이다! 오, 사랑이여, 복수여, 깨지지 않는 희망이여, 오, 불이여, 나의 자식이여!

롯 왕비가 청년에게 달려들며, 암캐처럼 길게 짖어 댔어요.

라헬 왕비가 〈내 자식, 내 자식아, 네가 맞지?〉 하고 소리쳤어요.

192

「땅이 어미처럼 너를 잘 길러 주었구나. 훤칠한 미남이 되었어. 이제, 와서 왕의 자리에 오르렴. 나는 너를 열두 해나 기다렸다. 잘 왔다.」

롯 그런데 청년이 발을 벌렸어요……. 아니, 그건 발이 아니고 날개였어요. 아니, 안개였어요. 청년은 포도밭 너머로 스르르 사라져 버렸어요.

라헬 청년의 불꽃 같은 머리만이 선명한 진홍색으로 여전히 휘날리고 있었어요. 세찬 바람이 도시 쪽으로 불꽃을 불어 대는 것처럼.

롯 그자가 극진히 환영받기를 바란다! 문들을 열어라, 구원이 다가온다!

누군가 달리고 있는 발소리가 들린다. 그리고 사람들의 목소리, 웅성거림과 웃음소리. 딸들이 망루 너머로 몸을 기울여 내다보고 소리친다.

롯과 라헬 그 사람이 와요! 그 사람이 와! 저기 와요!

롯 아무것도 보이지 않는걸……. 문들이 열리는 소리, 귀에 거슬리는 목소리와 웃음소리밖엔 들리지 않아.

롯 저기 그 사람이 있어요 ─ 머리카락이 번쩍이는 게 보이지 않아요? 달려오고 있어요. 금방 모퉁이를 돌았어요. 뒤를 돌아보는군요. 사람들이 뒤따라가고 있어요!

라헬 술 취한 남자들이 벌거벗은 채 문간으로 휘청거리며 나와요. 취한 남자들도 그 사람을 쫓아가네요! 그 사람의 향기로운 몸 냄새를 맡으면서 수말처럼 콧바람을 내고 있어요.

롯 저것 봐, 저 검둥이 좀! 저자가 악귀처럼 패거리의 앞장을 섰네. 제 주인의 여인네들에게 데려다 주려고 청년을 붙잡아 가고 싶은가 봐.

롯 그분이다, 그분! 보이지는 않지만 바람결에 유황 냄새가 난다!

룻 정말 잘생겼어! 허벅지가 달빛에 은빛으로 빛나.

라헬 남자들 소리 지르는 거 들어 봐! 무어라고 하는 거지?

룻 그 사람에게 소리 지르고 있는 거야. 〈이리 와요, 이리 와, 이리〉 하고 말이야. 안 들리니? 그러면서 그 사람에게 올가미를 씌우려 하고 있어.

라헬 그 사람이 들어오게 문을 열어 놓을 거야. 그 사람 내 거야!

룻 가슴을 가리렴. 그인 내 거야!

라헬 언니, 같이 가서 그이가 들어오게 문을 열어 놓자. 남자들이 잡아가기 전에.

룻과 라헬 이리 와요! 이리 와! 이리 와!

　(그들은 딸깍 소리를 내며 허겁지겁 계단을 내려간다.)

롯 저자가 제 애인이나 된다고 생각하나 보지, 갈보 같은 년들! 저자는 애인이 아니라 죽음이다. 머리카락이 붉다고 생각하나 본데 그건 불길이야! 주여, 제가 그분을 내려오게 만들었습니다. 당신이 아니고요! 죄를 지은 제가 말입니다. 그분은 제 것입니다!

　(그는 끈을 허리에 단단히 조여 매고 다시 고집스럽게 천천히 말한다.)

　그분은 제 것입니다. 제 것이에요. 제 것이란 말입니다.

딸들이 창백한 얼굴로 헐레벌떡 나타난다. 그들은 롯을 보고 질겁한다.

롯 그분은 어디 있지? 왜 그분을 데려오지 않았어. 남자들이 뺏어 갔느냐?

롯 영감님, 화내지 말아요. 아버지 말을 듣고 그 사람이 놀라서 가버리겠어요.

롯 그분은 어디 있느냐? 그분이 들어올 수 있도록 제때 문을 열어 놓았느냐?

롯 저 소리 좀 들어 봐. 헐떡거리면서 계단을 한 칸씩 올라오고 있어. 발을 다쳤어. 돌바닥 길을 한 번도 걸어 본 적이 없는 것 같아. 부들부들 떨고 있어. 우리가 달려 나가 그이를 붙잡아 들이고 문을 걸어 잠그지 않았더라면 아마 검둥이가 붙잡아 갔을 거야.

라헬 롯, 그 사람 몸이 차디차요. 물고기처럼. 차디차고 미끈미끈해요. 만져 보니 얼음장 같았어요.

롯 나는 뜨거운 불 바람 같던데. 진짜 몸뚱이가 아냐. 그림자가 없잖아.

라헬 하늘에서 내려온 것 같아. 따뜻한 흙이 아냐. 땀 냄새 나는 살이 아냐. 인간이 아니라고……. 내가 냄새를 맡아 봤는데 유황 냄새가 났어.

롯 그분이야, 그분. 그 붉은 머리! 어디 계시지? 가서 맞아야겠다. 촛불을 켜라!

롯 우린 놀라서 그냥 뒀어요. 혼자서 계단을 올라가도록 말이에요.

롯 그분은 위대한 왕자시다. 촛불을 있는 대로 다 켜라!

라헬 아버지, 우릴 좀 보호해 주세요. 숨겨 주세요. 그 사람 유령이에요……. 저기 있어요!

창백하고 기진한 모습의 천사가 불꽃 같은 머리를 휘날리며 옥상으로 향하는 계단에 나타난다. 그는 함정에라도 들어가는 듯 의심쩍어하는 표정으로 천천히 올라온다. 그는 롯과 그의 딸들과 아래의 도시들을 차례로 바라본다. 하지만 마음은 딴 데 있다. 그는 힘겹게 숨을 내쉰다. 딸들은 벽에 바짝 붙어서 공포에 질린 채 그를 지켜본다. 롯이 그에게 천천히 다가가 손을 내밀어 그를 만지려 하자 천사가 질겁하여 뒤로 물러난다.

롯 (천천히) 불꽃 머리 천사님!

천사는 움직임을 멈추고 마치 자신의 이름을 들은 듯 소스라치게 놀라 하늘을 쳐다보며 귀를 기울인다.

롯 맞아……! 그분이야!
천사 (두려움에 차서 하늘을 향해 두 손을 올리며) 주여, 접니다. 땅에 내려왔습니다. 준비되었습니다.
롯 불꽃 머리 천사님!
천사 (화들짝 놀라 돌아보며) 아, 나를 부른 게 당신이오? 내 이름을 어떻게 알았소? 당신은 누구시오? 여기가 어딥니까?
롯 오, 우리의 가장 커다란 희망, 우리의 가장 커다란 절망의 창조물, 메시아여 — 우리, 바로 우리 인간이 죄를 지어 당신을 이 땅에 불러 내렸습니다 — 우리 죄를 축복하소서! 불꽃 머리 천사님, 이 땅에 잘 오셨습니다. 이곳은 제 집입니다. 이 애들은 제 딸년들이고요. 저는 롯입니다. 그리고 저 아래, 사람들이 낄낄대면서 먹고 마시고 토하는 곳 — 저게 소돔과 고모라입니다.
천사 이 고약한 악취는 무엇이오? 여기가 땅이오? 저게 소돔과 고모라라고? 숨이 막힐 것 같소!
롯 참으십시오, 하늘의 고결한 아드님. 이 아래서 숨을 쉬며 공기를 더럽히고 있는 것은 인간들입니다……. 한두 시간만 참으시면 세상이 맑아질 것입니다.

숨이 막히는 듯, 천사는 이리저리 왔다 갔다 하며 숨을 쉬려고 애쓴다.

롯 여기 의자가 있습니다. 잠시 앉으시지요. 딸년들이 당신의 발을 씻겨 주고, 땅의 악취로 숨이 막히지 않도록 당신에게 향수를 발라 줄 것입니다. 이분에게 찬물을 갖다 드리고, 발도 좀 씻겨 드리고, 환기를 시켜 드려라.

천사 아니, 앉을 시간이 없소. 나는 바쁜 몸이오. 나는 아주 먼 곳에서 왔소. 거기는 참을성이라는 것이 필요 없는 곳이오. 앞장서시오, 노인. 나를 왕궁으로 안내하시오. 달빛 때문에 정신이 혼미해 길을 잃고 말았소.

롯 이 시간에 왕궁으로 간다고요? 그럴 수는 없습니다. 왕은 지금 달빛 아래 앉아 술을 마시고 있습니다. 아무도 감히 가까이 갈 수 없습니다.

두 딸이 대야와 물 주전자를 가지고 달려 들어온다.

천사 긴말할 것 없소. 지팡이를 집어 들고 길을 안내하시오.

롯 그렇게 급하신가요? 당신이 가져오신 소식은 좋은 건가요, 왕자님? 하느님이 당신을 보내셨나요? 하느님이셨나요, 죽음이었나요?

천사 당신은 분리할 수 없는 것을 분리하고 있소, 노인. 조용히 하시오!

롯 잘 말씀하셨습니다. 그 말씀, 마음에 듭니다.

천사 하느님은 천의 얼굴을 가지고 계시오. 인간은 하나의 얼굴밖에 보지 못하지. 그 얼굴 하나도 인간은 감당하기 힘들어 공포에 떠오.

룻 (용기를 내어) 그런데 이봐요, 미남 아저씨. 당신은 누구죠? 어찌 그렇게 인간을 깔보듯 말씀하시나요? 금방 하늘에서 내려오시기라도 한 거 같군요.

라헬 당신도 흙으로 만들어지지 않았나요? 어머니 아버지도 없나요?

천사 나의 아버지는 하느님이시고. 나의 어머니도 하느님이시오. 나는 하느님의 나무에서 춤추는 한낱 이파리요.

　(화들짝 놀라 고쳐 말한다.)

　아니, 아니요. 춤추는 게 아니라 부들부들 떠오.

룻 (라헬에게) 도무지 이해가 안 되네. 무슨 소리를 하고 있는 거야?

라헬 무슨 상관이야. 어쨌든 잘생겼잖아.

천사 노인…… 당신 이름이 뭐랬소?

룻 롯이오.

천사 롯 노인. 자랑하는 말도 큰 죄요. 나는 땅으로 내려와 벌써 죄를 짓기 시작했소. 어서 나를 왕궁으로 안내하시오. 내가 가져온 메시지를 왕에게 전하고 내 나라로 돌아가야겠소. 보시오, 내 발이 벌써 흙탕물에 더러워졌소.

　(그는 지쳐 의자에 주저앉는다. 두 딸이 기뻐하며 대야에 열심히 물을 붓고 그의 발을 씻기 시작한다. 갑자기 천사가 두려워하며 벌떡 일어선다.)

　누가 나를 만졌소? 이상하게 내 허리와 목구멍으로 서늘한 기운이 올라왔소.

룻 이보세요, 그건 대지의 차가운 물이었어요. 그 때문에 놀랐나요?

라헬 귀여운 양반, 얼굴이 해쓱하네요. 왕궁으로 가는 길은 가팔라요. 그러니 서두르지 마세요. 여기 우리에게 마법의 음료가 있어요. 이걸 마시면 죽은 사람도 되살아나죠. 우리 왕이 선물로 준 아주 귀한 거예요. 고맙기도 하시지요! 제가 한 모금 드릴 테니 마셔요. 무릎에 힘이 생기고 심장에도 팔팔한 피가 돌 거예요 ─ 그리고 나를 보고 싶어 돌아볼걸요, 귀여운 양반.

룻 (뛰어가 포도주 병을 가져온다.) 내가 이걸 따라 줄 거야!

라헬 내가 따라 줄 거야, 내가!

　(두 사람은 싸운다.)

룻 내가 잔을 채울 테니 네가 저이에게 주렴.

룻 그만들 뒤! 하와의 딸들아. 불쌍하게 여기렴. 저 영혼에는 날개가 있어. 깃털을 뜯지 마라. 마시게 하지 마. 그걸 마시면 땅을 사랑하게 되어 땅에 달라붙어 떨어지지 못할 것이다. 자신이 어디에서 왔는지, 이곳에 무엇 하러 왔는지도 잊고 말 거야. 나의 왕자시여, 이건 불사의 물이 아닙니다. 정신을 잃지 말아야 해요. 이건 어떤 아이의 피입니다. 여기엔 온갖 향료와 교활한 마귀들과 가슴 아픈 기억들이 가득 들어 있습니다. 마시지 말아요! 나의 군주시여, 이 안에는 어둠의 영이 살고 있습니다. 그것이 당신을 사로잡을 것입니다. 그러면 당신은 땅의 기운이 넘쳐흘러 하느님을 잊고, 끝장나고 말 것입니다. 나도 마셨더니 피가 뜨겁게 달아오르면서 하느님을 잊었고, 결국 끝장나고 말았습니다!

그러는 사이, 룻이 포도주 단지를 가져와 라헬이 들고 있는 잔에 채운다.

천사 피로 얼룩진 이 유령은 어떤 유령이기에 거품을 내고 부글거리는 거요? 술잔에서 아이가 튀어나와 나에게 손을 내밀고 있소……. 난 네가 필요 없다. 나에게 손을 내밀지 말고, 썩 꺼져라!

롯 이건 불사의 물입니다, 왕자님. 무서워하지 마세요. 이건 땅의 깊은 곳에서 솟아 나온 불사의 물입니다.

라헬 마셔요, 마셔. 왜 이걸 무서워하죠? 보세요. 제가 먼저 한 모금 마시면 용기가 날 거예요. 당신의 건강을 위해 건배!

　(마신다)

　목 안이 시원해졌어요. 세상이 넓어지고, 하늘과 땅이 하나가 되었어요.

롯 젊은이, 저것들 말을 듣지 마시오! 저것들은 사탄이 사랑하는 하와의 딸들이오. 저것들은 여자야! 그건 불사의 물이 아니라, 포도주요. 하느님이 당신에게 시킨 일을 잊지 마시오!

천사 (두려움에 차서 술잔을 바라보며) 포도주라고? 아냐, 안 돼! 난 명령을 받은 몸이야. 마실 수 없어. 불붙은 숯을 가져왔잖아. 포도주 한 방울이라도 그 위에 떨어지면 불이 꺼져 버릴 거야.

롯 꺼지지 않아요. 보시면 알아요. 되레 커다란 불길을 일으킬걸요, 왕자님. 나도 당신의 건강을 위해 마실게요. 당신은 바로 제가 기다렸던 분이에요. 잘 오셨어요!

　(마신다)

　여기, 여기에 내 입술을 댔어요. 당신도 여기에 입술을 대고 드세요.

롯 이분이 불쌍하지도 않니, 이 흡혈귀들아? 너희 어미 하와처럼 또 마실 걸 주어 취하게 할 셈이구나! 하와가 그렇게 인간의 시조를 타락시켰지. 저주받아야 해!

라헬 잘생겼잖아요. 마음에 들어요. 아버지는 늙었고, 그러니 말

할 자격도 없어요. 난 저이에게 술을 줘서 몸뚱이가 생겨나게
할 거예요. 그래서 저이가 나를 어머니로 만들어 주게요. 난 어
머니가 되라고 태어난 거 아닌가요. 그걸 말해 준 사람은 없었
지만 난 알아요. 내 아가, 귀염둥이, 마셔요. 이 노인네 말대로
당신이 천사라면 날개 따윈 접으세요. 이곳 땅에서는 쓸모없어
요. 공연히 걸려 넘어지기 쉽고 거추장스럽기만 할걸요. 날개로
손이나 발을 더 만들어 그걸로 나를 껴안아 주세요. 나는 하느
님이 계신지 어쩐지 몰라요. 계시다면 틀림없이 손발이 아주아
주 많을 거예요.

롯 그러면 당신은 하느님 같아질 거예요. 그리고 사람도 만들어
낼 수 있을 거고.

라헬 하느님보다 더 근사해질 거야. 당신은 하느님처럼 흙을 주
무르는 게 아니라 여자를 주무르게 될 테니까, 인간을 만들어
낼 수 있어요.

천사는 머뭇거린다. 그는 술잔을 받으러 다가가다가 문득 무엇인가 생각난
듯 손을 움츠린다. 번민.

롯 한 모금만 마셔 봐요. 아주 조금만…….

롯 슬프다! 천사들에게는 눈도 귀도 없어야 하건만. 주님, 천사들
에게 이왕 눈과 귀를 주셨다면 땅으로 내려 보내지 마셔야지요.
가엾지도 않으십니까? 하기야 주님께서 몸소 내려오신다 하여
도, 땅의 달콤한 기운을 받으시면 정신이 혼미해져 술을 드시게
될 것이고 여자에게 입을 맞추실 것이며, 결국은 온통 땅기운에
가득 차서 다시는 하늘로 돌아가고 싶지 않으실 것입니다.

롯 한 모금만 마셔 봐요. 아주 조금만…….

천사 (간청하듯 하늘을 바라보며) 도와주소서, 주님!

롯 주님을 부르시오, 주님을. 이 불행한 양반. 나도 그처럼 불러 댔었소. 하지만 누가 당신 소리를 들어 줄까?

롯 하늘을 쳐다보지 말고 땅을 보세요. 무서워하지 말아요. 부끄 럽지도 않아요? 사내가 아닌가요?

밤꾀꼬리가 다시 노래하기 시작한다. 천사가 넋을 잃고 귀를 기울인다.

라헬 눈길을 땅으로 내려요, 내 아가. 밤꾀꼬리 노랫소리를 들어 봐요.

롯 저 새가 뭐라고 하는지 알겠어요? 마셔요. 마시면 들릴 거예 요…… 나도 마셨어요. 그러니까 새의 말이 들려요.

라헬 한 모금만 마셔 봐요. 아주 조금만…….

천사 (밤꾀꼬리의 노래에 취해 갑자기 눈물을 터뜨린다.)

롯 울고 있네……. 좋은 징조야, 애. 이제 금방 웃어 댈 거다.

라헬 지금 인간이 되고 있는 중이야. 남자로 변하고 있어. 이제 금방 우리를 껴안고 싶어 할걸.

천사 (결심한 듯 갑자기 손을 내밀며) 잔을 주시오!
  (눈을 지그시 감고 두려워하면서 한 모금 맛본다.)

롯 (손을 내뻗으며) 그만 됐소! 됐어! 그게 심장으로 흘러들면 안 돼! 주님, 왜 저분을 버리시나이까? 당신의 손을 뻗어 저이를 구하소서. 왜 천사들의 날개를 가지고, 인간의 영혼을 가지고, 그처럼 잔인한 장난을 하시는 겁니까?

롯과 라헬 저 양반 말은 듣지 마세요. 듣지 말아요. 늙은이거든요.

천사, 무엇엔가 홀린 듯, 술잔을 다 들이켠다.

롯 아, 하늘의 나비님. 땅을 불태우러 내려오셨다가 되레 당신이 타는군요!

룻 내 귀여운 사람, 술이 피가 되어 당신의 심장이 뛰기 시작하기를.

라헬 당신의 정액이 되기를, 내 사랑, 당신의 허리쩜이 달아오르기를.

룻과 라헬 그것이 두뇌가 되어 하느님을 무서워하지 않게 되기를.

롯 영혼이여, 당신은 땅으로 굴러 떨어져 온통 더러운 흙을 둘러쓰고 말았소. 오, 불운한 나비여, 당신은 다시 벌레가 되고 말았소.

룻 닥쳐요. 잔말 말아요, 노인네. 기적이 일어나게 돼요. 뿌리가 내리도록.

라헬 보세요. 볼이 발그레해지고 몸뚱이가 단단해졌어요. 이제 그림자도 생겼어요!

룻 눈을 보세요. 초록 들판이 들어서고 정원도 비치고 있어요. 이봐, 애. 눈이 점점 초록색으로 변하고 있어. 푸른색 아니었니? 이제 완전히 초록색이 되어 버렸어!

라헬 정말, 정말 잘 왔어, 내 아가야!

　(두 팔을 벌린다.)

　여기 당신이 앉을 자리가 있어요, 왕자님.

천사 조용히 하시오! 조용히!

　(그는 딸들을 지그시 응시하더니 마법에 걸린 듯 주위를 둘러본다.)

　핏줄에 피가 돌기 시작하고 있어⋯⋯. 눈에 온갖 것들이 넘쳐흐르고, 귀에, 콧구멍에⋯⋯ 세상이 들어서고 있어!

룻 저이 콧구멍 벌름거리는 것 좀 봐⋯⋯. 눈이 반짝이고 있어,

사람의 눈처럼! 세상을 들이마시는 중이야……. 꿀맛이라도 보
는 것처럼 입술을 핥아.

라헬 가만히 있어…… 말하지 마……. 저이의 영혼이 육체와 얽히
고 있는 중이야. 속이 차오르고 있어. 이제 금방 두 팔을 활짝
벌릴 거야. 그러면 우리가 들어가는 거지!

천사 여기가 어디지? 이건 무슨 향기야? 내가 정원에 들어왔나
보군. 비가 내렸나 봐. 흙냄새가 향긋해……. 오, 하느님, 이건
무슨 달이죠? 꿀이 뚝뚝 떨어지네요. 입술이 꿀 범벅입니다.

(입술을 핥는다.)

롯 슬프다, 당신은 이제 밤꾀꼬리처럼 세상의 만발한 찔레꽃 안
에 붙잡히고 말았어.

천사 이 희미한 옛 생각이 무엇일까……. 아주 옛적 기억인데……
무엇인지 알아볼 수 없구나……. 여기가 땅인가? 이것이 봄날에
부는 산들바람인가? 그리고 저 깃털 뭉치는 — 저게 밤꾀꼬리인
가? 아, 이제 저 새가 말하는 걸 알아들을 수 있을 것 같구나…….

(머리를 벽에 기대다가 벽에 묻은 피 얼룩을 보고 흠칫 놀라
얼른 물러선다.)

목이 마르다!

롯 (잔을 채우며) 마셔요, 마셔. 내 사랑. 당신은 죽었다가 다시
살아났어요. 마셔요.

라헬 이 술은 땅이에요. 당신은 없어졌다가 다시 돌아왔어요. 땅
을 위해 건배!

천사 (잔을 움켜쥐며) 땅을 위해 건배!

(술잔의 술을 다 들이마신다.)

롯 웃고 있나요, 내 사랑? 당신 입술이 탱탱해졌어요. 색깔도 붉
어지고요. 수없이 입맞춤을 한 입술처럼.

라헬 눈을 돌려 우리를 좀 보세요. 사람들은 우리를 여자라 부른 답니다.

   (그녀는 젖가슴을 드러낸다.)

   그리고 이건 낙원의 사과예요, 만져 보세요!

롯 그것들의 가슴을 보지 말게나, 젊은이. 그것들은 죽음의 사과 라네. 아담과 하와를 기억하게. 낙원과 불 칼을 가진 천사를 기 억하게.

롯 (성을 내며, 롯에게) 사과는 누가 만들었죠?

라헬 사과를 먹고 싶은 욕망은 누가 만들었죠?

천사 (롯을 밀치고 라헬의 젖가슴에 손을 얹는다. 그러면서 대답 한다.) 하느님이 만드셨지!

롯 천사, 이 반역자!

천사 (흠칫 놀라며) 나더러 하는 소리요?

롯 반역 천사, 당신은 땅의 피를 마시고 정신이 혼미해졌소. 당신 은 지금 당신 손에 무슨 메시지를 지니고 있는지, 누가 당신을 보냈는지 잊어 먹었소?

천사 (놀라서) 무슨 메시지를 가지고 있느냐고…… 누가 나를 보 냈냐고?

롯 이 불운한 피조물, 당신의 정신은 지금 뒤죽박죽이오……. 저 위대한 귀부인이신 기억이 당신을 버렸소. 하늘을 기억하 시오…… 당신의 위대한 목적을 기억하시오…… 당신이 왜 땅 에 내려왔는지를 기억하시오…….

천사 내 위대한 목적? ……무슨 목적 말이오?

롯 무슨 목적이라고? 잊었소? 하느님이 당신을 불렀소, 기억 안 나오? 하느님이 소리치셨소. 〈불꽃 머리 천사여, 날이 밝기 전 에 나에게 소돔과 고모라의 재를 가져오라〉고 말이오. 하느님이 기다리고 계시오!

천사 (화를 내며 롯에게 달려가 멱살을 잡는다.) 조용히 못하겠어!

롯 노인네 말 듣지 말아요. 이 사람은 롯이에요. 거짓 선지자죠. 들어 보지 못했나요? 길거리를 헤매면서 〈그분이 오신다! 그분이 오신다!〉고 소리치는 사람 말이에요. 그러면 사람들이 비웃고 돌을 던지죠.

라헬 오세요. 당신은 아버지가 될 거예요. 당신은 세상과 사랑에 빠질 겁니다. 당신은 당신 아들의 요람이 불타는 걸 원치 않을 거예요.

천사 (딸들을 밀치며) 날 가만두시오! 노인, 여기 무슨 무서운 곡절이 있나 본데…… 내가 어디에서 왔소? 내 위대한 목적이 무엇이오? 노인, 내 기억이 돌아오도록 도와주시오. 내가 정신을 잃지 않도록 도와주시오……. 숨이 막힐 것 같아!

　(그는 숨을 쉬려고 목을 풀어헤친다. 널따란 붉은 자국이 올가미 모양으로 목을 둘러 나 있는 것이 보인다. 롯이 비명을 지르며 비틀비틀 다가와 공포에 질린 채 붉은 올가미 자국을 바라본다.)

롯 천사 양반, 당신 목에 난 그 붉은 올가미 자국은 무엇이오?

천사 (목에 손을 갖다 대며) 무슨 붉은 올가미? 내 목은 언제나 하얬소. 붉은 자국이라곤 없었어……. 아, 숨이 막혀!

롯 (소스라쳐) 살해당한 놈이로군! 눈이 차디차고 완전한 초록색이야! 꼭 제 어미 눈을 빼다 박았어! 입술을 깨무는 모양은 꼭 제 아비를 닮았고! 그놈이야, 그놈. 살해당한 놈! 땅에서 뛰쳐나와 천사를 올라타고 이곳에 온 거야! 이제 보니, 제 몸을 붉은 끈처럼 천사 목에 감고 목을 졸라 숨이 막히게 하고 있어!

천사 여기가 어디요? 이건 무슨 망루지? 전에 이 옥상에 온 적이 있어. 그게 언제지? 어떻게 왔지? 생각이 안 나.

(롯의 어깨를 움켜쥔다.)

노인, 당신을 전에 어디선가 본 것 같아. 언제야? 어디서지? ……천 년 전인가.

(롯의 이마를 살핀다.)

그 상처는 어디서 난 거요?

롯 무슨 상처 말이오?

천사 여기…… 여기 말이야……. 이제야 기억이 난다. 여기 당신 이마에 난 거.

롯 아, 천사가 살해당한 놈의 피를 마셔, 죽은 아이가 천사 안에서 살아났어. 제 아버지 상처가 생각난 거야!

(커다란 목소리로)

이 불운한 자, 당신은 저주받은 술을 마셨소. 그래서 취한 거요. 상처라니!

천사 (롯의 허리에 감긴 끈을 움켜쥐며) 이건 뭐요?

롯 끈이지. 금욕자의 끈이오, 매듭을 열두 개로 만든……. 나는 이 끈을 열두 해 동안 허리에 감고 다니며 하느님께 소리쳤소.

천사 거짓말! 그건 내 거야! 이 도둑놈, 그건 내 거야……. 붉은 비단으로 짠 거지. 이제야 생각이 나.

(그는 끈을 바라보다 흠칫 물러선다.)

오, 저건 내가 줄넘기하던 끈이야…… 천 년 전에…….

(롯으로부터 끈을 빼앗아 자신의 허리에 감는다.)

이건 내 거야!

롯 라헬, 무서워. 술이 머리로 들어갔나 봐. 취했어.

라헬 저것 봐. 두 손으로 머리를 감싸고 있어. 어지러운가 봐!

천사 도와줘. 머리가 빙빙 돌아. 기억들이 떠오르고 있어. 하나씩 하나씩 얼마나 빨리 떠오르는지 그 모양들을 알아볼 수가 없어…….
뒹굴다가 구름처럼 모양을 바꾸고 두꺼워졌다가 흩어지고…….
내가 취했나? 내가 꿈을 꾸고 있나? 보름달이 뜬 밤이었어.
오늘처럼……. 봄이었지……. 나는 정원에서 뛰어다니고 있었
어……. 비단실로 짠 끈을 쥐고 있었지. 붉은색이었는데, 그래
이것처럼 생겼어! ……그리고 나는 놀고 있었지. ……그게 나였
던가? 나였어? 조그만 아이였는데…… 생각이 안 나…….

　　(벽을 더듬다가 붉은 얼룩을 만지고는 놀라 물러선다.)
　　피 아냐?

룻　내 아기, 내 아이야. 벽을 살피지 마. 그건 옛날 피야……. 비
　에 씻기고 세월에 닳아도 없어지지 않아. 나를 봐요.

라헬　사나워졌어! 목에 핏줄이 돋은 것 좀 봐.

룻　진짜 사내야! 맘에 들어!

천사　룻 노인, 룻 노인. 생각나지 않아……. 당신은 친구요, 적이
　오? 도와주시오. 내 몸 안에서 누군가 숨이 막혀 소리를 지르고
　있어……. 그런데 내가 아냐! 그건 내가 아냐!

　　(갑자기 정신이 맑아진 듯, 먼 데서 들려오는 소리를 듣는
　듯이)
　　어린아이 웃음소리가 들려…… 어린아이 울음소리가! 뜨뜻한
　피가 내 머리에 튀어……. 이제 생각이 난다!
　　(그는 룻에게 달려들어 멱살을 움켜쥐고, 자신의 것 같지 않
　은 거친 목소리로 소리친다.)
　　살인자!
　　(그러나 갑자기 분노가 사그라지고, 그는 기진한 채로 정신
　이 든다.)
　　이게 무슨 줄이지? 내가 왜 당신의 멱살을 붙잡았소? 용서하

208

시오, 롯 노인. 내가 당신에게 무슨 마음 상하는 말을 했소? 왜
그처럼 날 유령 보듯 하시오? 잠시 바다 밑바닥에서 솟구쳐 오
르는 것 같은 기분이었소……. 그러면서 피와 말과 이상한 꿈도
함께 솟구쳐 올랐소……. 용서하시오, 롯 노인.

롯 당신은 당신 자신이 아니오, 불운한 자. 당신은 당신 자신이
아니야. 죽은 사람이 술과 함께 당신 몸에 들어간 것이오. 그자
가 소리를 질러 대고 있소……. 마귀가 당신 어깨에 달라붙었
소, 붉은 머리 양반. 그놈이 당신 날개를 먹고 있어. 흔들어 떨
쳐 버려요. 당신은 위대한 종족 출신이오. 당신의 고귀한 신분
에서 추락하지 마시오.

천사 맞소, 맞아요……. 하느님께서 손을 내밀어 나에게 불붙은
숯을 주었소…….

롯 그건 꿈이었어요, 내 사랑. 당신이 깨어나서, 꿈은 사라져 버
렸어요……. 나를 봐요. 나를 만져 봐요. 내가 그 불붙은 숯이에
요.

라헬 나도요…… 나도요…… 나를 만져 봐요.

　(그들은 천사를 껴안으려 하지만 천사는 그들을 밀쳐 낸다.)

천사 나를 건드리지 마시오. 나는 지금 어두운 바다를 항해하고
있소……. 롯, 손을 내밀어 주시오. 나는 지금 익사하고 있소. 당
신만이 나에게 도움을 줄 수 있을 것 같소……. 내가 누구지요?
여긴 어떻게 왔소? 내 머리 위에서 흔들리고 있는 것 같은 이 불
길은 무엇이오? 말하지 않을 참이오? 도와주지 않을 참이오?

　(돌연 결심한다.)

　술을 더 마셔야겠어. 취해야겠어. 이 안개 속을 뚫고 나가면
뭔가 보이겠지!

롯 보지 못할 거야. 보지 못해, 불운한 자. 눈이 멀고 말 거야. 젊

은이, 아직 시간이 있을지 모르오……. 하느님이 아직은…… 사람들 말로, 그분은 거룩하시다니까…… 자네를 아직도 가엾게 생각하고 있을지 몰라. 자네는 지금 벼랑 끝에 있네. 거기서 멈춰. 발을 내밀지 마. 그건 하느님이 아니야, 벼랑이지! 아, 내가 부질없는 말을 하고 있구나. 운명의 거대한 바퀴가 저자를 휩쓸어 가버렸어. 하느님이 저자를 빙빙 돌리고 있는 거야! 저자는 이제 틀렸어!

천사 여인네들, 나에게 그 술 단지를 주시오. 노인, 나를 막지 마시오. 나는 보고 싶소. 한 번이라도 본 다음엔 바퀴가 나를 휩쓸어 가 다시 진흙 구렁에 처박아도 좋소!

(그는 술 단지를 입에 기울이고 벌컥벌컥 들이마신다.)

롯 주여, 왜 당신은 영혼들을 버려 그들을 죽게 하시나이까? 가엾지도 않으십니까? 당신은 손을 내밀 수 있습니다. 왜 그러지 않으십니까? 아니면 혹시 — 용서하십시오, 하느님 — 당신에겐 동정심이 없는 것 아닙니까? 공정하지 못하시거나, 당신의 천사까지도 사랑하지 않으시는 건 아닙니까?

천사 (입술을 닦고 핥으며 딸들에게 다가간다.) 당신이 롯이요? 당신이 라헬이고?

롯 누가 우리 이름을 말해 줬죠, 내 사랑? 맞아요, 제가 롯이고, 애가 라헬이에요.

천사 언젠가 오래전에 우리가 함께 놀았던 것 같소……. 언제였지? 어디서였더라? 바다 밑바닥에서였나? 구름 위에서? 꿈에서였을까? 생각이 안 나. 왠지 어느 봄날 왕궁의 꽃피는 정원에서…….

롯 (공포에 휩싸여) 죽은 아이가 천사를 먹어 들어가고 있구나. 천사는 조금씩 줄어들고, 죽은 아이가 조금씩 늘어나고 있어.

210

얼굴에 땀이 돋는 것 좀 봐, 여자를 보는 저 표정, 기억해 내려고 애쓰고 있군…… 죽은 아이가 천사를 질식시키려 애쓰고 있어! 주님, 그를 도와주소서. 질식하지 않도록 도와주소서!

라헬 나는 라헬이에요, 내 사랑. 당신과 놀았던 기억은 없지만 이제 우리랑 사과를 가지고 놀면 되잖아요.

천사 무슨 사과 말이오?

라헬 낙원의 사과 말이에요. 자, 보세요.

(젖가슴을 드러낸다. 천사는 아무 말 없이 그녀의 젖가슴에 손을 얹는다.)

롯 주님, 보이지 않으십니까? 듣지 못하시나요? 아직 시간이 있습니다. 사과에서 벌레들이 기어 나오도록 명령하십시오. 저 사람이 벌레들을 보고 역겨워하게 하고 구원을 받도록 해주십시오! 저자는 천사입니다. 위험에 빠진 영혼입니다. 당신의 손을 내미십시오. 당신은 전능하신 분 아닙니까? 손을 내밀어 저자를 구하십시오.

천사 (손을 여전히 라헬의 젖가슴에 댄 채) 맞아, 이게 낙원이야. 이게 내가 들어갈 낙원이야.

롯 이제 틀렸군, 틀렸어. 사과를 만져 버렸어. 이제 다 끝났어.

천사 (여자의 젖가슴을 만지고 힘을 얻은 듯) 노인, 뭐라 중얼거리고 있소? 하느님과 그의 불은 내버려 두시오! 다 지난 꿈이야…… 기억이 안 나. 기억하고 싶지도 않소! 나는 땅을 거닐었소. 입과 손과 심장을 싹 틔우고 뿌리를 내렸소. 노인, 당신의 딸들은 훌륭하오. 스무 해 동안 당신이 잘 먹이고 물을 잘 주었어. 향긋하게 자라고 잘 익어 맛있는 사과가 되었소. 정원사 노인, 허락한다면 내가 이 사과들을 따겠소. 롯, 붉은 천막을 여시오. 라헬도 이리 오시오. 당신 말이 맞소. 하느님께서 커다란 나무 아래 앉아 사과를 드시노라.

　　(그는 웃으며 두 아가씨를 껴안고 붉은 천막 쪽으로 끌어당긴다.)

롯 주여, 저는 당신의 벼랑 밖으로 나가떨어집니다. 설마 주님, 당신이었을 리 있겠습니까? 뱀이 아니고, 가엾은 하와도 아니고, 당신이었을 리가? 우리에게 사과를 먹으라고 준 자가 말입니다. 우리는 당신의 명령을 어기고 사과를 먹었습니다. 당신은 우리를 낙원에서 내쫓았습니다. 당신은 우리를 이 거칠고 황량한 땅으로 내던졌습니다. 이곳에서 우리는 노역과 빈곤과 고통의 멍에에 묶였고, 세상의 수레바퀴는 돌아가기 시작했습니다. 맹렬한 번갯불이 제 마음을 뚫고 흘러갑니다! 오, 주님, 당신의 가장 충실한 협력자가 덕이 아니고 죄일 수 있습니까?

천사 잘 계시오, 롯 노인. 난 가오.

롯 그래 잘 가시오, 멋쟁이 총각. 재미 보시오!

롯과 라헬 (천사를 끌어당기며) 어서 와요, 어서! 어서요!

달빛이 갑자기 어두워진다. 저 아래 도시에서 동물들의 그르렁거리는 소리가 들려온다. 천사가 잠시 놀라 멈춰 서서 불안하게 하늘을 쳐다본다.

천사 왜 하늘이 어두워졌지? 왜 이제 내 심장이 뛰지 않을까? 누가 부르는 거지?

롯 동물들이 울부짖는 소리를 들어 보시오, 불운한 자. 그것들이 지금 다가올 멸망의 냄새를 맡고 밧줄을 끊고 달아나려는 거요, 천사님 — 낙타며, 황소들이며, 양 떼가 말이오…… 아무것도 못 느끼겠소?

롯과 라헬이 낄낄거리며 천사를 끌어당긴다.

롯 우리는 낙타도, 황소도, 양도 아니잖아요……. 우리는 여자예요!

라헬 그리고 이이는 천사가 아니에요……. 사람이죠! 내 남자예요! 어서 와요!

롯 잠깐, 불운한 자. 잠깐 기다려요, 하느님은 거룩하시오. 서두를 것 없소. 하느님께서 당신을 가엾게 여겨 당신에게 벼락을 던지실 거요……. 주님, 저자는 천사입니다. 가엾지도 않으십니까?

밤꾀꼬리가 다시 즐겁게 노래하기 시작한다. 두 아가씨가 웃어 댄다.

롯과 라헬 어서 와요, 어서!

롯 잠깐만 기다리시오.

롯과 라헬 어서 와요, 어서!

천사는 말없이 고개를 숙인 채 두 아가씨를 따라가 붉은 천막을 닫는다. 롯은 놀라 얼굴을 두 손에 파묻는다. 갑자기 그가 격렬하게 쓰디쓴 웃음을 터뜨린다.

롯 아, 이제야 알겠어…… 이제야. 보이지 않는 힘들이여, 나를 붙잡지 마라. 나는 소리 지르겠다! 주님, 당신이군요. 그를 벼랑으로 내몰고 있는 것은. 저를 벼랑으로 내몰고 있는 것은 당신입니다! 소돔과 고모라를 내몰고 있는 것도 당신입니다! 너무합니다! 연민도 없으십니까? 인간의 발버둥을 존중해 주지 않으십니까?

(그는 벼락에 맞은 것처럼 웅크려 앉는다. 천막에서 소란스러운 소리와 웃음소리가 들려온다. 웃음과 즐거움에 가득 찬 천사의 목소리가 들려온다.)

천사 반가웠소, 롯 노인!

롯 (깊은 연민을 품고) 잘 가라, 사랑스러운 벗이여! 우리는 둘 다 어려운 길을 택했다, 형제여! 용기를 내라!

천사 (웃어 대며) 반가웠소, 롯 노인!

롯 우리가 잘 만났기를, 반항하는 천사여. 당신의 건강과 즐거움에 건배! 샛별 루시페르여! 아, 하느님은 함정이다, 하느님은 함정이야. 우리는 걸려들었어!

제2막

궁전의 현관. 이곳에 서면 아래에 펼쳐진 도시들이 보인다. 널따란 계단. 기둥들에는 새, 동물, 악마의 가면들이 걸려 있고, 그 가운데에는 왕의 가면도 있다. 좌우에 돌로 만든 두 마리의 거대한 원숭이가 입구를 지키고 있다. 앞쪽으로 왕이 앉는 진홍색의 긴 방석. 한쪽에 징이 걸려 있다. 검둥이 하나가 문지방에 책상다리를 하고 앉아 있는데, 맨몸이다. 붉은색의 넓은 천을 허리에 두르고 거기에 커다란 고둥 나팔을 찼을 뿐. 그는 묵직한 도끼를 숫돌에 놓고 날을 갈면서 야만족의 노래를 느릿느릿 부르고 있다. 갑자기 궁 안에서 징이 울리는 소리가 들린다. 검둥이가 벌떡 일어나 궁 안으로 들어간다. 천사가 창백하고 슬픈 표정으로 등장한다. 허리에 붉은 띠를 두르고 있다. 궁을 보고 그는 흠칫 놀라 외마디 소리를 내지른다. 그를 뒤따라 룻과 라헬이 흥분한 모습으로 가쁜 숨을 몰아쉬며 등장한다. 지하에서 길게 울부짖는 소리가 들려온다. 궁의 외양간에서 동물들이 놀라 으르렁거리고 개들이 짖어 댄다. 룻과 라헬은 잠시 말없이 귀를 기울인다. 천사가 동요된 기색으로 기둥 사이를 걸어간다.

룻 자, 여기가 궁이에요. 붉은 머리 님. 왜 그렇게 뜀박질을 시켜요. 숨 가빠 죽겠어요. 우리가 여기 못 올까 봐 걱정이 됐었나요? 자, 여기 왔잖아요!

라헬 뭐가 괴로워 그렇게 끙끙거려요? 궁에 가자고 하지 않았어요? 여기가 궁이잖아요! 이제 좀 진정하세요. 왜 그리 겁먹은 사람처럼 왔다 갔다 하죠?

천사, 더욱더 불안한 기색이 되어 여자들을 옆으로 밀어붙인다.

천사 머리가 빙글빙글 돌아……. 이 궁전…… 저 원숭이들…… 가면들이 걸린 기둥들, 짐승이며, 새며, 악마들이며…… 내가 저것들을 꿈에서 보았단 말인가? 언제지? 언제였지? 수천 년 전이었던가…….

룻 이봐요, 왜 그러죠? 전에 여기 와본 적 있어요? 기둥이랑 원숭이들을 마치 옛 친구나 되는 것처럼 쓰다듬고 있으니.

천사 (갑자기) 여기…… 여기…… 출입구 오른쪽으로……. 그래 생각나…….

라헬 언니, 이 사람도 정신이 나갔나 봐. 서서 꿈을 꾸고 있어.

룻 (놀리듯이) 그래요, 바로 여기 출입구에서 오른쪽으로…….

천사 가서 좀 확인해 보시오…… 가서, 룻. 난 무섭소……. 아, 그게 사실이라면!

룻 내가 가볼게요…… 내가. 도대체 당신, 어떤 사람이에요? 뭘보게 될까 봐 무섭다는 거죠?

천사 출입구 오른쪽에 있을 거요. 초록색 돌 구렁이가 똬리를 틀고 있는 것이.

  (룻을 향해, 갑자기 작심한 듯)

  기다려요. 무섭지 않아. 내가 가겠소.

  (그는 층계를 달려 올라가 출입구 곁에서 몸을 구부리고 오

른쪽을 바라보더니 기겁하듯 외마디 소리를 내지르며 뒤로 물러선다.)

저기 있어! 저기!

룻과 라헬 뭐가요? 누가요?

천사 초록 뱀 말이오!

룻 그러니까 이곳이 처음이 아니란 말씀이시죠, 붉은 머리 님? 도대체 저 초록 뱀에 대해서는 어떻게 알았죠? 이봐, 얘. 저 사람 질겁해서 움찔하는 거 봐. 저 뱀한테 물린 적이 있는 것처럼.

천사 (층계 위에 털썩 주저앉는다.) 더 이상 견딜 수 없어. 천지가 내 안에서 온통 빙글빙글 돌아. 주여, 하늘과 땅이 친구가 되게 하소서. 그것들이 하나가 되게 하소서!

룻 도대체 당신이 원하는 게 뭐죠? 당신은 누구예요? 뭘 찾고 계세요? 당신 맘에 드는 건 아무것도 없나요? 여자의 품도 싫어요? 이봐요. 당신은 우리 품에서 달아나려고 안달이더군요. 숨이 막혀 곧 죽어 가는 사람처럼 벌떡 일어나 〈아이고 하느님, 아이고 하느님!〉 하고 소리쳤어요. 누가 당신 목을 조르고 있지요?

천사 (나직이, 슬프게) 하느님이오.

룻 당신은 어디서 오셨죠? 사람들이 도토리 같은 것에나 마음을 쓰는 야만족 나라에서 온 게 틀림없어, 그렇죠?

천사 (나직이, 슬프게 되풀이한다.) 하느님이오.

라헬 무슨 하느님이죠? 놀리지 말아요! 우리는 이해가 안 되면 다 하느님이라 부르잖아요.

룻 가자, 얘. 이 사람 여기 두고 그냥 가자. 언제 대문이 열리고 검둥이가 나올지 몰라. 안 보여? 벌써 늙은 왕이 앉을 방석을 갖다 놓았잖아. 우리가 여기서 뭘 하겠어? 이 시간에 검둥이가 여자들을 잡아다 왕에게 바치진 않아. 남자 애들을 잡아다 바칠 거야.

라헬 언니, 우리가 어디로 가겠어? 나 혼자 돌아가기 무서워. 땅
  은 흔들리지, 짐승들은 울부짖지, 개들은 낑낑대지…… 게다가
  왕비가 아직도 북을 치면서 악쓰는 소리가 들리는걸.

룻 사랑하는 사람을 놓쳤으니까. 그자가 왕비를 두고 달아나 버렸
  어. 그래서 찾으려고 개를 풀어 정원을 뒤지고 있는 중이야.

라헬 (웃으면서) 그런데 우리가 그 사람을 품고 있었던 거지!

천사 (화를 내며) 가시오!

여자들이 놀라 뒷걸음치다 한 기둥 아래 쓰러진다.

천사 주여, 제 머리가 흐트러지지 않도록 도와주십시오. 꿈속에
  서 — 저는 그렇게 생각됩니다만 — 당신께서 저에게 불붙은
  숯을 주시고, 소돔과 고모라를 보여 주셨습니다. 그리고 저에게
  저것들을 태워 버리라고 말씀하셨습니다. 당신께서 저에게 입
  김을 불어 저는 꿈에서 깨어났습니다. 그런데 주님, 당신께서는
  저를 또 하나의 꿈속에 던져 넣으셨습니다. 짙은 안개와 같은
  이 꿈은 돌과 냄새와 사람들로 가득 차 있는데 꿰뚫어 볼 수가
  없습니다. 저는 아직도 당신이 저에게 주신 숯을 쥐고 있습니
  다. 손이 떨립니다. 그래서 이걸 던질 수가 없습니다!

룻 (혼자 웃으며) 저 사람 기도하고 있어! 들어 봐! 저 사람도 기
  도를 해!

라헬 자신의 청춘을 저렇게 낭비하다니!

천사 주님, 저를 어디에 던지셨습니까? 이게 무슨 기적들입니
  까? 물, 불, 흙, 공기 — 당신이 맨 처음 창조하신 조야한 노예
  들 말입니다. 그것들이 이제 얼마나 잘 순응하고, 얼마나 유순

해졌으며, 자연법칙에 얼마나 잘 순종하고 있는지 보십시오.
그리고 어떻게 정신에 봉사하게 되었는지 보십시오! 당신이
인간의 진흙 구렁에 심은 두뇌라는 것, 그 깜박이는 작은 불티
가 어떻게 커져서 이곳 소돔과 고모라에 번성하게 되었고, 결
국 어떻게 흘러넘치는 빛이 되어 당신이 엿새 동안 이루지 못
하셨던 것을 이루었나 보십시오. 그리고 당신이 산을 만들기
위해 차곡차곡 쌓아 올렸던 돌들을 보십시오. 그것들이 기둥과
조상(彫像)들과 궁전이 되었습니다. 그리고 최초의 그 조잡한
생각들 말입니다. 무엇을 먹고, 무엇을 마시고, 어떻게 입 맞추
느냐 하는 것 ─ 이것들은 주님, 무성한 덩굴 같은 이론들이
되어 당신을 완전히 뒤덮어 버렸습니다! 그리고 심지어는 여
자들, 인간 모습을 한 그 암컷들도 그사이 재주를 익혀 깨무는
것을 입맞춤으로 바꾸고 있습니다!

롯 (교활하게 웃어 대며) 아무것도 이해하지 못했군!

라헬 아무것도!

천사 주님, 너무 달고, 너무 아름다워 저는 물리칠 수가 없었습니
다. 용서해 주십시오. 저는 땅의 피를 마시고 정신이 혼미해져
죄악에 빠지고 말았습니다. 저에게 가까이 오지 마십시오, 순수
한 분이시여. 제 발꿈치로부터 제 불꽃 머리카락까지, 제 몸은
여자 냄새로 진동합니다. 저는 쓰러져, 땅바닥에서 굴렀습니다.
그랬더니 날개가 꿀에 달라붙어 버렸습니다……. 한창 단맛에
취해 있을 때 저는 당신의 목소리를 다시 한 번 들었습니다. 주
님, 당신은 〈태워라!〉 하셨습니다. 저는 벌떡 일어나 육신을 떨
쳐 버렸습니다. 그리고 놀라 달아나 이 궁전까지 왔습니다. 제
가 여기 왔습니다! 저는 왕을 만나겠습니다. 두려워하지 않겠
습니다. 연민을 품지 않겠습니다. 불붙은 숯을 던지겠습니다!

믿어 주십시오, 주님. 한 가지만 부탁드리겠습니다, 주님. 저로 하여금 땅의 단맛을 이겨 내도록 도와주십시오. 다른 부탁은 드리지 않겠습니다. 저에게 당신의 손을 내밀어 주십시오! 그러지 않으시려면 주님, 제 날개를 뽑아 주십시오. 저로부터 천국과 꿈들을 내쫓고 제가 흙과 돌과 싸울 수 있는 힘을 가질 수 있도록, 저를 흙과 돌로 만들어 주십시오.

대문이 열리고 검둥이가 나타난다. 천사는 기둥 뒤에 숨는다. 룻과 라헬도 함께 웅크려 숨는다. 검둥이는 방석 옆에 붉은 문양이 새겨진 검은 술 단지를 갖다 놓고 잠시 조용히 서서 점점 가까워 오는 왕비의 북소리에 귀를 기울인다. 그는 소리 내어 웃더니 두 손을 비비며 궁 안으로 들어가 문을 닫는다. 천사, 룻과 라헬이 숨어 있던 곳에서 천천히 나온다.

룻 (천사의 허리를 잡아끌며) 이봐요, 아직 시간이 있어요. 당신 삶이 애석하지도 않아요? 가요, 우리의 푹신한 침대로 돌아가요. 우리 붉은 천막으로. 이 술 단지 좀 봐요. 술이 꽉 찼어요. 왕이 올 거예요. 마시고 취할 거예요.

라헬 왕이 술을 마시고 당신을 볼 거예요. 잘생긴 당신이 탐나 검둥이에게 손짓하여 당신을 붙잡아다가 규방에 가둬 버릴 거예요. 가요, 달아납시다!

천사 가시오! 하느님이 진노하시어 땅이 요동치고 있소. 더 이상 시간이 없소, 아가씨들. 잘 가시오.

(그는 여자들을 옆으로 밀쳐 낸 다음 하늘을 향해 머리를 들어 올린다.)

주님, 도와주십시오. 들리십니까? 이 세상의 단맛을 이길 수 있도록 도와주십시오.

롯 무슨 소리를 하고 있는 거지? 오늘 밤 우리랑 같이 자지 않을
　　작정인가? 그 정도는 알겠다만.

라헬 언니, 사내들 말은 귀담아듣지 마. 사내들이란 게 늘 거창한
　　말을 내뱉지만 우린 그 사내들 데리고 우리 하고 싶은 대로 하
　　잖아. 조금도 마음 쓸 거 없어!

롯 저 사람도 계속 하느님 타령이야 — 남자들은 왜 그리 하느님
　　에 미쳤는지! 저 사람 하는 말이 계속해서 죄니, 꿈이니, 불붙
　　은 숯이니 하는 거야…… 얘, 넌 한 마디라도 알아듣겠니?

라헬 마음 쓰지 말라고 했잖아. 그저 말일 뿐이야. 한 마디 한 마
　　디가 다 그래. 세상엔 오직 두 가지만 존재해. 들어 보라고. 두
　　가지만 영원하지. 사랑과 음식. 사랑과 음식 말이야! 여자는 그
　　걸 알고 입 다물고 있는 거야. 남자들은 그걸 몰라. 그래서 계속
　　떠들어 대는 거지. 비밀은 바로 그것뿐이야.

　　문들이 열리고 닫히는 소리가 들린다. 군중이 모이는 듯한 소란스러운 소리
　　가 들리고, 돌연 롯의 목소리가 들린다.

롯 저 끔찍한 노인네 또 나타났네. 들어 봐.

라헬 누구 말이야?

롯 우리 아버지, 우리 남편 말이야. 사람들을 불러 모았나 봐. 세
　　상을 발칵 뒤집어 놓았어. 틀림없이 지금 입에 거품을 물고 있
　　을 거야. 참 이상한 밤이야! 너 못 느꼈니? 다들 미쳤어!

라헬 하느님도 미쳤어. 천둥소리를 내고 벼락을 치고, 땅을 흔들
　　어 대고 불을 토해 내 — 뭘 하고 싶은지 갈피를 못 잡으시나
　　봐! 언니랑 나하고만……

롯 조용히 해봐. 간사한 우리 아버지가 요번에는 무슨 뚱딴지같

은 것들을 생각해 냈는지 들어 보자. 징표니 괴물이니 하고 말이야.

롯의 목소리가 저 아래 도시에서 들려온다.

롯 집집마다 문을 두드리겠소! 문을 여시오! 문을 열어요! 그분이 오셨소! 그분이 오셨소! 남자들, 청년들, 이제 서로 떨어지시오! 여자들, 아가씨들, 이제 서로 떨어지시오! 남자들, 여자들, 이제 그만 서로 떨어지시오! 여자들, 몸을 씻으시오. 깨끗한 옷을 입고, 화장을 하고, 팔찌와 귀고리를 하고, 당신네들 악취 때문에 숨 막히지 않도록 향수를 아낌없이 바르고 다들 문간으로 나와 서시오. 그분이 오셨단 말이오. 그분이 오셨소. 사랑하는 이가 오셨소! 남자들, 가게 문을 닫으시오. 매춘 굴, 술집, 욕탕, 극장들 다 닫고 열쇠들을 넘겨주시오. 주인님께서 오셨소!

군중의 소란스러운 소리가 들려온다. 휘파람 소리와 웃음소리 요란하다.

롯 지나가게 길 좀 터주시오! 왕에게 이 큰 소식을 전하기 위해 궁으로 달려가야 하오. 그분이 오셨소. 사랑하는 이가 오셨소! 집주인께서 오셨소!
천사 (그 역시 귀를 기울이고 있다가 갑자기 비아냥거리듯 웃어 댄다.) 저 사람, 나를 〈사랑하는 이〉라고 소리 질러 대고 있군! 내가 집주인이라고? 내가 왔다고? 참으로 불쌍한 인간 종자로군!
롯 얘, 정말이야. 남자들이 다들 미쳐 버렸어! 도대체 누가 다시

222

왔다는 거야? 저 노망한 노인네가 지금 뭘 하고 있는 거야. 뭐라고 떠들고 뭐라고 소리쳐?

라헬 내가 말하지 않았어? 자신이 뭘 원하는지는 여자만 안다고.

롯 노인네 여기 왔네. 흥분해서 눈에 쌍심지를 켜고 우리한테 달려오고 있어. 조금 있으면 또 이렇게 소리치기 시작할 거야. 「아, 아, 나는 끝장났다!」

라헬 아이고, 난 정말 아버지가 끝장났으면 좋겠어! 저 노인네는 이제 필요 없어.

롯이 격앙된 모습으로 등장한다. 그는 딸들이 기둥 아래 웅크리고 있는 모습을 발견하고 몸을 구부려 머리카락을 부드럽게 쓰다듬는다.

롯 날 용서하거라. 갈보들아, 딸년들아. 망루에서 내가 너희에게 화를 내며 말했지. 그때는 내가 비밀을 몰랐다. 이제는, 봐라, 지금 이 순간 나는 하느님의 작업실에 들어간다. 들어가서 너희 둘이 그 안의 어두운 곳에서 허리를 숙이고 하느님과 함께 작업하고 있는 것을 본다.

딸들이 서로를 바라보며 은밀하게 미소 짓는다.

롯 갈보들아, 내 딸년들아. 너희는 너희의 의무를 잘, 아주 잘 수행했다. 너희는 나처럼 분별을 잃지 않았다. 너희는 질문한 적도 없고, 화를 내며 두 주먹을 하늘을 향해 들어 올리고 풍차처럼 흔들어 댄 적도 없다. 조용히, 그리고 확실하게, 그리고 찾으려는 노력도 하지 않고, 너희는 하느님의 뜻을 알아냈고 그것을 이루었다. 내 축복을 받아라. 가증스럽고 뻔뻔스러운 이 갈보들아.

(그는 기둥을 따라 앞으로 나아가지만 천사를 보지 못한다.)

롯 (웃으며) 내가 뭐랬어? 저 노인네 오늘 밤에 완전히 미쳤다고 했잖아……. 지금 뭐라고 떠들고 있지? 하느님의 뜻이라고! 아냐, 다 우리의 뜻이었잖아.

라헬 바보 같긴. 그거나 그거나 같은 거야. 언니는 모르겠어? 내가 뭘 원할 때, 나는 하느님도 그걸 원한다는 걸 알아. 그러니까 싸움이 없지.

롯 들어 봐. 또 바람에 대고 씨부렁거리고 있네.

라헬 바람에 대고 말하면서 하느님과 말하고 있다고 생각하는 거야!

(웃어 댄다)

롯 아닙니다! 못합니다! 다시는 소리치지 않을 것입니다. 다시 구원을 청하지도 않겠습니다! 전능하신 분이여, 저를 내동댕이치십시오. 저를 죽이십시오. 저를 먹으십시오. 삼키십시오! 저는 한낱 농투성이로, 머리도 둔하고 완고합니다. 저는 이 땅에서 사라지겠습니다. 아무도 필요 없습니다! 저는 천사가 타락하여 육신 속으로 떨어지는 것을 보지 않을 수 없었습니다. 주님, 그건 당신의 뜻이었습니다. 저는 깨닫기 위해 보았습니다. 그리고 머리라고는 없는 멍청이 바보인 저는, 그분을 구해 달라고 당신께 소리쳤습니다!

(빈정거리듯 웃는다. 천사가 계단에서 불쑥 뛰쳐나온다. 롯은 그를 바라본다.)

아, 저기 있군.

(천천히)

천사여, 내 형제여, 나에게 당신 손을 주시오. 눈을 뜨고, 무서워하지 말고, 당신 앞에 놓인 검은 심연을 보시오. 그게 하느님의 입이오. 들어갑시다!

(큰 소리로)

불꽃 머리 천사!

천사 (두 팔을 벌리며) 롯 노인, 하느님이 당신을 나에게 보내셨소. 도와주시오! 슬픔과 기쁨과 계략이 당신의 눈과, 귀와, 입술과, 손에서 흘러넘치오. 당신은 모든 것을 알고 있고, 당신은 모든 것을 맛보았고, 술이며 여자들이며 하느님을 실컷 누렸소. 당신만이 손을 내밀어 나에게 길을 안내해 줄 수 있소. 나는 지금 갈림길에 서 있소. 도와주시오, 롯 노인. 선택을 도와주시오.

롯 하느님이 나를 보낸 것은 그 때문이오, 붉은 머리. 당신을 도우라고 말이오. 평생 내가 당신을 부르지 않았소? 그러니까, 보시오, 당신이 오지 않았소! 나에게 명령을 내리시오!

천사 한 손에는 불붙은 숯을 들고 있고 한 손에는 술잔이 있소 — 그런데 나는 이 둘 가운데 어느 것을 선택해야 할지 알 수 없소 — 내 안에 두 가지 소리가 있소. 〈세상을 태워 버려라〉라는 소리와 〈세상을 구하라〉라는 소리요. 어느 것이 하느님의 소리요? 어느 것이 악마의 소리요?

롯 하느님과 악마는 잊으시오. 그것들을 분리하려고 하지 말아요. 붉은 머리 양반, 마음을 넓게 가지시오. 둘 다 받아들이시오. 당신의 마음을 끌어올려 그 둘을 하나로 합치오. 당신은 지금 땅 위에 있소. 이곳에서는 정신이 드높은 데까지 솟아오를 수 있소. 그걸 잊지 마시오.

천사 나도 그걸 원하오. 내 안에서 하늘과 땅을 하나로 합치는 것. 그런데 그게 안 되오. 롯 노인, 당신은 할 수 있소? 나는 술을 마시지 말라는 명령을 받은 것 같소. 그런데 나는 마셨소. 여자를 건드리지 말라는 명령도 받은 것 같소. 그런데 나는 여자를 건드렸소. 나는 하느님의 뜻을 짓밟고 말았소. 그런데, 아아, 나는 그걸 후회하지 않소! 발밑에 흙이 느껴지는 한, 땅의 단맛이 솟아올라 나를 감싸니 어쩌겠소.

롯 땅이 솟아올라 당신을 감싸게 두시오, 붉은 머리. 그렇게 되도록 되어 있소.

천사 그렇게 되도록 되어 있다니? 그렇다면 망루에서 나에게 소리를 질러 댄 이유는 뭐요? 〈술을 마시지 마시오. 마시면 끝장날 것이오! 여자를 건드리지 마시오, 그러면 끝장나고 말 것이오!〉라고 말이오. 그런데 이제 와서…… 이제 와서 나를 어디로 몰아가고 있는 것이오, 롯 노인?

롯 나는 장님이었소. 나는 보지 못했소. 붉은 머리, 늙은 나는 당신이 부러웠소. 하지만 이제, 천 년의 세월이 지나간 듯, 눈이 열리고, 보이기 시작했소. 그리고 시기심을 이겨 냈소. 이제 나는 손을 내밀어 아버지처럼 당신 어깨를 만지오. 내 말을 들으시오. 내 말을 들어요, 아들 같은 양반. 두려워하지 마시오. 나는 크나큰 고통을 겪었소. 당신에게 무슨 말을 해줄까 곰곰이 생각했소 ― 그리고 지금, 나는 가만히 서서 생각하고 있소 ― 내 말을 들을 수 있겠소?

천사 그럴 수 있소, 그럴 수 있어. 롯 노인. 말하시오!

롯 당신의 모든 삶, 우리의 모든 삶은 이 말에 달려 있소…….

천사 말하시오, 말하라고!

롯 내 형제여, 내 자식이여 ― 당신을 뭐라 부를지 모르겠소 ― 동지, 들으시오!

　(천천히, 깊게, 마치 어떤 무서운 비밀을 실토하듯)

　하느님의 명령을 어김으로써 당신은 그분의 뜻을 이루고 있는 것이오!

천사 (놀라서) 하느님의 명령을 어김으로써 그분의 뜻을 이루고 있다고? 그 무슨 청천벽력 같은 말이오, 롯 노인! 이해가 안 되오. 죄와 덕이 하나다? 아냐, 아니요! 당신은 질서를 뒤집어 놓고 있소. 당신은 모든 법을 깨뜨려 영혼이 어느 편에 서서, 어느 곳으로 가야 할지 모르게 만들고 있소.

롯 그러면 영혼이 가만히 서 있어야 한단 말이오? 하느님의 바람이 어디로 불든 그 바람을 따라가게 두시오. 들어 보시오, 하늘의 왕자. 나는 거리를 돌아다니며 문을 두드리오. 잠자는 사람들을 깨우고, 짝 지은 사람들의 짝을 풀게 하오. 나는 〈그분이 왔소! 그분이 왔소!〉 하고 외쳐 대오. 나는 그분이 누구라고 말하지 않소. 세상 사람들이 놀라지 않도록 말이오······. 하지만 당신, 붉은 머리, 당신은 알고 있소 ─ 메시아 말이오.

천사 무슨 메시아 말이오?

롯 당신이오!

천사 나라고?

롯 눈을 크게 뜨시오, 붉은 머리. 이 점에 영혼의 커다란 존귀함이 있소. 눈을 크게 뜨고 보시오. 하느님은 덫이오. 우리 모두는, 정직한 자이든 부정직한 자이든, 천사이든 인간이든, 내부에서 타락했소. 우리는 이리저리 뛰어다니다가, 거꾸로 떨어지면서 비명을 질러 대오. 우리는 이빨과 손톱을 부러뜨리며 하느님의 감옥 쇠창살을 뚫고 나가 자유로운 공기를 들이쉬고자 하오. 단 한 번만이라도 들이마시고자 하오. 하느님이 우리를 멸망시키든 말든 말이오. 그러나 문은 존재하지 않소. 하느님은 어디든 계시니까.

천사 조용히 하시오, 조용히. 당신은 지금 내 영혼을 박살 내고 있소. 질식할 것 같소.

롯 문은 딱 하나 있소. 딱 하나…….

천사 어떤 문이오?

롯 당신이오! 불의 문! 그 문을 활짝 열고 탈출합시다!

천사 롯 노인, 이게 내가 당신에게 청한 도움이오?

롯 그보다 더한 도움은 없소. 손을 내미시오. 떨지 마시오. 불붙은 숯을 던지시오!

천사는 절망에 빠져 기진한 채 계단에 털썩 주저앉는다.

천사 난 못하오.

롯 북소리를 들어 보시오. 개 짖는 소리를 들어 보시오. 왕비가 궁전 뜰에 들어섰소……. 일어서요! 내가 말하는 대로 해요, 붉은 머리! 이제 불이 제 입으로 말하고 있소. 이렇게 되도록 되어 있소!

궁의 문들이 열리자 검둥이가 뒤로 물러나 무릎을 꿇고 절을 한다. 왕비는 창백하고 매서운 얼굴로 입을 꽉 다문 채 등장한다. 그녀가 북을 옆으로 내던지고 천사를 보더니 외마디 소리를 내지른다. 그녀는 물끄러미 그를 바라보며 감정을 억누르려고 말없이 자신과 싸운다.

왕비 그대는 누구인가?

    (왕비는 대답을 기다리지만 천사는 어찌할 줄 모른 채 그녀를 바라볼 뿐이다.)

    그대는 누구인가? 내 말이 들리지 않소?

    (그가 유령이 아니라는 것을 확인하고 싶은 듯 손을 내밀어 만져 보려고 한다.)

내가 아들을 불렀더니 그대가 땅속에서 나왔군. 나는 두 팔을 벌리고 그대를 불렀으나 그대는 포도밭을 살짝 넘어 사라지고 말았다. 내가 왕비라는 것을 몰랐는가? 왜 멈추지 않았는가? 왜 대답이 없는가? 내 목소리에 대답할 수 없는 것은 유령뿐이다.

천사 (격심하게 동요된 채 왕비를 바라보며) 왕비님, 저는 당신을 보고 있습니다. 당신의 목소리도 들립니다. 저는 정신을 모아 보려고 애쓰고 있습니다. 정신이 다 흐트러져 버려서 말입니다.

왕비 그대는 누구인가? 다시 묻는다. 어디에서 왔는가? 그대가 입은 옷은 이스라엘의 옷도 아니고, 칼데아의 옷도 아니고, 내가 태어난 나라의 옷도 아니고, 사막의 옷도 아니다…… 그러나 그대의 얼굴에는 기품이 있고, 그대의 몸은 훤칠하고, 그대의 목소리는 내 마음을 어지럽힌다. 나에게 가까이 오라. 나의 눈은 눈물과 무서운 사막의 햇빛으로 침침해…… 그대를 알아볼 수가 없다…… 더 가까이 오라…… 두려운가? 왜 그렇게 거칠게 숨을 몰아쉬고, 왜 그처럼 거만하게 머리를 내젓는가? 산 채로 붙잡힌 사막의 짐승처럼 말이다. 머리를 들라. 그대의 얼굴을 보고 싶다.

  (두 손으로 천사의 얼굴을 붙들어 올리고 오랫동안 뚫어지게 바라본다. 갑자기 그녀는 천사의 얼굴을 옆으로 밀어젖히고 격앙하여 이리 갔다 저리 갔다 한다. 그러다가 뚝 걸음을 멈추더니 천사를 바라본다. 천사도 깊이 동요되어 그녀를 마주 바라본다.)

  그대는 왜 그렇게 나를 바라보는가? 뱀처럼 입술을 핥지 마라. 왕이 그처럼 입술을 핥는데 역겨워 죽겠어…… 눈을 내리라. 나는 그대를 보고 싶지 않다. 그런데 그러면서도 자꾸 눈이 가니 웬일인지 모르겠다…… 그대를 보니 마음이 뒤집히는구나! 눈을 내리라고 하지 않았나! 왜 눈이 초록색인가? 차마 그 눈을 볼 수가 없다. 꼭 내 눈을 닮았어⋯⋯. 그대의 이름은 무엇인가?

천사 롯이 저를 붉은 머리라 부릅니다.

왕비 롯의 말 따윈 상관없고, 그대의 부모가 지어 준 이름이 무엇인가? 그대의 부모는 누구인가?

천사 생각이 나지 않습니다.

왕비 생각이 나지 않는다! 그대는 몇 살인가? 생각해 보라! 이건 중요한 문제야.

천사 생각나지 않습니다, 왕비님. 전 태어난 적이 없었던 것 같습니다⋯⋯. 늘, 영원히 태어났던 것 같기도 합니다⋯⋯. 모르겠습니다⋯⋯ 왕비님. 용서하십시오, 제가 무슨 말을 하고 있는지 모르겠습니다. 왕비님을 바라보니, 제 기억이 술에 취한 듯 어지럽게 돕니다. 마치 제가 지금 이 순간에 태어나고 있는 것처럼.

왕비 지금 이 순간에 태어나고 있는 것 같다고? 그대가 내뱉는 한 마디 한 마디가 비수처럼 날 찌르는구나. 그대를 보자마자 내 젖가슴이 부풀어 올랐다. 마치 먼 옛날 내가 내 외아들에게 젖을 먹였던 때처럼⋯⋯. 그대는 어디에서 태어났지, 청년? 그대는 어디에서 왔는가?

천사 생각이 나지 않습니다. 어떤 자들은 제가 땅에서 솟아올랐다고 하고, 어떤 자들은 제가 하늘에서 내려왔다고 합니다⋯⋯. 하늘과 땅, 두 나라에서 왔다는 겁니다. 그런데 전 그것들을 따로 분리할 수가 없습니다.

롯 땅에서 솟아났든 하늘에서 내려왔든 ─ 그것이 하나이면서 같은 것일 수 있을까요, 왕비님?

왕비 두 얼굴의 롯 노인, 그런 이중 언사는 그만두시오. 당신은 평생 종잡을 수 있는 말을 한 적이 한 번도 없소. 당신에겐 넌더리가 나오! 당신은 오늘 또 온 도시를 발칵 뒤집어 놓았지. 집집마다 찾아다니며 소리쳤어. 〈그분이 오셨다! 그분이 오셨다!〉고 말이오. 누가 왔단 말이오? 여기 이 사람? 당신도 모르지 않소. 그저 바람결에 한마디 던지는 거지. 당신은 어리석진 않아, 간교한 노인네. 언젠가는 누군가 분명히 올 거라는 걸 알고 있지. 전쟁이든, 죽음이든, 콜레라든, 누군가는 늘 오는 법이니까. 그러면 그때 가서 당신은 말하겠지. 〈봐라. 내 예언이 이루어졌다! 그분이 오셨다!〉고 말이오. 그래, 이번에도 그분이 오셨다고 소리쳤소?

롯 왕비님, 저 사람을 잘 보십시오. 머리 냄새를 맡아 봐요. 위대한 힘들이 당신에게 명령하고, 당신은 위대한 힘들에게 명령합니다 ─ 무슨 말인지 이해하실 것입니다.

왕비 (천사에게) 그런 눈으로 나를 바라보지 마라. 알겠는가? 이리 오라.

(롯에게)

불을 이리 가져오시오. 더 가까이. 왜 이리 어두워졌지? 달이 구름에 가렸나?

(왕비는 또 한 번 천사의 얼굴을 두 손으로 붙들고, 롯이 들고 있는 불빛 아래서 자세히 들여다본다. 그녀는 천사의 눈을 뚫어지게 들여다보고 그의 머리 냄새도 맡아 본다.)

왕비 죽은 자의 냄새가 나 ─ 흙냄새랑 포도나무 잎 냄새랑. 악마처럼 유황 냄새도 나.

(천사의 목에 손을 대고 자세히 살핀다.)

그리고 목에 난 이 붉은 올가미, 이것은 무슨 자국인가? 빨간 끈이 그대를 조르고 있어. 기억이 안 나는가? 기억해 봐, 기억해. 이건 중요한 문제야!

천사 생각나지 않습니다. 생각이 나지 않아요, 왕비님. 모든 게 처음입니다 — 땅, 하늘, 제 육신…… 그리고 모든 게 다 오래된 것입니다. 아주 오래된 것입니다……. 생각이 나지 않습니다!

그러는 사이, 검둥이가 은 술잔을 들고 출입구에 나타나 그것들을 진홍빛 방석 앞에 갖다 놓는다. 왕비가 돌아서 그를 보고 방석을 집어 들더니 옆으로 내동댕이친다. 술잔도 내동댕이친다.

왕비 가서 내가 왔다고 말해라. 여기 나타나지 말라고 해. 우리 두 사람만 해도 너무 많다!

검둥이가 나간다. 왕비는 짐승처럼 뚜벅거리며 왔다 갔다 한다. 마침내 그녀는 입을 열기로 작정한다. 하지만 돌아서서 룻과 라헬을 본다.

왕비 이것들은 무어냐?

룻 제 딸년들입니다, 왕비님. 룻과 라헬입니다.

왕비 가라고 하시오.

룻이 딸들에게 가라는 손짓을 한다.

룻 가자, 가. 왕비가 저 사람을 우리한테서 뺏어 갔어. 늙어 빠진 암캐 년.

라헬 지옥에나 가버려라!

(그들은 떠난다.)

왕비 붉은 머리 — 나도 그대를 그렇게 부르는 게 낫겠다 — 내

232

아들의 혼이 그대를 정복한 것 같은 느낌이 든다. 그 아이의 목소리가 그대 가슴에서 불쑥불쑥 튀어나오고 있어. 상대를 쏘아보며 화난 표정을 담은 그대의 초록색 눈은 그 아이의 눈을 닮았고, 나의 눈을 닮기도 했다……. 하지만 그 아이의 냄새는 그대의 것과 다르다. 말없는 것도 다르다. 그리고 그 아이에겐 목에 그런 자국도 없지.

(롯에게)

이자에게서는 흙과 유황 냄새가 나오.

롯 오, 왕비님. 제가 듣기로는 하느님께서 죽인 자들은 절대 다시 살아나지 못하나 사람에게 죽은 자들은…….

왕비 롯, 내가 듣기로는 언젠가 당신이 강물에 손을 담갔을 때 강물이 시뻘겋게 변했다 했소……. 조용히 하시오! 내 말 들으라, 붉은 머리. 오늘 그대를 태어나게 한 것은 나다. 그대를 땅속에서 불러낸 것은 나야. 그대는 나에게 지옥의 메시지를 가져왔다. 내 그대 어깨에 내 손을 얹으니 — 그대는 내 것이다!

천사 저는 당신의 것입니다, 왕비님. 저를 가지십시오!

왕비 (동요하여) 조용히 하라! 그건 내가 내 아들의 팔을 붙들면 그 아이가 늘 하던 말이었어. 〈어머니, 저는 어머니 것입니다. 저를 가지세요〉라고 말이야. 그런데 지금…….

(그녀는 이리저리 걸음을 옮기다가 갑자기 천사의 어깨를 거머쥔다.)

그대는 누군가? 내가 그대를 찾은 날, 어떻게 날을 맞추어 정확하게 그날 왔지? 누가 그대를 보냈는가? 인간의 영혼이 그처럼 강하단 말인가?

천사 왕비님, 전 상관없습니다. 전 묻지 않습니다. 저는 왔습니다. 저는 오지 않았습니다 — 저는 돌아온 것처럼 느껴집니다.

산이며, 뜰이며, 집이며, 사람들이며 ── 다 마음에 듭니다. 모두 다 따뜻하고 서늘하고 제 육신의 살입니다. 그것들의 냄새는 저에게서 나는 냄새와 같습니다……. 이제는 떠나고 싶지 않습니다. 당신이 나에게 팔을 벌렸습니다. 그게 저에겐 온 땅이 팔을 벌린 것처럼 여겨집니다. 저를 가지십시오!

왕비 사랑스러운 그대는 무서운 시간에 왔다. 보라. 죽음의 징조가 우리를 짓누르고, 바위틈에서는 끓는 물이 솟고, 땅이 흔들린다. 아까는 포도밭에서 내가 그대의 뒤를 쫓아갔을 때 산에서 연기가 나는 것을 보았다. 왕이 허약하고 노망기가 들었으니, 왕국도 허약하고 노망기가 든 것이다. 왕이 내 아들을 죽였으니, 나도 그를 죽일 것이다! 지난 며칠 밤 동안 나는 별들을 움직여 내가 원하는 자리에 놓아두었다. 시간이 되었다! 내 나라에서는 왕들이 힘을 잃으면, 우리는 왕을 죽이고, 새 왕을 왕좌에 앉힌다. 새 왕이 한창 젊었을 때, 그리고 아직 정기를 증발시켜 버리지 않았을 때 말이다. 붉은 머리, 그대는 내 아들을 생각나게 한다. 늙은 왕을 죽일 수 있는 것은 그대뿐이다. 왕을 죽이라!

천사 저는 당신의 것입니다, 어머니! 명령만 내리십시오!

롯 왕비님, 지금은 상서로운 시간입니다! 태어난 것들과 태어나지 않은 것들이 모두 사람의 목소리를 듣고 떨고 있습니다. 떨면서 개들처럼 꼬리를 흔들며 웁니다. 별들마저 사람의 정기가 원하는 대로 움직입니다. 왕비님, 당신은 부르셨고, 당신의 영혼은 출산하였습니다. 그리하여 당신이 바라던 새 왕을 당신에게 보냈습니다 ── 젊고 강하고 거리낌 없으며, 그것도 당신의 아들을 닮은 자를 말입니다!

왕비 당신의 하느님 따윈 집어치우시오, 간교한 늙은이 ── 정의롭고 거룩하시다는, 백발 수염 늘어뜨린 당신의 하느님 말이오.

나의 신은 남성이 아니고 여성이오. 젖가슴이 주렁주렁 달리고 이빨도 여러 줄로 나고, 별자리와 인간과 신들을 낳고 들에 젖을 주는 여성이오. 하지만 나중에 여신은 그것들을 다 죽이오! 여신은 사랑하는 신이 아니오, 연민도 없소. 여신의 정의는 사람들이 불이라 부르는 것이고, 여신의 연민은 사람들이 죽음이라 부르는 것이오. 말하는 자는 그 여신이고, 나는 그 여신과 함께 말하오. 이자를 나에게 보낸 것은 나의 여신이오. 붉은 머리, 그대는 상서로운 시간에 왔다. 그대는 자신의 이름을 모르지만 나는 알고 있다. 그대는 자신의 힘을 어디에 써야 할지 알고 싶을 것이다. 내가 말해 주겠다. 내 아들의 복수를 하라! 내 아들이 그대 안에서 소리치고 있다. 그 아이의 소리를 들어 보라. 아이를 죽인 늙어 빠진 왕을 죽이고 내 아들의 이름으로 왕좌에 오르라. 나는 그대가 마음에 든다. 말하라, 붉은 머리. 왜 잠자코 있는가? 나는 그대의 손에 위대한 걱정과 위대한 기쁨을 건넨다. 그대의 주먹을 그것들로 꽉 채워 주겠다. 고맙다는 말은 없는가? 왕비가 그대에게 말하고 있다.

천사 왕비님, 저는 왕비님을 보고 있습니다. 왕비님의 소리를 듣습니다. 제 마음이 활짝 열리고, 저는 마치 제가 태어났던 궁전으로 다시 돌아온 느낌입니다. 입에서는 젖 냄새가 납니다.

왕비 젖은 잊으라! 그대는 아직도 그곳, 과거 속에 있는가? 그대의 입술은 아직도 그대 어머니의 젖을 흘리고 있는 것 같다. 그대는 아직도 다섯 살의 아이처럼 미숙하고 경험이 없구나…… 그대는 술을 마셔 보았는가? 여자와 키스를 해보았는가?

천사 예, 그럼요! 술도 마셔 보고 키스도 해보았습니다.

왕비 그것으로는 충분하지 않다. 이제 죽일 줄도 알아야 한다. 그래서 강해져야 한다. 내 나라에서는 사자를 죽이지 못하는 자는 남자라 불리지 못한다. 술과 키스와 사자가 남성다움에 이르는 세 계단이다. 그 계단을 오르라.

롯 술보다 훨씬 더 취하게 하고, 여자보다 더 단 것은 권력일세, 붉은 머리. 왕좌에 앉아 한마디 하여 그것이 실현되게 하는 것 말이야. 마치 신이나 되는 것처럼 말일세! 왕비의 말을 잘 듣게, 붉은 머리.

왕비 그대가 죽여야 할 두 번째 사람은, 붉은 머리, 바로 이자다!
(롯을 가리킨다.)
그 저주스러운 시간에, 저자는 왕의 충직한 친구였다. 두 사람은 함께 술을 마시고 취했다. 그들은 함께 먹고 토하고, 함께 제 애인들의 몸뚱이 위에서 땀 흘리고 헐떡거렸다. 그리고 그때 이후, 갑자기, 저자는 성자가 되었다! 하지만 난 별들에게 물어보았지. 저 무서운 별자리, 전갈자리에 물어보았어 — 그랬더니 이 사람도 내 아들의 피로 두 손을 물들였다더군. 하지만 하나씩 차례대로 하자. 우선 왕부터 시작한다.

롯 별들은, 왕비님, 위대하고 위험한 게임에 사용하는 돌입니다. 우리는 게임의 규칙과 우리가 가진 기량에 따라 그것들을 옮기고 배치합니다. 그래서 이기거나 지게 되죠. 오, 왕비님, 저도 오늘 밤 도박을 하면서 별들을 옮겼습니다. 두 번째로 죽어야 할 사람은 당신입니다. 다른 불사의 전능한 왕비가 왕좌에 오를 것입니다.

왕비 다른 왕비라니, 이 불길한 까마귀야? 또 그 종잡을 수 없는 이중 언사를 하는구나! 누구냐?

롯 불입니다! 나는 그 왕비에게 절합니다.

왕비 내가 그 불이다, 이 뻔뻔스러운 거짓 선지자야. 그건 나야! 내가 입고 있는 이 황금 옷을 벗겨 보아라. 내 목걸이, 내 팔

찌, 내가 바른 화장품을 다 벗기고 지워 보아라. 이 살과 머리
카락과 뼈를 다 뜯어내 보아라. 그러면 너는 그것들 속에 꼿꼿
이 서서 활활 타오르고 있는 불사의 불길을 보게 될 것이다.

롯 왕비님, 이 불길은 사라져서 대화염(大火焰)과 하나가 될 것입
니다. 하지만 당신은 그것을 모릅니다. 저 또한 불입니다, 왕비
님. 저 또한 사라져서 대화염과 하나가 될 것입니다. 하지만 저
는 그것을 압니다. 그것이 왕비님과 제가 다른 점입니다. 그 점
뿐입니다. 더 이상은 없습니다. 하지만 그것이 우리 사이에 존
재하는 심연이죠.

왕비 두고 보자!

롯 오, 왕비님, 두고 보십시다. 당신은 하느님이 남성이 아니고
여성이라고 했습니다. 맞습니다. 하느님은 나의 불 부인이십니
다! 자, 여기 계십니다! 계단 꼭대기에 올라가서 보십시오. 산
이 이미 불을 토하고 있습니다.

왕비 저 산은 전에도 한 번 불을 토하면서 으르렁거린 적이 있다.
하지만 나는 성문에 올라가 주문을 외었다. 그랬더니 잠잠해졌
지. 이번에도 다시 잠잠해질 것이다. 나는 전능한 자처럼 행동
한다. 내가 실제로 강한 것도 그 때문이다. 붉은 머리, 어디 가
느냐?

천사 바쁩니다. 왕비님, 저는 왕비님의 별자리에 들어섰습니다.
전갈자리 말입니다. 왕을 찾으러 갑니다.

왕비 왕이 너를 찾으러 올 것이다. 여기 있으라. 기둥 뒤에 숨어
있으라. 내가 곧 왕을 너에게 데려오겠다.

　(그녀가 징을 요란하게 울려 댄다.)

　처라. 왕을 죽여라. 네 앞길을 막고 네 갈 길을 막는 자는 그
자이다. 저 무서운 힘, 우리를 삼키려고 날뛰는 불에 대항하여

고개를 들라. 네 무기를 내주지 마라. 설령 하느님이라 할지라도 안 된다. 남자라면 마땅히 그래야 하는 법.

천사 이것이 남자라는 것인가? 땅에서 나오는 이 권력은 무엇인가! 나는 유령이었다. 그런데 지금은 신이다!

　검둥이가 나타나, 팔짱을 끼고 왕비를 바라본다.

롯 왕비님, 당신의 충직한 종, 검둥이가 왔습니다. 명령을 내리시지요.

왕비 가서 왕에게 내가 나간다고 말하라. 왕을 이리 나오게 하여 내 아들의 피를 마시고 취하게 하라. 정신을 바짝 차리고 있다가 조금 뒤에 궁전의 망루에 올라 고둥 나팔을 불어라.

　검둥이가 간다.

왕비 내 종들 하는 말이, 밤중 내내 왕이 이리 갔다 저리 갔다 하고 있다고 한다. 잠들지 못하고 있다는 것이다. 육중한 발걸음들이 뒤쫓아 오는 소리가 들려 겁에 질려 있다고 한다. 그 늙은 여우가 네가 오는 냄새를 맡은 것 같다. 여기 이 기둥 뒤에 숨어 있으라. 침착해야 된다. 서둘러서는 안 돼. 때가 되면 내가 휘파람을 불겠다. 그럼 그때 덮쳐서 죽이면 된다. 준비되었나, 붉은 머리? 마음은 차분한가?

천사 차분합니다.

왕비 난 아무도 믿지 못한다. 내가 구석에 숨어 있다가 휘파람 소리를 내겠다.

　　(롯에게)

당신은 내 곁에서 움직이지 마시오. 난 고매하신 당신도 믿지 않아 ── 당신은 나를 배신하고 싶을지 모르지. 난 남자를 겪어 보았소. 그래서 남자를 혐오해! 내겐 남자가 필요 없소! 내 곁에 숨으시오. 당신을 보내지 않을 것이오.

롯 왕비님, 저도 당신을 보내지 않을 것입니다. 두려워 마십시오. 저도 남자를 알고 남자를 혐오합니다. 저 역시 아무도 믿지 않습니다. 거센 바람이 불고 있습니다. 돛들이 부풀어 올랐습니다. 우리는 나락을 향해 항해하고 있습니다. 구원이 다가오고 있습니다. 붉은 머리, 왕을 치게. 그리고 왕비를 가지게. 하느님에 대항하여 고개를 쳐들게. 그것은 하느님의 뜻이기도 하고 나의 뜻이기도 하네.

천사 그것은 나의 뜻이기도 하오. 이제 내 뜻대로 하겠소.

왕비 (롯의 손을 붙잡고) 이리 오시오.

왕비와 롯은 기둥들 뒤에 몸을 숨긴다. 궁전의 커다란 문이 열린다. 한동안 궁 안에서 외침 소리와 울음소리가 들려오고, 그와 함께 땅이 우르릉거리는 소리가 들려온다. 먼 데서 천둥이 친다. 늙고 주름 진 모습의 왕이 검둥이의 부축을 받으며 비틀비틀 걸어 나온다. 이마에 깊은 상처가 나 있다. 그는 마치 누군가에게 쫓기기라도 하듯 자꾸 뒤를 돌아다보며, 불안해하는 모습으로 뒤뚱뒤뚱 다가온다. 간신히 방석에 웅크려 앉는다. 검둥이가 왕을 부축한 뒤 그의 곁에 검은 포도주 단지와 은 술잔을 갖다 놓는다. 검둥이는 두 개의 술잔에 술을 따라 부은 다음 팔짱을 끼고 서서 대기한다.

왕 (지친 듯 손을 내저으며) 가거라.

검둥이가 사라진다.

왕 난 아무것도 믿지 않는다. 아무것도 믿지 않아. 하지만 때로 무서울 때가 있다. 밤 내내 누군가 계단을 올라오는 소리가 들렸다. 조용히, 육중하게, 느릿느릿……. 그리고 계단이 삐걱거렸다…….

(그는 긴장하여 귀를 기울이다가 날카로운 외마디 소리를 내지른다. 느리고 육중한 발소리가 들리고 계단이 삐걱거린다.)

저기 왔다!

(그는 손을 들어 올려 곁에 걸려 있는 징을 울린다. 검둥이가 나타난다.)

충직한 종아, 여기 내 곁에 서 있으렴. 난 무섭다.

발소리가 멈춘다. 왕은 귀를 기울인다. 아무 소리도 들리지 않고 조용해진다.

왕 이제 아무 소리도 들리지 않는군……. 아무것도 아니었어. 허튼 생각 중에 들은 바람 소리였겠지. 난 뭔가 무서워하고 있어. 무서움 때문에 유령을 떠올리는 거야……. 이제 늙었어.

(검둥이에게)

내 청년 시절 가면을 가져오도록 해라. 용기를 내야겠다.

검둥이가 기둥에서 가면을 하나 가져와 왕의 발치에 놓는다.

왕 가거라.

검둥이가 사라진다. 왕은 가면을 집어 들고 한참 동안 바라보다 한숨을 내쉰다.

240

왕 이건 내가 서른 살 때였지. 옛날이야. 다신 오지 않아! 참 팔팔
했었지. 참 유쾌했었고. 전쟁터에는 또 얼마나 맹렬하게 뛰어들
었던가. 그때는 하느님을 믿었지. 그분을 위해 하고많은 전쟁터
에 나가 싸워 이교도들을 죽였어. 그래, 여기 용맹과 어리석음
의 표시가 남아 있지 — 이마의 이 끔찍한 상처. 젊었을 땐 정
말 배도 고프고 목도 말랐다. 두려움도 참 많았지! 하지만 이제
하느님으로부터 해방되었어. 내 가슴과, 배와, 정신이 다 충만
해 있어. 무서울 게 뭐 있겠어. 내가 설사 무슨 유령을 만들어
낸다 하더라도, 싫증이 나면 입김으로 불어 버리면 돼. 그러면
그것들은 사라지고 말지. 여기 소돔과 고모라에 최초의 자유인
이 태어난 거야.

(술이 가득 찬 술잔을 들어 올린다.)

달이여, 나의 오랜 벗, 너에게 건배. 너는 잘 있구나.

(술을 단숨에 다 마셔 버린다.)

나는 늙었다. 오, 달이여, 우리는 늙었다. 땅도 늙었다. 그 불
쌍한 것이 이제 걸음도 비틀거린다. 오늘 나는 기사들과 마법사
들을 산에 보내 땅에 무슨 탈이 났나 알아보고 땅을 진정시키도
록 했다. 내가 살아 있는 동안은 땅도 버텨 줘야 하니까. 하지만
나보다 오래 버틸 필요는 없어. 때가 되면 까마귀 떼들한테나
가라지. 난 그 늙어 빠진 암캐 같은 땅이 질색이야. 땅도 내가
싫겠지. 우리는 함께 까마귀처럼 울어 댈 거야

(그는 갑자기 침묵에 빠져 들며 땅 밑에서 나는 소음, 개들이
짖는 소리, 궁전의 여자들이 내지르는 새된 소리에 귀를 기울
인다.)

나쁜 징조군! 흉조야! 술이나 마시자.

(술잔을 채운다.)

죽은 놈이나 불러내어 벗이나 삼을까. 늙어 갈수록 벗이라곤 녀석밖에 없는 것 같단 말이야. 나는 살아 있는 놈들은 싫다. 그놈들은 다 나 같아. 썩었어. 녀석은 아직 썩지 않았지. 운이 좋아.

(비웃듯 웃어 댄다.)

듣기로는 녀석이 천사가 되었다지.

(그는 술을 들이켜고 다시 한 잔을 따른다.)

오늘은 짝이 있었으면 좋겠어. 왜 이리 마음이 급할까. 죽은 놈은 세 번째 잔에서 나타나지. 한 잔 더 마시자.

(마신다. 그러고는 마치 누군가를 기다리는 듯 눈을 들어 기둥 사이를 본다. 층계에서 육중한 발소리가 다시 들려온다.)

내 젊었을 때 가면을 쓰자꾸나. 그래야 유령이 날 알아보고 가까이 올 것 아닌가.

(그는 가면을 쓴다. 가면의 이마에 붉은 상처가 깊이 나 있다. 그는 간청하듯이 불러 댄다.)

나와라…… 나와…… 나와…….

천사가 왕의 가면 쓴 얼굴을 보고 당황하여 뒤로 물러선다.

천사 (두려움에 차서 웅얼거리며) 이마에 상처가 있다……. 저것 봐! 저 사람이야!

왕 (목을 쭉 빼며 본다.) 오늘 밤은 오는 게 더디군. 오늘 밤, 내가 찾는데……. 더뎌! 또 한 잔 마시자.

(잔에 술을 채워 건배하듯 다른 잔에 부딪친다.)

애야, 네 건강을 위해.

천사 (조용히 기둥 뒤에서 빠져나와 결연한 걸음으로 왕에게 다가간다. 남아 있던 잔으로 왕의 잔에 쩅 하고 부딪친다.) 아버지, 아버지의 건강을 위해.

왕이 잠시 놀란다. 손에서 잔이 떨어지고 포도주가 쏟아진다. 하지만 곧 정신을 차려 손을 내젓는다.

왕 좋아, 좋아. 네 장난이 잘 먹혔어. 놀랐으니까. 좀 뒤로 물러서. 딴 때는 말 한마디 않더니만. 왔다가 기둥들 사이로 언뜻 지나가면서 네 붉은 점박이 흰 날개를 흔들어 대고는 나무들 사이로 소리 없이 사라져 버리잖아. 오늘 밤에는 어디서 목소리를 얻었니? 날개는 어떻게 된 거고?
　(웃는다)
　털갈이를 했느냐?
천사 (단숨에 꿀꺽 잔을 비우고 빈 잔을 다른 잔 곁에 놓는다.) 별고 없으시군요, 아버지.
왕 내가 너에게 물었다. 목소리는 어디서 났니? 날 놀라게 할 셈이었느냐? 사람들이 널 속인 게로구나, 아들아. 나는 겪어 보지 않은 두려움이 없고, 가져 보지 않은 희망이 없다. 나는 신을 이겨 냈지. 너는 수고를 했다만 너무 늦게 왔다. 성문에 써놓은 글을 보지 않았느냐. 〈이곳에 신은 존재하지 않는다〉고 말이다. 그 말의 뜻은 이렇다. 이곳에 두려움은 존재하지 않는다!
천사 살인자!
왕 (두려움을 이겨 내려고 애쓰며) 인간의 힘이 도를 넘은 것 같구나. 우리는 땅과 바다를 제압하고, 때로는 남아 있는 사랑으로, 때로는 남아 있는 힘으로 공기를 제압하고 유령들을 창조해 냈다. 말없고, 말 잘 듣고, 달빛과 환상으로 가득한 유령들을 말이다. 우리가 유령들에게 〈나오라!〉 하면 그것들은 나타난다. 〈가라!〉 하면 간다. 그것들은 우리를 보고 떨었고, 우리는 그것들을 보고 웃었다. 그런데 이제, 인간의 전능한 정신을 보라! 그의 유령이 이제 살을 갖추고 살아 있는 사람처럼 술을 마시고, 말까지 한다.

(웃으면서)

서서히, 서서히 우리는 그것들에게 땅을 파고, 물을 긷고, 나무를 하고, 요리를 하고, 노래를 하는 법도 가르칠 것이다. 그리고 우리와 함께 자는 법도! 나는 이제 검둥이를 시켜 거리에 나가 소년들을 데려오라 하지 않을 것이다. 나는 그것들을 허공에서 창조하리라 — 내가 원하는 모습으로. 봐라. 바로 너 같은 것들을 말이다. 그리고 그것들을 내 앞에 세워 술을 따르게 할 것이다……. 술을 좀 따르거라!

천사 당신이 나를 죽였으니, 아버지, 내가 당신을 죽일 것입니다.

왕 어, 어. 화내지 마라. 정말이다. 너는 내가 내 마음에서 만들어 냈으니 너를 원래대로 되돌려 보낼 수 있다. 내가 오늘 밤 과음하여 너에게 너무 많은 힘을 주었다. 하지만 너는 내 마음의 안개에 지나지 않는다. 내가 입으로 불면 너는 기둥 사이로 다시 흐트러져 버릴 것이다.

천사는 잠자코 천천히 다가선다. 왕이 그를 사라지게 하려고 그를 향해 입김을 분다.

왕 보아라. 내가 너를 향해 불겠다……. 하나…… 둘…… 셋…….
내 마음의 유령아, 내 마음의 안개야, 흩어져 사라져라!

천사는 왕을 바라보며 천천히 허리에 두른 띠를 푼다. 그러고는 손을 조용히 움직여 올가미를 만든다. 왕은 숨을 몰아쉬며 일어선다. 그리고 공포에 사로잡히기 시작한다.

왕 왜 그것을 풀었느냐? 그게 무슨 끈이냐? 왜 올가미를 만들었느냐?

천사 아버지, 용서하십시오……. 당신을 죽여야만 합니다.

왕 넌 누구냐? 네가 살아 있는 육신을 가졌단 말이냐? 진짜 사람의 목소리야? 유령이 아니란 말이냐?

천사 아버지, 용서하십시오……. 당신을 죽여야만 합니다.

왕 뭐라고 했느냐? 〈죽여야만〉 한다고? 왜 네가 나를 죽여야 한단 말이냐?

천사 질문이 너무 많습니다. 시간이 없습니다. 날이 밝고 있습니다.

왕 안 된다. 안 돼! 넌 내 아들이 아니다! 그럴 리가 없다! 그 애는 죽었다. 다섯 살 때 죽었어. 롯이 목을 졸라 죽였다. 내가 아니고 롯이다. 끈으로.

천사 이 끈으로 죽였습니다, 아버지. 목을 내미십시오.

왕 소리 지르겠다! 내 충직한 검둥이 노예더러 도끼를 가지고 나오라 하겠다.

　　(그는 검둥이를 부르기 위해 손을 뻗어 징을 치려 하지만 하지 못한다. 공포심으로 두 손이 마비되어 버렸다.)

　　아, 안 된다. 손이 마비되어 버렸어……!

기둥 뒤에서 왕비의 휘파람 소리가 들린다. 천사는 착잡한 마음으로 깊은 연민의 정을 품고 왕을 바라본다.

천사 아버지, 안됐지만, 어쩔 수 없습니다. 당신의 손에 입을 맞추도록 해주십시오.

    (자신도 모르게 왕은 그 말을 따른다. 천사는 무릎을 꿇고 왕의 손에 입을 맞춘다.)

    아버지, 용서하십시오……. 어쩔 수 없이 당신을 죽여야만 합니다.

    (눈을 닦는다.)

왕 우느냐? 뉘우쳤느냐? 애야, 부탁이니 사라져 다오.

천사 안됐지만, 어쩔 수 없습니다.

왕비 (기둥 뒤에서 갑자기 나타나) 붉은 머리, 죽여라!

왕 (혼신의 기운을 내어 징을 울리고서는 숨이 막힌 목소리로 고함을 지른다.) 사람 살려!

문이 열리고 검둥이가 나타난다. 그러나 꼼짝 않고 서 있다.

왕 내 충직한 종아, 도와 다오!

검둥이는 팔짱을 낀 채 웃는다. 천사가 왕의 머리 위로 올가미를 씌우고 목을 졸라맨다. 왕은 눈이 튀어나온 채로 천사를 노려보다 갑자기 그가 자기 아들임을 알아보고 숨이 넘어가며 쉰 외침 소리를 낸다.

왕 아들아!

    (그는 쓰러져 죽는다.)

천사 (조용히, 죽은 사람을 바라보며) 사람 죽이는 일이 이렇게 쉬운 줄 몰랐다.

왕비 (천사를 열렬히 껴안으며) 그대가 마음에 든다! 그대가 그

처럼 강하고, 그처럼 유순하고, 그처럼 확실할 줄 몰랐다. 사막
의 사자 사냥꾼들처럼 말이다. 내 사랑스러운 아들!

왕비가 천사의 머리를 두 손으로 붙들고 입에 키스를 한다. 검둥이는 기둥
뒤로 물러나 손으로 눈을 가린다. 천사가 왕의 시체를 보고 놀라 물러선다.

천사 내 사랑 왕비님, 잠시만요. 죽은 자가 우리를 보지 못하도록
눈을 감기겠습니다.
왕비 아냐, 안 돼. 보라고 해.
   (천사를 열렬히 껴안는다.)
   오랜 세월 너를 기다렸다, 내 아들아. 잘 왔다!
천사 내 사랑, 당신을 만나게 되어 기쁩니다.
롯 (기둥 뒤에서 기쁜 듯이 나타나) 불의 위대한 두 연료 앞에 절
하고 경의를 표합니다.
천사 (화를 내며) 이빨도 없는 당신의 그 입 좀 닥치시오! 이제 지
겹다! 이제 당신을 그만 보고 싶소.
   (검둥이에게)
   이리 와서 허리를 굽혀 선왕을 정중히 일으키라. 포도원에 있
는 아들 무덤 옆에 땅을 파고 그곳에 묻어라.

검둥이가 몸을 굽혀 왕의 목에서 올가미를 푼다.

천사 목에서 올가미를 풀지 마라. 올가미도 같이 묻어. 올가미도
같이 죽게 해라. 그리고 모두 들으시오. 포고령을 내리겠소. 과
거는 과거요. 나는 이제 똑바로 앞만 보겠소. 이미 일어난 일에
대해서는 누구도 입에 올리지 않게 하시오. 지난 일은 다 지워

소돔과 고모라 **247**

버렸소! 롯, 듣는가. 그리고 왕비, 당신도? 지난 일은 다 지워
버렸소!

왕비 (천사를 열렬하게 껴안으며) 마음대로 해. 마음대로, 내 아
들아. 이리 와봐. 달이 어두워져서 아무도 우리를 보지 못해. 이
리 와!

  (롯과 검둥이를 향하여)

  가거라, 두 사람 다.

천사 (왕비를 껴안은 채 그녀를 무대 뒤로 끌고 간다.) 오시오……
하늘과 땅만으로는 충분하지 않았어. 하지만 당신의 젖가슴은
충분하고 남아. 당신의 젖가슴을 만지니 힘이 생기고 아무도 두
렵지 않소. 이리 오시오……

  (어둠 속으로 사라진다.)

롯 참으로 강하고, 참으로 포악하고, 참으로 당당해졌다! 얼굴이
변하고 눈에서는 불꽃이 튄다. 목소리도 변했어. 오, 전능하신
이여, 누구도 당신의 뜻을 거스르지 못하나이다. 당신은 무섭고
간교한, 검은 암흑이십니다.

  (검둥이에게)

  검둥이, 세상이 보이지 않도록 눈을 가려라. 들리지 않도록
귀를 막아라. 불꽃 머리 천사가 어둠 속에서 암소를 올라탄 황
소처럼 울부짖는구나.

갑자기 무시무시한 천둥소리가 들려온다. 땅이 흔들린다. 천사가 화를 내며
어둠 속에서 뛰쳐나온다. 그는 롯을 노려본다.

천사 왜 웃고 있소? 천둥소리를 듣지 못했소? 하늘이 위에서 으
르렁거리고 있어.

롯 난 기쁘오. 기뻐, 반역아 붉은 머리. 맞아, 하늘에 계신 하느님
이 으르렁대고 계셔. 그분도 기뻐하시는 거야! 자신의 뜻이 이
루어지고 있으니까. 당신은 왕을 죽였고, 왕비에게 달려들어 품
에 안았어! 다 좋아! 이제 드디어 소돔과 고모라가 재로 변하는
거야.

천사 그 뻔뻔한 입 좀 닥쳐! 하느님 소리는 하지도 마. 알았나. 나
는 내 모든 기억을 뿌리째 뽑아 버렸으니까. 내가 어디에서 왔
는가? 내가 어디로 가고 있는 중인가? 내가 누구인가? 이제 이
런 것들 따지고 있을 시간이 없다. 천둥소리 듣지 못했나? 롯
노인, 우린 싸움 중이야! 나는 소돔과 고모라를 보호할 것이다.
내 것이니까! 불에 타도록 두지 않겠다!

왕비가 흥분한 모습으로 나타난다. 천사에게 열렬히 몸을 던진다.

왕비 내 아들아, 왜 내 곁을 떠났지? 내가 팔을 벌렸는데 넌 빠져
나가 날 두고 가버렸어. 놀랐었니?

천사 왕비, 껴안고 있을 시간이 없소. 이 적은 무서운 적이오. 시
간이 거의 없소. 나를 놓아주시오.

(시체를 끌고 출입구 쪽으로 가는 검둥이를 향하여)

그냥 여기 두어라. 죽은 자는 바쁠 일이 없다. 산 자는 기다릴
수 없지만. 망루로 뛰어 올라가 고둥 나팔을 불어 알려라. 새 왕
이 즉위했다고.

검둥이는 허리띠에서 고둥 나팔을 풀어 들고 서둘러 퇴장한다.

왕비 (완고하게) 붉은 머리, 내가 보기에 그대는 너무 지나치게

서두른다. 왕좌는 누구 것이지? 그대 부모의 것? 물어보지도 않고 차지할 것인가? 나에게도 물어보아야 한다! 그런데 이제 그대는 나를 돌아보지도 않는구나…… 내 사랑…….

천사 왕비, 팔을 놓으시오. 방해하지 말아요. 나는 또 하나의 계단이 존재한다는 걸 아오. 살인의 계단보다 훨씬 높고, 훨씬 어려운 계단 말이오. 올라가게 비켜서시오. 이젠 신과의 전쟁이오. 그게 네 번째 계단이오!

왕비 나도 그대와 함께 그 계단에 오르겠다! 나도 사자 사냥을 해왔다.

천사 적은 아주 무섭소, 왕비. 사자보다 훨씬 무섭소. 그리고 시간이 부족하오.

왕비 위대한 영혼에게 시간이 부족한 법은 없다. 우리에게는 시간이 있다, 붉은 머리.

천사 롯 노인, 손을 그렇게 비비지 마시오. 좋아하지 마. 망할 놈의 선지자 머리로 당신은 잘 알겠지. 구원이 없다는 것, 전쟁은 이미 졌다는 것 말이다. 하지만, 그래도 우린 싸운다!

롯 우리가 어떻게 하느님과 싸운단 말이오, 붉은 머리? 기도로? 하느님은 듣지 않소. 회개하여? 너무 늦었소. 도망을 가? 우리가 어디로 갈 수 있겠소? 어디로 가든 우리는 하느님 손 안에 갇혀 있소. 우리가 어디에 숨을 수 있겠소? 우리가 무엇을 붙들고 있을 수 있겠어? 붉은 머리, 인간에게선 냄새가 나오. 악취가 나지. 그래서 어디에 숨어도 하느님의 사냥개들이 — 지진, 화재, 콜레라 같은 것들이 — 냄새를 맡고 찾아내고 말아요. 구원의 길이 딱 한 가지 있소. 빛이 가득한 자유의 나라로 들어서는 문이 있소. 당신은 그걸 알고 있고, 나도 그것을 알고 있소. 그래서 나는 지금 이처럼 차분한 거요.

천사 신에게 저항하는 방법이 딱 하나 있다. 나는 그것에 온 희망을 걸어 보겠다.

롯 딱 하나 있다고? 그게 뭐요?

천사 인간의 정신이다.

롯 맞아요, 맞아! 하느님이 정신을 창조한 것은 바로 그 때문이오. 자기에게 저항하라는 것이오! 하지만 그것도 추락하고 말겠지!

천사 추락하라지. 하지만 높은 데서 추락할 거요. 인간이 그보다 더 위대한 승리를 기대할 순 없소. 그 이상은 필요 없어. 더 망신스러운 쪽이 승리자지.

롯 기백이 당당하오. 그대의 경멸하는 듯한, 희망을 버린 말들이 맘에 드오. 그럼 전진하는 거요. 싸웁시다. 그리고 멸망합시다.

검둥이가 부는 나팔 소리가 요란하게 들려온다.

롯 들어 보시오. 검둥이가 망루에 올라 고둥 나팔을 불고 있소. 당신은 왕이오. 당신의 칼 때문만이 아니라 ── 누가 아오 ── 당신에겐 권리도 있소. 내가 보기에 당신은 왕이 될 권리도 있는 것 같소.

　(왕비를 향해 돌아서며 빈정거리듯 미소 짓는다.)

　왕비님, 들으셨나요. 왕의 마지막 외침 소리를? 목에 끈이 감기자 눈알이 튀어나오면서…….

왕비 조용히 하시오!

롯 왕은 공포심에 가득 차 우리의 붉은 머리를 바라보다가 갑자기 그가 누구인지 알아본 듯 쉰 목소리로 소리 질렀소…….

왕비 (그의 입을 막으려고 화를 내며 달려가서) 아무 소리도 못

들었다······ 아무 소리도······. 망할 놈의 늙은이, 입 닥치지 못할까!

롯 왕은 소리 질렀습니다. 〈내 아들아!〉 하고.

천사 (화를 내며) 내가 두 번째로 죽일 자는 당신이다. 이 뻔뻔한 주둥이! 하지만 지금은 전쟁 중이오. 달려가시오. 시간을 잃지 맙시다. 마법사들을 빨리 성문으로 나오게 하여 산불을 끄는 법, 끓는 물을 내뿜는 샘들을 막는 법, 땅의 요동을 진정시키는 법을 생각해 내도록 하시오. 이것은 나의 왕국이오. 나는 이 왕국과 고통을 함께하오. 신이 마음을 정했으니 나도 마음을 정한 거요! 지금까지 나는 하늘을 향해 두 팔을 들어 올려 신에게 빌었소. 하지만 신은 대답하지 않았소. 나는 이제 나의 두 손을 땅에 단단히 박아 힘을 모을 것이오.

롯 힘을 모으시오, 불꽃 머리 천사, 나의 왕이여! 당신은 땅에 발을 내디뎌 기괴할 정도로 강해졌소. 하지만 하느님의 욕망이 아직 또 하나 남아 있소. 왕비와 자는 것이오. 그의 뜻을 이루어 승리의 잔이 넘쳐흐르도록 하시오. 갈 데까지 가시오. 이건 외길이오.

롯이 떠난다. 천사와 왕비만 남는다. 기둥들에 건너편 산들이 내뿜는 불길이 점점 더 많이 비치기 시작한다. 땅 밑에서 커다랗게 우르릉거리는 소리가 들려온다. 왕비는 격정적으로 천사에게 다가가 허리를 붙든다.

왕비 붉은 머리, 들리는가? 땅의 밑바닥에서 황소가 우르릉거리고 있어.

천사 황소가 아니라 하느님이오. 그의 목소리를 아오. 그가 우르릉거리면서 나를 부르는 거요. 그는 싸울 준비가 되어 있고 나도 준비가 되어 있소. 나는 가오!

왕비 잠깐만. 신과 우리 사이에 아직 잠깐의 시간이 있어요. 우리 뒤에는 죽음이 있고, 우리 앞에도 죽음이 있어요. 아직 우리에게 남아 있는 이 순간에 무엇을 할까요, 내 사랑 붉은 머리? 마음을 정하세요. 난 이미 정했어요.

천사 왕비, 나도 내 피가 부르짖고 있는 걸 느끼오. 신이 부르짖고 있는 것처럼 말이오. 나도 마음을 정했소.

왕비 왕비라고 부르지 말아요. 내 사랑이라 불러요.

천사 내 사랑, 당신 가슴이 풍기는 향기에 취해 나는 내가 어디에서 왔는지를 잊어버렸소. 당신을 바라보고, 당신을 만지고, 당신 가슴에서 올라오는 기분 좋은 온기를 느끼고 있자니 정녕 내가 진정한 내 나라로 돌아오고 있는 것 같소.

왕비 어두워져서 아무도 우릴 못 봐요. 이리 와요……. 또 누가 본다 해도 무슨 상관이에요? 우리는 왕족이니 개들처럼 얼마든지 짝 지을 수 있잖아요……. 어서요!

천사가 왕비의 가슴을 만지려고 손을 뻗는 순간 땅이 흔들리며 기둥들이 삐딱하게 기울어지고 연기가 공중에 꽉 차기 시작한다. 천사가 놀라 뒷걸음치고 왕비가 쫓아간다.

왕비 괜찮아요, 내 사랑. 놀라지 말아요. 우리 발밑에서 땅이 무너져 내리고 있어도 한 조각은 남아 있을 거 아니에요. 아직 시간이 조금 남아 있어요……. 어서요!

천사 남은 시간이 없소! 난 싸워야 하오. 날 두고 가시오.

왕비 널 떠나지 않을 거야. 다시는! 절대! 널 떠나지 않아. 잠시만, 잠시만…….

왕비가 그를 붙든다. 그들은 쓰러져 땅바닥에 구르면서 서로의 팔에 안겨 버둥거린다. 연기가 짙어지고 벼락 떨어지는 소리가 무섭게 들려오는 것으로 보아 화산이 터진 듯하다. 천사는 벌떡 일어나 붉은색의 긴 창을 거머쥐고 뛰쳐나간다. 왕비도 소리 지르며 뒤쫓아 달려간다.

왕비 나도 같이 갈 거야!

룻과 라헬이 헐떡이며 흥분한 모습으로 뛰어 들어온다. 라헬은 어깨에 담요를 걸치고, 룻은 검은 술 단지를 들고 있다.

룻 라헬, 우린 끝장났다! 보았니? 산이 불을 토해 내고 있어! 재와 불붙은 돌들이 집 위로 억수같이 쏟아지고 있어.

라헬 내 정신 좀 봐. 금 접시를 가지러 뛰어 들어갔다가 담요를 꺼내 왔네.

룻 난 술 단지를 가져왔어. 우리, 어디로 가지? 어디에 숨지? 우린 끝장났어!

라헬 될 대로 되라지 뭐. 그런데 내 배 속에 조그만 물방울 같은 게 하나 있는 것 같아. 천사의 씨앗인가 봐. 걱정이라면 그 아이가 걱정이야.

룻 나도 그래! 나도!

문이 열리고 검둥이가 뛰쳐나와 사방을 두리번거리다 왕비가 보이지 않자 도끼를 집어 들고 달려 나간다. 룻과 라헬은 제일 높은 계단으로 올라가 아래의 도시를 내려다본다. 그들은 산이 불길을 내뿜고, 나무가 촛불처럼 타오르고, 사람과 동물들이 공포에 사로잡혀 달아나는 모습을 본다.

룻 저 봐, 악을 쓰면서 도망가는 사람들 소리를 들어 봐. 짐승들 도 사람들을 따라 달려가면서 울부짖고 있어. 아, 나무들에도 불이 붙고, 정원들이 타고 있어.

라헬 불길이 이제 곧 시내에도 닿을 거야! 우린 끝장났어!

룻 겁내지 마. 도시의 철문들을 다 걸어 잠갔어. 마법사들이 줄줄 이 나갔으니 불길이 들어오게 하지는 않을 거야.

라헬 저기 붉은 머리야! 저 봐, 저기 연기 속에 있는 거 보여? 저 기 창을 들고 철문 위에 서 있잖아.

무시무시한 지진 소리가 들려온다. 자매는 뒤로 넘어지며 비명을 지른다.

룻 아이고 하느님, 용서해 주십시오. 저는 죄를 지었나이다! 죄를 지었나이다! 이제야 진실을 똑똑히 알게 되었습니다. 하느님은 계십니다! 제 아들을 살려 주십시오!

라헬 오, 주님, 설령 당신이 존재하지 않는다 하더라도 제 아들만 살려 주신다면 제가 당신을 만들어 내겠나이다.

룻 내가 아들을 낳고 네가 딸을 낳는다면, 라헬, 그 둘을 짝 지어 서 이스라엘 종족이 없어지지 않도록 하자. 반항자의 씨앗이 없 어지지 않도록 하자고!

라헬 없어지지 않을 거야, 없어지지 않아! 내 배 속에서 누군가 소리를 지르고 있어. 〈어머니, 잘 버텨요, 잘. 나도 잘 버틸게 요. 겁내지 말아요〉 하고. 틀림없이 내 아들이야.

방울 소리가 들린다. 빠르게 다가오고 있다.

룻 누가 오는 거지? 낙타 소리가 들리고 방울 소리도 들려.

(벌떡 일어나 살펴본다.)

아브라함 노인이야! 라헬, 일어나! 하느님이 우리를 가엾게 여겨 노인을 보낸 거야. 여기 왔어!

라헬 이제 살았어! 내 사랑스러운 아이, 우린 살았어!

아브라함이 등장한다. 여자들이 달려가 그의 손에 입 맞춘다.

룻과 라헬 할아버지, 살려 주세요! 살려 줘요! 하느님이 할아버지를 보내셨어요.

아브라함 룻은 어디 있느냐? 이제 하느님이 찾으시니 사라지고 없구나!

룻 아까 저희가 올 때 보니 연기 속을 돌아다니시던데요. 거리를 뛰어다니면서 문을 열어젖히고 동물들을 풀어 놓고 계셨어요. 남자고 여자고 사람들은 안중에도 없었고요. 낙타나, 양이나, 소들만 돌보았어요. 새장을 열어 찌르레기랑 오색방울새랑 다 내보냈어요. 무서워서 미쳐 버렸나 봐요.

라헬 그런데 할아버지는 여기에 어떻게 오셨죠? 불이 무섭지도 않았나요?

아브라함 내가 왜 불을 무서워해야 한단 말이냐? 하느님의 손이 내 위에 있어 나를 보호하시는데. 불은 없다. 죄인만이 있고, 죄인만이 불에 탄다.

룻 할아버지, 저희를 데려가 주세요. 할아버지의 하느님이 보호해 주시는 곳으로 저희를 데려다 주세요.

아브라함 그만 됐다! 냉큼 달려가서 룻을 데려오너라. 하느님은 오래 기다리시지 못한다. 새벽이 가까워졌다.

룻과 라헬 갈게요!

(그들은 황급히 달려 나간다.)

아브라함 주여, 왜 저를 불길 속으로 보내 롯을 구하려 하시는 겁니까? 왜 갑자기 롯을 구하기로 결정하셨습니까? 그놈은 의롭지 않습니다. 거짓말쟁이입니다. 살인자입니다. 그놈은 딸들과 잤습니다. 그놈은 저를 속여 먹었고, 그걸 모르고 저도 당신께 거짓을 고했습니다. 그놈은 필요 없습니다! 불에 타게 두십시오! 그놈이 계속 당신의 천사를 죄악에 빠뜨리는 걸 보시지 않았습니까? 처음에 그놈은 당신의 일깨움을 잘 따랐습니다. 천사에게 손을 내밀어 술도 마시지 못하게 하고, 여자도 건드리지 못하게 했습니다. 하지만 나중에는 줄곧 두 손으로 천사를 벼랑으로 밀어붙였습니다. 그런데 당신께서는 저를 보내 그놈을 저 큰 불길에서 빼내 오라 하십니다. 주님, 저는 당신의 뜻을 모르겠습니다. 당신의 생각을 좀 들여다볼라치면 머리가 어질어질 해집니다. 주님, 보이지 않는 폭포에서 들려오는 저 무서운 우렛소리, 무시무시한 어둠, 시체를 뜯어 먹는 잔혹한 독수리들이 당신의 벼랑 너머로 날아가고 짐승들이 바위에서 바위로 뛰어 다니면서 으르렁거립니다! 저는 눈을 감고 귀를 막습니다. 제 뻔뻔한 주둥이도 봉해 버리겠습니다…… 벌써 불경스러운 말을 지껄이기 시작했으니까요…… 주님, 뜻대로 하옵소서.

롯이 등장한다. 화가 나고 슬퍼서 금방이라도 눈물을 터뜨릴 것 같은데 간신히 참고 있다. 그의 두 딸이 뒤를 따르고 있다.

아브라함 왜 네 걸음이 그처럼 한가롭냐? 보지 못하는가? 듣지 못해? 그분이 오셨다! 하느님께서 오셨어! 세상의 종말이 왔다!
롯 이제 와서 저에게 뭘 원하는 겁니까, 늙어 빠진 양처럼 매매거리는 양반? 우리에게 도대체 무슨 닮은 점이 있다고 저를 졸졸 따라다니는 겁니까?

아브라함 서둘러라, 망할 녀석. 너에게 할 말이 있다.

롯 소리치지 말아요, 고매하신 영감님. 제가 걸음을 서두르지 않고 있는 건 작별 인사를 건네고 있는 중이라 그렇습니다. 곧 죽어 갈 이 불쌍한 것들을 보고, 듣고, 만져 보고 싶은 겁니다. 그런데 아, 그럴 여유가 없구나…… 잘 가라! 잘 가! 울음이 터질 것만 같구나. 하지만 영감님 앞에서는 싫소! 가십시오!

아브라함 거룩하신 하느님께서 너를 살리라고 나를 보내셨다. 너와 네 딸들을 말이다.

롯과 라헬 (기뻐 소리 지르며) 머리 숙여 그분의 자비에 경배 드리나이다.

아브라함 하느님께서 날 보낸 이유를 들었느냐? 왜 딴 곳을 바라보고 있느냐?

롯 그분께 안부 전해 주십시오. 하지만 전 안 간다고 전하세요.

아브라함 구원을 거부한단 말이냐?

롯 거부합니다. 전 가지 않습니다. 딸년들이나 데려가십시오. 데려가세요. 배 속에 알들이 바글바글하니까. 하느님의 날개 밑에 넣어 알을 까게 하십시오! 노예들도 까고 노예의 새끼들도 까서 세상을 다시 꽉 채우십시오!

아브라함 가지 않겠다? 하느님의 뜻을 거부하는 거냐? 왜 땅에 엎드려 그분께 감사드리지 않는단 말이냐? 하느님의 선하심이 자신의 공정함을 이기셨다. 그분께서는 나더러 너를 불길에서 빼내 오라 하셨다. 살인자, 거짓말쟁이, 근친상간을 한 죄인을 말이다! 그래서 여행길에 필요한 낙타들과 물 두 부대를 가져왔다. 빵하고 꿀도.

롯 저에게도 영혼이 있습니다. 가서 말하세요. 가지 않겠다고! 여러 해 동안 저는 그분에게 〈저를 태워 달라〉고 소리쳤습니다. 그래서 이제 제가 불러온 불이 저에게까지 왔는데, 그분이 저를 태우려고 하지 않는단 말입니까?

아브라함 네가 그분에게 소리쳐 태워 달라고 한다고 해서 그분이 너를 태우진 않는다. 〈주님, 살려 주시오〉 하고 소리치는 사람들, 그런 사람들이 타 죽을 것이다. 하느님께서 하시는 방식이 그렇다. 비뚤어지고, 불투명하고, 구덩이와 돌투성이다. 하느님의 벼랑을 내다보려 하지 마라. 그랬다간 거꾸로 떨어지고 말 것이다.

롯 아브라함 어르신, 전 이미 벼랑 너머를 내다보았습니다. 내다보았어요. ……그리고 이미 늦었습니다. 전 벌써 떨어졌습니다. 떨어졌어요. 이미 밑바닥에 이르렀습니다. 하지만 거기에서 또 한 번 용기를 냈습니다. 그분께 대항하여 머리를 쳐들었습니다. 저는 그분의 연민을 거부합니다. 전 타 죽고 싶습니다! 저는 저에게서 이 몸뚱이를 내던져 버리고 싶어 마음이 급합니다. 더러워진 옷을 벗어 내던져 버리듯이 말입니다.

아브라함 마음이 급하다고, 반항하느라고?

롯 마음이 급합니다. 사람들 말처럼 제가 불사의 영혼을 가지고 있다면, 그걸 당장 하늘에 보내 그분을 찾아가게 하여 재고를 부탁할 것입니다. 그리고 만약 제 영혼이 불사의 영혼이 아니라면, 제 살과, 머리카락과, 뼈와 함께 타게 두어야죠. 저는 이제 하느님의 손에 놀아나는 노리개 노릇을 하는 데 지쳤습니다. 고매하신 영감님, 저는 이제 넌더리가 납니다. 제가 찾는 건 자유입니다!

아브라함 가증스럽구나! 그런데 거룩하신 분이 너를 구하시고 싶어 하시다니! 나는 소리 질렀지만 소용없었다. 〈그놈을 태워 죽이십시오! 그놈은 일곱 마리 뱀에 둘러싸여 있습니다. 다들 독사입니다! 주님, 그놈이 불에 단 인두로 제 몸에 일곱 차례 낙인을 찍은 것은 당신의 이름이 아닙니다. 일곱 가지 죄를 제 몸에 새겨 넣은 것뿐입니다. 입을 쩍 벌린 채 긴 꼬리를 흔들며, 부끄러운 줄 모르고 가슴을 드러내 놓은 일곱 마리 고르곤[1]을 말입니다. 주님, 그놈에게서 무엇을 원하십니까? 태워 죽이십시오〉하고 말이다. 하지만 그분은 나에게 말씀하셨다. 〈녀석이 마음에 든다. 녀석은 투사다. 녀석은 늘 헐떡거리고, 불경스러운 말을 내뱉기는 하지만 점점 높은 곳으로 올라간다……. 그놈은 싸운다! 녀석의 덕은 커다란 고통이 따르는 노력이다. 녀석의 죄 또한 커다란 고통이다. 일곱 가지 죄악은 녀석의 심장에 박혀 있는 일곱 개의 칼이다. 가서 녀석을 나에게 데려오라. 나는 녀석을 효모처럼 서서히 길러 주고 싶다〉라고.

롯 (분노하며) 나를 효모처럼 서서히 길러 주고 싶다고? 그러면 인간의 고통은 도대체 끝이란 게 없게? 그게 〈거룩하신〉 분이 원하는 거란 말이오? 그렇소? 난 필요 없어. 가서 말해요! 넌더리가 나.

아브라함 너도 천사처럼 고개를 들고 하느님께 대들겠단 말이지? 애석하다! 천사처럼 너 역시 머리 위에서 하느님의 칼을 느끼겠단 말이지?

롯과 라헬 할아버지, 하느님께서 우리 붉은 머리를 죽였나요?

아브라함 내가 여기 올 때 보니 그자가 왕비랑 나란히 성의 철문 위에 서 있었다. 그 앞에서 검둥이가 도끼로 허공을 휘젓고 있

---

1 그리스 신화에 나오는 괴물 모습의 마녀.

더라. 왕비는 예복을 벗고 머리도 풀어 버린 모습이었다. 사납게 산을 노려보면서 입에 거품을 문 채 주문을 외우고 있었다.

롯 이 노망한 늙다리 양 같은 양반, 나도 보았소이다. 나는 왕비를 보고 경탄했습니다. 나도 그곳에서 성문 너머를 내려다보는 기분이었습니다. 내 영혼도 싸우고 있었습니다.

아브라함 그렇게 감탄할 것 없다. 잠깐 이야기 좀 들어 봐라. 갑자기 산의 아가리에서 불꽃이 혓바닥처럼 튀어나왔다. 그것이 왕비의 머리를 움켜쥐고 온몸을 휘감자 머리카락이 활활 타버렸다. 그러고는 당장 두 눈알이 빠져나오고 살이 갈라지고 뼈가 튀어나왔다 — 그런 다음 몸뚱이는 기다란 초처럼 타기 시작했다. 왕비는 꼿꼿하게 타버린 숯 기둥이 되어 버렸다. 검둥이가 돌아서 왕비를 보고 무소처럼 울부짖더니 왕비를 팔에 안고 달아나려 했다. 하지만 바위 덩이가 날아들어 녀석의 골통을 박살내자 그대로 쓰러져 죽어 버렸지. 팔에 시커먼 숯덩이를 안은 채 말이다.

롯 아브라함 어르신, 저를 겁주고 싶은 모양이군요. 하지만 그럴수록 제 심장은 더 강해지고 분노로 끓어오를 뿐입니다. 저는 왕비를 한 번도 사랑한 적이 없고, 그 검둥이 환관도 마찬가지입니다. 하지만 지금은 그들에게 두 손을 벌리고 소리칩니다. 「용기를 내라. 동지들이여! 나는 그대들 편이다!」

아브라함 가증스러운 인간!

롯 할아버지, 그런 말 들으실 것 없어요. 듣지 마세요. 저분은 사랑할 줄 모르는 사람이에요. 고통도 못 느껴요. 애도 못 낳고요. 하지만 우린 사랑하고, 고통을 느끼고, 애도 낳고 싶어 해요. 가세요. 저희를 하느님의 지붕 아래 데려다 주세요. 도망가요. 구원을 받아요! 할아버지, 봐요. 불길이 다가오고 있어요. 시내까지 다 왔어요!

롯 (도취한 듯 두 손을 뻗으며) 용기를 내라, 동지들이여! 나는 그대들 편에 서겠다!

롯 그런데 붉은 머리는? 할아버지, 붉은 머리는 어떻게 됐어요? 그일 봤나요? 그이도 죽었어요?

아브라함 그 저주받은 인간은 성문 위에 꼿꼿이 서서 하늘을 향해 창을 던지고 있었다. 창을 공중에서 낚아채 다시 내던지곤 하면서. 그자는 말도 하지 않고, 신을 욕하지도 않고, 싸움만 했다. 옷은 다 타고 벌거벗은 몸이 되어 있었다. 그자는 왕비를 돌아보지도 않았다. 그저 머리 위의 하늘만 쳐다보면서 창을 더 높이, 더 높이 내던질 따름이었다. 나는 잠시 걸음을 멈추었지 ― 그처럼 사납고 그처럼 저주받은 아름다움은 내 평생 본 적이 없었다. 루시페르가 하느님에 대항하여 손을 들었을 때 틀림없이 그와 같았을 것이다. 그러다 그 순간 ― 주님, 당신은 전능하십니다 ― 나는 기적을 보았지!

롯 (놀라움에 도취되어) 말하세요, 아브라함 어르신, 말해요, 고매하신 노인네! 제 영혼이 만약 죽지 않는다면 그자의 영혼처럼 되고 싶소이다!

아브라함 불경스러운 말은 하지 마라!

롯 전 불경스러운 말을 하고 있는 것이 아니라 기도를 하고 있는 중입니다.

롯 할아버지, 무슨 기적이오?

라헬 빨리, 빨리요. 불이 올라오고 있어요!

아브라함 하늘에서 불 칼이 내려와 천사를 머리에서 발끝까지 두 쪽 내었다……. 그런데 별안간 그 두 쪽이 살아서 튀어 오르더니 두 명의 천사가 되어 계속 싸웠다. 그러는 사이 불 칼이 또 쏜살

같이 내려와 두 천사를 또 두 쪽으로 갈라놓았다. 그랬더니 두 천사는 이제 넷이 되었지. 칼이 또 내려왔다. 넷은 여덟이 되었다. 여덟은 열여섯이 되었고, 열여섯은 서른둘이 되었어……. 그래서 눈 깜짝할 사이에 불 속은 싸우는 천사들로 꽉 차고 말았다!

롯 잘했어, 붉은 머리. 잘했어, 불굴의 기백이야! 기개란 바로 그런 것이야! 어, 전능하신 하느님, 이걸 아시면 좀 괴로우실 겁니다. 자유혼이 여기 땅 위에 산다는 것 말입니다. 자유혼은 당신을 바라보면서 당신이 자기를 속여 먹을 수 없다는 걸 알고 있다는 것 말입니다! 죽이십시오, 전능하신 분. 죽일 수만 있다면 죽이세요!

아브라함 좋아하지 마라, 저주받은 두뇌야. 보아라. 하느님의 불길이 이미 통과했다. 휘익 소리를 내면서 말이다. 이제 성문을 통과하여 흙벽들로 번지고 있다 ─ 도시에 온통 불이 붙었다! 보아라, 봐. 너희 돌집이 무너지고 있다. 너희 망루가 당당했던 머리를 수그리고, 하느님의 혀가 그것들을 핥고 있다. 샅샅이 핥으면서 집어삼키고 있다!

그들은 불길이 성문으로 들어서 도시를 핥고 있는 것을 지켜본다. 롯은 몸을 잔뜩 내밀어 그 광경을 오랫동안 말없이 지켜본다. 별안간 그가 뛰어오르며 소리친다.

롯 용기를 내라! 잘했어, 용감한 청년들! 나는 그대들과 같이 간다!

(그가 돌아서 가려 하자 아브라함이 어깨를 움켜쥔다.)

아브라함 저주받은 인간아, 어디를 가느냐? 너는 나랑 같이 가야 한다. 원하든 원하지 않든 말이다. 하느님의 명령이다!

롯 아브라함, 날 붙잡지 마시오. 나는 싸우다 죽고 싶소.

아브라함 롯, 마지막으로 내가 하느님의 이름으로 너에게 명령한다! 가자. 도망가자.

롯 싫습니다!

롯 살고 싶지 않은가 봐요. 할아버지, 내버려 두세요. 불길이 점점 가까이 오고 있어요. 무서워요.

라헬 할아버지, 가요. 가자고요. 우리 아들들이랑 같이.

롯 (떨리는 목소리로, 도시를 바라보며) 잘 가라, 소돔과 고모라여. 너희는 사라졌다. 다시는 생겨나지 마라! 다시는! 다시는! 그만큼 버둥대고, 그만큼 머리를 쓰고, 그만큼 고통을 받았으면 됐다! ……재가, 모든 게 재가 되었다. 나는 이것을 받아들이지 않을 것이다! 나, 땅의 작은 전갈은, 주님, 무서운 독을 가진 꼬리를 꼿꼿이 들어 언젠가 당신을 죽일 것입니다!

아브라함 무슨 독 말이냐, 저주받은 인간아?

롯 〈싫다〉고 말할 수 있는 용기 말이오!

아브라함 내 아우 하란의 아들아, 내가 너에게 명령한다. 가자!

롯 싫습니다. 저는 이미 그분에 대항해 머리를 들었습니다. 나는 그분을 보았고, 그분을 알아보았습니다. 그분은 이제 나를 속여먹을 수 없습니다. 그분의 광채는 나에게 더 이상 영향을 미칠 수 없습니다. 나는 자유롭습니다!

아브라함 그분이 너를 죽일 것이다!

롯 죽이라지요! 자유의 대가를 값비싸게 치르겠습니다. 하지만 그럴 만한 가치가 있지요. 가세요. 제 딸년들을 데리고 빨리 가십시오! 그것들 안에는 알이 가득 들어 있어요. 아이들이, 거룩한 갈보들이 가득 들어 있어요! 잘 가시오, 고매하신 분. 잘 가라, 갈보들아. 잘 가라, 살과 뼈야. 그것들을 잘 소화시키십시오, 전능하신 분!

아브라함 일어서라. 그분께 대항하지 말고……. 뭘 찾고 있는 거냐? 소돔과 고모라는 이미 사라졌다. 한숨 쉬지 마라. 하느님께서 새 도시를 일으키실 것이다.

롯 그것들도 사라지겠죠. 그렇게 애써야 하는 이유가 뭡니까? 왜 그렇게 많은 순교가 필요해요? 왜요? 왜? 새 도시들도 불타 없어질 것입니다. 그리고 다른 도시들도…… 또 다른 도시…… 또 다른 도시도. 그리고 또 다른 롯이 탄식을 시작하겠지요…….

　　(갑자기 흐느껴 운다.)

아브라함 (롯의 딸들에게) 억지로라도 끌고 가자. 난 명령을 따라야 한다. 일으켜 세워라. 이 녀석 때문에 하느님을 기다리시게 할 수는 없다. 동틀 때까지는 소돔과 고모라를 재로 만들겠다 하셨으니까. 이제 새벽이다. 그놈을 땅에서 일으켜 세워라.

롯 (기둥을 부여잡고) 난 가지 않겠다고 그분께 말하십시오! 내가 소돔과 고모라라고 해요! 난 가지 않습니다! 그분 말이 난 자유롭다고 하지 않았나요? 자유롭게 선택할 수 있도록 나를 창조하셨다고 하지 않았나요? 그걸 자랑하기까지 하지 않으셨나요? 그럼 좋아요. 나는 내가 하고 싶은 대로 하겠습니다. 나는 가지 않는 걸 선택합니다!

롯 아버지, 우린 가요. 안녕히 계세요.

　　(술 단지를 집어 든다.)

라헬 아버지, 내 배 속의 아들이 아버지에게 〈안녕히 계세요〉 하고 소리 지르네요. 그럼, 안녕히 계세요. 우린 갑니다.

　　(어깨에 담요를 걸쳐 덮는다.)

롯 너희에게 내 축복과 저주를 함께 내린다. 불운하고 불쌍한 것들아! 너희에게 내 축복을 저주와 함께 내린다. 손자들과 증손자들, 불운하고 불쌍한 것들아! 삶의 수레바퀴가 다시 너희를 집어 태웠구나. 나는 마침내 그것에서 해방되었다!

아브라함 나는 네 일에서 손을 떼겠다. 우린 간다.

롯 잘 가시오. 고매하신 노인네. 잘 가시오, 말 잘 듣는 하느님의 양. 그리고 가서 당신의 주인에게 전해 주시오. 롯 노인이 안부 전한다고. 그리고 이렇게도 말해 주시오. 하느님은 정의롭지 않다고, 선하지도 않다고. 그는 다만 전능할 뿐이라고. 전능하지만 그뿐이라고!

막이 내린다.

쿠로스

등장인물

테세우스(아테네의 왕자), 선장, 아리아드네 공주, 미노스(크레테의 왕, 아리아드네의 아버지), 아테네의 여섯 청년, 아테네의 일곱 처녀

제1막

크레테의 크노소스 궁. 자정 무렵. 보름달이 떠 있다. 테세우스가 미궁 입구에 서 있다.

테세우스 사람들은 나를 씻기고 기름 발라 주었다. 나에게 백합과 크로커스의 관을 씌워 주었다. 젖가슴을 드러내고 머리를 늘어뜨린 여자들이 나를 둘러싸고 춤을 추었다. 그들은 악귀를 쫓는 신비한 주문을 웅얼거리며 뱀들이 휘감긴, 달빛 흥건한 두 팔을 뒤틀었다. 그리고 나는 이제 이곳에 섰다. 크레테의 벌거벗은 달빛 아래, 〈신비〉의 문 앞에. 나, 아테네의 왕자, 태양의 아들, 신성한 제물이.

나는 죽음의 문까지 인도되어 왔다. 일곱 명의 노인, 늙은 환관(宦官)들이 촛불을 켜 들고 내 앞에 서고, 향수를 짙게 뿌린 일곱 명의 부인, 위대한 여신들을 모시는 젖가슴 풍만한 여사제들이 나의 뒤를 따랐다.

그들은 느릿느릿 나를 안내했다. 계단에서 계단으로, 층에서 층으로. 성채들이 내 좌우로 흘러 지나갔다. 안마당과 테라스와 여인들의 거처, 그리고 세상의 모든 대양과 해안들이며 바람 속

모든 새들이 그려진 프레스코 벽화들을 지났다.

　나는 나지막하고 튼튼한, 검정 기둥머리에 자주색 칠을 한, 향내 나는 사이프러스나무 기둥들을 보았다. 이국적인 새들과 원숭이와 자고새들, 양날 금동 도끼들,[1] 이름을 알 수 없는 저주받은 나무들이며 부끄럼 모르는 꽃들로 가득 찬 벼랑 위의 정원들, 향기와 악취, 땅 밑의 신음과 탄식, 땅 위의 노래와 웃음, 어둠 속에 숨어 기다리며 번뜩이는 여우의 눈들…… 이 모든 것들이 나를 무섭게 했고 혼란에 빠뜨렸다.

　하지만 오, 햇빛에 흠뻑 젖은 난공불락의 아테네 암벽이여, 난 너의 기억을 마음속에 굳게 간직했다. 그리고 하나의 신, 젊음 넘치는 나의 신을 가슴에 품었다.

　그들은 나에게 독한 미약(媚藥)을 주어 마시게 했다 — 하지만 내겐 소용이 없었다. 밤에는 곁에 누울 여자를 잠자리에 보내기도 했다 — 하지만 나는 여자를 건드리지 않았다. 결정적인 시간을 위해 쓰일 내 힘을 더럽힐 수는 없었다.

　그래서 지금 나는 침착하게, 약에 취하지도 않고, 동정을 잃지도 않은 채, 여기 서서 비밀의 열쇠를 지닌 그들의 왕이 오기를 기다리고 있다. 왕은 나에게서 무기를 빼앗고 문을 열어 주어 내가 하데스에 내려가 싸움을 시작할 수 있도록 해줄 것이다.

테세우스가 서 있는 땅 아래에서 기쁨에 넘쳐 부르짖는 소리가 들려온다.

테세우스　안녕하신가, 하계의 식인(食人) 정령이여. 그대가 멀리서 나의 냄새를 맡고 환영의 포효를 하는구나. 잘 있으신가! 마

---

1 양날 도끼는 크노소스의 상징이었다 — 원주.

침내 내가 여기 왔노라. 내 살에서 아직 바다 냄새 가시지 않았고, 내 입술에서 아직 내 나라 마른 밀 빵의 싸한 냄새와 떫은 올리브 맛이 가시지 않았다. 나는 그대 위에 있는 세계의 해와, 비와, 바람을 가득 안고 왔노라. 나의 가슴은 단단한 아몬드 열매, 깨무는 이빨을 부러뜨린다. 나는 그대의 이빨을 부러뜨리리라!

그대가 축축한 어둠 속에서 아가리 쩍 벌리고 입맛을 다시며 나를 기다리고 있는 줄 안다. 진흙투성이의 털북숭이 사악한 짐승이여. 어떤 사람들은 그대가 원래 벌레였다고 한다. 너무 많이 먹은 탓에 지나치게 커져서 지금과 같은 야수가 되었다는 것이다. 어떤 사람들은 그대가 하계의 왕이라 하고, 꾸부러진 뿔이 달린 황소 머리를 가졌다 한다. 또 어떤 사람들은 그대를 신으로 경배한다. 나는 아무 말도 믿지 않는다. 나는 내려가 싸우고 스스로 판단할 것이다. (침묵)

결정적인 시간이 내 머리 위에 칼처럼 걸려 있다. 운명의 손이 저울을 내밀고 달빛 속에서 사악한 말들을 중얼거린다. 저울의 오른쪽에는 복 받은 거대한 제국이 놓여 있다. 황소들에 짓밟힌 제국, 부패의 악취를 덮으려고 그럴듯하게 치장하고 향수를 뿌린 제국이다. 저울 왼쪽엔 내가 홀로 있다. 눈을 가려 햇빛 피하며, 올리브나무들 저쪽 내 나라로 열리는 저 서늘하고 푸른 입구, 멀리 바다를 바라보고 있다.

나는 소리 높여 외친다. 「가자, 오, 내 젊음의 소중한 친구여! 때가 되었다. 우리 둘은 함께 파멸하거나 함께 구원받을 것이다. 나를 도우라! 헤아릴 수 없는 파도에 올라타, 그대의 금발 고수머리를 물거품 위로 내밀라! 나를 보라! 나를 기억하라! 나는 테세우스다!」

어느 햇빛 가득한 정오에 나는 아티카의 빛나는 산호 해안에서 홀로 헤엄을 쳤다. 서늘한 태양이 머리 위에서 빛났다. 나의 뒤로는 나무들이 행복하게 살랑거렸고, 앞으로는 저 멀리 크레테 쪽으로 바다가 뻗어 있었다. 나는 언뜻 돌아보았다. 그대가 내 옆에서 나란히 헤엄치고 있었다! 내 힘은 당장 열 배로 늘어났다. 둘이 함께 껴안은 물 위로 힘차게 팔을 뻗어 물결을 가르며, 우린 서로 앞장서려 하면서 헤엄쳐 나갔다. 때로는 그대가 앞서기도 했다. 그러면 나는 온 힘을 다해 그대를 따라잡으려 했다. 그래서 내가 그대를 앞지르면, 그대는 다시 나를 따라잡으려 돌고래처럼 수면을 오르내리며 끈질기게 앞으로 뛰쳐나갔다. 그러면 나는 그대에게 손을 내밀곤 했다. 우리는 다시 친구로 돌아왔고, 더 이상 경쟁은 없었다. 파도가 말처럼 뛰어오를 때 우리는 물결을 가르며 나아갔고, 바다는 거품을 뿌리며 히힝거렸다. 늙은 포세이돈이 심해의 초록 동굴에서 솟아올라 대견스럽고 걱정스럽게 우리를 지켜봤다. 우리는 웃어 댔고 신들도 우리와 함께 웃어 댔다. 우리는 마침내 우리의 힘에 뿌듯해하며 물 밖으로 나왔다.

나는 뜨거운 산호 위에 누웠다. 그대는 선 채로 햇볕에 몸을 말리며 바다 쪽으로 얼굴을 돌리고 있었다. 친애하는 친구여, 나는 재빨리 머리에서 발끝까지 그대를 살펴보았다. 그때 내가 본 것이 얼마나 자랑스러웠는지. 황동 기둥 같은 두 다리, 근육질의 배, 소금 자국으로 덮여 햇빛에 반짝이는 억센 가슴. 그대의 목은 무적의 요새였다. 입맞춤이라곤 받아 본 적 없는 그대의 무서운 입술이 가만히 움직이더니 천천히 미소를 지었고, 미소는 온몸으로 번져 넘쳐흘렀다. 깊고, 내밀하고, 편안한 미소였다. 헤아릴 수 없는 세월 동안 잠을 즐기다 문득 깨어나 대양과 산들과 섬들과 외돛배들 ── 모두가 그대 소유인 것들을 다시 바라볼 때 짓는 미소처럼!

자부심에 가득 차 가만히 바라보고 있노라니 그대는 그대를 둘러싸고 있는 햇볕 가득한 세계를 모두 다 가지려는 듯 팔을 내뻗었다. 그대는 뭔가를 찾듯 머뭇머뭇 한 발을 들어 올렸다. 갓 돋은 날개의 힘을 시험해 보려는 것 같았다. 다음 순간 그대는 제 힘을 깨닫고 힘차게 박차고 나가 짙푸른 바람 속으로 사라지고 말았다. 하지만 그대는 내 마음속에 영원히 굳건하게 남아 있었다.

아, 내 나라로 돌아갈 날이 오리라. 내 돌아가면 우리의 산에서 바위 덩이 하나 캐내어 그대의 형상을 쪼아 새긴 다음, 내 소중한 친구여, 나의 왕궁에 그대를 나의 신이자 노예로 두리라! 그러면 그대는 다시는 떠나지 못하리! 우리 앞에 수많은 일들이, 많은 위업들이 기다리고 있다. 그런데 그것들을 한사코 외면하는 사람들이 있고, 그래서 아직도 우리 나라를 어슬렁거리는 짐승들, 추하고 저열하고 사악한 신들이 있다. 우리는, 우리 둘은, 그것들을 궤멸시키러 떠날 것이다! (미노타우로스가 있는 곳으로 가는 문을 가리키며) 저자부터 시작하자!

미노타우로스의 포효가 이제 더 크게 들려온다. 선장, 등장.

테세우스 어, 선장, 지금은 위험한 시간이오. 그리고 이곳은 위험한 장소요. 배로 돌아가시오! 가서 마음 차분하게 먹고 검은 돛을 준비하시오.[2] 확실한 것은 없소. 흰 돛도 준비하시오. 지금

---

2 테세우스는 여행을 떠나며 아버지로부터 검은 돛과 흰 돛을 받고 미노타우로스를 해치웠을 때는 흰 돛을 달고 돌아가기로 약속하였다 .

으로선 모든 것이 불확실하오. 내일이면 새로운 태양이, 새로운 신이 바다에서 뛰쳐나올 것이오. 그러면 내가 모든 걸 다스리게 될 것이오!

선장 왕자님, 이 늙다리 해적이 비싼 피 값을 치르고 배운 교훈이 하나 있습니다. 화냥년 같은 저 운명의 여신은 절대 믿지 말라는 겁니다. 왕자님께서 우유와 꿀과 호두로 씻고 바르고 살찌시는 동안, 전 제 목표에서 한 번도 눈길을 떼본 적이 없습니다. 돌아다니면서 크레테의 굉장하다는 볼거리들은 다 보았죠. 왕궁이며 여자들, 노예 시장, 항구들, 원형 극장…… 죄다 마음껏 즐겼습니다. 하지만 그것들에 혹하여 마음이 흔들리거나 넘어가진 않았습니다. 그동안에도 내내 꾀 많은 해적답게 계획을 세웠습니다. 왕자님을 죽음에서 구해 낼 방법을 말입니다!

테세우스 날 죽음에서 구해 낼 방법이라니, 선장? 그 무슨 무례한 말이오? 누가 나를 구하는 걸, 나는 받아들이지 않소. 아무도 날 구해 낼 수 없소. 또한 아무도 날 없앨 수 없소. 나밖엔!

선장 왕자님은 왕의 하나뿐인 아들이시고, 우리 아이들의 희망입니다. 조국의 존망이 왕자님께 달려 있습니다. 제가 왕자님을 죽음에서 구하는 데, 허락을 받을 필요는 없습니다. 그건 제 의무니까요!

테세우스 나는 나의 신의 하나뿐인 아들이오! 나 자신의 하나뿐인 아들이오. 다른 누구의 아들이 아니란 말이오! 그리고 난, 내가 되고 싶은 사람이 되려고 끊임없이 싸우고 있소! 그 뜻은 누구도 꺾을 수 없소……. 더 이상 알아내려 하지 마시오! 그리고 지금은 위험한 시간이라지 않소. 가시오!

선장 이슬과 흙으로 빚은 가장 고결한 여신, 젊음의 여신에 경의를 표합니다. 젊음의 여신이 시들어 버리기 전에 전 얼른 무릎을 꿇고 그 아름다움에 경배하겠습니다. 하지만 성숙한 사람의 말도 젊은이의 말처럼 가치가 있지요. 당신은 동방의 살찐 부자 왕자가 아닙니다. 그리스의 자유인입니다. 그리고 당신은 자유 혼을 사랑합니다. 그러니 저도 얘기 좀 하렵니다.

테세우스 그럼 말하시오!

선장 당신네 처녀 총각들, 사람 잡아먹는 신의 커다란 아가리에 닻을 내리려고 멀리서부터 배를 타고 온 산 제물들 말입니다. 모두들 으리으리한 왕궁에 하나같이 호사스럽게 눌러앉아 목욕하고 기름 바르고 왕의 잔칫상을 즐기며 기다렸습니다. 이 포악한 죽음의 시간을 기다렸단 말입니다.

테세우스 포악한 죽음의 시간이 아니라, 포악한 결투의 시간이라고 하시오. 선장, 그렇게 비관적인 눈으로 앞을 보고 미래를 구상하지 마시오. 당신은 당신 자신이나 당신이 보고 믿는 허상으로 미래를 구상할 뿐이오. 미래는 당신의 손안에 있는 것이 아니라 내 손안에 있소. 나는 땅속 깊은 곳으로 싸우러 내려가오.

선장 왕자님, 지금까지 얼마나 많은 이들이 땅속 깊은 곳에 내려 갔습니까? 그리고 도대체 몇 사람이 돌아와 다시 햇빛을 보았 습니까? 한 사람? 아무도 없습니다! 그렇다면, 당당하신 왕자 님, 당신은 무엇에 희망을 두고 있는 겁니까? 뭘 찾으리라 기대 하시나요?

테세우스 기대하지 않았던 것을 찾겠지. 선장, 당당한 사내에겐 이 세상에 딴 희망이라는 건 없소. 당신 머리는 굳어 버렸소. 당 신의 뇌는 휘어 버린 저울처럼 엉터리요. 그 저울은 무거운 쇠 줄과 갈고리로 고기나 나무 같은 변변찮은 물건들을 다는 데만 이력이 나서 섬세한 진주 같은 것은 재지 못하오.

선장 제 머리는 굳었지만, 안전하게 잘 붙어 있습니다. 제 몸뚱이도 땅 위에 단단히 붙어 잘 걷고 있고요. 구름 속을 걷고 있는 게 아닙니다. 자, 들어 보십시오. 말씀을 드려야겠습니다. 어느 날 길을 걷고 있는데 — 아니, 왕자님, 고개 돌리지 마시고 제가 전해 드려야 할 말씀을 들으세요 — 어떤 여인이 제 뒤를 따라오고 있는 게 아니겠습니까. 귀부인이었습니다. 바람결에 젖가슴을 드러내고, 머리카락은 어깨까지 내려뜨린 데다, 입술에는 연지를 바른 여자였습니다. 마치 뱃머리 장식 같은 여자였죠. 벌써 밤이 내려, 달이 떠오르고 있던 참이었는데…….

테세우스 그만 하시오. 보름달이 뜬 이 결정적인 밤에 여자 이야기로 순결한 바람을 더럽히다니. 땅 밑에서 올라오는 악취를 참는 것만으로도 충분하오.

선장 왕자님, 저더러 말을 하라고 하시지 않았습니까? 이제 와서 딴소리 마십시오. 당신은 죽음의 문간에 서 있습니다. 저는 말을 해야겠고, 왕자님은 끝까지 들으셔야 합니다. 그 여인은 젖가슴이 빵빵한 저 위대한 여신, 그러니까 이 훌륭한 섬에 사는 까무잡잡한 사람들이 숭배하는 여신의 사제였습니다. 그 여사제가 제 곁에 와 서더니 머리부터 발끝까지 저를 천천히 뜯어보더군요. 그러더니 미소를 짓는 것이었습니다.

그 여자가 묻습디다. 〈당신도 저 북쪽에서 온 금발족인가요? 당신이 우리 신에게 바칠 그 연하고 맛있는 고기를 싣고 온 선장인가요?〉 하고요. 그러더니 〈전할 말이 있어요!〉 하고 말을 멈추었는데, 긴 속눈썹 밑에서 커다랗고 까만 암사슴 같은 눈이 웃고 있었습니다. 여사제는 제 커다란 발과, 제 다리와, 온갖 풍상을 겪은 제 가슴과, 제 턱수염과, 제 머리칼을 바라보더군요. 그러고는 숨을 깊이 들이쉬면서 콧구멍을 벌름거렸습니다.

강을 따라 걸어가는데 달이 하늘 높이 하얀 해처럼 떠 있었습니다. 우리는 어떤 과수원 안쪽으로 깊숙이 내려갔죠. 올빼미들이 나무 속에서 나지막이 울어 대고, 밤꾀꼬리 소리가 머리 위에서 길을 가르쳐 줍디다. 얼마 안 되어 우린 거대한 백합 밭에 파묻혀 버렸습니다…….

테세우스 그만 됐소! 당신이 가져온 전갈이 뭐요?

선장 왕자님, 제가 깨달은 게 있습니다. 우리 땅에서 사는 사람들은 참 야만적이고, 고집 세고, 조야한 사람들이란 겁니다! 우린, 남자와 여자가 마치 돼지처럼, 염소처럼, 개처럼 흘레붙지 않습니까. 깨물 줄이나 알지 아직 키스도 제대로 할 줄 모릅니다. 하지만 이곳에서는 말입니다, 왕자님, 키스가 일종의 미궁(迷宮)입니다. 한번 들어서면 빠져나오지 못하죠.

테세우스 이, 여자나 겁탈하는 양반아! 동정(童貞)의 청년을 예우할 줄 아시오. 당신이 재미 본 뻔뻔스러운 얘기 따윈 집어치워요! 본론을 말하시오. 전갈이 뭐요? 신께서, 나의 신께서 밤바람 속에 나오셔서 당신의 말을 들으라 손짓하고 있소. 당신을 참고 있는 것은 오직 그 때문이오. 그러니 계속하시오. 말하시오!

선장 미노스의 첫딸 — 저 길들여지지 않는 처녀 아리아드네가 오늘 하루 종일 투기장에서 황소와 씨름하고 있더군요. 사람의 몸뚱이가 그처럼 팔팔하고, 그처럼 기품 있고, 그처럼 즐거워하는 건 처음 보았습니다! 황소의 뿔에 매달리는가 하면, 엉덩이에 뛰어오르기도 하고, 요동을 치는 등 위에 올라타 춤을 추기도 했습니다. 그러다간 번개같이 땅에 뛰어내려 처음부터 다시 싸우기 시작하는 겁니다. 하지만 그건 싸움이라기보다 놀이였습니다. 위험하면서도 마음을 홀리는 그런 놀이 말입니다. 그건 사랑 놀이였습니다 — 그칠 줄 모르는, 성스럽기도 하고 역겹기도 한, 그런…… 신도 낳고 짐승도 낳는 사랑 놀이였죠.

그런 싸움을 보면 절로 감탄이 나옵니다. 옛날 옛적에는 사람과 짐승이 정말 하나였다는 걸 깨닫게 되죠. 어느 무자비한 칼이 둘을 갈라놓았지만 말입니다. 그런데 갑자기 그 둘이 이 대리석 경기장에서 만나, 사랑하고 증오하면서 서로에게 올라타 다시 짝을 짓는 겁니다. 전 속으로 내가 그녀와 씨름하는 황소라면 얼마나 좋을까 하는 생각을 했습니다!

테세우스 왜 그런 상스러운 얘기를 나에게 하는 거요? 도대체 그 장난 좋아하는 투우사가 이 시간에 원하는 게 뭐요. 그 여자 얘기를 꺼내 그것으로 내 운명과 나 사이를 가로막고 있으니.

선장 왕자님, 화내지 마십시오. 그렇게 주먹을 부르쥐지 마시고요. 이제 본론에 다 왔습니다. 우리가 마침내 흡족한 마음으로 땅에서 일어나던 참인데, 제 놀이 짝이 저를 돌아보고 이렇게 말하더군요.

「나는 처녀 공주 아리아드네의 여사제요. 공주님은 뛰어나신 분입니다. 뭐든 으뜸이시죠. 창술이면 창술, 조타(操舵)면 조타, 원반던지기면 원반던지기, 투우면 투우, 못하는 게 없습니다……. 하지만 한 번도 몸을 낮춰 사내를 껴안아 보신 적은 없습니다. 자신의 힘을 오직 왕좌에만 바치기 위해 그 힘을 더럽히지 않고 온전하게 아껴 두시려는 거죠. 왕은 연로하셨고, 크레테도 왕과 함께 노쇠했습니다. 공주님은 우리 나라를 되살리기 위해 자신의 자부심과 처녀성과 젊음을 지키시는 겁니다. 그런데 오늘, 새벽…….」여사제는 말을 이었습니다. 「공주님은 우연히 당신네 금발 고수머리 왕자를 보게 되었습니다. 그러자 공주님의 가슴은 처녀 암소처럼 괴로운 소리를 냈습니다. 난생처음 여자로서의 기쁨과 두려움을 느끼신 것입니다. 처음으로 공주님은 허전한 두 팔을 벌리고 한숨지었습니다. 자, 이제 당신네 테세우스 왕자를 찾아가서 말씀을 전하세요. 자정에 미궁 문밖에서 공주님을 기다리시라고.」

　(침묵. 선장, 한 걸음 다가서서 손을 내민다.)

　왕의 아드님, 이것이 전하는 말입니다. 이 전갈을 가져와, 저는 이걸 귀부인의 몸처럼 따뜻하고, 갓 씻어 향내 나는 당신의 손에 놓는 바입니다.

침묵. 마음이 흔들린 테세우스는 한 걸음 다가선다. 그러다 멈춰 서서 귀를 기울인다.

테세우스　마음을 꾀고, 혼란스럽게 하는 위험한 소리들이 바람 속에서 맞부딪치고 있구나. 죽음, 수치, 명예, 쾌락…… 불멸이란 것들, 이 악마들은 죄다 입술과 날개와 갈고리를 가지고 있으렷다. 놈들이 바람 속에서 오르락내리락하고 있다. 놈들이 우리 어깨에 올라타 말하고 있어. 놈들을 따로따로 떼어 놓고, 그중에서 객관적인 선택을 하는 게 내 임무다. 운명은 우리를 나락으로 꾀어 들이려고 아름다운 형상을 취할 수 있는 법. 조심해라, 내 순수한 마음이여.

선장　왕자님, 텅 빈 바람 속에서 뭘 중얼거리고 계십니까? 땅바닥으로 내려오십시오. 손을 내미세요. 솜털 보송보송한 맛있는 짐승을 가져왔습니다. 뭐라고 묘사해야 좋을까요? 자고새, 여자? 왕관? 모르겠습니다. 직접 맛보시고 말씀해 주시죠.

테세우스　당신의 숨겨 둔 애인은 어디 있소?

선장　아직 백합 밭에 누워 있습죠. 식사를 막 끝낸 암사자처럼 입을 핥으면서 말입니다. 원기를 되찾으려고 잠이 들었는지도 모르겠습니다. 자정이 지나면 절 만나기로 되어 있지요. 총각 왕자님이 허락해 주신다면 말입니다. 또 한판 씨름을 해볼 작정입니다.

테세우스 얼굴을 돌리시오. 욕심을 채운 당신의 몸뚱이가 자랑스레 웃고 있는 그 꼴이 보기 싫소. 선장, 내 명령을 잘 들으시오. 그 여자를 깨워, 말하시오.「아테네의 왕자는 당신의 여주인을 만나기를 거절한다. 왕자는 하계의 짐승과 싸울 일만 생각할 뿐이다. 그는 다른 어떤 싸움도 받아들이지 않을 것이다. 놀이 따위는 좋아하지 않는다!」그렇게 말하시오. 다른 말은 붙이지 말고!

침묵. 선장은 돌아서 가려다 마음을 바꾼다. 그가 테세우스의 손을 잡으려 하지만 왕자는 경멸하듯 손을 뺀다.

테세우스 날 건드리지 마시오! 뭘 원하는 거요!

선장 왕자님, 왕자님은 아직 수염도 안 난 소년입니다. 저는 나이를 먹을 만큼 먹은 사람이고요. 하여, 왕자님보다는 세상일을 훨씬 더 많이 보고, 더 많이 경험했습니다. 영광과 명예, 환희와 공포 —— 이 세상의 어느 것 하나 제 손에 올려놓고 저울질해 보지 않은 것이 없습니다.

테세우스 그래, 뭘 발견했단 말이오?

선장 이겁니다. 이 세상에서 확실하게 좋은 건 딱 한 가지뿐이다.

테세우스 (역겨워하는 표정으로) 여자란 말이오?

선장 천만에요, 여자가 아닙니다, 왕자님. 덧없는 순간입니다. 그것이야말로 가장 소중한 재산이죠. 순간은 번갯불이 번쩍하는 동안만 있다가 영원히 꺼져 버립니다. 때로 그것은 여자라 불리기도 하고, 때론 영예라 불리기도 합니다. 때로 영웅적 행위, 죽음, 아니면 덕이나 희생이라고 불릴지도 모르겠군요. 때론 신이라 불리기도 합니다. 여러 가지 형상을 가질 수 있으니까요. 하지만 늘 한 가지입니다.

죽음의 표지를 달고 계신 왕자님, 이 순간은 멋진 순간입니다. 한데 슬프게도 당신의 마지막 순간이 될지도 몰라요. 맛을 보세요. 거두지도 못한 채 그냥 보내지 마십시오. 절대 다시 돌아오지 않으니까요. 수확하세요. 뭘 보고 계십니까? 왜 찌푸리세요? 공주는 하루 종일 황소와 씨름했습니다. 오늘 밤 공주의 몸뚱이는 달콤하고 즐거운 사랑의 분노로 후끈 달아오를 겁니다. 황소 뿔을 단 신의 독한 숨 냄새를 풍길 것입니다. 공주를 가지세요!

테세우스 선장, 어떤 뻔뻔한 이국의 신이, 어떤 대단한 적이 당신을 오늘 밤 이리로 보냈소? 내 대답을 가지고 가시오. 그녀가 오는 걸 난 원치 않소! 앞 못 보는 운명은 그걸 원할지 모르지만 나는 그렇지 않소.

선장 운명은 앞을 못 보지 않습니다. 사람의 영혼만이 앞을 못 보죠. 바람결에 들려오는 저 팔찌와 귀고리 짤랑거리는 소리를 들어 보십시오. 저더러 전하라고 하신 말씀은 사방으로 흩어지고 말았네요. 팔찌 소리가 들립니까? 운명의 여신이 다가오고 있습니다!

테세우스 어떤 운명의 여신 말이오?

선장 미노스의 딸 말입니다!

아리아드네가 나타난다. 그녀는 테세우스의 눈길을 피해 경멸하듯 그의 머리 위로 시선을 보낸다. 젊은 왕자는 머리를 세운 채 그녀를 똑바로 바라보며 꼼짝하지 않는다. 한참 동안 침묵이 흐른다.

아리아드네 그대는 무릎 꿇고 나를 경배하지 않나요? 나는 미노스 왕의 첫째 딸, 신의 입맞춤을 받은 파시파에의 딸, 식인 신 미노타우로스의 누이, 아리아드네 공주요! (침묵) 어찌 감히 거기에 서서 내 눈을 바라보는 거요? 머리를 숙이고, 눈길을 내리시오. 그대는 누구요?

테세우스 난 가난한 야만족이오만 긍지를 가지고 사오. 당신이 신의 피를 받았다는 것, 당신이 미노스 왕과 파시파에 왕비와 미노타우로스의 일족이라는 것, 알고 있소. 당신이 머리에 쓰고 있는 백합 금관, 그리고 뱀 머리 금팔찌, 금귀고리, 당신이 목에 걸고 있는 왕족의 산호 목걸이들을 나도 보았소. 당신의 검은 머리 타래가 밤바람에 내뿜는 짙은 사향내도 맡을 수 있소이다. 그러나 난 현혹되지 않소. 덕행과 희생을 경배하니까.

아리아드네, 나직하고 장난스럽게 웃어 댄다. 그러다가 앞으로 한 걸음 내디딘다. 테세우스, 물러선다.

테세우스 밤의 따님이여, 나에게 원하는 게 무엇이오? 지체 높은 숙녀께서 이처럼 어려운 시간에 몸소 야만인을 만나러 이곳까지 오신 까닭이 무엇이오? 난 당신에게 드릴 것이 없소이다.

아리아드네 그야 당신이 나에게 줄 건 아무것도 없겠지. 당신이 원하는 건 모두 당신 자신을 위한 거니까. 그렇게 고개를 쳐들지 말아요, 부정할 거 없어요. 당신네가 우리 항구에 내리기도 전에 우리 첩자가 이미 다 알아냈으니까.

테세우스 다 알아냈다고? 비밀은 다 내 마음속에 봉인되어 있소. 아는 자가 딱 하나 더 있다면, 그건 나의 신(神)이오.

아리아드네 그리고 나도 있어요! 하지만 난 당신이 감추고 있는 다른 비밀도 알고 있어요. 당신 자신도 아직 모르는 비밀이죠. 그것들이 당신의 내장에서 솟아올라 아직 당신의 가슴까진 가지 않았고, 당신의 가슴에서 솟아올라 당신의 정신까진 가지 않았으니. 정신에까지 이르러야 당신은 비로소 그것들을 똑똑히 볼 수 있어요. 당신은 그 비밀들을 알지 못해요. 그것들을 마주하기 부끄러워하고 있으니까…… 아니면 두려워하든가…….

테세우스 왜 내 눈을 살피는 것이오? 내 눈에서 뭘 찾아내고 싶으시오? 당신은 내가 보여 주고 싶은 것밖에는 보지 못하오. 바다와 반쯤 완성된 배들, 그리고 벌거벗어 햇볕에 그을린 저 접근할 수 없는 바위산 — 내 나라뿐이오. 다른 건 없소!

아리아드네 없다고요?

테세우스 더 깊숙이 들여다봐도, 여전히 바다가 보일 것이오. 그리고 뱃머리를 하나같이 남쪽으로 향하고 있는 새 함대와, 바위산을 둘러싼, 신이 보호하시는 순결한 도시 하나. 그러곤 없을 것이오.

아리아드네 그보다 더 깊숙이 들여다본다면?

테세우스 더 깊숙한 곳엔 더 많은 바다가 있소. 그리고 끊임없는 물결 앞에서 꿈쩍없는 햇빛을 받아 번쩍이는 해안에서, 당신은 나의 신이 팔을 뻗치고 서 계시는 것을 보게 될 것이오. 그 밖엔 없소. 미노스 왕의 따님이여, 나는 당신에게 내 비밀을 다 털어놓았소. 두려울 게 없으니까.

아리아드네 더 깊숙이 들여다본다면? 그 신 너머까지?

테세우스 테세우스의 마음을 보시겠지. 더는 없소. 일꾼의, 석공의, 노 젓는 사람의, 통치자의, 투사의 마음을…… 그리고 그 너머는…… 혼돈일 뿐.

아리아드네 (웃으며) 그래요, 바로 거기에 내가 앉아 있어요. 내가 보이지 않나요? 거기, 당신의 마음 뒤에 내가 앉아서, 그 혼돈 속에서 기다리고 있단 말이에요. 그리고 내가 손을 까딱하기라도 하면, 당신이 세운 모든 것은 박살나 쓰레기 더미가 되고 말겁니다. 내가 웃기라도 하면, 당신의 마음과 신, 함대, 당신의 새 도시는 한꺼번에 허물어져 혼돈으로 변해 버릴 거고요.

입술을 깨물 것 없어요. 당신이 영리하게 허리띠 안에 감추어 둔 그 검은 손잡이의 칼, 그걸 움켜쥘 필욘 없어요. 난 그런 거 무서워하지 않아요. 우리 첩자들이 다 말해 줬어요. 당신은 배에 오르기 전에 당신의 조부, 그 털보 거인 농부 말이에요, 그 양반의 무덤에 가서 묘석을 들어 올렸다면서요. 그리고 거기에서 그 단검을 얻었다면서요. 그래서 당신은 그 칼에 무슨 영험이라도 있으리라 생각하고, 그 칼로 세계를 토막 내어 집어삼킬 요량으로 지금 의기양양해 있죠. 어리석기도 하지.

테세우스 내 조상을 비웃지 마시오! 땅속 어둠의 신들에게 불경하게 굴지 마시오!

아리아드네 그리고 당신이 신고 있는 그 황금 신발 말이에요.[3] 난 당신이 그걸 어느 대낮에 어느 땅에서 발견했는지 알아요. 당신이 자랑하는 그 신발, 그게 누구 것인지도 알고요. (비웃듯이 웃는다.) 야만인들은 어딜 가든, 바람 속에서 기껏해야 한 가지밖엔 보지 못한다니까. 신(神)밖에!

테세우스 (화를 내며) 당신도 보게 될 것이오. 지체 높은 가문에서 태어나, 부족한 것 모른 채로 장신구들이나 치렁치렁 달고 사는 당신, 당신도 언젠가는 신을 보게 될 것이오. 바람 속에서가 아

---

3 테세우스는 어린 시절 아버지와 헤어져 살았다. 아버지는 어린 아들을 외가에 맡기고 떠나면서 단검과 샌들을 바위 밑에 숨겨 두고 테세우스가 자라면 아들의 증표로 그것을 찾으라 했다고 한다.

니라, 땅 위에서, 당신네 궁에서, 그리고 당신의 침대, 당신네 정원에서, 당신은 불꽃에 둘러싸인 신이 지붕에서 지붕으로, 머리에서 머리로 뛰어다니는 걸 보게 될 것이오.

아리아드네 그게 바로 당신이 원하는 거겠지! 그래서 당신은 자원해서 배에 올라 우리에게 온 거겠지. 제비뽑기로 제물이 될 운명이 아니었으면서도 말이에요. 당신은 뽑힌 사람이 아닌데도 운명을 아랑곳하지 않고, 검은 돛대를 올린 배에 올라타 이 땅에 내렸어요. 우리 왕자님께선 그렇다면 결국 땅속 어둠의 신들을 존중하지 않은 거 아닌가요? 오히려 무엄하게도 크레테의 하부에 혼자 내려가 우리의 신과 싸워서 그를 죽일 수 있도록 해달라고 부탁했어요!

테세우스 맞소이다. 날 죽이려 했으니까. 그렇지만 않았다면 난 고개를 돌려 쳐다보지도 않았을 것이오. 난 개나 자칼이나 황소 머리를 하고 자기 안의 야수성을 지배하지 못하는 신들을 좋아하지 않소! 맞아요, 난 그 야수와 싸우러 내려갈 것이오. 그리고 가능하다면, 죽이겠소.

아리아드네 그러고선? 그런 다음엔? 용기가 있다면, 잘생긴 양반, 속에 품은 생각을 다 털어놓으시지그래요.

테세우스 그러고선 돌아갈 것이오. 밝은 데로 돌아가겠소. 노래하면서 배에 올라 동지들과 고국으로 돌아갈 것이오.

아리아드네 그것 말고는 없어요? 당신 안에서 솟구치는 돌연한 황홀감을 못 느낀단 말이에요? 눈앞의 새로운 위업에 도전하고 싶은 충동을 못 느끼세요?

테세우스 아니요. 내 마음은 담담하오. 내 생각은 진지한 것들뿐이오. 다른 것은 용납하지 않소. 거기에 부끄러움 모르는 황홀감 따윈 들어설 수 없소. 그 짐승을 죽이면 그걸로 족하오!

아리아드네 아니요. 당신은 그걸로 족하지 않아요. 난 당신에게 새로 생긴 비밀을 알고 있어요. 아테네의 자랑스러운 아들, 당신 자신은 아직 모르는 비밀이지요. 그건 당신의 마음속 깊은 곳에서 이제 갓 태어난 비밀이니까.

테세우스 비밀이라고? 내 맘속에? 그게 뭐란 말이오?

아리아드네 대담하고 사악한 하나의 소망, 지상의 어떤 왕도 아직까지 감히 품어 보지 못했던 소망이오. 그런데 당신은 감히 그걸 소망했소!

테세우스 말해 보시오! 그게 뭐요?

아리아드네 날 납치하고 싶은 생각. 나를 당신의 배에 태워 가려는 거지.

테세우스 내가? 내가 말이오? 천만에! 내가 당신을 데려가 뭘 하겠소? 그런 생각만 해도 내 영혼의 모든 구석이 반발하면서 움츠러드오. 내 영혼은 당신을 원하지 않소. 내 몸의 어느 곳도 당신의 몸이 닿는 걸 거부합니다! 농부였던 내 조상들이 무덤 덮은 돌을 들어 올리고 나와 당신에게 돌을 던질 것이오. 오, 황소와 입맞춤한 파시파에의 딸이여, 당신을 몰아내려고 말이오!

아리아드네 왜 소리를 지르시오? 왜 그렇게 놀라요? 내 화살이 당신 마음속에 있는 과녁을 맞혀 괴로운 소리를 내는 모양이군요! 내가 당신의 속내를 다 까발려 놓았어요. 봐요, 날 데려가고 싶은 욕망이, 당신의 발끝에서 무릎으로, 당신의 허벅지로, 당신의 엉덩이로, 당신의 가슴으로 솟구치고 있어요.

〈이 무슨 성스러운 지상의 과일인가〉 하고 당신은 속으로 한숨짓고 있지요. 〈한 번도 맛본 적 없는 무르익은 이 과일, 참 옹골차고 달기도 하겠다!〉 그러면서 당신은 마음이 급해 빨리빨리 내 옷을 벗기고 싶어 안달이 나 있어요. 배고프고 목마른 사람이 무르익은 무화과 껍질을 벗기듯 말이에요. 눈이 푸른 당신 같은 야만인은 아직 여자를 만져 본 적이 없어 굶주리고 갈증이 나 있지요.

테세우스 나는 내 힘을 위대한 일에 쓰기 위해 아끼고 있소. 여자들에게 힘을 허비할 생각은 없소. 나의 신은 남성이오. 신이 나를 위해 처녀를 골라 줄 때가 올 것이오. 골격이 큰 내 나라 처녀들 가운데에서, 화장해 본 적 없고, 입 맞추어 본 적 없고, 엉덩이가 펑퍼짐해서 아들딸을 잘 낳아 줄 아가씨를 말이오. 당신의 피에는 신과 짐승의 피가 섞여 있소. 더럽혀지고 약해져서 자식을 제대로 키울 수 없소. 난 당신의 피를 원하지 않소!

아리아드네 신음 소리를 내시는군, 사나운 고수머리 젊은 황소께서. 내가 지금 이 작고 거친 손으로 당신을 꽉 붙들고 있으니까 당신은 내가 씌운 마구(馬具)를 벗어 버리려 애쓰고 있는 거예요. 내가 당신 앞에 처음 나타났을 때 당신은 대담하게 내 눈을 바라보았어요. 그때까지만 해도 당신은 아직 납치할 생각까진 짜내지 못했지. 하지만 지금 당신은 당신의 공범자가 되어 줄 바다 쪽을 바라보면서 나를 납치해 도망갈 방법을 함께 궁리하고 있어요!

테세우스 난 신과 싸우러 왔지, 여자들을 납치하러 오지 않았소. 나는 나의 내장보다는 훨씬 드높은 자리에 영혼을 모시고 있소이다. 나는 도망치고 싶지 않소. 처녀 공주님, 이 두 팔은 한 번도 두려움을 느껴 본 적이 없소. 내 나라의 짐승들과 산적들에게 물어보시오.

아리아드네 두려움을 느껴 본 적이 없다고? 그럼 이리 와서, 나와 씨름 한판 합시다. 난 하루 종일 황소와 씨름했어요. 놈을 집어 던졌으니 당신도 집어던지겠어요.

테세우스 씨름을 하려면 껴안아야 하지 않소. 난 그러고 싶은 맘 없소.

아리아드네 씨름을 하려면 껴안아야 하지요. 당신은 그게 두려운 거지! 당신은 내 머리칼의 향내가, 내 몸의 어둡고 서늘한 미궁이 두려운 거야. 거기에 들어서면 살아 나올 수 없으니까……. 당신은 기둥을 움켜쥐고, 사방을 둘러보며 어디 도망갈 길이 없나 찾으면서 미친 듯 날뛰고 있어요. 하지만 내 그물에 걸린 이상 몸부림치면 칠수록 더 깊이 엉켜 들어가게 되어 있어요…… 내 마음과 몸뚱이의 꼬이고 꼬인 미로에 빠져 사라지게 되어 있어!

테세우스 나는 태양의 아들이오. 나는 어둠을 싫어하고, 꼬이고 구부러진 걸 싫어하오. 밤의 따님이시여, 솔직히 털어놓으시오. 나에게 원하는 게 뭐요? 그래, 난 농사꾼이오. 난 모든 게 한없이 구불구불 돌게 되어 있는 이곳의 궁에 짜증이 나고 화가 나오. 난 아무도 믿지 않소.

누가 당신을 보냈소?

침묵. 아리아드네, 당황하여 테세우스를 본다. 그녀의 목소리는 부드럽고 슬프다.

아리아드네 밤이 날 보냈어요. 보름달이 뜬 이 밤이. 더 이상 묻지 말아요.

테세우스 무얼 원하오?

아리아드네 (고개를 숙인다. 나직한 목소리로) 날 데려가 주세요!

그 순간, 땅속 깊은 곳에서 미노타우로스의 깊은 탄식 소리가 들려온다. 쓰라린 슬픔의 한숨 소리이다. 테세우스, 몸을 떨며, 귀를 기울인다.

테세우스 땅이 탄식을 하는군!

아리아드네 땅이 아니에요. 자, 입구에서 떨어져요. 슬프지만, 당신에게 말한 건 나였어요. 한숨지은 것도 나였고. 날 데려가 줘요!

　난 여자가 어떻게 남자에게 굴복하는지 몰라요. 새처럼 노래를 부르나요? 아니면 야생의 암캐처럼 남자에게 뛰어올라 씨름을 하나요? 아니면 검은 과부 거미처럼 죽여서 먹어 치우나요? 모르는 게 없다고 뽐냈지만, 슬프게도 아는 게 하나도 없네요. 여자는 어떻게 항복하죠?

다시 미노타우로스의 슬퍼하는 한숨 소리가 들려온다. 테세우스, 초조하게 좌우를 살핀다. 그는 소리가 나는 곳을 찾기 위해 땅으로 몸을 굽힌다.

아리아드네 무서워하지 말아요, 금발의 젊은 분. 우리 신의 한숨 소리니까. 내가 내뱉은 끔찍한 말들을 들었던 겁니다. 뭐든 다 들어요. 그래서 맘이 상한 겁니다.

　(문에 입술을 누른다.) 오라비여, 내 그대를 배신하지 않을 테니 울지 마세요. 내가 이 땅에서 싸우는 것은 다 그대를, 사랑하는 그대를 위해서랍니다. 그러니 죽이지도, 죽지도 마세요.

　(그녀는 테세우스에게 다가간다. 그녀의 목소리가 그지없이 달콤하고 유혹적이다.) 날 데려가요! 이런 말, 오늘 밤에 처음 해보는 거지만 부끄럽지 않아요. 당신을 처음 본 순간, 내 가슴은 황소를 본 처녀 암소처럼 괴로운 신음 소리를 냈어요.

테세우스 누가 당신을 보냈소?

아리아드네 누가 보냈는지 묻지 마세요. 오세요. 자, 갑시다. 깜깜한 밤이 머리 위에 무겁게 드리워 있고, 다들 자고 있어 아무도 보지 못할 거예요. 아버진 날 끔찍이 사랑하셔서 내가 당신 곁에서 키를 잡고 있다는 걸 알게 된다 해도 우릴 뒤쫓지는 않을 겁니다. 나중에, 시간이 지나, 아버지가 당신의 첫 손자를 팔에 안게 되면, 아버지는 우리를 포옹하고 크레테의 모든 걸 당신에게, 싸우지 않고도 평화롭게 양도해 주실 것입니다. 바다에 배들이 꽉 찬 크레테를 말이에요.

테세우스 또 무슨 함정을 놓고 있는 거요? 당신 목소리가 느닷없이 변한 건 어찌 된 거고? 이제 여자처럼 말하니 말이오. 당신이 날 안겠다고 하는 건 오로지 내가 땅 밑에 내려가 그 짐승과 싸우려는 걸 막으려는 속셈 아니오. 난 당신 말에 속지 않소. 당신 말은 날 현혹하고 유혹하여 당신의 황소 머리 신을 구하려는 속셈으로 가득 차 있소.

아리아드네 인간 따위로는 양에 안 찬단 말인가요, 수염도 안 난 싸움꾼 양반? 칼로 사람을 꿰찌르고 당신의 힘을 뽐내는 것으로 만족하지 못하나요? 신들과도 한바탕 붙어야겠다는 건가요? 그러지 말고 나랑 떠나요. 가요, 내가 항구로 가는 비밀 지름길을 알고 있어요. 배에 타서 검은 돛을 올릴 수 있어요…….

테세우스 (소스라치며) 검은 돛이라고요?

아리아드네 왜 얼굴을 붉히시나요, 매정한 왕자님? 그래요, 사실이에요. 난 당신 마음속 가장 깊은 곳에 숨어 있는 비밀 — 그 엉큼한 비밀도 알고 있어요. 검은 돛을 올리세요. 당신 아버지가 바다에 뛰어들어 죽게 말이에요. 당신과 내가 왕위에 오를 수 있게 말이에요. 우리 앞엔 많은 과제가 놓여 있어요. 기다릴 수 없어요. 선장님, 검은 돛을 올려요. 새 신(神)은 참을성이 없어요!

테세우스 밤의 여사제여, 악마가 당신 입술을 빌려 말하고 있소이

다. 당신의 눈길이 내 가슴을 파고드오. (침묵)

검은 돛이라고?

아리아드네 두려워 마세요, 야만족의 왕자님. 그건 외아들로서의 당신 의무예요. 우린 젊어요. 나이 든 사람들이 길을 막고 있는 바람에 우리는 시간을 잃고 있어요. 가던 길 멈추고 그 사람들을 불쌍히 여길 생각일랑 마세요! 날 봐요. 난 지금 아버지를 버리고 있어요. 검은 돛을 펼쳐요! 갑시다! 우리 배 고물에 묶여, 크레테가 우리 뒤를 따라올 것입니다. 왕녀의 지참금이죠.

테세우스 내 나라는 거칠고 메마른 나라요. 당신에게 맞지 않아요. 우린 농사꾼들이오. 우린 양가죽을 입고, 땅에서 자고, 손으로 먹소. 우리 여자들은 치장할 줄도, 화장할 줄도, 당신네처럼 미소를 지을 줄도 모르오. 그런데 도대체 왜 화장하고 치장하고 미소를 지어야 한단 말이오? 우리 여자들은 엉덩이가 떡 벌어져 애들을 잘 낳소. 남자들도 털투성이에다 숫양들처럼 독한 수컷 냄새를 풍기죠!

아리아드네 그거 좋죠! 난 이 궁전의 향수나 황금 장식에 신물이 났어요. 기름진 음식도, 푹신하고 두꺼운 이불도 이제 지겨워요. 난 떫은 올리브와 숫양의 독한 냄새가 좋아요. 날 데려가세요! 우리 자식들은 억세고 유능한 당신의 몸을 갖게 될 거예요 — 그리고 당신의 금발도. 그 애들 마음에는 새로 태어난 당신의 청년 신이 자리 잡을 겁니다. 하지만 그 애들은 나의 영민함을 이어받아 세계를 정복할 거예요.

테세우스 우리 자식이라고? 크레테의 공주님, 당신은 애를 낳을 수 있소?

아리아드네 이 시들어 버린 섬에 사는 수염 없는 환관들과는 안 돼요! 당신하고만 낳을 수 있어요!

테세우스 달의 따님, 어떤 악마가, 어떤 신이 당신의 입술에 그처럼 사람을 홀려 꼼짝 못하게 하는 언변을 주었소? 당신은 꽃 장식 덫을 놓고 거기에 남자가 가장 좋아하는 미끼를 놓는군요. 아들이라는 미끼를! (그는 바다 쪽을 향해 두 팔을 뻗고 소리친다.)

친구여, 소중한 친구여, 날 도와 다오!

길게 이어지는 미노타우로스의 신음 소리가 들려온다. 아리아드네가 문에 입술을 갖다 댄다.

아리아드네 조용하세요, 오라버니! 화내지 마세요. 이건 그대를 위한 거예요. 그대를 위해 전 마음속의 깊은 목소리를 따릅니다. 울지 마세요. 제가 저 사람을 데리고 가겠어요. 그대도 살고, 우리도 살게요!

테세우스 아리아드네 ─

아리아드네 (놀라 기뻐하며) 테세우스, 이봐요. 당신이 내 이름을 불렀네요! 우린 이제 친구가 된 건가요? 이제 같은 멍에에 매이게 된 건가요? 우리가 나란히 앉아 함께 소금 바른 빵을 먹고, 같은 컵으로 술을 마실 날이 오게 될까요?

테세우스 아리아드네, 누가 오늘 밤 당신을 보내 나를 만나라 했소?

침묵. 아리아드네, 마음을 다잡고 나직하게 말한다.

아리아드네 아버지가요.

테세우스 당신의 아버지가요?

292

아리아드네 예. 출타하셨다가 오늘 밤에 돌아오셨어요. 아버진 9년마다 크레테의 제일 높은 봉우리에 올라가서 신과 말씀을 나누세요. 둘이서 나랏일을 정하죠. 따지기도 하고 다투기도 하시다가 결국 합의에 이르세요. 아버지는 석판에 신성하고 신비한 기호들로 법률을 기록하고, 그런 다음 엄청난 권위를 갖추어 거듭나신 몸으로 다시 백성들에게 내려옵니다. 그러고는 우리 궁 안의 큰 마당에 빙 둘러 세운 돌에 그 법률을 새기지요.

테세우스 당신의 부친은 위대한 왕이시고, 신이시오, 아리아드네. 나 역시 내 신을 모실 때 제일 높고, 제일 접근하기 힘든 산을 고를 것이오. 나 역시 홀로 산에 올라 신과 대화해야 하니까.

아리아드네 하지만 오늘 밤 아버지는 슬픈 표정을 하고 깊은 생각에 잠겨 빈손으로 돌아오셨어요. 내가 놀라 물었죠. 「아버지, 돌아오셨군요. 그런데 빈손이네요. 그분과 얘기하셨나요? 두 분이서 — 보이는 분과 보이지 않는 분이 말이에요.」

아버지는 작별 인사라도 하듯 천천히 부드럽게 제 머리를 어루만졌어요. 그러곤 대답하셨죠. 「아리아드네야, 난 신과 영원히 작별했다!」 그러곤 더 이상 한마디 말씀도 안 하셨어요.

테세우스 계속해 봐요, 공주. 말을 끊지 말고. 이건 분명 신이 점지한 시간이오. 운명의 여신이 정해 놓은 시간이 틀림없어. 난 제때에 크레테 해안에 오른 거야. 말해 보시오, 다시 듣고 싶소. 그분이 정녕 크레테 신과 영영 작별하였다 했소? 크레테 신도 왕에게 작별을 했소?

아리아드네 예, 아버지 말씀이 그랬어요. 하지만 목소리는 담담하셨고 늙으신 입가에 미소를 떠올리셨어요. 그러곤 지팡이를 움켜쥐고 천천히 궁의 제일 높은 테라스로 올라가시더군요. 숨이 차신지 기둥에 몸을 기대고 서서 한참 동안 턱을 만지며 보름달

을 바라보고 생각에 잠기셨어요. 이 세상에 아무도 없이 홀로이
신 것 같아 보였어요. 내가 천천히 다가가 아버지 곁에 가만히
섰죠. 달이 빨갰어요. 참수당한 사람의 머리처럼, 피를 뚝뚝 흘
렸어요. 나는 그것의 두 눈을 똑똑히 볼 수 있었어요. 그리고 입
도, 볼도. 나는 내 손을 내려다봤어요. 내 손도 피를 흘리고 있
었어요.

아버지가 돌아섰어요. 내 손을 보시고, 그다음엔 달을 보시더
니 한숨을 지으며 〈아리아드네야〉 하고 부르시더군요. 아버지
의 목소리는 여느 때처럼 깊고 차분했어요. 「아리아드네야, 사
람들은 죽은 자들의 위를 걷고, 신은 사람들 위를 걷고, 운명은
신들의 위를 걷는다. 네 손을 보아라. 신들도 죽는다. 우리가 죽
인다. 하지만 우린 마지막 순간까지 우리 신을 보호할 수 있도
록 최선을 다해야 한다. 이제 가서, 바다 건너 우리에게 온 그
야만족의 왕자를 만나 보아라. 여자의 입맞춤처럼 힘센 것도 없
다. 네 오라비를 불쌍히 여겨라, 아리아드네야, 가서 왕자의 힘
을 빼놓아라. 그러곤 운명이 결정하도록 하자!」

그러고는 말씀을 그치셨는데 겁이 나시는 것 같았고, 수치스
러운 비밀 때문에 입술이 타시는 듯했어요. 사방을 얼른 둘러보
시더니 목소리를 낮추시고, 〈운명의 시간이 올 것이다〉 하고 속
삭이셨어요.

〈운명의 여신보다 센 힘이 있나요?〉 하고 내가 소리 질렀죠.

「있다. 옷을 입어라. 그리고 단장을 하고 가거라.」 아버지가
그렇게 말하셨어요.

「그 힘이 무엇입니까, 아버지?」

「밤이다.」 아버지는 나직하게 말씀하시고 절망적으로, 나를
가만히 밀었어요. 가서 당신을 만나라는 뜻이었죠.

그래서 온 거예요.

침묵. 테세우스는 꼼짝 않고 서 있다. 그는 머리를 들어 이제 하늘 꼭대기에 올라 있는 달을 쳐다본다. 미노타우로스가 내는 괴로운 신음 소리가 들려오는데, 그 소리가 마치 살육을 당하면서 내는 것처럼 나직하고 비통하다. 아리아드네가 땅을 향해 몸을 굽혀 귀를 기울이더니 처절하게 속삭인다.

아리아드네 오라버니…… 사랑하는 오라버니…… 제가 그 사람을 데려갈게요. 제가 그 사람을 데려가겠다고 약속할게요.

테세우스 (획 돌아서며) 아니요, 나는 가지 않소! 내가 지금 내려간다고 말하시오. 무엇이건 운명에 쓰인 대로 이루어질 것이오!

아리아드네 아니, 안 돼요. 우린 운명의 손을 붙들고 사랑의 길로 인도해야 해요! 운명은 죽음을 원하지만 우린 아들을 원해요. 우리가 함께 운명에 저항하면, 힘을 합치면, 이길 수 있어요.

테세우스 난 먼저 싸워야 하오. 지금으로선 그게 운명의 길이오. 운명의 여신과 나는 그 길을 함께 갈 것이오.

아리아드네 그러면 당신은 질 거예요. 사랑하는 왕자님, 당신은 죽을 거예요. 싸움에서 살아남는다 해도, 넓디넓은 미궁에서 길을 잃고 다신 해를 보지 못할 거예요!

침묵. 테세우스, 잠시 머뭇거리다 느닷없이 아리아드네의 손을 움켜쥔다.

테세우스 아리아드네, 내 동지 아리아드네, 바다를 건너 내 나라에 흘러 들어온 소문을 들으니, 당신은 마술 실꾸리를 가지고 있다 했소…… 왜 웃는 거요?

아리아드네 테세우스, 동화 따윈 믿지 마세요. 그 실꾸리란 내 마음일 뿐이에요. 내가 그걸 풀어 길을 찾지요.

테세우스 아리아드네, 내 손을 붙잡고 길을 안내해 주시오!

아리아드네 당신을 도와 우리 신을 죽이란 말인가요?

테세우스 그게 사랑이란 것 아니오? 나를 도와 사내로서의 내 첫
의무를 이루게 해주시오. 죽이고 나서는……

아리아드네 그러고 나서는? 고갤 돌리지 말고 날 봐요……. 그러
고 나선, 어쩌겠다는 거예요?

테세우스 그러고 나선 내 신이 하라는 대로 하겠소.

아리아드네 테세우스, 당신의 신은 자비로운가요, 정의로운가요?
그를 따르면 후하게 보상해 주나요?

테세우스 모르겠소. 그는 젊고 아직 시험받은 적이 없소. 이제 알
게 될 거요. 아리아드네, 도와주시오. 난 싸움은 무섭지 않소.
미궁의 꾸불꾸불 꼬인 통로들 때문에 어지럼증이 날 뿐이오. 난
그런 건 질색이오. 내 손을 잡고 길을 안내해 주시오! 그 이상
은 부탁하지 않겠소.

아리아드네 (쓸쓸하게 웃으며) 그 이상은 않겠다고? 난 아버지를 버
리고, 신을 배신하고, 조국을 멸망시키는데! 그 이상은 아니라!

테세우스 난 그런 게 바로 사랑이라고 들었소.

아리아드네는 기둥에 머리를 기대고 한숨을 내쉰다.

테세우스 당신에게 단 한 가지만 부탁하는 것이오. 앞장서서 길을
안내해 주시오! 당신, 곧 정신이 안내하고, 나, 육신이 싸울 것
이오. 그것이면 족하오!

아리아드네 아니에요. 정신만으론 족하진 않고 육신도 족하지 않
아요. 하고많은 거인들이 정신을 지혜로 채우고, 육신을 힘과

용기로 채워 땅 아래로 내려갔지만 모두 죽지 않았던가요?

테세우스 정신으로 족하지 않다고? 힘으로 족하지 않다고? 그럼 무엇이 더 필요하오, 아리아드네?

아리아드네 맙소사, 내가 죄다 누설해야 하나요? 죄다? 이게 사랑 이란 것인가요?

테세우스 죄다, 아리아드네!

아리아드네 매정한 이로군요. 운명적인 어느 날 밤, 어머니가 마술 피리를 들고, 바로 이거예요! 이걸 들고 풀밭에 누워 계셨어요. 오늘 밤처럼 또렷하고 밝은 달이 떠 있었대요. 어머니는 인간적 인 것을 넘어서는 어떤 환희를 갈망했어요. 신들을 구슬려 하늘 에서 내려오게 하여 자신의 욕망에 대해 얘기해 주려고 했어요. 하지만 그 갈망이 너무 크고 감당할 수 없어 사람의 말에 제대 로 담을 수가 없었대요. 말은 하늘에 닿지도 못한 채 산산조각 이 나서 바람결에 이리저리 흩어지고 말았답니다. 그래서 어머 니는 이 마술 피리를 집어 들어 뜨겁게 불타는 입술에 갖다 댔 어요. 그러자 밤이 별안간 여인의 슬픔으로 가득 찼어요. 그 슬 픔은 하늘까지 올라가 불멸의 신들이 사는 곳의 문간을 두드렸 답니다! 그런데 그때 황소 한 마리가 새 풀밭에 나타났어요. 춤 을 추듯 가볍고 멋진 걸음으로 — 그 황소가 말이에요!

어떤 이들은, 어머니가 잠을 자다 황소가 올라타는 꿈을 꾸었 대요. 또 어떤 이들은 어떤 신이 피리 소리에 매혹되어 황소로 변신하여 어머니에게 왔다 하기도 하고. 하지만 난 어머니를 잘 알아요…… 그건 진짜 황소였어요. (침묵) 사납고 무서운. 발 굽에서부터 뿔까지 신령스러운 황소였죠. 그런데 내가 들고 있 는 이 조그만 만능 피리가 황소를 순하게 만들어 주었어요. 아 름답고 구슬픈 이 피리의 흐느낌 소리는 힘을 누그러뜨리고, 마음을 연민으로 가득 채우고, 인간과 짐승을 결합시키고, 정신과 물질을 초월하고, 신을 정복하지요!

테세우스 울고 있소? 당신, 〈불굴의 크레테인〉이 울고 있는 거요?

아리아드네 오, 운명의 여신이여, 당신의 길은 어찌 그리 잔혹하고 어둡고 피비린내가 납니까. 당신은 어머니가 쓰시던 바로 이 피리로 제가 오라비와 제 신을 배반하라 정해 놓았군요!

(분개하며) 이봐요, 이리 와요, 파란 눈의 야만족 이방인, 내 죄다 털어놓을 테니 ── 그러고 싶지는 않지만 다 포기하겠어요! 왜냐고요? 왜냐고? 누가 날 이렇게 시키고 있죠? 안 그러려고 몸부림쳐 보지만 마음대로 안 돼요…….

트럼펫 소리.

아리아드네 아버지가 오고 계세요! 당신에게 하데스를 열어 줄 성스러운 열쇠를 가져오시는 거예요. 이봐요, 아버지에게 예의를 갖춰 말하세요. 뭘 숨기려고 하지 마세요. 아버지는 눈과 입술 너머로 마음까지 꿰뚫어 보시거든요. 아버지는 헝클어진 실꾸리 같은 사람의 마음을 보시고 그걸 헝클었다 풀었다 하면서 가지고 노세요. 그러곤 다시 헝클어서 웃으며 되돌려 주시죠. 아버지에게 예의를 갖춰 얘기하세요.

테세우스 내 곁을 떠나지 말아요, 아리아드네!

아리아드네 떠나지 않아요. 여기 기둥 뒤에 숨어 있겠어요. 아버지의 발소리가 들려요! 조용하고 지친 발걸음이에요. 고개를 숙이세요. 아버지가 당신에게 저 신묘한 액막이 주문을 해주실 수 있도록 말이에요. 주문을 주의 깊게 들으세요. 가능하면 숨은 뜻도 이해하도록 해보세요. 사람들 말로는 그 주문의 깊은 곳에 궁극의 〈대(大)비밀〉이 숨어 있대요.

테세우스 무슨 비밀이 말이오?

아리아드네 나도 몰라요. 왕만이 알죠!

테세우스 아리아드네…….

아리아드네 아버지의 푸른 그림자가 막 나타났어요. 가만있어요!

미노스가 등장해 천천히 다가온다. 그는 두 팔로 테세우스를 붙들고, 그의 얼굴을 불빛 쪽으로 돌린 다음, 생각에 잠긴 채 아무 말 없이 한참 동안 물끄러미 바라본다. 그러다가 별안간 테세우스의 머리칼을 만져 보더니 어루만지려는 듯하다가 손을 내리고 뒤로 물러선다.

미노스 우리 나라에 잘 왔네, 아테네의 왕자.

테세우스 문안드립니다. 크레테의 위대하신 바다 제왕이시여.

미노스 그대의 연로하신 부친께선 아직 살아 계신가? 아직 정정하시고? 전처럼 잘 주무시고, 잘 드시고, 잘 마시고, 잘 걸으시고, 잘 웃으시는가? 그분의 심신과 영혼이 여전히 조화를 잘 이루고 계신가?

테세우스 왕께서도 건강하십시오. 예, 잘 계십니다. 여전히 정정하십니다. 부친께서도 안부 전하셨습니다.

미노스 그리고 그대의 나라도 별고 없는가? 그대 나라의 양과 말은 암컷들을 잘 배는가? 그대 나라 여자들은 아들을 잘 낳는가?

테세우스 다 무고합니다. 저희는 가축이나 여자들에 대해 불만이 없습니다. 다 잘 낳습니다.

미노스 그대 나라의 포도밭에서는 포도가 잘 여무는가? 그리고 올리브나무, 그건 열매들이 풍족하게 열리고? 그리고 농사는 어떤가? 소출이 넉넉한가?

테세우스 천후(天候)에 좌우됩니다. 어떤 땐 먹을 게 넉넉하고, 어떤 땐 모자라 굶주립니다. 하지만 저희는 잘 견뎌 냅니다.

미노스 그래, 나도 그대들이 잘 견뎌 낸다는 걸 안다, 알지…… 아테네의 왕자, 그대는 말수가 적고 겸손하지만 나를 속이려는 꿍꿍이수는 없는 것 같군. 그대의 파란 눈을 들여다보니 그 안에 커다란 불길들이 치솟고, 왕궁이 타오르고, 사람들이 살육당하고, 배들이 가라앉고 있는 게 보인다. 그게 다 무슨 뜻인가?

테세우스 왜 그걸 저에게 물으시는 겁니까? 가보지 않은 데가 없는 위대한 바다의 제왕이시여, 인간의 꼭대기에 오르시어, 만사를 내다보고 만사를 아는 신과 이야기하시는 분께서 왜 저에게 물으시는 겁니까? 왕궁이 불타야 하고, 사람들이 죽어야 하고, 배들이 침몰해야 한다면, 그 까닭을 말씀해 주셔야 할 분은 바로 왕이십니다. 저는 제 임무를 수행할 따름입니다.

미노스 옳아, 그대 말이 맞네. 내 말해 주지. 그건 운명의 잔혹한 법칙 때문일세. 나는 여기 서서 그대를 바라보며 그대의 눈을 살피고 그대가 하는 말을 따져 보고 있네. 나는 그대 생각의 문전(門前)에 나와 있는 비밀을 찾으려 애쓰고 있지. 파도를 일으키고, 소용돌이를 일으키고, 왕국들을 삼켜 버릴 비밀 말일세.

테세우스 제 생각의 문전에 있는 건 신뿐입니다. 신이 그곳에서 눈이 빠지게 기다리고 있습니다.

미노스 무얼 기다린단 말인가?

테세우스 모르겠습니다. 하지만 신과 함께, 저도 기다립니다. 때가 되면 신이 말해 주겠죠.

미노스 때가 되면 나 역시 그대에게 말해 주겠다. 내겐 다른 선택이 없다. 좋든 싫든 나는 그대의 손을 잡아 이끌고 그대에게 내 왕궁의 문을 열어 줄 것이다. 그대를 데리고 내 여인들의 구역

300

과 내 국고와 내 조선소에 안내할 것이고, 내 지하 저장실과 내 과수원으로 안내할 것이다. 그리고 허리춤에서 열쇠들을 꺼내, 땅과 바다를 여는 그 열쇠들을 그대에게 양도할 것이다…… 그러니까 운명의 시간이 닥치면, 그리고 내가 기다렸던 자가 그대임이 입증되면 말일세. 그렇지 않을 경우, 야만족의 왕자, 그대는 그대의 뼈를 이곳 크레테의 땅에 묻게 될 걸세.

테세우스 제 뼈는 제 나라가 길러 주었습니다. 그러니 제 나라 것이고, 그래서 저는 제 뼈를 제 나라에만 양도할 것입니다. 저는 이곳에 죽이러 왔지, 죽으러 온 게 아닙니다.

미노스 경의를 갖춰 말하게. 이 순간은 신성한 순간일세. 젊은 왕자, 그대의 발끝에 나락이 있고, 나의 발끝에도 나락이 있네. 그리고 운명의 여신이 우리 위에서 배회하고 있어. 준비하게나. 난 이미 준비되어 있네. 내 마음은 땅과 하늘과 바다로 가득 차 넘치고, 나는 〈필연〉이 나에게 봉사하게 하는 법을 배웠네. 슬프게도, 지상에선 바로 그것이, 그리고 그것만이 〈자유〉지.

테세우스 〈자유〉란, 자신이 바라는 것을 〈필연〉이 해줄 때를 말합니다. 위대한 왕이시여, 의견이 다른 것을 용서해 주십시오. 〈필연〉은 미천한 사람들을 위해서만 존재합니다.

미노스 조용하게. 그대는 너무 젊다. 새로운 신만이 늙은 신을 죽일 수 있지. 그대가 우리에게 데려온 새로운 신은 누구인가, 금발의 야만인 청년?

테세우스 왜 물으십니까? 알고 계시지 않습니까.

미노스 그래, 알고 있다 ── 금발의 야만인이지.

테세우스 냉엄하고, 당당하고, 불운하죠. 이제야 그 신은 돌에서 벗어나고 있습니다. 손발이 아직 완전히 자유롭진 않습니다. 하지만 위대한 왕이시여, 웃지 마십시오! 저는 그를 완전히 자유롭게 할 것입니다. 그를 대지의 돌 위에서 걷게 하고, 전하의 왕국에 팔을 펼치게 하고, 그것을 소유하게 하겠습니다!

　(침묵)

미노스　멋지다 — 계속해 보라. 마치 죽어 버린 젊은 시절의 내가 뽑내어 말하는 소리를 듣고 있는 것 같다. 나도 그때 세계를 정복하고, 신과 하나가 되고 싶었지! 젊음이란 그런 것일세. 자신이 신과 하나라고 믿지.

테세우스　제 신과 저는 하나입니다. 신이 몸을 굽혀 물을 보면, 제 얼굴이 보입니다. 제가 몸을 굽혀 물을 보면, 신의 얼굴이 보입니다. 우리는 하나입니다. 저에게 무슨 가치가 있다면, 그 가치가 무엇이든, 그건 신의 가치이기도 합니다. 제가 죽으면, 그 신도 죽습니다. 그리고 이제, 저는 신과 함께 미궁에 내려가 전하의 황소 머리 신과 싸워야 합니다.

　열쇠의 최고 관리자시여, 허리띠에서 그 신성한 열쇠를 꺼내 우리가 들어가도록 문을 열어 주십시오.

미노스　그처럼 급하단 말인가?

테세우스　예, 그렇습니다. 노인에겐 시간이 있겠지만 젊은이에겐 없습니다. 바람이 저를 에워싸 휘돌면서 종마처럼 날뜁니다. 위대한 왕이시여, 제 신이 전하의 안마당에서 말을 내렸습니다. 신은 마음이 급합니다.

미노스　마음이 급한 건 그대일세. 하지만 강하다는 건 자신의 힘을 다스릴 수 있다는 것. 젊은이, 잠시 자신을 다스리고, 내 말을 들게나.

　내가 그대처럼 젊음이 한창일 때, 나이 18세에, 살갗은 가무잡잡하고, 머리는 새까맣고, 아직 동정이던 때, 나도 그대처럼 우리의 가장 오래된 야만의 신, 황소를 향해 손을 내밀었지. 난

302

그를 달래면서 이렇게 말했네. 〈괴로워하지 마라. 그대의 머리를 땅에 짓찧어 부수려 하지 마라. 그대의 신성한 힘을 미천한 재주에 낭비하지 마라. 내가 짐승으로부터 그대를 해방시켜 주리라. 내가 그대를 나의 모습으로, 그을린 살갗의 고수머리 청년으로 만들리라. 그대에게 두뇌가 없다면 두뇌도 주리라!〉 하고 말일세.

테세우스 위대한 전사시여, 그런 다음 전하께선 그를 해방시키셨습니다. 살과 살을 부딪쳐 가며 전하께선, 전하의 신과 한 몸이 되어 있는 그 짐승과 싸우셨습니다. 전하께선 짐승을 신으로부터 떼어 내셨습니다. 짐승으로부터 신의 몸을 해방시키셨습니다. 그런데 발에서 목까지만 그렇게 하셨습니다. 그 이상은 못 하셨습니다.

미노스 목소리가 너무 크네. 그가 듣고 있어.

테세우스 그 이상은 못 하셨습니다. 전하께선 신의 머리를 속박된 채로 남기셨습니다. 저는 파시파에의 얘기를 믿지 않습니다. 위대한 미노스 왕이시여, 전하께선 신과 결합하셨습니다. 싸우시는 동안 전하 자신의 격정을 억제하고, 인간을 정복하고, 혼돈을 조화로 변모시킴으로써, 전하께선 황소를 미노타우로스로 만드셨습니다. 그러나 그 이상은 하지 못하셨습니다.

미노스 야만족의 왕자, 누가 그런 말을 그대 입에 담게 하였는가? 누가 그대에게 그런 말을 시키고 있지? 그건 그대의 말이 아니다. 그대 정신의 지혜로는 그런 말을 할 수 없다. 누가 그 엄청난 싸움의 비밀을 무지하고 설익은 어린 정신에 폭로하였단 말인가?

테세우스 모르겠습니다. 아무도 시키지 않았습니다. 젊음이겠죠!

미노스 목소리가 크다고 하지 않나. 그가 다 듣겠다!

(땅을 가리키며) 그래, 맞아. 내가 황소를 미노타우로스로 만들었네. 그 이상은 못했지. 난 지쳤네. 늙었고……. (침묵)

그대는 과업을 완수할 수 있겠나?

테세우스 오, 패배한 승리자시여, 어찌 제가 제 힘의 한계를 알리라 기대하십니까? 싸움을 준비할 때마다 제 힘은 제 안에서 늘 조용했습니다. 하지만 생사의 갈림길에 다다르게 되면, 제 안에 잠들어 있던 굶주린 암사자가 느닷없이 튀어나온다는 걸 알았습니다! 이 땅은 암사자에게 양의 우리와 같았고, 양들의 피 맛은 신선하기 짝이 없었습니다. 사자는 우리 안에 뛰어들어, 입과 가슴을 온통 피범벅으로 만들어 놓곤 했습니다.

오, 왕이시여, 말씀드립니다. 보십시오! 잠들어 있던 제 힘이 안에서 솟구치고 있습니다! 미노타우로스의 냄새를 맡고 미친 듯 날뛰고 있습니다. 어서 문을 열어 주십시오!

미노스 나에게도 나를 향해 손짓하는 신들이 있다네. 난 내 마지막 충고로 그대를 무장시켜 주기 전까진 문을 열어 주지 않을 걸세. 그대도 알다시피, 그대는 혼자서 싸우지 않네. 내가 그대 곁에서 함께 싸우네!

테세우스 마지막 충고라는 건 무엇입니까?

미노스 한때 나도 그대가 지금 내려가려는 곳에 내려갔었지. 나는 그대가 지금 느끼게 될 바로 그 공포를 느꼈네. 내 기억은 지금도 그때의 공포와 기대감으로 넘쳐 나고 있네. 내가 아직 젊다면, 다시 내려갈 걸세. 이 공포보다 더 큰 기쁨은 없으니까. 하지만 슬프게도, 난 늙었어.

테세우스 탄식하지 마십시오. 상관없습니다. 왕께서는 노쇠하였지만 세계는 그렇지 않습니다. 내려가겠습니다.

미노스 그래, 상관없네. 그대는 내려갈 걸세. 그런데 그대의 그 말에는 경멸감과 자부심이 담겨 있군. 그대는 나를 적이라 생각하고 있지만, 아닐세. 그대는 이 싸움에서 내 유일한 후계자이자 나의 동행일세. 나는 믿고 있네. 내가 여러 해 동안 기다려 온 사람이 바로 그대라고.

테세우스 모르겠습니다. 제가 그걸 어찌 알리라 기대하십니까? 문을 여십시오. 알게 될 것입니다!

미노스 침착하게. 그대가 강하다면 자신의 힘을 다스리게. 젊은이들은 어리석고, 성급하고, 겸손할 줄 모른단 말이야. 내가 지금 그대에게 해주려는 말도 소용없을지 몰라. 하지만 어쩌겠나! 난 늙었어. 젊은이에게 말해 주는 게 내 의무지.

테세우스 그럼 괘념치 마시고, 속 시원히 말씀하십시오! 저는 제 목적에 도움이 되는 것만 알아듣겠습니다. 쓸모없고 해로운 말은 건드리지 않고 그냥 흘려버릴 것입니다. 많은 열매를 거두신 노년에 고개를 숙이고 경청하겠습니다. 노(老)전사시여, 당신의 마지막 가르침은 무엇입니까?

미노스 첫째, 땅의 내장으로 내려가 깜깜하고 신성한 동굴에 이르거든, 우리의 신에게 예의를 갖추고 고개 숙여 인사하게. 그는 위대한 투사일세. 그는 땅과 하늘의 세 가지 기본 힘을 갖추고 있네. 짐승과 인간과 신 말일세. 그는 이 땅에 질서를 가져오려 애쓰고, 나도 그와 함께 애쓰고 있네. (침묵) 이해하겠나?

테세우스 한 마디 한 마디 다 이해합니다. 이제 제 차례가 왔다, 그것이, 노전사시여, 당신께서 말하고 싶어 하시는 게 아닙니까? 이제 저 역시 그 일을 위해 싸울 차례가 되었습니다. 그래야 세계가 한 걸음 더 나아갈 수 있지 않겠습니까? 준비는 다 되어 있습니다. 지나가도록 비켜 주십시오.

미노스 서두르지 말게 — 아직 말이 끝나지 않았어. 용감한 청년,

그대 앞에는 세 가지 길이 있다.

테세우스 세 가지 길? 그게 뭡니까? 듣고 있습니다.

미노스 첫째, 미노타우로스를 죽이는 것.

테세우스 난 그 길을 택하겠습니다!

미노스 그대가 그를 죽이면, 그대는 길을 잃게 되네. 다시는 밝은 곳으로 돌아오지 못하게 돼. 그렇게 되면 그대는 뿌리 없는 불구, 저주받은 부친 살해자가 되어 땅 위를 기어 다니게 될 것이다.

테세우스 이 교활한 늙은 왕, 날 겁주려 하지 마시오. 난 두렵지 않소. 난 그놈을 죽이겠소!

미노스 어리석은 청년! 애석하구나. 죽이는 자 역시 죽는다는 걸 모르는가? 그대는 젊다. 막 땅에서 움터 나온 터라 그대의 발과 마음은 아직도 흙에 덮여 있다. 어찌 그대가 세상의 비밀들을 알 수 있겠는가? 그대는 아직 육신을 영혼으로, 그리고 영혼을 대기로 바꿔 놓을 수 있는 시간을 갖지 못했다! 예의를 갖춰 고개를 숙이고 말을 들으라. 그렇지 않으면 내 입을 봉하고 그대가 내 지혜와 애정을 이용할 수 없도록 하겠다.

테세우스 두 번째 길은 무엇입니까, 위대한 왕이시여?

미노스 두 번째 길? 미노타우로스가 그대를 죽이는 것이다. 세 번째 길도 있다. 이 길은 아주 좁고, 아주 어렵다……

테세우스 죽이지도 않고 죽지도 않는 것?

미노스 그렇다. 죽이지도 않고 죽지도 않는 것, 그러나 이기는 것.

테세우스 그건 상상할 수 없습니다. 오, 지혜로운 전사시여, 이제 당신의 조언이 필요합니다. 세 번째의 비밀스러운 길이란 무엇입니까?

미노스 가서 찾으라!

테세우스 왕께선 찾았습니까?

미노스 그렇다. 난 찾았다.

테세우스 그럼 말해 주시오, 노(老)투사 동지여, 시간을 절약합시다. 당신께선 제 곁에서 싸운다고 하시지 않았습니까? 그럼 제가 찾느라 시간 낭비 하지 않도록 당신께서 어느 길을 택했는지 말해 주시오. 당신께서 얼마나 멀리 갔는지 보여 주시오. 제가 거기서부터 시작할 수 있게 말입니다.

미노스 애송이 전사여, 싸움이란 늘 처음부터 시작되는 법. 길은 지워진다. 싸움이 끝나면 길도 끝나고, 다음 싸움에서는 새로 시작된다.

테세우스 그럼 혼자 내려가 그를 찾겠소이다! 여시오, 나는 당신이 필요하지 않소!

그는 문을 향해 돌아서서 손바닥으로 있는 힘을 다해 문을 민다. 미노스, 움직이지 않고 부드럽게 그를 지켜본다. 테세우스, 문에서 물러 나와, 천천히 미노스 쪽으로 걸어가 고개를 숙인다.

테세우스 아버님이시여, 저를 축복해 주십시오.

미노스 (젊은이의 머리에 손을 얹으며) 그렇게 쓰여 있는 거라면, 야만족 청년, 내가 시작했지만 끝내지 못한 그 과업을 완수하라. 할 수 있다면, 내가 열었던 길을 찾아 그 길을 따라 끝까지 가라. 신을 해방시키라, 모조리. 그대는 나의 아들이다. 그대에게 내 축복을 내린다!

테세우스 할 수 있는 모든 것을 다 하겠습니다, 아버님이시여. 저 어두워진 문을 열어 주십시오.

미노스 먼저 그대 허리띠에 숨긴 단검을 나에게 주게. 그대는 무기 없이 내려가야 한다.

테세우스 가져가십시오!

미노스, 허리춤에서 열쇠를 꺼내, 문 쪽으로 걸어가 문에 번쩍이는 커다란 양날 도끼를 새긴다. 문이 천천히 열린다. 그러자 미노타우로스의 무시무시한 신음 소리가 들려온다. 견딜 수 없는 악취에 테세우스가 주춤 뒤로 물러선다.

미노스 (아리아드네가 숨어 있는 기둥 쪽으로 돌아서며) 아리아드네!

아리아드네 예, 여기 있어요, 아버지.

미노스 그 친구의 손을 잡아라 ── 네 마음의 실꾸리를 풀어 그를 안내하라!

아리아드네, 테세우스의 손을 잡는다. 그들은 미궁으로 들어간다. 문이 순식간에 쾅 닫힌다. 미노스, 달을 향해 두 팔을 들어 올린다.

미노스 오, 달이여, 나의 사랑하는 동료여, 그대와 나, 우리는 최선을 다해 밤을 비추었다. 그러나 이제 곧 새벽 동이 트고, 태양이 떠오를 것이다. 슬퍼하지 마라. 편안히 쉬는 마음으로 그대 지는 곳으로 평안히 가라. 나도 평안히 가겠다. 우리는 우리의 의무를 다했다. 우리의 일과는 끝났다.
　　(그는 천천히 걸어 조용히 퇴장한다.)

제2막

잠시 무대는 빈 채로 있다. 처절한 신음 소리가 들려온다. 땅이 흔들리며 기둥이 무너진다. 달빛은 흐릿하다. 선장이 몸을 떨며 헐레벌떡 등장한다. 그는 두려움에 사로잡혀 무릎을 꿇고 땅 밑에서 진행되고 있는 싸움 소리에 귀를 기울인다.

선장 우리의 유일한 희망, 우리 왕자님이 땅 밑으로 내려가 죽음의 신과 싸우고 있다! 들어 보라! 두 위대한 전사가 맞붙어 씨름하니 땅의 밑동까지 흔들리는구나! 왕궁의 벽들이 쩍쩍 갈라지고, 양날 금도끼가 걸린 안마당의 대왕 기둥마저 넘어졌다. 동물과 노예들이 족쇄를 부수고 목숨을 부지하려고 산으로 달아났다!

　내가 그 벌거벗은 크레테를 품었던 깊은 초원에서는 나무들이 제 뿌리에서 떨어져 나가고, 가지들이 휘어 늘어져 땅을 긁어 댔다. 내 짝은 나의 품을 뿌리치고 달아나 버렸다. 난 그 여자를 어둠 속에서 놓치고 말았다! 나는 나무들에 쫓겨 허겁지겁, 네 발로 언덕을 기어올라 달아났다. 그리고 마침내 궁 안으로 피해 들어왔다.

자다가 기겁하여 일어난 궁의 젊은 귀부인들이 반쯤 벌거벗은 채 맨발로 비명을 지르며 안마당으로 뛰쳐나오느라 사방의 문들이 열리고 닫혔다. 한 사람, 위대한 왕만이 안마당 한가운데 산산조각 부서진 기둥 곁에 서 있었다. 그는 꼼짝 않고 서서 묵묵히 달을 바라보고 있었다. 위험에 처한 것은 땅이 아니라 보름달이라는 듯이!

　하지만 세상이 끝장나고 있던 바로 그 시각, 한 행렬이 나타났다. 안마당에서 안마당으로, 테라스에서 테라스로 — 죽음이 예고된 그 아테네의 처녀 총각들, 태평하게 기쁨에 넘쳐, 둘씩 짝을 지어 팔을 두르고 그들을 잡아먹을 미노타우로스의 승리를 찬양하는 노래를 부르며 걸어갔다. 꾀 많은 여사제들이 도대체 무슨 묘약을 먹였기에 저들의 마음 안에선 세상이 저처럼 누그러지고 꽃피어 한 편의 동화가 되어 버렸던 말인가!

처녀 총각의 행렬이 다가옴에 따라 그들이 부르는 승리의 찬가는 점점 커진다.

선장　이제 왔구나. 춤이라도 추듯 참으로 가볍게도 걷는다. 땅에 닿지도 않는구나! 저들은 궁정의 문이란 문은 다 열어 보았다. 방이란 방은 다 지나 이제는 머리에 관을 쓰고 목에는 제물(祭物)의 표시로 붉은 띠를 두른 채 하데스로 통하는 마지막 문으로 다가가 양처럼 고개를 내려뜨리고 살육을 기다리누나!

여섯 쌍의 처녀 총각이 등장한다. 서로 팔을 휘감은 채 행복한 표정들이다. 일곱 번째 처녀가 조그만 북을 치면서 일행의 선두로 나선다. 테세우스의 짝이다. 총각들의 목에는 작은 황소 탈들이 걸려 있다.

첫째 청년 여보게들, 날 좀 붙들어 줘. 넘어지지 않게. 난 너무 황홀하여 걸을 수가 없네.

이 얼마나 아름다운가, 이 무슨 향기이고, 이 무슨 정원들인가! 여기가 무슨 궁전이기에 이처럼 기적들이 넘쳐흐르나! 얼마나 많은 밤을 우리가 이곳에서 돌아다녔나. 그런데도 아직 볼게 남아 있고, 도무지 끝이 없어 보이네.

첫째 처녀 여드렛날 밤을, 우리는 이 문 저 문을 지나 층계를 오르내리며 소리쳐 불러 댔지요. 「당신은 어디 있습니까? 사랑하는 짐승이여, 어디로 가면 당신을 찾을 수 있습니까? 우리에게 문을 열어 주세요. 우리는 바다 건너에서 당신의 고통스러운 울음소리를 듣고 당신을 자유롭게 하기 위해 왔답니다.」

첫째 청년 옛적에는 당신도 미남 왕자였습니다. 그런데 못된 마녀, 운명의 여신이 당신에게 나쁜 주문을 걸어 인간을 잡아먹는, 추하고 혐오스러운 짐승으로 바꿔 버렸지요.

첫째 처녀 울지 마세요, 사랑스러운 친구, 신음하지 마세요. 제가 운명의 여신을 몰아낼게요! 사랑하는 나의 짐승이여, 사람들이 그럽디다. 처녀가 당신의 입술에 키스하면 나쁜 주문이 깨져, 뿔이 떨어지고, 당신은 다시, 왕자님, 태양처럼 빛나게 된다고요! 아, 나오세요, 어디에 있습니까? 오세요, 제가 입 맞춰 드릴게요.

처녀들 저도요! ……저도요! ……저도요!

첫째 청년 아! 뱃사람 모자를 쓴 이 염소수염은 누구지? 여보게들, 이 사람, 어디선가 본 것 같지 않나? 한데 어디지? 어느 땅에서 봤지? 어느 먼 항해를 할 때? 이 사람을 우리가 꿈에서 보았나, 생시에 보았나? 난 생각이 안 나네.

청년들 나도 안 나…… 나도…… 나도!

선장 (웃어 대며) 단 포도주에, 독한 향내에, 끝도 없는 기쁨에 취해 자네들 정신이 어지럽구먼, 이 덜 익은 처녀 총각들아. 나를 몰라보겠나? 난 자네들 배의 선장 아닌가? 잊어버렸나? 우리가 바다를 건너와 여기 크레테에 닻을 내린 걸 모두 함께 꿈에서 보지 않았나.

 잠에 끌려 나는 우리 땅을 떠나 거품 이는 바다의 파도를 타게 되었지. 내가 붉은 돛들을 펼치자, 목이 백설같이 흰 새 일곱 쌍이 해안에서 날아와 내 머리 위를 빙빙 돌며 지저귀더군. 내가 그놈들을 보고 소리 질렀지. 「이 행복한 새 떼는 무슨 새인가? 비둘기와 갈매기, 그리고 그 짝패들인가? 아니면 사신(死神)이 다가올 시간이 되면 그 어떤 새보다 멋지게 울어 댄다는 그 전설의 당당한 새들인가?」 그러자 내 마음이 더 흐릿해지면서, 새들이 한 쌍씩 내 배의 상갑판에 내려와 앉았는데 — 내려 앉으면서 이것들이 처녀 총각들로 변하지 않겠나……

 내 배가 젊은이들로 꽉 찼었네. 내 젊은 시절이 떠올랐지. 난 키를 움켜쥐었어. 생각나지 않나? 내가 소리쳤잖아. 「세상의 바다와 땅은 모두 우리 것이다, 젊은 친구들, 말해 보라! 어디로 가고 싶은가? 말만 하면, 내가 그곳으로 데려다 주겠다! 이 것은 꿈이다, 친구들, 이것은 자유다! 우리는 하고 싶은 건 무엇이든 할 수 있다. 가고 싶은 곳은 어디든 갈 수 있다. 사위의 바람이 우리 명령을 따른다. 불어라, 북풍이여, 우리를 크레테로 데려가라!」

 그래서 우리는 이 마법이 어린 불멸의 땅에 상륙했지…… 자네들에게 후회가 없다는 걸 아네. 하지만 조심들 하게! 목소리를 높이지들 말게. 그러면 다들 깨어날지 몰라!

 난 자네들을 위해 이 말을 하는 걸세. 자네들이 뭘 보고, 뭘 듣든, 설사 죽음의 신이 직접 자네들 앞에 나타난다 하더라도, 겁을 집어먹지 말게. 이 모든 건 정신의 장난이니까. 바람이 즐기고 있는 작은 놀이이니까. 실제론 아무것도 존재하지 않아. 이건 다 꿈이네! 그래, 꿈이야, 친구들, 바다를 걸고 맹세하지만 모든 게 꿈이네. 삶과 죽음, 기쁨과 고통, 진실과 거짓, 그것들이 다 꿈이란 말일세…… 그러니 우리 용감해지세!

첫째 청년 좋아요. 하지만 여우 같은 선장님, 길 좀 내주시지요. 이 꾸부러진 무거운 뿔이 달린 문은 무엇이죠? 옆으로 비켜 주세요. 들어갑시다! 이게 이 궁에서 마지막 문입니다. 딱 하나 열어 보지 않은 문이죠. 그러니 열어 봐요!

첫째 처녀 오, 이게 무슨 지독한 냄새야! 이 안에 그 짐승이 있는 게 틀림없어요, 우리 내려가서 그를 안아 줘요!

모두 함께 문을 두드린다.

선장 그렇게 요란하게 두드리면 안 돼. 소리치지 말게. 정말이야. 그놈이 깨겠어!

　　(혼자 서 있는 짝 없는 아가씨에게 돌아선다.) 아가씨, 북을 쳐. 도와줘! 꿈을 더 잘 꾸도록 분위기를 돋우자고. 꼬마 유혹자 에로스를 불러 도와 달라 하자고. 그의 형, 죽음의 사신이 오기 전까진.

짝 없는 처녀 왜 죽음 이야기를 꺼내죠? 내 짝, 테세우스는 어디 갔어요? 그이가 살아 있기만 하면 난 죽음이 무섭지 않아요.

선장 어떤 테세우스? 아가씨도 정신이 나갔군. 테세우스가 여길 뭐 하러 오겠소? 제 궁전에서 느긋하게 쉬고 있거나 계곡으로 사냥하러 나갔겠지.

짝 없는 처녀 바보 취급 마세요, 똑똑한 선장님. 내 정신엔 이상이 없어요. 마법의 술을 마시지 않았거든요. 사실을 말해 주세요!

선장 (땅을 가리키며) 테세우스는 지금 싸우고 있소.

짝 없는 처녀 그럼 왜 죽음 이야기를 꺼내는 거예요? 그이가 짐승들하고 싸우는 게 어디 처음인가요. 늘 이기잖아요. 이번에도 이길 거고.

선장 땅의 내장에 들어간 사람은 아무도 살아 돌아오지 못했소. 아가씨, 죽음의 힘은 당할 수 없어요. 이 진실을 감당하지 못하겠거든, 잔칫상에 돌아가 마법의 술을 마셔요. 그럼 진실은 환상이 되고 아가씨는 구원받을 테니까.

짝 없는 처녀 아뇨. 테세우스 대하기가 부끄러울 거예요 — 마시지 않겠어요.

선장 그럼 북을 치시오, 저 친구들이 불쌍하지 않소? 이 모든 게 꿈이라고 믿게 만들 테니 도와줘요.

　(손뼉을 치며) 친구들, 내 말을 들어 보게들. 조용히 하고! 꿈을 꾸고 있는 이상 부끄러울 것도, 자랑스러울 것도, 두려울 것도 없다네. 다 공허한 것들이지. 그러니 오늘 밤, 우리가 깨어 있을 때는 용기가 없어 못하는 것들을 이 꿈속에서 다 해보세! 아가씨들, 키스를 받아 보았거나 받아 보지 못한 아가씨들, 여러분의 꽃피는 가슴을 드러내고 총각들이 그리로 모여들게 하시오. 빨리들, 꿈을 깨기 전에! 그리고 여러분, 총각들, 궁전의 귀부인들이 준 황소 탈을 쓰고 황소들이 되게나. 그리고 아가씨들에게 달려들어. 총각들, 이 얼마나 멋진 아가씨들인가! 환한 데서 아가씨들을 보게나. 진짜 처녀들 아닌가? 들리지 않는가? 얼마나 달콤한 신음 소리를 내고 있는가? 올라들 타게, 황소 청년들. 나긋나긋한 처녀 암소들일세. 아가씨들을 올라타!

314

처녀가 빠르게 북을 친다. 처녀 총각들은 깔깔거리며 짝끼리 관능적인 씨름에 열중한다.

첫째 청년 (첫째 처녀에게) 이봐요 아가씨, 가슴을 내놓아 봐요. 당신 입술을 줘. 왜 수줍어해요? 이건 꿈인데. (웃으며) 거절하면, 당신 옆구리를 찔러 잠을 깨게 할 거야!

첫째 처녀 그러지 마요. 깨고 싶지 않아요!

선장 이건 꿈이야. 꿈속에서 사람 영혼은 못할 게 없어! 바람을 올라타 날고, 바다 위를 걷고, 선악도 없고, 네 것 내 것이 없어. 서로들 얼싸안고 입 맞춰! 어서, 어서, 불쌍한 친구들아, 꿈이 깨기 전에!

　　(짝 없는 처녀에게) 어서, 아가씨. 북을 쳐요! (선장은 다시 손뼉을 친다.) 들어 봐요!

다들 멈추어 지켜본다.

선장 자 이제, 친구들, 죽음의 신이 나타날 걸세. 하지만 무서워하지들 말게. 못생긴 털투성이 짐승의 모습으로 나타날 테니. 이빨이 커다랗고, 반은 사람, 반은 황소일세. 그놈이 우릴 보면, 겁을 주려고 으르렁거리면서 땅을 떨게 만들 거야! 하지만 우린 비밀을 알고 있네. 죽음은 아무것도 아냐. 꿈에 지나지 않아. 꿈은 자네들에게 겁을 줄 수 없다네. 그것에 대해선 생각할 거 없어! 자네들이 갖고 있는 그 탈을 얼른 쓰고, 다들 수소가 되고, 암소가 되게. 하고 싶은 건 뭐든 할 수 있으니까. 사랑 놀이를 시작하게!

총각들이 탈을 쓰고 투우를 흉내 내어 처녀들을 뒤쫓는다. 그들은 웃어 대며 얼싸안고 씨름한다.

선장 친구들, 너무 서두르지 말고, 천천히 하게. 잘못하면 깨겠어!

아름다운 피리 소리가 땅 밑에서 들려온다. 다들 놀라 멈춘다.

짝 없는 처녀 (선장에게) 누가 밑에서 피리를 불죠? 아깐 으르렁거리면서 겁을 주더니 이젠 피리를 부네요. 아름다운 피리 소리가 땅에서 올라오고 있어요. 사람 맘을 정말 포근하게 달래 주네요! 선장님, 싸움을 그쳤나요? 어떻게 된 건지 좀 말해 주세요.
선장 (어깨를 으쓱하며) 아가씨, 우리도 이제 취했나 보오. 피리소리가 들린다고 꿈꾸고 있으니까.
짝 없는 처녀 아니, 아니에요. 이건 꿈이 아니에요. 그들이 싸움을 그쳤어요, 선장님. 짐승이 신음 소리도 내지 않고, 땅도 흔들리지 않아요. 들어 봐요, 얼마나 아름다운 가락이에요!

그들은 한참 동안 넋을 잃고 듣는다. 음악이 돌연 중단되고, 짝 없는 처녀가 소리친다.

짝 없는 처녀 피리가 조용해졌어요, 선장님. 아름다운 가락이 멈췄어요! 흉조일까요? 무슨 뜻이죠? 선장님은 아시잖아요. 바다도 많이 다니고 사람도 많이 만났으니까.
선장 모르겠소. 이런 바다는 항해해 본 적이 없어서…….
짝 없는 처녀 저들이 왜 이렇게 조용할까요. 선장님, 무슨 생각 하고 있죠?

선장 아가씨, 난 세 가지 정적(靜寂)이 있다고 생각하고 있소이
다. 화해하고 난 다음의 정적, 그들은 친구가 되어, 더 이상 싸
우지 않게 되었소. 그래서 조용한 거요. 죽음 다음에 오는 정
적, 카론[4]이 테세우스의 영혼을 가져갔소. 그래서 조용한 거
요. 승리 다음에 오는 정적, 짐승이 죽은 것이지!

짝 없는 처녀 선장님, 내 가슴이 소리쳐요. 짐승이 죽었다고!

선장 그런데 내 마음도 소리치오. 테세우스가 죽었다고!

젊은 처녀 하나가 문을 두드린다.

첫째 처녀 그 짐승에게 입 맞추고 싶어!

둘째 처녀 나도!

셋째 처녀 나도!

넷째 처녀 나도!

젊은 총각이 문을 두드린다.

첫째 총각 그 짐승을 해방시키고 싶어!

둘째 총각 나도!

셋째 총각 나도!

넷째 총각 나도!

젊은 처녀 총각들이 문을 요란하게 두드린다. 문이 서서히 열리더니 테세우

---

4 저승의 강으로 죽은 자의 혼을 싣고 가는 나룻배 사공.

스가 나타난다. 그의 뒤에 아리아드네가 서 있다. 테세우스, 창백한 얼굴로 문틀에 기댄다. 짝을 이룬 처녀 총각들이 비명을 지르며 서로를 흔들어 대기 시작한다. 꿈에서 깨어난 듯, 술에서 깨어난 듯하다. 그들은 테세우스 앞에 쓰러져 그의 손과 무릎에 입을 맞춘다.

테세우스 어서 배로 가자! (선장을 향해) 선장, 검은 돛을 올리시오. 우린 출발하오.

선장 검은 돛이라고요, 왕자님?

테세우스 검은 돛이오! 그리고 배의 고물에 왕좌를 준비하시오. 이번에는 우리와 동행할 위대한 길동무가 있을지 모르니!

선장과 열세 명의 처녀 총각이 퇴장한다. 테세우스와 아리아드네는 남아 있다.

제3막

테세우스가 문틀에 기대어 있다. 창백한 얼굴로 생각에 잠겨 있다. 흰 튜닉에 두꺼운 피 얼룩들이 보인다. 그는 피 묻은 두 손을 바라본다. 금빛의 투명한 달이 수평선으로 지고 있다. 멀리서 수탉의 울음소리 들려온다.

테세우스 새벽이오.

아리아드네 (테세우스의 손을 부여잡고 입 맞추며) 끝났어요.

테세우스 그렇소. 끝났어. 하지만 이것은 시작에 불과하오.

아리아드네 어떻게 이겼죠?

테세우스 가만히 있으시오!

아리아드네 가만히 있을 수 없어요. 생각만 해도 떨려요. 그런데 이렇게 무서워 떨고 서 있으면서도 당신이 어떻게 이겼는지 궁금해요.

테세우스 불경스러운 말은 하지 마시오. 난 그를 이기지 않았소. 당신도 거기 있었잖소. 당신은 우리를 보고 있었소. 우리는 얼싸안았소. 싸우지 않았소.

아리아드네 하지만 처음에는…… 봐요, 그 무서운 싸움에 궁전의 벽들이 다 갈라졌어요.

쿠로스 319

테세우스 처음에 무슨 일이 있었는지는 잊으시오. 우리가 입 맞추는 걸 보았소? 우리가 웃으며 얼싸안는 걸? 그러고 나서⋯⋯. (그는 숨을 깊이 들이쉰다.)

아리아드네 그러고 나선, 나의 왕자님?

테세우스 가만! 우선 숨부터 쉽시다! 난 아직 그 엄청난 세 차례의 입김에서 벗어나지 못해 숨이 막힐 것만 같소. 아침 공기 좀 마십시다. 살아 있다는 건 정말 기쁜 일이오. 새벽을 본다는 건, 상쾌한 산들바람을 쐰다는 건, 그리고 아무 생각도 하지 않는다는 건! 아무 생각도, 아무것도! 아리아드네, 내 정신이 쉴 수 있도록 해주시오. 생각을 하지 않아도 되게끔!

아리아드네 지쳤나요?

테세우스 아, 물 한 모금만 마실 수 있었으면. 목이 바짝바짝 타오.

아리아드네 궁 안뜰에 물이 나와요. 가서 좀 떠 올게요. (서둘러 나간다.)

테세우스 피곤하다. 정말 끔찍한 공포, 정말 끔찍한 고통이었어! 어둠 속을 더듬다 그 두 눈을 발견했던 순간, 그 번쩍이던 눈 ─ 사람의 눈처럼 슬프고 생각이 깃들어 보였지! 울고 있는 것 같았어!

　아, 익숙하고 사랑스러운 대지의 산들바람, 땅 위 세상의 향기로운 숨결아, 나에게 불어라. 나를 식혀 주고, 날 씻어 다오! 내 머리카락은 온통 거미줄투성이이고, 나의 뼈들에는 아직도 하계(下界)의 곰팡이가 달라붙어 있다. 내 입과 콧구멍에선, 대형(大兄)이여, 그대의 진짜 얼굴을 망가뜨려 욕스럽게 만든 그 짐승의 독한 입김이 지금도 느껴진다.

　정말 참을 수 없는 악취였다. 정말 무서웠다. 정말 처절하게 싸웠다. 짐승의 두꺼운 살가죽을 꿰뚫고 들어가, 그대 안의 음

320

성에 도달하려고! 애원하듯 나직이 내 이름을 부르던 희미한 인간의 목소리에 말이다! 내가 그것에 도달해 그 울음과 하나가 되었을 때, 얼마나 처절한 싸움이 또 새로 시작되었던가. 그대의 머리끝까지 기어올라 그대의 성스러운 머리에서 머리털과 뿔과 오물을 청소하고, 이제는 더 이상 더럽지 않고 평화롭게 해방된 그대의 신성한 얼굴을 기쁨으로 어루만지기 위해서 말이다.

그대는 자유로워지기 위해 얼마나 오랜 세월을 싸워 왔던가? 이름 없는 무거운 육신에 뭉개진 불멸의 영혼이여, 그대는 몇천 년을 수치와 고통으로 신음하였으며, 탄식하고 소리치며 도움을 청했는가? 우리가 맞붙어 씨름했을 때, 우리의 입김이 뒤섞였을 때, 그대는 어떻게 나를 알아보고 이름을 불렀던가? 그대는 내가, 그대가 기다렸던 자였음을 알고 있었던가? 나는 그대를 어떻게 부르면 좋겠는가? 아버지? 동지? 외아들? 우리는 헤어졌고, 그리고 아, 슬프게도, 나는 어둠 속에서 그대의 해방된 얼굴을 뚜렷하게 식별할 수가 없었다!

아리아드네, 물 한 사발을 들고 도착한다. 테세우스가 두 손으로 빼앗듯 사발을 가져간다.

테세우스 대지여, 사랑하는 어머니여, 이것은 당신의 젖입니다. 이것이 뼈에 물을 주어 뼈들이 기쁘게 삐걱거리며 움직일 수 있도록 해줍니다. 이것은 영혼을 식혀 주고, 사람에게 날개를 달아 줍니다! 나는 당신의 물을 — 술이 아니고 물을 — 마실 때에야 나의 신과 만납니다! 어머니 대지여, 당신의 건강을 기원하며 마십니다. 그리고 제가 여기 다시 돌아와 당신에게 인사드립니다. (그는 허겁지겁 물을 마신다.)

아리아드네, 당신에게 건강을! 이 시원한 물 한 사발 마시고 우리 헤어집시다. 당신에게서 다른 기쁨은 바라지 않소. 당신이 나에게 다른 기쁨을 줄 수도 없고.

아리아드네 모진 말이군요. 집어 담으세요! 이제 싸움도 끝났으니 행복이 시작됩니다. 싸움은 뒤로 지났고, 사랑이 앞에 놓여 있어요. 당신 손을 주세요. 당신을 밝은 데로 안내할게요. 어둠 속에서 당신을 안내했듯이.

테세우스 아리아드네, 당신은 이미 나에게 그지없이 큰 기쁨을 주었소. 우린 죽음을 함께 정복했소. 당신은 당신 운명의 봉우리까지 왔어요. 앞에 놓인 건 나락뿐이오. 더 이상 가지 말아요!

아리아드네 당신의 말은 뒤틀려 있고 모호해요. 의기양양한 정복자 양반. 당신 마음은 미궁이에요. 하지만 그 미궁이 끝나는 곳, 거기 어둠 속에서, 난 당신의 생각을 알아볼 수 있어요. 커다랗고 날카로운 양날 도끼처럼 빛을 내고 있으니까.

테세우스 아리아드네, 이제 세상이 얼마나 넓어졌소! 세계가, 아니, 더 커진 건 내 마음인가? 왜 이제 내 마음이 친구와 적을 함께 껴안는 것이겠소? 어찌 그것이 흙과 물을, 대지와 하늘을, 그 모든 것을 반갑게 맞아들이면서 그것들을 처음 본다고 할 수 있겠소?

오, 명망의 왕궁들과 하늘의 정원들이여, 오, 항구의 배들이여, 대대로 쌓여 온 항아리의 보물들이여, 너희를 다시 보니 기쁘기 한량없구나! 안녕들 하시오, 피부가 가무잡잡한 사람들, 돌과 목재와 산호를 다루는 허리 잘록한 명장들, 땅과 바다의 일꾼들! 그대들도 안녕하시오, 입술에 연지 바르고 손이 가냘픈 여인네들, 우리 여인네들에게 옷 입는 법, 벗는 법, 입 맞추는 법, 말하는 법을 가르칠 노련한 장인들! 경이로운 신세계가 막 내 신(神)의 두 손에서 솟구쳐 나왔소. 기쁘기 한량없소이다!

아리아드네 당신, 정말 기뻐하고 만족스러워하는군요. 당신 이마가 빛나는 것 좀 봐. 햇빛을 흠뻑 받은 바윗돌 같아요. 아무래도 이마가 커진 것 같아!

테세우스 저 위대한 투사가 살던 구불구불한 굴에 들어갔을 때만해도 나는 야만족이었소. 그리고 난 돌아왔소. 뭐라 표현해야 좋을지 모르겠소…… . 아리아드네, 그 새로운 희망과 그 새로운 덕, 그 새로운 동정(童貞), 그 새로운 힘, 그리고 그 새로운 신을 묘사하려면 뭔가 새로운 말을 만들어 내야 해요.

아리아드네 내 사랑, 당신 아직도 신들에게 관심이 있어요? 사람들을 그런 식으로 몰아가는 건 정말 끔찍한 저주예요! 사람들은 끊임없이 그림자들하고만 싸우고 있어요! 구제 불능이에요. 신이 육신으로서만 존재하고, 힘쓰고, 기뻐한다는 것도 모르고 말이에요.

테세우스 아리아드네, 더 나아가선 안 되오!

아리아드네 망하는 한이 있더라도, 내 욕망이 원하는 데까지 가야 겠어요. 내 영혼은 당신의 영혼과 똑같아요. 투사죠. 왜 줄곧 궁 쪽을 바라보고 있죠? 누굴 기다리는 거예요? 거기에서 올 친구는 아무도 없어요. 요새의 파수병들이 틀림없이 당신을 봤을 거예요. 이제 곧 나팔들이 왕을 불러내려고 악다구니를 쓸 겁니다. 이 땅에선 나팔조차 사람처럼 소리를 질러 대요. 시(市)가 깨어나고 사람들이 일어날 거예요. 무서운 메시지가 문에서 문으로, 입에서 입으로 순식간에 전달될 거예요. 〈신이 죽었다〉고. 그러면, 당신은 이 궁을 살아서 떠나지 못해요! 하지만 아직 시간은 있어요. 자, 손을 이리 줘요. 가요!

테세우스 기다려요······ 아직은 아니오······. 나는 이제 서두르지 않겠소. 먼저 난 나의 아버지와 작별해야 하오.

아리아드네 당신의 아버지와?

높은 곳의 파수병들이 불어 대는 요란한 나팔 소리가 들려온다. 궁은 온통 북새통이다. 개들이 짖어 대고, 문들이 여닫힌다.

아리아드네 빨리요, 떠나야 해요. 들리지 않아요? 궁은 난리 통이에요. 나팔은 미친 듯이 울어 대고, 노왕(老王)이 나오고 있어요. 노했어요. 왜 웃죠? 뭘 생각하고 있어요?

테세우스 모든 것을 다 아는 이가 어찌 노할 수 있겠소? 금방 알게 될 거요 ── 왕은 내 머리에 그분의 유능한 두 손을 얹고 나에게 축복을 내릴 거요. 그렇소, 여자여, 축복을 줄 거요. 내가 그분의 진정한 아들이니까!

아리아드네 테세우스, 그런 말 하면 무서워요. 당신 얼굴이 창백하고, 손은 불덩이 같아요. 당신의 말은 실성한 말이에요. 싸우고 얼싸안느라 정신이 고장나 버린 거예요. 자, 떠나요. 와요, 바다의 강풍을 몸으로 맞으며 다시 느껴 봐요.

테세우스 나는 그분의 진정한 아들이오. 고장이 난 건 내 정신이 아니오, 세상이지. 여자여, 그래서 당신이 무서워하는 거요.

  노왕은 싸우는 데 지쳐 희망의 길을 다 가지 못하고 중간에서 멈춰 버렸소. 그래서 세계가 그분과 함께 멈춰 버린 거요. 하지만 나는 그분의 싸움을 이어받아 끝까지 해냈소. 나는 그분이 떠난 자리에서 세계를 움직였소. 난 세계를 앞으로 움직였소. 아들이라고 하는 것은 그걸 뜻하는 것이오.

아리아드네 아아! 이제 우린 갈 수 없어요 ── 왕이 와요!

미노스, 천천히 걸어 등장한다. 그는 왕관이나 보석 같은, 왕의 치장도 갖추지 않고 왕의 단장도 쥐고 있지 않다.

아리아드네 아, 서두르시느라 흰머리에 왕관을 쓰는 것도, 황금 백합 장식이 있는 단장을 가지고 나오는 것도 잊으셨구나. 보통 인간처럼, 맨 길바닥을 비틀비틀 걸어오시네. (그녀는 달려가 왕의 팔을 붙든다.) 아버지!

미노스는 조용히 그녀를 옆으로 밀어낸 뒤 멈추지 않고 천천히 테세우스 쪽으로 간다. 테세우스가 문에서 떨어져 나와 두 팔을 벌린다.

테세우스 아버님, 크게 기뻐해 주십시오! 제가 아버님의 과업을 완수했습니다.

미노스, 손을 들어 테세우스가 자신의 몸을 건드리는 것을 막는다.

미노스 그대 살아 있군!
테세우스 모르겠습니다, 아버님. 생사를 넘어선 것 같습니다. 제 안의 불멸의 영혼이 밖으로 넘쳐흘러 머리부터 발끝까지 뒤덮어 버린 것 같습니다. 대지의 대기를 숨 쉬니 기쁩니다. 따뜻한 땅을 밟고 걸으니 기쁩니다. 연로하신 당신의 탁월한 두 손에 저는 이제 크나큰 소식을 전합니다. 아버님, 저는 당신의 과업을 성취하였습니다. 이제 당신은 편안히 돌아가실 수 있습니다.
미노스 목소리를 낮추라. 지나친 기쁨은 천박하여 위대한 영혼에 어울리지 않느니라.
테세우스 지나친 슬픔도 마찬가지입니다, 위대한 왕이시여!

미노스 그래, 지나친 슬픔도 마찬가지다. 하지만 오만한 언동도 마찬가지다. 그대는 힘과 승리를 쟁취한 순간에도 정신을 명료하고 초연하게 유지하여, 그대 자신에게가 아니라 그대의 신에 전념할 수 있겠는가? 그때라야만 그대는 나를 아버지라 부를 수 있다.

테세우스 의미심장한 말씀이십니다. 저는 그저 젊음을 정복할 시간을 청할 뿐입니다. 젊음이 한량없는 기쁨과 슬픔에 빠지면 그것은 장애가 되니까요.

미노스 그대는 하데스에서 올라왔다. 기쁨이나 슬픔 따윈 집어치워라. 그대가 어찌 그런 말을 할 수 있는가! 그런 건 잊어버리라. 안락과 친절과 희망 따위도 잊어버리라. 그것들은 죄다 노예의 여주인들이다. 그것들은 잊어버리고 내 말에 대답하라. 그대의 흰 튜닉에 묻은 이 핏자국들은 무엇인가? 그건 누구의 피인가? 그대의 것인가, 그의 것인가?

테세우스 제가 그걸 어찌 알리라 생각하십니까? 우린 둘 다 피로 범벅이 되었습니다. 우린 둘 다 황소처럼 싸웠습니다. 우린 그렇게 시작했습니다. 공포에 떨며, 피범벅이 되어…….

미노스 그만! 그대는 그 위업을 아직 다 완수하지 못했네. 조심하게. 그대 젊음의 오만 때문에 그대 자신도 모르는 사이에 부적절한 말이 튀어나올 수 있네.

내 딸아, 너에게 묻겠다. 저 아래에서 무슨 일이 있어났느냐? 저 야만족이 어떻게 비밀 통로를 알아냈지? 나는 너에게도 가르쳐 주지 않았다. 내가 죽을 때쯤에야 알려 주려 했던 것이니까. 그보다 더 큰 비밀은 없다. 그것이야말로 왕이 후계자에게 넘겨주는 진짜 왕관이다. 그런데 이 야만인이 그걸 알아냈다. 어찌 된 일이냐, 응? 어찌 된 거야?

아리아드네 전 모르겠습니다, 아버지. 알 수 없습니다. 둘은 마주 보자 서로를 붙들고, 숨을 헐떡거리며, 물어뜯고, 신음 소리를 냈습니다. 그런 다음이었습니다. 그들의 눈이 내뿜는 광채 속에서 얼핏 눈에 띈 게 있었습니다. 테세우스의 금발 머리에도 구부러진 커다란 뿔이 돋아나 있는 것이 아니겠습니까!

하지만 둘이서 씨름하며 신음 소리를 내는 동안, 저는 갑자기 땅이 꺼지는 듯한 한숨 소리를 들었습니다. 한없이 부드럽고 동정심에 가득 찬 한숨이었습니다. 전 용기를 내어 피리를 꺼내 들고 소들을 순하게 만드는 마법의 가락을 불었습니다. 그러자 그들의 격투가 서서히 순해지더니 나중에는 아주 부드러워졌습니다. 그들은 기분 좋게 한숨을 내쉬었어요. 그런데 한순간, 울기 시작하는 것 같았습니다. 그러더니 둘이 나란히 드러누워 서로 어루만지고 얼싸안고 소곤대는 거였습니다. 웃기도 하고 울기도 했습니다. 그러다 보니 이제 두 황소의 뿔과 입은 어둠에 잠겨 보이지 않았습니다. 대신 저는 그 황량한 동굴에서 행복감으로 빛나는 두 인간의 환한 얼굴을 보았습니다. 그들은 흡족한 듯 소곤거리고 신음 소리를 냈어요. 그들은 기쁨에 넋이 나가 있었습니다.

미노스 애야, 소곤대는 소리나 넋이 나간 말도 심각한 생각을 숨길 수 있는 법이다. 사람은 그걸 가린 껍질을 벗겨 낼 수 있는 힘을 가져야 한다. 여자에겐 그런 힘이 없다. 여자는 겉껍질 이상을 벗기지 못해. 애송이 투사, 그대는 더 이상 갈 수 없었을 것이다. 그대 눈을 들여다보면서 내가 묻겠다. 눈물을 흘리고 얼싸안은 다음, 어떻게 되었나? 그 기분 좋은 황홀경 다음엔? 나도 그 이상은 가지 못했다.

테세우스 침묵에 빠져 들었습니다.

미노스 아!

테세우스 침묵에 빠져 들었습니다. 노투사여! 그게 우리 싸움의
절정이었습니다.

미노스 난 침묵에까진 이르지 못했다. 그럴 수 없었지. 너무 서둘
렀다. 밝은 데로 나가 세상을 정복하고 싶어 안달이 났었다. 그
러고선 세계를 정복하러 나섰을 때, 난 발밑에서 아직 예속을
벗어나지 못한 채 신음하고 있는 신을 잊어버렸어…….

그런데 그대는 ─ 장한 일을 했으니 기뻐할 만하다! 그대는
더 갈 수 있었다. 그대는 아들의 빚을 갚은 셈이다. 그래, 그러
고 나서, 그 성스러운 침묵에 들어가고 나선? 그다음엔 어쨌나?

테세우스 이야기를 했습니다. 우리는 침묵 속에서 많은 일을 결정
했습니다. 그리고 이제 그것들을 실행하기 위해 땅 위로 올라
왔죠.

미노스 그래서 그대들 둘은 하나로 합쳤다. 그러고는 나란 존재도
여기에 있다는 사실을 잊어 먹었다, 그 말인가? 그럼 신마저 늙
은이는 용서할 수 없다 이건가?

(침묵)

그대 둘은 내내 말없이 그걸 얘기했단 말인가?

테세우스 저도 왠지 모르겠습니다만, 말이 필요 없었습니다. 필요
했다면 말을 했겠지요.

미노스, 테세우스 쪽으로 한 걸음 다가간다. 그는 나지막하고 의례적인 어조
로 말한다.

미노스 그대는 의식(儀式)의 세 문, 피와 눈물과 침묵의 문을 모두
통과했다. 나는 그대에게 배어 있는 세 가지 위대한 숨결의 냄

새를 맡을 수 있다. 황소의 것과, 미노타우로스의 것, 그리고 신의 것이다. 나는 기쁨과 슬픔을 넘어, 절망과 희망을 넘어, 담담히 손을 들어 올린다. 환영하노라, 크레테의 왕이여!

아리아드네 (소리 지르며) 크레테의 왕이라고요!

테세우스가 미노스의 손을 잡으려 하지만 미노스는 뒤로 물러선다. 노왕은 이제 지고 있는 달을 바라보며 작별하듯 달을 향해 손을 흔든다.

미노스 오, 달이여, 맑게 얼어붙은 내 젊음의 빛바랜 장식이여, 그대는 마침내 지는구나. 가라! 가라, 저 위대한 농부, 젊음과 힘을 새로 갖춘 태양이 이제 한껏 뽐내며 찬란하게 떠오를 터이니.

아리아드네 아버지……. (그녀가 미노스의 손을 잡으려고 다가간다.)

미노스 크레테는 나를 버리고 있다. 신이 나를 버리고 있다. 이젠 네 차례구나, 애야……. 너도 나를 버리느냐?

아리아드네 용서하세요, 아버지……. 전 사내가 아닙니다. 전 여자이고, 제 시간이 왔습니다.

미노스 맞다, 애야. 네 시간이 왔구나. 그럼 잘 가라!

아리아드네 아버지, 가시나요?

미노스 어찌 갈 수 있겠느냐? 난 아직 내 잔을 다 비우지 않았다. 끝까지 다 마셔야 한다. 마지막 한 방울까지 즐겨야지.

아리아드네 저에게 축복을 내려 주세요, 아버지!

미노스 운명의 여신은 나에게 사내애를 주길 겁냈다. 그래서 난 완고한 사람이 됐지. 나는 이렇게 말했다. 〈난 운명에 대항하겠다. 그게 진정한 사내의 의무이다〉라고. 그래서 첫 소산(所産)인 널 데리고 나가, 태양 앞에, 바다 앞에, 사람들 앞에 풀어 놓았다. 그래서 네가 그을리고, 무르익고, 여자로 태어난 신의 저주를 이겨 내어 나의 아들처럼 신의 보호를 받는 왕좌에 오르도록 말이다. 난 너에게 소와 싸우는 법, 배를 지휘하는 법, 피를 겁내지 않고 싸움터에 뛰어드는 법을 가르쳤다. 네가 자라면서 나는 우리 신에 대한 많은 비밀을 너에게 조금씩 조금씩 가르쳐 주었다. 아리아드네야!

하지만 다 헛수고였다. 운명이 이기고 말았다. 하기야, 알고 있었지. 운명의 여신이 늘 이긴다는 걸. 하지만 난 어리석은 운명의 여동생, 행운의 여신에 희망과 믿음을 걸었다. 행운의 여신 역시 젊은 사내를 사랑한다는 걸 까먹고는 말이다. 늙은이를 놀리고 미워하고 배신한다는 걸 말이다. 행운의 여신은 금발의 야만족 왕자를 우리 땅으로 끌고 왔다. 내가 너를 믿고 알려 준 비밀을 네가 저 잘난 이방인에게 다 까발리도록 말이야.

아리아드네 아버지! (그녀는 두 손을 내민다.)

미노스 부정하지 마라. 난 놀라지도 않았고, 탓하고 있는 것도 아니다. 그게 필연이다. 넌 여자다. 넌 네 의무를 다했다. 여자 위에 남자가 있다. 그리고 남자 위엔 신이 있지. 자신의 지도자에게 복종하여 모든 걸 바치는 것이 각자의 의무다. 이 땅 껍데기에 사는 무질서한 인간 군상의 질서를 잡으려면 그 길밖에 없지.

아리아드네 아버지, 제 안에서 울려오는 목소리는…….

미노스 나도 그 목소리를 안다. 애야, 말하지 마라! 내가 너에게 또 하나 물을 게 있다. 더 중요한 것이다. 그들은 어떻게 헤어졌느냐? 오랫동안 얼싸안고 있었느냐?

아리아드네 아뇨, 눈 깜짝할 사이였습니다. 전 성이 났죠. 그래서 가까이 갔습니다. 손으로 더듬어 보고 누가 테세우스인지 알아내어 데리고 갈 작정이었습니다. 그 자리에 두고 가면 그 사람이 인간 세상으로는 다시 돌아오지 못하리란 걸 알고 있었으니까요.

그런데 느닷없이, 조용하고 파란 해안 풍경이 제 눈앞에 펼쳐지는 것이었습니다. 태양 아래 물결이 뛰놀고, 바다 조개들이 깔깔대며 노래하고, 모래밭에는 벌거벗은 두 사내가 서로 어깨에 팔을 두르고 나란히 서서 바다를 바라보고 있었습니다. 물에서 막 빠져나온 것 같았습니다. 헤엄치다가 말이지요. 두 사내가 서 있는데, 깊디깊은 불멸의 정적이 그들을 휩싸고 있었습니다.

그 둘 중에 누가 아테네의 고결한 왕자인지 알 수 없었습니다. 둘 다 젊었고, 둘 다 금발이고 햇볕에 그을려 있었으니까요. 둘 다 신인가? 둘 다 인간인가? 전 알 수 없었습니다. 그래서 둘 중에 누가 돌아보나 보려고 〈테세우스! 테세우스!〉 하고 소리쳤죠.

그런데 제가 그 거룩한 정적을 깨뜨리자, 바다가 움찔거리기 시작하면서, 바람이 그 정적을 안개처럼 휩쓸어 버리고, 태양이 그것을 삼켜 버렸습니다. 저는 제 손이 테세우스의 손바닥 위에서 떨고 있는 걸 느꼈습니다.

〈갑시다〉 하고 그가 제 귀에 대고 나직이 말했습니다. 〈갑시다, 다 끝났소〉 하고 말입니다. 아버지, 이제 다 끝났어요.

미노스 왜 한숨을 내쉬느냐? 용기를 내라, 애야. 넌 크레테의 피를 받았다. 크레테를 부끄럽게 하지 마라! 사람은 헤어질 때 인품을 드러내는 법이다.

아리아드네 전 지쳤습니다, 아버지! 테세우스는 땅 밑에서 돌아와 더 강해졌습니다. 보세요, 떠오르는 해처럼 빛이 납니다……. 하지만 전 지쳤습니다…….

미노스 애야, 넌 지치지 않았다. 단지 저자가 네 손을 잡았을 때

네가 여자임을, 그래서 별수 없다는 걸 깨달은 것뿐이다!

아리아드네 (나직이) 아버지, 저 사람더러 저를 데려가라 명령하세요!

미노스 (미소 지으며) 명령하라고? (나직이) 불운한 애야, 넌 아직 모르는 게로구나. 넌 저자가 누구인지 아직 모르는 게로구나?

아리아드네 (놀라며) 몰라요. 누구지요?

미노스 내가 그동안 기다렸던 그자다…… 내가 내내 기다렸던 그자……. 쉿! (그는 격렬하게 테세우스를 향해 몸을 돌이킨다.)

아리아드네 아버지, 전 저이를 사랑해요, 죽이지 마세요!

미노스 (나직이, 마치 스스로에게 말하듯이) 슬프게도, 나 역시 저자를 사랑한다! 애야, 그래서, 그래서 희망이 없는 거다!

　　크레테의 왕자여, 나는 그대에게 아무런 악감정이 없다. 나는 그대를 내려다보며 미소를 지을 뿐이다. 연민의 마음과 연륜의 지혜가 나를 미소 짓게 하거니와, 그것은 또 하나의 테세우스가 그대 어깨 뒤에 보이기 때문이다. 그는 언젠가 반드시 찾아와 그대를 왕좌에서 내동댕이칠 것이다. 오, 젊은 미노타우로스여, 그리고 이 또 하나의 테세우스 뒤에 또 다른 테세우스의 모습도 뚜렷하게 보인다. 그리고 또 다른 테세우스가, 그리고 또 다른, 그리고 또 다른…… 마지막 테세우스가 올 때까지 말이다!

테세우스 누가요?

미노스 불이다!

테세우스 이제 왕국들이 어떻게 몰락하는지 알겠소. 노왕이여! 당신의 눈길은 너무 멀리까지 미치고, 당신의 마음은 너무 광대해지고, 당신의 두 팔은 — 마비되어 버렸소! 나는 현재의 테세우스만을 보오. 이 테세우스 말이오! 미래의 자손들, 당신이 불러낸 그 다른 테세우스들에게 무슨 일이 생기든 그건 손자와 증손자들이 걱정하라고 합시다! 내겐 이 테세우스로 족하오. 더는 필요 없소! 노왕이여, 영혼은 요구가 많으나 인생은 짧소. 시간이 많지 않으니 난 서둘러야겠소!

미노스 어린 수탉이여, 잘 가오. 언제 떠나는가?

테세우스 신호를 기다리고 있소이다.

미노스 무슨 신호? 어디서 온단 말인가? 바다에서? 바람에서? 신에게서?

테세우스 모르겠소. 기다릴 뿐이오. 신호는 올 거고, 그럼 떠날 겁니다.

미노스 그대는 언제 우리에게 돌아올 건가?

테세우스 내가 우리 언덕의 사이프러스와 소나무를 잘라 배를 만들어 무장할 때, 금발 수염과 맨발 병사들의 군대를 모을 때, 신이 내 어깨를 두드리며 때가 되었다고 말할 때.

미노스 오, 후계자여, 함대와 군대는 걱정할 것 없다. 그대는 한 척의 배로 출발해도 족하리라. 그대가 호두 껍데기를 타고 우리 해안에 상륙한다 해도 ── 그걸로 족하리라.

   그동안 크레테 사람들의 눈은 북쪽 수평선을 살피며 그대가 나타나길 기다렸다. 여러 해 동안 우리는 만반의 준비를 갖추었다. 우리는 해안에 방벽을 쌓았다. 그리고 우린 그걸 부숴 버렸지. 우리에겐 배가 있었다. 우린 배들이 항구에서 곰팡이가 피도록 두었다. 우리에겐 무서운 식인 신이 있었다. 그런데 이제 그대가 그에게 그대의 얼굴을 주어 우리에게서 그를 빼앗아 가 버렸다. 무엇보다 최악의 일은 이것이다. 이제 사람들이 땅 밑에서 나는 그 신의 소리를 듣지 않게 되어, 건방져질 것이라는 점이다. 그들은 반항할 것이다. 그들에게 공포가 필요한 건 그 때문이다. 공포가 없으면 정신이 혼란스러워져, 사람들은 고삐를 벗어 버리고, 그들의 기수(騎手)를 나락으로 내동댕이치고, 그들 자신도 혼돈 속에 떨어지고 말 것이다!

이리 오라, 야만족 왕자. 그대와 그대의 새로운 신이 혼돈에 질서를 가져다줄 시간이 왔다.

침묵. 테세우스, 천천히 미노스 쪽으로 걸어간다. 아리아드네가 가까이서 그를 따라간다.

테세우스 잘 계시오, 아버지. 다시 만날 때까지. 아버지는 만사를 빈틈없이, 지혜롭게, 그리고 참을성 있게 준비하셨습니다. 저들의 정신을 지성과 경멸로 채우고, 저들의 가슴을 모래와 뱀들로 채웠습니다. 귀족들은 배가 부르고, 백성들은 굶주리고 있습니다. 여자들은 애를 배지 못하고, 화로는 꺼져 있습니다. 저는 불을 가지러 갑니다.

미노스 나는 내 궁의 제일 높은 망루에 올라가 그대가 떠나는 걸 지켜보겠다. 내 축복을 받고 가라! 다만 한 가지, 후계자여, 부탁이 있다!

테세우스 하십시오, 대왕이며 아버지시여. 제가 할 수 있다면…….

미노스 그대는 이제 뭐든 할 수 있다.

테세우스 제가 뭐든 할 수 있기를 원치 않습니다. 전 선택해야만 합니다. 매정하게 말입니다. 무슨 부탁인지 말씀하십시오.

미노스 여기 내가 사랑하는 훌륭한 내 딸, 아리아드네가 있다. 난 이 애를 보내 그대를 유혹하라 했는데 그대가 되레 이 애를 유혹하고 말았다. 이 애는 그대의 손을 잡아 이끌어 우리 신이 사는 어둡고 꾸불꾸불한 통로에서 그대가 길을 잃지 않도록 도와주었다. 이 애는 그대를 돕기 위해 마술 피리를 입에 갖다 대었

334

고, 자신이 할 수 있는 일을, 여자가 할 수 있는 일을 다 했다. 공포를 사랑으로 바꾸기 위해서 말이다. 오, 정복자여, 손을 내밀어 이 애의 손을 잡으라. 이 애는 그대의 것이다.

내 왕국이 위엄 있게 침몰하여 바다 밑바닥에 조용히 가라앉게 하라. (테세우스, 몸을 돌려 바다를 바라본다. 그의 얼굴은 진지하고 엄숙하다.)

듣고 있는가? 나, 땅과 바다의 위대한 제왕은 내 딸을 목동에게 주노라. 왜 대답이 없는가? 나는 아직 왕이고, 왕이 말하지 않았는가. 난 예우를 받을 만하다!

테세우스 (아리아드네에게 손을 내민다.) 잘 계시오, 아리아드네!

아리아드네, 내밀고 있던 손을 다시 움츠린다. 분노와 고통을 다스리려고 애쓴다.

테세우스 잘 계시오, 아리아드네. 왕들의 자랑스러운 따님! 우린 당신의 위대한 달님이 하늘에 반쯤 올라왔을 때 그 서늘한 달빛 속에서 번갯불처럼 만났소. 우리 손은 번갯불처럼 빨리 합쳤고, 우리 가슴은 크게 뛰었소. 우린 함께 불멸의 위업을 완수했소. 당신은 이제 불멸의 존재가 되었소. 당신은 범상한 삶을, 폐허와 파괴의 삶을 떠나 노래의 세계에 들어섰소. 한 걸음 더 나가면 당신은 파멸할 것이오. 보시오. 달은 크레테의 제일 높은 언덕 너머로 지고 있소. 달과 함께 가시오! 당신은 당신이 가진 좋은 것을 나에게 다 주었고, 내가 가진 좋은 것을 다 가져갔소! 잘 계시오.

아리아드네 야만족 행상꾼, 당신은 이곳에 물건을 교환하러 온 사람처럼 행동하고 있군요. 「나는 당신에게 주었다, 당신은 나에게 주었다. 이제 나는 떠난다……」난 당신에게 모든 것을 주었어요. 하지만 나는 아무것도 받지 못했어요. 당신은 떠나지 못해요!

아버지, 우린 아직 살아 있습니다. 아직 왕만이 갖는 목자의 지팡이를 쥐고 있어요. 그것으로 사람과 정령들을 다스립니다. 아버지, 우리의 입술은 아직 썩지 않았습니다. 소리치세요, 명령을 내려요! 우리의 영혼은 아직 썩지 않았어요. 저항하세요!

미노스 아리아드네, 내 딸. 자신을 깎아내리지 마라. 자긍심이야말로 우리에게 남은 마지막 장식품이 아니냐. 그걸 높이 내세우렴. 네 그 여자의 마음이 소리 지르지 않도록 해라!

테세우스, 그대는 거부하는구나. 나를 도와 〈필연〉을 완화시키려 하지는 않겠다는 것이지. 사랑에 상처받은 사랑스러운 공주를 그대와 나 사이에 두지 않겠다는 뜻이지. 내 마지막 희망도 사라졌군.

그럼, 운명의 여신이여, 오라. 올 테면 오라. 불과 더불어, 지진과, 살육의 칼과 더불어 오라. 이 청년의 마음은 신성하고 흔들림이 없다. 그대가 선택했기 때문이다. 누구도 그를 해하지 못한다. 나조차도.

오, 후계자여, 동이 트고 있다. 가라! 가서 빨리 돌아오라! 그대가 〈필연〉의 바퀴를 밀어 돌릴 수 있도록! 난 온 힘을 다해 밀었다. 이제 그대 차례다.

아리아드네 제왕이시여, 그에게 문을 열어 주지 마십시오. 무기를 버리지 마십시오. 당신의 목을 칼 앞에 내밀지 마십시오. 그렇게 하시면 칼은 책임이 없습니다. 지치셨습니까, 아버지? 너무 늙으셨나요? 이제 몸을 낮추어 더는 싸움을 하지 않으시려는 겁니까? 그럼 제가 대신하겠습니다. 제가 당신의 후계자입니다. 저자가 아닙니다! 다시 산으로 올라가서 신과 이야기하세요. 그리고 제가 백성들에게 질서를 가져오도록 저를 이곳 계곡에 남겨 두십시오.

테세우스, 당신의 목숨은 한마디에 달려 있소 — 당신의 한마디요. 그 말을 하고 목숨을 구하시오. 우리 모두를 구하시오!

침묵. 테세우스, 그녀를 지나쳐 바다 쪽을 본다.

아리아드네 매정하고 사랑스러운 왕자, 부끄럽게도 난 고통을 다스릴 수 없소. 당신에게 소리 지르오. 날 데려가세요! 불멸의 행위 따위가 무슨 소용이오? 난 당신 곁에서 평생을 보내고 싶어요, 남편이여! 데려가 줘요!

난 당신에게 사치품이나 영웅적인 모험이나 사랑을 요구하는 게 아니에요. 그저 아들 하나, 내 아들을 원하는 거예요. 그래서 당신 들으라고 이렇게 악쓰는 겁니다. 아들 하나예요. 당신하고만 가능해요. 이건 치유받을 수 없는 상처와 같아요. 그래서 이 세상에 딴 사내는 없는 것처럼 이렇게 악을 쓰는 거예요. 당신하고만 내가 원하는 아들을 뺄 수 있어요. 내가 원하는 놈을, 내가 원하는 방식으로 말이에요. 그래서 내가 당신에게 이렇게 두 팔을 벌리고 있는 거예요. 데려가 주세요!

미노스 오, 순교하는 여자의 육신, 오, 아직 태어나지 않은 자궁 속 어린애의 외침, 오, 나의 딸이여!

테세우스 달의 따님이여, 내 신에게 당신에 대해 얘기해 봤소. 신은 거부하였소! 나는 당신을 원하지만 신은 원하지 않소. 나는 신을 따라야 하오.

아리아드네 왜 당신의 신이 나를 원하지 않죠?

테세우스 모르겠소, 아리아드네. 신은 자신의 뜻을 설명하지 않소. 그저 명령할 뿐이오.

아리아드네 어디 가시는 거예요. 저주받은 내 사람, 사랑하는 내 사람, 당신을 따라가겠어요! 난 당신을 위해 나라를 배신했고, 당신을 위해 아버지를, 신을 배신했어요. 내 세상은 아수라장이 됐어요. 내겐 이제 당신밖에 없어요. 그런데 어찌 날 두고 갈 수 있어요?

테세우스 잘 계시오. 아리아드네. 언젠가 다시 만날 때까지 안녕히 계십시오, 크레테의 왕!

아리아드네 아버지, 아버지, 못 가게 해요! 저이를 달래서 아버지의 자리를 갖도록 해요. 아버지의 아들로 만드세요. 운명의 여신이 이왕 써놓은 것이면 그걸 어서 자유 의지로 실천해 버리세요. 왜 우리 궁전들이 불타야 합니까, 아버지? 저이에게 열쇠를 주세요. 싸우지 않고 우리의 문을 열게 하세요. 저이가 우리 침대에 눕게 하고, 풍성한 우리 식탁에 앉게 하세요. 저이는 농부지만 우리가 먹는 법, 입는 법, 말하는 법, 다 가르치면 돼요. 우리가 가진 것 다 줘버리세요. 돈으로 사세요. 돈을 줘서 날 데려가게 하세요!

테세우스 난 불과 칼로 얻을 수 있는 것을 평화롭게 얻긴 싫소. 난 장비를 가지러 가는 거요. 잘 계시오, 아리아드네, 내 소중한 동지. 다음에 또 봅시다, 노왕이여!

아리아드네, 소리 지른다.

미노스 아리아드네, 넌 내 딸이라는 걸 잊지 마라. 망루로 올라가 저 사람의 배가 떠나는 걸 보자. 운명의 여신이 널 겁주기 위해 불과 검을 들고 뛰쳐나오는 걸 담담히 바라보자. 겁을 내어 물 러서지 말고, 바라보면서 웃자꾸나……. 애야, 그게 인간 힘의 제일 높은 경지란다. 가자, 우리 함께 그 경지에 오르자. 그곳에 서 배가 떠나는 걸 지켜보자.

아리아드네 아버지께서 저에게 세상 다스리는 법을 가르치실 때 해주신 충고는 어디 갔습니까?

이렇게 말하셨죠. 「애야, 죽음에 맞서라. 네가 불멸의 존재라 생각하고 죽음에 저항해라! 〈내가 원하는 것은 이것이다〉라고 말해라. 운명의 여신에게 그 선택이 옳은지 물어볼 것도 없다.」

아버지, 운명이 원하지 않더라도 제가 지금 원하는 것은 이겁 니다. 저자를 죽이세요. 우린 아직 통치자입니다. 죽이세요! 저 자는 우리 배를 불태울 것입니다. 우리 궁전을 파괴할 겁니다. 우리 백성들이 저자의 칼 아래 쓰러질 겁니다. 느끼지 못하시겠 어요? 저자의 말을 들으셨잖아요. 장비를 가지고, 불과 검을 가 지고 우리에게 다시 돌아옵니다. 죽이세요! 저자의 눈이 안 보 이세요? 저자의 머리칼이 안 보이세요? 저건 머리칼이 아니에 요. 불꽃이에요! 냄새를 맡아 봐요. 유황 냄새가 나요! 아직 시 간이 있습니다. 저자는 아직 우리 수중에 있어요. 죽이세요! 우 리 파수병들이 아버지의 신호를 기다리고 있어요. 신성한 나팔 을 들어 올려 그들을 부르세요! 아버지, 이 최후의 시간에 수치 스럽게 맞지 말아요. 운명에 저항해요! 저자를 죽여요!

미노스 (말없이 아리아드네를 바라본다. 그는 나팔을 움켜쥐지만 머뭇거린다. 그러고는 테세우스를 향해) 두렵지 않은가? 나는 내 딸을 끔찍이 사랑한다. 저 애의 부탁을 거절해 본 적이 없다. 가라! 사람들이 곧 깨어나면 그대는 끝장날 것이다. 나에게 다 른 후계자는 없다! 아직 시간이 있다. 서둘러 항구로 가라.

테세우스 도적처럼 달아나진 않겠소. 난 내 신을 믿소. 내 신이 나에게 손짓하길 기다리고 있소. 그때가 되어야 떠날 것이오. 천천히, 왕다운 걸음으로, 내 배를 찾아가겠소.

아리아드네 아버지, 죽여요! 딴 부탁은 안 하겠어요. 저자를 죽여요! 우리가 운명의 여신과 싸워야 한대도 상관없어요. 운명의 여신이 우리를 정복하라지요. 하지만 저자는 안 돼요! 테세우스는 안 돼요! 신성한 나팔을 드세요.

미노스 애야, 희망은 없다. 하지만 네가 딱하구나. 좋다, 그럼 싸워 보자! 우리 장난감을 좀 더 오래 붙들고 있어 보자꾸나. 우리 노리개, 크레테 왕국을 말이다.

미노스는 나팔을 불어 파수병들에게 알린다. 하지만 나팔 소리가 나자 느닷없이 우레와 같은 소리와 함께 미궁의 문이 깨어져 열린다. 어두운 문턱에 해방된 미노타우로스 — 아니, 쿠로스[5]가 서 있다.

아리아드네 아버지! 미궁의 문에 벼락이 내리쳤어요!

미노스 애야, 이 신성한 순간을 고함 소리로 망치지 마라. 저 불멸자를 보라!

아리아드네 눈이 부셔 보이지 않아요, 아버지. 미궁의 어두운 입구에 서 있는 저 젊은이는 누구죠? 꼼짝하지 않고, 발가벗은 채, 빛을 내며 서 있어요. 테세우스의 모습과 똑같아요. 하지만 더 크고, 더 차분하고, 더 잘생겼습니다. 아버지, 누굽니까? 아버지는 아시나요?

미노스 알고 있다.

5 쿠로스란 고대 그리스 시대에 제작된 청년 운동가의 조각상을 가리키는 말인데, 여기에서는 이상적인 청년의 모습을 상징하는 말로 사용되고 있다.

아리아드네 누구죠?

미노스 해방자이자 해방된 자이다. 가만있어라!

아리아드네 그런데 손에 들고 있는 게 뭡니까? 잘 못 알아보겠어요.

미노스 황소의 탈을 들고 있다. 그는 해방되었다. 마침내 자유를 회복했다! 발끝에서 머리까지 완전히 해방되었다!

테세우스 어서 오시오, 동지!

아리아드네 아버지, 우린 끝이에요. 저자가 마치 온 세상이라도 가지려는 듯 팔을 내미는군요!

미노스 지금 세계를 정복하는 중이다, 애야.

아리아드네 오, 경멸하듯 탈을 내팽개쳐요!

미노스 그는 자유다. 이제 태양 아래를 걸을 수 있다.

아리아드네 우리를 보고 웃는군요. 이제 우리 쪽으로 걸어오고 있어요.

미노스 무릎을 꿇고 경배하라, 애야.

아리아드네 아버지는요?

미노스 아리아드네, 내 사랑하는 딸아. 내 임무는 끝났다. 이제 나는 하데스로 내려간다. 잘 있어라!

테세우스 (두 손을 들어 올리며 쿠로스에게 손짓한다.) 동지여, 자, 가자!

막이 내린다.

크리스토퍼 콜럼버스

등장인물

알론소 선장, 대수도원장, 후안 신부, 수련사, 과객(크리스토퍼 콜럼버스), 성모와 그리스도의 목소리, 이사벨 여왕, 산타 마리아호의 선원들, 첫째 천사, 둘째 천사

제1막

스페인. 대서양의 성모 수도원. 수도원 안, 천을 씌우지 않은 농민용 소파, 긴 나무 테이블, 몇 개의 등받이 없는 의자, 기름 램프를 얹어 놓은 나무대 등이 놓여 있고, 램프의 심지 세 개에는 불이 붙어 있다. 벽 앞에 목각 성모 상이 있다. 성모는 무릎에 작은 돛배를 놓고 앉아 있는 자세다. 구석에는 두 개의 굵은 기둥으로 만든 십자가가 서 있고, 그 위에 피로 덮인 그리스도의 목각상이 매달려 있다. 무대 뒤쪽으로 창살을 단 창문이 있고, 열린 창문으로 대서양의 요란한 파도 소리가 들려온다. 대수도원장이 높은 의자에 앉아 있다. 그 곁에 앉아 있는 사람은 후안 신부. 알론소 선장은 서 있다. 그는 하던 말을 막 마치려는 참이다.

알론소 선장 원장님, 허락하신다면 한 말씀 더 드리겠습니다.

수도원장 듣고 있소이다, 선장.

알론소 선장 원장님의 수도원은 가난에 시달리고 있습니다. 가난과 빈곤과 궁핍과 추위에 시달리고 있어요. 벽은 갈라지고, 창고는 텅 비고, 수사들은 배를 곯고 있습니다.

수도원장 알론소 선장, 가난은 복이오. 우리는, 우리의 스승 성 프란체스코 님께서 사랑하시는 충실한 벗으로서 가난을 환영하

크리스토퍼 콜럼버스 345

오! 가난을 영접해 들인 사람이 바로 나요. 누더기 차림의 강대
하신 여왕을 말이오. 기름지고 죄 많은 안락의 삶을 보냈던 수
사들이 굶주림을 알게 된 것이 고마울 따름이오. 하여 우리 수
도원 위로는 하늘이 열리고, 갈라진 벽들에 야곱의 사다리가 세
워져, 수사들과 천사들이 오르락내리락하고 있소. 알론소 선장,
가난이란 것으로 우리를 겁주려 하지 마시오. 우린 그걸 즐기고
있소이다.

알론소 선장 즐기고 있으시다고요? 제가 드린 말씀이 다 허사였단
말인가요? 제가 원장님의 수도원에 찾아온 것은 하느님께서 저
더러 이곳을 구하라 보내셨기 때문입니다. 금과 은을 담은 자루
를 가져와, 빈 금고를 채우고 부스러지고 있는 방들을 고치고,
성상들 앞에 다시 성소용 은제 등불들을 걸라 하셨습니다. 수사
들이 먹고 마시고 하느님께 영광 돌릴 수 있게 말입니다. 그런
데 원장님께서 저에게 하시는 말씀은…….

수도원장 하느님께서는 배고파하는 자의 기도만을 듣소. 그리고
선장, 우리 수도원이 지금 이처럼 대서양의 절벽에 조가비처럼
달라붙어 있는 것은 먹고 살찌기 위해서가 아니라 절식하고 기
도하기 위해서요. 세상은 썩었소. 세상은 지금 무너져 내리고
있소. 세상이 나락에 떨어지는 걸 막을 수 있는 건 기도뿐이오.

알론소 선장 훌륭하신, 아주 훌륭하신 말씀입니다, 원장님! 하지만
사람이 숨은 쉬어야죠. 숨통은 트여야 기도할 힘도 나지 않겠습
니까. 영혼도 흐트러지지 않으려면 뼈다귀 몇 개는 있어야 하고
거기에 살도 좀 붙어 있어야 합니다. 한데 이 수사들은……. 그
네들이 가엾지도 않으십니까? 오늘 밤 정원에서 보았더니 얼마
나 못 먹었는지 기운이 없어 제대로 서 있지도 못하더군요. 어
떻게 목숨을 부지하여 기도를 계속할 수 있겠습니까? 무엇으로

그네들을 먹이실 겁니까? 공기를 먹이실 겁니까?

수도원장 하느님의 말씀을 먹일 것이오!

알론소 선장 용서하십시오, 원장님. 영혼이야 하느님이 먹이시죠. 하지만 육신은 아닙니다. 육신은 밥과 술과 생선과 고기가 필요합니다. 그걸 어디서 구하시겠습니까? 남아 있는 게 없지 않습니까? 성배며 은박 표지 성서, 심지어는 성모님의 관(冠)에 박힌 값비싼 루비까지도 세비야와 코르도바의 모레노스 가문에다 팔아 버리지 않았습니까?

수도원장 팔았소, 알론소 선장. 하지만 먹을 것이나 입을 것을 얻으려고 판 게 아니오. 우리의 영도자이신 여왕을 도와 이교도들을 그라나다의 최후 거점에서 몰아내기 위해 팔았을 뿐이오. 알다시피, 대서양의 성모 수도원 역시 그 전쟁에 참여하고 싶었소.

알론소 선장 여왕이 몰아냈죠. 이교도들은 떠났고, 이젠 다시 돌아오지 못할 겁니다. 하지만 그자들이 뭘 남겼는지 보십시오. 척박한 땅과 과부들과 고아들, 잿더미가 된 집들, 폐허가 된 수도원입니다.

수도원 바깥문의 종이 급하고 요란하게 울린다. 선장은 말을 멈춘다. 다들 귀를 기울인다. 대양의 요란한 파도 소리가 들려온다.

수도원장 하룻밤 묵어가려는 과객이 바깥문을 두드리는가 보군. 계속하시오, 선장. 하고 싶은 말, 마저 끝내시오. 어두워지고 있소……. 이렇게 말하는 거 미안하지만, 당신의 말은 조금도 맘에 들지 않소이다.

알론소 선장 맘에 들지 않으시겠죠. 원장님께서는 세속 생활을 하실 때 육지의 귀족이셨으니 저희처럼 바다에서 사는 뱃사람들 말은 전혀 이해되지 않으실 테니까요. 하지만 거기 원장님 곁에 앉아 있는 현명한 조언자 후안 신부는 한때 사람들이 겁내던 해적이었습니다. 저분은 싸움과 약탈이 뭔지 그 의미를 잘 알고 있습니다. 말해 보라고 하시죠.

수도원장 후안 신부, 일어나 말해 보시오. 부탁하오! 지금은 어려운 시기요. 우린 지금 기로에 서 있소이다. 수도원의 존립이 우리에게 달려 있소.

후안 신부 원장님께서 축복해 주신다면.

　　(그가 몸을 구부리자 수도원장은 후안 신부의 머리에 손을 얹고 축복을 내린다.)

　　알론소 발리엔테스 선장, 스페인의 어떤 나무도 하느님의 뜻이 아니고서는 단 하나의 이파리도 움직이지 않소이다. 선장이 오늘 밤 우리 수도원을 찾아온 것 또한 하느님의 뜻이었소. 하느님께서 우리에게 전할 메시지를 당신에게 맡기신 것이지요. 하지만 사람의 귀란 이런저런 잡소리들로 소란스럽게 마련이오. 그것들이 하느님의 말씀을 늘 뚜렷하게 듣는다는 보장은 없소. 하여, 알론소 선장, 당신은 이곳에 와서 한 시간 동안이나 장황하게 얘기했소이다. 당신이 발견하고 싶다는 새로운 땅들에 대해, 그리고 황금과, 위업들과, 현세의 영화(榮華)에 대해…….

알론소 선장 이건 내 필생의 일이오. 그것 말고 뭘 얘기하겠소?

후안 신부 화내지 마시오, 선장. 맞습니다. 그건 당신의 필생의 일이겠지요. 하지만 우리의 일은 사람들이 황금이라 부르는 끔찍한 악마를 붙잡아 그것을 기도로 바꾸는 일이외다.

수도원장 기아, 공포, 고통을 붙잡아다 그것들을 기도로 바꾸는 게 더 낫소, 후안 신부. 난 사람을 믿지 않습니다.

후안 신부 저도 그렇습니다. 하지만 원장님, 저는 하느님을 믿습니다. 하느님께서는 카스티야[1]를 굽어보시고 불쌍히 여기셨습니다. 하느님께서는 우리 수도원을 보시고 마음 아파하셨습니다. 그분은 소리치셨습니다. 〈알론소 선장, 먼 나라 섬들을 향해 돛을 올리라, 황금을 가지고 와서 수사들에게 주라〉고 말입니다…… 그리고 하느님께서는 수사들을 향해 〈황금을 받아라. 그리고 가난한 자들이 먹을 수 있도록 상을 차려라〉라고 하셨습니다. (그는 알론소 선장에게 한 눈을 찡긋해 보인다.) 알론소 선장, 하느님께서 명하신 것은 그것이오. 그런데 당신은 그것을 잘못 해석하여 엉뚱하게 안락이니 영화니 하는 말을 하고 있습니다…… 그건 부끄러운 것들이오.

알론소 선장 내가 무슨 말을 할 수 있겠소, 후안 신부. 내 귓속에 이상한 소리가 들려왔어요. 내가 그 뜻을 어찌 알 수 있었겠소? 난 이렇게 생각했소이다. 〈하느님의 말씀이시다. 분명 황금에 대해 말씀하고 계실 거다〉라고 말이오…… 하기야, 하느님께서 말씀하시는 방식이나 말씀의 뜻에 대해선 나보다 신부님께서 훨씬 더 잘 아시겠지. 앞서도 말했지만, 따지고 보면 하느님은 신부님의 전공이니까. 그러니 그 뜻을 신부님이 나에게 설명해 주시죠.

후안 신부 당신은 하느님의 목소리를 듣고 이곳에 왔소. 가히 칭찬받을 만하오. 하지만 당신은 분명 보상을 기대하고 있소이다. 알론소 선장은 좋은 일이든 나쁜 일이든 보상 없이는 아무 일도 하지 않으니까…… 천상의 보상이 아니라 지상의 보상 말이오. 애꿎게도, 늙은 해적 양반, 하늘의 왕국만으로 당신에겐 충분하

---

1 스페인의 옛 왕국 이름.

지 않지. 선장은 우리 수도원에서 무엇을 원하오?

초인종 소리가 다시 들려온다. 소리가 더 다급하고 초조하다.

알론소 선장 후안 신부, 하느님이 당신을 잘 돌봐 주시길. 신부 말
을 들으니 마음이 한결 편해졌소. 당당하고 솔직하게 말해 주시
오. 그럼 나도 그렇게 하겠소이다. 내가 뭘 원하느냐고요? 별것
아닙니다! 원장님, 고개를 내젓지 마십시오. 말씀드리지만, 제
가 원하는 건 아무것도 아닙니다. 후안 신부, 들은 바로는 당신
이 며칠 전 그 시(市)에서 새 해도를 가져왔다던데. 그리고 그
해도에 금이 잔뜩 나는 먼 나라들로 가는 제일 가까운 지름길이
표시되어 있다던데. 맞소이까?
후안 신부 (품에서 해도를 꺼내며) 그렇소, 여기 있소. (그는 해도
를 재빨리 펼쳤다가 다시 접는다.) 교황께서 성모이신 대서양
의 부인께 드리는 귀한 선물로 이걸 나에게 맡기셨소. 대양의
모든 비밀 항로가 죄다 여기에 표시되어 있소. 알론소 선장, 그
러한 해도를 가진 선장은 기쁘지 않겠소이까!
알론소 선장 해도만 가지고는 소용없소이다. 두 분께선 너무 자신
하지 마십시오. 그건 종이쪽에 지나지 않아요. 배도 있어야 하
고, 힘 좋은 선원들도 있어야 하고, 용감한 선장도 있어야 하고,
바다뿐만 아니라 죽음과도 맞서 밤낮을 싸울 수 있는 능력도 있
어야죠. 제겐 돛대를 세 개 세운 세대박이 범선도 있고 노질과
칼질에 능숙한 노련한 뱃사람들도 있소이다. 그러니 두 분께선
저와 힘을 합칩시다. 두 분이 해도를 내십시오. 전 몸뚱이를 대
겠습니다. 그리고 제가 발견하는 금을 모조리 반씩 나눕시다.
원장님, 얼굴을 찌푸리지 마십시오. 하느님의 뜻을 거스르지 마

십시오!

수도원장 알론소 선장, 당신이 우리 수도원에 가져오려는 건 사악한 악마요. 황금은 저주받은 물건입니다. 만족을 모르지요. 그것은 사람을 삼키고, 영혼을 삼킵니다. 후안 신부, 우리 조심해야겠소.

알론소 선장 제 적들이 붙여 놓은 악명 때문에 저를 믿지 못하시겠다면 후안 신부를 저와 함께 보내 다시 키를 잡으라 하시지요. 왕년에 이름 자자했던 항해사이니까.

후안 신부 (벌떡 일어선다, 기쁜 표정으로) 원장님, 제 안에서 하느님의 목소리가 들립니다. 말할 기회를 주십시오.

수도원장 후안 신부, 당신의 머리엔 좋은 두뇌가 있소. 거기에 방랑벽이 있기도 하지만 말이오. 당신은 바다 소리를 듣고도 그걸 번번이 하느님의 목소리로 착각하고 있어요. 항해 얘기를 듣더니 당신 손은 벌써 키를 움켜쥐고 있구려. 허 참, 해전의 노장이 아직도 당신 안에서 죽지 않았어.

후안 신부 하느님께서 저에게 따뜻한 은총을 베풀어 낙원의 한 자리를 주신다면, 전 뱃놈의 방수복과 장화를 신고 그곳에 들어가겠습니다. 나무라지 마십시오, 원장님.

수도원장 나무라는 게 아니오, 후안 신부. 하지만 우리 수도자들은 마음에서 땅과 바다의 기억을 지워 버리고 오직 하늘만 남겨두어야 하오. 이 바다의 사절(使節)에게 당신이 답변을 주어야 할 입장이니 그 점 잊지 마시오. (목소리를 높이며) 바다는 없소! 황금도 없소! 가난도 없소! 오직 하느님만 계시오!

알론소 선장 그럼, 전 떠나는 게 좋겠군요! 알론소 선장은 없습니다, 수도원장도 없습니다. (테이블과 등 없는 의자를 두들기며) 테이블도 의자도 없습니다……. 우린 다 정신이 나갔습니다!

(그는 모자를 움켜쥐고 돌아서 나가려 한다.)

후안 신부 알론소 선장, 어딜 가시오? 참으시오. 우린 하늘과 바다가 짝을 맺을 수 있다는 걸 볼 거외다.

알론소 선장 뭐든, 하려면 당장 해야 합니다! 알려 드려야 할 게 있습니다. 바로 이 순간에 또 한 사람의 선장이 여왕을 만나려 하고 있습니다. 새 항로를 표시한 비밀 해도를 봇짐에 넣고 말입니다. 실은 바로 얼마 전에 그가 세비야로 출발했습니다. 그 소문을 듣고 그자를 따라왔지요. 그런데 이 빌어먹을 작자가 낌새를 채고 달아나 버렸어요. 그러지만 않았다면……. (그는 자신의 목을 자르는 시늉을 해 보인다.)

수도원장 이건 황금에 내린 저주로군. 저주가 사방에 피를 흘리고 있어……. 땀이 아니라 피야…….

알론소 선장 원장님, 제가 그 작자의 목을 자르려는 건 금 때문만이 아닙니다. 끔찍한 의심을 떨칠 수 없어 그렇습니다. 그자가 그놈이라면…… 전 그놈을 지금까지 8년이나 쫓아다녔습니다! (그는 십자가를 향해 돌아선다.) 주님, 저는 당신을 8년 동안 불렀습니다. 제 소리가 들리지 않으십니까? (그는 주먹으로 십자가를 친다.) 귀가 먹었나요?

그때 문이 열리고 젊은 수련사가 들어온다. 그는 수도원장 앞에서 몸을 구부린다.

수련사 원장님, 나그네 한 사람이 우리 수도원의 문을 두드리며 들여보내 주기를 청하고 있습니다. 어떻게 하면 좋을지 말씀해 주십시오.

수도원장 해가 져 문을 닫았다고 말하게. 규정은, 중요 인사가 방문할 경우에만 문을 열어 주도록 되어 있네.

수련사 저도 그렇게 말했습니다, 원장님. 그랬더니 이렇게 대답하였습니다.「나는 중요 인사요. 내가 아직 무명(無名)이긴 하지만 머지않아 내 이름이 우주에 떨칠 것이오. 들여보내 주시오.」

알론소 선장 미친놈이 분명합니다, 원장님. 필시 정신이 이상해진 몰락한 귀족 나부랭이일 것입니다. 보내 버리세요. 우린 지금 심각한 문제를 해결해야 하지 않습니까.

수도원장 어떻게 생겼던가?

수련사 키가 크고 얼굴은 그을리고 머리가 길었습니다. 기운 옷을 입고 우리와 같은 띠를 찼습니다. 어깨에는 배낭을 메고 있었고요. 배가 고픈지 저에게 빵과 물을 달라 하였습니다.

후안 신부 보내 버리십시오, 원장님. 우리 수도원의 규칙에 따라 일몰 뒤에는……

수도원장 그리스도의 이름으로 그에게 문을 열어 주도록 합시다. 여기 열쇠가 있네.

　　(그는 허리띠에서 열쇠를 꺼내 수련사에게 준다. 젊은 수련사는 열쇠를 받아 자리를 떠난다.)

알론소 선장 이것 참, 〈그리스도의 이름으로〉라니……

수도원장 선장, 말이 모진 듯싶소. 오늘 밤의 방문객이 그리스도 그분일지도 모르오. 그분은 사람을 시험하러 누더기 차림에 어깨에 자루를 메고 돌아다니시는 경우가 있소.

후안 신부 우린 염소 가죽에 검은 잉크로 쓴 규칙을 깨고 있습니다.

수도원장 신부는 행간의 숨은 뜻을 읽지 않으셨소?

후안 신부 저는 원장님처럼 축복받지 못해 숨은 뜻을 읽지 못합니다. 거기에 무슨 뜻이 있습니까, 원장님?

수도원장 〈그리스도의 이름으로, 쓰인 말을 그대로 읽지 말라〉고 말하고 있소. 그게 숨어 있는 뜻이오, 후안 신부.

바깥에서 발소리가 들리고, 잇달아 수도원의 개들이 짖는 소리가 들린다.

수도원장 형제들, 방문객이 옵니다. 그 사람에게 정중히 대합시다. 잊지 말아요. 그리스도이실지도 모르니.

문이 열리고 문간에 과객이 나타난다. 그는 걸음을 멈추고 문간에 우뚝 선다.

수도원장 어서 오시오, 형제. 두려워 마시오. 우리 두 사람은 수도원의 신부이고, 이분은 세비야의 유명한 알론소 선장이오. 당신은 누구시오?

과객 이름 없는 자입니다. 젊은 수련사에게 그 말씀을 전해 드렸는데요. 저는 이름 없는 자입니다. (침묵) ······아직은!

수도원장 의자에 앉으시오. 피곤해 보이는군요. 빵과 물을 드시겠소?

과객 예, 빵과 물······ 그리고 마음의 평안도 원합니다.

수도원장 쉬시오. 내 가서 먹을 것을 가져오리다.

후안 신부 (그를 제지하려고 하며) 원장님 —

하지만 원장은 옆방으로 가버린다. 선장이 후안의 팔을 움켜쥔다. 그는 나지막한 목소리로 뭐라 급하게 말한다.

알론소 선장 후안 선장, 나랑 같이 갑시다. 원장의 말을 듣지 마시오. 저 양반, 사제라서 지금 주변에서 일어나는 일에 대해선 아무엇도 모르고 있소. 당신 옛 시절을 생각해 보시오 ─ 그 맛있는 건빵이며, 포도주며, 폭풍우며, 사나이다운 바다 싸움, 그리고 그 전리품들 말이오! 수도사 노릇은 늙어서 힘이 빠졌을 때 얼마든지 할 수 있소이다.

후안 신부, 창문을 통해 들려오는 바다의 격랑 소리에 귀를 기울인다.

알론소 선장 바다가 부르는 소리가 들리지 않소? 바로 하느님의 소리요!

후안 신부 (과객을 가리키며) 목소리를 줄이시오. 저자가 듣겠소.

알론소 선장 무슨 수를 쓰든 일이 되도록 하시오. 하느님을 하늘에서 끌어 내리고 악마를 지옥에서 끌어올리든 간에. 어떻게든 원장에게 겁을 줘서 당신을 내보내 달라고 하란 말이오!

후안 신부 나에게 키를 쥐여 주겠소?

알론소 선장 키뿐만 아니라 금도 한몫 주겠소. 난 해도가 필요하오, 알겠소?

후안 신부 알았소. 쉿! 저자를 보시오. 엿듣고 있소. 우리가 하는 말을 다 듣겠소.

알론소 선장 (과객에게 다가가며) 이보시오, 댁은 수사시오? 아니면 성 프란체스코 님의 은총에 서원하여 그 차림을 한 것이오? (침묵) 못 들은 모양이군. 귀를 먹었나 보네.

후안 신부 보아하니 몰락한 귀족 나부랭일세. 손을 보시오. 노를 잡아 본 손이 아니오. 괭이를 잡아 본 손도 아니고.

알론소 선장 칼을 쥐여 본 손도 아니네! 하……! 귀족이라? 저 발큰 것 좀 봐. 직조공이나 제분업자일세. 여, 노형, 말이 들리오? 댁은 누구시오? (침묵) 말하기 싫소?

과객 그렇소.

수도원장이 물과 빵과 올리브를 가지고 들어온다. 과객은 두 손에 음식을 가득 들고 구석의 의자로 간다. 그는 성호를 그은 다음, 먹고 마시기 시작한다. 주린 듯하지만 체통을 갖추고 있다. 수련사가 들어와 빈 소파에 두 장의 담요를 깔고 난 다음 발끝걸음으로 조용히 나간다.

수도원장 형제, 우리는 빈한하오. 우리 수도원에 있는 거라곤 빵과 물과 얼마간의 올리브뿐이오. 용서하시오.

과객 이걸로 충분합니다, 신부님. 육신에도 영혼에도 더 이상은 필요하지 않습니다. 언젠가 원장님의 친절에 보답할 날이 있을 것입니다.

알론소 선장 (화를 내며) 원장님, 시간 낭비 하지 맙시다. 원장님의 대답을 기다리고 있습니다.

후안 신부 (과객을 가리키며) 원장님, 제가 말씀드려도 될까요?

수도원장 얼마든지 하시오. 저울 한 편에 수도원의 명예와 복지를 두고 선장의 말은 저울의 다른 편에 두시오. 양자를 잘 저울질해 본 다음, 우리에게 의견을 주시오. 그래야만 우리의 성모님께서 결정을 내리실 수 있소.

후안 신부 우리의 성모님께서는 창을 거머쥐고 이교도를 내쫓았습니다. 하지만 우리 나라는 무너지고 말았습니다. 다리와 가옥과 교회와 학교와 수도원이 파괴되었습니다. 거리는 과부와 고아들로 바글거립니다. ……바로 지금, 제 안에서 알 수 없는 어떤 목소리가 외치고 있습니다. 「성모님은 창을 놓고 재건을 위해 흙손을 들었다!」

알론소 선장 뭘 재건한단 말이오. 그래, 어떻게? 공기로? 금이 있

356

어야 하잖소!

후안 신부 공감하는 바요, 선장. 하느님도 공감하실 것이오. 이 중차대한 시기에 그분이 당신을 보내셨으니까…… 원장님, 고갤 가로젓지 마십시오. 우리의 보호자이시자, 성스러운 배를 무릎에 놓고 계시는 성모님께서 저에게 소리치고 계십니다.〈후안 신부여, 배에 오르거라, 하느님께서 그대와 함께하시기를〉하고 말입니다.

수도원장 후안 신부…… 후안 신부…….

알론소 선장 대서양의 성모는 당신더러 해도를 가지고 떠나라 명령하고 계시오. 후안 선장, 사람의 말을 듣지 말고 하느님의 말씀을 들으시오! 그리고 우리가 뭘 얻든 간에 — 금을 얻든, 사람을 얻든, 향료를 얻든 — 그중 한몫은 성모님의 것이오. 재건에 필요할 테니까 말이오. 나머지는 내 몫이오. 반반씩, 어떻소?

수도원장 대서양의 성모여, 저는 어느 길을 택해야 하리까? 징표를 보여 주소서.

과객 (빵을 내려놓으며 화가 난 듯 벌떡 일어선다.) 무엇을 나누고들 계시오? 여러분이 저에게 묻는다면, 주인이 우선이오!

다른 사람들이 놀라 돌아본다.

후안 신부 이런, 노형, 상관하지 마시오.

과객 지금 무엇을 나누고 계십니까?

알론소 선장 (웃으며) 세계를 나누고 있소이다. 그건 사과와 같소. 우린 지금 그걸 잘라 나누고 있는 거요.

과객 (놀라며) 사과와 같다고요?

알론소 선장 이상하게 들리오? 그래, 사과와 같소. 왜 그러시오?

과객 아기 예수를 어깨에 모시고 대양을 건너신 성 크리스토루스 님[2]이시여, 저의 위대한 길벗이시여, 어느 누구도 저에게 부당한 짓을 하지 못하게 해주십시오! 저 역시 그리스도를 모셔 가는 사람으로, 대양의 파도가 이미 제 발을 적셨습니다.

수도원장 당신은 누구시오? 무례하게 들리오만, 그 말은 무슨 뜻이오?

과객 원장님, 저는 지금 대여정을 준비하고 있습니다. 며칠 전 저는 포르투갈 왕 주앙 2세를 만나 얘기를 나눈 적이 있습니다만, 원장님의 명망은 포르투갈까지 뻗쳐 있더군요. 제가 이곳을 찾아온 것은 그 때문입니다. 출범하기 전에 원장님께 고해를 드릴 수 있도록 말입니다. 서원을 한 대로, 걸어서 누더기 차림으로 왔습니다. 저는 살면서 선행도 많이 했습니다만 악행도 많이 저질렀습니다. 그래서 오늘 밤 이곳에 온 것입니다. 사면을 얻기 위해서 말입니다. 대서양의 성모 앞에 촛불을 켜고 제물을 드리기 위해서 말이죠. (그는 자루를 뒤지더니 황금으로 만든 사과 하나를 꺼낸다.) 이것입니다. 황금 사과입니다. (그는 손바닥에 황금 사과를 놓고 한 사람 한 사람에게 보여 준다.)

알론소 선장 금이라고! 알고 보니 부자 나리시군.

과객 그렇소, 금이오. 내 아내의 금붙이와 우리의 결혼반지, 그리고 내 친구 포르투갈 왕이 준 묵직한 금 사슬을 녹인 것이오.

수도원장 왕이 당신의 친구라?

과객 그렇습니다, 제 친굽니다.

---

2 전설에 따르면, 성 크리스토루스는 사람들이 위험한 시냇물을 무사히 건너는 일을 도왔다고 한다. 어느 날은 아이를 어깨에 업고 물을 건넜는데 아이가 점점 무거워져 견딜 수 없을 정도가 되었다. 물을 건넌 뒤 아이는 자신이 그리스도임을 밝히고 그가 그처럼 무거웠던 것은 온 세상의 무게를 지고 있기 때문이라고 말했다. 이 뒤로 크리스토루스는 물을 건너는 물건이나 사람을 나르는 사람들의 수호성인이 되었다.

후안 신부 그래, 거기 새겨진 건 뭣이오? 카네이션인가. 그 이상한 모양의 선은 뭘 나타내는 거요?

과객 세계를 나타냅니다. (사과의 표면을 보여 준다.) 유럽, 아시아, 아프리카죠.

후안 신부 그러면 유럽과 아시아 사이에 있는 이 표시는 무엇이오?

과객 고통과 투쟁을 의미하는 십자가, 천당에 이르는 계단입니다. 그건 낡아 빠진, 때로 짓밟힌 세계로부터 우리를 순결한 세계로 — 흙으로부터 금으로 데려가 주는 범선을 뜻합니다. 이 낡아 빠진 수도원으로부터 황금의 지붕과 진주의 성채들로 가득 찬 성스러운 땅으로 데려다 주는 범선 말입니다. 신부님들, 이것이 십자가의 의미입니다.

후안 신부 당신은 누구시오? 우리 수도원의 초라한 방도 진주와 범선들로 가득 차 있었소. 당신이 말하는 동안, 바다의 목소리가 점점 커지고 있소.

과객 제 집안에서는 해적과 제독이 많이 나왔습니다. 여러분은 아직 모르시겠지만, 저도 선조의 뒤를 이을 사람이란 걸 곧 아시게 될 것입니다. 성 크리스토포루스 님은 제 여행의 동반자이자 보호자이십니다. 우리는 함께 그리스도를 대양 너머로 모셔 갈 것입니다. 하느님께서 그 일에 저를 부르셨습니다. 저는 그분을 따릅니다.

알론소 선장 그럼, 나리께서도 선장이란 말씀이오? 바다를 많이 다녀 보았소?

과객 안 가본 바다가 없소. 북쪽으로는 툴레까지, 얼어붙은 어둠의 바다도 가보았소. 노질을 할 수 없을 정도로 우글거리는 고기 떼들을 보았소. 동쪽으로는 지중해를 떠돌다가 키오스에서 멈췄소. 술탄의 왕비들이 입에 향내를 내려고 씹는, 그 희고 향기로운 진을 분비하는 관목들이 자라는 그 이슬람의 섬 말이오. 남쪽으로는 흑인과 파인애플과 상아가 있는 아프리카 해안에 닻을 내렸소. 하지만 이제 나는 사람들이 바다라 부르는 이 호수들에 양이 차지 않소. 숨이 막힐 지경이오. 나는 돛을 올리고 경계를 넘어야겠소!

수도원장 과객 양반, 일곱 개의 큰 죄 가운데 하나가 교만이오.

과객 원장님, 일곱 개의 큰 죄 가운데 하나는 겸양입니다. 사람들로 하여금 〈저는 지금 이곳으로 족합니다, 저는 이만한 가치밖에 없습니다, 저는 더 이상 가지 않겠습니다!〉 하고 말하게 하는 그런 품성 말입니다.

알론소 선장 당신 소유의 배를 가지고 있으시오? 금도 있으시고? 사람은?

과객 스페인의 배란 배는 다 이 가슴속에 닻을 내리고 있소이다. 이제 새 출항을 위해 다들 돛을 올리고 있는 중이오. 난 순풍이 불기를 8년이나 기다렸소.

알론소 선장 (놀라며) 8년이라 했소? 왜 8년이오?

과객 큰 뜻을 품은 지가 그렇게 되었단 말이오.

후안 신부 (빈정대듯) 8년을 기다렸는데 아직 순풍이 불지 않았다?

과객 후안 신부님, 웃지 마십시오. 순풍이 불 겁니다. 동풍이 불어올 겁니다. 그러면 스페인의 범선이란 범선은 죄다 돛을 활짝 펼치고 그리스도의 힘을 얻어 내가 새로 열게 될 서쪽 항로를 향해 달려 나갈 것이오. 나에게도 비밀 해도가 있소이다, 알론소 발리엔테스 선장. (자루를 쳐 보이며) 나는 8년 동안이나 그걸 자루 속에 넣어 다녔소.

　(선장이 자루에 손을 뻗치자 과객은 그 손을 붙잡는다.)

알론소 선장 (격앙하여 과객에게 다가간다.) 그게 어디서 났소. 어디에서? 누가 주었소?

과객 하느님께서 주셨소!

알론소 선장 무슨 하느님이 줬단 말이오. 내게 하느님일랑 팔 생각 말고 수사들에게나 파시오. 그게 어디에서 났소?

수도원장 알론소 선장, 왜 그러는 거요. 왜 소리를 지르고 그러시오. 손님에게 점잖게 대하시오.

알론소 선장 그게 어디서 났소? (나지막하게 성내듯이) 8년이라니!

후안 신부 댁이 열겠다는 그 길은 어떤 길이오? (웃는다) 사람들이 꿈꾸는 저 신화 속의 지상 낙원을 향해 돛을 올린다는 거 아니오?

과객 (점점 화를 내며) 믿음이 없는 사제시군 — 지상 낙원을 얘기하면서 웃다니! 알론소 선장, 당신은 신세계를 발견하지 못할 것이오. 후안 선장, 당신도 마찬가지요. 가슴속에 그런 세계를 품고 있지 않기 때문에 그렇소! 새로운 땅은 우리 가슴속에서 먼저 태어나야 하오. 그런 다음에야 그것은 바다에서 솟아오르오. 그래요, 그래. 바다에서 말이오. 그 땅이 원하든 원하지 않든.

알론소 선장 무슨 귀신 씻나락 까먹는 소리요. 땅은 태초부터 바다 위에 솟아올라 있고, 사람이 나중에 그걸 발견하는 거지. 우리가 작정 없이 바다를 떠도는 중에 어쩌다 뱃머리가 걸리면 그게 새 땅이 아니겠소. 그뿐이지 — 운명이란 말이오!

과객 당신네들은 하나같이 목숨이 소중하여 운명의 옷자락이나 붙들고 거기에 매달려 있지. 믿음이 없는 자들에게 다른 신이란 없으니까! 하지만 난 그리스도의 손에 매달려 있소. 내 마음이

바로 하느님께서 그려 주신 해도라 할 수 있소. 모든 것이 거기
에 표시되어 있지. 어느 것 하나 틀린 것 없이 정확하오. 알려지
지 않은 땅들, 풍향, 해류, 밤과 낮, 그리고 거리 같은 것들이 말
이오……. 그리고 대양을 가로지른 붉은 선, 그것은 내 뱃머리
가 나아갈 항로를 나타내는 거요. 내가 만약, 8년 전 내 가슴속
에서 솟구쳐 올랐던 그 땅을 발견하지 못하면, 나는 하느님께
그게 없노라고 소리쳐 고할 작정이오. 그러면 하느님께서는 바
닷물 속에 손을 담그시어 그것을 꺼내실 것이외다.

알론소 선장 용서하시오만, 그런 생각을 가지고 계시다면 댁은 필
경 선교사밖에 못해 먹겠소이다.

과객 용서하시오만, 알론소 선장, 당신의 그런 생각만으로는 세
계가 절대 커지지 않소이다. 지금과 마찬가지로 늘 그대로일 것
이오!

수도원장 서로들 싸우지 마시오. 그리고 오만스러운 손님, 당신도
화내지 마시오! 말해 보시오. 하느님께서 바다 건너로 그리스
도를 모셔 가도록 당신을 택했다는 걸 어떻게 아시오? 그런 꿈
을 꾸었소?

과객 제겐 꿈 따위 필요 없습니다. 하느님을 보기 위해 저는 눈을
감지 않습니다. 눈을 뜹니다. 몇 주 전이었습니다. 스페인 국경
을 지나고 있을 때 어느 길모퉁이에서 대서양의 성모님을 뵈었
습니다. 성모님은 떡갈나무 그늘에 서서 저에게 미소를 지으셨
습니다. 제가 지나갈 줄 아시고 기다리고 계셨던 겁니다. 성모
님의 옷은 검정 옷이 아니었습니다. 대양의 물결과 같은 초록빛
옷이었습니다. 흰 만티야[3]로 머리와 턱과 입을 가리고 계셨습

---

3 스페인에서 여성들이 머리와 어깨를 덮는 데 쓰는 스카프.

니다. 제가 볼 수 있었던 건 이마뿐이었는데 그곳엔 반달 모양의 붉은 상처가 있었습니다. 그분의 눈은 빛나는 초록 에메랄드 빛이었고, 여느 때처럼 울고 계시지 않고, 웃는 모습이셨습니다. 성모님께서는 저를 보자 손을 내미셨는데 손에 황금 사과가 놓여 있는 것 같았습니다. 제가 손을 내밀었습니다 — 그러자 어느 사이 사과가 내 손바닥 위에 놓여 있지 않겠습니까. 전 소리쳤습니다. 〈성모님, 저에게 주신 이게 무엇입니까?〉 하고 말입니다. 그러나 눈 덮인 산맥에서 한차례 부드럽고 감미로운 산들바람이 불어오자, 환영은 사라지고 말았습니다.

침묵. 수도원장은 깊은 감동을 받는다.

과객 저는 한참 동안이나 손바닥으로 기분 좋은 무게를 느끼고 있었습니다. 그러는 사이 어느덧 사과도 양지에서 서리가 녹듯 천천히 사라졌습니다. 하지만 저는 거기에 그려 있던 표식들을 마음속에 고스란히 새겨 놓을 수 있었습니다. 그래서 코르도바에 도착한 뒤 저는 그 선 하나하나를 이 황금에 그대로 옮겨 새겼던 것입니다. 그리고 오늘 밤 이 황금 사과를 다시 성모님께 가져왔습니다.

(그는 성모상 앞에서 두 손을 들어 올린다.)

대서양의 성모, 푸른 바다의 여주인이시여, 저는 당신께서 제 손 위에 놓으신 것이 사과가 아니라 세계인 걸 아나이다. 당신의 이름을 가진 배, 산타 마리아라 이름 붙일 배를 띄울 수 있도록 도와주시고, 저로 하여금 제 마음속에서 떠도는 섬들에, 황금과 정향나무와 육두구(肉荳蔲)와 계피나무 가득한 섬들에 이르게 도와주소서.

크리스토퍼 콜럼버스 363

과객은 열린 창문으로 다가가 숨을 깊이 들이마신다. 바다의 울부짖음이 들려온다. 수도원장이 곁으로 다가가 그를 진정시키려는 듯 어깨를 가볍게 만진다. 알론소 선장의 눈은 과객에 못 박혀 있다. 그의 안에서 분노가 끓어오른다.

후안 신부 (알론소 선장에게 가만히) 해적 양반, 당신 눈이 벌겋군. 무슨 꿍꿍이속인가.

알론소 선장 신부께서도 왕년에 해적 아니셨소. 아시면서 왜 묻는 거요.

후안 신부 그리스도의 이름으로, 성급하게 굴지 마시오.

알론소 선장 내 일에 그리스도를 끼워 넣지 마시오. 이자가 내가 찾는 그 작자라면 죽여 버리겠소!

후안 신부 죽여서 죄가 아니라 부당하게 죽여서 죄요. 하지만 먼저 저자에게서 뭐든 캐내 봅시다. 이자를 전에 본 적이 있소?

알론소 선장 아니요. 하지만 본 적이 있다고 덫을 놓아 보아야겠소.

수도원장 (과객의 어깨를 가볍게 만지며) 당신의 마음은 하느님과 바다로 꽉 차 있구려. 진정하시오, 형제. 당신을 위해 잠자리를 준비하라 해두었소. 이제 가서 주무시오. 잠은 하느님의 천사라오. 잠도 사람을 사랑합니다.

과객 신부님, 저는 잠을 버렸습니다. 공포도 하느님의 천사입니다. 대천사죠. 저는 밤새워 그와 이야기합니다.

(그는 등받이 없는 의자로 돌아와 앉아 천천히 물을 마신다. 그러더니 벽에 몸을 기대고 고개를 숙인 채 생각에 잠기며 한숨을 내쉰다. 그러는 사이 수도원장은 성모상 앞에 무릎을 꿇고 기도하고 있다.)

알론소 선장 어이, 노형, 고개를 좀 들어 보쇼. 얼굴 좀 봅시다. 자꾸 어두운 데로 숨으려 하지 마시고. 후안 신부, 부탁 좀 합시다. 거기 걸어 놓은 등불 좀 내려 나에게 주시오.

후안 신부가 심지 세 개짜리 등불을 고리에서 내려 그에게 건네준다.

후안 신부 옛소, 선장.

알론소 선장 (등불로 과객의 얼굴을 비추며 찬찬히 살핀다.) 어디선가 본 얼굴 같소만. 고개를 좀 들어 보시오……. 겁이 나시오?

과객 내 얼굴과 두 손이 다 깨끗하고, 마음은 불꽃처럼 밝소이다. 내가 왜 겁이 나겠소. 난 우리에 갇힌 구경거리 원숭이가 아니오! 난 사람이고, 사람을 싫어하는 사람이외다.

알론소 선장 용감하신 양반, 흥분하지 마시오. 당신을 보니 내가 8년 전에 만난 어떤 선장이 언뜻 생각나는구면. 포르투 산투에서 돌아오는 길이라고 하던.

과객 (놀라 벌떡 일어선다.) 포르투 산투라고요? 거기 가본 적 있소?

알론소 선장 (물음을 무시하며) 폭풍이 엄청나던 때였소. 바다는 무시무시했고, 바닷가엔 떨어져 나간 배 조각이며, 부러진 돛대들, 익사한 사람들이 널려 있었지……. 듣고 있소? 눈을 들어요 — 날 쳐다보시오!

과객 그 등불 좀 치워요. 귀찮게 하지 마시오.

알론소 선장 그런데 한 선원이, 몸집이 우람한 선원이었지, 파도에 휘둘리면서도 죽어라 돛대에 매달려 있다가 반쯤 죽은 채 바닷가로 밀려왔소……. 고개를 들라 하지 않소, 그리고 날 쳐다봐요! 그런데 그 순간, 하느님의 뜻인지 악마의 뜻인지 — 곧 알게 되겠지만 — 아까 말한 그 선장이 지나갔소.

과객 이름이 뭐라 했소?

알론소 선장 선장 말이오?

과객 아니. 그 선원 말이오.

알론소 선장 그게 무슨 상관이오. 죽은 사람인걸. 명복이나 빌어 줘야지. 포르투갈 사람이었소. 우리 패는 아니었지……. 내가 묻고 싶은 건 따로 있소. 아니, 졸리오?

과객 나는 잠 따윈 모르는 사람이오. 계속하시오. 그리고 그 등불은 좀 치우라잖소. 지금 무얼 수색하는 거요? 내가 밀수품을 숨긴 선창(船艙)이라도 된단 말이오? 난 하늘처럼 깨끗하오.

알론소 선장 좋소이다. 소리 지르지 마시오……. 그런데 이 선장이 지나가다 해안에 기절해 누워 있는 그 선원을 봤단 말이오. 선장은 누군가 살피더니 선원을 일으켜 뒤집어 놓고 들이마신 바닷물을 토하게 하였소. 그 사람은 서서히 정신을 차리고 눈을 떴소. 선장은 그 사람을 어깨에 메고 집으로 옮겨 갔소이다……

과객 선원의 이름이 뭐였소?

알론소 선장 또 이름을 물으시는군. 왜 그리 이름에 관심이 많소? 그냥 알론소라 해둡시다. 이름을 알아야 편하시겠다면.

과객 (놀라 벌떡 일어선다.) 알론소라고?

선장은 고개를 돌려 후안 신부에게 재빨리 눈길을 던진다. 그의 목소리가 더 성난 목소리로 바뀐다.

알론소 선장 놀라셨나?

과객 놀랐냐고? 세상에 꽉 찬 게 알론소 아니오. 계속하시오……

알론소 선장 선장은 선원을 집으로 옮겨 자기 침대에 누이고 브랜디를 주었소. 이윽고 가엾은 그자에게 다시 생기가 돌았소. 그

366

자는 눈을 뜨자마자 자기를 구해 준 사람의 손을 붙들고 입을 맞추었소. 그런 다음 나지막하고 희미한 목소리로 믿기 힘든 엄청난 비밀을 선장에게 털어놓았소이다.

후안 신부 비밀을 말이오? 하느님의 이름으로, 계속하시오.

알론소 선장 선원의 말은 자기가 어떤 아름다운 섬들 사이에 정박한 적이 있다는 것이었소. 유난히 녹나무와 계피나무 숲이 많아 여느 곳과 다르다고 했소. 그런데 말이오, 폭우가 쏟아질 때면 주먹만 한 금덩이들이 언덕들에서 굴러 내리더라는 것이었소.

과객 (문 쪽으로 달려가며) 그만 됐소! 더 이상 듣고 싶지 않소.

알론소 선장 떠나시는 건 아니겠지……! (과객의 팔을 움켜쥔다.)

후안 신부 하느님의 이름으로, 그 선원은 어디 있소, 선장. 그자가 해도를 맡겼소? 우린 왜 지금 여기에 앉아 있지?

알론소 선장 후안 신부님, 너무 급하시오. 맞습니다. 그 사람이 해도를 맡겼습니다. (과객에게) 당신 이리 오시오. 수사 행세를 하는 이 흉악한 선장 나리! 어디로 가실 생각인가. 서라 하지 않나! 얘길 모조리 들려줄 테니. 그러자 선장이 그 선원을 침대에서 억지로 일으켜 앉히고는 손에 펜과 종이를 쥐여 주었소. 해도를 그려 달라는 거였소. 그자가 범상한 선원이 아니고 항해사란 걸 알았던 거요. 〈해도를 그리고, 거기에 거리와 위치 등을 모조리 표시하라〉는 것이었소.

〈내일 그려 주겠소. 내일 말이오. 힘이 하나도 없소이다. 잠 좀 잡시다!〉 하고 항해사가 애원했소.

〈오늘 밤에 그려 주시오! 지금 당장! 내일이면 당신은 죽을지 모르오!〉 하고 선장은 그자 앞에 서서 두 손으로 어깨를 움켜쥐고 소리를 질렀소.

그 가엾은 자가 어찌할 수 있었겠소? 종이를 집어 들고 자기가 출발한 섬들 — 카나리아 제도를 그렸소. 그러곤 바다를 표시하고, 배를 그려 넣고, 구석에 풍향을 표시하는 원반을 그려 넣고, 거기에 포르투갈 국기가 달린 창을 꽂고, 그런 다음 아래에 쓰기를…….

과객 됐소!

알론소 선장 그 아래에 섬들의 이름을 썼소. (나지막하게 한 음절씩 발음하며) 앤-틸-리-스라고.

과객 쳇! 낡아 빠진 뱃사람들 얘기 아니오! 거짓말이야! 듣는 게 지겹소.

수도원장, 일어나서 불안해하며 다가온다.

알론소 선장 내가 한 말은 다 진실이다, 이 사기꾼아. 진실이란 걸 넌 알고 있어. 이 선장 말입니다, 어떤 시골 여자와 살았던 자입니다. 술 좋아하던 여자였죠. 제가 항구에 정박했던 바로 그해, 저자가 그 여잘 버렸습니다. 제가 그 여자에게 술을 사주었더니 죄다 까발리더군요. 듣고 있나? 모조리 말입니다!

후안 신부 (괴로운 시늉을 하며) 그래, 해도는 어찌 됐소, 해도는?

알론소 선장 그 선장 놈이 선원의 손에서 해도를 낚아챘죠. 그래서 그 엄청난 비밀을 아는 유일한 사람이 됐어요. 선원들은 다 익사해 버렸지, 앤틸리스가 어디에 있는지 아는 사람이라곤 살아남은 그밖엔 아무도 없었으니까. 그러고 나선…….

후안 신부 그러고 나선…….

알론소 선장 원장님, 원장님께선 한때 궁정의 고귀한 귀족이셨습니다. 세상 사람들을 많이 만나시고, 얘기도 많이 들으셨습니다. 그러곤 세상 사람들이 싫어지셨죠. 그래서 이제 세상 사람

368

들하고는 같이 살지 않아도 되게끔, 험한 절벽 사이 수도원에서 숨어 살고 계십니다. 원장님, 이제 귀를 막으십시오. 그리고 가시지요! 제가 지금 할 끔찍한 얘기는 원장님께서 들으셔서는 안 되니까요.

수도원장 알론소 선장, 그 시절에 나는 하느님의 위대한 자비를 믿지 않았소. 하지만 지금은 믿소 — 난 무엇이든 감당할 수 있소. 계속하시오!

알론소 선장 선장은 선원의 손에서 해도를 빼앗은 다음, 술잔에 독을 타 그걸 항해사에게 주어 마시게 했던 것입니다.

관객 거짓말!

알론소 선장 살인자!

수도원장 여러분, 그리스도의 이름으로! 하느님께서 보고 계십니다.

알론소 선장 그 항해사는 내 사촌 알론소 산체스였습니다. 그리고 이 작자가 사촌을 죽인 놈입니다!

관객 난 그 일과 절대 관계없소! 내 손은 깨끗하오!

알론소 선장 네놈이 지난 8년 동안 자루 속에 넣고 다닌 그 해도는 내 사촌 것이다. 이제 그건 내 거야. 신부님, 전 제 사촌이 살해당한 복수를 해야 할 책임이 있습니다. 8년 동안 저는 마음속에 사촌의 시신을 품고 다녔죠. 이제 그 시신은 썩어 냄새를 풍기기 시작했습니다. 이제 그 짐을 벗어 버려야 할 시간이 온 것입니다. 원장님, 원장님의 허락이 있든 없든, 저는 사촌의 원수를 갚을 것입니다. 원장님의 수도원 안에서든 그 담장 밖에서든, 지구 끝이든, 어디든 좋습니다. 그리고 그 해도를 되찾겠습니다. 이제 여러분의 도움은 필요 없습니다. 만사가 제대로 되어 가고 있습니다. 제가 발견하는 것은 무엇이든 제 것입니다. 반반은 없습니다. 하느님은 공정하십니다!

수도원장 후안 신부, 데려가시오. 방으로 데려가 가둬 버리시오. 저자는 미쳤소. 이 성스러운 성모의 집을 살인으로 더럽힐 수는 없소. 알론소 선장, 우린 당신의 황금 따윈 필요 없소. 우리는 가난하고, 못 입고, 맨발이오. 하지만 우린 자랑스럽소!

　(그는 성모 상 앞에서 두 팔을 벌린다.) 대서양의 성모시여, 잠시 제가 눈이 멀어 당신 집의 빗장을 열고 황금 뿔을 단 악마를 들일 뻔했나이다. 하지만 성모시여, 마지막 순간에 당신께서 손을 내미셨습니다……. (관객을 가리킨다.) 제가 청했던 징표가 있나이다!

알론소 선장 후안 신부, 오시오. 우리 얘길 끝냅시다……. 원장님, 편안히 주무시길 바랍니다. 저는 원장님을 위해 여기 왔습니다. 원장님께서 관심이 없으시면 악마나 가져가라죠! 몇 달 뒤면 원장님의 수사들은 죽어 가고, 원장님은 원장님의 수도원이 허물어지는 걸 보게 될 것입니다. 날 좋은 1월이면 바다 갈매기들이 날아와 원장님의 방과 성스러운 제단에 알을 낳겠지요……. 원장님, 하늘만 쳐다보고 땅을 걷는 사람들에게는 그런 일이 일어나는 법입니다. 잘 자게, 내 친척을 죽인 자야. 편안히 쉬어, 크리스토퍼 콜럼버스!

　알론소 선장과 후안 신부, 나간다. 수도원장과 콜럼버스만 남아 잠시 대양의 격랑 소리에 귀를 기울인다.

수도원장 바람이 일었소. 바다가 신음 소리를 내고 있어. 두렵소?
콜럼버스 제가 말입니까?
수도원장 그자가 한밤중에 당신 방의 문을 부수고 들어올 수도 있소. 당신이 사람을 죽였소?

콜럼버스 원장님, 전 잠을 잘 수 없습니다. 그래서 예배실에 가서 성모님의 목에 제 제물을 걸어 드려야겠습니다. 성모님께 드릴 말이 좀 있습니다. ……그런 다음 원장님께서 고해를 받으시러 오셔도 됩니다.

수도원장 당신이 사람을 죽였소?

콜럼버스 (어깨에서 자루를 내리며) 갑니다. (문 쪽으로 돌아선다.)

수도원장 구원받는 길은 오직 하나, 회개뿐이오.

콜럼버스 저에게 유일한 구원은 이 지도에 그려진 붉은 선을 따르는 것뿐. (자루를 친다.) 그리고 황금 문턱에 십자가를 세우는 것뿐입니다!

제2막

조그맣고 허름한 교회당 안. 창문들은 다 깨지고 하나만 온전하게 남아 알록달록한 색깔로 빛나고 있다. 이 스테인드글라스는 거인과 같은 성 크리스토포루스가 어린 예수를 어깨에 태우고 가는 모습을 묘사하고 있다. 그는 대양의 한가운데 서 있고 초록 물결이 무릎까지 찰랑거린다. 희미한 빛 속에 실물 크기의 성모상이 보인다. 맞은편에 그리스도 상이 있다. 부드럽게 간청하는 목소리가 들리고 ─ 성모의 목소리이다 ─ 이어 나직하고 엄숙한 그리스도의 목소리가 들려온다.

성모 예수여, 나의 아들이여!

그리스도 어머님, 왜 부르십니까?

성모 아들이여. 그자를 불쌍히 여기라⋯⋯. 왜 그대는 그자로 하여금 자기가 태어난 땅을 버리고, 아내와 자식과 평온한 베틀이 있는 땅을 버리고, 바다로 나가도록 부추겼는가? 그대는 기적의 섬들이나 황금 문턱, 진주의 성채 같은 게 없다는 걸 알고 있다. 그가 어디로 가겠는가? 그는 헛되이 파멸하고 말리라. 그의 가슴에 손을 얹어 그를 진정시키라.

그리스도 어머님, 저는 그의 가슴에 손을 대어 더욱 격렬히 뛰게 하겠습니다. 그래야만 세계는 성장합니다. 그래야만 사람은 습관을 이겨 낼 수 있습니다! 느긋한 삶을, 행복을 이겨 낼 수 있습니다!

성모 그를 불쌍히 여기라, 아들이여. 무엇이 그를 기다릴지 그대는 알고 있다. 배은(背恩), 병고, 가난, 쇠사슬이 아닌가! 그에게 손을 내밀라. 그를 돌아서게 하라.

그리스도 그자가 태어난 순간부터 저는 어느 누구보다 그자를 선택하였습니다. 저는 그에게 〈그리스도를 옮기는 자〉라는 뜻을 가진 크리스토퍼[4]라는, 하느님이 새겨 주신 이름을 주었습니다. 그리고 그자는 이제 원하든 원치 않든, 저를 짊어지고 대양을 건너가게 될 것입니다!

성모 아들이여, 마당에 그자의 발걸음 소리가 들린다. 그는 이곳으로 와 내 발밑에 주저앉을 것이다. 마지막으로 간청한다. 그를 불쌍히 여기라!

그리스도 어머님, 저는 그자를 사랑합니다. 제가 왜 그자를 불쌍히 여겨야 합니까? 그는 저를 짊어지고 왔습니다. 이제 행복 따위에는 관심도 없습니다! 그래, 크리스토프루스, 나의 수레꾼이여, 그대의 생각은 어떠한가? 돌아서고 싶은가?

성 크리스토포루스 (웃으며, 우레 같은 목소리로) 아닙니다!

---

4 콜럼버스의 이름 〈크리스토퍼〉는 기독교의 성인 〈크리스토포루스〉의 이름을 딴 것이다. 따라서 두 사람의 이름은 같다. 원작에서도 두 사람의 이름은 같은 것으로 나온다. 그러나 한국어 번역에서는 두 사람의 이름을 일치시킬 수가 없었다. 우리나라에서는 콜럼버스의 이름이 〈크리스토퍼〉라는 영어식 이름으로 너무 굳어져 있어 그 이름을 사용하지 않을 수 없었기 때문이다. 독자는 이 작품에서 두 사람의 이름이 같다는 사실을 이해하는 것이 중요하다. 콜럼버스는 자신과 이름이 같은 성 크리스토포루스처럼 바다를 건너 새로운 땅에 〈그리스도를 옮기는 자〉로서의 사명을 타고 났다고 생각하고 있다.

발걸음 소리가 들린다. 콜럼버스가 문간에 나타난다. 곧 목소리들이 그친다. 밝게 빛나던 창문들이 희미해진다. 그는 주저하며 천천히 앞으로 나온다. 황금 사과가 사슬에 매인 채 목에 걸려 있다. 그는 손에 든 양초에 불을 붙여 성모상 앞의 촛대에 세워 놓고 무릎을 꿇는다.

콜럼버스 바다의 여주인이시여, 왜 저를 그처럼 고통스러운 눈빛으로 보시나이까? 당신의 입술이 움직이나이다. 지금 제 가슴의 물음에 대답하여 말씀하시고 계신 듯 느껴집니다. 그러나 저는 들을 수가 없군요! 오, 이 지상과 바다에서의 제 과업은 언제쯤 끝날까요? 제 의무는 언제쯤이나 완수되겠습니까? 그래서, 언제쯤에나 제가 육신에서 벗어나 우리 사이를 갈라놓는 그 마지막 물결 — 죽음에까지 나아갈 수 있을까요? 언제쯤이면 제가 성모님의 발밑에 와서 앉을 수 있게 될까요? 언제쯤에나 당신이 저에게 말씀하시고, 저는 당신의 말씀을 들을 수 있을까요? 이 땅에서처럼 끝없이 독백하지 않아도 될까요? 헛되이 불러 대지만 대답 소리는 들을 수 없는 황량한 바다를 제가 언제쯤이면 더 이상 방황하지 않게 될까요?

오, 나의 여왕이시여, 저는 그동안 끝없는 계단을 올라와, 수없는 문들을 두드리고, 수많은 사람들의 발에 입을 맞추었습니다. 이제 이 모든 일에 지쳤습니다. 하늘은 별들과 성자들로 가득하지만 이곳 지상에는 흉내 내는 원숭이들과 움직이지 않으려는 노새들뿐입니다. 주위를 돌아봅니다. 그것들은 네 발로 기면서 눈과 입을 땅에 처박고 혹시라도 먹을 게 없나 열심히 찾고 있습니다. 고약한 냄새들 가운데에서도 지나가는 암컷 냄새는 재빨리 알아차려 헐레벌떡 뒤쫓아 갑니다. 저만 머리를 높이 들고 원숭이와 노새 사이에서 인간의 두 발로 걷습니다. 나의 여왕이시여, 저는 당신과, 아직 당신의 은총이 미치지 못한 머나먼 곳의 기적 같은 섬들에 대해 생각합니다. 저는 파도를 헤치고 그것들을 발견하여 당신에게 가져오고 싶습니다. 그래야 저는 두 손을 모으고 죽을 수 있을 것입니다. 당신의 발치에 와 앉을 수 있을 것입니다.

하지만 그 신성한 시간이 오기까지는 성모님, 우리의 비밀스러운 맹세를 상징하는 이 물건을 받아 주십시오. 그날 아침 스페인 국경의 참나무 아래에서 당신께서 제 손에 놓아 주신 이 황금 사과 말입니다. 이것을 당신의 충실한 종, 콜럼버스의 기념물로서 당신의 목에 걸어 놓겠습니다. 당신은 당신의 아들을 두 팔에 안고 맨발로 스페인의 바위 위를 헤매십니다. 저는 말없이 뒤따라가며 당신이 뒤돌아보시고 고개를 끄덕이시길 기다립니다. 우리는 아라곤, 카스티야, 에스트레마두라, 안달루시아를 지났습니다. 우리는 첫 파도가 있는 곳에 이르렀습니다. 당신은 돌아서서 미소 지으셨습니다. 그리고 당신의 아들을 제 등에 업히시고 대서양을 가리키셨습니다.

오, 나의 여왕이시여, 저를 믿어 주십시오. 저는 당신의 아들을 바다 건너로 모시겠습니다. 그분을 그 머나먼 곳의 행복한 섬들, 대추나무 아래, 정향나무와 계피나무들 사이에 모시겠습니다. 하지만 카스티야와 하늘의 여왕이시여, 당신은 저를 도와주셔야 합니다. 저를 돌봐 주셔야 합니다……. 미소를 지으시는군요, 성모님. 당신은 제가 어디로 가는지 아십니다. 제가 누구를 만날지 아십니다. 그라나다의 위대한 여인입니다. 이 땅에 존재하는 건 그분뿐입니다. 그분과 저뿐입니다! 오, 대서양의 성모여, 우리의 별들이 한데 합할 수 있도록 — 우리의 영혼이 짝 지을 수 있도록 해주십시오. 카스티야의 모든 크고 작은 범선들의 돛대가 돛을 부풀리고 당신의 아들을 싣고 정서(正西) 쪽으로 달려 나가는 것을 보실 것입니다. (그는 황금 사과를 성모의 목에 건다.)

나의 여왕이시여, 세계가 아이처럼 당신에게 매달려 있습니다. 그것은 배고프고, 목말라, 울어 대고 있습니다. 젖을 주십시오. 그것 역시 당신의 아들입니다. 젖을 주십시오!

문이 천천히 열리는 소리. 누군가 들어선다.

콜럼버스 원장인가 보다⋯⋯. 가슴이여, 수치스러워 마라. 두려워하지 마라. 모두 고백하고 깨끗이 씻어 버리라. 가슴이여, 하느님께 가슴을 열어라. 그분을 모셔 들여 그분께서 몸을 덥히시고 더 이상 집 없이 바깥을 헤매시지 말도록 하라. 모든 집은 그분의 것이다. 별도, 바다도, 들짐승도, 새도, 배도. 하지만 그분은 오직 하나의 집에서만 평안과 휴식을 찾으신다. 그곳이 마치 고향집인 것처럼. 그것은 사람의 가슴이다. (그는 바닥에 주저앉아 얼굴을 숙이고 기도한다.) 가슴아, 준비되었느냐. (그는 등 뒤로 가벼운 발소리를 듣고 일어선다.) 원장님⋯⋯. (그는 돌아서 칼을 들고 있는 알론소 선장을 본다.)
알론소 선장 칼을 지니고 있느냐?
콜럼버스 당신은 저 위에 계신 성모님에 대한 존경심도 없고, 두려움도 없으시오?
알론소 선장 칼을 지니고 있느냐니까.
콜럼버스 없소이다!

선장은 그에게 칼을 하나 던져 준다. 콜럼버스는 칼을 받지 않고 그대로 떨어뜨린다.

알론소 선장 해도를 내놓아라. 우리 둘 중 살아남은 자가 갖기로
하자.

콜럼버스 알론소 발리엔테스 선장, 이 신성한 시간에 내 손을 피
로 더럽히기 싫소. 떠나시오.

알론소 선장 네가 사람을 죽였으니 이제 네놈이 죽을 차례다. 시간
이 무슨 상관이냐!

콜럼버스 알론소 선장, 난 죽고 싶어도 지금은 죽을 수 없소이다.
성모님께서 그분의 아들을 나에게 맡기셨소. 바다 건너로 모셔
가라 했소. 내 과업을 다 이루기 전까지는 아무도 날 죽이지 못
하오. 하지만 과업을 마치고 나면 떨어지는 나뭇잎이라 해도 나
를 죽일 수 있을 것이오.

알론소 선장 지금은 말로 떠들 시간이 아니다, 바보 자식아! 칼을
집어 들어! 맨손인 사람을 죽일 순 없다. 자, 칠 테다, 막아! 이
살인자…… 도둑놈아!

콜럼버스 그렇게 소리 지르고 욕해 봐야 소용없소. 난 화도 안 나
고 두렵지도 않으니까. 내 몸은 하느님의 갑옷을 입었소. 어떤
칼이 찔러도 들어가지 않아.

알론소 선장 네놈이 성모의 발밑에 쭈그리고 앉아서 죽지 않는다
고 생각한다 이거지. 돌덩이를 그렇게 믿느냐, 이 하느님 흉내
내는 놈아!

콜럼버스 신앙심도 없고 쓸모도 없는 자로군! 당신은 석상만 보고
그 안에 든 하느님을 보지 못하고 있어. 알론소, 안됐군. 난 아
직 죄를 씻지 못한 당신을 이 자리에서 죽여 지옥에 보내고 싶
지 않소. 가시오! 내 손에서 내 것이 아닌 힘을 느끼고 있으니

까. 가라지 않소!

알론소 선장 난 네놈을 8년이나 뒤쫓았다. 이 살인자 놈아. 이제 겨우 찾아냈는데 내가 그냥 갈 것 같으냐. 해도를 내놓아라! (칼을 들어 올린다.)

콜럼버스 이 종이쪽이 우리 사이에 문제라면, 선장……

(빠른 동작으로 자루를 뒤적이더니 해도를 꺼낸다. 알론소가 빼앗으려고 달려들지만 콜럼버스는 가벼운 손놀림으로 선장을 바닥에 내동댕이쳐 버린다.)

나는 이걸 성모님의 은총에 바치겠소! (그는 촛불 앞으로 걸어가 해도를 태운다.)

알론소가 소리를 지른다.

콜럼버스 자, 이제 우린 친구가 될 것이오, 알론소 선장. 우리 사이를 가로막을 건 없소.

알론소 선장 (재로 변한 해도를 집어 들며, 신음 소리를 낸다.) 재가 되어 버렸군. 이제 당신은 섬을 어떻게 찾을 것이오?

콜럼버스 없어진 건 없소. 재로 변한 건 아무것도 없소. 그 섬 가는 길은 내 마음속에 깊이 새겨져 있으니까. 난 정확히 알고 있소. 어느 방향으로 키를 틀어야 하고, 무슨 바람이 불 것이며, 며칠이 걸려야 그 황금 문턱에 발을 디딜 수 있는지!

알론소 선장 (절망적으로 재를 만져 보며) 다 재가 되어 버렸어…… 재가…….

콜럼버스 괴로워 마시오. 나 자신이 해도라고 하지 않소. 다른 건 아무것도 필요 없소. 난 출항할 것이오. 내가 성호를 그으면 하느님이 정해 준 항해가 시작되오. 나와 동행하는 자는 행복할 것이오, 알론소 선장.

(침묵)

내가 왜 스페인을 헤매고 있다 생각하시오. 난 지금 내 배에 탈 사람들을 구하고 있는 중이오! 당신은 내가 성모님에게 한 맹세 때문에 이 수도원에 왔다고 생각하시오? 아니면 고명하신 수도원장의 명망의 냄새를 맡고 그 냄새에 끌려? 내가 여기 온 것은 여기에서 알론소 선장을 만날 수 있으리란 걸 알았기 때문이오. 지난겨울 포르투갈 군함 세 척과 1 대 3 으로 맞붙은 용감한 뱃사람, 갈고리를 던져 세 척의 배를 차례로 꼬리에 이은 다음, 그것들을 모두 고물에 묶어 영국 영해로 끌고 가 팔아먹은 사람을 말이오.

알론소 선장, 기분이 좋아 웃는다.

콜럼버스 죽음을 두려워하지 않고, 사는 것도 죄를 짓는 것도 두려워하지 않는 용감한 뱃사람 말이오. 내가 좋아하는 건 바로 그런 사람들이오. 난 그런 사람들을 찾소! 우리는 수사들처럼 거룩한 군대가 되어 성 크리스토포루스를 우리 지도자로 삼아야 하오. 우리의 목적은 그리스도와 황금을 위해 싸우는 것. 수사들처럼 세속의 삶을 낭비하거나, 어리석고 믿음 없는 해적들처럼 하늘의 삶을 낭비하지 않고, 세속과 하늘의 왕국을 일거에 약탈하는 것이오. 알겠소, 알론소 선장?
알론소 선장 빌어먹을, 머리가 핑핑 도는구먼.
콜럼버스 나와 함께 가서 그 군대에 끼시겠소?

(침묵)

난 당신의 뱃머리를 금테로 두르고 당신의 식탁을 황금 잔과 황금 접시로 차리겠소. 당신은 비단 이부자리에서 자게 될 것이오. 그리고 하느님의 도움을 받아 우리 배가 향료를 가득 싣고 돌아오게 되면 모든 스페인은, 세비야에서 부르고스까지 육두구와 계피 냄새를 맡을 수 있을 것이오!

알론소 선장 거짓말!

콜럼버스 나와 함께 가면 알 것이오. 대양을 통과하는 미답의 항로를 아는 사람은 나뿐이오. 당신을 앤틸리스로 데려갈 수 있는 사람은 나뿐이오. 바닷가에 황금의 도시가 있고 네 개의 요새 입구가 있는 곳 말이오. 하나는 대양을 마주하고 있는데 사파이어로 덮여 있고, 반대편 것은 계곡을 굽어보고 있는데 에메랄드로 장식되어 있소. 북쪽 문은 산을 마주하고 있는데 루비로 장식되어 있고, 남쪽 문은 넓은 강을 바라보고 있는데 자고의 알만 한 진주들로 장식되어 있소······.

알론소 선장 (넋을 잃고) 필시 낙원이겠군!

콜럼버스 그곳이 바로 낙원이오! 우리 같은 해적에게 어울리는 진짜 현실의 낙원이란 말이오. 푸른 하늘뿐 아니라 금과 향료와 군함도 있는. 알론소 발리엔테스, 내 말 잘 들으시오. 내가 이 수도원에 온 것은 하느님이 당신을 만나도록 나를 이곳에 보냈기 때문이오. 난 그라나다의 궁으로 가는 길이었소. 거기에 가면 옥새 찍힌 서류가 나의 서명을 기다리고 있소. 내가 발견하는 바다와 육지는 어느 것이든 함께 나누자고 약속한, 왕과 왕비의 합의서요. 그런데 저물녘에 길을 걷다 바위들 뒤에서 들려오는 소리를 들었소. 〈돌아가라. 대서양의 성모 수도원으로 가서 알론소 선장을 설득하여 함께 항해하도록 하라〉고 말하는 목소리였소. 하지만 난 급하게 그라나다로 가던 참이라 못 들은 척해 버렸소. 그래서 계속 길을 재촉하고 있는데 또 그 소리가

380

들리는 게 아니겠소. 이번엔 성난 목소리였소. 「들리지 않느냐. 돌아가라. 가서 알론소 선장을 찾으라!」 나는 겁이 났소. 그래서 남쪽으로 방향을 바꿔 달렸소. 그러고 있는데 누군가 말을 타고 나를 뒤쫓는 듯한 소리가 났소. 하지만 난 그게 하느님인 걸 알고 있었소. 수도원에 도착하니 숨이 차고 허기가 졌소. 그럴 쯤엔 밤이 되어 있었고…… 그 뒤의 일은 당신도 아는 바요, 알론소 선장. 당신을 찾게 되어 정말 다행이오!

알론소 선장은 잠자코 생각에 잠긴 채 결단을 못 내리고 있다. 콜럼버스를 바라보는 그의 미간이 잔뜩 찌푸려 있는 것으로 보아 콜럼버스가 하는 말 중에 어느 것이 진실이고 어느 것이 거짓인지 판단하려고 마음속으로 싸우고 있는 듯하다.

콜럼버스 난 당신이 커다란 세대박이 범선을 가지고 있단 말을 들었소. 배 이름이 무엇이오?

알론소 선장 산타 마리아.[5]

콜럼버스 (알론소의 팔 안으로 쓰러지며) 산타 마리아라고! 이보시오, 우린 진짜 잘 맞는 짝이오. 이건 성모께서 나를 위해 세우신 계획의 징표요!

알론소 선장 뭐 잘못됐소? 뭐가 그리 좋아 나에게 달려드는 거요? 저리 비켜요!

콜럼버스 이게 무슨 기적이란 말이오. 하느님이 보내신 내 짝 양반! 내가 성모님께 약속했었소. 성모님의 이름을 가진 배로 그분을 그 섬으로 모시고 가겠다고. 그게 바로 당신 배요, 알론소

---

5 스페인어로 성모 마리아라는 뜻.

선장. 산타 마리아 말이오. 시간이 왔소이다! 눈을 들어 성모상이 미소를 짓는 걸 보시오. 만사가 나에게 신호하며 소리치고 있소. 〈시간이 되었다!〉고.

제가 문을 두드리니 주님, 당신께서 문 뒤에서 미소를 짓고 계십니다. 저는 안으로 들어가 찾고 있던 사람을 발견합니다. 이제 저는 항구에 내려가 저를 실어 갈 배가 정박해 있는 걸 볼 것입니다! 제가 꿈속에서 붙인 이름, 〈산타 마리아〉라는 이름이 뱃머리에 금빛 글자로 새겨져 있는 배가 말입니다. 제가 손을 펴자 세계가 황금 사과처럼 손바닥 위에 내려와 앉습니다. 알론소 선장, 노형, 시간이 되었소. 당신은 못 느끼겠소? 속마음을 시원히 말해 보시오!

알론소 선장 (콜럼버스의 팔 안으로 쓰러지며) 선장, 날 데려가 주시오!

수도원장이 들어와서 두 사람이 껴안고 있는 것을 본다. 그는 놀라 멈춰 선다.

수도원장 오, 어리석고 알 수 없는 사람들! 당신네는 산들바람 한 번 불면 서로 죽이려 덤벼들고, 바람이 또 한 차례 불면 이번엔 엉겨 붙어 키스를 한단 말이야. 나무 잎사귀들이 하느님의 미풍을 받아도 그보다는 강하겠소! 하느님의 미풍이 당신 두 사람에게 불어 당신네 눈을 뜨게 해준 것 같소이다.

알론소 선장 원장님, 우린 서로 파트너라는 걸 깨닫고, 차이점은 접어 두기로 했습니다. 우리 일에 또 하느님을 끼워 넣진 마십시오. 하느님은 사업 거래 같은 건 이해하지 못하시고 늘 우릴 하늘로 날려 보내려고만 하신다니까요.

콜럼버스 원장님, 선장의 말엔 유념하지 마십시오. 저 사람, 말은 험하지만 하느님께 독실합니다. 알론소 선장, 그럼 우리 약조한 겁니다. 당신은 세비야로 가서 산타 마리아호를 준비시키시오. 새는 데를 막고, 무장을 갖추고, 창고엔 물과 음식을 가득 채우시오. 나는 어깨에 아기 그리스도를 태우고 곧 따라가리다. 잘 되길 비오!

알론소 선장 그런데 왕의 인장은 어찌 되오, 크리스토퍼? 그거 없이는 움직이지 않겠소.

콜럼버스 그것도 얻게 될 거요, 알론소. 걱정 말아요. 잘 가시오. 하느님이 함께하시길!

알론소 선장 다 원장님의 축복 덕분입니다! 전 원장님 수도원에 사람 하나 찾으러 왔다가 되레 다른 사람에게 제가 발견된 꼴이 되어 버렸습니다. 전 미친 듯이 화가 나 폭풍처럼 퍼부어 댔습니다만 곧 진정되어, 돛을 올리고, 진로를 바꿨습니다. 하지만 헷갈립니다. 원장님, 이게 무슨 바람입니까. 원치도 않는 곳으로 우리를 허둥지둥 몰아가는 이 바람이.

수도원장 하느님이오. 알론소 선장, 우리의 축복과 함께, 가시오. 그리고 가끔은 기억하시오. 당신에게 영혼이 있음을…….

알론소 선장 원장님, 건강하십시오. 그리고 얼마 동안은 가끔 기억해 주십시오. 원장님도 육신을 가지고 계시다는 걸……. 그래요, 절 위해 기도해 주십시오. 그러면 제가 돌아와 앵무새를 가득 넣은 새장으로 보답해 드리겠습니다.

선장, 떠난다. 침묵. 깨진 창문 사이로 대양의 소리가 들려온다. 예배당은 연한 장밋빛으로 가득 찬다. 동이 트고 있다. 수도원장은 성호를 긋고 고해 성사를 위해 옷 위에 띠를 걸친다. 콜럼버스는 무릎을 꿇고 그의 손에 입을 맞춘다.

수도원장 당신을 무슨 이름으로 불러야겠소, 밤 나그네 양반.

콜럼버스 크리스토퍼입니다.

수도원장 그럼 크리스토퍼라 부르리다. 당신의 영혼은 지금 방랑의 욕망과 하느님에 대한 두려움으로 가득 차 괴로워하고 있소. 어두운 격정이 당신의 영혼을 자극하고, 사람의 힘과 논리를 넘어서는 꿈들이 영혼을 혼란시키고 있어요. 당신 안의 진실과 허위가 가면을 바꿔 써서 당신조차 그것들을 구분하지 못하고 있소. 당신은 지금 위대한 항해를 준비하고 있다지요. 그렇다면 지금이 바로 당신이 하느님께 가슴을 열고 영혼의 짐을 고백해야 할 거룩한 시간이오.

콜럼버스 원장님, 하느님이 제 위에 계심을 느끼고, 저는 지금 혼란스럽습니다. 어디서부터 시작해야 좋을지 모르겠군요…… . 제 인생은 온통 두껍게 짠 천 같습니다. 날실은 진실이고, 밝고 솜씨 좋게 짠 씨실 부분은 허위입니다. 제 인생을 찬찬히 살펴보니 그 두 가지를 도저히 구별할 수 없습니다…… .

수도원장 좀 더 애써 보시오, 좀 더. 하느님께서 듣고 계십니다.

콜럼버스 오늘 밤 제가 수도원에서 자랑한 것은 다 거짓말입니다. 죄다 거짓말입니다. 바다를 모조리 항해했다는 것, 제가 귀족 출신이라는 것, 제 선조에 위대한 해적과 제독이 많았다는 것…… 다 거짓말입니다. 거짓말이었습니다! 저는 제노바의 가난하고 비천한 직조공 아들입니다. 그리고 저 자신도 젊었을 땐 직조공이었습니다. 그런데 간이 부풀어 비천한 베틀 가지곤 양이 차지 않았습니다. 저는 모험과 부와 영예가 있는 원양 항해를 갈망했습니다. 그래서 배에 올랐습니다. 저는 얼굴을 때리는 바닷바람에 취했습니다. 머리 위에 별을, 아래에는 대양을 두고, 한마디로 말해 세계를 정복하러 나섰던 것입니다. 그러나 제 탐색 여정이 힘찬 도약기를 맞던 어느 날 밤…… 원장님, 뭐라 말해야 할까요? 부끄럽습니다.

수도원장 용기를 내시오, 젊은이. 이왕 시작했으니 마쳐야지요. 그러니 계속하시오. 어느 날 밤…….

콜럼버스 (나직하고 괴로운 목소리로) 어떤 음성을 들었습니다…… 이렇게 말하는 음성이었습니다. 〈직조공의 아들 콜럼버스여, 기뻐하여라. 주께서 너와 함께 계신다!〉라고 말입니다.

수도원장 아니, 어찌 감히 그런 말을! 그건 대천사 가브리엘이 성모께 하신 인사가 아니오![6]

콜럼버스 밤이었습니다. 우린 바다에 있었습니다. 지브롤터를 건 넌 뒤였죠. 저는 혼자 근무를 서며 뱃머리에서 별을 바라보고 있었습니다. 수천, 수만의 별들이 마치 칼들처럼 머리 위에 떠 있습니다. 전 별들을 헤아리기 시작했습니다. 하지만 끝이 없 었죠. 저는 곧 머리가 어지러워졌습니다. 그때 그 음성이 들려 왔던 것입니다. 「직조공의 아들, 콜럼버스여. 기뻐하여라. 주께 서 너와 함께 계시다!」 저는 깜짝 놀라 정신을 잃지 않으려고 뱃전을 붙들었죠. 음성은 곧바로 제 위에서 머리를 꿰뚫고 들어 왔습니다. 저는 하도 고통스러워 비명을 질렀습니다. 〈오 주님 이여, 명령하소서!〉 하고 말입니다. 그러자 하느님의 음성이 다 시 들려왔는데 그것은 못처럼 저에게 더 깊숙이 박혔습니다. 「콜럼버스, 대양의 제독, 인도의 섭정이여, 기뻐하라!」

수도원장 당신은 지금 악마의 말을 하고 있소. 정신 차리고 진실 을 고해하시오. 이 불행한 사람, 하느님께서 지금 당신 위에서

---

6 대천사 가브리엘이 마리아를 찾아 예수 탄생을 예고하면서 〈은총을 가득히 받은 이여, 기뻐하여라. 주께서 너와 함께 계신다〉 하고 인사했다. 「루가의 복음서」 1장 28절 참조.

듣고 계시오.

콜럼버스 원장님, 영혼을 걸고 맹세합니다. 언젠가 저는 하느님 앞에 갈 것입니다. 그것은 다 제가 들은 말입니다. 정확하게 제가 되풀이한 말 그대로입니다. 그런데 그 소리가 제 안에서 나왔을까요? 위에서 왔을까요? 그 말을 누가 했을까요? 하느님? 악마? 그걸 밝히려고 몸부림쳐 보지만 소용이 없습니다.

그 순간부터 제 삶에 불이 붙었습니다. 그리고 지금도 여전히 그 불이 타오르고 있습니다. 외돛배는 더 이상 마음에 차지 않습니다. 그래서 그걸 그냥 포르투 산투에 두고 왔습니다. 왜냐고요? 제가 무엇을 찾고 있었냐고요? 누굴 기다리고 있었냐고요? 저는 하느님께서 저에게 징표를 주시리라 확신했습니다. 그래야 한다고 생각했습니다. 하느님께서 말씀을 주셨으니, 그걸 지키실 것입니다!

그래서 기다렸습니다. 저는 낮이고 밤이고 바닷가를 오르내리며 하늘을 쳐다보고, 또 바다를 바라보았습니다. 그 무서운 예언의 말들이 제 마음속에서 소용돌이쳤습니다. 「기뻐하라, 대양의 제독, 인도의 섭정! 기뻐하라, 대양의 제독, 인도의 섭정!」

저는 소리쳤습니다. 〈하느님, 당신의 뜻을 이룰 수 있도록 도와주십시오〉 하고 말입니다. 저는 서쪽을 뚫어지게 바라보면서 하느님께서 저에게 주신 먼 곳의 섬들을 찾아보려고 몸부림쳤습니다.

수도원장 그런데 다른 사람이 당신보다 먼저 그것들을 발견하면 어쩔 거요?

콜럼버스 (자극받아 화를 내며) 아무도 못합니다! 저만 발견할 수 있고, 저만 그 섬들을 바다에서 끌어올릴 수 있습니다. 저만 그것들을 대양의 심연에서 집어내어 태양을 향해 들어 올릴 수 있습니다. 딴 사람은 그곳을 지나가더라도 물밖에는 아무것도 발견하지 못할 것입니다.

수도원장 난 이해가 안 되오.

콜럼버스 그건 저도 마찬가집니다. 하지만 제 말에 대한 확신은 있습니다.

수도원장 그런데 포르투 산투는 어찌 됐소? 왜 화제를 바꿨지요? 사람을 죽인 적이 있소?

콜럼버스 원장님, 한숨을 내쉬지 마십시오. 저에게 후회할 일은 없습니다. 저는 하느님의 징표를 찾았고, 하느님께서는 폭풍을 일으키셨습니다. 바다가 넘실대기 시작하더니, 거기 포르투 산투 해안에, 세상에서 딱 하나 그 비밀을 알고 있던 사내가 제 발 앞에 내동댕이쳐진 것입니다. 저는 하느님이 저에게 그자를 보냈다는 걸 금방 알아챘습니다. 제 정신, 제 육신, 제 영혼, 그리고 만인과 만사가 하나같이 제 목표, 아니 하느님의 목표를 향해 저를 데려간 것입니다. 저는 그 항해사, 알론소 산체스를 들쳐 업고 집으로 옮겼습니다. 그자를 문지르고, 마실 것을 주고, 그를 부활시켰습니다. 그자가 입을 열고 말하기 시작했을 때, 저는 그자가 하느님께서 저에게 맡기신 그 큰 비밀을 알고 있다는 사실을 깨닫고 경악했습니다.

수도원장 무슨 비밀 말이오?

콜럼버스 (목소리를 낮추며) 서쪽으로 해서 동쪽에 이르는 비밀입니다! 해안을 출발하여 계속해서 떠오르는 해를 등지며 가는 비밀, 건너야 할 대양은 험하고 황량하지만 두렵지 않을 수 있는 비밀, 똑바로 전진하여 계속 서쪽으로만 가면서도 — 동쪽을 발견하는 비밀입니다! 저는 정말이지 경악했습니다. 이건 아무도 알아서는 안 될 비밀입니다. 아무도 몰라야 합니다. 저 말고는 말입니다! 하느님의 계획이 위험에 빠졌습니다. 그래서 저는 결단을 내리지 않으면 안 되었습니다! 하지만 저는 먼저 그자에게 해도를 그리게 했죠.

수도원 강제로 그리게 했단 말이오?

콜럼버스 달리 어찌 하느님의 뜻이 이 땅에서 이루어지길 기대하십니까? 사람들은 저항하고, 물건들도 저항합니다. 육지도, 바다도, 인간의 영혼도 하느님의 뜻을 거슬러 진로를 바꿉니다. 강제는 불가피합니다! 심지어 낙원에 들어가는 일도 강제로 이루어집니다. 성서에 그렇게 쓰여 있지 않습니까? 그 항해사는 포르투갈인이었습니다. 그를 살려 두었다면 그자는 틀림없이 왕에게 비밀을 누설했을 것입니다. 카스티야는, 하느님께서 저에게 주시고, 제가 카스티야에 주게 될 황금의 섬들을 잃었을지도 모릅니다.

수도원장 그렇다면 당신은 당신이 그 섬들을 발견할 유일한 사람이라는 확신이 없는 것이오!

콜럼버스 확신합니다. 하지만 때로는 제 영혼이 하느님의 옷자락을 놓치고, 제 용기가 바닥날 때가 있습니다. 따지고 보면 저도 인간이 아니겠습니까. 제 마음은 이따금 지칩니다. 그리고 때로 제 내장에서 키워 기르고 있는 이 신세계를 누가 낚아채 갈지도 모른다는 두려움에 얼어붙을 때도 있습니다. 그럼 저는 어찌 되겠습니까? 하느님과 카스티야에 반역자가 될 것입니다! 저는 지는 것입니다, 신부님!

수도원장 그럼 당신은 하느님과 카스티야의 영광을 위해 살인을 했단 말이오?

콜럼버스 어쩔 수 없었습니다. 정말입니다, 신부님. 제 사사로운 이익을 위해 그런 게 아닙니다.

수도원장 사사로운 이익을 위해 그런 게 아니라? 확실하오, 불행한 인간?

침묵. 콜럼버스, 괴로워하다가 갑자기 입을 연다.

콜럼버스 (목이 멘 소리로) 아니요, 확실하지 않습니다.

수도원장 당신은 사람을 죽였소.

콜럼버스 자비를 베푸십시오! 제가 바닷가에 나가 있을 때 바람이 일면 저에게는 그자가 보입니다. (두 손을 들어 올리며 운다.) 주님, 주님, 제가 사람을 죽였나이다. 손을 들어 저를 치십시오! 제 선원들로 하여금 폭동을 일으키도록 하십시오. 제가 발견하는 신세계 사람들로 하여금 저를 돌로 치게 하십시오! 카스티야에서 저를 결박할 쇠사슬을 실은 갤리선을 보내 제가 차꼬를 찬 채 비참하고 수치스럽게 고국으로 돌아가게 하십시오! 하지만 먼저 제 섬들을 발견하도록 해주십시오.

수도원장 저주를 멈추시오! 내겐 벌써 당신 머리 위로 돌 날아가는 소리가 들리오. 쇠사슬도 보이오! 그게 당신이 저지른 죄 전부요? 거짓말, 도둑질, 살인…… 딴건 없소?

콜럼버스 제일 무서운 것, 원장님, 제일 큰 신성 모독의 죄가 있습니다. 신부님 앞에 무릎 꿇습니다. 제 마음속에서 그 죄를 끄집어낼 수 있도록 도와주십시오. 저 혼자서는 할 수 없습니다. 들어 보십시오, 원장님. 제가 물어볼 게 한 가지 있습니다. 대답해 주십시오.

수도원장 당신은 악마처럼 묻기 좋아하는 그 버릇 때문에 파멸하고 말 것이오. 기독교인에게는 질문이 필요 없소. 기독교인은 이미 위대한 답을 발견했소.

콜럼버스 그 대답이 무엇입니까?

수도원장 그리스도요!

콜럼버스는 고개를 숙인다. 몇 분 동안 침묵을 지킨다.

콜럼버스 원장님, 용서하십시오. 하지만 물어야겠습니다. 이 세상의 진실과 허위는 완전히 구별되는 서로 다른 실체인가요, 아니면 다른 게 있을 수 있나요? 바람에 변하는 수면처럼 겉모양이 변하여 거짓도 아니고 진실도 아닌 그런 게? 뭐라고 설명해야 할까요……. 이름도 없고 존재하지도 않고, 그냥 발생할 뿐인 것이라서 말입니다. 알고 싶습니다. 불쌍히 여겨 대답해 주십시오…….

수도원장 당신이 묻는 건 어렵소. 악마 같아! 모르겠소……. 무슨 말을 하려는 거요?

콜럼버스 어느 날, 바야돌리드에 있을 때입니다. 거대한 왕궁의 안마당에서, 금빛 옷을 입은 두 귀족이 백마를 붙들고 있는 것을 보았습니다. 두 귀족은 닫혀 있는 왕궁의 높은 문을 뚫어지게 바라보며 누군가를 기다리고 있었습니다. 안마당에는 귀부인들, 장군들, 제독들, 주교들로 가득했습니다. 어떤 이들은 해쓱하게 시들어 버린 얼굴을 빛내며 그늘 속에 서 있었고, 어떤 이들은 금과 은과 보석 치장들을 번쩍이며 햇빛 속에 서 있었습니다. 저는 지금 같은 누더기 차림으로 거지 수도승처럼 바깥에 서서 구경하고 있었습니다. 별안간 커다란 문이 활짝 열리면서, 문지방에 훤칠하고 근엄하고 새봄처럼 초록 옷을 입은, 황갈빛 나는 금발 머리의, 목에 묵직한 금 십자가를 건 여왕이 나와 섰습니다! 여왕은 사방을 둘러보았습니다. 여왕의 눈길은 어디에도 머물지 않았습니다. 귀족들의 머리 위를 지나, 머리 위로 튀어나온 상아 빗들을 스쳐 지나, 죽은 왕들의 대리석 상들을 지나, 갑자기 저를 발견하더니 멈췄습니다. 저는 아찔하였으나 눈을 크게 뜨고 마주 바라보았습니다. 그러자 여왕이…… 원장님, 저는 이것이 진실인지, 아니면 거짓인지 모르겠습니다 — 무척 혼란스럽습니다. 하지만 제 느낌엔…….

수도원장 목소리가 나오지 않소? 한숨 돌리시오, 딱한 양반. 그러니까 여왕이……?

콜럼버스 저에게 미소를 지었습니다!

수도원장 당신에게 말이오?

콜럼버스 (성이 나서) 신부님, 제가 누군지 잊으셨습니까. 절 존중해 주는 말투가 아니군요! 그렇습니다. 저에게 말입니다! 머리를 내젓지 마십시오. 난 미친놈도 장님도 아니니까. 들어 보세요. 봄이었습니다. 4월 21일, 바야돌리드의 종이란 종은 죄다 울리고 있었습니다……. 그리고 여왕이 저에게 미소를 지었습니다! 그뿐이 아닙니다. 여왕의 얼굴에는 기쁜 표정이 스쳤습니다. 절 반기는 듯 말입니다! 하느님이 하시는 일을 누가 알겠습니까? 여왕이 어느 날 밤 꿈에서 절 보고서는 얼굴을 알아보았는지! 제가, 누구보다도 제가, 여왕 가까이 있던 사람이었습니다. 우리는 하나가 되었습니다…….

수도원장 당신은 부끄럽지도 않소? 예의도 없고? 어찌 감히 그리 눈을 높이는 것이오!

콜럼버스 (화가 나서) 전 하느님의 음성을 들었습니다. 전 인도의 섭정이었습니다! 이 누더기 아래 숨어 있는 사람은 눈을 들어 여왕을 똑바로 볼 수 있는 권리를 가진 대양의 제독이었단 말입니다! 전 여왕에게 편지를 쓰고 지도를 보냈습니다. 몇 년 동안 알현을 청했습니다. 하지만 여왕은 시간이 없더군요. 여왕은 북쪽에서 진격하여 이교도를 몰아내느라 바빴습니다. 전 여왕을 쫓아갔습니다만 만날 수가 없었습니다. 그러다 갑자기 그 한낮, 뜨거운 태양 아래에서, 우린 만났습니다. 우린 만나 하나가 되었습니다!

수도원장 그 더러운 입 닥치지 못하겠소!

콜럼버스 저 역시 여왕처럼 싸우고, 여왕처럼 피 흘리며, 여왕처럼 위험한 삶을 살지 않았던가요? 그랬습니다. 우린 둘 다 함께 그렇게 살았습니다! 여왕은 저를 보더니 알아보았습니다. 그러곤 며칠 뒤에 저에게 전령을 보냈습니다. 궁으로 오라, 기다리겠다는 것이었습니다. 믿지 못하시는 겁니까? 맹세코 말씀드립니다만, 저는 지금 여왕을 보러 가는 중입니다!

침묵.

콜럼버스 성서에 이렇게 쓰여 있지 않습니까? 〈너의 빛이 왔다〉고. 원장님, 새날이 밝아 오고 있습니다. 그건 하느님의 뜻입니다! 저는 잠시 생각해 봅니다. 우리 두 사람이 어떤 위업을 이룩할 수 있을 것인가. 여왕은 육지에서, 저는 바다에서 말입니다! 화가 나서 수염을 잡아당기시나요? 지금 아주 중대한 문제를 말씀드리려던 참인데요. 그날 이후, 어떤 생각 하나가 내장에 파고들어 끊임없이 저를 갉아 먹고 있습니다. 힘드시더라도 들어 주시고 제 영혼의 짐을 더는 일을 도와주시겠습니까?

수도원장 아아, 귀를 막아 버리고 싶소만, 내 의무니 듣지 않을 수 없소이다. 말해 보시오.

콜럼버스 (느릿느릿 나직하게, 괴로움에 차서) 제가…… 페르난도[7]가 아니라…… 제가…… 어쩔 수 없이…….

수도원장 (경악하여 뛰어오르며) 뭣? 뭐라고?

콜럼버스 (간신히 들리는 목소리로) 스페인의 왕이 되어야 합니다!

수도원장 (몸을 떨며 사방을 둘러본다. 성호를 긋는다.) 난 아무 말도 못 들었소! 당신을 만난 적도 없소! 가시오! (그는 성모상을 향해 두 손을 들어 올린다.) 성모님이시여, 얼굴을 가리고 보지 마십시오. 귀를 막으시고 금방 뱉은 불경한 말을 듣지 마십시오!

콜럼버스 (마찬가지로 두려워하면서) 제가 뭐라 했죠? 제가 하려던 말은, 정말이지, 다른 것이었습니다. 그 말이 아닙니다! 하느님, 제 안에 기어 들어가 있던 것이 마귀입니까? 아니, 아니, 가지 마십시오, 신부님. 마귀와 단둘이 남겨 두고 가지 마십시오!

수도원장 당신과 함께 있는 게 두렵소만 당신을 혼자 두고 떠나는 것도 두렵소. 수도원에 불을 지를지도 모르니까! 당신 영혼에 가까이 가니 어지럽소. 불꽃이 보이고, 지옥이 보이고, 낙원이 보이는데, 이것저것 분간할 수가 없소……. 크리스토퍼 콜럼버스, 당신을 어떻게 불러야 할까? 악마의 노리개, 주님의 사절, 대양의 대제독, 인도의 섭정? 정신이 어지럽소. 성수를 가져와 당신 안에 든 마귀를 쫓아내야 할지, 아니면 당신 앞에 무릎 꿇고 발에 입을 맞춰야 할지!

침묵.

콜럼버스 신부님, 저를 믿으십시오. 위대한 영혼은 존재하지 않는

---

7 이사벨 여왕의 남편.

것도 창조할 수 있다고 믿습니다. 그게 제가 아는 가장 큰 비밀입니다. 제겐 어떤 다른 희망도, 어떤 다른 깃발도 없습니다.

수도원장 (생각에 잠겨) 거짓말쟁이, 도둑, 살인자, 신성 모독자…… 용서할 수도 없고, 파문할 수도 없소. 슬프지만, 난 사람의 마음을 믿지 않소. 하느님께서 심판하실 수밖에! (그는 문 쪽으로 걸어가 콜럼버스가 나가도록 문을 연다.) 일어나시오, 불운한 양반, 이 수도원을 떠나시오.

닭 우는 소리가 들린다.

수도원장 새벽이오. 한번 끝까지 가보시오. 당신 여정이 어디에 이르든 간에!

콜럼버스 원장님, 그럼 또 뵙겠습니다……. 원장님의 가슴속에선 하느님의 불길이 깊은 곳까진 타오르고 있지 않습니다. 그래서 믿지 않으십니다. 하지만 전 원장님의 믿음을 얻어 내겠습니다. 원장님을 배에 태워 모시고 가겠습니다. 원장님을 하느님과 황금 구덩이 속에 빠뜨리겠습니다. 그러면 믿으실 겁니다. 원장님, 다시 뵙겠습니다. 뱃머리를 서쪽으로 향한 산타 마리아호에서 말입니다!

수도원장 하느님께서 도우시길 바라오. 불운한 양반. 그리고 당신 마음속에 들어선 어둠을 걷어 내주시길!

콜럼버스 제 마음속엔 어둠이 없습니다. 언제나 태양이 빛나죠! 그리고 제 과업은 스페인 제국에 결코 태양이 지지 않도록 보장하는 일입니다!

제3막

그라나다. 알람브라 궁전의 여왕 알현실, 어슴푸레 어둠이 깃들어 있다. 불그레한 새벽빛이 커다란 창문들로 들어온다. 커다란 십자가가 있고, 그 위에 사뭇 살아 있는 듯한 그리스도 형상이 못 박혀 있다. 이 형상은 가죽으로 만들어, 누더기를 입히고, 칠을 하고, 진짜 머리카락과 수염을 붙였다. 다섯 군데의 상처에서 검붉은 피가 흘러내리고 있다. 사방 벽에는 찢긴 이슬람 깃발들과 무기가 걸려 있다. 궁정 주변 바깥에서 병사들이 웅성거리는 소리가 들려온다. 그런 다음 아침 나팔 소리. 무대 뒤의 커다란 문이 조용히 열리면서 이사벨 여왕이 들어온다. 여왕은 40세이고, 키가 크고, 황갈색 금발 머리에, 피부는 햇볕에 그을린 올리브색이다. 이마에는 반달 모양의 깊은 상처가 있다. 짙은 초록색 의상을 입고 초를 밝혀 든 채 그녀는 십자가로 다가가 그 앞의 촛대에 초를 놓는다. 그녀는 피로 범벅된 그리스도의 발 앞에서 기도를 한다. 그런 다음, 선 채로 하루의 일과를 보고하기 시작한다.

이사벨 전능하신 하느님, 꺾을 수 없는 완강한 투사, 카스티야의 첫 귀족, 나의 인도자시여! 새날이 밝아 오고 있습니다. 요구하신 대로 이렇게 당신 앞에 나와 섰습니다. 당신은 저에게 허리를 굽히는 것도, 애원하는 것도 원치 않는다 하셨습니다. 엎드린 자세나 놀고 있는 손도 좋아하지 않는다 하셨습니다. 당신은 무능력자, 수다쟁이, 겁쟁이들을 위한 구제소가 아니라 하셨습니다. 당신은 이 지상에서 싸우는 군대의 지휘관이십니다. 당신과 함께 싸우지 않는 자들은 저주를 받아야 합니다! 제가 왕좌에 올라 머리에 왕관을 쓰고 홀로 궁에 남았던 날, 저는 거대한 침묵의 소리를 들었습니다. 저의 장군이시여, 그 침묵은 소리치는 당신의 음성이었습니다. 〈나에게 찬양과 향은 필요 없다. 나는 너에게 카스티야의 깃발을, 내 최고의 정예군을 맡겼노라. 싸움을 멈추지 마라! 그리고 아침마다 내 앞에 서서 하루 일을 보고하라. 카스티야의 여왕, 이사벨, 너의 기도는 그것만으로 하라. 다른 것은 필요 없다〉고 당신은 말씀하셨습니다.

오늘은 일요일입니다. 곧 종들이 울릴 것입니다. 하지만 미사에 나가기에 앞서 저는 어제 제가 무엇을 하고, 무슨 말을 했으며, 낮에는 무엇을 생각했고, 밤에는 무슨 꿈을 꾸었는지 보고드리러 왔습니다. 새날이 밝아 옵니다. 날이 밝으면 새 전투가 있습니다. 저의 인도자시여, 제 말을 들으시고, 오늘의 싸움에 필요한 명령을 내려 주십시오!

어제도 새벽에 일어나 백마를 타고 불타 파괴된 마을이 있는 북쪽으로 갔습니다. 전투의 위대한 동행자시여, 당신은 안달루시아의 풍요로운 땅을 잘 아십니다. 당신은 스페인을 다 아십니다. 7세기 동안 당신의 발은 이교도들을 내쫓느라 피로 물들었습니다. 이 골짜기가 한때는 그지없이 아름다운 낙원이었던 걸 기억하십니까? 물이 흘러넘치고 마을은 웃음소리로 가득했습니다. 가장 미천한 사람의 영혼도 꽃 피는 오렌지나무들처럼 개화했습니다. 그런데 지금은 어떻습니까? 이교도들이 시냇물을 막아 버리고, 귤과 올리브나무들을 죽여 버렸습니다. 마을을 불

질렀습니다. 이제 헐벗은 담벼락만이 바람을 맞고 서 있습니다. 거리는 굶주린 고아들로 가득 찼습니다.

주님, 뭐라 하셨습니까? 제 탓입니까? 그게 제 책임인가요? 명령을 내려 주십시오. 하라는 대로 다 하겠습니다. 저는 하루 종일 마을에서 마을로, 폐허에서 폐허로 헤맸습니다. 어미들은 울어 대고 저도 그들과 함께 울었습니다. 그러고는 다시 길을 나서면서 당신을 불렀습니다. 무너져 내리는 교회들 안에 당신이 나타나 주기를 바랐습니다. 이 굶주림과 헐벗음, 이 삶 속의 죽음을 벗어날 방도를 찾기 위해서 말입니다⋯⋯. 당신게도 책임이 있습니다. 당신께서도 굶주림과 궁핍과 죽음을 아십니다. 이 모든 것에서 그들을 구할 수 있도록 도와주십시오!

어제 정오에 저는 불탄 올리브나무에 기대서 있었습니다. 허기가 졌지만 먹는 게 부끄러웠습니다. 주변의 모든 사람이 굶주리고 있었기 때문입니다⋯⋯. 불현듯 저는 왕관을 벗려하고, 입고 있던 값비싼 의복을 벗어 던지고 싶은 충동에 사로잡혔습니다. 맨발로 거리에 나가 사람들 사이에 끼여 집마다 돌아다니며 구걸을 할까, 스페인의 모든 아픔을 다 겪고, 모든 굶주림을 다 겪고, 모든 죽음을 다 죽을까 싶었습니다. 하지만 무서웠습니다. 당신의 말씀이 떠올랐습니다. 구걸하는 손은 소용없다, 싸우는 손만 필요하다는 말씀이 ― 그래서 전 싸울 것입니다!

전능하신 하느님, 당신은 지난 1월 2일 이교도들을 완패시켰습니다. 힘을 잃은 젊은 술탄은 언덕에 올라 그라나다를 마지막으로 바라보았습니다. 그의 눈에 눈물이 가득했습니다⋯⋯. 그들은 항복했습니다. 그자들은 떠났습니다. 다시는 돌아오지 않을 것입니다. 저의 인도자시여, 저희는 전쟁에 이겼습니다. 그리고 헐벗고 굶주린 저 과부는 상복 차림으로 마침내 도착했습니다. 평화가 필요합니다! 오, 그리스도여, 저희로 하여금 평화도 얻을 수 있도록 도와주십시오. 사람들은 굶주려 있는데, 귀족들은 반란을 일으키고, 도적들은 길을, 해적들은 바다를 막고 있습니다. 저는 가진 보석을 다 팔고 교회의 황금 램프와 성배들을 녹였습니다. 여왕의 금고는 텅 비어 거미줄만 가득합니다. 제가 이제 무엇으로 싸우기를 기대하십니까?

노여운 표정으로 저를 보지 마십시오! 제가 무얼 할 수 있겠습니까? 전쟁을 하려면 무기가 필요하지만 평시에는 금이 필요합니다. 스페인을 세우고 입히고 먹일 금이 말입니다. 그걸 어디서 구해야겠습니까? 어제는 종일 황폐와 빈곤의 한가운데를 헤매며 오직 한 가지만을 생각했습니다. 저의 인도자시여, 용서하십시오. 저는 피에 절은 그 빌어먹을 만능의 금밖에 생각할 수 없었습니다. 제 주변에는 하나같이 금을 가져다주겠다는 사기꾼들, 무모한 선장들, 교활한 수도승들, 늙어 빠진 주술사들이 바글거립니다. 그리고 또 이상한 뱃사람 하나가 있습니다. 이자는 지금까지 8년 동안이나 저에게 끊임없이 편지와 지도를 보내고 있습니다. 자신이 지도에는 나오지 않는 어떤 진기한 섬들로 가는 항로를 안다면서 말입니다. 이 사람 말은 광기와 약속투성이입니다.

어떻게 해야 합니까? 지금까지 제가 논리로 얻은 것은 하나도 없습니다! 광기를 시험해 보지 말란 법이 있겠습니까? 그래서 저는 이 불같은 성미의 어리석은 선장에게 접견을 허락하였습니다. 그러면 주님, 그자는 당신 앞에도 서게 될 것입니다. 그자의 이름은 크리스토퍼 콜럼버스입니다. 그자를 보시고 판단하시어, 저에게 징표를 보여 주십시오. 주님, 성자들뿐 아니라 미친 정신도 역시 당신의 낙원에 살고 있습니다. 광기의 눈은 크고 검어, 당신의 분별 있는 하인인 논리보다 더 멀리 볼 수 있습니다. 만약 대양의 끝에 금이 있다면 아마 광기가 제일 먼저 알아볼 것입니다. 정신의 끝에 구원의 길이 있다면 광기가 아마 그 길을 발견할 것입니다. 길이 없다 하더라도 광기는 길을 그려 낼 것입니다! 그래서 저는 이 정신 나간 선장을 불러들였습니다. 저는 그자의 배에 마지막 희망을 걸기로 했습니다!

주님, 미소 지으시는군요. 그게 분명 주님의 뜻이기도 하다고 믿습니다. 그렇지 않다면 주님께서 저에게 보내시는 꿈을 어떻게 해석하겠습니까? 저는 침대에 누워 스페인을 생각합니다. 그리고 잠이 들라치면 하늘의 폭포가 터지고 궁의 지붕이 열리면서 금덩이들이 우박처럼 쏟아집니다. 주님, 오늘 새벽에는 어떤 꿈을 저에게 보내신 겁니까? 저는 거대하고 무서운 어떤 요새를 보았습니다. 요새는 대양에 둘러싸여 있었고, 대양은 요새 기슭에서 출렁거리고 있었습니다. 요새의 대포 구멍들을 빙 둘러서 기이하게 생긴 왕들, 추기경들, 장군들과 제독들이 가슴을 내밀고 뽐내며 서 있었습니다. 어떤 자들은 맨발이었고, 어떤 자들은 머리에 거대한 붉은 날개가 달려 있었습니다. 어떤 자들에게는 코끼리 같은 코가 달려 있었고, 어떤 자들에게는 숫양처럼 구부러진 뿔이 돋아 있었습니다. 그들은 모두 어부처럼 밧줄을 움켜쥐고 끌어당기고 있었습니다. 그자들이 무엇을 끌어당기고 있는지는 볼 수 없었지만, 하여간 그들은 땀을 뻘뻘 흘리며 숨을 헐떡였고, 줄곧 바다 쪽을 바라보고 있었습니다.

갑자기, 세 개의 돛대를 세운 범선 하나가 수면 위로 떠올랐습니다. 그자들이 끌어당기고 있던 건 바로 그 배였습니다. 배가 가까이 다가오자 붉은 돛과 금빛 활대들이 보이고, 선원들이 삭구(索具)를 오르내리고, 돛대에서 돛대로 뛰어다니며 소리치고 웃는 것이 보였습니다. 그런데 그것들은 사람이 아니라 원숭이였습니다. 그리고 배의 현측과 황금 삭구 위에는 노란색, 초록색, 분홍색 앵무새들이 수천 마리나 앉아 있었습니다. 범선은 요새 기슭에 닻을 내렸습니다. 원숭이들이 뛰어 내려와 거대하고 황당해 보이는 과일들을, 어선만 한 바나나며, 멜론만 한 육두구며, 수천 개의 황금 벽돌을 내려놓기 시작했습니다. 그러곤 집을 짓기 시작하였는데 수도 없는 앵무새들이 사방을 날아다니며 끽끽 울어 대면서 물과 진흙을 날라 왔습니다.

주님, 웃으시는군요. 당신은 저를 놀리시느라 터무니없는 꿈들을 보내 제 정신을 혼란스럽게 만들고 계십니다. 저도 꿈속에서 주님과 함께 웃었습니다. 그런데 느닷없이 저는 공포에 사로잡혔습니다! 주님, 용서해 주십시오. 하지만 전 보았습니다…… 정말입니다! 마지막에 가서 그 원숭이들이 배의 컴컴한 화물칸 안에서 십자형으로 못 박은 두 개의 기둥을 들어 올리는 게 아니겠습니까. 그리고 그 위에…… 주님, 제가 이걸 주님께 어떻게 말씀드리죠? 십자가에 못 박혀 있는 자는 당신이 아니라 다른 자였습니다! 키가 크고, 햇볕에 그을리고, 수사의 옷차림에, 자루를 어깨에 짊어진……. 주님, 그자가 누구였습니까? 왜 문 쪽을 보십니까? 누굴 기다리시죠?

제가 당신께 드릴 보고는 다 마쳤습니다. 이제 당신께서 말씀하실 차례입니다……. 저는 당신의 침묵에서 당신의 음성을 듣는 법을 배웠습니다 ― 그리고 지금 귀를 기울이고 있습니다. (침묵. 이사벨은 이마에서 땀을 훔치고, 문 쪽으로 걸어가더니 잠시 멈춰 귀를 기울인다. 무슨 발걸음 소리를 들었다고 생각한다. 그녀는 십자가 쪽으로 다시 걸어온다.) 황량하고 공허한 침묵이 저를 감쌉니다! 당신은 아무런 보호책도 주시지 않고, 대답도 없이, 저를 버리셨습니다. 그리고 이제 다시 꿈이 저를 덮칩니다. 범선이 다시 제 안에 닻을 내렸습니다. 하늘이 다시 날개들로 가득 찹니다.

문이 열린다. 콜럼버스가 전과 같은 옷차림으로, 자루를 어깨에 메고 문간에 나타난다. 이사벨이 그를 보고 비명을 지르려다가 곧 멈춘다. 침묵. 세계의 풍경이 바뀌는 듯, 현실이 실체를 변화시키며, 깊어지면서, 하나의 꿈이 된다. 콜럼버스와 이사벨은 놀란 채, 서로 말없이, 은밀한 교감 속에 서로를 마주 본다.

이사벨 (방백) 못 박혀 있던 자가 아닌가!

콜럼버스 (방백) 이마에 반달 모양 상처가 있던 그 성모님 아닌가! 내가 꿈을 꾸고 있는 걸까, 아니면 아직도 내가 스페인 국경의 참나무 아래에 있는 걸까?

　　(그는 한 걸음 다가선다. 그리고 또 한 걸음. 그는 정신이 몽롱한 상태이다. 콜럼버스, 이사벨 앞에 서서 미소를 짓는다. 그녀는 말없이, 크게 동요된 채로, 그가 입을 떼기를 기다린다.)

콜럼버스 여왕 폐하······.

이사벨 그대는 누구요?

콜럼버스 모르겠습니다······. 여왕 폐하, 용서하십시오. 제 두 발이 피로 범벅이 되어 있습니다. 폐하의 부름에 답하려고 수많은 나라를 걸어 건너고, 온 세계의 바다를 저어 건너 이곳에 온 듯합니다. 이제 폐하를 뵙게 되어, 비로소 저는 다시 서서히 굳건히 서게 되고, 제가 누구인지, 제가 왜 태어났는지, 그리고 제가 지금 어디로 가고 있는지 깨닫기 시작합니다.

이사벨 그대의 말은 정신을 혼란시키오. 명료하게 말하시오! 이
게 꿈일 리 없지. 손을 뻗어 만져 보고 감촉을 느낄 수 있으니
까. 이건 나의 왕좌, 이분은 나의 하느님이지. 그대는 누구요?

콜럼버스 여왕 폐하, 저는 바다 건너에서 온 세대박이 범선입니
다. 신기한 열매와 알록달록한 새들과 갖가지 향료를 여왕님의
발아래 하역하러 왔습니다. 그리고 폐하께서 기독교 나라를 구
하시는 데 필요한 금을.

이사벨 금을?

콜럼버스 그건 아직 제 마음속에 있습니다. 하지만 배를 주시면
폐하께 가져오겠습니다.

이사벨 난 이제 말이나 공상 따윈 믿지 않소. 손으로 만져 볼 수
있는 것만 믿을 수 있소. 나는 카스티야인이오. 보이지 않는 것
도 보여야 난 믿을 수 있소. 영혼의 존재를 믿으려면, 그것도 사
랑과, 분노와, 행동으로 불타야 하오. 당신이 가져온다는 금은
어디에 있소?

콜럼버스 여왕 폐하, 제가 여러 해 동안 부탁드린 그 배들은 어디
에 있습니까? 저 혼자 몸으로 금을 실어 올 수는 없습니다 ─
그리고 전 물 위를 걷는 그리스도가 아닙니다.

이사벨 존재하지 않는 것을 찾는 일에 배를 내줄 수는 없소.

콜럼버스 우리는 소망하지 않는 것을 〈존재하지 않는 것〉이라 부
릅니다.

이사벨 소망만으로는 충분하지 않소!

콜럼버스 소망만으로도 세계를 창조할 수 있습니다! 소망은 7세
기 동안의 기다림과 고통 뒤에 이교도들을 박멸시킬 수단을 찾
게 해주었습니다. 7세기를 갈망한 뒤에 말입니다! 기쁨이 뭔지
도 모르고, 날개도 갖지 않은 사람들이 이 광기를 비웃어 댔습

니다. 광기는 소리치고, 갈망하고, 상처 받고, 쓰러지고, 다시 일어나, 싸움을 시작했습니다. 지금 폐하의 궁전에는 아라비아의 깃발들이 꽉 차 있습니다. 알람브라 궁전에, 코르도바의 회교 사원에, 세비야에, 십자가가 솟아올랐습니다. 저 오만한 반달은 스페인의 모든 곳에서 사라지고, 이제 그것은 폐하의 이마에 창백하고 연약하게, 마치 상처의 흔적처럼, 남아 있습니다. (침묵) ……여왕 폐하, 폐하께서 소망이란 것이 얼마나 강력한 것인지 저처럼 아시기만 하면, 우리 두 사람은 세계를 구할 수 있을 것입니다.

이사벨 어찌 감히 그대가!

콜럼버스 황금 왕관은 잠시 벗어 두십시오. 제가 걸친 이 누더기도 잊으시고요. 그리고 위대한 두 영혼이, 왕가 혈통의 두 사람이 대화하는 것을 보십시오! 그들은 지금 세계의 운명을 결정짓고 있는 중입니다.

이사벨 난 그처럼 무엄한 말을 듣는 데 익숙지 않소. 목소리와 눈을 낮추시오!

콜럼버스 폐하, 자존심을 조금 접으실 수 있겠습니까? 입고 계신 비단옷을 잊고, 저처럼 소박하고 겸허하게 그리스도의 발밑에 무릎 꿇을 수 있으시겠습니까? 이 모든 덧없는 것들 — 왕궁이며, 그라나다며, 왕의 특권 같은 것들 다 버리고 세계를 구하는 방법을 저와 상의할 수 있으시겠습니까? 하느님께서 그 구원을 우리에게 맡기셨다는 걸 기억하십시오!

이사벨 그대는 왕궁의 안마당이나 축제 마당을 돌아다니며 헛된 얘기나 지어내고 풍문이나 각색하는 음유 시인인가 보군. 하지만 이 왕궁은 준엄하오. 바람과 바위를 뚜렷이 분별하고, 눈을 뻔히 뜬 채로 꿈을 꾸는 눈은 경멸하오.

콜럼버스 하지만 여왕 폐하, 그런 눈만이 제대로 볼 수 있습니다!

이사벨 그대가 낮에 눈을 뜨고 무엇을 보건, 나는 밤에 꿈을 꾸면서 모든 걸 바꾸어 보오. 나도 내 힘의 한계를 뛰어넘어 바람을 군대로, 황금으로, 기병대로 둔갑시키오. 나는 십자군을 일으켜 기독교 세계를 해방시키는 데 앞장설 수도 있소. 하지만 아침에 정신이 들어 여전히 텅 비어 있는 스페인의 금고를, 잿더미가 된 마을들을, 굶주림과 추위와 병으로 뼈만 남은 몸뚱이들을 보면, 나는 다시 하루의 하잘것없는 일과들에 매이게 되오. 나는 있는 힘을 다해 앞으로 나아가지만, 뒤에서는 온 스페인이 저항하고 있음을 느끼오. 그것이 나의 전투요. 그 밖의 것은, 하느님께서 나에게 경작하라고 주신 카스티야의 거친 땅에서 나를 낚아채 가려는 악마의 날갯짓들일 뿐이오.

  (그녀는 서랍을 열어 한 줌의 지도와 서류를 꺼낸다.) 그대가 보낸 해도들을 가져가시오. 자루에 이것들을 잔뜩 넣고 다니면서, 더 친절한 문간들을 두들겨 보시오. 내겐 빌려 줄 배도, 지원할 군대도 없을뿐더러, 난 황금 문지방이 있다는 그대의 섬들도 믿지 않소.

콜럼버스 제가 존재함으로써 그 섬들도 존재합니다. 폐하, 밤에 꾼 꿈에 낮에도 매달려 그 꿈을 실현시키려고 싸우는 사람에게 기쁨이 있기를 기원합니다! 그것이 젊음의 의미이며, 신념의 의미이고, 세계가 성장할 수 있는 유일한 길입니다!

이사벨 성장하거나 멸망한다? 스페인의 거리는 꿈 때문에 정신 나간 어리석은 기사들로 꽉 차 있소. 공상은 이제 서서히 물러나고 지상의 정직한 일과에 전념하는 논리가 자리 잡아야 할 시간이오!

콜럼버스 여왕 폐하, 믿음을 잃지 마시고 앞장서십시오! 카스티야를 이교도로부터 구한 것만으로는 충분하지 않습니다. 세계를 구하는 것 역시 폐하의 의무입니다.

이사벨 세계를? 내 욕망은 스페인의 문턱을 넘어서 본 적이 없소. 우선 이교도를 몰아내고, 다음은 빈곤과 나태와 불의를 구제하는 일, 그 밖에 더 원하는 것은 없소.

콜럼버스 여왕 폐하, 말씀드릴 비밀이 하나 있습니다. 들어 보십시오. 지상의 모든 왕들이 폐하의 왕궁에 사절을 보냈습니다. 이제 하느님께서도 사절을 보내 폐하의 왕좌 곁에 서게 하시기로 하셨습니다. 그분은 저에게 명하여 여왕 폐하께 이 메시지를 전하라 하셨고, 저는 그 지시를 따르고 있습니다.

이사벨 무슨 말을 하려는 거요?

콜럼버스 여왕 폐하, 제 말이 아니라 하느님의 말씀입니다. 우리 지상의 삶은 몇 시간밖에 되지 않습니다만 영원한 지옥이나 영원한 낙원이 이 몇 시간에 달려 있습니다. 어느 곳으로 가게 되느냐는 지상에서의 우리 행위들로 정해집니다. 어떤 이들에겐 싸움터가 그들의 집이고, 어떤 이들에게는 그게 그들의 고향 마을이고, 또 어떤 이들에겐 그게 그들의 나라입니다. 그리고 소수의, 정말 위대한 이들에게는 전 세계가 그들의 싸움터일 것입니다. 여왕 폐하, 세계가 폐하의 목에 걸려 있습니다.

이사벨 (천천히 십자가에 다가가며) 오, 왕 중의 왕이시여, 이 사절은 누구입니까? 날개로 가득 찬 이 말들은 무엇입니까? 당신이 이 말을 시키셨나요? 지금까지 저는 카스티야의 땅에서 온전한 정신으로 당신을 잘 섬겼습니다. 왜 당신은 이제 바람들로 제 정신을 혼미케 하고 싶어 하십니까?

콜럼버스 때가 무르익었습니다. 여왕 폐하, 준비되셨습니까?

이사벨 하느님께서 그대에게 무엇을 명령하셨소? 그분께서 나에게 뭘 원하시오? 분명하게 말해 보시오. 내가 감당할 수 있는 일인지 알 수 있도록.

콜럼버스 여왕 폐하, 그대는 하느님이 부여하신 첫 두 가지 위업을 이루었습니다. 이사벨, 그대는 그대의 자아를 고결한 대의에 복속시킴으로써 — 그대의 작은 자아를 구했습니다. 그리고 이교도들로부터 그것을 해방시킴으로써 — 그대의 큰 자아, 스페인을 구했습니다. 이제 세 번째이자 가장 힘든 위업이 시작됩니다. 그것은 모든 기독교국들로부터 십자군을 일으키는 일, 〈성스러운 무덤〉을 해방시키는 일입니다! 여왕 폐하, 이것이 하느님께서 저더러 폐하께 하라는 말씀입니다. 이제, 결단을 내리십시오.

이사벨 아무리 따져 보아도 내 힘으로는 감당할 수 없소!

콜럼버스 진정한 인간의 힘은 하느님의 숨처럼 측량 불가능합니다. 하느님의 따님인 — 우리의 영혼이 — 얼마나 멀리 나아갈지 누가 계산할 수 있겠습니까? 여왕 폐하, 영혼에 경계를 두거나 〈너는 더 이상 갈 수 없다〉고 말함으로써 영혼의 힘을 낮추는 것은 커다란 죄입니다. 그건 하느님을 낮추는 거나 다름없습니다.

이사벨 크리스토퍼, 지상으로 내려오시오. 내 말을 들어 보오. 가슴과 용기만으로는 그대가 나더러 선포하라는 그 십자군을 일으킬 수 없소. 금도 필요하오. 그런데 내겐 금이 없소!

콜럼버스 제가 금을 가져다 드리겠습니다. 세상이 시작된 이래 금은 대양의 바다, 땅의 내장에 묻혀 있었습니다. 여왕 폐하, 그것은 우리가 태어나길 기다렸습니다. 그리고 우린 4월 22일, 같은 시간 — 정오에 태어났습니다.[8] 그렇습니다. 금은 이날이 밝기를, 우리가 이곳 십자가의 발밑에서 서로 만나기를 기다리고 있었습니다. 여왕 폐하, 하느님의 뜻에 저항하지 마십시오. 저에게 필요한 배를 주십시오. 그러면 제가 금을 가져다 드리겠습니다……. 무기를 모으고, 앞장서십시오. 그러면 제가 여왕님 곁에 서겠습니다. 우리는 함께 세계의 종말이 오기 전에 〈성스러운 무덤〉을 해방시킬 것입니다.

이사벨 반대하진 않겠소……. 오늘 새벽 나는 꿈을 꾸었소……. 두 개의 기둥으로 만든 십자가를 보았는데, 그곳에 못 박힌 사람이…… 한 남자였는데…….

콜럼버스 누구였습니까?

이사벨 (침묵) 말하지 않는 게 좋겠소.

콜럼버스 여왕 폐하, 하느님은 꿈으로 말씀하십니다. 잠은 하느님을 어깨에 모시고 가는 성 크리스토포루스입니다. 저는 허리를 굽혀 폐하의 손에 입 맞춥니다. 우리의 비밀 결혼으로부터 아들이 태어날 것이며…….

이사벨 (손을 가슴에 댄 채 성이 나 벌떡 일어선다.) 아들이라니?

콜럼버스 신세계 말입니다, 여왕 폐하!

아침 미사를 알리는 종소리가 들린다. 이사벨은 정신이 든 듯 깜짝 놀란다. 그녀는 성호를 긋는다. 장면은 빛과 함께 밝아진다. 그녀는 콜럼버스를 처음 본 듯 바라보더니, 방을 가로질러 가 왕좌에 앉는다. 그녀는 목소리를 바꾸어 말한다.

이사벨 그대가 크리스토퍼 콜럼버스인가?

8 이사벨 여왕과 콜럼버스는 같은 해인 1451년에 태어났다. 그러나 생일은 같지 않다. 이사벨의 생일은 4월 22일이지만 콜럼버스는 8월 26일경으로 알려져 있다. 같은 날, 같은 시에 태어났다는 것은 작가의 픽션으로 보인다.

콜럼버스 예, 여왕 폐하.

이사벨 바다의 새 항로들을 발견했다는 그 사람인가?

콜럼버스 그렇습니다. 여왕 폐하.

이사벨 서둘러야겠소. 종이 울리고 있소. 난 미사에 참여해야 하오. 우리가 무슨 말을 하고 있었소?

콜럼버스 여왕 폐하, 제가 해도를 보내 드렸습니다.

이사벨 난 그대의 해도들을 살라망카의 현자들과 세상 견문이 넓은 내 나라의 뱃사람들에게 보여 주었소. 다들 어깨를 으쓱하며 웃을 뿐이었소. 나는 그 사람들을 모두 믿소. 하지만, 이제 될 대로 되라는 기분이오. 난 이제 광기의 길을 시험해 보겠소. 절망엔 다른 길이 없으니까. 그대가 나에게 원하는 것이 무엇이오?

콜럼버스 세 척의 범선입니다. 아니, 두 척이면 됩니다. 한 척은 구했습니다. 세비야의 알론소 발리엔테스 선장의 산타 마리아 호입니다. 두 척이 더 필요합니다. 그리고 거기다…… (잠시 말을 멈춘다.) 고생과 절망을 견딜 수 있는 힘센 선원 백 명. (잠시 멈춘다.) 그리고 배의 창고를 채울 음식과 무기입니다. 그것이면 됩니다.

이사벨 다른 건 없소? 그대의 욕구가 충족된 것 같진 않은데. 더는 없소?

콜럼버스 저를 대양의 대제독으로, 제가 발견할 신세계의 섭정으로 선언하는 서류를 만들어 폐하의 옥새를 찍어 주십시오…… 또 제가 발견하는 모든 것의 10분의 1을 가질 수 있도록 명기해 주시고요…… 저와 제 자식들과 자식의 자식들이 — 영구 소유할 수 있도록 말입니다!

이사벨 (빈정거리듯) 왜 카스티야 궁에 주재하는 하느님의 사절이 되려고 하지 않소? 열세 번째 사도는 어떻소? 성스러운 무덤의 해방자는? 헛된 영광들로 그대는 뭘 얻으려 하오? 어찌 천하게 세속의 부에 욕심을 내는 것이오?

콜럼버스 여왕 폐하, 저를 위해서가 아닙니다. 그건 저를 위한 게 아닙니다. 전 사람들을 잘 압니다. 그들을 경멸하지요. 사람들이 지도자에게 복종하고 자신의 의무를 이행하려면 자기들의 지도자가 부유하고 강력하다고 믿어야 합니다. 따라서 질서와 규율을 위해 부유하고 강력해지는 것이 저에게는 꼭 필요합니다.

이사벨 그대가 바로 누더기 차림으로 방랑한다는 바로 그 미천한 고행요? 그렇지, 온 세계가 그대에겐 충분하지 않겠지!

콜럼버스 여왕 폐하, 가진 건 적지만 저는 그것으로 충분합니다. 그러나 제가 아무리 가져도 그것으로 다 되는 건 아닙니다!

침묵. 이사벨이 왕좌에서 걸어 내려온다. 그녀는 십자가로 다가가, 걸음을 멈추고 한참 동안 말없이 십자가를 바라본다. 그런 다음 고개를 숙이고 그리스도의 발에 키스한다.

이사벨 (나직한 목소리로 천천히) 주님, 당신의 종을 보소서. 당신의 뜻은 이루어질 것입니다!
　　(그녀는 입술을 꽉 다물고 엄숙하게 콜럼버스에게 돌아선다. 콜럼버스는 예를 갖추어 천천히 고개를 숙인다.)
　　콜럼버스, 이리 오시오.
　　(콜럼버스, 어색하게 다가간다. 이사벨은 목에 걸고 있던 황금 십자가를 벗는다.)
　　대양의 대제독, 인도의 섭정, 이 순교의 십자가를 받으시오!
　　(황금 십자가를 그의 목에 걸어 준다. 콜럼버스는 뭔가 더 부

탁하고 싶은 것이 있는 듯 이사벨을 바라본다.)

　더 있소? 뭘 더 원하시오. 크리스토퍼?

콜럼버스 이사벨 여왕 폐하, 한 가지 부탁이 있습니다. 마지막이자 가장 큰 부탁입니다.

이사벨 들어 봅시다.

콜럼버스 그 상처, 당신 이마의 그 반달에 입을 맞추고 싶습니다, 이사벨.

이사벨 (쏩쓰름한 미소를 지으며) 아직은 안 되오! 그대가 돌아올 때…… 돌아오면……. 이제, 가시오!

제4막

대양 한가운데, 산타 마리아호 안. 맹렬한 폭풍이 일고 있다. 콜럼버스, 해쓱하고 여위고 허약해진 모습으로, 두 팔로 돛대를 꼭 부여안고 흰 거품이 이는 바다를 그윽이 바라본다. 그는 앞에서 입었던 것과 같이 기운 옷을 입고 있으나, 목에는 이사벨 여왕이 준 황금 십자가가 걸려 있다. 후안 신부가 키를 붙들고 사투를 벌이고 있다. 그 곁에 부엉이처럼 웅크리고 앉은 알론소 선장, 천천히 긴 칼의 날을 갈고 있다. 두 사람은 나지막한 목소리로 얘기하고 있다. 무대 뒤편에는 눈빛이 험악해진 선원들이 밧줄과 현측에 매달린 채, 콜럼버스와 알론소를 번갈아 노려본다. 뭔가를 기다리고 있는 듯. 닫혀 있는 선창에서 신음 소리와 욕설이 들려온다. 동이 트고 있다.

후안 신부 알론소 선장, 아직도 칼을 갈고 있나? 선원들을 보게. 자넬 보면서 기다리고 있잖나. 다들 험악해. 신호를 보내. 저자를 봐. 파도에 쓸려 가지 않으려고 주저앉아 돛대에 매달려 있는 걸. 지금이 기회야. 찔러 죽이고 바다로 내던져 버려!

알론소 선장 후안 신부, 키를 단단히 잡으시오. 빨리! 안개가 끼면 아무것도 안 보일 테니까! 말 따위는 잊어버려요.

후안 신부 내가 아는 건 이것뿐일세. 저자가 이기면 우리가 지고,

저자가 져도 우리가 진다는 거지!

알론소 선장 내가 아는 건 이거요. 저자는 이겨도 지고, 이기지 못
하면 더더욱 진다는 거요 — 빨리 좀 하시오!

후안 신부 빨리 하라고? 왜 말인가? 69일 밤낮을 우린 이 황량한
바다와 싸워 왔네. 황금 문턱이 있다는 그 섬들은 어디 있나?
바위 하나, 새 한 마리 없네. 수평선엔 흰 돛단배 하나 보이지
않고. 우린 저 개자식의 꼬리에 묶여 끌려가고 있어……. 어디
로 가는 거냐고? 악마에게 돼지러 가는 거지!

알론소 선장 (음흉하게 웃으며) 항해사 신부님, 우리가 악마에게
돼지러 가고 있다면 방향을 잘 잡은 거요. 거기에 금이 있거든!

선창에서 신음 소리와 욕설이 들려온다. 뒤이어 해치 뚜껑의 바닥을 두드리
는 소리.

후안 신부 저 아래 선창에서 돌아가자고 악을 써대는 저 불쌍한
놈들 소리 좀 들어 보게……. 불평 소리 좀 높였다고 빵도 물도
주지 않고 저렇게 쇠사슬에 묶어 놓았으니……. 난 더 이상 참
지 못하겠네. 키를 돌리겠어!

알론소 선장 항해사 신부님, 곧장 앞으로 가시오. 바다에겐 제 법
칙이 있고 선장에게도 명예가 있소. 눈앞에 악마가 나타나도 선
장은 꽁무니를 보이며 달아나진 않소이다.

후안 신부 선장, 당신 오늘 아침, 기분이 좋구먼. 어젠 눈빛이 흐
리멍덩하더니 오늘은 번쩍번쩍해.

알론소 선장 조용히 해요! 수도원장이 옵니다. (그는 칼을 옷 안에
숨긴다.) 딴 얘기를 합시다. 뭔가 낌새를 챈 것 같소. 화가 났
어. 수염이 실룩거리는 걸 보니.

후안 신부 화가 아니라 연민이오. 원장은 그리스도의 적을 동정하지.

콜럼버스에게서 깊은 한숨 소리가 들린다. 수도원장이 두 사람에게 다가간다. 수도원장은 심기가 불편한 표정이다.

수도원장 알론소 선장, 인생은 귀한 진주 같은 거요. 그 자체로 귀중해서가 아니고 거기에 영생이 달려 있기 때문이지! 내가 무슨 말을 하려는지 알아듣겠소?

알론소 선장 여긴 수도원이 아니고 배 안입니다. 거룩한 말씀은 치우시고…… 원장님, 바다가 얼마나 험악해졌는지 보이지 않으십니까? 저 끽끽거리는 산타 마리아의 옆구리, 그걸 쳐대는 소리가 들리지 않으십니까? 죽이든가 죽든가 ─ 그게 이곳을 지배하는 법칙입니다.

수도원장 당신은 동정심도 없소? 저 사람을 보시오. 몸이 쇠약해질 대로 쇠약해졌소. 뼈가 다 보일 지경이오. 먹지도, 자지도, 말하지도 못하고 오로지 앞만 보고 있소. 죽어라 땀을 쏟으면서도 눈은 꿈쩍 않고 수평선에 박혀 있소. 측은하지 않소? 저 사람은 죽어 가고 있소! 하지만 저 사람을 건드려선 안 되오 ─ 알겠소? 하느님이 심판하게 합시다!

알론소 선장 저 혼자 할 수 있는 일은 저 혼자 합니다. 죄송합니다만, 전 하느님을 파트너로 삼지는 않습니다.

후안 신부 (방백) 포기하면 안 돼, 알론소 선장. 원장 말 듣지 말게. 새벽이라고 약조하지 않았나. 지금이 새벽일세.

수도원장 알론소 선장, 당신 눈에 핏발이 서 있소. 살기가 가득해. 한데 난 저 사람의 영혼에 책임이 있소이다. 난 저자가 회개하지 않는 걸 두고 볼 수 없소. 먼저 고해하도록 권하고 그런 다음 성찬 의식을 베풀어 줄 작정이오. 아무도 가까이 와선 안 되오! 하지만 저 사람이 거절하면 난 못 본 체하겠소. 당신 좋을 대로 알아서 하시오. (콜럼버스 쪽으로 걸어간다.)

알론소 선장 (웃으며) 하느님이 이 사람의 마음도 잡아 버렸군! (후안 신부에게) 후안 신부, 내 눈에서 반짝이는 게 뭔 줄 알겠소? 왕년의 해적님, 금 아니고 뭐겠소? 후안 선장, 내가 바보 같아 보이지? 하지만 난 불빛을 봤소! 사람이 피운 진짜 불빛 말이오. 어제 — 자정쯤 — 멀리서 그게 보였소……. 그러고서 는 또 하나…… 그리고 또 하나, 또 하나, 마치 산에서 산으로 피우는 봉화 같았소…… 신호였소……. (나직하게) 후안 신부, 우린 다 와가고 있어요.

후안 신부 저 바보가 옳았단 말이지! 그럼 우린 진 셈이군!

알론소 선장 닥쳐요. 폭풍이 그치고 해안이 보이기 전에 저자를 해 치워야 하오.

후안 신부 (성호를 그으며) 그럼 금은 자네 거라 이거지!

알론소 선장 (빈정거리듯 웃으며) 맞아요, 맞아. 그렇게 서두르지 마시오. 이 몹쓸 땡추 양반! 내 가서 부하들에게 말하고 이 일 을 끝장내야겠소. 계속 똑바로 앞으로 항해하시오. 우린 지금 제대로 가고 있어. 황금 뿔 달린 악마한테 곧장 가는 거요!

알론소 선장은 자리를 떠난다. 침묵. 대양의 신음 소리가 들린다. 수도원장, 콜럼버스 가까이 서서 그의 독백에 귀를 기울인다.

콜럼버스 하느님, 바다의 제왕, 스페인과 콜럼버스의 보호자시여, 제 배가 가고 있는 바다가 미쳐 날뛰고 있습니다. 제가 그 섬들을 빼앗으려니까 저를 익사시키고 싶은가 봅니다. 제 배에서 공포와 폭동의 냄새가 납니다! 하느님, 당신은 저를 바다 한가운데에 버리셨습니다만, 저는 당신을 버리지 않습니다. 제 육신은 녹아 버렸지만 제 뼈다귀는 아직 남아 당신을 껴안고 있습니다. 오 어둡고 짜디짠 희망의 돛대여, 네가 어디로 가든, 난 녀와 함께 가련다!

수도원장 (한 발 내디디며, 느릿느릿) 크리스토퍼 선장!

콜럼버스, 그의 음성을 듣고 말을 멈추지만, 고개를 돌리지는 않는다.

수도원장 크리스토퍼 선장!

콜럼버스 (성난 표정으로 수도원장을 향해 고개를 돌리며) 크리스토퍼 선장이 아니라 대양의 제독이오…… 그리고 며칠, 아니 몇 시간 있으면 인도의 섭정이오! 내가 원장에게 한 쪼가리의 빵과 한 잔의 물을 청하던 그날 밤 이후로 시간이 많이 지났소이다. 그 뒤로 하느님께서 하늘로부터 몸을 굽히시어 내 머리에 왕관을 씌워 주셨소. 보이시오?

수도원장 당신 머리칼을 보니. 며칠 사이에 허옇게 세고, 바람에 시달려 엉망이 되었소. 당신 얼굴을 보니 굶주림과 두려움에 시달리고, 밤이고 낮이고 자지 못해 쇠약해진 기색이 역력하오. 그리고 당신 머리 위를 보니 죽음의 날개가 떠돌고 있소이다!

콜럼버스 영광의 날개겠지!

수도원장 죽음의 날개요! 당신은 도둑질하고, 살인하고, 거짓말하고, 여왕에게 어리석은 추파를 던졌소. 이제 당신의 마지막 시간이 왔소. 용서를 구하시오!

콜럼버스 내 마음속에서 솟아오르는 미답의 땅을 밟기 전까진 죽을 수 없소이다. 죽음은 기다려야 할 거요. 어차피, 죽음은 하인이지 주인은 아니니까. 기다리라 해요! 나에겐 회개할 게 없소. 내가 무슨 짓을 했든 그것은 다 잘한 일이오. 내가 죽이지 않고, 강도질하지 않고, 거짓말하지 않았다면, 나는 아직도 카스티야의 거리에서 맨발로 떠돌고 있을 것이오. 사람들과 하느님께 짐이 되어 말이오. 세계는 한 치도 크지 않았을 것이오!

수도원장 죄는 죽음을 낳소!

콜럼버스 신부님, 죄라는 건 없소이다. 죄인들만 있을 뿐이지. 내가 어떻게 행동했든, 난 언제나 깨끗하고 순수한 상태로 남아 있을 것이오. 더러운 걸 삼켜 불길로 변하게 하는 불꽃처럼 말이오!

수도원장 사탄이 꼭 그처럼 말하오.

콜럼버스 위대한 비밀을 아는 자가 그처럼 말하오. 〈죄도 하느님께 소용되는 거다〉라는 비밀 말이오…… 장미나무는 똥거름과 더러운 물에게 이렇게 말하오. 「나는 너를 장미꽃으로 바꿔 놓으리라.」 그리고 그게 원장님, 위대한 영혼이 허위와, 도적질과, 살인을 향해 하는 말이오!

선창에서 고함 소리와 욕설들이 들려온다.

수도원장 저들이 가엾지 않소? 저들을 제 나라에 데려다 주시오. 다들 탈진했소. 이제 더 이상은 당신을 따라갈 수 없어요. 저 사람들의 영혼엔 날개가 없소.

콜럼버스 사제 양반, 지금까지 난 하느님을 세 번 뵈었소이다 ─ 꿈에서 말고 이 두 눈을 뜨고 말이오. 눈물을 흘리며 뵈었소만 난 그분의 얼굴을 아오. 전에는 나도 다른 사람들과 마찬가지였소. 짐승이었지. 하지만 처음 뵌 뒤로, 난 울고, 아파하고, 갈망하고, 버둥거렸소 — 내 얼굴은 변했소. 점점 야위어 하느님의 얼굴과 똑같이 되었지.

그래서 난 지금 버둥거리고 있는 거요 — 사람들이 날 닮도록 하려고 말이오. 그 때문에 난 이 소금 사막을 지나며 울고불고하는 사람들을 동정할 수 없소. 소리 지르라고 내버려 둡시다. 구원을 받으려면 누구든 사막을 건너야 하오.

수도원장 우린 지금 죽음에 다가가고 있소!

콜럼버스 우린 지금 승리와 앤틸리스 제도에 다가가고 있소이다!

수도원장 우린 지금 죽음에 다가가고 있단 말이오! 대서양 한가운데에 경계선이 있어, 이 바보 같은 양반. 잔잔한 바다의 경계를 넘어서면 폭풍 몰아치는 소용돌이가 배를 집어삼킨다니까! 오, 오만하신 대제독 양반, 당신은 하느님의 경계선을 넘고 말았소!

콜럼버스 하느님과 위대한 영혼에게는 경계선이 없소……. 사제 양반, 눈을 뜨고 보시오. 아침 폭풍 저 건너에 뭐가 보이오?

수도원장 사방이 황량하고 거품 이는 바다뿐이오…….

콜럼버스 섬이나 산이 보이지 않소? 꽃 피는 숲이 내뿜는 달콤한 향내가 나지 않소? 햇살을 받아 반짝이는 황금 도시들이 보이지 않소?

수도원장 아무것도.

콜럼버스 들어 보시오! 어린이들이 웃는 소리가 안 들리오? 앵무새와 자고새 우는 소리가? 들어 봐요!

침묵. 그러더니 음악 소리, 웃음소리, 앵무새의 꾸꾸대는 소리, 새들이 지저귀는 소리.

콜럼버스 들리지 않소?

수도원장 아무 소리도 들리지 않소…… 아무 소리도.

콜럼버스 믿음이 없는 자들! 그래서 내가 지금 이렇게 고통 받고 있는 거야 ─ 그래서 내 섬들이 나타나는 게 이렇게 늦어! 날 도와줄 놈은 한 놈도 없겠지. 이제 바다 밑바닥에서 그것들을 끌어올릴 사람은 나밖에 없어!

　하느님, 저에게 믿음 없는 겁쟁이들을 짝패로 붙여 주셔서 감사합니다! 덕분에 영광을 저 홀로 거둘 수 있겠나이다. 원장님, 날 보고 고개를 내젓지 마시오. 난 여왕에게 청하여 당신을 내 배에 태워 가게 해달라 했소이다. 당신도 직접 눈으로 보고 믿을 수 있도록 말이오. 어젯밤엔 내내 새들이 내 머리 위에서 날아다녔소. 육지의 산들바람이 부드럽게 속삭이고, 밤공기 속에서 인동덩굴, 카네이션, 계피 냄새가 났소……

　주님, 얼마나 기뻤겠습니까, 정말 서늘한 향기였고, 기막힌 낙원이었습니다! 한 가지만 빠져 있더군요. 밤꾀꼬리의 노랫소리 말입니다!

　원장님, 예복을 입으시오. 선원들을 불러 모으고, 추수 감사 미사를 올립시다…… 아마 날짜가 그쯤 되었을 겁니다!

수도원장 예복을 입고 선원들을 불러 모으겠소. 하지만 내가 올릴 미사는 당신의 장례 미사가 될 것이오! 다 끝났소. 그리고 그건 당신 책임이오! 아직 시간이 있으니, 가련한 양반, 고해하고 회개하시오.

콜럼버스 내가 한 일은 무엇이든 잘한 일이오. 내가 아직 하지 않은 일, 그것은 무엇이든 하고 말 것이오!

　알론소 선장이 선원들 사이를 왔다 갔다 하며 말하는 모습이 보인다. 이제 다들 콜럼버스 주위에 떼 지어 모여 있다. 수도원장이 돌아서 그들을 바라보고 두 손을 들어 올린다.

수도원장 이자는 하느님을 원하지 않소 — 하느님께서도 이자를 원하지 않소. 여러분에게 이자를 맡기겠소!

선원들, 천천히 다가온다. 얼굴들이 험악하다. 늙은 해적들, 살인자들, 도적들의 얼굴들. 알론소 선장이 그들을 이끌고 있다. 콜럼버스가 몸을 돌려 그들을 바라보자 그들은 멈춰 서 머뭇거린다. 알론소 선장만이 한 걸음 더 내딛는다. 그는 모자를 벗고 조롱하듯 콜럼버스에게 인사한다.

알론소 선장 대제독, 인도의 섭정 — 거짓말쟁이, 도적놈, 살인자!
   (그는 자신의 말에 놀란 듯 흠칫 말을 멈춘다.)
콜럼버스 알론소 선장, 놀랐소? 이보게들, 이 사람에게 카스티야 산 술 한 잔 갖다 주게. 배짱이 생기도록!
   그래, 웬일이오?
알론소 선장 우린 당신의 부정한 짓들을 따져 보았소. 그리고 하늘과 바다에서 끔찍한 흉조를 보았소. 더 이상 참을 수 없소. 그래서 오늘 아침 여기 모여 결정을 내렸소. 문제를 제대로 따져 보고 판단을 내리자고.
콜럼버스 이 불쌍한 소인배들아! 당신들이 내 영혼을 잰다고? 당신들이 심판한다고? 너무 늦었어! 당신들은 이미 내 수중에 떨어졌어. 이 덫에서 도망가지 못해!
선원들의 코러스 저 사람 미쳤다……
   저 사람 미쳤어…… 우린 끝장이야.
   저 웃는 것 좀 봐!

콜럼버스 (웃으며) 그야 난 미쳤지! 이 눈 안 보여? 내 말 안 들려? 내 행동은 어때? 그런데 당신네들 그걸 너무 늦게 발견한 거야.

난 행복하게 살았었지. 마누라 펠리파랑…… 아들놈 디에고랑……. 장인은 부자였고……. 그런데 느닷없이 다 버리고 떠나는 거야! 떠돌이들, 범죄자들, 도적놈들을 끌어 모아 동쪽을 발견하겠다고 다 부서진 배에 타는 거야. 그러곤 동쪽으로 방향을 잡는 대신 서쪽으로 돛을 올리지. (웃음을 터뜨린다.)

이 불쌍한 소인배들, 뭐가 뭔지 모르겠지. 뒤를 봐! 당신네 옛 땅은 없어. 앞을 봐. 쓸쓸하고 황량한 바다뿐이지. 새 땅은 여전히 보이지 않고…….

옛 땅에선 숨이 막힐 지경이었어. 이제야 난 앞에 있는 것을 꿈꾸고 그것들이 주는 희망을 향해 두 팔을 벌릴 수 있었지. 내가 다리를 뻗으면 유럽과 아프리카가 바스러지고, 땅들이 늘어나! 하느님은 나와 함께 커왔어 — 세계도 커져야 해!

수도원장 우린 하느님이 정하신 경계선을 넘었소. 우린 소용돌이에 빠진 거요. 우리 배는 나락으로 떨어지고 있소!

콜럼버스 (웃어 대며) 그래, 맞소. 우리 배는 지금 나락으로 떨어지고 있소. 용감한 여러분, 여러분을 봅시다! 칼잡이 여러분, 여러분은 어떤 사람들이오? 이게 카스티야인들의 얼굴이오? 여러분은 요 몇 년 동안 줄곧 사람과 싸우고 바다와 싸워 왔소 — 그러고도 아직 못 깨달았단 말이오? 우리가 평생을 어디에 몸담아 왔다고 생각들 하시오? 물결 잔잔한 바다에? 안타깝소이다! 영혼은 소용돌이와 소용돌이를 넘나들고, 거기에서 벗어나지 않고 있소. 이제 마지막 소용돌이는 하느님이오! 동지들, 용기를 가집시다. 가까이들 오시오. 알론소 선장, 칼을 내려놓으시오. 고백할 게 하나 있소. 대장부의 비밀이오……. 더 가까이 오라 하잖소! 악을 쓸 수 없소. 바다가 내 목소릴 삼켜 버리오.

그들은 모두 함께 천천히 다가간다. 말없이, 험악한 눈빛으로, 우울하게

콜럼버스 더 가까이 오시오. 겁내지 마시오!
　여러분이 이 배를 타고 대서양을 건너기 위해 69일을 파도와 싸워 온 게 순전히 내 뜻이었다고 생각들 하시오? 여러분은 내가 황금 문턱의 나라로 가는 비밀 항로를 순전히 내 마음속에서 발견했다고 생각하시오? 난 내 자유의지만으로 출범한 게 아니오! 들어 보시오! 어느 날 대서양의 성모께서 나에게 손을 내밀어 인사로 황금 사과를 건네주셨소. 수도원장도 그걸 보았고, 알론소 선장도 그걸 보았고, 후안 신부도 그걸 보았소. 물어보시오!
수도원장 그건 사실이오. 황금 사과는 우리 눈으로 직접 보았소.
콜럼버스 그건 사과가 아니오. 세계요! 거기에 대양의 물결이 새겨져 있었고, 그 물결 위에 우리 배, 산타 마리아호가 있었소. 그리고 나는 그 배 안에 수도원장, 알론소 선장, 후안 신부가 타고 있는 걸 똑똑히 보았소. 여러분 모두가 한 사람씩, 여러분의 억센 얼굴들이, 여러분의 콧수염과 턱수염이, 범선과 인어 문신이 새겨진 여러분의 가슴이…… 모두 예언적으로 그 황금 사과에 새겨져 있었소. 가장자리엔 에메랄드로 박힌 섬들이 있었고, 그 아래엔 커다란 글자로 섬들의 이름이 쓰여 있었소. 앤틸리스 제도라고! 그러니 들어 보시오, 여러분. 이 기적에 귀를 기울여 보시오! 우리 배가 닻을 내릴 섬의 동쪽 해안에 날짜가 새겨져 있었소. 오늘이 며칠이오?

알론소 선장 1492년 10월 20일, 금요일이오.

콜럼버스 기적이오! 정말 위대한 기적이오! 동지들, 무릎을 꿇고 하느님께 감사를 드립시다. 황금 사과에 새겨진 날이 바로 오늘 이었소.

코러스 이 미치광이의 말을 듣지 마라!

　　주술사를 죽여라!

　　죽여라!

콜럼버스 여러분에게 장담하오. 몇 시간 후면 우리는 도착합니다!

　　손을 뻗으면 내겐 그냥 바람이 아니라 바위와 나뭇가지와 꽃 피는 섬들이 만져지오! 따뜻한 서풍이 불어 내 마음을 향내로 가득 채우고 있소!

　　폭도들의 쇠사슬을 풀어 주시오⋯⋯. 선창에서 나오게 하여 이 모든 걸 다 보고, 듣고, 믿게 하시오.

　　새의 무리들이 활대에 앉아 있다. 해치 뚜껑이 열리고 해골 같은 사람들이 나온다.

콜럼버스 들으시오! 들으시오! 들리오? 새로운 인간이 멀리서 우리를 보고 북을 치고 있소. 들리오? 조용히 하고 들어 보시오!

　　모두 콜럼버스의 말에 현혹되어 숨을 죽인다. 멀리서 다울리아[9]의 무겁고 리드미컬한 소리가 들려오는 것 같다.

코러스 동지들, 저 북을 두드리는 것들이 무엇이오?

---

9 고대 그리스의 악기 ─ 원주.

우리가 도착했다는 게 정말일까?

도착한 걸까?

도착한 걸까?

콜럼버스 밤꾀꼬리야! (도취한 듯 하늘을 바라본다.)

알론소 선장 이 사기꾼, 이제 헛소리까지 들리는 모양이구나! 동지들, 이자의 말을 듣지 마시오!

콜럼버스가 조용히 하라고 명령한다. 다른 사람들에게는 아무 소리도 들리지 않지만 그에게는 밤꾀꼬리의 노랫소리가 들린다. 그는 하늘을 향해 두 팔을 벌리고 한숨을 내쉰다. 별안간 밤꾀꼬리의 아름다운 노랫가락이 대기를 뚫고 들려온다.

코러스 밤꾀꼬리 소리다! 밤꾀꼬리가 하늘에서 노래 부른다!

어디인가? 들린다. 한데 아무것도 보이지 않는구나…….

나도 안 보이는걸!

나도 안 보여!

밤꾀꼬리가 없는 곳에 밤꾀꼬리 소리가 날 리가 있나!

저자는 주술사야!

저자는 주술사야! 저주받지 않으려면 귀를 막아!

콜럼버스 믿음 없고, 몸뚱이만 무거운, 살찐 자들아! 밤꾀꼬리가 노래가 먼저 태어나고 그다음에 밤꾀꼬리가 태어난다는 걸 알아야 할 시간이다. 당신들은 이제 그걸 보게 될 것이다.

새의 노랫소리가 이제 더 크게, 더 즐겁게 들려온다. 점점 가까이 다가오는 듯하다. 어떤 선원들은 성호를 긋고, 또 어떤 선원들은 놀라 무릎을 꿇는다. 다들 느닷없이 한꺼번에 함성을 올린다. 그들 머리 위 삭구에 밤꾀꼬리 한 마리가 앉아 노래를 부르고 있다.

코러스 저기 있다! 저기 있다!

　　삭구에 앉아 있다!

　　밤꾀꼬리다!

　　기적이다!

　　기적이다 ─ 자비로운 주님!

콜럼버스, 사나운 눈길로 새를 바라본다. 그러다가 벌떡 일어나 공포에 질려 중얼거린다.

콜럼버스 맙소사! (그는 돛대 아래 털썩 주저앉아 도취된 듯 하늘을 바라본다.)

수도원장 가만히들 있으시오! 저 사람의 머리 위에서 천사의 날개를 본 것 같소.

바다는 조용하다. 두 천사가 콜럼버스에게 다가온다. 천사들이 발로 콜럼버스를 가볍게 건드리며 그를 부드럽게 부른다.

첫째 천사 크리스토퍼……! 크리스토퍼 콜럼버스……! 크리스토퍼! ……듣지 못하는가 보군.

둘째 천사 당신은 인간을 알지 못하오. 내가 말을 시켜 보겠소. (콜럼버스에게) 대양의 대제독! ……인도의 섭정!

콜럼버스 (도취 상태에서 눈을 뜨며 귀를 기울인다.) 누가 날 부르는가?

첫째 천사 다 왔다……. 그대가 갈망하던 섬에 도착했다. 머리를

424

들고 잘 보라!

콜럼버스 큰 새 한 쌍이 내 위에 있구나. 저들이 나에게 말을 하네. 뭐라고 하는 건가?

둘째 천사 그대는 도착했다. 내가 바람을 보내 폭풍을 잦게 하겠다. 숲과 산과 해안을 보라. 이제 도시도 보일 것이다. 황금 문턱과 황금 지붕과 황금 길들을 보라……. 그대 마음을 열고 기적을 받아들이라!

천사가 말하는 동안, 그가 말하는 풍경이 그의 뒤에서 영상으로 나타난다.

첫째 천사 파도 소리, 새소리, 자고의 소리들을 들어 보라…… 수탉이 우는 소리를 들어 보라…… 새벽이다!

천사가 말하는 동안, 그가 언급하는 소리들이 들려온다.

콜럼버스 정말 상쾌한 산들바람이구나! 정말 멋진 소리들이다! 정말 즐거운 웃음소리, 정말 유쾌한 소리들이다 — 낙원이구나!

둘째 천사 낙원이다! 바다에서 새로 솟은…… 아무도 발 디딘 적 없는 낙원이다! 사람들은 아직 붉은 독사과를 먹지 않았다…….[10]

첫째 천사 공상의 대제독, 이곳이 그대의 〈약속된 땅〉이다. 일어나서 인사하라. 그러나 더 이상 가지는 마라. 듣고 있는가? 돌아서라! 이곳이 가장 드높은, 가장 흠결 없는 투쟁의 정점이다. 영웅적이고, 보상 없는 폭행, 거룩한 불확실성은 끝났다. 돌아서라, 고난이 시작되기 전에!

10 에덴동산에서 아담과 하와가 선악과를 먹은 것에 빗댄 말.

콜럼버스 여러 해 동안 나는 이 낙원의 형상을 틀 잡았습니다. 그리고 이제 그것이 여기 내 앞에 있습니다 — 온갖 황금과 향기들이. 그런데 당신들은 나에게 그것들을 만지지 말라고 충고하는 것입니까? 내가 이제껏 겪어 보지 못한 무슨 고통을 더 겪겠습니까?

둘째 천사 눈을 감고 귀를 기울이라.

여러 음성들과 울음소리 들려온다. 그러더니 멀리에서 느릿하고 구슬픈 가락이 들려온다. 묘사된 것이 다시 영상으로 보인다. 소리들이 자세히 들린다.

콜럼버스 사람의 목소리들이, 울음소리가 들립니다 — 멀리서 절망적인 장송곡이 들립니다. 마치 바위들이, 나무들이, 새들이, 해안이 울고 있는 듯합니다……. 남자들, 여자들, 아이들이 소리 지르고 있습니다……. 내 이름이 들립니다. 하지만 그네들이 뭐라 말하는지 알아들을 수 없습니다.

첫째 천사 저들은 이렇게 말하고 있다. 「우리를 불쌍히 여기시오 — 불쌍히 여겨 떠나시오! 우린 여기에서 행복합니다. 부족한 것도 없고 필요한 것도 없습니다. 이곳은 낙원입니다. 크리스토퍼 선장, 우리를 불쌍히 여겨 돌아가시오!」

콜럼버스 저 사람들은 왜 나를 돌려보내려 합니까? 내가 저들에게 무슨 짓을 했습니까? 나는 저들의 영혼을 구하기 위해 저들에게 그리스도를 모셔 왔습니다!

목소리들 우리에게 영혼은 필요 없다. 육신만으로 족하다. 새로운 신들도 필요 없다. 우리 신들로 충분하다. 가버려라, 흰 악마들아!

콜럼버스 (두려움에 차서 사방을 둘러보며) 이게 도대체 무슨 공

426

격입니까? 돌을 던지고, 활을 쏘고 —— 저들은 누굴 추격하고 있습니까?

둘째 천사 그자가 보이지 않는가? 바로 그대 앞에서 날뛰고 있다. 온몸에 피를 줄줄 흘리고, 고통으로 신음하면서……

콜럼버스 저게 뭡니까? 황소인가요? 등과 목에 붉은색, 초록색, 노란색의 작은 점들이 보이는 것 같습니다……

첫째 천사 그가 고개를 돌리고 있다. 그를 보라!

콜럼버스, 공포에 질려 비명을 지른다.

둘째 천사 저자들이 뒤쫓고 있는 것은 그대이다. 불운한 인간이 여 —— 그대이다! 피투성이가 된 투우장의 황소 같도다!

첫째 천사 그리고 그대 몸뚱이에 꽂혀 흔들리고 있는 창마다 글자가 있다……

콜럼버스 글자요? 무슨 글자입니까?

첫째 천사 산살바도르, 산타 마리아, 페르난도, 이사벨, 쿠바, 앤틸리스 제도라 쓰여 있다……

둘째 천사 그대가 섬을 발견할 때마다 또 하나의 상처가 피를 흘린다.

첫째 천사 보라, 보라! 이제 저들이 그대를 결박하였다 —— 손발을 모두 —— 무거운 쇠사슬에 묶어 선창에 처넣었다……

콜럼버스 쇠사슬에 묶어서요?

둘째 천사 바로 이 순간 세비야에서 쇠사슬을 두드려 만들고 있는 대장장이 소리를 들어 보라!

대장장이가 두들기는 소리.

콜럼버스 왜요?

첫째 천사 그러하도록 되어 있다. 묻지 마라. 그건 법이다.

콜럼버스 그건 부당합니다! 부당해요!

둘째 천사 신을 모독하지 마라. 그것이 신의 정의다. 조용하라!

콜럼버스 하느님, 벗어날 방법은 없습니까?

첫째 천사 있다. 하느님께서 그대를 자유롭게 만들었다. 그대는 아직 탈출할 수 있다! 너무 늦은 건 아니다.

콜럼버스 어떻게요?

둘째 천사 돌아가라.

콜럼버스 안 됩니다! (이 외침 소리는 제2막의 수도원 장면에서 성 크리스토포루스가 내지른 〈아닙니다〉라는 외침 소리와 비슷하다.)

첫째 천사 돌아가라, 불운한 인간. 그대 자신을 보라! 그대가 카스티야로 돌아갔을 때의 모습을 보라! 쇠사슬에 묶여 온몸의 상처가 곪아 터진 채…… 돌아가라!

콜럼버스 안 됩니다!

첫째 천사 아이들이 그대에게 돌을 던진다. 상복을 입은 카스티야 여인들이 그대를 쫓아 달려오며 그대가 죽인 남편들과 아들들과 형제들에 대해 묻는다!

　　그리고 이사벨 여왕은……

콜럼버스 그만!

둘째 천사 놀랐는가? 불행한 인간, 놀랐는가? 아직도 그대 자신을 구할 시간은 있다. 돌아가라!

　　왜 대답이 없는가? 그대는 이 모진 고통을 기꺼이 받아들이 겠는가? 대답하라!

첫째 천사 강요하지 마시오. 그자는 자유롭습니다 ── 원하는 대로 결정하도록 둡시다.

콜럼버스 (벌떡 일어나 성호를 긋고, 한 손을 높이, 조용히 들어올린다.) 받아들입니다!

바람 속에서 커다란 웃음소리가 들려온다. 천사들은 사라진다. 콜럼버스를 에워싸고 수도원장, 알론소 선장, 후안 신부, 그리고 선원들이 서 있다. 콜럼버스는 의식을 회복하고 여전히 한 손을 치켜 뻗은 채 서 있다.

수도원장 누구에게 말하고 있었소? 당신 머리 위에서 무슨 날개 퍼덕이는 것 같은 소리가 들렸었소.

알론소 선장 당신은 성호를 긋고 〈받아들입니다〉 하고 소리 질렀소. 뭘 받아들인다는 거요? 누구와 약조를 맺은 거요?

코러스 저 사람 울고 있다…… 아냐, 저 사람 웃고 있다…….
저 사람의 눈이 흐릿하다…… 아냐, 저 사람 얼굴이 환하다…….
저 사람 바람을 바라보고 있다, 폭풍이 흩어지고 있다…….

콜럼버스, 주위를 둘러 동지들을 바라보고, 그런 다음 그들 너머 바다를 바라본다. 말이 없다. 천천히 폭풍이 잦아든다.

수도원장 (공포에 질려 불안해하며) 누구랑 얘기하고 있었소? 당신은 정신을 잃고 몸부림을 치면서 부들부들 떨었소. 누굴 불렀던 거요?

콜럼버스 아무도 아닙니다…… 아무도 아니오……. 내 영혼과 얘기했소이다.

그 순간, 세 명의 선원이 나뭇가지들과 조각이 새겨진 나뭇조각들을 들고 뛰어온다.

첫째 선원 도착했습니다! 보십시오, 이거 봐요! 바다에 이상한 나뭇가지들과 잎사귀들이 꽉 찼습니다.

둘째 선원 (들고 있던 조각한 탈 두 개를 내보이며) 보십시오! 여기 이상한 악마들이 나무에 새겨져 있습니다. 볼이 빨간색, 초록색입니다. 뿔하고 날개를 봐요!

셋째 선원 그놈들이 배를 막아 버렸습니다. 우린 지금 악마들 가운데 떠 있어요……

선원들의 코러스 (그들은 현측으로 달려가 현기증을 느끼며 넘겨다본다. 그들은 소리를 지른다. 성호를 긋는 선원들도 있다.) 다 왔습니다! 도착했어요! 하느님께 영광 돌립니다!

갑자기 돛대 꼭대기에서 뿔 나팔 소리가 요란하고 행복하게 울린다. 망보는 선원이 고함을 지른다.

망보는 선원 육지다!

기뻐 날뛰며, 모두 한꺼번에 뱃머리로 뛰어나간다. 폭풍은 이제 완전히 잦아들었다. 심해로부터 푸른 언덕들과 흰 해안이 구별된다. 선원들은 얼싸안고 돌면서 춤을 춘다.

수도원장 (콜럼버스에게 다가가며, 존경심과 함께) 인도의 섭정, 나를 용서하시오. 당신이 옳았소. 우리는 도착했소이다!

알론소 선장 대양의 대제독, 해안들이 번쩍입니다. 우리 약조를 잊지 마시오 — 반반씩.

후안 신부 크리스토퍼, 왜 눈길을 내리오? 눈을 들어 신세계를 바라보시오. 당신의 딸을 바라보시오.

콜럼버스 (나직하고 슬프게) 저걸 알고 있소……. 8년 동안이나 저걸 찾아 헤매었소. (그는 육지를 보기 위해 눈을 들지 않는다.)

선원들이 달려와 그 앞에 쓰러지며 그의 손과 발에 입 맞추고, 그를 껴안는다.

선원들 대양의 대제독님! 당신이 옳았습니다. 저희를 용서해 주십시오!

　　인도의 섭정님, 저희가 먹인 쓴 독을 잊어 주십시오. 저희 따위 신경 쓰지 말아 주십시오. 당신은 위대한 분입니다.

수도원장 이보시오, 크리스토퍼, 하느님의 수레꾼, 왜 기뻐하지 않소? 왜 웃지 않는 거요? 왜 팔을 들어 올려 대서양의 성모님께 감사드리지 않는 거요? 여기 앤틸리스 제도가 있소, 당신의 앤틸리스요 ── 기쁘지 않소?

콜럼버스 (조용히, 절망감을 느끼며, 선원들의 포옹을 벗어나려고 애쓴다. 홀로 있기 위해서이다.) 기쁩니다…… 기쁘죠……. (그러다 갑자기 흐느끼기 시작한다.)

막이 내린다.

옮긴이의 말
송무

극작가로서의 카잔차키스

『그리스인 조르바』, 『최후의 유혹』 등 세인의 주목을 받은 소설들 덕분에 주로 소설가로 알려져 있는 카잔차키스가 많은 희곡을 남겼다는 사실은 일반인에게 그다지 알려져 있지 않다. 하지만 그는 소설보다 많은 희곡을 썼고, 그가 재능 있는 작가로 알려지기 시작한 것도 첫 희곡 「동이 트면」을 통해서였다. 카잔차키스는 모두 열아홉 편의 희곡을 썼는데, 그 가운데 두 편은 유실되었고 현재 남아 있는 것은 열일곱 편이다. 그가 쓴 희곡 작품의 전체 목록은 다음과 같다.

「동이 트면」 (1906)
「도편수」 (1909)
「희극: 단막 비극」 (1909)
「헤라클레스」 (1915) — 유실
「그리스도」 (1924)
「오디세우스」 (1924)

「니키포로스 포카스」(1927)

「돌아온 오셀로」(1936)

「성모」(1936)

「결혼 중개소」(1936) ─ 유실

「멜리사」(1937)

「배교자 율리아누스」(1939)

「붓다」(1943)

「프로메테우스 3부작」(1943)

「카포디스트리아스」(1944)

「소돔과 고모라」(1948)

「쿠로스」(1949)

「크리스토퍼 콜럼버스」(1949)

「콘스탄티누스 팔라이올로구스」(1951)

위의 목록을 보면 카잔차키스가 어느 한 시기에 집중해서 극작을 한 것이 아님을 알 수 있다. 그는 평생을 통해 꾸준하게 희곡을 썼다. 소설 이상으로 극작에 많은 관심과 시간을 투여한 것이다. 극작에 대한 그의 애착은 가령 『붓다』 같은 작품의 집필 과정을 통해서도 알 수 있다. 그는 1922년에 이 작품의 초고를 쓰기 시작하여 20년 이상 동안 고쳐 쓰기를 거듭한 뒤에 1943년에야 완성된 작품을 세상에 내놓았다. 이처럼 카잔차키스는 소설가로서 뿐만 아니라 극작가로서의 의식과 집념을 평생 뚜렷이 가지고 있었다.

그러나 극작가의 면모를 강조하는 것만으로 카잔차키스의 글쓰기에 대한 열정을 다 설명했다고는 할 수 없다. 카잔차키스는 소설가이자 극작가일 뿐 아니라 시인이기도 했다. 호메로스의

『오디세이아』의 현대적 속편에 해당하는 33,333행의 대서사시를 써내기도 했던 것이다. 또한 카잔차키스는 자신의 희곡 대부분을 시극 형식으로 썼는데 그 점에서도 그는 시인이었다. 그가 소설, 희곡, 시 장르에서만 글을 쓴 것도 아니었다. 카잔차키스는 에세이, 여행기, 동화, 전기, 문학사, 정치적 논설, 교과서 등 거의 모든 장르의 글을 썼고, 심지어는 사전까지 썼다. 이처럼 왕성한 글쓰기는 드문 일이어서 그 동기와 욕망에 대해 역설적인 설명이 제시되기도 했다. 카잔차키스와 가까이 사귀면서 그의 작품을 여럿 번역하기도 하였던 키먼 프라이어의 설명 같은 것이 그렇다. 프라이어에 따르면 카잔차키스는 자신을 문학가로 생각하기보다는 오히려 몽상가나 예언가, 또는 투사라고 생각했다. 그는 자신의 생각을 전달하고 그것을 행동으로 실천하는 데 필요한 것이라면 주변에 있는 것은 무엇이든, 종이든, 잉크든, 행동이든 닥치는 대로 이용했다고 한다. 카잔차키스 본인도 그의 시극 「그리스도」를 설명하는 자리에서 〈나의 목표는 예술을 위한 예술이 아니라 삶에 대한 새로운 지각을 표현하는 일이다〉라고 말한 적이 있다. 그로 보면 그처럼 다양하고 많은 양의 글을 써낸 그의 열정은 문학 자체에 대한 욕망보다는 그가 생각하고 그가 꿈꾸는 삶을 더 많은 사람에게 더 다양한 방식으로 표현하고 전달하고 싶은 욕망에서 비롯하였던 것 같다.

카잔차키스가 소설가로서 큰 인기를 얻었음에도 극작가로서는 별로 알려져 있지 않은 데에는 그럴 만한 이유가 있었다. 무엇보다 중요한 이유는 그가 희곡을 쓸 때 주된 관심을 액션보다 언어에 두었던 데에 있었다. 세상에 할 말이 많았던 카잔차키스는 희곡의 〈보는〉 기능보다는 〈읽는〉 기능을 더 중요하게 여겼다. 그러다 보니 무대 위의 움직임은 줄어들고, 극중 상황에도 무대화하기 곤란한 요소들이 많이 끼어들었다. 실제로 그의 희곡 가운데에는 공연하기가 까다로운 작품들이 많았고, 그 때문에 공연이 이루어지지 못한 작품들도 있었다. 공연이 이루어졌다 하더라도 큰 성공을 거둔 작품은 드문 편이다. 공연의 어려움은 번역에도 영향을 미쳤던 것 같다. 공연하기 어려운 작품은 번역의 동기를 크게 자극하지 못하는 경향이 있기 때문이다. 영어로 번역된 그의 희곡 작품은 현재까지 전체 작품의 절반에 못 미친다. 그리고 영어로 번역된 작품이 적으면 자연히 세계적으로 널리 알려지기가 힘들다. 카잔차키스가 상당한 양의 희곡을 남겼음에도 극작가로서는 일반인에게 충분히 알려지지 못한 데에는 이러한 사정이 있었던 것으로 보인다.

카잔차키스 희곡의 특징

카잔차키스 희곡의 주제는 그의 소설의 주제와 다르지 않다. 그는 다양한 장르의 글을 썼지만 말하고자 하는 철학은 같았다. 그의 철학은 자신의 고향 크레테에서 얻은 것과 여러 정신적 스승들로부터 배운 것이 통합되어 이루어진 것이었다. 크레테의 역사와 문화는 그에게 반항과 자유혼을 심어 주었고 그의 정신적 스승들 ― 호메로스, 베르그송, 단테, 니체, 붓다 등 ― 은 그에게 숙명을 넘어서 사는 의지와 방법을 가르쳐 주었다. 그렇게 하여 갖게 된 철학을 통하여 그는 삶을 제약하는 서구의 전통 종교 사상에 의문을 가졌다. 그러면서 그는 세계를, 주어진 의미가 존재하지 않는 실존적 삶의 터라고 생각하게 되었다. 삶이란 의미가 부재한 세계에서 의미를 찾아 나가는 탐색 여행과 같은 것이라고 여기는 카잔차키스의 생각은 그러한 철학에 바탕을 두고 얻어진 것이었다. 그리고 그의 소설과 희곡의 주제는 대부분 그러한 철학을 반영한다고 할 수 있다.

　카잔차키스의 주인공들은 대개 영웅적 인물들이고 그들의 원형은 오디세우스이다. 그의 주인공들은 오디세우스처럼 무엇인가를 끝없이 찾아 헤맨다. 그들이 찾아 헤매는 것은 목적과 의미가 부재한 세계에서 사람이 살아 나가야 하는 의미이다. 그들은 세계에서의 자신의 위치를 밝히려 하고 그들의 의지와 욕망에 따라 세계를 만들어 내려고 한다. 그들은 강렬한 의지를 가지고 초월적 이상을 향해 나아간다. 그들은 탐색의 모험 끝에 때로 나락의 벼랑에 이르러 파멸의 위기를 만나기도 하지만 두려움을 갖지 않고 그 파멸에 맞선다. 그래서 카잔차키스의 희곡은 대개 인간의 의지와 신념이 그것을 제약하는 숙명과 대립하는 이야기의 틀을 갖게 된다. 그리고 신념이 숙명과 갈등을 가질 때, 그 갈등의 근원으로 신의 문제가 들어서는 수가 많다.

　카잔차키스의 희곡은 엄격한 율격을 가진 운문으로 쓰인 것이 대부분이다. 자유시로 쓴 것이 몇 편 있고, 산문으로 쓴 것은 몇 편 안 된다. 그가 운문극을 많이 쓴 것은 무엇보다 시인으로서의 욕망이 강했기 때문이겠지만, 한편으로는 그리스 고전 시극의 전통을 의식했기 때문인 것으로 보인다. 액션보다는 언어에 더 관심을 가졌던 것도 그 중요한 이유가 된다. 그는 작품에 자신의 철학을 담기 위해 등장인물로 하여금 행동보다 말에 의존하게 하는 경향이 있었다. 행동으로 보여 주지 못하는 것을 말로 보충해야 했다. 이처럼 언어에 의존하는 경향으로 인하여 그의 극은 이미지와 상징이 가득 찬 화려한 표현들로 넘쳐 난다. 특히 중요 등장인물들의 긴 독백들은 일상적 언어와는 거리가 먼, 매우 높은 수준으로 고양된 시적 언어라고 할 수 있다.

카잔차키스는 고전극 전통을 의식하면서도 자신의 철학적 주제를 효과적으로 전달할 수 있는 양식을 더 중요하게 여겼다. 그래서 그의 극을 연구하는 사람들은 카잔차키스의 극 작품을 어떤 특정한 유형에 분류해 넣기가 힘들다고 말하고 있다. 극의 주인공들이 높은 도덕적 갈등에 직면해 있고, 어떤 형이상학적인 깨달음을 바탕으로 초월적 운명을 향해 나아간다거나 코러스가 등장한다는 점에서는 그리스 비극의 전통을 환기시키는 면이 있지만, 그렇다고 그의 극을 고전극의 전통과 직접 연관시키기는 어렵다는 것이다. 등장인물, 상황, 극의 전개 방식에서도 전통적 극과는 상당한 차이가 있다. 또한 플롯을 일부러 비대칭적으로 구성하여 그 진전을 예측하기 어려운 경우가 많다. 고전적인 소재를 다루면서도 그 안에서 다양한 판타지를 사용하는가 하면 심지어는 「크리스토퍼 콜럼버스」에서처럼 영화적 수법을 도입하기도 한다. 결국 그는 어떤 경우라도 새롭게 인식된 세계에서 사람이 추구해야 할 바람직한 삶의 방식을 표현하는 데 쓸모가 있다고 여겨지는 양식을 더 우선적으로 선택했던 탈전통적인 극작가였다고 할 수 있다.

작품의 배경과 주제

희극: 단막 비극

이 작품의 주제는 「작가 노트」에 잘 설명되어 있다. 이 희극은 사람이 죽는 순간 영혼이 삶의 정점에 올라 지난 삶을 정리할 때 마음속에서 일어나는 극이다. 이때 근본적인 질문 하나가 필사적으로 던져진다. 죽음 뒤에 영생이 있는가, 아니면 영혼은 영영 소멸하고 마는가. 이것은 물론 죽음의 순간에만 던져질 수 있는 물음은 아니다. 살아 있을 때는 잊히거나 잠재워져 있을 뿐이다.

이 극은 사르트르의 『출구 없음』(1944), 그리고 베케트의 『고도를 기다리며』(1952)와 비교할 만하다. 이 두 작품은 실존주의 철학을 가장 잘 구현하고 있다고 평가받고 있는 희곡들이다. 사르트르의 『출구 없음』과 카잔차키스의 극은 모두 출구 없는 응접실을 배경으로 죽은 자들이 대화를 나누는 상황을 내용으로 하고 있는 점에서 비슷하다. 또한 베케트의 『고도를 기다리며』는 카잔차키스의 극처럼 〈기다림〉이라는 상황을 사용하고 있다는 공통점을 가진다. 세 작가가 다루고 있는 것은 모두 실존주의적 주제라고 할 수 있다. 사르트르와 베케트가 카잔차키스의 이 작품을 읽었을 가능성은 거의 없다. 왜냐하면 1909년에 그리스어로 출판되어 외국어로 번역된 적이 없는 카잔차키스의 이 극은 그가 세상을 떠난 뒤인 1958년에야 비로소 세상에 널리 알려졌기 때문이다. 이것은 후대의 두 작가가 카잔차키스의 작품을 몰랐던 상태에서 비슷한 내용을 다루었다는 사실을 말해 준다는 점에서 흥미로운 일이기도 하지만, 또 한편으로는 실존주의가 유럽의 중요한 철학으로 등장하기 훨씬 이전에 카잔차키스가 같은 주제의 문제를 이미 심각하게 다룰 수 있었다는 것을 뜻한다는 점에서 주목할 만하다.

사르트르의 『출구 없음』은 세 명의 등장인물이 죽음 직후에 어느 출구 없는 응접실에 모여 생전의 삶과 현재의 상황에 관해 끝없는 이야기를 나누는 내용을 다룬 단막극이다. 그 응접실은 실은 지옥이다. 세 사람은 그곳에서 대화를 나누다가 〈지옥은 타자〉임을 깨닫는다. 카잔차키스의 무대도 일종의 응접실이다. 이곳은 죽기 직전의 사람들이 죽음의 단계로 가기 전에 잠시 머무는 곳이다. 죽음을 맞이할 사람들이 이곳에 모여 영혼의 구원이 있을 것인가, 없을 것인가 하는 문제로 극심한 공포를 겪는다. 카잔차키스의 인물들은 이곳에서 그들을 영원한 죽음으로부터 구해 줄 〈그분〉을 기다린다. 〈그분〉은 맥락으로 보아 분명하게 신을 가리킨다. 베케트의 『고도를 기다리며』는 〈기다림〉이라는 행위를 극의 중심으로 삼고 있다는 점에서 카잔차키스의 극과 거의 같은 소재를 다룬다고 할 수 있다. 베케트의 인물들이 카잔차키스의 인물들처럼 죽기 직전의 상황에 처해 있는 것은 아니지만 양쪽 인물들이 맞닥뜨리고 있는 문제가 삶의 과정에 근본적인 문제라고 할 수 있는 이상 이들의 상황에 본질적인 차이는 없다. 차이가 있다면 베케트 인물들의 경우, 그들이 기다리는 〈고도〉의 정체에 대해 확신이 없다는 점이다. 여기에서는 기다림의 대상이 되는 존재의 불확실성 자체가 실존적인 문제 상황을 제시하고 있다. 하지만 카잔차키스의 극에서는 기다림의 대상이 되는 존재의 정체성이 분명하다. 그것은 구체적으로 기독교의 신이다. 베케트의 불확실성과 대조되는 이러한 명료성이 극적 긴장도를 한껏 높이는 효과를 내고 있다. 신은 결국 나타나지 않고 카잔차키스 인물들의 기다림은 끝내 헛된 것이 되고 만다. 절망감은 극대화된다.

　이 작품의 제목은 희극과 비극이라는 말을 동시에 사용하고 있다. 이 극이 희극인 이유는 오지 않을 존재를 마냥 기다리는 등장인물들의 상황이 희극적이기 때문이다. 그러나 독실한 믿음의 처지에서 보면 이 상황은 비극적일 수밖에 없다. 카잔차키스는 이 극을 통해 전통적 기독교의 신앙에 정면으로 도전하고 있다고 볼 수 있다. 그 도전과 거부의 형식에 있어서 작가는 매우 도발적이다. 그러나 카잔차키스가 여기에서 신의 관념 자체를 부정하고 있다고는 할 수 없다. 신은 사람들이 기대하는 방식으로 존재하거나 사람의 삶에 관여하지 않을 수 있다는 것을 암시하고 있을 뿐이다. 또한 카잔차키스가 구원의 가능성을 부인하고 있는 것도 아니다. 다만 구원이라는 것에 대해 다른 생각을 하고 있을 뿐이다. 자신의 여러 소설과 글에서 암시하고 있듯이 그의 구원은 전통적인 신의 관념이 무너진 세계에서 의미 있는 삶을 사는 방법, 또는 자유로운 삶을 사는 방법과 관계가 있다.

멜리사

「멜리사」는 코린토스의 왕 페리안드로스(기원전 627~586년)의 이야기를 다룬 것이다. 페리안드로스는 코린토스를 강력한 나라로 만들었던 명민한 왕으로 그리스의 일곱 현자에 꼽히기도 하지만, 한편으로는 폭군으로도 유명했다. 그에 관해서는 헤로도토스의 『역사』에 자세히 기술되어 있다. 권력에 대한 집착이 강했던 페리안드로스는 자신의 권력에 조금이라도 위협적인 존재는 무자비하게 제거했다. 그는 자신의 아내 멜리사까지도 살해한 것으로 알려져 있는데, 그 사연에 대해서는 여러 이야기가 전해 내려온다. 페리안드로스는 멜리사를 죽인 사실을 아들 리코프론이 알게 되자 그를 추방하였다고 한다. 그리고 나중에 화해를 시도하였는데 리코프론이 거절하였다는 것이 정설이다. 그 뒤의 일에 대해서는 전하는 이야기가 여러 가지이다. 헤로도토스는 페리안드로스를 두려워한 케르키라인들이 리코프론을 죽인 것으로 설명하고 있다. 카잔차키스가 페리안드로스의 이 이야기에 관심을 둔 것은 주로 두 가지 점 때문인 듯하다. 하나는 고결한 인간이 격정을 이기지 못하고 사랑하는 사람을 차례로 죽이게 되는 인간 행위의 근본 동인은 무엇일까 하는 점이다. 다른 하나는 행복한 삶이 보장되어 있는 권력의 후계자가 모든 것을 포기하고 자기 파멸로 가는 길을 선택하는 행위의 동기와 의미는 무엇인가 하는 점이다. 카잔차키스는 이 두 인물의 갈등을 중심으로, 인간의 실존적인 문제 상황의 은유로서 페리안드로스의 이야기를 재구축하고 있다. 페리안드로스가 리코프론을 살해하는 대목은 페리안드로스의 격정과 리코프론의 결단이 갖는 대조적인 의미를 극대화하기 위해 채택한 것으로 보인다.

「멜리사」는 셰익스피어의 『햄릿』을 연상시킨다. 『햄릿』이 살해당한 아버지를 위한 복수극이라면 「멜리사」는 살해당한 어머니를 위한 복수극이다. 죽은 자의 유령이 등장하고 범인을 확인하기 위한 장치가 이용되고 있는 점도 비슷하다. 그리고 이러한 정황이 만들어 내는 불확실성의 분위기도 유사하다. 하지만 두 극은 살인이 일어나는 동기도 다르고 극을 진행시키는 행동의 동기도 다르다. 『햄릿』이 권력 욕망과 질서 회복의 사회 정치적 문제를 다루고 있는 극이라면, 「멜리사」는 더 근원적으로 아버지와 아들의 갈등을 다루고 사람의 행위를 움직이는 요소를 다루고 있는 극이라고 할 수 있다.

페리안드로스는 이 극에서 연민을 일으키는 존재이다. 그는 탁월한 사람의 고결성을 지니고 있다. 그리고 그는 사랑의 상실을 괴로워하는 사람이다. 그의 냉혹성은 대체로 질서를 잡기 위한 수단이다. 그는 자신이 사랑하는 사람들을 모조리 죽일 정도로 광포하고 잔인하지만 그것은 그가 자신의 격정을 통제할 수 없기 때문이다. 그는 필요하다면 자신의 삶마저도 포기할 수 있을 만큼 높은 덕을 갖춘 사람이다. 그는 강한 자이면서도 동시에 약한 자이다. 그의 결함은 그가 자기 행동의 진정한 의미를 모른다는 것과 격정을 통제하지 못하고 자신이 원하지 않은 행동을 선택하고 만다는 것에 있다. 자기를 사랑한다고 여겼던 사람이 실은 그렇지 않다는 사실을 몰랐던 그의 무지는 페리안드로스로 하여금 마지막 사랑하는 사람까지 죽이게 하는 비극에 이르게 한다.

리코프론은 페리안드로스와 대조적인 인물이다. 페리안드로스가 통제할 수 없는 내부의 격정으로 움직인다면 그는 행동의 가능성과 의미를 찾는 이성적인 사람이다. 그는 주어진 문제적 상황을 이해하려고 노력하고 자신이 선택해야 할 행동에 대해 고민한다. 그가 선택하는 일은 진실을 밝히는 것이고 문제를 바로잡는 일이다. 그의 과제는 햄릿의 과제와 닮은 점이 있다. 그러나 오이디푸스 콤플렉스의 동기를 해석의 단서로 적용하기에는 부적합하다. 리코프론의 행동에 중요한 것은 주어진 가치를 무반성적으로 받아들이는 것이 아니라 그것을 검토한 뒤에 자신에게 의미 있는 행동을 선택한다는 점이다. 그는 약혼자와 함께 여러 삶의 가능성을 상상해 본 뒤에 자신의 운명을 스스로 지배할 수 있는 행동의 방식을 선택하기로 결단한다. 그것은 〈황량함과, 적막과 불길이 있을 뿐〉인 어려운 길이다. 그러나 그는 그가 원하는 길을 선택하기 때문에 행복하다고 선언한다.

이 극의 마지막 장면은 삶이 순전히 우연과 자의성에 의해 움직일 수 있다는 것을 암시한다. 페리안드로스의 호위병들은 왕이 죽었음에도 왕의 명령을 충실히 따라 무덤 안의 여자들을 죽이고자 한다. 그러나 문제가 제기되자 왕의 명령보다 더 궁극적이라고 여겨지는 운명의 판단에 선택을 맡기고자 동전을 던진다. 이처럼 살육의 행위가 동전에 의해 결정되는 상황을 통해 작가는 삶을 지배하는 것이 숙명인지, 우연인지, 아니면 숙명의 형식을 취하는 우연인지를 묻고 있는 것 같다. 이 작품의 제목이 극에는 등장하지 않는 인물, 혹은 보이지 않는 유령의 이름인 〈멜리사〉로 되어 있는 것은 작가가 등장인물의 행위들과 함께 그 행위들을 구속하는 실존적 삶의 조건과 상황을 주목하게 하기 위한 장치로 생각해 볼 수 있다.

소돔과 고모라

「소돔과 고모라」는 「창세기」의 소돔과 고모라 이야기를 소재로
한 것이다. 이 극에서 카잔차키스는 전통 기독교의 신(神) 개념에
문제를 제기하고 이를 새롭게 해석하고 있다. 이것은 기독교적인
신의 거부이기도 하고, 재해석이기도 하다.

이 극은 신과 인간의 갈등을 다룬다. 인간을 파멸시키려는 신
에게 아브라함은 신의 모순을 지적한다. 세상에 타락이 존재한다
는 사실은 신이 전능하지 못하다는 것을 뜻하는 것이 아니냐는
것이다. 신의 답변은 없고 아브라함은 더 이상 따지지 못한다. 롯
도 아브라함처럼 신의 모순을 이해하지 못한다. 그는 신의 뜻에
따라 선하게 살고 싶어 하는 사람이다. 그는 관능의 유혹을 이기
기 위해 자신의 육체를 가혹하게 매질하면서 왜 신이 유혹의 길
을 만들어 놓았는지 묻는다. 그는 고뇌에 가득 차 신을 부르지만
신의 대답은 없다. 롯은 소돔과 고모라를 멸망시키러 온 신의 천
사마저도 자기처럼 육체와 지상의 유혹을 이겨 내지 못하는 것을
보고서야 신이 그의 물음에 대답하지 않는 이유를 알게 된다.

롯은 인간의 타락이 다름 아닌 신의 뜻이라는 것을 깨닫는다.
신의 비밀과 창조의 비밀을 알게 되는 것이다. 신은 정의에 무관
심하다. 선악, 미추의 구별에도 관심이 없다. 모든 것은 인간이
인간을 위해 만든 개념일 뿐이다. 신의 개념까지도 신과 무관한,
인간의 개념이다. 사람이 신이라고 개념화하고 있는 것은 우주와
세계에 대한 사람의 생각과는 상관없이 자연을 통해 영원히 작동
되고 있는 무한한 창조의 힘일 뿐이다. 처음에 롯은 신앙심이라
고는 없이 쾌락만을 추구하는 딸들을 더없이 타락한 존재들이라

고 생각했다. 그러나 결국 그 딸들이 오히려 순수하게 신의 뜻을 따르는 존재라는 것을 깨닫게 된다. 그의 딸들은 신이 부여한 의무를 아무런 의문 없이 충실하게 수행하는 셈이었기 때문이다.

롯의 깨달음에 따르면 신은 인간을 구원하지 않는다. 구원이란 인간적 관념의 소산일 뿐이다. 모든 것이 신의 뜻이자 창조의 원리인 이상 인간의 타락과 고통도 신의 뜻과 창조의 일부에 지나지 않는다. 다시 말해, 인간의 타락도 신의 뜻을 완성하는 일 가운데 하나인 것이다. 그런 의미에서 인간은 오히려 신을 구원한다고 할 수 있다. 또한 신의 의지를 다양하고 적극적으로 완성한다는 점에서 인간의 타락은 위대하다고도 할 수 있다. 그렇다면 소돔과 고모라를 파멸시키려는 신의 뜻은 무엇인가? 그것도 인간이 생각하듯 타락에 대한 처벌은 아니다. 처벌이라는 것 자체가 인간적 관념의 소산이다. 아브라함이 가지는 인간적 관점에서는 타락해 버린 롯을 신이 파멸에서 제외하는 이유를 이해할 수 없다. 그러나 깨달음을 얻은 롯은 마지막 장면에서 아브라함에게 이렇게 말한다. 〈하느님은 정의롭지 않고, 선하지도 않고, 오직 전능할 뿐인 존재〉라고. 이 말은 아브라함이 하느님에게 한 말을 뒤집은 것이다. 롯은 신을 〈오직 전능할 뿐인 존재〉로 파악함으로써 신에 대한 모순적인 이해를 해소하게 되었다고 볼 수 있다.

신의 구원이 존재하지 않는다면, 구원이라는 개념도 사라지는가? 롯은 새로운 구원의 개념을 제시한다. 새로운 구원은 인간이 신의 노리개로 사는 것에 저항하는 것이다. 롯의 가장 큰 깨달음은 〈신의 명령을 위반함으로써 그의 뜻을 수행한다〉는 것이다. 그저항을 생각하는 정신조차도 신이 준 것이기 때문이다. 달리 말하면, 신이 인간에게 정신을 준 것은 자신에게 저항하게 하기 위한 것이라고도 할 수 있다. 물론 신에 대한 저항은 추락으로 끝날 수밖에 없다. 그러나 그 추락은 위대하다. 스스로 선택한 추락이기 때문이다. 그것이 구원으로서의 자유이다. 저항마저 신의 뜻을 이루는 행위로 이해하는 것은 모순으로 여겨지지만 카잔차키스는 그러한 역설적 인식을 통해 신의 관념을 전통적인 것에서 새로운 것으로 전환하고 있다고 할 수 있다. 새롭게 이해된 신의 관념은 삶의 원리이자 우주의 원리 같은 것이다.

「소돔과 고모라」에서 신에 대항하는 주인공은 처음에는 롯이었다가 나중에는 불꽃 머리 천사가 된다. 불꽃 머리 천사는 신의 심부름으로 소돔과 고모라를 멸망시키러 왔다가 육신과 지상의 관능을 사랑하게 되고 롯과 함께 신의 모순을 깨닫게 되어 마지막 장면에서는 하늘을 향해 창을 던진다. 이 천사는 반항하는 천사 루시페르의 이미지를 갖는다. 롯과 불꽃 머리 천사는 이 작품에서 인간의 운명에 무관심한 신의 매정함에 반항하는 존재로 그려지고 있다. 그러나 이들의 반항도 결국 신의 뜻의 일부라면 그것이 갖는 의미는 자유의 발견과 실천이라고 할 수 있겠다.

쿠로스

「쿠로스」는 그리스 신화에 나오는 테세우스 이야기를 소재로 한 것이다. 테세우스는 크레테의 괴물 미노타우로스를 퇴치하고 아테네를 크레테의 복속에서 벗어나게 한다. 카잔차키스는 이 이야기를 약간 번안하여 크레테 문명이 쇠퇴하고 고전 그리스 시대가 수립된 역사적 전환을 다루면서 이 전환기의 역사에 신화적 상징을 부여하고 있다. 그는 이 소재를 소설 형식으로 써서 어느 청소년 잡지에 연재한 적이 있는데 「쿠로스」는 이 소설의 희곡판이라고 할 수 있다. 조국 그리스에 늘 강한 애착을 가지고 있던 카잔차키스는 조국의 신화와 역사를 자신의 철학으로 해석하고 싶어 했다. 정체성을 수립해 가는 그리스 역사의 상징으로 등장하는 테세우스는 이 극에서 동물과 신을 자신의 몸 안에 상징적으로 통합함으로써 이상적인 인간, 혹은 이상적인 문화의 창시자로 다시 태어난다.

극의 전개는 신화의 기본 얼개를 따라간다. 그러나 카잔차키스는 그 얼개에 상상과 이미저리로 날줄과 씨줄을 짜 넣어 오래된 문명의 몰락과 새로운 문명의 탄생을 설명하는 새 신화를 창조해 낸다. 아리아드네가 아테네 왕자의 사내다움에 매혹당하여 그를 미궁에서 살려낼 수 있는 긴요한 도움을 제의한다는 것은 원래의 이야기에 있는 것이지만 카잔차키스는 거기에 크레테의 운명과 관계된 계책을 포함시키고 아리아드네를 미궁에 동행시킨다. 미노스는 도전자로서 나타난 테세우스와 타협하려고 하지만 테세우스의 승리와 자신의 몰락이 운명 지어져 있음을 예감한다. 그러나 카잔차키스의 가장 중요한 변경은 미노타우로스와의 싸움의 의미를 재해석한 부분에 있다. 이 극에서 그는 미노타우로스를 동물적 차원에 구속되어 있는 신격으로 본다. 미노타우로스의 상황은 크레테가 처해 있던 역사적 수준을 암시한다. 미노스는 미노타우로스를 동물성에서 해방하려고 하였지만 그 일을 완수하지 못했고, 그것이 미노스의 한계이자 크레테의 한계가 된다. 테세우스는 미노스가 완수하지 못한 일을 완수하는 것이 자신의 과업임을 깨닫는다. 그리고 미노타우로스를 동물에서 해방하여 신격을 되찾게 함으로써 과업을 완수한다.

테세우스와 미노타우로스의 만남은 동행했던 아리아드네에 의해 묘사된다. 그들의 싸움은 싸움이라기보다 에로틱한 씨름처럼 보인다. 테세우스는 미노타우로스를 동물의 구속에서 해방하고, 미궁으로부터 해방함으로써 크레테를 그것이 구속당하고 있던 역사적 한계 ─ 국가의 부패와 무능화 ─ 로부터 해방한다. 이 것은 전통에 갇혀 있던 문화가 더 넓은 역사의 지평 속에서 새롭 게 진화한다는 것을 뜻한다. 마지막 장면에서 미노타우로스는 황 소의 탈을 손에 들고 미궁의 입구에 나타난다. 그의 모습은 테세 우스와 모습과 똑같다. 작가는 이 대목에서 해방된 미노타우로스 의 모습을 〈쿠로스〉라 지칭하고 있다. 〈쿠로스〉란 고대 그리스 시 대의 청년 운동가의 모습을 한 조각상들을 나타내는 말이다. 동 물의 감옥에서 해방된 신과 쿠로스와 테세우스의 모습이 같다는 것은 테세우스가 동물─인간─신의 면모를 모두 갖춘 이상적인 청 년으로서, 새로운 역사의 건국자로서 그 정체성을 확립했다는 것 을 암시한다.

　그러나 「쿠로스」는 이러한 정치적, 역사적 함의를 가진 줄거리 만으로 환원될 수 없다. 정치와 역사보다 더 원형적인 신화적 함 의와 상징을 그것의 언어와 제의적 형식 속에 담고 있기 때문이 다. 소재 자체가 제의에 관한 것이기도 하지만 극의 형식도 제의 적이다. 테세우스는 제물로서 왔다. 그가 어떤 제물의 기능을 하 여야 할 것인가 하는 문제가 테세우스에게 주어진 프로타고니스 트*protagonist*로서의 과제이다. 시작 부분의 긴 독백은 테세우스 가 제물로서, 그리고 역사 앞에 선 인물로서 자신의 자격을 반성 하고 점검하는 부분이면서 동시에 정화를 거치는 예비 의례 과정 의 일부이다. 역사의 해방자이자 수립자가 되기 위해서 그의 육 체와 정신은 유혹과 시련을 극복하고 순결을 유지해야 한다. 그 는 신의 희생 제물이 되어 신과 하나가 된 몸으로 다시 태어나야 하기 때문이다. 또한 미노스는 제의를 관장하는 사제 역할을 하 면서 동시에 죽어야 할 곡물신의 역할을 맡고 있다. 고대 풍요 의 식에서는 후계자가 새로운 곡물과 함께 살아 돌아오면 왕은 죽어야 한다. 「쿠로스」는 고대 풍요 의식에서처럼 신입자*initiate*가 지하로 내려가 괴로움을 겪고 난 뒤 불멸의 존재가 되어 다시 태어나는 제의적 틀을 그대로 가지고 있다. 극의 후반부에 선장이 이끄는 처녀 총각들의 유사 제의는 무대에서 볼 수 없는 지하에서의 희생 의식을 모사하는 부분이라고 할 수 있다. 테세우스가 해방된 신과 함께 사제가 있는 미궁의 입구에 나타나면 크레테의 역사가 새로운 그리스의 역사로 태어나는 제의가 마무리는 되는 순간이다.

크리스토퍼 콜럼버스

카잔차키스에게 이 극에 대한 아이디어가 싹텄던 것은 그가 1926년 처음으로 스페인을 여행하여 세비야의 성당에서 콜럼버스의 묘를 구경하였을 때였다. 묘에는 세 척의 배 이름이 새겨져 있었고, 묘 뒤에는 성 크리스토포루스가 아기 예수를 어깨에 태우고 강을 건너는 그림이 있었다. 이곳을 방문했을 때 떠오른 생각을 그는 자신의 스페인 여행기에 다음과 같이 적어 두었다. 〈1. 콜럼버스는 욕망함으로써 아메리카를 창조했다. 2. 꿈의 실현은 그것의 부정이다.〉 그러고서는 이때의 생각을 20년 동안이나 마음속에 품고 있다가 1949년에야 그것을 바탕으로 「크리스토퍼 콜럼버스」라는 제목의 희곡을 써서 발표했다. 카잔차키스가 1949년에 그것을 써 냈던 이유는 20년 전에 얻었던 깨달음이 1949년의 삶의 상황에 절실하게 필요하다고 느껴졌기 때문이었다. 카잔차키스가 이 극을 통해서 보여 주고 싶었던 것은 콜럼버스의 역사적 성취가 아니라 콜럼버스가 범례로 보여 주는 강렬한 욕망과 믿음의 창조적 성격이었다. 그리고 그 욕망과 믿음이 실현되었을 때 대면하게 되는 그것의 부정적 요소였고, 그 부정적인 요소가 예기됨에도 끝까지 포기하지 않고 꿈을 탐험하고 추구하는 정신이었다.

이 극에서 콜럼버스의 욕망은 황금 사과로 상징된다. 황금 사과는 물질과 영혼, 부와 신앙의 관련을 암시하는데, 위기에 처한 신앙을 지켜 낼 수 있는 황금은 미지의 땅에 그리스도의 신앙을 전파함으로써 얻어질 수 있다. 황금 사과로 상징되는 콜럼버스의 욕망은 아메리카라는 새로운 세계를 태어나게 한다. 아메리카는 물론 하나의 은유로서 사람의 꿈이 갖는 미래의 비전을 가리킨다. 그러나 이 욕망의 실현이 단순하게 이루어질 수는 없다. 제2막 도입부의 초현실적 장면은 욕망의 본질에 대한 콜럼버스의 ─ 그리고 욕망을 추구하는 모든 영혼의 ─ 내면에서 일어나는 회의와 믿음의 갈등을 보여 준다. 꿈의 성취 뒤에 올 좌절과 환멸의 성격을 아는 성모는 콜럼버스에게 연민을 느끼고 그리스도가 그의 욕망을 부추기지 않기를 원한다. 그러나 그리스도는 그 말에 따르지 않는다. 세계의 성숙은 행복과 안락을 경멸하는 위대한 생각을 통해서만 이루어진다고 보기 때문이다. 그리스도가 성 크리스토포루스에게 돌아서고 싶으냐고 묻자 성 크리스토포루스는 〈아닙니다〉라고 소리친다. 이 대답은 마지막 장면에서 천사가 콜럼버스에게 돌아서지 않겠느냐고 물었을 때 〈안 됩니다〉라고 대답한 것과 평행을 이룬다.

콜럼버스는 꿈을 실현하기 직전에 천사들이 보여 주는 비전을 통해 그가 성취하게 될 꿈의 내용을 목격하게 된다. 거기에서 그 꿈의 성취가 갖는 비극적 성격을 목격하는 순간 그가 기대했던 더 나은 세계, 더 성장한 세계의 환상은 깨어지고 만다. 그러나 그럼에도 그는 돌아서기를 선택하지 않는다. 그리고 마침내 그가 욕망한 꿈의 끝에 이르러, 콜럼버스는 자신이 발견한 신세계를 바라보면서 그것이 갖는 아이러니에 고통스러워한다.

 카잔차키스가 이 극을 통해 궁극적으로 말하고 싶었던 것은 이 것일 것이다. 새롭고 더 나은 세계에 대한 욕망은, 그 성취의 결과 가 비록 실망스러운 것이라 할지라도 반드시 무익한 것은 아니라 는 것이다. 더 나은 세계를 꿈꾼다는 것은 인류의 정신 속에 그런 세계를 그려 보게 할 수 있다는 점에서 중요하기 때문이다. 콜럼 버스의 성공과 실패는 인간 노력의 비극적 존엄성을 보여 준다. 인간의 비극적 존엄성은 꿈에 내재된 비극적인 요소에도 불구하 고 그 꿈의 탐구를 포기하지 않겠다는 데에서 발견될 수 있다는 것이 카잔차키스의 생각이다. 중요한 것은 꿈의 성취가 아니라 꿈 의 추구 자체인 것이다. 카잔차키스는 1944년부터 1949년 사이 에 조국에서 독일군이 철수하자, 낙관적으로 새롭고 더 나은 세 계를 꿈꾸었다. 그러나 그 꿈의 결실은 어둡고 실망스러운 것이 었다. 그렇다면 낙관적인 꿈을 꾼다는 것, 그것을 실천에 옮긴다 는 것은 무의미한 것인가? 카잔차키스의 결론은, 그럼에도 꿈을 추구하는 것은 중요하다는 것이었다. 이 비극적 긍정이 현실 삶 에서 그가 가진 정치적 입장이었고 「크리스토퍼 콜럼버스」는 그 것의 문학적 발언이었다.

 「크리스토퍼 콜럼버스」는 영웅적 탐험과 성취의 패러다임을 가 진 신화적 원형을 가진 이야기이다. 그것은 이아손, 헤라클레스, 그리고 오디세우스와 같은 신화적 인물, 단테와 파우스트 같은 문 학적 인물, 알렉산드로스와 월터 롤리, 마젤란과 같은 역사적 인 물, 그리고 오늘날의 우주비행사와 같은 인물들로 연결될 수 있는 이야기들이 가지는 보편적 매력을 가진다. 그러면서 카잔차키스 가 도입하고 있는 〈꿈의 실현은 그것의 부정이다〉라는 주제는 이 원형적 탐색에 시시포스와 같은 비극적 요소를 더함으로써 이 극에 실존주의적 의미를 부여하고 있다고 할 수 있다.

번역에 대해

이 책은 그리스어 원전이 아닌 영어판에서 중역한 것이다. 「희극: 단막 비극」과 「소돔과 고모라」의 텍스트는 1982년 North Central Publishing Co.에서 출간된 *Two Plays: Sodom and Gomorrah and Comedy: A Tragedy in One Act*를 이용하였고, 「멜리사」와 「쿠로스」, 「크리스토퍼 콜럼버스」는 1969년 Simon and Schuster에서 출간된 *Three Plays: Christopher Columbus, Melissa, Kouros*를 이용하였다.

앞서 언급했듯이 카잔차키스의 희곡들은 대개 운문극이고, 산문극이라 할 때라도 그 언어가 고도로 시적일 때가 많다. 키먼 프라이어는 「소돔과 고모라」를 영역하면서 원전의 시행 모양을 살려 운문처럼 줄 바꿈 형식을 취하고 있다. 그러나 이곳의 한국어 번역에서는 굳이 그를 따라 줄 바꿈 형식으로 옮기지는 않았다. 영역의 줄 바꿈을 그대로 따를 경우 가독성이 떨어질 뿐 아니라 한국어 리듬을 제대로 살리지 못하면 줄 바꿈 형식이 별 의미가 없다고 보았기 때문이다. 한국어 번역에서는 줄글 형식을 택한 대신 말의 호흡과 내재율을 살리려고 애써 보았다. 그러나 얼마만큼 잘 되었는지는 장담할 수 없다. 여러 가지로 부족한 점이 많을 것이다. 언젠가 그리스어 원전을 텍스트로 한 훌륭한 번역이 나오기를 기대한다.

니코스 카잔차키스 연보

1883년 2월 18일(구력)* 크레타 이라클리온에서 태어남. 당시 크레타는 오스만 제국의 영토였음. 아버지 미할리스는 바르바리(현재 카잔차키스 박물관이 있음) 출신으로, 곡물과 포도주 중개상을 함. 뒷날 미할리스는 소설 『미할리스 대장 O Kapetán Mihális』의 여러 모델 가운데 하나가 됨.

1889년(6세) 크레타에서 터키의 지배에 대항하는 반란이 일어났으나 실패함. 카잔차키스 일가는 그리스 본토로 피하여 6개월간 머무름.

1897~1898년(14~15세) 크레타에서 두 번째 반란이 일어남. 자치권을 얻는 데 성공함. 니코스는 안전을 위해 낙소스 섬으로 감. 프랑스 수도사들이 운영하는 학교에 등록. 여기서 프랑스어에 대한 그의 사랑이 시작됨.

1902년(19세) 이라클리온에서 중등 교육을 마치고 법학을 공부하기 위해 아테네 대학교에 진학함.

1906년(23세) 대학을 졸업하기도 전에 에세이 「병든 시대 I arrósteia tu aiónos」와 소설 「뱀과 백합 Ofis ke kríno」 출간함. 희곡 「동이 트면 Ksimerónei」을 집필함.

1907년(24세) 「동이 트면」이 희곡 상을 수상하며 아테네에서 공연됨. 커

---

*그리스는 구력인 율리우스력을 사용하다가, 1923년 대다수의 국가가 현재 사용하고 있는 그레고리우스력을 받아들이면서 그해 2월 16일을 3월 1일로 조정하였다. 구력의 날짜를 그레고리우스력으로 환산하려면 19세기일 때는 12일을, 20세기일 때는 13일을 더하면 된다.

다란 논란을 일으킴. 약관의 카잔차키스는 단번에 유명 인사가 됨. 언론계에 발을 들여놓음. 프리메이슨에 입회함. 10월 파리로 유학함. 이곳에서 작품 집필과 저널리즘 활동을 병행함.

1908년(25세) 앙리 베르그송의 강의를 듣고, 니체를 읽음. 소설 『부서진 영혼 *Spasménes psihés*』을 완성함.

1909년(26세) 니체에 관한 학위 논문을 완성하고 희곡 「도편수 O protomástoras」를 집필함. 이탈리아를 경유하여 크레타로 돌아감. 학위 논문과 단막극 「희극: 단막 비극 Komodía」과 에세이 「과학은 파산하였는 가 I epistími ehreokópise?」를 출간함. 순수어 *katharévusa*를 폐기하고 학교에서 민중어 *demotiki*를 채용할 것을 주장하는 솔로모스 협회의 이라클리온 지부장이 됨. 언어 개혁을 촉구하는 선언문을 집필함. 이 글이 아테네의 한 정기 간행물에 실림.

1910년(27세) 민중어의 옹호자 이온 드라구미스를 찬양하는 에세이 「우리 젊음을 위하여 Ya tus néus mas」를 발표함. 고전 그리스 문화에 대한 추종을 극복해야만 한다고 역설하는 드라구미스가 그리스를 새로운 영광의 시기로 인도할 예언자라고 주장함. 이라클리온 출신의 작가이며 지식인인 갈라테아 알렉시우와 결혼식을 올리지 않은 채 아테네에서 동거에 들어감. 프랑스어, 독일어, 영어와 고전 그리스어를 번역하는 것으로 생계를 유지함. 민중어 사용 주창 단체들 중 가장 중요한 〈교육 협회〉의 창립 회원이 됨.

1911년(28세) 갈라테아 알렉시우와 결혼함.

1912년(29세) 교육 협회 회원을 대상으로 한 긴 강연에서 베르그송의 철학을 그리스 지식인들에게 소개함. 이 강연 내용이 협회보에 실림. 제1차 발칸 전쟁이 발발하자 육군에 자원하여 베니젤로스 총리 직속 사무실에 배속됨.

1914년(31세) 시인 앙겔로스 시켈리아노스와 함께 아토스 산을 여행함. 여러 수도원을 돌며 40일간 머무름. 이때 단테, 복음서, 불경을 읽음. 시켈리아노스와 함께 새로운 종교를 창시할 것을 몽상함. 생계를 위해 갈라테아와 함께 어린이 책을 집필함.

1915년(32세) 시켈리아노스와 함께 다시 그리스를 여행함. 〈나의 위대한 스승 세 명은 호메로스, 단테, 베르그송〉이라고 일기에 적음. 수도원에 은거하며 책을 한 권 썼으나 현재 전해지지 않음. 아마도 아토스 산에 대한 책인 듯함. 「오디세우스 Odisséas」, 「그리스도 Hristós」, 「니키포로스 포카스Nikifóros Fokás」의 초고를 씀. 10월 아토스 산의 벌목 계약을 위해 테살로니키로 여행함. 이곳에서 카잔차키스는 제1차 세계 대전 중 영국군과 프랑스군이 살로니카 전선에서 싸우기 위해 상륙하는 것을 목격함. 같은 달, 톨스토이를 읽고 문학보다 종교가 중요하다고 결심하며, 톨스토이가 멈춘 곳에서 시작하리라고 맹세함.

1917년(34세) 전쟁으로 석탄 연료가 부족해지자 기오르고스 조르바라는 일꾼을 고용하여 펠로폰네소스에서 갈탄을 캐려고 시도함. 이 경험은 1915년의 벌목 계획과 결합하여 뒷날 소설 『그리스인 조르바 Víos ke politía tu Aléksi Zorbá』로 발전됨. 9월 스위스 여행. 취리히의 그리스 영사 이안니스 스타브리다키스의 거처에 손님으로 머무름.

1918년(35세) 스위스에서 니체의 발자취를 순례함. 그리스의 지식인 여성 엘리 람브리디를 사랑하게 됨.

1919년(36세) 베니젤로스 총리가 카잔차키스를 공공복지부 장관에 임명하고, 카프카스에서 볼셰비키에 의해 처형될 위기에 처한 15만 명의 그리스인들을 송환하라는 임무를 맡김. 7월 카잔차키스는 자신의 팀을 이끌고 출발. 여기에는 스타브리다키스와 조르바도 끼어 있었음. 8월 베니젤로스에게 보고하기 위해 베르사유로 감. 여기서 평화 조약 협상에 참여함. 피난민 정착을 감독하기 위해 마케도니아와 트라케로 감. 이때 겪은 일들은 뒷날 『수난 O Hristós ksanastavrónetai』에 사용됨.

1920년(37세) 8월 13일 드라구미스가 암살됨. 카잔차키스는 큰 충격에 휩싸임. 11월 베니젤로스가 이끄는 자유당이 선거에서 패배함. 카잔차키스는 공공복지부 장관을 사임하고 파리로 떠남.

1921년(38세) 독일을 여행함. 2월 그리스로 돌아옴.

1922년(39세) 아테네의 한 출판인과 일련의 교과서 집필을 계약하며 선불금을 받음. 이로써 해외여행이 가능해짐. 5월 19일부터 8월 말까지 빈에 체재함. 여기서 이단적 정신분석가 빌헬름 슈테켈이 〈성자의 병〉이라고 부른 안면 습진에 걸림. 전후 빈의 퇴폐적 분위기 속에서 카잔차키스는 불경을 연구하고 붓다의 생애를 다룬 희곡을 집필하기 시작함. 또한 프로이트를 연구하고 「신을 구하는 자 Askitikí」를 구상함. 9월 베를린에서 그리스가 터키에 참패했다는 소식을 들음. 이전의 민족주의를 버리고 공산주의 혁명가들에 동조함. 카잔차키스는 특히 라헬 리프슈타인이 이끄는 급진적 젊은 여성들의 세포 조직에서 영향을 받음. 미완의 희곡 『붓다 Vúdas』를 찢어 버리고 새로운 형태로 쓰기 시작함. 「신을 구하는 자」에 착수하면서 공산주의적인 행동주의와 불교적인 체념을 조화시키려 시도함. 소비에트 연방으로 이주할 것을 꿈꾸며 러시아어 수업을 들음.

1923년(40세) 빈과 베를린에서 보낸 시기에는 아테네에 남아 있던 갈라테아에게 보낸 편지를 통해 많은 자료를 남겼음. 4월 「신을 구하는 자」를 완성함. 다시 『붓다』 집필을 계속함. 6월 니체가 자란 나움부르크로 순례를 떠남.

1924년(41세) 이탈리아에서 3개월을 보냄. 이때 방문한 폼페이는 그가 떨쳐 버릴 수 없는 상징의 하나가 됨. 아시시에 도착함. 여기서 『붓다』를 완성하고, 성자 프란체스코에 대한 평생의 흠앙을 시작함. 아테네로 가서 엘레니 사미우를 만남. 이라클리온으로 돌아와, 망명자들과 소아시아 전투 참전자들로 이루어진 공산주의 세포의 정신적 지도자가 됨. 서사시 『오디세이아 *Odíssia*』를 구상하기 시작함. 아마 이때 「향연 Simposion」도 썼을 것으로 추정됨.

1925년(42세) 정치 활동으로 체포되었으나 24시간 뒤에 풀려남. 『오디세이아』 1∼6편을 씀. 엘레니 사미우와의 관계가 깊어짐. 10월 아테네 일간지의 특파원 자격으로 소련으로 떠남. 그곳에서의 감상을 연재함.

1926년(43세) 갈라테아와 이혼. 갈라테아는 뒷날 재혼한 뒤에도 갈라테아 카잔차키라는 이름으로 활동함. 카잔차키스는 다시금 신문사 특파원 자격으로 팔레스타인과 키프로스로 여행함. 8월 스페인으로 여행함. 독재자 프리모 데 리베라와 인터뷰함. 10월 이탈리아 로마에서 무솔리니와 인터뷰함. 11월 뒷날 카잔차키스의 제자로서 문학 에이전트이자 친구이며 전기 작가가 되는 판델리스 프레벨라키스를 만남.

1927년(44세) 특파원 자격으로 이집트와 시나이를 방문함. 5월 『오디세이아』의 완성을 위해 아이기나에 홀로 머무름. 작업이 끝나자마자 생계를 위해 백과사전에 실릴 기사들을 서둘러 집필하고 『여행기 *Taksidévondas*』 첫 번째 권에 실릴 글을 모음. 디미트리오스 글리노스의 잡지 『아나예니시』에 「신을 구하는 자」가 발표됨. 10월 말 혁명 10주년을 맞이한 소련 정부의 초청으로 다시 러시아를 방문함. 앙리 바르뷔스와 조우함. 평화 심포지엄에서 호전적인 연설을 함. 11월 당시 프랑스에서 큰 인기를 얻고 있던 그리스계 루마니아 작가 파나이트 이스트라티를 만남. 이스트라티를 비롯한 몇몇 사람들과 함께 카프카스를 여행함. 친구가 된 이스트라티와 카잔차키스는 소련에서 정치적, 지적 활동을 함께하기로 맹세함. 12월 이스트라티를 아테네로 데리고 옴. 신문 논설을 통해 그를 그리스 대중에게 소개함.

1928년(45세) 1월 11일 카잔차키스와 이스트라티는 알람브라 극장에 모인 군중 앞에서 소련을 찬양하는 연설을 함. 이는 곧바로 가두시위로 이어짐. 당국은 연설회를 조직한 디미트리오스 글리노스와 카잔차키스를 사법 처리하고 이스트라티를 추방하겠다고 위협함. 4월 이스트라티와 카잔차키스는 러시아로 돌아옴. 키예프에서 카잔차키스는 러시아 혁명에 관한 영화 시나리오를 집필함. 6월 모스크바에서 이스트라티와 동행하여 고리키를 만남. 카잔차키스는 「신을 구하는 자」의 마지막 부분을 수정하고 〈침묵〉 장을 추가함. 「프라우다」에 그리스의 사회 상황에 대한 논설들을 기고함. 레닌의 생애를 다룬 또 다른 시나리오에 착수함. 이스트라티와 무르만스크로 여행함. 레닌그라드를 경유하면서 빅토르 세르주와 만남. 7월 바르뷔스의 잡지 「몽드」에 이스트라티가 쓴 카잔차키스 소개 기사가 실림. 이로써 유럽 독서계에 카잔차키스가 처음으로 알려짐. 8월 말 카잔차키스와 이스트라티는 엘레니 사미우와 이스트라티의 동반자 빌릴리 보드보비와 함께 남부 러시아로 긴 여행을 떠남. 여행의 목적은 〈붉은 별을 따라서〉라는 일련의 기사를 공동 집필하기 위해서였음. 두 친구의 사이가 점차 멀어짐. 12월 빅토르 세르주와 그의 장인 루사코프가 트로츠키주의자로 몰려 처벌된 〈루사코프 사건〉이 일어나 그들의 견해차는 마침내 극에 달함. 이스트라티가 소련 당국에 대한 분노와 완전한 환멸을 느낀 반면, 카잔차키스는 사건 하나로 체제의 정당성을 판단하기는 어렵다는 입장이었음. 아테네에서 카잔차키스의 러시아 여행기가 두 권으로 출간됨.

1929년(46세) 카잔차키스는 홀로 러시아의 구석구석을 여행함. 4월 베를린으로 가서 소련에 관한 강연을 함. 논설집을 출간하려 함. 5월 체코슬로바키아의 한적한 농촌으로 들어가 첫 번째 프랑스어 소설을 씀. 원래 〈모스크바는 외쳤다 *Moscou a crié*〉라는 제목이었으나 〈토다 라바 *Toda-Raba*〉로 바뀜. 이 소설은 작가의 변화한 러시아관을 별로 숨기지 않고 드러내고 있음. 역시 프랑스어로 〈엘리아스 대장 *Kapetán Élias*〉이라는 소설을 완성함. 이는 『미할리스 대장』의 선구가 되는 여러 작품 중 하나임. 프랑스어로 쓴 소설들은 서유럽에 자신의 존재를 드러내려는 최초의 시도였음. 동시에 소련에 대한 자신의 달라진 관점을 반영하기 위해 『오디세이아』의 근본적인 수정에 착수함.

1930년(47세) 돈을 벌기 위해 두 권짜리 『러시아 문학사 *Istoria tis rosikis logotehnias*』를 아테네에서 출간함. 그리스 당국은 「신을 구하는 자」에 나타난 무신론을 이유로 그를 재판에 회부하겠다고 위협함. 계속 외국에 머무름. 처음에는 파리에서 지내다가 니스로 옮긴 뒤, 아테네 출판사들의 의

뢰로 프랑스 어린이 책을 번역함.

1931년(48세) 그리스로 돌아와 아이기나에 머무름. 순수어와 민중어를 포괄하는 프랑스–그리스어 사전 편찬 작업에 착수함. 6월 파리에서 식민지 미술 전시회를 관람함. 여기서 『오디세이아』에 나오는 아프리카 장면의 아이디어를 얻음. 『오디세이아』의 제3고를 체코슬로바키아에서 은거하며 완성함.

1932년(49세) 재정적 어려움을 타개하기 위해 프레벨라키스와 공동 작업을 구상함. 여러 편의 영화 시나리오와 번역을 구상했으나 대체로 실패함. 카잔차키스는 단테의 『신곡』 전편을, 3운구법을 살려 45일 만에 번역함. 스페인으로 이주하여 그곳에서 작가로 살기로 하고 그 출발로서 선집에 수록될 스페인 시의 번역에 착수함.

1933년(50세) 스페인 인상기를 씀. 엘 그레코에 관한 3운구 시를 지음. 훗날 『영혼의 자서전 *Anaforá ston Gréko*』의 전신이 됨. 스페인에서 생계를 해결하지 못하고 아이기나로 돌아옴. 『오디세이아』 제4고에 착수함. 단테 번역을 수정하면서 몇 편의 3운구 시를 지음.

1934년(51세) 돈을 벌기 위해 2, 3학년을 위한 세 권의 교과서를 집필함. 이 중 한 권이 교육부에서 채택되어 재정 상태가 잠시 나아짐.

1935년(52세) 『오디세이아』 제5고를 완성한 뒤 여행기 집필을 위해 일본과 중국을 방문함. 돌아오는 길에 아이기나에서 약간의 땅을 매입함.

1936년(53세) 그리스 바깥에서 문명(文名)을 확립하려는 시도로서, 프랑스어로 소설 『돌의 정원 *Le Jardin des rochers*』을 집필함. 이 소설은 그가 동아시아에서 겪은 일들을 바탕으로 함. 또한 미할리스 대장 이야기의 새로운 원고를 완성함. 이를 〈나의 아버지 *Mon père*〉라고 부름. 돈을 벌기 위해 왕립 극장에서 공연 예정인 피란델로의 「오늘 밤은 즉흥극 *Questa sera si recita a soggetto*」을 번역함. 직후 피란델로풍의 희곡 「돌아온 오셀로 *O Othéllos ksanayírizei*」를 썼는데 생전에는 이 작품의 존재가 알려지지 않았음. 괴테의 『파우스트』 제1부를 번역함. 10~11월 내전 중인 스페인에 특파원으로 감. 프랑코와 우나무노를 회견함. 아이기나에 집이 완성됨. 그가 장기 거주한 첫 번째 집임.

1937년(54세) 아이기나에서 『오디세이아』 제6고를 완성함. 『스페인 기행 *Taksidévondas: Ispanía*』이 출간됨. 9월 펠로폰네소스를 여행함. 여기서 얻은 감상을 신문 연재 기사 형식으로 발표함. 이 글들은 뒷날 『모레아 기행 *Taksidévondas: O Morias*』으로 묶어 펴냄. 왕립 극장의 의뢰로 비극

「멜리사Mélissa」를 씀.

1938년(55세) 『오디세이아』제7고와 최종고를 완성한 뒤 인쇄 과정을 점검함. 호화판으로 제작된 이 서사시의 발행일은 12월 말일임. 1922년 빈에서 걸렸던 것과 같은 안면 습진에 걸림.

1939년(56세) 〈아크리타스Akritas〉라는 제목으로 3만 3,333행의 새로운 서사시를 쓸 계획을 세움. 7~11월 영국 문화원의 초청으로 영국을 방문함. 스트랫퍼드어폰에이번에 기거하며 비극「배교자 율리아누스Iulianós o paravátis」를 집필함.

1940년(57세) 『영국 기행Taksidévondas: Anglia』을 쓰고「아크리타스」의 구상과「나의 아버지」의 수정 작업을 계속함. 청소년들을 위한 일련의 전기 소설을 씀(『알렉산드로스 대왕Megas Aleksandros』, 『크노소스 궁전 Sta palatia tis Knosu』). 10월 하순 무솔리니가 그리스를 침공함. 카잔차키스는 그리스 민족주의에 대한 새로운 애증에 빠짐.

1941년(58세) 독일이 그리스를 점령함. 카잔차키스는 집필에 몰두하여 슬픔을 달램.『붓다』의 초고를 완성함. 단테의 번역을 수정함. 〈조르바의 성스러운 삶〉이라는 제목의 새로운 소설을 시작함.

1942년(59세) 전쟁 기간 동안 아이기나를 벗어나지 못함. 다시 정치에 뛰어들기 위해 가능한 한 빨리 작품 집필을 포기하기로 결심함. 독일군 당국은 카잔차키스에게 며칠간의 아테네 체재를 허락함. 여기서 이안니스 카크리디스 교수를 만나 호메로스의 『일리아스』를 공동 번역하기로 합의함. 카잔차키스는 8월과 10월 사이에 초고를 끝냄. 〈그리스도의 회상〉이라는 제목으로 예수에 대한 소설을 쓸 계획을 세움. 이것은 뒷날『최후의 유혹 O teleftaíos pirasmós』의 전신이 됨.

1943년(60세) 독일 점령 기간의 곤궁함에도 불구하고 정력적으로 작업을 계속함.『그리스인 조르바』와『붓다』의 두 번째 원고 및『일리아스』의 번역을 완성함. 아이스킬로스의 〈프로메테우스〉 3부작을 모티프로 한 희곡 신판을 씀.

1944년(61세) 봄과 여름에 희곡「카포디스트리아스O Kapodístrias」와「콘스탄티누스 팔라이올로구스Konstandínos o Palaiológos」를 집필함. 〈프로메테우스〉 3부작과 함께 이들 희곡은 각각 고대, 비잔틴 시대, 현대 그리스를 다룸. 독일군이 철수함. 카잔차키스는 곧바로 아테네로 가서 테아 아네모이안니의 환대를 받고 그 집에서 머무름. 〈12월 사태〉로 알려진 내전을 목격함.

1945년(62세) 다시 정치에 뛰어들겠다는 결심에 따라, 흩어진 비공산주의 좌파의 통합을 목표로 하는 소수 세력인 사회당의 지도자가 됨. 단 두 표 차로 아테네 학술원의 입회가 거부됨. 정부는 독일군의 잔학 행위 입증 조사를 위해 그를 크레타로 파견함. 11월 오랜 동반자 엘레니 사미우와 결혼. 소풀리스의 연립 정부에서 정무 장관으로 입각함.

1946년(63세) 사회 민주주의 정당들의 통합이 실현되자 카잔차키스는 장관 직에서 물러남. 3월 25일 그리스 독립 기념일에 왕립 극장에서 그의 희곡 「카포디스트리아스」가 공연됨. 공연은 커다란 파문을 일으켰고, 우익 민족주의자들은 극장을 불태우겠다고 위협함. 그리스 작가 협회는 카잔차키스를 시켈리아노스와 함께 노벨 문학상 후보로 추천함. 6월 40일 간의 예정으로 해외여행을 떠남. 실제로는 남은 생을 해외에서 체류하게 되었음. 영국에서 지식인들에게 〈정신의 인터내셔널〉을 조직할 것을 호소하였으나 별 관심을 끌지 못함. 영국 문화원이 케임브리지에 방 하나를 제공하여, 이곳에서 여름을 보내며 〈오름길〉이라는 제목의 소설을 씀. 이 역시『미할리스 대장』의 선구적 작품이 됨. 9월 프랑스 정부의 초청으로 파리에 감. 그리스의 정치 상황 때문에 해외 체재가 불가피해짐.『그리스인 조르바』가 프랑스어로 번역되도록 준비함.

1947년(64세) 스웨덴의 지식인이자 정부 관리인 뵈리에 크뇌스가『그리스인 조르바』를 번역함. 몇 차례의 줄다리기 끝에 카잔차키스는 유네스코에서 일하게 됨. 그의 일은 세계 고전의 번역을 촉진하여 서로 다른 문화, 특히 동양과 서양의 문화 사이에 다리를 놓는 것이었음. 스스로 자신의 희곡 「배교자 율리아누스」를 번역함.『그리스인 조르바』가 파리에서 출간됨.

1948년(65세) 자신의 희곡들을 계속 번역함. 3월 창작에 전념하기 위해 유네스코에서 사임함.「배교자 율리아누스」가 파리에서 공연됨(1회 공연으로 끝남). 카잔차키스와 엘레니는 앙티브로 이주함. 그곳에서 희곡「소돔과 고모라 Sódoma ke Gómora」를 씀. 영국, 미국, 스웨덴, 체코슬로바키아의 출판사에서『그리스인 조르바』출간을 결정함. 카잔차키스는『수난』의 초고를 3개월 만에 완성하고 2개월간 수정함.

1949년(66세) 격렬한 그리스 내전을 소재로 한 새로운 소설『전쟁과 신부 I aderfofádes』에 착수함. 희곡「쿠로스 Kúros」와「크리스토퍼 콜럼버스 Hristóforos Kolómvos」를 씀. 안면 습진이 다시 찾아옴. 치료차 프랑스 비시의 온천에 감. 12월『미할리스 대장』집필에 착수함.

1950년(67세) 7월 말까지『미할리스 대장』에만 몰두함. 11월『최후의 유혹』에 착수함. 『그리스인 조르바』와 『수난』이 스웨덴에서 출간됨.

1951년(68세) 『최후의 유혹』 초고를 완성함. 「콘스탄티누스 팔라이올로구스」의 개정을 마치고 이 초고를 수정하기 시작함. 『수난』이 노르웨이와 독일에서 출간됨.

1952년(69세) 성공이 곤란을 야기함. 각국의 번역자들과 출판인들이 카잔차키스의 시간을 점점 더 많이 빼앗게 됨. 안면 습진 또한 그를 더 심하게 괴롭힘. 엘레니와 함께 이탈리아에서 여름을 보냄. 아시시의 성자 프란체스코에 대한 사랑이 더욱 깊어짐. 눈에 심한 감염이 일어나 네덜란드의 병원으로 감. 요양하면서 성자 프란체스코의 생애를 연구함. 영국, 노르웨이, 스웨덴, 네덜란드, 핀란드, 독일에서 그의 소설들이 계속적으로 출간됨. 그러나 그리스에서는 출간되지 않음.

1953년(70세) 눈의 세균 감염이 낫지 않아 파리의 병원에 입원함(결국 오른쪽 눈의 시력을 잃음). 검사 결과 수년 동안 그를 괴롭힌 안면 습진은 림프샘 이상이 원인인 것으로 나타남. 앙티브로 돌아가 수개월간 카크리디스 교수와 함께 『일리아스』의 공역을 마무리함. 소설 『성자 프란체스코 *O ftohúlis tu Theú*』를 씀. 『미할리스 대장』이 출간됨. 『미할리스 대장』 일부와 『최후의 유혹』 전체에서 신성을 모독했다는 이유로 그리스 정교회가 카잔차키스를 맹렬히 비난함. 당시 『최후의 유혹』은 그리스에서 출간되지도 않았음. 『그리스인 조르바』가 뉴욕에서 출간됨.

1954년(71세) 교황이 『최후의 유혹』을 가톨릭교회의 금서 목록에 올림. 카잔차키스는 교부 테르툴리아누스의 말을 인용하여 바티칸에 이런 전문을 보냄. 〈주여 당신에게 호소합니다.〉 같은 전문을 아테네의 정교회 본부에도 보내면서 이렇게 덧붙임. 〈성스러운 사제들이여, 여러분은 나를 저주하나 나는 여러분을 축복합니다. 여러분께서도 나만큼 양심이 깨끗하시기를, 그리고 나만큼 도덕적이고 종교적이시기를 기원합니다.〉 여름 『오디세이아』를 영어로 번역하는 키먼 프라이어와 매일 공동 작업함. 12월 「소돔과 고모라」의 초연에 참석하기 위해 독일 만하임으로 감. 공연 후 치료를 위해 병원에 입원함. 가벼운 림프성 백혈병으로 진단됨. 젊은 출판인 이안니스 구델리스가 아테네에서 카잔차키스 전집 출간에 착수함.

1955년(72세) 엘레니와 함께 스위스 루가노의 별장에서 한 달을 보냄. 여기서 그의 정신적 자서전인 『영혼의 자서전』을 쓰기 시작함. 8월 카잔차키스와 엘레니는 군스바흐의 알베르트 슈바이처 박사를 방문함. 앙티브로 돌아온 뒤, 『수난』의 영화 시나리오를 구상 중이던 줄스 다신의 조언

요청에 응함. 카잔차키스와 카크리디스가 공역한 『일리아스』가 그리스에서 출간됨. 어떤 출판인도 나서지 않았기 때문에 비용은 모두 번역자들이 부담함. 『오디세이아』의 수정 재판이 아테네에서 엠마누엘 카스다글리스의 감수로 준비됨. 카스다글리스는 또한 카잔차키스의 희곡 전집 제1권을 편집함. 〈왕실 인사〉가 개입한 끝에 『최후의 유혹』이 마침내 그리스에서 출간됨.

1956년(73세) 6월 빈에서 평화상을 받음. 키먼 프라이어와 공동 작업을 계속함. 최종심에서 후안 라몬 히메네스에게 노벨 문학상을 빼앗김. 줄스 다신이 『수난』을 바탕으로 한 영화를 완성. 제목을 〈죽어야 하는 자 *Celui qui doit mourir*〉로 붙임. 전집 출간이 진행됨. 두 권의 희곡집과 여러 권의 여행기, 프랑스어에서 그리스어로 옮긴 『토다 라바』와 『성자 프란체스코』가 추가됨.

1957년(74세) 키먼 프라이어와 작업을 계속함. 피에르 시프리오와의 긴 대담이 6회로 나뉘어 파리에서 라디오로 방송됨. 칸 영화제에 참석하여 「죽어야 하는 자」를 관람함. 파리의 플롱 출판사가 그의 전집을 프랑스어로 펴내는 데 동의함. 중국 정부의 초청으로 카잔차키스 부부는 중국을 방문함. 돌아오는 비행 편이 일본을 경유하므로, 광저우에서 예방 접종을 함. 그런데 북극 상공에서 접종 부위가 부풀어 오르고 팔이 회저 증상을 보이기 시작함. 백혈병을 진단받았던 독일의 병원에 다시 입원함. 고비를 넘김. 알베르트 슈바이처가 문병 와서 쾌유를 축하함. 그러나 아시아 독감이 쇠약한 그의 몸을 순식간에 습격함. 10월 26일 사망. 시신이 아테네로 운구됨. 그리스 정교회는 카잔차키스의 시신을 공중(公衆)에 안치하기를 거부함. 시신은 크레타로 운구되어 안치됨. 엄청난 인파가 몰려 그의 죽음을 애도함. 뒷날, 묘비에는 카잔차키스가 생전에 준비해 두었던 비명이 새겨짐. *Den elpízo típota. Den fovúmai típota. Eímai eléftheros*(나는 아무것도 바라지 않는다. 나는 아무것도 두려워하지 않는다. 나는 자유다).

옮긴이 **송무** 고려대학교 영문학과를 졸업하고, 동 대학원에서 석사 및 박사 학위를 받았다. 현재 경상대학교 영어교육과 교수로 재직 중이다. 지은 책으로 『영문학에 대한 반성』, 『젠더를 말한다』(공저), 『사유의 공간』(공저), 등이 있고, 옮긴 책으로는 F. 스콧 피츠제럴드의 『위대한 개츠비』, 서머싯 몸의 『인간의 굴레에서』와 『달과 6펜스』, 랠프 엘리슨의 『보이지 않는 인간』 등이 있다.

소돔과 고모라 외

발행일 **2008년 3월 30일 초판 1쇄**

지은이 **니코스 카잔차키스**
옮긴이 **송무**
발행인 **홍지웅**
발행처 **주식회사 열린책들**

경기도 파주시 교하읍 문발리 521-2 파주출판도시
전화 **031-955-4000** 팩스 **031-955-4004**
www.openbooks.co.kr

Copyright (C) 주식회사 열린책들, 2008, *Printed in Korea*.
ISBN 978-89-329-0820-5 04890
ISBN 978-89-329-0792-5 (세트)

이 도서의 국립중앙도서관 출판시도서목록(CIP)은 e-CIP 홈페이지(http://www.nl.go.kr/cip.php)에서 이용하실 수 있습니다. (CIP제어번호 : CIP2008000510)